SV

JULIO CORTÁZAR
DIE GEWINNER

ROMAN

AUS DEM SPANISCHEN VON
CHRISTA WEGEN

SUHRKAMP VERLAG

Die Originalausgabe erschien 1960 unter dem Titel
Los premios in Buenos Aires.
Die deutsche Übersetzung erschien zum erstenmal 1966.
Sie wurde für diese Ausgabe mit Zustimmung der Übersetzerin
von René Strien überarbeitet.

Erste Auflage 1988

Druck: MZ-Verlagsdruckerei GmbH, Memmingen
Printed in Germany

Was soll der Romanschriftsteller mit den Alltagsmenschen, den Leuten von ganz gewöhnlicher Art anfangen, und wie soll er sie dem Leser vorführen, um sie ihm einigermaßen interessant zu machen? Sie in der Erzählung ganz zu übergehen, ist untunlich, weil die Alltagsmenschen immer und überall das unumgängliche Bindeglied der Ereignisse des Lebens bilden. Wollte man einen Roman, um Interesse zu erregen, nur mit scharf ausgeprägten Charakteren oder gar nur mit seltsamen, nie dagewesenen Persönlichkeiten anfüllen, so würde man damit gegen die Wahrscheinlichkeit verstoßen.

Dostojewski, *Der Idiot*, IV, 1.

PROLOG

I

›Die Marquise ging um fünf‹, dachte Carlos López. ›Wo zum Teufel habe ich das gelesen?‹
Er saß im ›Café London‹, Ecke Calle Perú und Avenida de Mayo; es war zehn nach fünf. Die Marquise ging um fünf? López schüttelte den Kopf, um die lückenhafte Erinnerung zu verscheuchen, und probierte sein Quilmes Cristal. Das Bier war nicht kalt genug.
»Wenn man jemanden aus seinen Gewohnheiten reißt, ist er wie ein Fisch auf dem Trockenen«, sagte Dr. Restelli und starrte auf sein Glas. »Ich bin so an den süßen Mate um vier gewöhnt, wissen Sie. Werfen Sie mal einen Blick auf die Frau, die da aus der U-Bahn kommt; ich weiß nicht, ob Sie sie sehen können, es sind so viele Passanten. Dort geht sie, die Blonde meine ich. Ob wir wohl so blonde und rassige Mitreisende auf unserer Kreuzfahrt antreffen werden?«
»Das bezweifle ich«, sagte López. »Die schönsten Frauen reisen immer auf einem anderen Schiff. So ist das nun mal, es ist ein Jammer.«
»Ah, diese skeptische Jugend! Ich bin aus dem Alter für Verrücktheiten heraus, obwohl ich natürlich ab und zu noch ganz schön auf die Pauke hauen kann. Meinen Optimismus habe ich mir jedenfalls bewahrt, und so wie ich in meinem Gepäck drei Flaschen Schnaps aus Catamarca in Reserve halte, so bin ich auch fast sicher, daß wir uns der Gesellschaft schöner Mädchen erfreuen werden.«
»Wir werden ja sehen, falls wir überhaupt je ablegen«, sagte López. »Wo wir gerade von Frauen sprechen: da kommt eben eine herein, für die es sich lohnt, Ihren Kopf um etwa siebzig Grad zur Calle Florida hin zu drehen. So ... stop. Die, die mit dem ungekämmten Kerl spricht. Sie sehen ganz so aus wie die, die mit uns an Bord gehen werden. Obwohl ich verdammt sein will, wenn ich weiß, wie die aussehen, die mit uns an Bord gehen werden. Wie wär's mit noch einem Bier?«
Dr. Restelli nickte zustimmend. López dachte, daß ihn Restelli mit seinem steifen Kragen und der blauseidenen Krawatte mit den violetten Tupfen ganz erstaunlich an eine Schildkröte erinnerte. Er benutzte einen Kneifer, welcher die Disziplin an dem Gymnasium

gefährdete, wo er argentinische Geschichte unterrichtete und López Spanisch. Sein Äußeres und sein Unterricht hatten ihm verschiedene Spitznamen eingetragen, die von ›Schwarzer Kater‹ bis ›Wiedehopf‹ reichten. ›Und was für Spitznamen mögen sie mir gegeben haben?‹ dachte López heuchlerisch; er war sicher, daß die Jungs sich mit Der-López-aus-dem-Telefonbuch oder irgend etwas in der Art zufriedengaben.

»Ein prachtvolles Geschöpf«, meinte Dr. Restelli. »Es wäre bestimmt nicht übel, wenn sie bei der Kreuzfahrt mitmachen würde. Es ist vermutlich die Aussicht auf Seeluft und Tropennächte, aber ich muß schon gestehen, daß ich mich ganz außerordentlich angeregt fühle. Auf Ihre Gesundheit, Kollege und Freund!«

»Auf die Ihre, Doktor und Mitgewinner«, sagte López und ließ den Pegel seiner Halben empfindlich sinken.

Dr. Restelli schätzte (mit einigen Einschränkungen) seinen Freund und Kollegen durchaus. Auf den Lehrerkonferenzen war er im allgemeinen mit den phantasievollen Notenvorschlägen von López nicht einverstanden, der sich darauf versteifte, hartgesottene Faulenzer zu verteidigen und andere, die zwar weniger faul waren, es dafür aber liebten, bei Klassenarbeiten abzuschreiben oder Zeitung zu lesen, während er gerade bei Vilcapugio war (wo es doch so schon vertrackt genug war, eine ehrenvolle Erklärung für die Prügel zu finden, die Belgrano von den verfluchten Spaniern bezogen hatte). Doch abgesehen von seinem etwas leichtfertigen Wesen zeigte sich López als ausgezeichneter Kollege und war immer bereit anzuerkennen, daß die Ansprache zum neunten Juli von Dr. Restelli gehalten werden mußte, welcher endlich in aller Bescheidenheit den Bitten Dr. Guglielmettis und dem ebenso herzlichen wie unverdienten Drängen des gesamten Lehrerzimmers nachzugeben pflegte. Alles in allem war es ein Glück, daß López in der Touristenlotterie gewonnen hatte und nicht der schwarze Gómez, oder die Englischlehrerin aus der dritten Klasse. Mit López konnte man auskommen, auch wenn er gelegentlich einem übertriebenen Liberalismus huldigte, fast schon einer verwerflichen linken Gesinnung, und *das* konnte er bei niemandem dulden. Aber: Er mochte Mädchen und Pferderennen.

»*Gerade vierzehn Lenze, verfielst du Tangowonnen und einem Lotterleben*«, trällerte López halblaut vor sich hin. »Weshalb haben Sie ein Los gekauft, Doktor?«

»Ich mußte vor Frau Réboras Überredungskünsten kapitulieren, Herr Kollege. Sie wissen ja, wie diese Frau ist, wenn sie sich etwas in den Kopf gesetzt hat. Hat sie Ihnen auch so zugesetzt? Jetzt schulden wir ihr natürlich Dank dafür, wie man gerechterweise zugeben muß.«

»Mich hat sie mindestens acht Pausen lang deswegen gelöchert«, sagte López. »Unmöglich, sich in die Rennergebnisse zu vertiefen, wenn so eine Bremse herumschwirrt. Und das Merkwürdige dabei ist, daß ich nicht begreife, was sie für ein Interesse daran haben konnte. Im Grunde ist es doch eine Lotterie wie jede andere.«

»Oh, nein. Verzeihen Sie, Sonderziehung, etwas ganz anderes.«

»Aber weshalb hat Madame Rébora Lose verkauft?«

»Es wird vermutet«, sagte Dr. Restelli geheimnisvoll, »daß der Verkauf dieser Ausspielung für ein bestimmtes, sagen wir einmal ausgewähltes Publikum gedacht war. Wahrscheinlich hat der Staat, wie schon bei historischen Anlässen, unsere Damen um ihre freundliche Mithilfe gebeten. Es konnte ja auch nicht Sinn der Sache sein, daß sich die Gewinner unter Personen aus dem, sagen wir einmal gemeinen Volk hätten mischen müssen.«

»Sagen wir einfach einmal so«, stimmte López zu. »Aber Sie vergessen, daß die Gewinner das Recht haben, bis zu drei Angehörige auf die Partie mitzunehmen.«

»Mein lieber Kollege, wenn meine verstorbene Frau und meine Tochter, die Frau des jungen Robirosa, mich hätten begleiten können ...«

»Natürlich, natürlich«, sagte López. »Sie sind ein Sonderfall. Aber sehen Sie, warum sollten wir wie die Katze um den heißen Brei schleichen: wenn ich plötzlich so verrückt wäre, etwa meine Schwester einzuladen, würden Sie schon sehen, wie das mit dem gemeinen Volk ist, um Ihre eigenen Worte zu gebrauchen.«

»Ich glaube nicht, daß Ihr Fräulein Schwester ...«

»Sie selbst würde das auch nicht glauben«, sagte López. »Aber ich versichere Ihnen, sie ist eine von denen, die andauernd ›was?‹ sagen und ›kotzen‹ für ein schlimmes Wort halten.«

»Der Ausdruck ist wirklich ein wenig stark. Ich ziehe ›brechen‹ vor.«

»Sie dagegen neigt mehr zu ›übergeben‹ oder ›nicht bei sich behalten‹. Und was sagen Sie zu unserem Schüler?«

Dr. Restelli ließ von seinem Bier ab und zeigte unverhohlene Entrüstung. Nie würde er verstehen, daß Frau Rébora, eine lästige, jedoch keineswegs dumme Person, die obendrein einen nicht ganz unbedeutenden Namen trug, sich von dem übermäßigen Drang, ihr Kontingent Lose zu verkaufen, zu der Erniedrigung hatte hinreißen lassen, Schülern der Oberklassen Losnummern anzubieten. Als trauriges Ergebnis eines jener Glückszufälle, wie sie nur in gewissen, vielleicht apokryphen Chroniken des Casinos von Monte Carlo berichtet werden, hatte nun außer López und ihm selbst auch der Schüler Felipe Trejo einen Gewinn gezogen, der Schlechteste seiner Klasse und dazu höchstwahrscheinlich der Urheber gewisser undefinierbarer Geräusche, die nur zu häufig während seines Unterrichts in argentinischer Geschichte zu hören waren.

»Glauben Sie mir, López, solches Gesindel sollte man gar nicht erst auf das Schiff lassen. Unter anderem ist er minderjährig.«

»Nicht nur er kommt aufs Schiff, er bringt auch seine Familie mit«, sagte López. »Das habe ich von einem Reporter, den ich kenne und der etwas über die wenigen Gewinner geschrieben hat, die er auftreiben konnte.«

Armer Restelli, armer ehrwürdiger ›Schwarzer Kater‹. Die Schule würde ihre Schatten über seine ganze Reise werfen, falls sie überhaupt reisen sollten, und das metallische Lachen Trejos würde ihm jeden Flirtversuch verderben, das Werben um Neptuns Gunst, das Schokoladeneis und die Seenotübungen, die doch immer so lustig waren. ›Wenn er wüßte, daß ich mit Trejo und seiner Bande an der Plaza Once Bier getrunken habe und durch sie das mit dem ›Schwarzen Kater‹ und dem ›Wiedehopf‹ weiß ... Der Ärmste, für ihn steht ein Lehrer auf einem Sockel, wie ein Standbild.‹

»Das könnte ein gutes Zeichen sein«, sagte Dr. Restelli hoffnungsvoll. »Die Familie wirkt mäßigend. Meinen Sie nicht? Ach natürlich, was sollte auch dagegen sprechen?«

»Schauen Sie sich mal die beiden Zwillinge oder Beinahe-Zwillinge an, die von der Calle Perú herkommen«, sagte López. »Da überqueren sie gerade die Avenida. Sehen Sie die zwei?«

»Ich weiß nicht«, sagte Dr. Restelli. »Eine in Weiß und die andere in Grün?«

»Genau. Vor allem die in Weiß.«

»Sie sieht gut aus. Ja, die in Weiß. Hm, tolle Beine! Der Gang vielleicht eine Idee zu hektisch. Ob sie wohl zu dem Treffen kommen?«

»Nein, Doktor, sie gehen offensichtlich weiter.«

»Ein Jammer. Ich sage Ihnen, ich hatte einmal solch eine Freundin. Verblüffende Ähnlichkeit.«

»Mit der in Weiß?«

»Nein, der in Grün. Ich werde nie vergessen ... aber das dürfte Sie kaum interessieren. Oder doch? Dann noch ein Bierchen, es dauert sowieso noch eine halbe Stunde, bis sich die Gruppe versammelt. Sehen Sie, das Mädchen kam aus allerbester Familie und wußte, daß ich verheiratet war. Trotzdem – um es kurz zu machen – warf sie sich mir in die Arme. Nächte, mein Freund ...«

»Ich habe nie daran gezweifelt, daß Sie Ihr Kamasutra beherrschen«, sagte López. »Noch zwei Bier, Roberto.«

»Die Herren haben vielleicht einen tollen Durst«, sagte Roberto. »Man merkt, daß es schwül ist. Es steht in der Zeitung.«

»Wenn es in der Zeitung steht, dann ist auch nicht dran zu rütteln«, sagte López. »Langsam habe ich so meine Vermutungen, wer unsere Reisegefährten sein werden. Sie machen alle das gleiche Gesicht wie wir, halb belustigt, halb mißtrauisch. Schauen Sie sich nur einmal um, Doktor, Sie werden es nach und nach erkennen.«

»Wieso mißtrauisch?« fragte Dr. Restelli. »Diese Gerüchte sind völlig unbegründet. Sie werden sehen, daß wir genauso auslaufen werden, wie es auf der Rückseite des Loses beschrieben ist. Schließlich steht der Staat hinter der Lotterie; es ist nicht irgendeine x-beliebige Tombola. Sie wurde in den besten Kreisen verkauft, und es wäre abwegig, irgendwelche Unregelmäßigkeiten zu vermuten.«

»Ich bewundere Ihr Vertrauen in die bürokratische Ordnung«, sagte López. »Man sieht, daß es gewissermaßen Ihrer inneren Ordnung entspricht. Bei mir dagegen sieht es wie in einer Gerümpelkammer aus, ich bin mir nie irgendeiner Sache sicher. Nicht daß ich der Lotterie direkt mißtraue, obwohl ich mich schon mehr als einmal gefragt habe, ob sie nicht wie damals die Gelria-Sache enden wird.«

»Das war eine Sache von Agenturen, wahrscheinlich jüdischen«, sagte Doktor Restelli. »Sogar der Name, wenn man es recht überlegt ... Nicht daß ich antisemitisch wäre, wie ich mit Nachdruck

betonen möchte, doch schon seit Jahren beobachte ich die Unterwanderung durch diese Rasse, die in anderer Hinsicht, wenn Sie so wollen, recht verdienstvoll ist. Auf Ihr Wohl.«
»Auf das Ihre«, sagte López und unterdrückte ein Lachen. Die Marquise... würde sie wirklich um fünf gehen? Durch die Tür, welche auf die Avenida de Mayo führte, kamen und gingen die gleichen Leute wie immer. López nutzte einen vermutlich völkerkundlichen Exkurs seines Gesprächspartners, um sich genauer umzusehen. Fast alle Tische waren besetzt, doch nur an wenigen herrschte so etwas wie das Reisefieber mutmaßlicher Mitfahrer. Eine Schar Mädchen verließ das Café in dem üblichen Durcheinander, mit Stolpern, Lachen und Blicken nach möglichen Kritikern oder Bewunderern. Eine Frau kam herein, mit mehreren Kindern im Schlepptau, und steuerte auf den kleinen Salon mit den vertrauenerweckenden Tischdecken zu, wo andere Frauen und friedliche Paare kalte Getränke, Törtchen oder höchstens ein kleines Bier zu sich nahmen. Ein junger Mann (aber ja, der ist dabei) kam mit einem sehr hübschen Mädchen herein (aber die hoffentlich auch), und die beiden setzten sich an einen Tisch in der Nähe. Sie waren nervös, sahen sich mit einer falschen Natürlichkeit an, welche ihre Hände, die an Handtaschen und Zigaretten herumfingerten, ungewollt Lügen straften. Draußen beharrte die Avenida de Mayo auf ihrem üblichen Durcheinander: Die Abendausgabe wurde ausgerufen, ein Lautsprecher pries irgend etwas an. Über allem lag das gleißende Licht eines Sommertags um halb sechs (die Zeit war falsch wie so oft, wenn sie zu früh oder zu spät kommt) und eine Mischung aus dem Geruch nach Benzin, heißem Asphalt, Eau de Cologne und feuchtem Sägemehl. López kam es seltsam vor, daß ihm die Touristenlotterie je irrational erschienen war. Nur wer schon sehr lange an Buenos Aires gewöhnt war – um nicht mehr zu sagen, um nicht metaphysisch zu werden –, konnte das Schauspiel als rational akzeptieren, das ihn umgab und mit einschloß. Die chaotischste Vorstellung vom Chaos verblaßte vor diesem Wirrwarr bei vierunddreißig Grad im Schatten, diesem Kommen und Gehen, Hin und Her, Hüten und Aktentaschen, Polizisten und ›La Razón‹-Abendausgabe, Bussen und Bier – alles zugleich in jedem Bruchteil jeder Sekunde zusammengedrängt und sich in jedem folgenden Sekundenbruchteil schwindelhaft verändernd. Jetzt gingen die Frau mit dem roten Rock und der

Mann mit dem karierten Jackett im Abstand von zwei Pflasterquadraten aneinander vorbei, genau in dem Augenblick, da Dr. Restelli seine Halbe zum Munde führte und das wunderhübsche (o ja, und ob) Mädchen einen Lippenstift hervorholte. Jetzt wandten die beiden Passanten einander den Rücken zu, das Glas bewegte sich langsam nach unten, und der Lippenstift schrieb das ewige, geschwungene Wort. Wem, ja wem konnte die Lotterie merkwürdig vorkommen.

II

»Zwei Kaffee«, bestellte Lucio.
»Und ein Glas Wasser bitte«, sagte Nora.
»Sie bringen immer Wasser mit dem Kaffee«, sagte Lucio.
»Das stimmt.«
»Außerdem trinkst du es nie.«
»Heute habe ich Durst.«
»Ja, es ist heiß hier drinnen«, sagte Lucio in verändertem Tonfall. Er lehnte sich über den Tisch. »Du siehst erledigt aus.«
»Nun, mit dem Gepäck und all den Erledigungen ...«
»Im Zusammenhang mit ›erledigt‹ klingt ›Erledigungen‹ komisch«, sagte Lucio.
»Ja.«
»Du bist tatsächlich erledigt.«
»Ja.«
»Heute nacht wirst du gut schlafen.«
»Hoffentlich.« Wie gewöhnlich sagte Lucio die unschuldigsten Dinge in einem Tonfall, den sie zu verstehen gelernt hatte. Wahrscheinlich würde sie heute nacht nicht gut schlafen, denn dies würde ihre erste Nacht mit Lucio sein. Ihre zweite erste Nacht.
»Liebling«, sagte Lucio und streichelte ihre Hand. »Allerliebster Lieblingsliebling.«
Nora erinnerte sich wieder an das Hotel in Belgrano, an die erste Nacht mit Lucio; aber das war kein wirkliches Erinnern, eher ein bißchen weniger Vergessen.
»Dummkopf«, sagte Nora. Ob der Ersatz-Lippenstift wohl in ihrem Necessaire war?

»Der Kaffee ist gut«, sagte Lucio. »Glaubst du, daß sie bei dir zu Hause schon irgend etwas bemerkt haben? Nicht, daß es mir etwas ausmachte, nur um Ärger zu vermeiden.«

»Mama denkt, ich ginge mit Mocha ins Kino.«

»Morgen werden sie höllischen Krach schlagen.«

»Jetzt können sie nichts mehr machen«, sagte Nora. »Wenn ich daran denke, wie sie mich an meinem Geburtstag gefeiert haben... Ich werde vor allem an Papa denken. Papa ist nicht schlecht, aber Mama macht mit ihm, was sie will, und mit den anderen genauso.«

»Hier wird es von Minute zu Minute heißer.«

»Du bist nervös«, sagte Nora.

»Nein, aber ich wollte, wir gingen endlich an Bord. Findest du es nicht komisch, daß sie uns erst hierher bestellen? Vermutlich bringen sie uns mit einem Bus zum Hafen.«

»Wer wohl die anderen sein mögen?« sagte Nora. »Die Frau da in Schwarz... meinst du?«

»Nein, die verreist ganz bestimmt nicht. Vielleicht die zwei, die sich dort an dem Tisch unterhalten.«

»Es müssen aber noch viele andere sein, mindestens zwanzig.«

»Du bist ein bißchen blaß«, sagte Lucio.

»Das kommt von der Hitze.«

»Nur gut, daß wir uns so sehr ausruhen werden, daß wir schließlich ganz gerädert sind«, sagte Lucio. »Hoffentlich geben sie uns eine gute Kabine.«

»Mit heißem Wasser«, sagte Nora.

»Ja, und mit Ventilator und Bullauge. Eine Außenkabine.«

»Warum sagst du Kabine und nicht Kajüte?«

»Ich weiß nicht. Kajüte... Kabine klingt einfach besser. Kajüte erinnert so an Jute und armselige Schlafstellen. Hab ich dir erzählt, daß die Jungens vom Büro kommen wollten, um uns zu verabschieden?«

»*Uns* verabschieden?« sagte Nora. »Aber wieso? Dann wissen sie also Bescheid?«

»Nun, um *mich* zu verabschieden«, sagte Lucio. »Sie wissen überhaupt nichts. Der einzige, mit dem ich darüber geredet habe, ist Medrano, im Club. Er ist vertrauenswürdig. Du mußt bedenken, daß er die Reise auch mitmacht, und da war es besser, es ihm vorher zu sagen.«

»Daß er auch gewonnen hat«, sagte Nora. »Ist das nicht unglaublich?«
»Frau Apelbaum hat uns Zehntellose von derselben Gewinnummer angeboten. Der Rest muß irgendwo über La Boca verstreut worden sein, ich weiß auch nicht. Warum bist du so hübsch?«
»Unfug«, sagte Nora und ließ Lucio ihre Hand nehmen und festhalten. Wie immer, wenn er vertraulich und eindringlich mit ihr redete, entzog sich Nora höflich, ohne ihm mehr als eben das Stückchen nachzugeben, das nötig war, um seine Gefühle nicht zu verletzen. Lucio betrachtete ihren lächelnden Mund, der gerade so weit geöffnet war, daß man zwei Reihen sehr weißer und kleiner Zähne erkennen konnte; weiter hinten gab es eine Goldplombe. Wenn sie bloß heute nacht eine gute Kabine bekämen, wenn Nora heute nacht bloß gut schliefe... Da war so vieles auszulöschen (aber nein, da war überhaupt nichts: nur dieses lächerliche Nichts war auszulöschen, dem sie so hartnäckig nachhing). Er sah Medrano durch die Tür zur Calle Florida hereinkommen, inmitten einer Horde von Vorstadttypen und einer Frau, die eine Spitzenbluse trug. Fast erleichtert hob er den Arm. Medrano entdeckte ihn und kam an ihren Tisch.

III

Während der Hundstage ist die U-Bahn gar nicht so übel. Zwischen den Stationen Loria und Perú hat man zehn Minuten, um etwas abzukühlen und einen Blick in die ›Crítica‹ zu werfen. Schwierig war bloß gewesen, sich davonzumachen, ohne daß Bettina allzu viele Fragen stellte; doch Medrano hatte ein Klassentreffen des Jahrgangs '35 erfunden, ein Abendessen im ›Loprete‹, dem noch irgendwo ein Aperitif vorausgehen sollte. Er hatte seit der Lotterieziehung so viel gelogen, daß die letzte und fast schon kümmerliche Lüge nicht einmal mehr der Rede wert war.
Bettina war im Bett geblieben, nackt, mit dem Ventilator auf dem Nachttisch, und las Proust in der Übersetzung von Menasché. Sie hatten sich den ganzen Vormittag über geliebt, mit kurzen Pausen dazwischen, um etwas zu schlafen und Whisky oder Coca-Cola zu trinken. Nachdem sie ein kaltes Hähnchen gegessen hatten, diskutierten sie über den Wert der Werke Marcel Aymés, über

Emilio Ballagas' Gedichte und die Kursschwankungen der mexikanischen Währung. Um vier stellte sich Medrano unter die Dusche, und Bettina schlug den Proust auf (sie hatten noch einmal miteinander geschlafen). Während er in der U-Bahn voll mitfühlendem Interesse einen Schüler beobachtete, der sich redlich abmühte, wie ein harter Bursche auszusehen, summierte Medrano im Geiste die Beschäftigungen des heutigen Tages und befand sie für gut. Jetzt konnte der Samstag beginnen.

Er schaute in die ›Crítica‹, dachte aber weiter an Bettina; und daß er noch immer an Bettina dachte, erstaunte ihn ein wenig. Der Abschiedsbrief (er betrachtete ihn gern als posthum) war in der vergangenen Nacht geschrieben worden, während Bettina schlief – ein Fuß schaute unter dem Laken hervor, und das Haar bedeckte die Augen. Alles war erklärt worden (natürlich mit Ausnahme von all dem, was ihr an Gegenargumenten einfallen würde), die persönlichen Dinge aufs vorteilhafteste geregelt. Mit Susana Daneri hatte er auf die gleiche Weise gebrochen, sogar ohne wie diesmal das Land zu verlassen; immer wenn er Susana begegnete (gewöhnlich auf Vernissagen, unvermeidlich in Buenos Aires), lächelte sie ihn wie einen alten Bekannten an, ohne jede Spur von Groll oder Wehmut. Er stellte sich vor, wie er zu Pizarro gehen und dort auf Bettina treffen würde – eine freundliche, lächelnde Bettina. Ja, selbst wenn sie nur lächeln sollte. Aber das Wahrscheinlichste war, daß Bettina nach Rauch zurückkehren würde, wo ihre untadelige Familie sie in völliger Ahnungslosigkeit erwartete, und dazu der Unterricht in der Landessprache an gleich zwei Schulen.

»*Doctor Livingstone, I suppose*«, sagte Medrano.

»Ich möchte dir gern Gabriel Medrano vorstellen«, sagte Lucio. »Setzen Sie sich doch, und trinken Sie etwas!«

Medrano schüttelte Noras etwas schüchterne Hand und bestellte einen trockenen Martini. Nora fand ihn älter, als sie es bei einem Freund von Lucio erwartet hätte. Vierzig mußte er mindestens sein, aber der Anzug aus italienischer Seide und das weiße Hemd standen ihm so gut … Lucio würde es nie lernen, sich so zu kleiden, selbst wenn er Geld hätte.

»Was halten Sie von all diesen Leuten?« fragte Lucio. »Wir haben gerade versucht zu erraten, wer wohl auf die Reise mitkommt. In den Zeitungen stand, glaube ich, eine Liste, aber ich habe sie nicht.«

»Zum Glück war die Liste nicht sehr zuverlässig«, sagte Medrano. »Abgesehen von meiner Person haben sie noch die Namen von zwei, drei anderen ausgelassen, die die Öffentlichkeit scheuten oder eine familiäre Katastrophe vermeiden wollten.«
»Und dann sind da ja noch die Begleitpersonen.«
»Ah, ja«, sagte Medrano und dachte an die schlafende Bettina. »Da drüben entdecke ich gerade Carlos López mit einem sehr würdig aussehenden Herrn. Kennen Sie die beiden?«
»Nein.«
»López kam bis vor drei Jahren in den Club; ich kenne ihn von damals. Es muß wohl gewesen sein, kurz bevor Sie Mitglied wurden. Ich erkundige mich mal, ob er mit von der Partie ist.«
López war mit von der Partie, und sie begrüßten sich, hocherfreut darüber, einander wiederzusehen, und das unter solchen Umständen. López stellte Dr. Restelli vor, der meinte, Medranos Gesicht käme ihm bekannt vor. Als der Nachbartisch frei wurde, nutzte Medrano die Gelegenheit, um Nora und Lucio herüberzuholen. Dies alles brauchte seine Zeit, denn im ›London‹ kann man nicht so einfach aufstehen und die Plätze wechseln, ohne offenkundiges Mißfallen beim Bedienungspersonal heraufzubeschwören. López rief Roberto, und Roberto brummelte bärbeißig vor sich hin, half aber bei dem Umzug und steckte einen Peso Trinkgeld ein, ohne sich zu bedanken. Die Vorstadttypen fingen an laut zu werden und verlangten ihr zweites Bier. Die Unterhaltung war nicht leicht zu dieser Tageszeit, wo jedermann Durst hatte und sich alle wie die Ölsardinen im ›London‹ zusammendrängten, wobei sie den letzten Atemzug Sauerstoff für den zweifelhaften Ausgleich einer Halben oder eines Tonicwassers opferten. Zwischen der Bar und der Straße gab es keinen großen Unterschied mehr; eine dicht gedrängte Menschenmenge mit Paketen, Zeitungen und Aktentaschen – vor allem Aktentaschen in den verschiedensten Größen und Farben – wälzte sich jetzt die Avenida hinauf und hinunter.
»Kurzum«, sagte Dr. Restelli, »wenn ich recht verstanden habe, werden wir, die wir hier versammelt sind, das Vergnügen haben, diese angenehme Kreuzfahrt miteinander zu verleben.«
»Das werden wir«, sagte Medrano. »Ich fürchte allerdings, daß ein Teil jenes lautstarken Symposiums dort drüben links sich unserer Gemeinschaft ebenfalls anschließen wird.«

»Glauben Sie wirklich?« fragte López einigermaßen beunruhigt.
»Die haben so etwas Ordinäres an sich, das mir überhaupt nicht gefällt«, sagte Lucio. »Auf dem Fußballplatz kann man sich mit so etwas gemein machen, aber auf einem Schiff...«
»Wer weiß«, sagte Nora, die sich aufgerufen fühlte, die moderne, aufgeschlossene Note ins Gespräch einzubringen, »vielleicht sind sie sehr nett.«
»Gerade eben«, sagte López, »scheint sich ein bescheiden aussehendes Mägdelein der Gruppe anschließen zu wollen. Ja, es stimmt. Begleitet von einer schwarzgekleideten Frau, die geradezu nach Tugend riecht.«
»Mutter und Tochter«, sagte Nora, die in solchen Dingen unfehlbar war. »Mein Gott, wie die angezogen sind.«
»Das macht allen Zweifeln ein Ende«, sagte López. »Sie sind mit von der Partie, hin und zurück, wenn wir überhaupt irgendwohin fahren und zurückkommen.«
»Die Demokratie...«, begann Dr. Restelli, aber seine Stimme ging unter in einem lauten Röhren, das vom Eingang der U-Bahn herkam. Die Vorstadtclique schien die Stammeslaute zu erkennen, denn zwei von ihnen antworteten unverzüglich: einer mit einem eine Oktave höheren Geheul, und der andere, indem er zwei Finger in den Mund steckte und einen entsetzlich gellenden Pfiff ausstieß.
»... unseligerweise mit sozial Niedrigerstehenden zusammenkommt«, schloß Dr. Restelli.
»Genau«, antwortete Medrano höflich. »Im übrigen fragt man sich, warum man überhaupt fährt.«
»Pardon?«
»Was für einen zwingenden Grund gibt es, an Bord zu gehen?«
»Na, ich denke«, sagte López, »es kann immerhin unterhaltsamer werden als an Land. Mir für meinen Teil gefällt es, eine Reise für zehn Pesos gewonnen zu haben. Vergessen Sie nicht, allein die bezahlten Zusatzferien sind schon ein ansehnlicher Preis. So etwas läßt man doch nicht einfach verfallen!«
»Ich gebe zu, das ist nicht zu verachten«, sagte Medrano. »Mir zum Beispiel hat das Los den Vorwand dafür geliefert, meine Praxis zu schließen und eine Zeitlang keine kariösen Schneidezähne zu sehen. Aber Sie werden zugeben, daß diese ganze Ge-

schichte ... zwei-, dreimal habe ich so ein Gefühl gehabt, daß sie auf eine Weise enden wird ... Na, suchen Sie sich das passende Adjektiv aus, es ist sowieso das beliebigste Wort im Satz.«

Nora sah Lucio an.

»Mir scheint, Sie übertreiben«, sagte Lucio. »Wenn man die Gewinne zurückweisen wollte, weil man fürchtet, betrogen zu werden ...«

»Ich glaube nicht, daß Medrano an einen Betrug denkt«, sagte López. »Eher an etwas, das in der Luft liegt, eine Art von Auf-den-Arm-Nehmen, aber auf einer, sagen wir einmal höheren Ebene. Schauen Sie, gerade ist eine Frau hereingekommen, deren Kleidung ... wahrscheinlich ist sie auch dabei ... Und dort, Doktor, hat sich unser Schüler Trejo gerade im Kreise seiner lieben Familie niedergelassen. Dieses Café ähnelt immer mehr einem Überseedampfer.«

»Ich werde nie verstehen, wie Frau Rébora Lose an Schüler verkaufen konnte, und ganz besonders an den da«, sagte Dr. Restelli.

»Es wird immer heißer«, sagte Nora. »Bitte bestell mir etwas Kaltes.«

»An Bord werden wir uns wohl fühlen, du wirst sehen«, sagte Lucio und fuchtelte mit dem Arm herum, um Roberto auf sich aufmerksam zu machen, der mit dem ständig voller werdenden Tisch der hochgestimmten jungen Leute alle Hände voll zu tun hatte, wo so ausgefallene Dinge wie *Cappuccino*, Schokoladenmilch oder *Chorizo*-Sandwiches und Bockbier verlangt wurden – Bestellungen, die man hier nicht kannte oder die zumindest zu dieser Tageszeit ungewöhnlich waren.

»Ja, kühler wird es wohl sein«, sagte Nora und sah dabei Medrano besorgt an. Seine Worte beunruhigten sie noch immer; vielleicht war es ja auch eher eine Möglichkeit, ihre Unruhe auf etwas Unverfängliches, etwas Mitteilbares zu konzentrieren. Sie hatte leichte Magenschmerzen; vielleicht würde sie zur Toilette gehen müssen. Wie unangenehm, vor all diesen Herren aufzustehen. Aber vielleicht konnte sie es auch aushalten. Ja, es ging, es war mehr ein Muskelschmerz. Wie wohl die Kabine sein würde? Zwei ganz schmale Betten, eines über dem anderen ... Sie nähme am liebsten das obere, aber Lucio würde in seinen Pyjama schlüpfen und auch nach oben klettern.

»Sind Sie schon einmal mit dem Schiff gefahren, Nora?« fragte Medrano. Das sah ihm ähnlich, sie sogleich bei ihrem Vornamen zu nennen. Man merkte, daß er im Umgang mit Frauen nicht gerade schüchtern war. Nein, noch nie, bis auf einen Ausflug im Delta, aber das war natürlich... Und er doch bestimmt? Ja, ein bißchen, in seiner Jugend (als ob er alt wäre). Nach Europa und den Vereinigten Staaten, Zahnarztkongresse und Ferien... Als der Franc noch zehn Centavos kostete, kaum zu glauben.

»Zum Glück wird hier alles bezahlt werden«, sagte Nora und hätte sich am liebsten gleich darauf die Zunge abgebissen. Medrano beobachtete sie voll Sympathie und stellte sich gleich zu Beginn sozusagen schützend vor sie. Auch López sah sie voller Sympathie an, aber bei ihm war darüber hinaus noch etwas von der Bewunderung des typischen Mannes aus Buenos Aires zu bemerken, der sich keine entgehen läßt. Wenn alle so nett waren wie diese beiden, war die Reise der Mühe wert. Nora nippte etwas an ihrem *Grenadine* und nieste. Medrano und López lächelten noch immer mit Beschützermiene, während Lucio sie fast so ansah, als wolle er sie gegen soviel Sympathie verteidigen. Eine weiße Taube setzte sich für einen Augenblick auf das Geländer des Eingangs zur U-Bahn. Gleichgültig und unerreichbar saß sie da, inmitten der Menge, die auf der Avenida hin- und herwogte; dann flog sie ebenso grundlos, wie sie sich niedergelassen hatte, wieder davon. Durch die Ecktür kam eine Frau mit einem Kind an der Hand herein. ›Noch mehr Kinder‹, dachte López. ›Und das hier kommt bestimmt mit auf die Reise, falls wir wirklich reisen. Es ist fast sechs, die Stunde der Entscheidungen. Um sechs geschieht immer etwas.‹

IV

»Hier gibt es bestimmt köstliches Eis«, sagte Jorge.

»Meinst du?« sagte Claudia und sah ihren Sohn mit Verschwörermiene an.

»Klar meine ich. Zitrone und Schokolade.«

»Das ist ja eine abscheuliche Mischung, aber wenn du sie magst...«

Die Stühle im ›London‹ waren ganz besonders unbequem; sie hatten es darauf abgesehen, den Körper in eine gnadenlos aufrechte

Haltung zu zwingen. Claudia war vom Packen müde, im letzten Augenblick hatte sie entdeckt, daß eine ganze Anzahl Dinge fehlte, und Persio hatte loslaufen müssen, um sie zu besorgen. Glücklicherweise hatte der Ärmste mit seinem eigenen Gepäck nicht viel Mühe gehabt, es sah eher so aus, als wäre es für ein Picknick gedacht. Inzwischen hatte sie die Wohnung abgeschlossen und noch einen dieser Briefe in letzter Minute geschrieben, für die einem auf einmal jede Idee fehlt, ja sogar jegliches Gefühl... Aber jetzt würde sie ausruhen, bis sie genug davon hätte. Ihr hatte schon seit langem eine Ruhepause gefehlt. ›Schon lange habe ich diese Erschöpfung gebraucht, um wieder Kraft zu schöpfen‹, verbesserte sie sich, indem sie eher lustlos mit den Worten spielte. Persio mußte gleich hier sein; ganz zuletzt war ihm eingefallen, daß er vergessen hatte, noch etwas in seinem geheimnisvollen Zimmer in Chacarita einzuschließen, wo er Bücher über Okkultismus und vermutlich Manuskripte aufbewahrte, die nie veröffentlicht werden würden. Armer Persio, er brauchte diese Ruhepause wirklich; nur ein Glück, daß ihr die Behörden (nach einem Telefonanruf von Dr. León Lewbaum bei dem Ingenieur Soundso) erlaubt hatten, Persio als entfernten Verwandten zu präsentieren und ihn quasi als eine Art Schmuggelgut mit an Bord zu bringen. Aber wenn einer es verdient hatte, in den Genuß der Lotterie zu kommen, dann war es Persio, der nimmermüde Korrektor von Fahnenabzügen bei Kraft, Persio, der irgendwo im Westen der Stadt als Untermieter hauste und nachts durch die Hafengegend, die Straßen des Flores-Viertels streifte. ›Er wird von dieser törichten Reise mehr haben als ich‹, dachte Claudia und betrachtete ihre Nägel. ›Armer Persio.‹

Nach einem Schluck Kaffee fühlte sie sich schon besser. Dann ging sie also mit ihrem Sohn auf Reisen und nahm ganz nebenbei noch einen alten Freund und vorgeblichen Verwandten mit an Bord. Sie fuhr, weil sie gewonnen hatte, weil die Meerluft Jorge guttun würde, weil sie Persio erst recht guttun würde. Wieder dachte sie die gleichen Sätze, wiederholte im Geiste: ›Dann...‹ Sie nippte an ihrem Kaffee, wurde unkonzentriert und fing noch einmal von vorne an. Es fiel ihr nicht leicht, Zugang zu finden zu dem, was gerade geschah, zu dem, was geschehen würde. Ob sie für drei Monate oder den Rest ihres Lebens fortginge, bedeutete keinen großen Unterschied. Und was machte es auch schon? Sie war nicht glücklich, sie war nicht todunglücklich – diese Extremzustände, die jedem plötzlichen Wechsel entgegenstehen. Ihr Mann würde den Unterhalt für Jorge überall in der Welt weiterbezahlen. Für sie gab es das, was ihr Kapital abwarf, für den Fall der Fälle den immer hilfreichen Schwarzmarkt für Devisen, die Reiseschecks.

»Verreisen all diese Leute mit uns?« fragte Jorge, der allmählich von seinem Eis in die Wirklichkeit zurückkehrte.

»Nein. Wir können ja raten, wenn du willst. Ich sage, diese Dame da in Rosa fährt mit.«

»Meinst du? Sie ist sehr häßlich.«

»Gut, wir nehmen sie nicht mit. Jetzt bist du dran.«

»Die Männer an dem Tisch da, mit dem Mädchen.«

»Sehr gut möglich. Sie scheinen nett zu sein. Hast du ein Taschentuch dabei?«

»Ja, Mama. Mama, ist das Schiff groß?«

»Ich denke schon. Anscheinend ist es ein besonderes Schiff.«

»Hat es denn keiner gesehen?«

»Vielleicht schon, aber es ist keines von den berühmten.«

»Dann wird es häßlich sein«, sagte Jorge betrübt. »Die schönen erkennt man von weitem. Persio, Persio! Mama, da ist Persio.«

»Persio und pünktlich«, sagte Claudia. »Man muß fast vermuten, die Lotterie habe seine Gewohnheiten aus dem Gleichgewicht gebracht.«

»Persio, hierher! Was hast du mir mitgebracht, Persio?«

»Neuigkeiten vom Stern«, sagte Persio, und Jorge schaute ihn glücklich an und wartete.

V

Der Schüler Felipe Trejo interessierte sich sehr für das, was sich am Nachbartisch abspielte.

»Was sagt man dazu«, meinte er zu seinem Vater, der sich gerade mit größtmöglicher Eleganz den Schweiß von der Stirn wischte, »ein paar von diesen Affen gehen bestimmt mit uns an Bord.«

»Kannst du nicht anständig reden, Felipe?« jammerte Frau Trejo. »Wann wird dieser Junge endlich Manieren lernen?«

Beba Trejo hielt Zwiesprache über ihr Make-up mit ihrem klei-

nen vergoldeten Taschenspiegel, den sie ganz beiläufig auch als Periskop benutzte.
»Also ein paar von diesen Figuren«, räumte Felipe ein. »Was sagt man dazu. Aber die sind doch aus dem Marktviertel!«
»Ich glaube nicht, daß sie alle mitkommen«, meinte Frau Trejo. »Vermutlich das Paar dort am Tischende und die Dame da, bestimmt die Mutter von dem Mädchen.«
»Sie sind so entsetzlich gewöhnlich«, sagte Beba.
»Sie sind so entsetzlich gewöhnlich«, äffte Felipe sie nach.
»Sei nicht blöd.«
»Schaut sie euch an, die Herzogin von Windsor. Wie aus dem Gesicht geschnitten.«
»Also bitte, Kinder!« mahnte Frau Trejo.
Felipe war sich seiner plötzlichen Bedeutung geradezu genießerisch bewußt und spielte sie nur sehr vorsichtig aus, um den Bogen nicht gleich zu überspannen. Vor allem seine Schwester mußte er noch auf ihren Platz verweisen und ihr all das heimzahlen, was sie ihm angetan hatte, bevor er das Gewinnlos gezogen hatte.
»An den anderen Tischen gibt es Leute, die ganz anständig aussehen«, sagte Frau Trejo.
»Gutgekleidete Leute«, stellte Herr Trejo fest.
›Sie sind hier, weil ich sie eingeladen habe‹, dachte Felipe und hätte vor Vergnügen laut schreien können. ›Der Alte, die Alte und dieses Miststück. Jetzt mache ich, was ich will.‹ Er wandte sich den Leuten vom Nachbartisch zu und wartete, bis einer von ihnen in seine Richtung blickte.
»Gehen Sie zufällig auch auf diese Reise?« fragte er einen kräftig aussehenden Burschen in einem gestreiften Hemd.
»Ich nicht, Kleiner«, sagte der Typ. »Nur der Junge hier mit seiner Mama, und auch das Fräulein mit ihrer Mama.«
»Ach so, Sie sind mitgekommen, um sie zu verabschieden.«
»Genau. Sie fahren mit?«
»Ja, mit meiner Familie.«
»Haben Sie ein Glück, Junge.«
»Tja, was soll man machen«, sagte Felipe. »Vielleicht ziehen Sie das nächste.«
»Klar, das werde ich.«
»Ganz bestimmt.«

VI

»Außerdem bringe ich dir Neuigkeiten vom Achtfüßler«, sagte Persio.

Jorge lehnte sich vor, die Ellbogen auf den Tisch gestützt.

»Hast du ihn unterm Bett oder in der Badewanne gefunden?« fragte er.

»Auf der Schreibmaschine«, sagte Persio. »Was meinst du, was er dort gemacht hat?«

»Er hat getippt.«

»Was für ein gescheiter Junge«, sagte Persio zu Claudia. »Natürlich hat er getippt. Hier habe ich das Blatt, ich werde dir ein Stück vorlesen. Also: ›Du fährst fort und läßt mich dort und verfaßt kein Abschiedswort. Ich wart' auf Dich und grüße Dich – Dein trauriger Achtfüßerich.‹ Gezeichnet: ›Der Achtfüßler mit einer Umarmung und einem Vorwurf.‹«

»Armer Achtfüßler«, sagte Jorge. »Was wird er fressen, während du weg bist?«

»Streichhölzer, Bleistiftminen, Telegramme und eine Büchse Ölsardinen.«

»Die wird er nicht aufbekommen«, meinte Claudia.

»O doch, der Achtfüßler weiß Bescheid«, sagte Jorge. »Und der Stern, Persio?«

»Auf dem Stern«, sagte Persio, »hat es anscheinend geregnet.«

»Wenn es geregnet hat«, überlegte Jorge, »dann müssen die Ameisenmenschen sicher auf die Flöße klettern. Wird es wie die Sintflut oder nicht ganz so schlimm?«

Persio war sich nicht recht sicher, aber die Ameisenmenschen würden sich in jedem Fall zu helfen wissen.

»Du hast ja das Teleskop nicht mitgebracht«, sagte Jorge. »Wie sollen wir da von Bord aus den Stern sehen?«

»Stellare Telepathie«, sagte Persio und zwinkerte. »Claudia, Sie sind müde.«

»Diese Frau da in dem weißen Kleid«, sagte Claudia, »würde jetzt antworten, es sei das schwüle Wetter. Nun, Persio, da wären wir. Was mag uns wohl erwarten?«

»Ach das... Ich hatte nicht viel Zeit, das Problem zu studieren, aber ich nehme die Sache in Angriff.«

»Angriff?«

»Ja. Ein Ding oder ein Faktum muß man auf viele Arten in Angriff nehmen. Die Leute entscheiden sich fast immer für eine einzige Taktik und erzielen damit nur halbe Resultate. Ich bereite immer meinen Angriff vor und stelle hinterher die Resultate zusammen.«

»Ich verstehe«, sagte Claudia in einem Ton, der sie Lügen strafte.

»Man muß nach dem push-pull-System arbeiten«, sagte Persio. »Ich weiß nicht, ob ich mich verständlich ausdrücke. Einige Dinge scheinen im Wege zu liegen, und man muß sie beiseite schieben, um zu sehen, was dahinter geschieht. Die Frauen zum Beispiel – verzeihen Sie bitte, wenn ich das vor dem Kind sage. Andere Dinge hingegen muß man beim Griff packen und ziehen. Dieser Dalí weiß, was er tut (vielleicht weiß er es auch nicht, aber das bleibt sich gleich), wenn er einen Körper voller Schubladen malt. Mir kommt es so vor, als hätten viele Dinge Griffe. Denken Sie zum Beispiel an die poetischen Bilder. Wenn man sie von außen betrachtet, sieht man nicht mehr als den offenbaren Sinn, selbst wenn der bisweilen sehr hermetisch sein mag. Und geben Sie sich mit dem offenbaren Sinn zufrieden? Nein, mein Herr. Man muß an dem Griff ziehen, in die Schublade eindringen. Ziehen heißt aneignen, annähern, ja sogar zu weit gehen.«

»Ah«, sagte Claudia und machte Jorge ein unauffälliges Zeichen, sich die Nase zu putzen.

»Hier, zum Beispiel, wimmelt es von bedeutungstragenden Elementen: der Tisch, jede Krawatte. Ich sehe so etwas wie einen geordneten Entwurf in dieser schrecklichen Unordnung. Ich frage mich, wohin das führen wird.«

»Ich auch. Aber es ist unterhaltsam.«

»Unterhaltung ist immer ein Schauspiel: lassen Sie es uns nicht analysieren, sonst stoßen wir auf den schmutzigen Trick. Ich bin bestimmt nicht gegen Unterhaltung, doch jedesmal wenn ich mich vergnügen möchte, schließe ich zuerst das Laboratorium zu und gieße alle Säuren und Laugen fort. Will sagen, ich unterwerfe mich, ich füge mich dem Schein der Dinge. Sie wissen ja, wie dramatisch der Humor ist.«

»Sag Persio den Vers über Garrick auf«, sagte Claudia zu Jorge. »Ein gutes Beispiel für Ihre Theorie.«

»Die Leute sah'n Garrick, Schauspieler aus England ...«, dekla-

mierte Jorge laut. Persio lauschte aufmerksam und klatschte danach Beifall. Auch von anderen Tischen kam Applaus, und Jorge wurde rot.
»*Quod erat demonstrandum*«, sagte Persio. »Natürlich meinte ich eine mehr ontische Ebene, die Tatsache nämlich, daß alle Unterhaltung wie das Bewußtsein einer Maske ist, die schließlich anfängt zu leben und an die Stelle des wirklichen Gesichts tritt. Weshalb lacht der Mensch? Es gibt nichts zu lachen, es sei denn das Lachen um seiner selbst willen. Denken Sie nur daran, daß Kinder, die viel lachen, am Ende weinen.«
»Das sind Dummköpfe«, sagte Jorge. »Soll ich dir das vom Taucher und der Perle aufsagen?«
»Auf dem Deck, genauer gesagt auf dem Promenadendeck, unter einem Publikum von Sternen kannst du bald alles für mich rezitieren, was du magst«, sagte Persio. »Im Augenblick wüßte ich gern etwas mehr über diesen halb gastronomischen Aufruhr, der uns umgibt. Und diese Bandoneons, was haben die zu bedeuten?«
»Meine Güte«, sagte Jorge und sperrte den Mund auf.

VII

Ein schwarzer Lincoln, ein schwarzer Anzug, eine schwarze Krawatte. Der Rest war verschwommen. Was man von Don Galo Porriño am besten sehen konnte, war der Chauffeur mit den mächtigen Schultern und der Rollstuhl, an dem Chrom und Gummi miteinander wetteiferten. Viele Leute blieben stehen, um zuzusehen, wie der Chauffeur und die Krankenschwester Don Galo aus dem Wagen hoben und auf dem Bürgersteig absetzten. Auf den Gesichtern spiegelte sich Mitleid, das durch den offensichtlichen Reichtum des siechen, feinen Herrn gemildert wurde. Dazu kam, daß Don Galo aussah wie ein Huhn mit gerupftem Hals, und er hatte einen so unangenehmen, verschlagenen Blick, daß man Lust bekam, ihm die Internationale mitten ins Gesicht zu singen, was – wie Medrano versicherte – nie jemand getan hatte, obwohl Argentinien ein freies Land und die Musik eine in den feinsten Kreisen gepflegte Kunst war.
»Ich hatte vergessen, daß Don Galo auch gewonnen hat. Wie hätte Don Galo auch nicht gewinnen können? Daß der Alte allerdings

die Reise wirklich machen würde, hätte ich im Leben nicht gedacht. Es ist einfach nicht zu glauben.«

»Ist das ein Herr, den Sie kennen?« fragte Nora.

»Wer in Junín Don Galo Porriño nicht kennt, verdient es, auf dem hübschen Platz mit den breiten Trottoirs gesteinigt zu werden«, sagte Medrano. »Die Wechselfälle meines Berufes hatten mich zu einer Praxis in dieser fortschrittlichen Stadt verdammt, bis zu dem glücklichen Augenblick, da ich vor etwa fünf Jahren herunter nach Buenos Aires ziehen konnte. Don Galo war eine der ersten bedeutenden Persönlichkeiten, die ich dort draußen kennenlernte.«

»Er scheint ein ehrenwerter Mann zu sein«, sagte Dr. Restelli. »Allerdings wirkt es ein wenig seltsam, daß er mit so einem Wagen...«

»Mit diesem Wagen«, sagte López, »kann man den Kapitän ins Wasser werfen und das Schiff als Aschenbecher benutzen.«

»Mit so einem Wagen«, sagte Medrano, »kommt man sehr weit. Bis nach Junín, wie Sie sehen, und bis zum ›London‹. Eine meiner Schwächen ist der Klatsch, obwohl ich zu meiner Verteidigung anführen muß, daß mich nur bestimmte, gehobene Formen von Klatsch interessieren, wie zum Beispiel die Geschichte. Was soll ich über Don Galo erzählen? (So beginnen gewisse Schriftsteller, die sehr gut wissen, was sie sagen werden.) Ich sollte erzählen, daß er treffender Gaius heißen müßte, und Sie werden gleich merken, warum. Junín verfügt über das bedeutende Textilgeschäft ›Gold und Blau‹, ein prophetischer Name. Aber sollten Sie je in der Provinz herumgereist sein, woran ich lieber zweifeln möchte, dann werden Sie wissen, daß in Veinticinco de Mayo auch ein ›Gold und Blau‹-Geschäft ist und daß in praktisch allen Bezirksstädten unserer weitläufigen Provinz an den strategisch günstigsten Punkten ›Gold und Blau‹-Läden liegen. Kurzum, Millionen von Pesos in den Taschen von Don Galo, diesem rührigen Galizier, der bestimmt wie fast alle seine Artgenossen hier ankam und sich mit der Tüchtigkeit hocharbeitete, die sie in unseren zur Siesta neigenden Pampas auszeichnet. Don Galo lebt in einem Palast im Palermo-Viertel, gelähmt und praktisch ohne Familie. Eine gut organisierte Verwaltung kümmert sich um die ›Gold und Blau‹-Kette. Aufseher wachen als Augen und Ohren des Königs darüber, perfektionieren, informieren, sanktionieren. Aber da... Langweile ich Sie auch nicht?«

»O nein«, sagte Nora, die an seinen Lippen hing.
»Gut denn«, fuhr Medrano ironisch fort. Mit Sorgfalt pflegte er weiter seine Stilübung, die – dessen war er sicher – nur López richtig zu schätzen wußte. »Da, vor fünf Jahren, näherte sich für Don Galo die Diamantene Hochzeit mit dem Tuchhandel, der Zuschneidekunst und allem, was damit zusammenhängt. Die lokalen Verkaufsleiter bekamen halboffiziell Kenntnis davon, daß der Chef eine Ehrung von seinen Angestellten erwartete und daß er beabsichtigte, seine sämtlichen Textilhäuser zu inspizieren. Zu jener Zeit war ich gut befreundet mit Peña, dem Filialleiter in Junín, dem Don Galos Besuch große Sorgen bereitete. Peña brachte in Erfahrung, daß der Besuch überaus sachlich sein würde, daß Don Galo willens war, noch das letzte Dutzend Knöpfe zu überprüfen. Wahrscheinlich das Ergebnis geheimer Informationen. Da alle Filialleiter gleichermaßen beunruhigt waren, begann eine Art Wettrüsten zwischen den Zweiggeschäften. Im Club gab es viel zu lachen bei den Geschichten von Peña, wie er zwei Handlungsreisende bestochen hatte, damit sie ihn darüber informierten, was die Kollegen in 9 de Julio oder in Pehuajó vorbereiteten. Er selbst rüstete nach besten Kräften, und im Laden wurde noch bis zu unglaublich später Stunde gearbeitet. Die Angestellten waren wütend und verängstigt zugleich.
Don Galo begann die Rundreise zu seiner Selbstverherrlichung in Lobos, glaube ich, besuchte drei oder vier seiner Häuser, und eines sonnigen Samstagmorgens erschien er in Junín. Zu jener Zeit besaß er einen blauen Buick, aber Peña hatte einen offenen Wagen bereitgestellt, von der Art, wie sie schon Alexander gerne gehabt hätte, um in Persepolis einzufahren. Don Galo war recht beeindruckt, als Peña und ein Komitee ihm an den Toren der Stadt entgegenkamen und ihn einluden, in den offenen Wagen umzusteigen. Majestätisch fuhr der Zug in die Hauptstraße ein. Ich, der ich mir so etwas nicht entgehen lasse, hatte mir am Rand des Bürgersteigs einen Platz gesucht, nicht weit vom Textilhaus. Als das Auto nahte, begannen strategisch geschickt verteilte Angestellte zu applaudieren. Die Mädchen streuten weiße Blumen, und die Männer, viele hatte man dafür bezahlt, schwenkten kleine Fähnchen mit den gold-blauen Insignien. Eine Art Triumphbogen mit den Worten: WILLKOMMEN DON GALO überspannte die ganze Straße. Diese vertrauliche Anrede hatte Peña eine schlaflose

Nacht gekostet, aber dem Alten gefiel die Kühnheit seiner Untergebenen. Das Auto hielt vor dem Textilhaus, der Beifall schwoll an (verzeihen Sie die weitläufige, aber unumgängliche Beschreibung), und Don Galo, der wie ein Äffchen auf der Kante seines Sitzes hockte, winkte von Zeit zu Zeit mit der rechten Hand, um die Begrüßung zu erwidern. Ich möchte Sie darauf hinweisen, daß er gut mit beiden Händen hätte grüßen können, aber mir war längst klargeworden, wie eingebildet der Kerl war und daß Peña nicht übertrieben hatte. Der Lehnsherr besuchte seine Leibeigenen, deren Huldigung er halb mißtrauisch, halb geneigt, fordernd und abwägend zugleich entgegennahm. Ich zerbrach mir den Kopf, wo ich solch eine Szene schon einmal gesehen hatte. Nicht die Szene selber, denn an sich glich sie jedem anderen offiziellen Empfang, mit Fähnchen, Plakaten und Blumensträußen, vielmehr das, was sich hinter der Szene verbarg (und sich mir enthüllte): etwas, das alle, die verängstigten Ladenschwengel, den armen Peña und selbst Don Galos Ausdruck zwischen Habgier und Langeweile umschloß. Als Peña auf einen kleinen Schemel stieg, um die Begrüßungsansprache zu verlesen (die, wie ich gestehen muß, in großen Teilen von mir stammte; derlei Dinge sind praktisch die einzige Ablenkung, die sich in Kleinstädten bietet), plusterte sich Don Galo auf seinem Sitz auf, nickte von Zeit zu Zeit zustimmend mit dem Kopf und nahm mit kalter Artigkeit die Salven donnernden Applauses entgegen, die von den Angestellten genau an den Stellen angebracht wurden, die Peña in der Nacht davor mit ihnen geprobt hatte. Exakt in dem Moment, in dem die bewegendste Stelle kam (wir hatten Don Galos mühevollen Weg im einzelnen beschrieben: Selfmademan, Autodidakt und so fort), sah ich den Gegenstand der Ehrung dem Gorilla von Chauffeur, den Sie dort sehen, ein Zeichen machen. Der Gorilla stieg aus dem Auto und sagte etwas zu jemandem am Rande des Bürgersteigs, der rot wurde und sich an seinen Nachbarn wandte, der wiederum zögerte und sich nach allen Richtungen umsah, als hoffe er auf eine rettende Erscheinung ... Ich begriff, daß ich mich der Lösung näherte, daß ich gleich wissen würde, weshalb mir dies alles so bekannt vorkam. ›Er hat den silbernen Nachttopf verlangt‹, dachte ich. ›Gaius Trimalchius. Bei den Göttern, die Welt wiederholt sich, so gut sie eben kann ...‹ Aber es war natürlich kein Nachttopf, gerade nur ein Glas Wasser, ein wohlüberlegtes Glas, um Peña zu zermalmen, das Pathos seiner

Rede zu durchbrechen und den Vorteil zurückzugewinnen, den er durch den Trick mit dem offenen Wagen eingebüßt hatte...«
Nora hatte das Ende der Geschichte nicht begriffen, aber sie ließ sich von López' Gelächter anstecken. Jetzt war es Roberto gerade mühsam gelungen, Don Galo an einem Fenster zu installieren, und nun brachte er ihm eine Orangenlimonade. Der Chauffeur hatte sich zurückgezogen und wartete an der Tür, wo er mit der Krankenschwester plauderte. Don Galos Rollstuhl war allen fürchterlich im Wege, aber dies schien Don Galo ausgesprochen gutzutun. López war fasziniert.
»Es darf nicht wahr sein«, sagte er noch einmal. »In diesem Zustand und mit all dem Geld macht er diese Reise nur deshalb, weil sie gratis ist?«
»Nicht ganz gratis«, sagte Medrano. »Das Los hat ihn zehn Pesos gekostet.«
»Männer der Tat werden auf ihre alten Tage häufig von derlei jugendlichen Launen gepackt«, sagte Dr. Restelli. »Auch ich, vom Glück einmal abgesehen, frage mich, ob ich wirklich...«
»Da kommen ein paar Burschen mit Bandoneons«, sagte Lucio. »Ob das für uns ist?«

VIII

Man merkte, daß das ein Café für feine Pinkel war, mit diesen Ministersesseln und den Kellnern, die gleich verschnupft waren, wenn man eine gutgezapfte Halbe mit wenig Schaum bestellte. Und keine Atmosphäre – das war das Schlimmste.
Atilio Presutti, besser bekannt als Pelusa, tauchte mit der rechten Hand in sein dicht gelocktes, karottenfarbenes Haar und ließ sie endlich nach einem mühsamen Weg im Nacken wieder zum Vorschein kommen. Dann strich er seinen kastanienbraunen Schnurrbart zurecht und betrachtete sein sommersprossiges Gesicht wohlgefällig im Wandspiegel. Doch anscheinend war er noch nicht ganz zufrieden, denn er zog einen blauen Kamm aus der oberen Jackettasche und begann sich zu kämmen, wobei er die freie Hand zu Hilfe nahm, um energisch die Stirnlocke festzuklopfen. Von soviel Sorgfalt angesteckt, machten sich nun auch zwei seiner Freunde an die Generalüberholung ihrer Frisuren.

»Das ist ein Café für feine Pinkel«, sagte Pelusa erneut. »Wer würde darauf kommen, sich hier auch nur zu verabschieden?«
»Das Eis ist gut«, sagte Nelly und schüttelte Pelusas Rockaufschläge, um die Schuppen zu entfernen. »Warum hast du deinen blauen Anzug angezogen, Atilio? Wenn ich dich bloß ansehe, sterbe ich schon vor Hitze, das kann ich dir schwören.«
»Wenn ich ihn im Koffer lasse, wird er ganz zerknittert«, sagte Pelusa. »Ich würde die Jacke ja ausziehen, aber ich fühle mich in diesem Lokal irgendwie komisch. Wenn ich dran denke, daß wir zum ›Ñato‹ hätten gehen können. Da ist es viel gemütlicher.«
»Seien Sie still, Atilio«, sagte Nellys Mutter. »Nach dem, was am Sonntag passiert ist, will ich nichts mehr von Abschied hören. Mein Gott, jedesmal wenn ich daran denken muß...«
»Aber das war doch halb so schlimm, Doña Pepa«, sagte Pelusa.
Frau Presutti sah ihren Sohn streng an.
»Was soll das heißen, halb so schlimm? Ah, Doña Pepa, diese Kinder... Das war also halb so schlimm, wie? Und dein Vater liegt mit ausgerenkter Schulter und verstauchtem Knöchel im Bett!«
»Na und?« sagte Pelusa. »Der Alte ist doch stärker als eine Dampflok.«
»Aber was ist denn passiert?« fragte einer der Freunde.
»Ja, warst du denn am Sonntag nicht dabei?«
»Weißt du das denn nicht mehr? Ich mußte mich doch auf den Kampf vorbereiten. Und wenn man trainiert, wird nicht gefeiert. Ich hab's dir doch gesagt, erinnerst du dich?«
»Ach ja, jetzt fällt's mir wieder ein«, sagte Pelusa. »Da hast du vielleicht was versäumt, Rusito!«
»Sag bloß. Ein Unfall?«
»Da war vielleicht was gefällig«, sagte Pelusa. »Der Alte ist von der Terrasse in den Hof gefallen und hat sich fast das Genick gebrochen. Mann, war da was los!«
»Ein Unfall, wissen Sie«, sagte Frau Presutti. »Erzähl du es ihm, Atilio. Ich rege mich schon wieder auf, wenn ich bloß daran denken muß.«
»Arme Doña Pepa«, sagte Nelly.
»Sie Ärmste«, sagte Nellys Mutter.
»Aber das war doch halb so wild«, sagte Pelusa. »Also, du weißt ja, daß die ganze Bande gekommen ist, um mit Nelly und mir

unseren Abschied zu feiern. Meine Mutter hat Wahnsinns-Ravioli gekocht, und die Jungs haben Bier und Kuchen mitgebracht. Es war so richtig gemütlich auf der Terrasse; unser Kleiner und ich haben die Markise aufgespannt und den Plattenspieler geholt. Nichts fehlte. Wie viele sind wir gewesen? Dreißig mindestens.«

»Mehr«, sagte Nelly. »Ich habe fast vierzig gezählt. Ich weiß noch, daß die Fleischsoße kaum gereicht hat.«

»Also, wir hatten es so richtig gemütlich, nicht wie hier in diesem Möbelladen. Der Alte saß oben am Tisch, daneben Don Rapa – der von der Werft. Du weißt ja, wie gern mein Alter ins Glas guckt. Nun schau dir bloß einmal das Gesicht an, das meine Alte macht! Ja stimmt es denn etwa nicht? Was ist denn schon Schlimmes dabei? Ich weiß jedenfalls genau, daß wir alle ganz schön einen sitzen hatten, als sie die Bananen brachten, aber der Alte war am schlimmsten! Wie der gesungen hat, *mama mía!* Ausgerechnet da fällt ihm ein, auf die Reise anzustoßen. Er steht auf, die Halbe in der Hand, und als er anfängt zu reden, kriegt er einen Hustenanfall, schmeißt sich so nach hinten und fällt genau in den Hof. Mann, was hatte ich für ein Gefühl bei dem Geräusch. Der arme Alte, ich sage dir, er ist runtergeplumpst wie ein Sack Kartoffeln.«

»Armer Don Pipo«, meinte Rusito, während Frau Presutti ein Taschentuch aus ihrer Handtasche hervorkramte.

»Sehen Sie, Atilio? Jetzt haben Sie Ihre Mutter zum Weinen gebracht«, sagte Nellys Mutter. »Weinen Sie nicht, Doña Rosita. Schließlich ist nichts passiert.«

»Natürlich nicht«, sagte Pelusa, »aber was für ein Spektakel. Wir sind alle runtergelaufen. Ich war sicher, daß der Alte sich den Schädel eingeschlagen hätte. Die Frauen heulten, daß es ein Gedicht war. Ich hab' Nelly gesagt, daß sie den Plattenspieler abstellen sollte, und Doña Pepa mußte sich um meine Alte kümmern, die einen richtigen Anfall gekriegt hatte. Arme Alte, wie die sich vielleicht gekrümmt hat!«

»Und Don Pipo?« fragte Rusito blutrünstig.

»Der Alte ist echt ein Phänomen!« sagte Pelusa. »Wie ich ihn da so hab' auf den Platten liegen sehen und er sich gar nicht rührte, hab' ich gedacht: Jetzt bist du Halbwaise. Der Kleine ist dann gelaufen, um den Krankenwagen zu rufen, und wir haben dem Alten solange das Hemd ausgezogen, um zu sehen, ob er noch atmete.

Als er die Augen aufmachte, hat er als erstes nach seiner Brieftasche gegriffen, ob sie ihm auch niemand geklaut hätte. So ist mein Alter. Dann sagte er, daß ihm die Schulter weh täte, aber es wär' nichts. Der wollte bestimmt bloß weiterfeiern. Weißt du noch, Alte, wie wir dich hingeschleppt haben, um dir zu zeigen, daß ihm nichts passiert war? War da was gefällig! Statt sich wieder einzukriegen, wurde ihr Anfall gleich noch mal so schlimm.«

»Der Schock«, sagte Nellys Mutter. »In meinem Haus hat einmal...«

»Kurz und gut, als der Krankenwagen aufkreuzte, saß er längst wieder auf dem Boden, und wir haben gelacht wie die Irren. Nur schade, daß die beiden Sanitäter nichts davon wissen wollten, ihn zu Hause zu lassen. Schließlich haben sie ihn mitgenommen, armer Alter, aber wenigstens habe ich die Gelegenheit genutzt und mir, wie so einer wollte, daß ich ihm irgendeinen Wisch unterschreibe, nach meinem Ohr sehen lassen, das manchmal so verstopft ist.«

»Phantastisch«, sagte Rusito ganz beeindruckt. »Was ich da verpaßt habe. Und ausgerechnet an dem Tag mußte ich trainieren.«

Ein anderer Freund, der sich in einen ungeheuren steifen Kragen gezwängt hatte, sprang plötzlich auf.

»Ja guckt doch mal, wer da kommt! Junge, das is'n Ding!«

Feierlich, mit glänzendem Haar und tadellosen karierten Anzügen bahnten sich die Bandoneonspieler von Asdrúbal Crésidas typischem Tango-Orchester ihren Weg durch das ständig wachsende Gedränge an den Tischen. Hinter ihnen erschien ein junger Mann in perlgrauem Anzug, schwarzem Hemd und cremefarbener Krawatte, an der eine Nadel in Form eines Fußballemblems prangte.

»Mein Bruder«, sagte Pelusa, obwohl dieses wesentliche Detail niemandem unbekannt war. »Was sagt man dazu? Er wollte uns überraschen!« Der bekannte Sänger Humberto Roland erreichte den Tisch und schüttelte allen, außer seiner Mutter, überschwenglich die Hand.

»Phantastisch, Mensch«, sagte Pelusa. »Hast du im Funk jemand gefunden, der dich vertritt?«

»Ich hab' ihnen erzählt, ich hätte Zahnschmerzen«, sagte Humberto Roland. »So können sie mir wenigstens nichts abziehen.

Das da sind ein paar Freunde vom Orchester, die euch mit verabschieden wollten.«
Widerwillig brachte Roberto noch einen Tisch mit vier Stühlen, der Künstler bestellte einen Eiskaffee, die Begleitmusiker entschieden sich alle für Bier.

IX

Paula und Raúl kamen durch die Tür von der Calle Florida her herein und setzten sich an einen Fenstertisch. Paula achtete kaum auf das Innere des Cafés, aber Raúl amüsierte sich bei dem Spiel, unter so vielen schwitzenden Mitbürgern ihre Mitreisenden zu erraten.
»Wenn ich nicht die Benachrichtigung in der Tasche hätte, würde ich glauben, irgendein Freund wollte sich mit mir einen Scherz machen«, sagte Raúl. »Kommt dir das Ganze nicht auch unglaublich vor?«
»Im Moment kommt es mir eher heiß vor«, sagte Paula. »Aber ich gebe zu, der Brief allein ist die Reise wert.«
Raúl faltete ein cremefarbenes Blatt Papier auseinander und gab eine Zusammenfassung seines Inhaltes:
»Um 18 Uhr in diesem Café. Das Gepäck wird morgens zu Hause abgeholt. Es wird gebeten, ohne Begleitung zu kommen. Das Amt für Öffentlichkeitsarbeit übernimmt alles Weitere. Du mußt zugeben, eine Lotterie, die es in sich hat. Sag mir bloß, warum wir uns ausgerechnet in diesem Café treffen?«
»Ich habe schon vor einer ziemlichen Weile aufgehört, mir über die ganze Sache den Kopf zu zerbrechen«, sagte Paula. »Ich weiß bloß, daß du gewonnen und mich eingeladen hast, wodurch du mich auf immer für den *Who's Who in Argentinien* disqualifiziert hast.«
»Ganz im Gegenteil! Diese rätselhafte Reise wird dir enormes Prestige verleihen. Du kannst von geistiger Einkehr sprechen und sagen, du würdest an einer Monographie über Dylan Thomas arbeiten; der ist in den literarischen Cafés gerade ›in‹. Ich für meinen Teil finde, der größte Reiz jeder Verrücktheit liegt in der Tatsache, daß sie immer schlecht ausgeht.«
»Ja, manchmal kann das reizvoll sein«, sagte Paula. »*Le besoin de la fatalité*, wie man so sagt.«

»Im schlimmsten Fall wird es eine Kreuzfahrt wie jede andere, nur daß keiner genau weiß wohin. Dauer: Drei bis vier Monate. Ich muß gestehen, das hat für mich den Ausschlag gegeben. Wo können sie uns in einem solchen Zeitraum hinbringen? Nach China, zum Beispiel?«

»In welches von beiden?«

»In alle beide, in Würdigung der traditionellen Neutralität Argentiniens.«

»Ich wollte, du hättest recht, aber du wirst schon sehen, sie bringen uns nach Genua und von dort im Bus durch ganz Europa, bis wir schließlich völlig durchgewalkt sind.«

»Das bezweifle ich«, sagte Raúl. »Wenn es so wäre, hätten sie es laut überall verkündet. Ich möchte bloß wissen, was da wohl in letzter Minute an unerwarteten Schwierigkeiten aufgetaucht ist.«

»Jedenfalls«, sagte Paula, »etwas haben sie doch über die Route gesagt.«

»Absolut spekulativ. Vage Formulierungen im Vertrag, an die ich mich nicht mehr erinnere, Andeutungen, die unseren Abenteuergeist wecken sollten, kurz, eine Vergnügungsreise, die nur von der internationalen Lage eingeschränkt wird. Das heißt, sie werden uns nicht nach Algerien, nach Wladiwostok oder Las Vegas bringen. Der schlaueste Trick war das mit dem bezahlten Sonderurlaub. Welcher Bürokrat könnte dem widerstehen? Und das Heft voller Reiseschecks zählt schließlich auch. Dollars, denk nur, Dollars.«

»Und daß du mich einladen kannst.«

»Selbstverständlich. Um zu sehen, ob die Luft und die exotischen Häfen Liebeskummer heilen können.«

»Sie sind in jedem Fall besser als Veronal«, sagte Paula und schaute ihn an. Raúl erwiderte ihren Blick. So verharrten sie eine Weile, reglos, fast herausfordernd.

»Schon gut«, sagte Raúl, »hör jetzt auf mit dem Blödsinn. Du hast es mir versprochen.«

»Klar«, sagte Paula.

»Du sagst immer ›klar‹, wenn alles mehr als unklar ist.«

»Was habe ich schon gesagt als: ›Sie sind in jedem Fall besser als Veronal‹.«

»In Ordnung, *on laisse tomber*.«

»Klar«, wiederholte Paula. »Werd nicht böse, mein Lieber. Ich bin dir wirklich dankbar, glaub mir. Deine Einladung hilft mir aus der Patsche, selbst wenn ich dabei den Rest meines guten Rufes verlieren sollte. Im Ernst, Raúl, ich glaube, die Reise wird mir irgendwie helfen. Vor allem, falls wir in ein absurdes Chaos schlittern. Was werden wir uns kaputtlachen!«
»Jedenfalls ist es eine Abwechslung«, sagte Raúl. »Ich bin es ein wenig leid, Villen für Leute wie deine oder meine Familie zu entwerfen. Ich sehe ja ein, daß diese Kreuzfahrt ziemlich idiotisch ist und in Wirklichkeit keine Lösung, sondern ein bloßes Hinausschieben. Wir werden schließlich zurückkommen, und alles wird sein wie vorher. Aber vielleicht ist es auch ein bißchen weniger oder mehr als zuvor.«
»Mir ist unbegreiflich, daß du nicht die Gelegenheit genutzt hast, um mit einem Freund zu fahren, mit jemandem, der dir näher steht als ich.«
»Vielleicht genau deshalb, Mylady. Damit mich diese Nähe nicht weiter an die große Hauptstadt des Südens bindet. Außerdem, das mit der Nähe, weißt du ...«
»Ich finde«, sagte Paula und sah ihm in die Augen, »du bist ein feiner Kerl.«
»Danke. Es stimmt zwar nicht, aber du gibst dem so einen gewissen Anschein von Wahrheit.«
»Ich denke auch, daß die Reise sehr unterhaltsam wird.«
»Sehr.«
Paula holte tief Atem. Plötzlich, einfach so, fühlte sie etwas wie Glück.
»Hast du Pillen gegen Seekrankheit dabei?« fragte sie.
Aber Raúl blickte zu einer großen Ansammlung lärmender junger Burschen hinüber.
»Mein Gott«, sagte er. »Einer sieht aus, als wollte er gleich anfangen zu singen.«

A

Lange nutzt Persio nun schon das Gespräch zwischen Mutter und Sohn, sondiert die Situation, mißt jedes Ding am Logos oder zieht aus dem Logos sein geheimes Gerüst, verfolgt im Sinn den schma-

len Pfad zum Schauspiel hin, das ihm die Pforte – so wünscht er es sich – zur Synthesis zu öffnen verspricht. Mühelos wendet Persio sich ab von den Nebenfiguren, hin zum Zentrum der Szene, berechnet genau, welche Karte hier sticht, welche nicht, durchschaut voller Spott die Umgebung voll neuer Reize, trennt Spreu von Weizen und analysiert und scheidet und wägt. Was um ihn herum Gestalt gewinnt, könnte einem heiß und kalt zugleich machen: was er sieht, scheint die Ausgeburt eiskalten Fiebers, Halluzination ohne Tiger und Käfer, ein Jagdfieber, das die Beute verfolgt ohne Affengehüpfe oder sinnlos plappernde Schwäne. Längst sind die Komparsen in diesem Café schon nicht mehr mit von der Partie, ohne zu wissen, daß sie nun passen müssen, statt dieser Party beginnt das richtige Spiel.

Persio findet Gefallen daran, unter dem Mikroskop die flüchtige Konstellation zu fixieren, die zeigt, wer nun bleibt und wer wirklich die Reise antritt. Er weiß nicht mehr als sie von den Regeln des Spiels, aber er spürt, daß sie genau hier, in jedem der Spieler selber entstehen, wie auf einem unendlichen Schachbrett zwischen Gegnern, die stumm sind, für Läufer und Springer wie Delphine und tändelnde Satyrn. Jeder Zug eine Seeschlacht, jeder Schritt ein Strom von Worten oder Tränen, jedes Feld ein Sandkorn, ein Meer aus Blut, eine Komödie von Eichhörnchen oder ein Fiasko von Gauklern, die durch eine Wiese voll Schellen und Beifall ihr Rad schlagen.

Also hat gemeinsames wohlwollendes Wirken der Verwaltung zum Zwecke der Wohltätigkeit und vielleicht (man weiß es nicht sicher) zum Zweck einer dunklen Wissenschaft, in welcher der Zufall und das Schicksal der Gewinner die Bank halten, diese Versammlung im ›London‹ ermöglicht: diese kleine Armee, deren Hauptleute, Zahlmeister, Deserteure und mögliche Helden Persio erahnt, er erkundet die Entfernung vom Aquarium zur Balustrade, das Eis der Zeit, das den Blick eines Mannes trennt vom Lächeln in Rouge, erkundet die unermeßliche Ferne zwischen Schicksalen, die sich in einer Begegnung plötzlich verbinden, die beinahe schreckliche Vermengung einzelner Wesen, die aus Taxen, Bahnhöfen, Büros und von Liebhabern kommen und schon ein einziger Körper sind, der sich selbst noch nicht kennt, nicht weiß, daß er seltsamer Vorwand ist für eine verworrene Saga, die man vielleicht vergeblich erzählt, vielleicht auch niemals.

X

»Und so«, sagte Persio aufseufzend, »sind wir vielleicht auf einmal eine Einheit, die niemand sieht oder irgend jemand sieht oder irgend jemand nicht sieht.«

»Das klingt, als wären Sie gerade eben wieder an die Wasseroberfläche gekommen«, sagte Claudia, »und da soll ich Sie verstehen. Wollen Sie mir nicht erst die Bindeglieder zeigen? Oder ist Ihre Angriffsfront unvermeidlich hermetisch?«

»Nein, überhaupt nicht«, sagte Persio. »Es ist nur einfach leichter zu sehen, als zu beschreiben, was man gesehen hat. Ich bin Ihnen furchtbar dankbar, daß Sie mir diese Reise ermöglicht haben, Claudia. Mit Ihnen und Jorge werde ich mich richtig wohl fühlen. Den ganzen Tag an Deck, Gymnastik treiben und singen, falls das erlaubt ist.«

»Bist du noch nie mit einem Schiff gefahren?« fragte Jorge.

»Nein, aber ich habe die Romane von Conrad und Pío Baroja gelesen, Schriftsteller, die du in ein paar Jahren auch großartig finden wirst. Claudia, kommt es Ihnen nicht auch so vor, als würden wir auf einen Teil von uns selbst verzichten, sobald wir etwas Neues unternehmen, um uns in eine fast immer unbekannte Maschine einzufügen, einen Tausendfüßler, in dem wir kaum mehr als einer seiner Ringe und ein paar Fürze sind, im lokomotorischen Sinne des Begriffs?«

»Er hat Fürze gesagt!« rief Jorge begeistert.

»Ja, aber es ist nicht das, was du dir vorstellst. Ich glaube, Persio, daß wir ohne das, was Sie Verzicht nennen, nicht viel wären. Viel zu passiv sind wir ohnehin schon, fügen uns allzu leicht in unser Schicksal. Ein paar Säulenheilige, wenn es hoch kommt, oder wie diese steinernen Heiligenfiguren mit Vogelnestern auf dem Kopf.«

»Meine Bemerkung war nicht axiomatisch gemeint, und schon gar nicht normativ«, sagte Persio mit seinem ungeduldigsten Gesichtsausdruck. »Tatsächlich falle ich in den aus der Mode gekommenen Unanimismus zurück, aber ich suche den Weg von einer anderen Seite her. Es ist allgemein bekannt, daß eine Gruppe mehr und zugleich weniger ist als die Summe ihrer Teile. Was ich nun gerne finden würde, wenn ich zugleich innerhalb wie außerhalb der Gruppe sein könnte – und ich glaube, das ist möglich –, ist die

Antwort auf die Frage, ob der menschliche Tausendfüßler in seinem Zusammenfinden und seiner Auflösung etwas anderem als nur dem Zufall gehorcht; ob er eine Figur im magischen Sinne des Wortes ist und ob diese Figur fähig ist, sich unter bestimmten Umständen in wesentlicheren Bezirken zu bewegen als ihre isolierten Glieder. Uff.«

»Wesentlicheren?« sagte Claudia. »Schauen wir uns erst einmal dieses verdächtige Vokabular an.«

»Wenn wir ein Sternbild betrachten«, sagte Persio, »dann haben wir so etwas wie die Gewißheit, daß die Harmonie, der Rhythmus, welcher die Sterne darin verbindet (und den natürlich wir ihnen unterlegen, den wir ihnen aber deshalb unterlegen, weil auch dort etwas vorgeht, das diese Harmonie bestimmt), daß also dieser Rhythmus tiefer, wesentlicher ist als die isolierte Existenz jedes dieser Sterne. Ist Ihnen nie aufgefallen, daß die einzelnen Sterne, die armen, denen es nicht gelingt, sich in ein Sternbild einzufügen, neben dieser nicht zu entziffernden Schrift unbedeutend erscheinen? Die Gründe der Astrologie und der Mnemotechnik allein erklären noch nicht die heilige Verehrung der Sternbilder. Von Anfang an muß der Mensch gespürt haben, daß jedes von ihnen wie eine Sippe, eine Gemeinschaft, eine Rasse war: etwas entschieden Eigenes, vielleicht sogar Gegensätzliches. In manchen Nächten habe ich den Krieg der Gestirne miterlebt, ihr unerträgliches Spiel von Spannungen. Dabei kann man von der Terrasse meiner Pension aus gar nicht allzu gut sehen, immer hängt etwas Dunst in der Luft.«

»Hast du die Sterne mit einem Teleskop beobachtet, Persio?«

»O nein«, sagte Persio. »Weißt du, gewisse Dinge muß man mit dem bloßen Auge betrachten. Nicht daß ich etwas gegen die Wissenschaft hätte, aber ich denke, nur eine poetische Sichtweise kann die Bedeutung jener Figuren erfassen, welche die Engel aufschreiben und in ihre Ordnung bringen. Heute abend, hier in diesem armseligen Café, kann es eine von diesen Figuren geben.«

»Wo ist die Figur, Persio?« fragte Jorge und sah sich nach allen Seiten um.

»Sie beginnt mit der Lotterie«, sagte Persio sehr ernst. »Durch die Ziehung von ein paar Kugeln wurde eine Anzahl Männer und Frauen unter mehreren Hunderttausend ausgewählt. Die Gewinner ihrerseits haben ihre Begleiter ausgewählt, ein Umstand, den ich für meinen Teil dankbar hervorheben möchte. Sehen Sie, Claudia, die Anordnung der Figur hat nichts Funktionelles oder Pragmatisches. Wir sind nicht die große Rosette der gotischen Kathedrale, sondern die einen flüchtigen Augenblick lang erstarrte Rose des Kaleidoskops. Doch bevor sie abtritt und ihre Blätter bei der nächsten launenhaften Drehung des Kaleidoskops auseinanderfallen, was für Spiele werden zwischen uns gespielt werden, wie werden sich die kalten und die warmen Farben, die unter dem Zeichen des Mondes und die unter dem des Merkur Geborenen, die Charaktere und die Temperamente zusammenfinden?«

»Von was für einem Kaleidoskop sprichst du, Persio?« fragte Jorge.

Man hörte jemanden einen Tango singen.

XI

Sowohl Mutter als auch Vater und Schwester des Schülers Felipe Trejo fanden, daß es nichts schaden könnte, Tee und Gebäck zu bestellen. Wer wußte denn schon, wann es auf dem Schiff Abendessen geben würde, und außerdem war es nicht gut, mit leerem Magen an Bord zu gehen (Eis kann man nicht als Nahrung bezeichnen, es schmilzt ja). An Bord würde es ratsam sein, zunächst nichts Schweres zu essen und auf dem Rücken zu schlafen. Das Schlimmste für die Seekrankheit waren die Sinneseindrücke. Tante Felisa wurde schon seekrank, wenn sie nur zum Hafen ging oder einen Film sah, in dem ein Unterseeboot vorkam. Felipe hörte unendlich gelangweilt Sätze, die er längst auswendig kannte. Jetzt würde seine Mutter sagen, daß sie in ihrer Jugend bei einem Ausflug auf dem Delta seekrank geworden sei. Dann würde Herr Trejo sie darauf hinweisen, daß er ihr an jenem Tage geraten habe, nicht soviel Melone zu essen. Worauf Frau Trejo erwidern würde, an der Melone hätte es nicht gelegen, da sie die Melone mit Salz gegessen habe, und Melone mit Salz habe noch nie jemandem geschadet. Felipe hätte gerade jetzt gern gewußt, wovon sie an dem Tisch vom ›Schwarzen Kater‹ und von López redeten; bestimmt von der Schule, worüber sollten Pauker auch sonst reden? Eigentlich hätte er ja hingehen müssen und sie begrüßen, aber wozu, wenn er sie auf dem Schiff doch treffen würde. López störte ihn

nicht, im Gegenteil, er war ein prima Kerl, aber der ›Schwarze Kater‹, ausgerechnet dieser Trottel, mußte so einen Preis an Land ziehen.
Unvermeidlich dachte er wieder an die Negrita, die mit einem zwar nicht sehr, aber doch ein bißchen betrübten Gesicht zu Hause geblieben war. Nicht seinetwegen, natürlich. Was ihr leid tat, dieser alten Schlampe, war, daß sie nicht mit ihrer Herrschaft kommen durfte. Im Grunde war er ein Idiot gewesen. Wenn er nämlich verlangt hätte, daß die Negrita mitkäme, hätte seine Mutter nachgeben müssen. Entweder die Negrita oder keiner. ›Aber Felipe...‹ ›Na und? Wäre es für dich nicht bequemer mit einem Dienstmädchen an Bord?‹ Aber da hätten sie seine Absichten durchschaut. Die würden es fertigbringen, ein großes Affentheater zu machen, weil er noch nicht volljährig war; eine kleine Anzeige beim Richter, und die Kreuzfahrt wäre im Eimer. Er fragte sich, ob seine Alten wirklich deswegen die Reise geopfert hätten. Bestimmt nicht. Bah, was scherte ihn am Ende die Negrita? Bis zum Schluß hatte sie nicht gewollt, daß er auf ihr Zimmer käme, so sehr er sie auch im Flur bedrängt und davon geredet hatte, er würde ihr eine Armbanduhr kaufen, sobald er dem Alten etwas Geld abgeknöpft hätte. Das blöde Indio-Flittchen, und der Gedanke, daß sie mit dem Paar Beine... Felipe spürte dieses wohlige Erschlaffen seines Körpers, das einem völlig entgegengesetzten Phänomen voranging, und setzte sich in seinem Sessel auf. Er nahm sich den Keks mit der meisten Schokolade, einen Sekundenbruchteil vor Beba.
»Immer der gleiche gierige Flegel.«
»Hör bloß auf, du Kameliendame.«
»Kinder...«, sagte Frau Trejo.
Wer weiß, ob an Bord Mädchen sind, mit denen man etwas anfangen kann? Er erinnerte sich – nicht gern, aber zwangsläufig – an Ordóñez, den Bandenchef von der Fünften, und seine Ratschläge, die er ihm in einer Sommernacht auf einer Bank im Park vor dem Kongreß gegeben hatte. »Schmeiß dich mal richtig ran, Kleiner, du bist schon zu alt, um dir einen runterzuholen.« Auf seinen verächtlichen, jedoch etwas verworrenen Protest hin hatte Ordóñez ihm einen freundschaftlichen Klaps aufs Knie gegeben. »Komm, komm, mach bei mir nicht den starken Mann. Ich bin zwei Jahre älter als du und weiß Bescheid. In deinem Alter geht's doch nur

ums Wichsen. Ist ja nichts Schlechtes dabei, aber jetzt, wo du in Tanzschuppen gehst, reicht das nicht mehr. Schau, das erste Mädchen, das dich ran läßt, schleppst du zum Rudern zum Tigre, da kann man überall bumsen. Wenn du keine Kohle hast, sag mir Bescheid, und ich sag' meinem Bruder, dem Buchhalter, er soll dir seine Bude für einen Nachmittag überlassen. Im Bett ist es immer besser, kannst du dir ja denken...« Und dann eine Reihe von Einzelheiten, Erinnerungen und freundschaftlichen Ratschlägen. Bei all seiner Scham und Wut war Felipe Ordóñez doch dankbar gewesen. Was für ein Unterschied zu Alfieri, zum Beispiel. Klar, Alfieri...

»Wir bekommen, glaube ich, Musik«, sagte Frau Trejo.

»Wie geschmacklos«, sagte Beba. »Man sollte es nicht erlauben.«

Der beliebte Sänger Humberto Roland hatte den freundlichen Bitten von Verwandten und Freunden nachgegeben und sich erhoben, während Pelusa und Rusito mit viel Ellbogeneinsatz und guten Worten den drei Bandoneonspielern behilflich waren, sich bequem einzurichten und ihre Instrumente auszupacken. Man hörte Gelächter und Gezischel, und vor den Fenstern zur Avenida drängten sich die Menschen. Von der Calle Florida schaute ein Polizist in offensichtlicher Ratlosigkeit herüber.

»Super, super!« schrie Rusito. »Mann, Pelusa, dein Bruder ist eine ganz große Nummer!«

Pelusa hatte sich wieder neben Nelly niedergelassen und machte den Leuten Zeichen, still zu sein.

»Mal sehen, ob sie jetzt ein bißchen aufpassen! *Mama mía*, dieses Lokal ist wirklich das Letzte!«

Humberto Roland hüstelte und strich sich das Haar glatt.

»Sie müssen entschuldigen, daß wir die Rhythmusgruppe nicht mitbringen konnten«, sagte er. »Wir werden tun, was wir können.«

»Jawoll, Junge, jawoll!«

»Zum Abschied für meinen lieben Bruder und seine reizende Braut werde ich für Sie den Tango von Visca und Cadícamo singen: *Muñeca brava*.«

»Super!« sagte Rusito.

Die Bandoneonspieler kämpften sich durch die Einleitung, und Humberto Roland schob die Linke in die Hosentasche, schleuderte die Rechte in die Luft und sang:

Madame, du sprichst französisch,
schmeißt Zaster raus mit beiden Händen
trinkst abends Champagner, bien frappé
und legst in den Tango all deine Illusionen …

Man konnte im ›London‹ eine ebenso plötzliche wie überraschende akustische Umkehrung wahrnehmen, denn jetzt, wo es an Pelusas Tisch totenstill geworden war, fielen die Gespräche an den Nachbartischen um so mehr auf. Pelusa und Rusito schossen wütende Blicke in die Runde, während Humberto Roland aus voller Kehle sang:

Hast einen Macker, der dich aushält,
bist stolze zwanzig Lenze jung …

Carlos López fühlte sich vollkommen glücklich und sagte das auch Medrano. Dr. Restelli war sichtlich betroffen »durch die Wendung, welche die Ereignisse genommen haben«, wie er es ausdrückte.

»Diese Leute haben so eine beneidenswerte Ungezwungenheit«, sagte López. »Es liegt fast etwas wie Vollkommenheit in der Art, wie sie im Rahmen ihrer Möglichkeiten auftreten, ohne den leisesten Verdacht, daß die Welt über Tango und Fußball hinausgehen könnte.«

»Schauen Sie sich Don Galo an«, sagte Medrano. »Der Alte scheint sich ziemlich zu ängstigen.«

Don Galos Bestürzung löste sich in drohenden Gesten auf, die er seinem Chauffeur machte, der im Laufschritt herbeieilte, seinem Herrn zuhörte und dann wieder verschwand. Sie konnten sehen, wie er mit dem Polizisten redete, der die Szene durch das Fenster zur Calle Florida beobachtete. Sie konnten auch die Geste des Polizisten sehen, der die fünf Finger der umgedrehten Hand aneinanderlegte und sie eine vertikale Auf- und Abbewegung beschreiben ließ.

»Na sicher«, sagte Medrano. »Was ist denn schließlich auch Schlimmes dabei?«

Alle nennen dich ›tolle Puppe‹,
weil du jede Menge Trottel berauschst …

Paula und Raúl genossen die Szene ungemein, viel mehr als Lucio und Nora, die sichtlich verwirrt waren. Felipes Familie war sich einig in eisiger Nichtachtung, nur er selbst beobachtete fasziniert die blitzschnellen Läufe und Gegenläufe der Finger auf den Bandoneons. Etwas weiter begann Jorge sich durch sein zweites Eis zu arbeiten, während Claudia und Persio noch immer in ihr metaphysisches Gespräch vertieft waren. Und über ihnen allen, weit über der Gleichgültigkeit oder dem Vergnügen der Stammgäste des ›London‹, kam Humberto Roland zum melancholischen Ende dieser geballten Ladung Buenos-Aires-Herrlichkeit:

Für mich bleibst du doch immer die,
die's nicht schaffte,
ein kleines Stück Liebe und Jugend zu bewahr'n...

Unter Geschrei, Applaus und Löffelgeklopfe auf den Tischen erhob sich Pelusa ergriffen und schloß seinen Bruder fest in die Arme. Dann schüttelte er den drei Bandoneonspielern die Hand, schlug sich gegen die Brust und zog ein riesiges Taschentuch hervor, um sich zu schneuzen. Humberto Roland dankte huldvoll für den Beifall, und Nelly und die Damen stimmten sein Loblied an, dem der Sänger mit seinem unermüdlichen Lächeln lauschte. In diesem Augenblick stieß ein bis dahin kaum bemerktes Kind einen gurgelnden Laut aus – die Folge eines Sahnetörtchens, das es in die Luftröhre bekommen hatte. An dem Tisch entstand ein fürchterliches Durcheinander, das im allgemeinen Rufen nach Roberto und einem Glas Wasser gipfelte.

»Du warst ganz groß«, sagte Pelusa gerührt.

»Bloß wie immer«, antwortete Humberto Roland.

»Mit was für einem Gefühl Sie singen«, meinte Nellys Mutter.

»So war er schon immer«, sagte Frau Presutti. »Mit Schule oder so etwas brauchte man ihm gar nicht zu kommen. Nichts als die Kunst.«

»Genau wie ich«, sagte Rusito. »Mit der Schule absolut nichts am Hut. Nur Prügel austeilen.«

Nelly pflückte eben dem Kind die letzten Kuchenstücke aus dem Hals. Die Leute an den Fenstern begannen sich zu verlaufen, und Dr. Restelli fuhr sich mit dem Finger unter den gestärkten Kragen und zeigte sichtbare Zeichen von Erleichterung.

»Nun«, sagte López, »jetzt ist es wohl soweit.«
Zwei Männer in dunkelblauen Anzügen hatten in der Mitte des Cafés Aufstellung genommen. Einer von ihnen klatschte kurz in die Hände, während der andere mit einem Zeichen Ruhe forderte. Mit einer Stimme, die diese Vorsichtsmaßnahme überflüssig gemacht hätte, sagte er:
»Alle Gäste, die ohne eine schriftliche Aufforderung hier sind, wie auch die Herrschaften, die gekommen sind, um die hierher Bestellten zu verabschieden, werden gebeten, diese Stätte zu verlassen.«
»Diese was?« fragte Nelly
»Wir sollen abhauen«, sagte einer von Pelusas Freunden. »Was sagt man dazu, grad wo's am besten war.«
Nachdem die erste Überraschung vorüber war, wurden Rufe und Proteste der Stammgäste laut. Der Mann, der gesprochen hatte, hob eine Hand, die Innenfläche nach vorne gekehrt, und sagte:
»Ich bin Inspektor vom Amt für Öffentlichkeitsarbeit und befolge nur meine Anweisungen. Ich bitte alle, die schriftlich hierher bestellt worden sind, sitzen zu bleiben, und alle anderen, sich so schnell wie möglich zu entfernen.«
»Schau«, sagte Lucio zu Nora. »Dort ist ein Polizeikordon auf der Avenida. Das sieht mehr nach einer Razzia aus als nach sonst etwas!«
Die Kellner im ›London‹ waren ebenso überrascht wie die Gäste und schafften es nicht, überall gleichzeitig zu kassieren, und es kam zu außerordentlichen Komplikationen mit dem Wechselgeld, Gebäck mußte zurückgenommen werden und dergleichen technische Probleme mehr. An Pelusas Tisch wurde geschluchzt und gezetert. Frau Presutti und Nellys Mutter durchlitten den schweren Moment, wo sie von den Verwandten Abschied nehmen mußten, die an Land zurückblieben. Nelly spendete ihrer Mutter und ihrer künftigen Schwiegermutter Trost, Pelusa umarmte noch einmal Humberto Roland und überbot sich mit der Clique in wechselseitigem Schulterklopfen.
»Alles Gute, alles Gute!« riefen die Freunde. »Schreib mal, Pelusa!«
»Ich schick dir eine Karte, Mann!«
»Vergiß die Clique nicht!«
»Wie soll ich die vergessen! He, alles Gute!«

»Es leben die La Boca Juniors!« schrie Rusito und schaute herausfordernd zu den anderen Tischen.
Zwei gewichtig aussehende Herren hatten sich dem Inspektor genähert und betrachteten ihn ganz so, als sei er ein Wesen von einem anderen Stern.
»Sie mögen welchen Befehlen auch immer gehorchen«, sagte einer von ihnen, »aber im Leben ist mir solch eine Willkür noch nicht begegnet.«
»Weitergehen, weitergehen«, sagte der Amts-Inspektor, ohne sie anzusehen.
»Ich bin Dr. Lastra«, sagte Dr. Lastra. »Und ich kenne meine Rechte und Pflichten genauso gut wie Sie. Dieses Café ist öffentlich, und niemand kann mich ohne eine schriftliche Anordnung zwingen, es zu verlassen.«
Der Inspektor zog ein Papier hervor und zeigte es ihm.
»Und?« sagte der andere Herr. »Das ist nichts weiter als legalisierte Willkür. Befinden wir uns vielleicht im Belagerungszustand?«
»Sie können Ihre Beschwerde bei der zuständigen Stelle vorbringen«, sagte der Inspektor. »Los, Viñas, scheuch die Damen aus dem kleinen Salon, sonst pudern sie sich noch morgen früh.«
Auf der Avenida bedrängten so viele Schaulustige den Polizeikordon, daß schließlich der Verkehr zum Erliegen kam. Mit entgeisterten Gesichtern verließen die Gäste das Café durch die Tür zur Calle Florida, wo das Getümmel weniger groß war. Der Inspektor und der Mann namens Viñas gingen von Tisch zu Tisch, prüften die Einladungen und notierten die Namen der Begleiter. Ein Polizist, der an der Theke lehnte, plauderte mit den Kellnern und dem Kassierer, die man angewiesen hatte, ihre Plätze nicht zu verlassen. Jetzt, wo es fast leer war, wirkte das ›London‹ auf einmal wie morgens um acht – ein Eindruck, den der sich langsam herabsenkende Abend und der Straßenlärm draußen in seltsamer Weise Lügen straften.
»Gut«, sagte der Inspektor, »Sie können jetzt die Eisengitter herunterlassen.«

Aus welchem Grunde sind ein Spinnennetz oder ein Gemälde von Picasso so, wie sie sind, das heißt, weshalb erklärt das Gemälde nicht das Gewebe, und warum sollte die Spinne nicht den Grund für das Gemälde vorstellen? So sein, *was heißt das? Was man im winzigsten Kreidepartikelchen sieht, steht im Einklang mit der Wolke, die am Fenster vorüberzieht, oder mit den Hoffnungen des Betrachters. Die Dinge bekommen mehr Gewicht, wenn man sie anschaut; acht und acht sind sechzehn plus der, der zählt. Dann kann* so sein *auch nicht so sein, kann fast so viel sein, oder so heißen oder so vortäuschen. Auf diese Weise garantiert eine Gruppe von Leuten, die sich einschiffen sollen, nicht einmal für das Einschiffen, da zu vermuten ist, daß die Umstände sich ändern können und es nicht zum Einschiffen kommt, oder aber sie ändern sich nicht, und es kommt dazu, in welchem Fall sich das Spinnennetz oder das Gemälde von Picasso oder die Gruppe der Reisenden kristallisieren wird und man letztere nicht mehr als eine Gruppe von Leuten wird denken können, die sich einschiffen sollen. Auf jeden Fall wird die so rhetorische und so traurige Verlockung, zu wünschen, es möge endlich etwas sein und wieder zur Ruhe kommen, mit ansehen, wie die nicht zu bändigenden Perlen des Quecksilbers, dieses Wunders der Kindheit, im ›London‹ von Tisch zu Tisch springen.*

Was einer Sache näher bringt, was den Anstoß gibt und zu ihr hinführt. Die andere Seite einer Sache, das Geheimnis, das sie herbrachte (ja, es scheint, als habe es sie hergebracht, man spürt, daß man nicht sagen kann »das sie bewegte«), um das zu sein, was sie ist. Jeder Historiker geht durch eine Galerie voller Gebilde von Hans Arp: er kann sie nicht umdrehen und muß sich damit zufriedengeben, sie von vorn zu sehen – auf beiden Seiten der Galerie Hans Arps Gebilde zu sehen, als wären sie Gemälde an den Wänden. Der Historiker kennt sehr gut die Ursachen für die Schlacht von Zama, es ist richtig, daß er sie kennt, nur daß die Ursachen, die er kennt, andere Gebilde von Hans Arp in anderen Galerien sind und die Ursachen dieser Ursachen oder die Wirkungen der Ursachen dieser Ursachen wie die Hans Arp-Gebilde in jeder der Galerien von vorne strahlend hell angeleuchtet sind. Dann könnte das, was uns einer Sache näher bringt, ihre andere Seite, die vielleicht grün oder weich ist, die andere Seite der Wirkungen und die andere

Seite der Ursachen, eine andere Sichtweise und ein anderes Tastgefühl, vielleicht vorsichtig die rosa oder himmelblauen Bänder der Masken lösen, das Gesicht, den Moment, die Umstände der strahlend ausgeleuchteten Galerie fallen lassen und mit dem Stäbchen der Geduld an jeder Stelle eines bedeutenden Gedichtes in die Tiefe bohren.

Auf diese Art (und ohne daß die abgedroschene Analogie zur Gegenwart, in der wir uns befinden und befinden werden, ihre prächtigen Alternativen beisteuert) mag es in Bodenhöhe das ›London‹ sein, aus zehn Metern Höhe ein klobiges Damebrett mit achtlos zwischen den Feldern aufgestellten Figuren, das die Abstimmung von Schwarz und Weiß und jede etablierte Regel mißachtet; aus zwanzig Zentimetern Atilio Presuttis gerötetes Gesicht; aus drei Millimetern eine glänzende Nickeloberfläche (ein Knopf, ein Spiegel?), die aus fünfzig Metern mit dem Gitarrespieler übereinstimmt, den Picasso 1918 gemalt hat und der Apollinaire gehörte. Mäße man die Entfernung, die ein Ding zu dem macht, was es ist, an unserer Sicherheit zu wissen, daß ein Ding so und nicht anders ist, hätte es wenig Sinn, mit dieser Niederschrift fortzufahren, sich weiter unverdrossen mit ihrem Flechtwerk abzumühen. Und es wäre noch sinnloser, auf Erklärungen für die Einladung zu dieser Versammlung zu vertrauen, wie sie schon zur Genüge in Schreiben mit amtlichem Briefkopf und beglaubigter Unterschrift dargelegt sind. Die Entwicklung in der Zeit (unvermeidlicher Gesichtspunkt, falsch verstandene Kausalität) wird erst mit Hilfe einer grob vereinfachenden Einteilung in die quadratischen Felder von vorher, jetzt und nachher vorstellbar, bisweilen verdeckt von gallischer Dauer oder von einem außerzeitlichen Einfluß mit vager hypnotischer Berechtigung. Das bloße Jetzt dessen, was gerade geschieht (die Polizei hat die Eisengitter heruntergelassen), spiegelt und zersplittert die Zeit in unzählbare Facetten; von einigen mag man vielleicht den durchscheinenden Strahl zurückverfolgen können, umkehren, und so wird in Paula Lavalles Leben wieder ein Garten in Acasusso blühen, oder Gabriel Medrano kann die farbige Glastür seiner Kindheit in Lomas de Zamora ein Stück aufstoßen. Nicht mehr als das, und das ist weniger als nichts in dem Urwald kausaler Blätter, die zu dieser Einberufung geführt haben. Die Weltgeschichte spiegelt sich in jedem bronzenen Uniformknopf eines jeden Polizisten, der die Menge auseinandertreibt. In demsel-

ben Moment, da das Interesse auf diesen Knopf (den zweiten von oben) konzentriert ist, werden die Beziehungen, die ihn umfassen und zu dem machen, was er ist, von einem Sog erfaßt hin zum maßlosen Entsetzen vor einer Weite, angesichts deren es nicht einmal mehr Sinn hat, sich mit dem Gesicht nach unten auf den Boden zu werfen. Der Strudel, der vom Knopf her den Betrachter zu verschlingen droht, sollte dieser mehr wagen, als ihn bloß zu betrachten, ist die beklemmende Vision des tödlichen Spiels der Spiegel, das von den Wirkungen zu den Ursachen führt. Jedesmal, wenn die schlechten Leser von Romanen auf die Konvenienz der Wahrscheinlichkeit hinweisen, verfallen sie unausweichlich in die Haltung jenes Idioten, der nach einer zwanzigtägigen Fahrt auf der ›Claude Bernard‹ mit einer Geste zum Bug fragt: »C'est-par-là-qu'on-va-en-avant?«

XII

Als sie aufbrachen, war es fast Nacht, und drückende rötliche Hitzewolken hatten sich über der Stadtmitte zusammengeballt. Betont zuvorkommend beauftragte der Inspektor zwei Polizisten, dem Chauffeur dabei behilflich zu sein, Don Galo bis zu einem Bus zu schaffen, der in einiger Entfernung auf sie wartete, unten beim alten Rathaus. Die Entfernung und die Notwendigkeit, eine Straße zu überqueren, gestalteten Don Galos Transport unerklärlich schwierig, und so wurde ein weiterer Polizist benötigt, um an der Ecke Calle Bolívar den Verkehr anzuhalten. Anders als Medrano und López vermutet hatten, waren nicht mehr allzu viele Neugierige auf der Straße, die Leute warfen nur einen kurzen Blick auf das merkwürdige Bild des ›London‹ mit seinen herabgelassenen Eisengittern, machten ein paar Bemerkungen und gingen weiter.

»Warum zum Teufel sind Sie mit dem Bus nicht bis ans Café gefahren?« fragte Raúl einen der Polizisten.

»Anweisungen, mein Herr«, sagte der Polizist.

Die gegenseitige Vorstellung, die der liebenswürdige Inspektor in Gang gebracht und die teils verängstigten, teils belustigten Reisenden dann von sich aus fortgesetzt hatten, erlaubte es ihnen bereits, eine geschlossene Gruppe zu bilden, die Don Galos Rollstuhl wie ein Hofstaat folgte. Der Bus mußte wohl der Armee gehören, obwohl seine schwarzglänzende Oberfläche keinerlei Aufschrift trug. Er hatte sehr schmale Fenster und Türen, und das Hineinmanövrieren von Don Galo erwies sich als außerordentlich kompliziert angesichts der allgemeinen Verwirrung und der Hilfsbereitschaft von jedermann, ganz besonders aber von Pelusa, der sich auf dem Trittbrett abmühte und dem schweigsamen Chauffeur immer neue, einander widersprechende Anweisungen erteilte. Sobald Don Galo auf dem Vordersitz installiert war und der Rollstuhl sich in den Händen des Chauffeurs wie ein riesiges Akkordeon zusammenfaltete, stiegen die Reisenden ein und nahmen fast blind in dem finsteren Fahrzeug Platz. Lucio und Nora, welche die Avenida eng untergehakt überquert hatten, suchten sich einen Platz im hinteren Teil und blieben sehr still. Mit einem gewissen Argwohn beobachteten sie die anderen Passagiere und die Polizisten, die noch auf der Straße herumstanden. Medrano und López plauderten schon mit Raúl und Paula, und Dr. Restelli tauschte die der Situation angemessenen Artigkeiten mit Persio. Claudia und Jorge amüsierten sich jeder auf seine Weise ausgezeichnet; alle anderen waren viel zu sehr damit beschäftigt, sich in höchster Lautstärke miteinander zu verständigen, um auf das zu achten, was um sie herum vorging.

Das Geräusch der Eisengitter des ›London‹, die Roberto und seine Kollegen wieder hochzogen, klang in López' Ohren wie ein Schlußakkord, wie der Abschluß von etwas, das endgültig zurückblieb. Medrano zündete sich neben ihm eine neue Zigarette an und betrachtete die unleserlichen Aushängetafeln von *La Prensa*. Dann ertönte eine Hupe, und der Bus fuhr ganz langsam an. In der betrübten Gruppe um Pelusa fand man, so ein Abschied sei doch immer etwas Schmerzliches, da die einen wegführen und die anderen dablieben, aber solange alle gesund wären ... Worauf jemand feststellte, mit den Reisen sei es immer dasselbe, des einen Freud, des anderen Leid, denn die einen führen weg, aber man müsse auch an die denken, die dablieben. Die Welt sei schlecht eingerichtet, immer dasselbe – für die einen alles, für die anderen nichts.

»Wie fanden Sie die Rede des Inspektors?« fragte Medrano.

»Nun, mir ist es gegangen wie schon häufiger«, sagte López. »Während der Typ seine Erklärungen abgab, kamen sie mir hieb- und stichfest vor, und ich fühlte mich schließlich in dieser Situation sogar ganz wohl. Jetzt erscheinen sie mir durchaus nicht mehr so überzeugend.«

»In allem steckt eine Art Luxus im Detail, der mich amüsiert«, sagte Medrano. »Es wäre viel einfacher gewesen, man hätte uns an den Zoll oder an den Kai bestellt, finden Sie nicht auch? Aber man könnte meinen, das brächte irgend jemanden um sein geheimes Vergnügen, der uns vielleicht von einem der Rathausfenster aus beobachtet. Wie in gewissen Schachpartien, wo man die Züge aus reiner Extravaganz schwieriger macht.«

»Manchmal«, sagte López, »macht man sie schwieriger, um sie zu verschleiern. In alldem liegt etwas wie ein Fehlschlag, den sie vor uns verbergen, fast als wollten sie uns um die Reise betrügen oder als wüßten sie wirklich nicht genau, was sie mit uns machen sollen.«

»Es wäre ein Jammer«, sagte Medrano, dem Bettina wieder einfiel. »Ich wäre gar nicht begeistert, wenn wir in letzter Minute auf dem Pier zurückblieben.«

Am Wasser war es schon dunkel, als sie sich dem Dock Nord näherten. Der Inspektor griff nach einem Mikrophon und wandte sich an die Passagiere, ganz wie ein Reiseleiter von Cook. Raúl und Paula, die vorne saßen, bemerkten, daß der Fahrer sehr langsam fuhr, um dem Inspektor Zeit für seine Erklärungen zu lassen.

»Dir sind bestimmt schon ein paar von unseren Mitreisenden aufgefallen«, flüsterte Raúl Paula ins Ohr. »Die Auswahl ist ziemlich repräsentativ für unser Land. Aufstieg und Dekadenz in ihren ausgeprägtesten Formen ... Ich frage mich, was zum Teufel wir hier machen.«

»Ich glaube, ich werde mich bestens amüsieren«, sagte Paula. »Hör dir die Erklärungen unseres Vergil an. Das Wort ›Schwierigkeiten‹ kommt jeden Augenblick vor.«

»Für zehn Pesos pro Los«, sagte Raúl, »kann man schließlich auch nicht erwarten, daß alles problemlos klappt. Was hältst du von der Frau mit dem kleinen Jungen? Ihr Gesicht gefällt mir, es hat so etwas Feines um Mund und Wangenknochen.«

»Der Merkwürdigste ist der Invalide. Er hat etwas von einer Zecke.«

»Was meinst du zu dem Jungen, der mit seiner Familie reist?«

»Ich würde sagen, die Familie, die mit dem Jungen reist.«

»Die Familie ist trüber als er«, sagte Raúl.

»Alles hängt von der Färbung des Glases ab, durch das man schaut«, deklamierte Paula.

Der Inspektor hob-ganz-besonders-die-Notwendigkeit-hervor, um jeden Preis die Gelassenheit-die-kultivierte-Menschen-auszeichnet, zu bewahren und sich nicht wegen kleiner Unstimmigkeiten und Schwierigkeiten (»und Schwierigkeiten«) organisatorischer Art aufzuregen.

»Aber es ist doch alles sehr schön«, sagte Dr. Restelli zu Persio, »alles in bester Ordnung, finden Sie nicht?«

»Ein bißchen verworren, würde ich sagen, um überhaupt etwas zu sagen.«

»Aber nein, keineswegs. Ich nehme doch an, die Behörde wird ihre Gründe gehabt haben, alles so zu organisieren, wie sie es getan hat. Zugegeben, ich für meine Person hätte einige Kleinigkeiten geändert, vor allem die endgültige Liste der Passagiere, unter Berücksichtigung der Tatsache, daß nicht alle Anwesenden wirklich das Niveau der übrigen erreichen. Da gibt es etwa einen Burschen, dort auf der anderen Seite können Sie ihn sitzen sehen ...«

»Wir kennen uns noch nicht«, sagte Persio. »Vielleicht werden wir uns nie kennenlernen.«

»Sie mögen sie vielleicht nicht kennen, was mich anbelangt, so haben mich meine pädagogischen Aufgaben ...«

»Nun«, sagte Persio mit einer majestätischen Handbewegung, »bei einem Schiffbruch bewähren sich meist die schlimmsten Schurken am erstaunlichsten. Denken Sie nur an die Sache mit der ›Andrea Doria‹.«

»Ich kann mich nicht entsinnen«, sagte Dr. Restelli leicht gereizt.

»Da gab es den Fall eines Mönchs, der einen Matrosen rettete. Sie sehen, man kann nie wissen. Finden Sie nicht auch ziemlich betrüblich, was der Inspektor gesagt hat?«

»Er redet noch immer. Vielleicht sollten wir zuhören.«

»Das Dumme ist, daß er immer das gleiche wiederholt«, sagte Persio. »Und wir sind schon fast auf dem Kai.«

Jorge interessierte sich plötzlich für den Verbleib seines Gummiballs und des Kugelfängers mit den vergoldeten Nägeln. In welchen Koffer hatte man sie gepackt? Und den Roman von Davy Crockett?

»In der Kabine werden wir alles finden«, sagte Claudia.

»Wie schön, eine Kabine für uns zwei. Wirst du seekrank, Mama?«
»Nein. Fast niemand wird seekrank werden, außer Persio, fürchte ich, und noch ein paar Damen von dem Tisch, an dem die Tangos gesungen wurden. Man kann nichts dagegen tun, weißt du.«
Felipe jonglierte mit einer imaginären Liste von Häfen (»sofern nicht unvorhersehbare Umstände Abänderungen in letzter Minute erforderlich machen«, sagte der Inspektor gerade). Herr und Frau Trejo sahen auf die Straße und betrachteten jeden Laternenpfahl, als sollten sie ihn niemals wiedersehen, als wäre dieser Verlust für sie einfach zu niederdrückend.
»Es ist immer traurig, sein Vaterland zu verlassen«, sagte Herr Trejo.
»Was soll's?« sagte Beba. »Wir kommen ja wieder.«
»Freilich, Liebes«, sagte Frau Trejo. »Man kehrt immer an den Ort zurück, wo man sein Leben begann, wie es in diesem Gedicht heißt.«
Felipe wählte Hafennamen, als wären es Früchte, und ließ sie genüßlich auf der Zunge zergehen: Río, Dakar, Kapstadt, Yokohama. ›Keiner von der Clique wird je soviel auf einmal sehen‹, dachte er. ›Ich werde ihnen Ansichtskarten schicken...‹ Er schloß die Augen und streckte sich auf seinem Sitz. Der Inspektor wies auf die unumgängliche Notwendigkeit hin, gewisse Vorsichtsmaßnahmen zu beachten.
»Ich muß Sie auf die unumgängliche Notwendigkeit hinweisen, gewisse Vorsichtsmaßnahmen zu beachten«, sagte der Inspektor. »Das Amt hat sich um alle Einzelheiten gekümmert, aber im letzten Moment auftretende Schwierigkeiten könnten uns möglicherweise dazu zwingen, gewisse Aspekte der Reise abzuändern.«
Das völlig unerwartete Gackern von Don Galo Porriño durchbrach die doppelte Stille, die durch die Pause in der Rede des Inspektors und eine momentane Unterbrechung des Motorgeräusches entstanden war.
»Mit welchem Schiff fahren wir eigentlich? Denn daß wir nicht einmal wissen, mit welchem Schiff wir fahren...«

XIII

›Das ist die Frage‹, dachte Paula. ›Exakt die traurige Frage, die das ganze Spiel verderben kann. Jetzt werden sie gleich antworten: Auf der...‹

»Herr Porriño«, sagte der Inspektor, »das Schiff selbst stellt gerade eine der technischen Schwierigkeiten dar, auf die ich eben anspielte. Vor einer Stunde, als ich das Vergnügen hatte, mit Ihnen zusammenzukommen, traf das Amt diesbezüglich gerade letzte Entscheidungen, aber in der Zwischenzeit könnten unerwartete Widrigkeiten aufgetaucht sein, in deren Folge sich die Situation ganz anders darstellen mag. Ich glaube daher, es ist besser, noch einige wenige Minuten zu warten, bis für keinerlei Zweifel mehr Raum ist.«

»Einzelkabine«, sagte Don Galo unbeeindruckt, »mit eigenem Bad. Wie vereinbart.«

»Vereinbart«, sagte der Inspektor liebenswürdig, »ist zwar nicht ganz das richtige Wort dafür, aber ich denke nicht, Herr Porriño, daß es in dieser Hinsicht Schwierigkeiten geben wird.«

›Es ist nicht so wie im Traum, das wäre zu einfach‹, dachte Paula. ›Raúl würde sagen, es sei eher wie eine Zeichnung, eine Zeichnung...‹

»Was für eine Zeichnung?« fragte sie.

»Wieso ›was für eine Zeichnung‹?« fragte Raúl.

»Du würdest sagen, all dies wäre eher wie eine...«

»... anamorphotische Zeichnung, du Dummkopf. Ja, ein bißchen ist es das. So, dann weiß man also nicht einmal, auf welchen Kahn sie uns verfrachten.«

Beide brachen in Gelächter aus, da es ihnen beiden völlig gleichgültig war. Ganz anders lag der Fall bei Dr. Restelli, dessen Vertrauen in die staatliche Ordnung erstmals erschüttert wurde. López und Medrano hatten durch Don Galos Eingreifen Lust bekommen, sich noch eine Fontanares anzustecken. Auch sie amüsierten sich großartig.

»Wie auf der Geisterbahn«, sagte Jorge, der sehr gut verstand, was vorging. »Man steigt ein, und alles mögliche passiert: eine haarige Spinne kriecht einem übers Gesicht, Skelette baumeln herum...«

»Unser Lebtag beklagen wir uns, daß nie etwas Interessantes geschieht«, sagte Claudia. »Aber wenn es dann geschieht (und nur so etwas kann interessant sein), dann sind die meisten beunruhigt. Ich weiß nicht, wie Sie darüber denken, aber ich für meinen Teil finde Geisterbahnen weitaus amüsanter als die General-Roca-Eisenbahnlinie.«

»Natürlich«, sagte Medrano. »Was Don Galo und ein paar andere beunruhigt, ist im Grunde wohl die Tatsache, daß wir gewissermaßen abgekoppelt von der Zukunft leben. Deshalb sind sie so besorgt und wollen den Namen des Schiffes wissen. Was bedeutet der Name denn? Eine Garantie für das, was wir noch als ›morgen‹ bezeichnen, dieses Ungeheuer mit dem vermummten Gesicht, das sich nicht ansehen und beherrschen lassen will.«

»Inzwischen«, sagte López, »beginnen sich allmählich die düstere Silhouette eines kleineren Kriegsschiffes und die eines hellgestrichenen Frachters abzuzeichnen. Vermutlich schwedisch, wie alle sauber aussehenden Schiffe.«

»Es stimmt schon, wenn Sie von Abkopplung von der Zukunft sprechen«, sagte Claudia. »Aber das alles ist auch ein Abenteuer, ein sehr gewöhnliches zwar, aber trotzdem ein Abenteuer, und in dem Fall wird die Zukunft zum wichtigsten Faktor. Wenn dieser Moment für uns einen ganz besonderen Beigeschmack hat, dann liegt das daran, daß ihm die Zukunft als Würze dient, falls Sie mir die kulinarische Metapher verzeihen.«

»Nur ist es so, daß nicht alle scharfe Soßen mögen«, sagte Medrano. »Vielleicht gibt es zwei völlig entgegengesetzte Arten, die Gegenwart intensiver zu empfinden. In unserem Fall hat sich die Direktion dafür entschieden, jede genauere Angabe über die Zukunft zu vermeiden, sie schafft ein negatives Geheimnis. Vorausschauende Menschen erschreckt das natürlich. Für mich dagegen wird so diese absurde Gegenwart viel prickelnder, ich genieße sie Minute für Minute.«

»Ich auch«, sagte Claudia. »Zum Teil, weil ich nicht glaube, daß es eine Zukunft gibt. Was man vor uns verbirgt, sind ja nichts anderes als die Ursachen der Gegenwart. Vielleicht wissen sie nicht einmal selbst, wieviel Magie sie uns mit ihren bürokratischen Geheimnissen bescheren.«

»Natürlich wissen sie das nicht«, sagte López. »Aber Magie, ich weiß nicht... Bestimmt gibt es ein ungeheures Durcheinander von Interessen, Akten und Hierarchien, so wie immer.«

»Das spielt keine Rolle«, sagte Claudia. »Solange es uns nur so unterhält wie heute abend.«

Der Bus war bei einem der Zollschuppen zum Stehen gekommen. Der Hafen lag im Dunkeln, da man die spärlichen, trüben Laternen und die glimmenden Zigaretten, die ein paar bei einem halbgeöffneten Tor wartende Polizeibeamte rauchten, kaum als Licht gelten lassen konnte. Alles verlor sich schon nach wenigen Schritten in der Finsternis, und der strenge Geruch des Hafens im Sommer schlug denen entgegen, die nun auszusteigen begannen und dabei nach Kräften versuchten, ihre Verunsicherung oder ihr Vergnügen zu verbergen. Da wurde bereits Don Galo in seinem Rollstuhl untergebracht; der Chauffeur schob ihn hin zu dem Tor, zu welchem der Inspektor die Gruppe führte. Nicht aus Zufall, dachte Raúl, blieben alle so dicht gedrängt beisammen. Zurückzubleiben schien irgendwie einen Verzicht auf Sicherheit zu bedeuten.

Einer der Beamten trat höflich nach vorne.

»Guten Abend, die Herrschaften.«

Der Inspektor zog ein paar Karten aus der Tasche und reichte sie einem anderen Beamten. Eine Taschenlampe blitzte auf, eine Sirene tutete in der Ferne, und jemand, den man nicht sehen konnte, hustete.

»Hier entlang, wenn ich bitten darf«, sagte der Beamte. Die Lampe warf eine Art gelbes Auge auf den Zementboden, auf dem Stroh, zerbrochene Metallbügel und hier und da etwas zerknülltes Papier herumlagen. Die Stimmen der wenigen, die sich unterhielten, klangen mit einemmal viel lauter und hallten in dem riesigen, leeren Schuppen wider. Das gelbe Auge erfaßte den langen Zolltisch und hielt dann inne, um der zögernd näherkommenden Gruppe den Weg zu weisen. Pelusas Stimme war zu vernehmen: »Was die für ein Theater machen; kommt einem ja vor wie ein Film mit Boris Karloff!« Als sich Felipe Trejo eine Zigarette ansteckte (seine Mutter blickte vollkommen entgeistert zu ihm herüber, als sie ihn zum erstenmal in ihrer Gegenwart rauchen sah), schwankte die ganze Szene für eine Sekunde im Schein des Streichholzes, die verunsicherte Prozession, die sich auf das Tor im Hintergrund zubewegte, durch welches sich schwach das dunkle Licht der Nacht abzeichnete. Nora hing mit geschlossenen Augen an Lucios Arm und wollte sie erst wieder öffnen, wenn sie hier heraus waren, unter einem zwar sternenlosen, aber freien Himmel an der frischen Luft. Sie sahen das Schiff als erste, und als sich Nora aufgeregt umdrehte, um es den anderen zu sagen, umringten die Polizisten und der Inspektor die Gruppe, die Taschenlampe erlosch, und es blieb nur noch der matte Schein einer Laterne, der den Anfang eines hölzernen Landungssteges erfaßte. Der Inspektor klatschte kurz in die Hände, und wie ein schüchterner Scherz ertönte in der Tiefe des Schuppens eine noch knappere und mechanischere Wiederholung.

»Ich danke Ihnen sehr für Ihre kooperative Einstellung«, sagte der Inspektor, »und es bleibt mir nur noch, Ihnen eine angenehme Kreuzfahrt zu wünschen. Die Schiffsoffiziere werden Sie auf der Brücke empfangen und zu Ihren jeweiligen Kabinen begleiten. Das Schiff legt binnen einer Stunde ab.«

Medrano fand plötzlich, daß Passivität und Ironie lange genug gedauert hätten, und trat aus der Gruppe heraus. Wie immer in solchen Fällen hätte er am liebsten laut losgelacht, aber er nahm sich zusammen. Und wie immer empfand er das leise Vergnügen, sich selbst in dem Augenblick zu beobachten, wo er in eine Situation eingriff.

»Sagen Sie, Inspektor, ist bekannt, wie dieses Schiff heißt?«

Der Inspektor neigte zuvorkommend den Kopf. Er hatte eine Tonsur, die sich selbst bei diesem Halbdunkel deutlich auf seinem Hinterkopf abzeichnete.

»Ja, mein Herr«, sagte er. »Der Beamte hat es mir gerade mitgeteilt, denn man hat ihn von der Zentrale aus telefonisch beauftragt, uns hierher zu bringen. Also, das Schiff ist die ›Malcolm‹ und gehört der Magenta Star.«

»Ein Frachter, der Silhouette nach zu urteilen«, sagte López.

»Ein kombiniertes Schiff, mein Herr. Das sind die besten, glauben Sie mir. Alles ist darauf eingerichtet, eine kleinere Zahl ausgewählter Passagiere aufzunehmen – und genau darum handelt es sich ja in Ihrem Fall. Ich habe Erfahrung auf diesem Gebiet, auch wenn ich die meisten Berufsjahre mit Steuersachen verbracht habe.«

»Sie werden bestens aufgehoben sein«, sagte ein Polizeibeamter. »Ich bin an Bord gewesen und kann Sie beruhigen. Es hat diesen Streik der Mannschaft gegeben, aber das ist praktisch wieder in Ordnung. Sie wissen ja, wie der Kommunismus ist – dann und wann verweigert die Mannschaft den Gehorsam, aber zum Glück leben wir ja in einem Land, wo Recht und Ordnung herrschen, das können Sie mir glauben. Und wenn sie von noch so weit her kommen, am Ende begreifen sie das und lassen den Unfug.«

»Gehen Sie bitte an Bord, meine Herrschaften«, sagte der Inspektor und trat zur Seite. »Es war mir ein großes Vergnügen, Sie kennenzulernen, und ich bedauere, daß ich Sie unglücklicherweise nicht begleiten kann.«

Er stieß ein kurzes Lachen aus, das Medrano etwas gezwungen vorkam. Die Gruppe drängte sich am Fuß des Landungsstegs zusammen; einige winkten dem Inspektor und den Beamten, und Pelusa war wieder beim Transport von Don Galo behilflich, der aussah, als sei er eingeschlafen. Verängstigt klammerten sich die Damen ans Geländer, der Rest ging rasch und schweigend nach oben. Als es Raúl einfiel, sich noch einmal umzuschauen (er war schon fast an Deck), sah er unten im Schatten den Inspektor und die Beamten leise miteinander reden. Alles war gedämpft, wie die ganze Zeit schon: das Licht, die Stimmen, die Schuppen, ja sogar das Plätschern des Flusses gegen den Schiffsrumpf und den Kai. Und auf der Brücke der ›Malcolm‹ war auch nicht viel Licht.

C

Nun wird sich Persio einmal mehr dem Denken widmen, wird das Denken gleich einem kurzen und scharfen Schwert führen, mit ihm gegen den dumpfen Aufruhr zu Felde ziehen, der bis in seine Kabine dringt wie ein Kampf auf zahllosen Stückchen aus Filz, Kavalkade in einem Wald von Korkeichen. Unmöglich zu wissen, wann genau die Riesenlanguste angefangen hat, ihre Antriebswelle rotieren zu lassen, die Schwungscheibe, wo die Geschwindigkeit Tag um Tag geschlummert hat und sich jetzt gereizt erhebt, die Augen reibt und die Flügel, den Schwanz, die Scheren überprüft für den Angriff gegen Luft und Meer, das heisere Signalhorn und den ewiggleichen, behende kreiselnden Kompaß. Ohne die Kabine zu verlassen, weiß Persio bereits, wie das Schiff ist, bestimmt seine Position in diesem azimutalen Moment, da zwei zähe, schmutzige Schlepper die große Mutter aus Kupfer und Eisen Meter um Meter fortlocken, um sie schließlich von der Tangente des Küstengesteins zu lösen, um sie dem Magnetfeld des Docks zu entreißen. Während

Persio gleichgültig einen schwarzen Koffer aufmacht, den Schrank bestaunt, in den alles so gut paßt, die kristallenen Gläser, so geschickt an der Wand angebracht, den Schreibtisch mit Schreibzeug in Leder, ganz hell, fühlt er sich wie das Herz, wie die Mitte des Schiffs, wohin das Pochen schneller und schneller mit einem letzten, schon geminderten Zittern dringt. Mehr und mehr sieht Persio das Schiff, als stünde er auf der Kommandobrücke, am mittleren Fenster, von wo aus er, längst Kapitän, den Bug überschaut, die vorderen Masten und den scharfen Bogen, der den flüchtigen Schaum aufwirft. Seltsamerweise bietet sich ihm das Bild dieses Bugs mit der gleichen Unnatürlichkeit dar, als nähme er ein Bild von der Wand, hielte es flach in der Hand und sähe aus dem Vordergrund die Linien und aus dem oberen Teil die Flächen zurückweichen, alle Verhältnisse, die der Künstler senkrecht gedacht, sich verändern und zu einer anderen Ordnung fügen, die ebenso möglich und annehmbar ist. Am deutlichsten sieht Persio von seiner Brücke aus (aber er befindet sich in der Kabine, und es ist, als träume er oder betrachte die Brücke bloß auf einem Radarschirm) etwas, das einem grünlichen Dunkel mit gelblichen Lichtern an Backbord und Steuerbord gleicht und dort eine weiße Laterne führt, wo das Trugbild eines Bugsprietes sein könnte (aber unmöglich kann die ›Malcolm‹, der Stolz der Magenta Star, als Frachter modernster Bauart einen Bugspriet haben). Durch das Fenster aus dickem, violett schimmerndem Glas, das ihn vor dem Flußwind schützt (überall wird Schlamm sein rundum, überall der Río de la Plata – was für ein Name, Silberfluß – mit Katzenwelsen und vielleicht Goldbrassen, golden im Silber des Río de la Plata – welch unpassende Zusammenstellung, welch miserabler Juwelier), beginnt Persio die Formen des Buges und des Decks zu begreifen, sieht sie immer klarer und wird an etwas erinnert, zum Beispiel an ein kubistisches Gemälde, dessen Leinwand aber natürlich flach auf seinen Handflächen liegt, und so, daß er das, was auf dem Bild unten ist, als Vorderes, und das, was oben ist, als Hintergrund schaut. So kommt es, daß Persio unregelmäßige Formen backbord und steuerbord sieht, dahinter undeutliche Schatten, bläulich vielleicht wie bei dem Gitarrenspieler Picassos, und in der Mitte der Brücke zwei Pfähle, die ein paar Trossen tragen, als verrichteten sie ein schmutziges, ehrenrühriges Geschäft, zwei Pfähle, die in seiner Erinnerung an das Gemälde eher zwei Kreise sind, einer schwarz und der andere hellgrün mit schwarzen Streifen, das Schalloch der Gitarre; so als könne man in das Bild zwei Pfähle einpflanzen, während er es so vor sich in Händen hält, und einen Schiffsbug daraus machen, die ›Malcolm‹, die von Buenos Aires aus in See sticht, etwas, das in einer Art öliger Pfanne aus Fluß für einen Moment unschlüssig pendelt und kurz zu prasseln scheint.

Wieder wird Persio jetzt denken, nur daß er, anders als sonst die, denen es an Ordnung gebricht, nicht daran denkt, das, was ihn umgibt, in eine Ordnung zu zwingen: die gelben und weißen Schiffslaternen, die Masten, die Bojen; statt dessen wird er eine noch größere Unordnung denken, die Arme des Denkens zum Kreuz öffnen und all das in die Tiefe des Flusses zurückstoßen, das in vorgegebenen Formen erstickt, in Kabine Gang Luke Deck Route Morgen Kreuzfahrt. Persio glaubt nicht, daß rationalisierbar ist, was geschieht: er will es auch nicht. Er empfindet, wie vollkommen verfügbar jedes Stück dieses Fluß-Puzzles ist, Claudias Gesicht oder Atilio Presuttis Schuhe, der Steward, der sich (möglicherweise) im Gang vor seiner Kabine herumdrückt. Und wieder empfindet Persio, wie in dieser Stunde der Initiation das, was jeder Reisende »morgen« nennt, sich diese Nacht noch neu zu begründen vermag, auf vorherbestimmte Voraussetzungen. Seine einzige Angst gilt der Vielfalt der möglichen Wahl. Soll er sich von den Sternen leiten lassen, dem Kompaß, der Kybernetik, dem Zufall, den Prinzipien der Logik, durch dunkle Gründe, die Dielenbretter, den Zustand der Gallenblase, das Geschlecht, den Charakter, durch Vorahnungen, die christliche Theologie, das Zend Avesta, den Gelée Royale, ein portugiesisches Kursbuch, ein Sonett, das Börsenblatt, die Form von Don Galo Porriños Kinn, eine päpstliche Bulle, die Kabbala, die Nekromantie, durch Bonjour Tristesse, *oder soll er ganz einfach das Verhalten auf See nach den aufbauenden Anweisungen richten, die jeder Schachtel von Valdas Hustenpillen beigepackt sind?*

Voll Grauen weicht Persio vor der Gefahr zurück, einer beliebigen Realität Gewalt anzutun, und sein andauerndes Zaudern gleicht dem des chromophilen Insektes, das in entschieden antichamäleonhafter Betriebsamkeit über die Fläche eines Gemäldes läuft. Vom Blau angezogen, wird das Insekt den mittleren Teil der Gitarre umgehen, wo schmutziges Gelb und Olivgrün vorherrschen, es hält sich am Rande, als schwimme es neben dem Schiff her, und wenn es über die Brücke an Steuerbord bis auf die Höhe der Öffnung im Zentrum gelangt ist, wird es die blaue Zone vorfinden, unterbrochen durch weitere Flächen in Grün. Sein Zaudern, die Suche nach einer Brücke zu anderen blauen Zonen werden vergleichbar sein der Unschlüssigkeit Persios, der permanent fürchtet, geheime Grenzen zu verletzen. Persio beneidet alle, denen egozentrisch nur die Freiheit als Problem gilt, denn ein Akt wie das Öffnen der Tür zur Kabine ist für ihn dieser Akt und die Tür, in unlösbarer Einheit verbunden, was dahin führt, daß in seinem Akt, dem Öffnen der Tür, eine Finalität liegt, die falsch sein und ein Glied einer Ordnung verletzen mag, die er nicht genügend begreift. Um es mit größerer Klarheit zu sagen: Persio ist ein chromophiles und zugleich blindes Insekt, und die Verpflichtung oder der Imperativ, nur über die blauen Zonen des Bildes zu laufen, sind mit andauernder, schrecklicher Ungewißheit verknüpft. Persio ergötzt sich an diesen Zweifeln, die er Kunst nennt oder Poesie, und er hält es für seine Pflicht, jede Situation in all ihrer Weite zu wägen, nicht als Situation allein, sondern in all ihren denkbaren Verästelungen, begonnen beim sprachlichen Ausdruck, in den er ein vermutlich naives Vertrauen setzt, bis zu dem Umriß, den er mal magisch nennt, mal dialektisch, ob ihn nun Vorahnungen plagen oder ihn Hoffnung erfüllt.

Wahrscheinlich werden das sanfte Schaukeln der ›Malcolm‹ und die Anstrengungen des Tages Persio schließlich überwältigen: Er wird sich erfreut in das vorzügliche Bett aus Zedernholz legen und noch verspielt die verschiedenen mechanischen und elektrischen Vorrichtungen erkunden und versuchen, die zum Komfort der Herren Passagiere beitragen sollen. Aber zunächst ist er auf eine vorläufige Wahl von etwas experimentellem Charakter verfallen, die er Sekunden zuvor beinahe übersehen hätte, als er beschloß, sich dem Problem zu stellen. Kein Zweifel: Persio wird aus seiner Mappe Bleistift, Papier und einen Eisenbahnfahrplan hervorziehen und für geraume Zeit mit alldem sich abgeben, darüber die Reise vergessen, das Schiff, eben weil er sich vorgenommen hat, dem Anschein einen Schritt näherzukommen und in seinen Vorhof von möglicher, erreichbarer Realität einzudringen, gerade dann, wenn die anderen an Bord diesen Anschein schon akzeptiert haben werden, indem sie ihn für außergewöhnlich, für fast irreal erklärt und so festgelegt haben, mit Maßstäben des Seins also, die genügen, um auf die Nase zu fallen und weiterhin überzeugt zu sein, es sei nichts anderes als bloß ein allergisches Niesen gewesen.

XIV

»Eksta vorbeden? You two married? Êtes vous ensemble?«
»Ensemble plutôt que mariés«, sagte Raúl. *»Tenez, voici nos passeports.«*
Der Offizier war ein Mann von kleinem Wuchs und öligen Manieren. Er strich Paulas und Raúls Namen aus und winkte einen Matrosen mit rotem Gesicht herbei.
»Er wird Sie zu Ihrer Kabine begleiten«, sagte er langsam Wort für Wort und machte eine Verbeugung, ehe er sich dem nächsten Passagier zuwandte.
Während sie sich im Gefolge des Matrosen entfernten, hörten sie noch die ganze Familie Trejo zugleich reden. Paula mochte sofort den Geruch des Schiffes und die Art, wie die Gänge alle Geräusche verschluckten. Man konnte sich nur schwer vorstellen, daß wenige Meter entfernt der schmutzige Kai lag und daß auch der Inspektor und die Polizisten noch dort sein würden.
»Und ein Stück weiter beginnt Buenos Aires«, sagte sie. »Scheint es nicht unglaublich?«
»Unglaublich scheint vor allem, daß du ›beginnt‹ sagst. Du hast dich reichlich schnell in deine neue Situation eingelebt. Für mich war der Hafen immer dort, wo die Stadt endet. Und jetzt mehr denn je, wie jedesmal, wenn ich mit einem Schiff wegfahre, und das ist ziemlich oft vorgekommen.«
»Beginnt«, wiederholte Paula. »Die Dinge enden nicht so einfach. Ich mag diesen Lavendelduft des Desinfektionsmittels, den Geruch nach Insektenspray und Mottenpulver. Als ich klein war, habe ich zu gern meinen Kopf in Tante Carmelas Kleiderschrank gesteckt; alles war schwarz und geheimnisvoll, und es roch ein bißchen ähnlich.«
»This way, please«, sagte der Matrose.
Er öffnete eine Kabine, knipste die Lichter an, gab ihnen einen Schlüssel. Er war verschwunden, noch ehe sie ihm ein Trinkgeld geben oder sich bedanken konnten.

»Wie hübsch, oh, wie hübsch«, rief Paula. »Und wie hell und freundlich.«
»Jetzt kommt es einem unglaublich vor, daß gleich nebenan die Hafenschuppen sein sollen«, sagte Raúl und zählte die Koffer, die sich auf dem Teppich türmten. Nichts fehlte, und sie machten sich daran, ihre Kleider aufzuhängen und ihre zum Teil recht ungewöhnlichen Habseligkeiten im Raum zu verteilen. Paula nahm das hintere Bett in Beschlag, direkt unter dem Bullauge. Zufrieden seufzend streckte sie sich aus und sah zu, wie Raúl seine Pfeife anzündete, während er weiter Zahnbürsten, Zahnpasta, Bücher und Tabakdosen unterbrachte. Es würde komisch sein, mit anzusehen, wie sich Raúl in das andere Bett legte. Zum erstenmal würden sie im gleichen Raum schlafen, nachdem sie in tausend Lokalen, Sälen, Cafés, in Zügen, Autos und Wäldern, auf Straßen und Stränden gemeinsame Stunden verbracht hatten. Zum erstenmal würde sie ihn im Schlafanzug sehen (er war schon akribisch auf dem Bett ausgebreitet). Sie bat ihn um eine Zigarette, und er zündete sie ihr an, setzte sich dabei neben sie und betrachtete sie halb belustigt, halb skeptisch.
»Pas mal, hein?« sagte Raúl.
»Pas mal du tout, mon choux«, sagte Paula.
»Du bist sehr hübsch, wie du so gelöst daliegst.«
»Sonst noch was?« sagte Paula, und beide brachen in lautes Gelächter aus.
»Wie wär's mit einem Erkundungsgang?« fragte Raúl.
»Hm, ich möchte lieber hierbleiben. Wenn wir an Deck gehen, werden wir die Lichter von Buenos Aires sehen, wie in dem Film von Gardel.«
»Was hast du gegen die Lichter von Buenos Aires?« fragte Raúl. »Ich gehe hinauf.«
»Gut. Ich werde dies geschmackvolle Bordell weiter aufräumen, denn was du so aufräumen nennst ... Was für eine hübsche Kabine, ich hätte nie gedacht, daß sie uns so etwas Schönes geben würden.«
»Ja, zum Glück gleicht sie nicht der ersten Klasse auf den italienischen Luxusdampfern. Der Vorteil dieses Frachters ist eine gewisse Tendenz zur Kargheit. Eiche und Esche weisen übrigens immer auf Protestantismus hin.«
»Es ist nicht sicher, daß es ein protestantisches Schiff ist, obwohl

du wahrscheinlich recht hast. Ich mag den Geruch deiner Pfeife.«
»Sei vorsichtig«, sagte Raúl.
»Warum vorsichtig?«
»Ich weiß nicht, der Geruch der Pfeife, vermutlich.«
»Der junge Mann spricht in Rätseln, darf man wissen, worum es geht?«
»Der junge Mann wird weiter seine Sachen aufräumen«, sagte Raúl. »Wenn ich dich mit meinem Koffer allein lasse, finde ich nachher einen *soutien-gorge* zwischen meinen Taschentüchern.«
Er ging zum Tisch und ordnete Bücher und Notizhefte. Dann machte er die Lichter an und erforschte die verschiedenen Beleuchtungsmöglichkeiten. Er war hoch erfreut, als er herausfand, daß die Leselampen über den Betten in alle nur denkbaren Richtungen gedreht werden konnten. Intelligent, diese Schweden, wenn es wirklich Schweden waren! Lesen zu können, auch das erhoffte er sich von dieser Reise, im Bett lesen zu können, ohne irgend etwas anderes tun zu müssen.
»In diesem Augenblick«, sagte Paula, »wird mein empfindsamer Bruder Rodolfo im Kreise der Familie mein zügelloses Benehmen beklagen. Mädchen aus guter Familie verreist mit unbekanntem Ziel. Weigert sich, Abfahrtszeit zu nennen, um Abschiedsszenen zu vermeiden.«
»Ich wüßte gern, was er dazu sagen würde, daß du die Kabine mit einem Architekten teilst.«
»Der blaue Schlafanzüge trägt, unstillbare Sehnsüchte und noch verrücktere Hoffnungen nährt, der arme Engel.«
»Nicht ewig unstillbar, nicht ewig sehnsüchtig«, sagte Raúl. »Die salzige, jodhaltige Luft bringt mir meistens Glück. Nur kurz und flüchtig wie einer von den Vögeln, die du sehen wirst und die das Schiff eine Weile begleiten, manchmal einen Tag lang, aber schließlich verlieren sie sich immer. Es hat mir nie etwas ausgemacht, daß Glück nicht dauert, Paulita; der Übergang vom Glück zur Gewohnheit ist eine der besten Waffen des Todes.«
»Mein Bruder würde dir nicht glauben«, sagte Paula. »Mein Bruder würde glauben, ich sei durch deine faunischen Gelüste aufs schwerste gefährdet... Mein Bruder...«
»Wegen dem, was sein könnte«, sagte Raúl, »wegen der Möglich-

keit eines Trugbildes, eines Irrtums aufgrund der Dunkelheit, eines Traumes, den man im Wachen weiterträumt, wegen der Wirkung der Seeluft sei vorsichtig und entblöße dich nicht zu sehr. Eine Frau mit der Decke bis zum Hals ist gegen jedes Feuer geschützt.«

»Solltest du je ein Trugbild sehen«, sagte Paula, »würde ich dich wohl mit diesem scharfkantigen Band Shakespeare-Sonette empfangen.«

»So nette Verwendung für solch einen Autor...«, sagte Raúl und öffnete die Tür. Genau im Türrahmen zeichnete sich die Seitenansicht von Carlos López ab, der gerade im Begriff war, sein rechtes Bein zu einem weiteren Schritt vorzusetzen. Sein plötzliches Auftauchen wirkte auf Raúl wie eine dieser Momentaufnahmen von einem galoppierenden Pferd.

»Hallo«, sagte López und hielt in der Bewegung inne. »Haben Sie eine gute Kabine?«

»Eine sehr gute. Werfen Sie mal einen Blick herein!«

Das tat López und blinzelte, als er Paula erblickte, die auf dem hinteren Bett ausgestreckt lag.

»Hallo«, sagte Paula. »Treten Sie ein, wenn Sie noch Platz für Ihre Füße finden.«

Seine Kabine sei dieser hier sehr ähnlich, nur nicht so groß, meinte López und fügte hinzu, daß er vor seiner Tür eben auf Frau Presutti gestoßen sei, die ihm ein Gesicht gezeigt habe, das von einer geradezu leichenhaft fahlen Grünfärbung gewesen sei.

»Jetzt schon seekrank?« fragte Raúl. »Sieh dich bloß vor, Paulita. Wie wollen sich diese Damen denn noch steigern, wenn wir erst einmal den Behemoth und andere Meeresungeheuer entdecken? Ich vermute, dann kommt die Elephantiasis. Wollen wir einen Rundgang machen? Ihr Name ist López, wenn ich nicht irre. Ich bin Raúl Costa, und diese schmachtende Odaliske hier hört auf den vornehmen Namen Paula Lavalle.«

»Alles andere als vornehm«, sagte Paula. »Mein Name klingt eher wie der Künstlername einer Filmschauspielerin, einschließlich dem Lavalle. Paula Lavalle in der Avenida der Kinos, so um die Nummer siebenhundert herum. Raúl, ehe du hinaufgehst, um dir den löwenfarbenen Fluß anzusehen, sag mir, wo meine grüne Tasche ist.«

»Vermutlich unter der roten Jacke oder irgendwo tief in dem

grauen Koffer«, sagte Raúl. »Die Palette ist so vielfältig ... Gehen wir, López?«
»Gehen wir«, sagte López. »Bis später, mein Fräulein.«
Paula hörte das »Fräulein« mit ihren hellhörigen großstädtischen Ohren, die alle Nuancen des Wortes erfaßten.
»Nennen Sie mich einfach Paula«, sagte sie in genau dem Tonfall, der López zeigen würde, daß sie verstanden hatte und daß sie ihn jetzt ein wenig neckte.
Raúl, der schon an der Tür stand, betrachtete die beiden mit einem Aufseufzen. Er kannte Paulas Stimme so gut, die gewisse Art, wie eine gewisse Paula gewisse Dinge sagte.
»So soon«, sagte er wie zu sich selbst. *»So, so soon.«*
López sah ihn an. Zusammen gingen sie hinaus.

Paula setzte sich auf die Bettkante. Plötzlich erschien ihr die Kabine sehr eng, sehr bedrückend. Sie suchte nach einem Ventilator und entdeckte schließlich die Klimaanlage. Zerstreut setzte sie sie in Gang, probierte den einen, dann den anderen Sessel aus, ordnete beiläufig ein paar Bürsten auf einem Bord. Sie entschied, daß sie sich wohl fühlte, daß sie zufrieden sei. Das waren Dinge, die sie jetzt entscheiden mußte, um sie dann festzuschreiben. Der Spiegel bestätigte ihr, daß sie lächelte, als sie sich daranmachte, das hellgrüne Bad zu erforschen, und eine Sekunde lang betrachtete sie voll Sympathie das rothaarige Mädchen mit den leicht mandelförmigen Augen, und ihre gute Laune war wieder ungetrübt. Eingehend inspizierte sie die hygienischen Einrichtungen und bewunderte all die Neuheiten, welche den Einfallsreichtum der Magenta Star bewiesen. Der Duft der Pinienseife, die sie zusammen mit einem Paket Watte und zwei Kämmen aus ihrem Necessaire nahm, war noch immer der Duft nach Garten, bevor er nach und nach zur Erinnerung des Duftes nach Garten werden würde. Weshalb auch sollte das Bad der ›Malcolm‹ nach Garten riechen? Die Pinienseife lag angenehm in ihrer Hand, jede unbenutzte Seife hat etwas Wunderbares, etwas Unberührtes und Zerbrechliches, das sie kostbarer macht. Ihr Schaum ist anders, er zergeht unmerklich, es dauert Tage um Tage, während denen Pinienwälder das Bad erfüllen, Pinien in den Spiegeln und Pinien auf jedem Bord, im Haar und auf den Beinen von derjenigen, die jetzt plötzlich beschlossen hat, sich zu entkleiden, um die herrliche Dusche auszu-

probieren, welche ihr die Magenta Star so liebenswürdig zur Verfügung gestellt hat.
Ohne sich die Mühe zu machen, die Verbindungstür zu schließen, zog Paula langsam den Büstenhalter aus. Ihre Brüste gefielen ihr, ihr ganzer Körper, der vor ihr im Spiegel auftauchte, gefiel ihr. Das Wasser war so heiß, daß sie sich erst eingehend dem blitzenden Mischhebel widmen mußte, ehe sie in das fast lächerliche Miniaturbecken stieg und den Plastikvorhang zuzog, der sie wie eine Spielzeug-Stadtmauer umgab. Der Pinienduft vermischte sich mit der Wärme der Luft, und Paula seifte sich mit beiden Händen ein, dann griff sie nach einem roten Gummischwamm, verteilte den Schaum langsam über ihren Körper, zwischen die Schenkel, unter die Arme und um den Mund. Und gleichzeitig genoß sie das unmerkliche Schwanken, das sie immer wieder zwang, sich wie aus reiner Spielerei an den Hähnen festzuhalten und zu ihrem geheimen Vergnügen ein hübsches schmutziges Wort zu sagen. Das Bad als Interregnum, als Klammer zwischen dem trockenen und dem bekleideten Dasein. In solcher Nacktheit wie jetzt befreite sie sich von der Zeit, war wieder ewiger Körper (und warum dann nicht auch ewige Seele?), der sich der Pinienseife und dem Strahl der Dusche darbot, gerade so wie immer, und damit inmitten des Wechselspiels verschiedener Orte, Temperaturen und Düfte eine Bestätigung bot für Beständigkeit. In dem Augenblick, da sie sich in das gelbe Badetuch wickeln würde, das griffbereit jenseits des Plastikwalls hing, träte sie wieder ein in ihr langweiliges Dasein als bekleidete Frau, so als bände sie jedes Stück Kleidung an ihre Geschichte, als brächte es jedes Jahr ihres Lebens zurück, jeden Zyklus der Erinnerung, als presse es die Zukunft gegen ihr Gesicht wie eine Maske aus Ton. López (wenn dieser junge Mann, der so typisch argentinisch wirkte, López war) schien sympathisch. López zu heißen war ein Mißgeschick wie jedes andere; zweifellos war jenes »Bis später, mein Fräulein« ein Scherz gewesen, aber »gnädige Frau« hätte sie weit unangenehmer berührt. Wer an Bord der ›Malcolm‹ würde schon glauben, daß sie nicht mit Raúl schlief? Man brauchte die Leute gar nicht erst zu bitten, so etwas zu glauben. Sie mußte wieder an ihren Bruder Rodolfo denken; so ganz und gar Advokat, so sehr Doktor Cronin, so Schlips mit roten Punkten. ›Armer Kerl, nie wirst du wissen, was es heißt, wirklich zu fallen, hinabzutauchen in die Mitte des Lebens, als

stürze man sich vom höchsten Sprungbrett. Der Ärmste mit seinen Gerichtsterminen und seiner dezenten Visage.‹ Heftig begann sie ihr Haar zu bürsten, während sie nackt vor dem Spiegel stand, gehüllt in fröhliche Wolken aus Dampf, die ein diskret in der Decke versteckter Ventilator nach und nach verschluckte.

XV

Der Gang war schmal. López und Raúl folgten ihm, ohne genaue Vorstellung, wohin er führte, bis sie an eine verschlossene Schotttür kamen. Leicht verwundert blieben sie stehen und blickten auf graugestrichene Stahlplatten und den Mechanismus des automatischen Schlosses.

»Merkwürdig«, sagte Raúl, »ich hätte geschworen, daß ich noch vor kurzem hier mit Paula durchgekommen bin.«

»Was für ein Mechanismus!« sagte López. »Eine Feuertür oder so etwas. Welche Sprache spricht man an Bord?«

Der wachhabende Matrose neben der Tür beobachtete sie mit einem Ausdruck, als verstünde er nicht oder als wolle er nicht verstehen. Sie gaben ihm durch Zeichen zu verstehen, daß sie durch die Tür wollten. Die Antwort war eine unmißverständliche Geste, wieder umzukehren. Sie gehorchten, kamen erneut an Raúls Kabine vorbei, und der Gang führte sie schließlich zu einer Außentreppe, die zum Zwischendeck des Vorschiffs hinabführte. Im Dunkeln hörte man Reden und Gelächter, und Buenos Aires lag schon in der Ferne und sah aus, als stünde es in Flammen. Mit tastenden Schritten – auf der Brücke konnte man Bänke, zusammengerollte Taue und Winden erahnen – näherten sie sich der Reling.

»Es ist seltsam, die Stadt vom Fluß aus zu sehen«, sagte Raúl. »Ihre Einheit, ihren ganzen Umriß. Man lebt so sehr in ihr und mit ihr, daß man ihre wahre Form dabei vergißt.«

»Ja, sie wirkt ganz anders, aber die Hitze folgt uns noch genauso«, sagte López. »Der Geruch nach Schlamm, der bis zu den Dächern hinaufsteigt.«

»Der Fluß hat mir immer ein wenig Angst eingeflößt, vermutlich liegt es an seinem schlammigen Grund, an dem schmutzigen Wasser, das zu verbergen scheint, was weiter unten ist. Vielleicht auch

die Geschichten von den Ertrunkenen, die mir als Junge so schauerlich vorkamen. Trotzdem ist es gar nicht so unangenehm, im Fluß zu schwimmen oder zu fischen.«
»Das Schiff ist ziemlich klein«, sagte López, der allmählich die Umrisse erkennen konnte. »Komisch, daß diese Stahltür verschlossen war. Sieht aus, als könnte man auch hier nicht durch.«
Sie sahen, daß ein hohes Schott von einer Seite der Brücke zur anderen verlief. Hinter den Aufgängen, die zu den Kabinenfluren hochführten, befanden sich zwei Türen, aber López, der beunruhigt war, ohne recht den Grund zu wissen, fand sogleich heraus, daß auch sie abgeschlossen waren. Oben auf der Kommandobrücke fiel ein violetter Lichtschein durch die breiten Fenster nach draußen. Nur ganz vage waren die reglosen Umrisse eines Offiziers auszumachen. Weiter oben drehte sich träge die Radarantenne.
Raúl wäre gern in seine Kabine zurückgegangen, um mit Paula zu plaudern. López rauchte, die Hände in den Taschen. Ein Bündel schob sich vorbei, gefolgt von einer mächtigen Silhouette: Don Galo erforschte die Brücke. Sie hörten ein Hüsteln, als suche jemand einen Vorwand, ein Gespräch anzufangen, und schließlich gesellte sich Felipe Trejo zu ihnen, betont damit beschäftigt, sich eine Zigarette anzustecken.
»Hallo«, sagte er. »Haben Sie gute Kabinen?«
»Nicht schlecht«, sagte López. »Und Sie und Ihre Familie?«
Es ärgerte Felipe, daß man ihn sofort mit seiner Familie in Verbindung brachte.
»Ich bin mit meinem Alten zusammen«, sagte er. »Mama und meine Schwester haben die Kabine nebenan. Mit Bad und allem. Schauen Sie, da drüben kann man Lichter sehen, das muß Berisso oder Quilmes sein. Vielleicht ist es auch La Plata.«
»Reisen Sie gern?« fragte Raúl und klopfte seine Pfeife aus. »Oder ist das die erste große Fahrt?«
Felipe ärgerte sich wieder über das unvermeidliche Bild, das man sich von seiner Person machte. Am liebsten hätte er nicht geantwortet oder gesagt, er sei schon viel herumgekommen, aber López mußte das Vorleben seines Schülers recht gut kennen, und so antwortete Felipe ausweichend, daß jeder gern ein bißchen herumführe.
»Ja, auf jeden Fall ist es besser als die Schule«, sagte López freund-

schaftlich. »Manche Leute behaupten, Reisen bilde junge Menschen. Wir werden ja sehen, ob das stimmt.«
Felipe lachte und fühlte sich immer unbehaglicher. Er war überzeugt, sich mit Raúl alleine oder mit irgendeinem anderen Passagier ohne Probleme unterhalten zu können. Aber das war klar: zwischen seinem Alten, seiner Schwester und den beiden Lehrern, vor allem dem ›Schwarzen Kater‹, würden sie ihm das Leben zur Hölle machen. Einen Augenblick lang sah er sich in Gedanken heimlich von Bord gehen, sich davonmachen und alleine durchschlagen. ›Genau‹, dachte er, ›sich allein durchschlagen, darauf kommt es an.‹ Und doch bereute er nicht, daß er die beiden Männer angesprochen hatte. Buenos Aires mit all den Lichtern dort drüben bedrückte und erregte ihn zugleich; gerne hätte er gesungen, wäre einen Mast hinaufgeklettert oder über das Deck gerannt, er wünschte, es wäre schon morgen, man legte irgendwo an, merkwürdige Typen, Weiber und ein Schwimmbecken. Er war ängstlich und fröhlich in einem, und er spürte die Schläfrigkeit, die ihn immer um neun überkam und die er bislang noch in den Cafés oder auf der Straße nur mit Mühe verbergen konnte. Sie hörten Nora lachen, die mit Lucio die Treppe herunterkam. Das Glimmen ihrer Zigaretten führte sie zu ihnen hin. Auch Nora und Lucio hatten eine herrliche Kabine, auch Nora war müde (hoffentlich nicht seekrank, nur das nicht), und es wäre ihr lieber gewesen, Lucio hätte weniger über ihre gemeinsame Kabine gesprochen. Sie dachte, daß man ihnen ruhig getrennte Kabinen hätte geben können, schließlich waren sie erst verlobt. ›Aber wir werden heiraten‹, sagte sie sich hastig. Das mit dem Hotel in Belgrano wußte niemand (außer Juanita Eisen, ihrer Busenfreundin), und außerdem, jene Nacht... Vermutlich würden sie hier an Bord als verheiratet durchgehen; aber die Passagierliste, der Klatsch... Wie himmlisch war doch das erleuchtete Buenos Aires, die Lichter vom Kavanagh und vom Comega-Gebäude. Es erinnerte sie an ein Foto aus einem Pan-American-Kalender, das sie in ihrem Zimmer aufgehängt hatte, nur daß es von Rio war und nicht von Buenos Aires.
Jedesmal wenn jemand an der Zigarette zog, konnte Raúl flüchtig Felipes Gesicht sehen. Sie hatten sich ein wenig abgesondert; Felipe unterhielt sich lieber mit einem Fremden, vor allem wenn er so jung war wie Raúl, der bestimmt noch keine fünfundzwanzig sein konnte. Plötzlich gefiel ihm Raúls Pfeife, sein Sportsakko und sein

etwas zu gelecktes Äußeres. ›Aber er ist bestimmt kein Fatzke‹, dachte er. ›Asche hat der garantiert. Wenn ich erst einmal soviel Lappen haben ...‹

»Es riecht schon nach der Mündung«, sagte Raúl. »Ein ziemlich grausiger Geruch, aber voll von Verheißungen. Jetzt werden wir allmählich zu spüren beginnen, was es heißt, das Leben der Stadt mit dem auf hoher See zu vertauschen. Es wird wie eine Generalreinigung sein.«

»Oh, ja?« sagte Felipe, der das mit der Reinigung nicht verstand.

»Bis wir allmählich neue Formen von Überdruß kennenlernen werden. Aber für Sie wird das anders sein, es ist Ihre erste Reise, und alles wird Ihnen so ... Nun, Sie werden die Adjektive schon selbst finden.«

»O ja«, sagte Felipe. »Klar, das wird toll sein. Den ganzen Tag nichts tun ...«

»Das kommt darauf an«, sagte Raúl. »Lesen Sie gern?«

»Natürlich«, sagte Felipe, der hin und wieder einen Thriller verschlang. »Glauben Sie, daß es ein Schwimmbecken an Bord gibt?«

»Ich weiß nicht. Auf einem Frachter wohl kaum. Wahrscheinlich improvisieren sie eine Art Trog mit einem Gerüst aus Holz und mit Segeltuch wie in der dritten Klasse der großen Schiffe.«

»Im Ernst?« staunte Felipe. »Mit Segeltuch? Super!«

Raúl steckte seine Pfeife wieder an. ›Wieder einmal‹, dachte er. ›Wieder einmal die lüsterne Qual, die vollkommene Statue, die blödsinniges Geplapper von sich gibt. Und zuzuhören, wie ein Trottel zu verzeihen, sich schließlich selbst noch zu überzeugen, daß es so schlimm gar nicht sei, daß alle Jungen so sind, daß man keine Wunder verlangen darf ... Man sollte der Anti-Pygmalion sein, der Versteinerer. Aber danach, danach?

Illusionen, wie immer. Zu glauben, daß die geflügelten Worte, die mit soviel Inbrunst verliehenen Bücher mit den unterstrichenen Absätzen, mit den Erklärungen ...‹ Er dachte an Beto Lacierva, sein selbstgefälliges Lächeln während der letzten Male, die absurden Begegnungen im Lezama-Park, die Unterhaltung auf der Bank, das abrupte Ende und das Geld, das Beto gefordert hatte, als gehöre es ihm, die auf unschuldige Weise perversen und vulgären Worte.

»Haben Sie den alten Knaben in dem Rollstuhl gesehen?« fragte Felipe. »Eine Nummer, was? Hübsche Pfeife.«
»Nicht schlecht«, sagte Raúl. »Sie zieht gut.«
»Vielleicht kaufe ich mir auch eine«, sagte Felipe und wurde rot. Genau das, was er nicht hätte sagen sollen; jetzt würde ihn der andere für einen dummen Jungen halten.
»In den Häfen werden Sie sicher alles finden, was Sie wollen«, sagte Raúl. »Auf jeden Fall kann ich Ihnen eine von mir geben, wenn Sie einmal probieren wollen. Ich habe immer zwei oder drei dabei.«
»Wirklich?«
»Sicher, manchmal möchte man gern einmal wechseln. An Bord kann man bestimmt guten Tabak kaufen, aber ich habe auch welchen, wenn Sie wollen.«
»Danke«, sagte Felipe verlegen. Ihm war, als habe er einen tiefen Zug vom Glück getan, als müsse er Raúl sagen, wie gerne er mit ihm redete. Vielleicht würden sie über Frauen sprechen können; er sah ja schließlich viel älter aus, und viele hielten ihn schon für neunzehn oder zwanzig. Ziemlich lustlos mußte er an die Negrita denken; sie war jetzt bestimmt schon im Bett, und es war drin, daß sie wie ein Schloßhund heulte, weil sie sich einsam fühlte und weil sie Tante Susana gehorchen mußte, die herrschsüchtig war wie der Teufel. Komisch, daß er an die Negrita dachte, wo er gerade mit einem so starken Typen redete. Der hätte ihn bestimmt ausgelacht. ›Sicher kriegt der jede, die er haben will‹, dachte er.
Raúl erwiderte López' Gruß, der schlafen ging, wünschte dann Felipe eine gute Nacht und stieg langsam die kleine Treppe hinauf. Hinter ihm kamen Nora und Lucio, Don Galos Rollstuhl war nicht zu sehen. Wie mochte es der Chauffeur bloß angestellt haben, Don Galo bis aufs Deck zu bringen? Im Gang begegnete er Medrano, der eine rot ausgelegte Innentreppe herunterkam.
»Schon die Bar entdeckt?« fragte Medrano. »Dort oben ist sie, neben dem Speisesaal. Unglücklicherweise habe ich in einer Ecke ein Klavier gesehen, aber es bleibt ja immer noch die Möglichkeit, an einem dieser Tage die Saiten durchzuschneiden.«
»Oder es so zu verstimmen, daß alles darauf wie Musik von Krěnek klingt.«
»Um Gottes willen!« sagte Medrano. »Sie würden sich den Zorn meines Freundes Juan Carlos Paz zuziehen.«

»Wir würden uns sofort wieder versöhnen«, sagte Raúl, »dank meiner bescheidenen Plattensammlung mit Zwölftonmusik.«
Medrano sah ihn an.
»Nun, diese Reise läßt sich besser an, als ich erwartet hatte«, sagte er. »So gut wie nie fängt eine Reisebekanntschaft mit einer solchen Unterhaltung an.«
»Finde ich auch. Bis jetzt waren meine Gespräche hauptsächlich meteorologischer Natur, abgesehen von einem kurzen Exkurs über die Kunst des Rauchens. Ja, dann werde ich mich mal mit den oberen Räumen bekanntmachen; vielleicht gibt es dort Kaffee.«
»Es gibt welchen, und ganz hervorragenden. Bis morgen.«
»Bis morgen«, sagte Raúl.

Medrano suchte nach seiner Kabine, die am Backbordgang lag. Seine Koffer waren noch immer ungeöffnet, aber er zog sein Jakkett aus, rauchte eine Zigarette und ging auf und ab, ohne zu irgend etwas Lust zu verspüren. Vielleicht war dies das Glück. Auf den winzigen Schreibtisch hatte man einen Umschlag mit seinem Namen gelegt. Darin fand er einen Willkommensgruß von der Magenta Star und die Essenszeiten, ein paar praktische Hinweise für das Leben an Bord und eine Liste der Passagiere mit den jeweiligen Kabinennummern. So erfuhr er, daß auf seiner Seite López wohnte, die Trejos, Don Galo und Claudia Freire mit ihrem Sohn Jorge, es waren die Kabinen mit den ungeraden Nummern. Er fand auch eine Notiz in englischer und französischer Sprache, welche die Passagiere darüber informierte, daß die Verbindungstüren zum Achterdeck aus technischen Gründen geschlossen bleiben würden, und es wurde die Bitte geäußert, man möge die von der Schiffsleitung festgelegten Grenzen nicht überschreiten.
»Lieber Himmel«, murmelte Medrano. »Kaum zu glauben.«
Aber warum eigentlich nicht? Nach dem ›London‹, dem Inspektor, Don Galo, dem schwarzen Bus und der beinahe heimlichen Einschiffung? Weshalb sollte es da absurd sein, daß die Herren Passagiere sich enthalten sollten, nach achtern zu gehen? Fast noch merkwürdiger war, daß es unter einem Dutzend Gewinnern zwei Lehrer und einen Schüler von demselben Gymnasium gab. Und noch um einige Grade merkwürdiger war, daß jemand auf einem Schiffskorridor Křenek erwähnt hatte – einfach so.
»Kein schlechter Anfang«, sagte Medrano.

Zwei- oder dreimal hintereinander schüttelte sich die ›Malcolm‹ leicht. Medrano begann sich lustlos um sein Gepäck zu kümmern. Voll Sympathie dachte er an Raúl Costa und ließ dann die übrigen im Geiste Revue passieren. Alles in allem, so übel war die Gesellschaft nicht; die Unterschiede zeichneten sich deutlich genug ab, so daß sich wohl von Anfang an zwei Grüppchen verwandter Seelen zusammenfänden: eines, in welchem der rothaarige Tango-Jüngling brillieren würde, während sich das andere unter das Patronat von Krĕnek und Konsorten stellen würde. Am Rande, ohne sich einer der Gruppen zuzugesellen, doch mit immer wachsamen Augen würde Don Galo auf seinen vier Rädern umherrollen – eine Art schlauer, sarkastischer Aufpasser. Es war sehr leicht denkbar, daß zwischen Don Galo und Dr. Restelli eine lockere Beziehung entstünde. Der Halbwüchsige mit der schwarzen Stirnlocke würde zwischen der Schar leichtgewichtiger junger Leute, wie sie Atilio Presutti und Lucio so gut repräsentierten, und der Anziehungskraft der gesetzteren Personen schwanken. Das scheue junge Paar würde sich viel sonnen, viele Fotos machen und noch lange an Deck bleiben, um die Sterne zu zählen. In der Bar würde man über Kunst und Literatur diskutieren, und vielleicht würde die Reise für ein paar Liebesaffären, Erkältungen und Scheinfreundschaften hinreichen, wie sie am Zoll mit dem Austausch von Visitenkarten und herzlichem Schulterklopfen zu enden pflegen.

In diesem Moment würde Bettina schon wissen, daß er nicht mehr in Buenos Aires war. Die Abschiedsworte, die er neben dem Telefon für sie hinterlassen hatte, würden ohne Pathos eine amouröse Reise ›beschließen‹, die in Junín begonnen hatte und sich nach einer bunten Rundfahrt durch Buenos Aires mit Abstechern in die Berge und nach Mar del Plata erfüllt hatte. In diesem Augenblick würde Bettina sagen »Ich bin froh darüber« und wirklich froh sein, bevor sie dann doch zu weinen begänne. Morgen – zwei verschiedene »Morgen« schon und doch ein und dasselbe – würde sie María Helena anrufen, um ihr von Gabriels Abreise zu erzählen; nachmittags würde sie im ›Aguila‹ mit Chola oder Denise Tee trinken und ihrem Bericht allmählich feste Konturen verleihen, sie würde die vom Zorn diktierten oder frei erfundenen Varianten verwerfen und zu der endgültigen Textfassung finden, in der Gabriel nicht zu schlecht wegkäme, denn tief in ihrem Inneren wäre

Bettina froh darüber, daß er eine Weile oder sogar für immer fortgegangen war. Eines Nachmittags würde sie seinen ersten Brief aus Übersee erhalten, und vielleicht antwortete sie ihm postlagernd an den Ort, den er ihr angeben würde. ›Aber wohin fahren wir überhaupt?‹ dachte er und hängte Jacken und Hosen auf. Im Augenblick war ihnen sogar der Zutritt zum Heck verwehrt. Selbst wenn das nur vorübergehend sein sollte, behagte ihm der Gedanke nicht sonderlich, auf einen so engen Bereich beschränkt zu sein. Ihm fiel seine erste Reise wieder ein, in der dritten Klasse, wo Matrosen in den Gängen Wache gehalten hatten, um die sakrosankte Ruhe der zweiten und ersten zu bewachen, das ganze System der wirtschaftlichen Kasten und manches andere, das ihn zugleich belustigt und erbittert hatte. Später war er erster Klasse gereist und hatte ganz andere und gewichtigere Gründe gefunden, verbittert zu sein ... ›Aber nichts, was einer verschlossenen Tür gleichkommt‹, dachte er, während er die leeren Koffer aufeinandertürmte. Ihm kam auf einmal der Gedanke, daß seine Abreise für Bettina zu Anfang ein wenig wie eine verschlossene Tür sein würde, an der sie sich die Nägel abbrechen würde, bei dem verzweifelten Versuch, diese Barriere aus Luft und Nichts niederzureißen (»mit unbekanntem Ziel verreist«, »nein, kein Brief da«, »eine Woche, vierzehn Tage, ein Monat ...«). Unbehaglich steckte er sich noch eine Zigarette an. ›Zum Teufel mit dem Schiff‹, dachte er. ›Dazu bin ich nicht an Bord gegangen.‹ Er beschloß die Dusche auszuprobieren, nur um überhaupt etwas zu tun.

XVI

»Sieh mal«, sagte Nora, »mit diesem Haken kann man die Tür einen Spalt offenhalten.«
Lucio probierte den Mechanismus und bewunderte ihn gebührend. Am anderen Ende der Kabine öffnete Nora einen roten Plastikkoffer und nahm ihr Necessaire heraus. Gegen die Tür gelehnt, sah er ihr zu, wie sie emsig und effektiv arbeitete.
»Fühlst du dich wohl?«
»O ja«, sagte Nora, als sei sie überrascht. »Warum machst du deine Koffer nicht auf und räumst deine Sachen ein? Diesen Schrank habe ich für mich ausgesucht.«

Lustlos öffnete Lucio einen Koffer. ›Diesen Schrank habe ich für mich ausgesucht‹, dachte er. Für sich, für sich, noch immer wählt sie nach ihrem Belieben, so als sei sie allein. Er sah Nora zu, wie sie mit geschickten Händen Blusen und Strümpfe in die Fächer schichtete. Nora ging ins Bad, stellte ein paar Fläschchen und Bürsten auf das Bord über dem Waschbecken und drehte die Lichter an.

»Gefällt dir die Kabine?« fragte Lucio.

»Sie ist wunderschön«, sagte Nora. »Viel hübscher, als ich mir vorgestellt hatte, und dabei hatte ich sie mir, wie soll ich sagen, irgendwie luxuriöser vorgestellt.«

»Wie die in den Filmen vielleicht?«

»Ja, aber dafür ist diese viel ...«

»Viel intimer«, ergänzte Lucio und ging auf sie zu.

»Ja«, sagte Nora und rührte sich nicht, während sie ihn aus weit geöffneten Augen anstarrte. Allmählich kannte sie diesen Blick bei Lucio, die Art, wie sein Mund ganz leicht bebte, als würde er etwas vor sich hin murmeln. Sie fühlte seine warme Hand auf ihrer Schulter, aber ehe er sie umarmen konnte, drehte sie sich um und entzog sich ihm.

»Geh«, sagte sie. »Siehst du nicht, was noch alles zu tun ist? Und die Tür ...«

Lucio senkte den Blick.

Er stellte seine Zahnbürste an ihren Platz und schaltete das Badezimmerlicht aus. Das Schiff schwankte kaum; die Geräusche an Bord drangen nach und nach in die Zonen der Erinnerung vor, die nichts Überraschendes mehr haben. Ein leises Summen erfüllte die Kabine, wenn man die Hand auf ein Möbelstück legte, konnte man es vibrieren fühlen wie ganz schwachen elektrischen Strom. Durch das geöffnete Bullauge drang die Feuchtigkeit des Flusses herein.

Lucio hatte sich im Bad Zeit gelassen, damit Nora zuerst ins Bett gehen könnte. Über eine halbe Stunde hatte sie gebraucht, um alles in der Kabine aufzuräumen; dann hatte Nora sich im Bad eingeschlossen, um endlich in einem Morgenmantel zurückzukehren, unter dem ein rosa Nachthemd hervorschaute. Aber statt ins Bett zu gehen, hatte sie ihr Necessaire geöffnet, in der unverkennbaren Absicht, sich die Nägel zu feilen, worauf Lucio sein Hemd, die

Socken und die Schuhe ausgezogen hatte und mit dem Schlafanzug unter dem Arm seinerseits ins Bad gegangen war. Das Wasser fühlte sich herrlich an, und Nora hatte einen Duft von Eau de Cologne und Palmolive-Seife hinterlassen.

Als er zurückkam, waren alle Lichter der Kabine gelöscht, bis auf die beiden Lämpchen über den Betten. Nora las *El Hogar*. Lucio knipste das Licht über seinem Bett aus und setzte sich neben Nora, die ihre Illustrierte zumachte und die Ärmel ihres Nachthemdes mit einer gespielt zerstreuten Geste bis zu den Handgelenken herunterstreifte.

»Gefällt es dir hier?« fragte Lucio.

»Ja«, sagte Nora. »Es ist so anders.«

Sanft entwand er ihr die Zeitschrift, nahm ihr Gesicht in seine Hände und küßte sie auf die Nase, das Haar und die Lippen. Nora schloß die Augen, ihr Gesicht zeigte ein starres, verkrampftes und fast fremdes Lächeln, das Lucio in die Nacht in dem Hotel in Belgrano zurückversetzte, die erschöpfende, sinnlose Verfolgung. Er küßte sie heftig und schmerzhaft auf den Mund, ohne ihren Kopf loszulassen, den sie ihm zu entziehen versuchte. Dann richtete er sich auf, zog das Laken fort, seine Hände wanderten jetzt über das rosa Nylon des Nachthemdes, suchten ihre Haut. »Nein, nein«, hörte er ihre erstickte Stimme; ihre Beine waren schon bis zu den Schenkeln entblößt. »Nein, nein, nicht so«, flehte die Stimme. Er warf sich über sie, schloß sie fest in die Arme und küßte tief ihren halb geöffneten Mund. Nora schaute hoch zu dem kleinen Licht über dem Bett, doch er würde es nicht ausmachen, beim letzten Mal war es genauso gewesen, und danach im Dunkeln hatte sie sich nur besser verteidigt, und dann das Weinen, jenes unerträgliche Wehklagen, als hätte er sie verletzt. Unvermittelt warf er sich zur Seite und streifte das Nachthemd hoch, näherte sein Gesicht den zusammengepreßten Schenkeln, dem Bauch, den Noras Hände vor seinen Lippen zu beschirmen versuchten. »Bitte«, flüsterte Lucio. »Bitte, bitte.« Aber zugleich zog er ihr Hemd weiter hoch, zwang sie, sich aufzusetzen und zuzulassen, daß das kühle rosa Nylon hinauf bis zum Hals kletterte und dann abrupt im Schatten neben dem Bett verschwand. Nora hatte sich zusammengerollt, die Knie hochgezogen und sich gedreht, bis sie fast auf der Seite lag. Lucio richtete sich plötzlich auf, drängte sich dann wieder nackt gegen sie, ließ seine Hände über ihre Hüften gleiten, umarmte sie von hinten und biß sie mit einem Kuß in den Nakken, den seine Hände auf ihren Brüsten und Schenkeln verstärkten und fortsetzten; so entschlossen faßte er sie an, als beginne er erst jetzt, sie richtig auszuziehen. Nora streckte eine Hand aus, und es gelang ihr, das Licht zu löschen. »Warte, bitte warte nur einen Augenblick, bitte. Nein, nein, nicht so, warte noch einen Moment.« Aber er würde nicht warten; sie fühlte ihn gegen ihren Rücken, und zu dem Druck seiner Hände und Arme, die sie umschlangen und liebkosten, kam jenes andere hinzu, die harte, sengende Berührung dessen, das sie in jener Nacht in dem Hotel in Belgrano ängstlich vermieden hatte anzuschauen, kennenzulernen; das Ding, welches ihr Juanita Eisen beschrieben hatte (aber Beschreibung konnte man das nicht nennen), bis sie vollkommen entsetzt war; das, was sie verletzen und zum Schreien bringen konnte, wenn sie wehrlos in den Armen des Mannes lag, wie gekreuzigt an ihn von seinem Mund, seinen Händen, den Knien und jenem Ding, das Blut war und Schleim; dieses in jedem Beichtstuhl, jedem Heiligenleben Allgegenwärtige, Schreckliche, das fürchterlich war, wie ein Maiskolben, arme Temple Drake (ja, das hatte Juanita Eisen gesagt), das Grauen eines Maiskolbens, der brutal dort eindrang, wo kaum die Finger hinkamen, ohne daß es weh tat. Und jetzt fühlte sie diese Hitze gegen ihren Rücken, diesen gierigen Druck, während Lucio in ihr Ohr keuchte und sich fester und fester an sie drängte, wobei seine Hände sie zwangen, die Beine ein wenig zu öffnen, und dann plötzlich etwas wie einen Blitz flüssigen Feuers zwischen ihren Schenkeln, ein konvulsivisches Aufstöhnen und ein schwaches Gefühl vorläufiger Erleichterung, weil es ihm auch diesmal nicht gelungen war. Sie spürte ihn an ihrem Rücken, besiegt und in sich zusammengefallen; sein Keuchen brannte auf ihrem Nakken, dazwischen zusammenhanglose Worte, eine Mischung aus Vorwurf und Zärtlichkeit, eine schmutzige Traurigkeit aus Worten.

Lucio machte das Licht an. Lange sagten sie nichts.

»Dreh dich um«, sagte er. »Bitte dreh dich um.«

»Ja«, sagte Nora. »Deck uns zu, sei so lieb.«

Lucio setzte sich auf, suchte nach dem Laken und zog es hinauf. Mit einer einzigen Bewegung drehte sich Nora um und schmiegte sich an ihn.

»Sag mir, warum«, wollte Lucio wissen. »Sag mir, warum du wieder...«
»Ich hatte Angst«, sagte Nora und schloß die Augen.
»Wovor? Wie kannst du nur glauben, ich würde dir weh tun? Hältst du mich für so brutal?«
»Nein, das ist es nicht.«
Langsam, ganz langsam streifte Lucio das Laken ab, während er Noras Gesicht liebkoste. Er wartete, bis sie die Augen aufschlug, um ihr zu sagen: »Schau mich an, schau mich jetzt an.« Starr blickte sie auf seine Brust, seine Schultern, aber Lucio wußte, daß sie auch weiter hinunter sah, richtete sich plötzlich auf und küßte sie, indem er sich so gegen ihre Lippen preßte, daß sie nicht ausweichen konnte. Er fühlte ihren Mund zucken, als sie schwach vor dem Kuß zurückwich; einen kurzen Moment ließ er sie los und küßte sie dann wieder, glitt mit der Zunge über ihr Zahnfleisch, fühlte, wie sie mehr und mehr nachgab, drang in die Tiefen ihres Mundes, und langsam ging sie auf ihn ein. Seine Hand suchte behutsam tastend nach dem tiefen Zugang, nach der Gewißheit. Er hörte sie stöhnen, doch dann hörte er nichts mehr oder nur seinen eigenen Schrei, und ihr klagendes Ächzen erlosch in seinem Schrei, ihre Hände hörten auf zu kämpfen und ihn von sich zu stoßen, alles zog sich in sich selbst zurück und sank langsam hinab zu Stille und Traum. Einer von ihnen machte noch das Licht aus, ihre Lippen fanden sich erneut, und Lucio schmeckte etwas Salziges auf Noras Wangen; er suchte ihre Tränen mit den Lippen und trank sie, während er ihr Haar streichelte und sie von Mal zu Mal ruhiger atmen hörte, mit einem erstickten Schluchzen dann und wann, schon am Rande des Schlafes. Er suchte eine bequemere Lage, rückte ein wenig zur Seite und sah in die Dunkelheit, in der sich das Bullauge kaum abzeichnete. Nun, dieses Mal... Er dachte an nichts, ihn erfüllte vollkommene Ruhe, die kaum nach Nachdenken verlangte. Ja, diesmal zahlte sie für alle Male davor. Auf seinen trockenen Lippen schmeckte er Noras Tränen. Die Schuld war bezahlt, in klingender Münze, auf den Tisch des Hauses. Die Worte stiegen eines nach dem anderen in ihm empor, verdrängten die Zärtlichkeit der Hände, den salzigen Geschmack auf den Lippen. ›Weine nur, Schätzchen‹, ein Wort und noch eins, jedes präziser: die Rückkehr zur Vernunft. ›Weine dich ruhig aus, Schätzchen, es war Zeit, daß du begreifst. Mich kannst du doch

nicht die ganze Nacht hinhalten.‹ Nora rührte sich, bewegte einen Arm. Lucio streichelte ihr Haar und küßte sie auf die Nase. Später strömten die Worte ungehindert hervor, die Revanche vor Augen, mit dem fast verächtlichen ›Weine, Schätzchen‹, das nichts mehr verband mit der Hand, die für sich alleine weiter und wie ungewollt Noras Haar streichelte.

XVII

Claudia wußte nur zu gut, daß Jorge nicht ohne irgendeine Neuigkeit oder eine ausgefallene Entdeckung einschlafen würde. Es gab kein besseres Schlafmittel für ihn, als von einem Tausendfüßler in der Badewanne zu hören oder daß es Robinson Crusoe *wirklich* gegeben hatte. Da ihr nichts anderes einfiel, gab sie ihm einen Arzneimittelprospekt, den sie gerade in einem der Koffer gefunden hatte.

»Das ist in einer mysteriösen Sprache geschrieben«, sagte sie. »Ob es wohl Nachrichten vom Stern sind?«

Jorge setzte sich im Bett auf und begann aufmerksam den Prospekt zu lesen, der ihn in tiefstes Staunen versetzte.

»Hör dir das mal an, Mama«, sagte er. »Berolase ›Roche‹ ist das Vitamin-B1-Pyrophosphorsäureester, ein Coferment, das in die Phosphorylierung von Glukiden eingreift und im Körper die Decarboxylierung der Brenztraubensäure bewirkt, einem generellen Metaboliten im Abbaumechanismus von Glukiden, Lipiden und Proteiden.«

»Unglaublich«, sagte Claudia. »Reicht ein Kissen oder willst du zwei?«

»Eins reicht. Mama, was mag ein Metabolit sein? Wir müssen Persio fragen. Das hier kommt bestimmt vom Stern. Ich glaube, daß die Lipiden und die Proteiden die Feinde der Ameisenmenschen sind.«

»Höchst wahrscheinlich«, sagte Claudia und schaltete das Licht aus.

»Nacht, Mama. Mama, was für ein schönes Schiff.«

»Das ist es bestimmt. Schlaf gut.«

Ihre Kabine war die letzte auf dem Backbordgang. Abgesehen davon, daß sie die Nummer dreizehn mochte, war Claudia erfreut, gleich gegenüber der Tür die Treppe zur Bar und zum Speisesaal zu entdecken. In der Bar traf sie auf Medrano, der nach einem letzten vergeblichen Versuch, Ordnung in die Kleidungsstücke aus seinem Koffer zu bringen, wieder zum Cognac zurückgekehrt war. Der Steward begrüßte Claudia in einem etwas steifen Spanisch und reichte ihr die Karte, auf der die Flagge der Magenta Star prangte.

»Die Sandwiches sind gut«, sagte Medrano. »In Ermangelung eines richtigen Abendessens ...«

»Der *maître* bittet Sie, frei zu wählen, was immer Ihnen beliebt«, sagte der Steward mit denselben Worten wie schon vorher zu Medrano. »Unglücklicherweise sind Sie so spät an Bord gekommen, daß wir Ihnen kein Abendessen mehr servieren konnten.«

»Merkwürdig«, sagte Claudia. »Andererseits hatte man Zeit, unsere Kabinen herzurichten und uns sehr bequem unterzubringen.«

Der Steward machte eine vage Geste und wartete auf ihre Wünsche. Sie bestellten Bier, Cognac und Sandwiches.

»Ja, alles ist merkwürdig«, sagte Medrano. »Zum Beispiel hat sich hier bis jetzt noch niemand von der lärmenden Schar sehen lassen, in welcher der junge rothaarige Kerl den Vorsitz zu führen scheint. Man sollte doch a priori vermuten, daß diese Art Leute einen besseren Appetit habe als wir Leptosomen, wenn Sie gestatten, daß ich Sie auch zu dieser Gemeinschaft rechne.«

»Sie werden wohl seekrank sein, die Ärmsten«, sagte Claudia.

»Schläft Ihr Sohn schon?«

»Ja, nachdem er ein Pfund Terrabusi-Kekse gegessen hat. Ich fand es besser, daß er gleich ins Bett ginge.«

»Ich mag Ihr Kind«, sagte Medrano. »Er ist ein hübscher Junge mit einem sensiblen Gesicht.«

»Zu sensibel manchmal, aber er hält sich ganz gut, dank einem enormen Sinn für Humor und einer beachtlichen Begabung für Fußball und Stabilbaukästen. Sagen Sie, glauben Sie wirklich, daß all dies ...?«

Medrano sah sie an.

»Erzählen Sie mir lieber von Ihrem Sohn«, sagte er. »Was soll ich Ihnen auch antworten? Vorhin habe ich entdeckt, daß man das Achterdeck nicht betreten kann. Man hat uns kein Abendessen gegeben, dafür sind die Kabinen geradezu üppig.«

»Ja, sie machen es so spannend, wie man nur verlangen kann«, sagte Claudia.
Medrano bot ihr eine Zigarette an, und sie spürte, daß ihr dieser grauäugige Mann mit dem schmalen Gesicht gefiel, der sich mit einer eleganten Nachlässigkeit kleidete, die ihm sehr gut stand. Die Sessel waren bequem, und das Summen der Maschinen machte es leicht, an nichts zu denken, sich allein der Ruhe hinzugeben. Medrano hatte recht: warum fragen? Wenn alles mit einem Mal zu Ende wäre, würde sie es bereuen, diese absurden und glücklichen Stunden nicht besser genutzt zu haben. Wieder die Calle Juan-Bautista-Alberdi, für Jorge die Schule, für sie ein Roman nach dem anderen, unten das Dröhnen der Busse, wieder das Un-Leben in einem Buenos Aires ohne Zukunft für sie, das laue, feuchte Wetter, die Nachrichten von Radio ›El Mundo‹.
Medrano lächelte, als ihm die Ereignisse im ›London‹ wieder einfielen. Gern hätte Claudia mehr über ihn gewußt, aber sie hatte das Gefühl, daß er nicht sehr mitteilsam war. Der Kellner brachte noch einen Cognac, in der Ferne hörte man eine Sirene.
»Angst ist die Mutter sehr seltsamer Dinge«, sagte Medrano. »In diesem Moment dürften verschiedenen Passagieren langsam die ersten Bedenken kommen. Wir werden uns gut amüsieren, Sie werden schon sehen.«
»Sie können über mich lachen«, sagte Claudia, »aber es ist schon eine ganze Weile her, daß ich mich so zufrieden und ruhig gefühlt habe. Mir gefällt die ›Malcolm‹, oder wie sie heißt, wesentlich besser als eine Reise mit der ›Augustus‹.«
»Der Hauch Romantik des Neuen?« sagte Medrano und schaute sie verstohlen von der Seite an.
»Das Neue, nicht mehr, das ist schon genug in einer Welt, in der die Leute fast immer die Wiederholung vorziehen, so wie Kinder. Haben Sie die letzte Anzeige von Aerolineas Argentinas gelesen?«
»Mag sein, ich weiß nicht.«
»Sie werben damit für ihre Flugzeuge, daß man sich in ihnen wie bei sich zu Hause fühlt. ›Fühlen Sie sich wie daheim‹ oder etwas in der Art. Ich kann mir nichts Schrecklicheres denken, als in ein Flugzeug zu steigen und mich wieder wie bei mir daheim zu fühlen.«
»Ich nehme an, sie werden süßen Mate aufgießen. Dann gibt es ein anständiges Rippenstück und Spaghetti, all das untermalt von den krächzenden Klängen der Quetschkommoden.«

»Was in Buenos Aires alles völlig in Ordnung ist, vorausgesetzt, man kann es in jedem Augenblick durch etwas anderes ersetzen. Verfügbarkeit ist das treffende Wort dafür. Diese Reise könnte eine Art Test sein.«

»Ich vermute, daß er sich für einige als etwas schwierig erweisen wird. Aber wo wir gerade von Anzeigen der Fluggesellschaften reden: ich erinnere mich mit besonderem Groll an eine von irgendeiner amerikanischen Gesellschaft, die herausstreicht, daß der Passagier auf die ausgesuchteste Weise behandelt werde. ›Bei uns fühlen Sie sich als bedeutende Persönlichkeit‹ oder so ähnlich. Wenn ich an ein paar meiner Kollegen denke, die schon bei dem bloßen Gedanken erbleichen, jemand könnte sie mit ›Herr‹ statt mit ›Doktor‹ anreden... Ja, diese Linie dürfte einen beträchtlichen Kundenstamm haben.«

»Die Theorie der Persönlichkeit«, sagte Claudia. »Hat darüber schon jemand geschrieben?«

»Es sind zu viele selbst betroffen, fürchte ich. Aber Sie wollten mir gerade erzählen, warum Ihnen die Reise gefällt.«

»Nun, wir werden schließlich alle oder fast alle gute Freunde werden, und es ist sinnlos, das *curriculum vitae* zu verheimlichen«, sagte Claudia. »Ich muß gestehen, ich bin ein völliger Versager, der sich nicht damit abfindet, treu zu diesem Etikett zu stehen.«

»Was mich von vornherein an dem Versagen zweifeln läßt.«

»Oh, vermutlich weil es der einzige Grund ist, der mich noch Dinge tun läßt wie etwa ein Lotterielos zu kaufen und damit zu gewinnen. Für Jorge lohnt es, am Leben zu sein. Für ihn und einige wenige andere Dinge. Bestimmte Musikstücke, die man immer wieder anhört, bestimmte Bücher... Alles übrige ist verwest und begraben.«

Medrano betrachtete aufmerksam seine Zigarette.

»Ich weiß nicht gerade viel über die Ehe«, sagte er, »aber in Ihrem Fall scheint sie nicht übermäßig befriedigend.«

»Ich habe mich vor zwei Jahren scheiden lassen«, sagte Claudia. »Aus ebenso zahlreichen wie banalen Gründen: weder Ehebruch noch seelische Grausamkeit, noch Trunksucht. Mein Ex-Gemahl ist León Lewbaum, vielleicht sagt Ihnen der Name etwas.«

»Krebsspezialist oder Neurologe, glaube ich?«

»Neurologe. Ich ließ mich scheiden, um nicht eine seiner Patientinnen zu werden. Er ist ein ungewöhnlicher Mann, das kann ich jetzt mit größerer Gewißheit sagen denn je, wo ich auf eine Art an ihn denke, die man posthum nennen könnte. Das beziehe ich auf mich selbst, auf das, was von mir geblieben ist, und das ist nicht viel.«

»Und dennoch haben Sie sich von ihm scheiden lassen.«

»Ja, ich ließ mich von ihm scheiden; vielleicht um zu retten, was mir von meiner Persönlichkeit noch geblieben war. Wissen Sie, eines Tages begann ich zu entdecken, daß ich gern dann ausging, wenn er heimkam, lieber Eliot las, wenn er ins Konzert wollte, daß ich es vorzog, mit Jorge zu spielen, statt...«

»Ah«, sagte Medrano und blickte sie an. »Und Sie haben Jorge behalten.«

»Ja, alles wurde aufs beste geregelt. León besucht uns alle paar Tage, und Jorge liebt ihn auf seine Weise. Ich lebe so, wie ich will, und da wäre ich nun.«

»Aber Sie haben von Versagen gesprochen.«

»Versagen? Das eigentliche Versagen war, León zu heiraten. Und das ist etwas, das sich nicht durch die Scheidung und nicht einmal durch einen Sohn wie Jorge regeln läßt. Es liegt schon vor allem anderen, nämlich die Absurdität, die mich in dieses Leben hineingebracht hat.«

»Wie das, wenn die Frage nicht zu weit geht?«

»Oh, die Frage ist nicht neu; ich selber stelle sie mir immer wieder, seit ich angefangen habe, mich selbst ein wenig zu begreifen. Ich verfüge über eine Reihe von Antworten: für sonnige Tage, für Gewitternächte... Eine ausgewählte Sammlung von Masken, und dahinter, glaube ich, ein schwarzes Loch.«

»Wie wäre es mit noch einem Cognac?« fragte Medrano und rief den Steward. »Es ist komisch, ich habe den Eindruck, daß die Institution der Ehe keinen einzigen Vertreter unter uns hat. López und ich sind Junggesellen, Costa auch, glaube ich; Dr. Restelli ist Witwer, dann ein oder zwei heiratslustige Mädchen... Ah, Don Galo! Aber wer kennt schon Don Galos Familienstand. Sie heißen Claudia, nicht wahr? Ich bin Gabriel Medrano, und meine Biographie ermangelt jeglichen Interesses. Auf Ihr Wohl und auf das von Jorge.«

»Auf das Ihre, Medrano, und reden wir von Ihnen.«

»Aus Interesse, aus Höflichkeit? Verzeihen Sie, man sagt Dinge, die reine Reflexe sind. Aber ich werde Sie enttäuschen, angefangen

damit, daß ich Zahnarzt bin, dann weil ich mein Leben zubringe, ohne etwas Nützliches zu tun, einige wenige Freunde habe, einige wenige Frauen bewundere und mit alledem ein Kartenhaus baue, das andauernd wieder einstürzt. Bums, alles liegt am Boden. Aber ich fange wieder von vorne an, wissen Sie, ich fange wieder an!«
Er sah sie an und begann zu lachen.
»Ich unterhalte mich gern mit Ihnen«, sagte er. »Die Mutter von Jorge, dem Leoncito, dem kleinen Löwen.«
»Wir reden alle beide eine ganze Menge Unsinn«, sagte Claudia und lachte ebenfalls. »Immer mit vorgehaltenen Masken natürlich.«
»Oh, die Masken. Man neigt immer dazu, an das verborgene Gesicht zu denken, aber was in Wirklichkeit zählt, ist die Maske, daß es diese und keine andere ist. Sage mir, welche Maske du trägst, und ich sage dir, was du für ein Gesicht hast.«
»Die letzte«, sagte Claudia, »heißt ›Malcolm‹, und ich glaube, einige von uns haben sie gemeinsam. Hören Sie, Sie müssen Persio kennenlernen. Ob wir ihn aus seiner Kabine holen lassen können? Persio ist ein bewundernswertes Wesen, ein wirklicher Zauberer; manchmal habe ich beinahe Angst vor ihm, aber er ist wie ein Lamm; nur wissen wir ja, wie viele Symbole in einem Lamm verborgen sein können.«
»Ist er der kahle, ziemlich kleine Mann, der im ›London‹ mit Ihnen zusammen war? Er erinnerte mich an ein Foto von Max Jacob, das ich zu Hause habe. Wenn man vom Teufel spricht ...«

»Eine Limonade wird genügen, um die Körpersäfte wieder in Bewegung zu bringen«, sagte Persio. »Und vielleicht ein Käse-Sandwich.«
»Was für eine abscheuliche Zusammenstellung«, sagte Claudia.
Wie ein Fisch war Persios Hand durch die von Medrano geglitten. Er war ganz in Weiß gekleidet und hatte sogar weiße Sommerschuhe angezogen. ›Alles im letzten Augenblick und im nächstbesten Laden gekauft‹, dachte Medrano und sah ihn voll Sympathie an.
»Die Reise beginnt unter verwirrenden Zeichen«, sagte Persio und sog prüfend die Luft ein. »Der Fluß, der uns umgibt, ist wie Milchkaramel von La Martona. Und meine Kabine – etwas ganz Feines. Weshalb sie beschreiben? Sie funkelt und ist voll rätselhafter Dinge, wie Knöpfe und Schilder.«

»Reisen Sie gern?« fragte Medrano.
»Nun, das ist das, was ich die ganze Zeit tue.«
»Er meint in der U-Bahn von Lacroze«, sagte Claudia.
»Nein, nein, ich reise im Infraraum und im Hyperraum«, sagte Persio. »Zwei idiotische Wörter, die nicht viel bedeuten, aber ich reise. Zumindest mein Astralleib bewegt sich in schwindelerregenden Bahnen. Ich arbeite derweil bei Kraft im Verlag, wo ich Korrekturen lese. Sehen Sie, diese Kreuzfahrt wird mir für stellare Beobachtungen und astrale Erkenntnisse nützlich sein. Wissen Sie, was Paracelsus dachte? Das Firmament sei eine Pharmakopöe. Hübsch, nicht? Jetzt werde ich die Sternbilder in Reichweite haben. Jorge findet, man sähe die Sterne besser vom Meer als vom Land, vor allem besser als von Chacarita, wo ich wohne.«
»Sie machen zwischen Paracelsus und Jorge keinen Unterschied«, sagte Claudia lachend.
»Jorge weiß manches, oder vielleicht ist er die Stimme eines Wissens, das er später wieder vergessen wird. Wenn wir magische Spiele spielen – die große Herausforderung –, findet er immer mehr als ich. Nur daß er vergleichsweise schnell das Interesse daran verliert, so wie ein Äffchen oder eine Tulpe. Wenn ich ihn nur etwas länger bei seinen Entdeckungen halten könnte ... Aber die Aktivität ist ein Gesetz der Kindheit, wie Fechner vermutlich sagen würde. Das Problem ist natürlich Argus. Seit je.«
»Argus?« fragte Claudia.
»Ja, der Vielgestaltige, Zehntausend-Äugige, der Gleichzeitige. Das ist es: die Gleichzeitigkeit!« rief Persio begeistert aus. »Wenn ich versuche, Jorges Visionen an meine anzufügen, verrate ich dann nicht die schrecklichste Sehnsucht des Menschengeschlechtes? Durch andere Augen sehen, gleichzeitig meine Augen sein und die Ihren, Claudia, die so schön sind, und die ausdrucksvollen Augen dieses Herrn. Alle Augen zugleich, weil dies die Zeit löscht, sie völlig vernichtet. Aus, fort, weg damit!«
Er machte eine Gebärde, als wolle er eine Fliege verscheuchen.
»Überlegen Sie nur einmal! Wenn ich gleichzeitig alles sehen würde, was die Augen der Menschheit, die vier Milliarden Augen der menschlichen Rasse sehen, dann würde die Wirklichkeit nicht länger eine Folge von Geschehnissen sein, sondern zu einer absoluten Vision versteinern, in der das Ich in Vernichtung endet.

Doch was für eine Vernichtung, welch ein triumphierendes Aufflammen, welch eine Antwort! Die Vorstellung von Raum würde von dem Augenblick an undenkbar, und viel mehr noch die von Zeit, die ein und dasselbe ist, nur in sukzessiver Form.«

»Aber wenn Sie solch einen Augenblick überlebten«, sagte Medrano, »würden Sie die Zeit wieder von neuem spüren. In schwindelerregender Vielfalt wegen der Menge von Teilvisionen, aber immer noch die Zeit.«

»Oh, es wären nicht nur Teilvisionen«, sagte Persio und zog dabei seine Brauen hoch. »Der Gedanke ist, den ganzen Kosmos in einer totalen Synthese zu erfassen, die wiederum nur durch eine genauso totale Analyse möglich ist. Verstehen Sie: die Geschichte der Menschheit ist das traurige Ergebnis davon, daß jeder einzelne für sich sieht. Die Zeit entsteht im Auge, das ist bekannt.«

Er zog ein dickes Heft aus der Tasche und vertiefte sich begierig darin. Während Medrano sich eine Zigarette ansteckte, sah er Don Galos Chauffeur in der Tür auftauchen, die Szene einen Augenblick beobachten und dann auf den Steward zugehen.

»Mit ein wenig Phantasie kann man eine entfernte Vorstellung von Argus bekommen«, sagte Persio und blätterte die Seiten der Broschüre um. »Ich zum Beispiel übe meine Phantasie an Dingen wie diesem. Es ist zu nichts nutze, da es sich nur in meiner Vorstellung abspielt, aber es ruft das kosmische Gefühl in mir wach und entreißt mich der sublunaren Dumpfheit.«

Auf dem Umschlag der Broschüre stand *Guía oficial dos caminhos de ferro de Portugal.* Wie ein Banner schwenkte Persio diesen Eisenbahn-Fahrplan.

»Wenn Sie wollen, zeige ich es Ihnen an einem Beispiel«, schlug er vor. »Ebensogut können Sie ein Fotoalbum, einen Atlas oder ein Telefonbuch benutzen, aber dies hier dient vor allem dazu, sich in der Gleichzeitigkeit zu entfalten, diesem Ort zu entfliehen und für einen Augenblick... Aber ich sollte es Ihnen besser erklären. Offizielle Zeit: zweiundzwanzig Uhr dreißig. Es ist bekannt, daß dies nicht die astronomische Zeit ist, daß es bei uns im Vergleich mit Portugal vier Stunden später ist. Aber es geht nicht darum, ein Horoskop zu erstellen, wir wollen uns lediglich vorstellen, daß es dort – auf die Minute kommt es nicht an – etwa achtzehn Uhr dreißig ist. Eine herrliche Stunde in Portugal, wenn alle Kacheln glänzen.«

Entschlossen öffnete er das Kursbuch und studierte Seite dreißig. »Die große Linie im Norden, haben Sie's? Jetzt passen Sie genau auf. In diesem gleichen Augenblick ist der Zug 125 zwischen den Stationen Mealhada und Aguim unterwegs. Der Zug 324 wird gleich den Bahnhof von Torres Novas verlassen, in genau einer Minute, tatsächlich sogar viel weniger. In Sonzelas fährt eben der 326 ein, und auf der Vendas Novas-Linie hat der 2721 gerade Quinta Grande verlassen. Langsam sehen Sie, was ich meine, nicht wahr? Hier ist die Lousã-Abzweigung, wo der 629 soeben auf dem gleichnamigen Bahnhof gehalten hat, ehe er nach Prilhão-Casais weiterfährt... Aber dreißig Sekunden sind inzwischen schon vergangen, das heißt, wir hatten kaum Zeit, uns fünf oder sechs Züge vorzustellen, und doch sind es viel mehr. Auf der östlichen Linie fährt der 4111 von Monte Redondo nach Guia, in Leiria hat der 4373 gehalten, in Paúl läuft gleich der 4121 ein. Und wie sieht es auf der westlichen Linie aus? Der 4026 hat Martingança verlassen und fährt durch Pataias; in Coimbra hat der 4028 gehalten, aber die Sekunden verrinnen, und hier auf der Figueira-Linie ist jetzt der 4735 in Verride angekommen; der 1429 ist im Begriff, aus Pampilhosa herauszufahren, man hört schon die Trillerpfeife, er fährt ab... und der 1432 läuft in Casal ein... Soll ich weitermachen?«
»Nein, Persio«, sagte Claudia fast zärtlich. »Trinken Sie Ihre Limonade.«
»Aber Sie haben es begriffen, nicht wahr? Die Übung...«
»O ja«, sagte Medrano. »Mir war ein wenig, als könnte ich von sehr weit oben und fast zur selben Zeit alle Züge Portugals sehen. War das nicht der Sinn dieser Übung?«
»Es geht darum, sich vorzustellen, daß man sieht«, sagte Persio und schloß dabei die Augen, »die Worte auszulöschen und nichts weiter zu sehen, als daß in diesem Moment, in nur einem unbedeutenden Bruchteil der Welt, unermeßliche Mengen von Zügen ihre Fahrpläne auf die Minute genau erfüllen. Und dann kann man sich nach und nach die Züge Spaniens vorstellen, die von Italien, alle Züge, die in diesem Augenblick, um achtzehn Uhr zweiunddreißig, irgendwo ankommen, irgendwo abfahren.«
»Sie machen mich schwindlig«, sagte Claudia. »O nein, Persio, nicht am ersten Abend und bei diesem ausgezeichneten Cognac.«

»Nun gut, die Übung dient zu etwas anderem«, räumte Persio ein. »Vor allem zu magischen Zwecken. Haben Sie schon an Zeichnungen gedacht? Wenn wir auf dieser Karte Portugals alle Punkte einzeichnen, an denen sich um achtzehn Uhr dreißig ein Zug befindet, könnte es interessant sein zu sehen, welche Zeichnung daraus entsteht, sie alle fünfzehn Minuten zu variieren, um durch Vergleich oder Übereinanderlegen zu verfolgen, wie sich die Zeichnung verändert, verbessert oder verschlechtert. Ich bin in meinen freien Augenblicken im Verlag zu seltsamen Ergebnissen gelangt, fast glaube ich, eines Tages werde ich eine Zeichnung entstehen sehen, die vollkommen mit einem berühmten Meisterwerk übereinstimmt, einer Gitarre Picassos zum Beispiel oder einer Fruchtschale Petoruttis. Wenn das geschieht, habe ich eine Chiffre, ein Modul. Damit werde ich die Schöpfung dann von ihrer wahren Basis der Analogie her erfassen, das Raum-Zeit-Schema durchbrechen, das eine völlig unzulängliche Erfindung ist.«

»Dann ist die Welt also magisch?« fragte Medrano.

»Sehen Sie, selbst die Magie ist von den Vorurteilen des Okzidents angesteckt«, sagte Persio bitter. »Bevor man die kosmische Realität auf eine Formel bringen könnte, müßte man erst in den Ruhestand treten, um mehr Zeit für das Studium der astralen Pharmakopöe und für die Erforschung der interstellaren Materie zu haben. Aber bei einer Zweiundvierzig-Stunden-Woche!«

»Hoffen wir, daß Sie die Reise für Ihre Studien nutzen können«, sagte Claudia und stand auf. »Ich verspüre allmählich eine herrliche Ferienmüdigkeit. Bis morgen dann.«

Wenig später ging Medrano viel zufriedener zu seiner Kabine zurück, und diesmal fand er die Energie, seine Koffer auszupacken. ›Coimbra‹, dachte er, während er seine letzte Zigarette rauchte. ›Lewbaum, der Neurologe.‹ Alles fügte sich so einfach zusammen; vielleicht war es möglich, auch aus diesen Begegnungen eine sinnvolle Zeichnung zu erhalten, aus diesen Erinnerungen, in denen jetzt Bettina auftauchte und ihn halb erstaunt, halb gekränkt ansah, als sei es eine unverzeihliche Kränkung, das Badezimmerlicht anzumachen. ›Ach, laß mich in Frieden‹, dachte Medrano und stellte die Dusche an.

XVIII

Raúl schaltete die Lampe über dem Bett ein und blies das Streichholz aus, mit dem er sich orientiert hatte. Paula schlief, das Gesicht ihm zugewandt. Im schwachen Licht der Nachtlampe sah ihr rötliches Haar wie Blut auf dem Kissen aus.

›Wie hübsch sie ist‹, dachte er, während er sich ohne Eile auszog. ›Wie sich ihr Gesicht entspannt, diese tiefen, düsteren Falten verschwinden, die selbst noch beim Lachen zwischen ihren Brauen zu sehen sind. Und ihr Mund; jetzt sieht sie aus wie ein Botticelli-Engel, so jung, so unberührt...‹ Er lächelte ironisch. ›*Thou still unravish'd bride of quietness*‹, rezitierte er. ›Ravish'd und archiravish'd, das arme Kind.‹ Arme kleine Paula, zu schnell bestraft für ihre eigene unzureichende Auflehnung in einem Buenos Aires, das ihr nur Kerle gegeben hatte wie Rubio als ersten (wenn er der erste war, aber natürlich, Paula log ihm nichts vor), oder wie Lucho Neira, der letzte, all die X und Y und die Jungens am Strand nicht gerechnet, die Abenteuer am Wochenende oder auf dem Rücksitz eines Mercury, eines De Soto. Er schlüpfte in seinen blauen Schlafanzug und trat barfuß an Paulas Bett; es rührte ihn ein wenig, sie schlafen zu sehen, auch wenn es nicht das erste Mal war, daß er sie so sah, aber jetzt begann für Paula und ihn ein intimer, fast geheimer Lebensabschnitt, der Wochen und Monate dauern würde (wenn er solange dauerte), und dieser erste Eindruck, wie sie vertrauensvoll neben ihm schlief, stimmte ihn fast zärtlich. Paulas alltägliche Verzweiflung war ihm während der letzten Monate unerträglich gewesen: ihre Anrufe um drei Uhr früh, ihre Drogenrückfälle, die ziellosen Spaziergänge, ihre ewigen Selbstmordabsichten, ihre plötzlichen, tyrannischen Launen (»Komm sofort her, oder ich springe aus dem Fenster«), ihre Freudenausbrüche, wenn ihr ein Gedicht gelungen war, ihr verzweifeltes Weinen, mit dem sie Krawatten und Jacketts ruinierte; die Nächte, da Paula überraschend zu ihm in die Wohnung kam, was ihn dermaßen aufbrachte, daß er ausfallend wurde, weil er es einfach leid war, sie immer wieder zu bitten, vorher anzurufen; ihre Art, alles zu mustern, zu fragen: »Bist du allein?«, so als fürchte sie, es läge jemand unterm Bett oder dem Sofa, und gleich darauf Gelächter oder Tränen, die endlosen Bekenntnisse bei Whisky und Zigaretten. Was sie nicht davon abhielt, kleine kritische Bemerkungen einzuflechten, die ihn wegen ihrer Treffsicherheit noch mehr aufbrachten: »Wie kann man so einen Dreck nur aufhängen?« oder: »Siehst du nicht, daß eine Vase zuviel auf dem Bord steht?« oder ihre plötzlichen moralinsauren Anwandlungen, ihr absurdes Eifern, der Haß auf seine Freunde, ihre wahrscheinliche Einmischung in die Geschichte mit Beto Lacierva, wodurch sich vielleicht der unvermittelte Bruch und Betos Flucht erklärte. Aber zugleich Paula die Großartige, die treue und liebe Paula, Gefährtin so vieler faszinierender Abende, politischer Streitereien an der Universität, literarischer Vorlieben und Abneigungen. Arme kleine Paula, Tochter ihres Politiker-Vaters, Tochter ihrer anmaßenden, despotischen Familie, wie ein Hündchen an der Kette der ersten Kommunion, der Klosterschule, »meines Pfarrers« und »meines Onkels«, an der Kette von *La Nación* und des ›Colón‹-Theaters, und dann mit einem Mal die Straße wie ein Schrei, der absurde und unwiderrufliche Schritt, der sie für immer und für nichts von den Lavalles geschieden hatte, der erste Schritt ihres gründlichen Sturzes. Arme kleine Paula, wie hatte sie in der Stunde der Entscheidung so dumm sein können. Im übrigen (Raúl betrachtete sie kopfschüttelnd) waren ihre Entscheidungen nie wirklich radikal gewesen, Paula aß noch immer das Brot der Lavalles, dieser großbürgerlichen Familie, die in der Lage war, Gras über den Skandal wachsen zu lassen und dem schwarzen Schaf ein schönes Appartement zu bezahlen. Ein Grund mehr für Neurosen, Krisen des Aufbegehrens, Pläne, dem Roten Kreuz beizutreten oder ins Ausland zu gehen, was alles im Komfort einer Zweizimmerwohnung mit Zentralheizung und Müllschlucker beredet wurde. Arme Paulita! Aber es tat so wohl, sie tief schlafend daliegen zu sehen (›mit Luminal oder Veronal?‹ fragte sich Raúl) und zu wissen, daß sie die ganze Nacht dasein und neben ihm atmen würde, neben ihm, der jetzt in sein Bett ging, das Licht löschte und sich eine Zigarette anzündete, wobei er das Streichholz mit den Händen abschirmte.

In Kabine fünf auf der Backbordseite schläft und schnarcht Herr Trejo genau wie im ehelichen Bett in der Calle Acoyte. Felipe ist noch auf, obwohl er vor Müdigkeit beinahe umfällt; er hat geduscht und betrachtet im Spiegel sein Kinn, auf dem sich ein Anflug von Bartwuchs zeigt; voll Sorgfalt kämmt er sein Haar, aus reiner Freude, sich zu sehen, sich mitten im Abenteuer zu fühlen. Er geht in die Kabine, zieht einen Leinen-Schlafanzug an und setzt sich in einen Sessel, um eine Camel zu rauchen, nachdem er die schwenkbare Lampe so verstellt hat, daß ihr Licht auf das Sportmagazin fällt, in dem er ohne Eile blättert. Wenn der Alte wenigstens nicht schnarchen würde, aber das wäre zuviel verlangt. Er kann sich nicht damit abfinden, keine Kabine für sich alleine zu haben; wenn nun zufällig etwas mit einem Mädchen liefe, was gäbe das für einen Ärger. Dabei wäre alles so einfach, wenn der Alte irgendwo anders schliefe. Verschwommen erinnert er sich an Filme und Romane, in denen sich große Liebesdramen in den Kabinen der Passagiere abspielten. ›Warum habe ich sie auch eingeladen?‹ fragt sich Felipe und denkt an die Negrita, die sich jetzt bestimmt in der Dachkammer auszieht, umgeben von Programmzeitschriften und Postkarten mit James Dean und Angel Magaña. Er blättert weiter, verweilt bei Aufnahmen von einem Boxkampf, stellt sich vor, wie er als Sieger in einem internationalen Ring Autogramme gibt, den Champion k.o. schlägt. ›Morgen sind wir draußen auf See‹, denkt er plötzlich und gähnt. Der Sessel ist großartig, aber die Camel verbrennt ihm schon die Finger, und er wird immer müder. Er macht das Deckenlicht aus, schaltet das Nachtlämpchen über dem Bett an, schlüpft ins Bett und genießt jeden Zentimeter des Lakens und der festen und zugleich elastischen Matratze. Er muß daran denken, daß Raúl jetzt wohl auch nach einer letzten Pfeife zu Bett gegangen sein wird, aber statt eines schnarchenden Alten hat er die wundervolle Rothaarige in der Kabine. Wahrscheinlich hat er sich schon an sie herangemacht, bestimmt sind die beiden nackt und vergnügen sich. Für Felipe birgt das Wort »sich vergnügen« all das, was die einsamen Übungen, die Lektüre und die Vertraulichkeiten der Schulfreunde wachrufen und anregen können. Er knipst das Licht aus, dreht sich langsam auf die Seite und streckt die Arme ins Dunkel, um den Körper der Negrita und der Rothaarigen zu umschlingen, ein Kompositum, bei dem auch noch die jüngere Schwester eines Freundes und seine Kusine Lolita beteiligt sind, ein Kaleidoskop, das er sanft streichelt, bis seine Hände das Kissen streifen, es umfassen, unter seinem Kopf wegziehen und gegen seinen Körper drücken, der sich konvulsivisch dagegenpreßt, während sein Mund in den schalen, lauwarmen Stoff beißt. Sich vergnügen, sich vergnügen, ohne zu wissen, wie er den Schlafanzug losgeworden ist, liegt er nun nackt gegen das Kissen geschmiegt, streckt sich aus und fällt auf das Gesicht, stößt mit den Lenden, tut sich weh, ohne zur Lust zu gelangen, nur ein Krampf durchläuft ihn, der ihn quält und erbittert. Er beißt in das Kissen, preßt es gegen die Beine, zieht es heran und stößt es wieder zurück, und endlich gibt er der Gewohnheit nach, dem leichtesten Weg, läßt sich auf den Rücken fallen, und seine Hand beginnt den rhythmischen Tanz; die Höhlung, deren Druck geschickt wechselt, verzögert oder beschleunigt, ist wieder die Negrita, jetzt liegt sie auf ihm, wie ihm das Ordóñez einmal auf französischen Fotos gezeigt hat, die Negrita, die erstickt seufzt und ihr Stöhnen dämpft, damit Herr Trejo nicht aufwacht.

»Endlich«, sagte López und schaltete das Licht aus. »Entgegen all meinen Befürchtungen hat sich dieses Seeungetüm in Bewegung gesetzt.«
Seine Zigarette zeichnete Linien ins Dunkel, dann hob sich nur noch die milchige Helle des Bullauges ab. Man lag gut in dem Bett, das sanfte Schaukeln lud dazu ein, auf der Stelle einzuschlafen. Aber López dachte erst noch darüber nach, wie gut es gewesen war, Medrano unter seinen Reisegefährten zu finden, über die Geschichte von Don Galo, über Costas rothaarige Freundin und das befremdliche Gehabe des Inspektors. Dann kehrten seine Gedanken zu dem kurzen Besuch in Raúls Kabine zurück, zu dem Geplänkel mit dem grünäugigen Mädchen. Und welch entzückende Freundin Costa da hatte. Wenn er es nicht selbst gesehen hätte ... Aber er hatte es gesehen, und es war schließlich nichts Merkwürdiges daran: ein Mann und eine Frau teilten sich die Kabine Nr. 10. Komisch, wenn er sie zum Beispiel mit Medrano getroffen hätte, wäre ihm das völlig natürlich vorgekommen. Costa dagegen, er wußte nicht recht weshalb ... Es war absurd, aber es war so. Ihm fiel ein, daß der Costals von Montherlant sich anfangs Costa genannt hatte, ihm fiel ein anderer Costa ein, ein ehemaliger Schulkamerad. Warum kam er von dem Gedanken nicht los? Irgend etwas stimmte da nicht. Die Stimme Paulas war bei ihrem Gespräch mit ihm eine Stimme am Rande der vermuteten Situation gewesen. Natürlich gibt es Frauen, die nicht gegen ihr Temperament ankommen. Und Costa lächelnd in der Kabinentür. Beide derart nett. Und so verschieden. Das war es: ein so ungleiches

Paar. Man spürte nicht den Zusammenhalt, jene fortschreitende Mimikry im Spiel von Liebe oder Freundschaft, durch die sich selbst die ausgeprägtesten Gegensätze gemeinsam in etwas bewegen, das sie umschließt und einander zuordnet.

»Ich mache mir etwas vor«, sagte López laut. Auf jeden Fall werden sie prima Reisegefährten sein. Und wer weiß, wer weiß...

Die Zigarette flog wie ein Glühwürmchen durch die Luft und verlor sich im Fluß.

D

Verstohlen, ein wenig furchtsam, doch erregt und unbeirrbar stellt sich Persio genau um Mitternacht in die Dunkelheit am Bug, zum Wachen bereit. Der herrliche Himmel des Südens zieht ihn für Augenblicke an, er hebt seinen kahlen Kopf und schaut auf zu den strahlenden Sternentrauben; zugleich aber will Persio zu dem Schiff, das ihn trägt, eine Beziehung knüpfen und festigen, und darum hat er den Schlaf abgewartet, der alle Menschen gleich macht, hat sich die strenge Nachtwache auferlegt, die ihn mit dem fließenden Grunde der Nacht verbinden soll. Er steht neben etwas, das vermutlich eine Kabeltrommel ist (im Prinzip gibt es auf Schiffen keine Schlangen), spürt die feuchte Luft der Flußmündung auf der Stirn und vergleicht mit leiser Stimme die Urteilsgründe, die er seit dem ›London‹ gesammelt hat, stellt überaus genaue Nomenklaturen auf, in denen sich für ihn das Heterogene – drei Bandoneons und ein erfrischender Cinzano, zusammen mit dem Umriß des Bugs und dem geölten Kreisen der Radarantenne – in einer allmählich fortschreitenden Geometrie löst, einer langsamen Annäherung an die Ursachen dieser Situation, die er mit den anderen Passagieren teilt. Nichts neigt in Persio zur beschränkenden Formel, und gleichwohl hält ihn eine kontinuierliche Angst vor den gewöhnlichen Problemen seiner Lage gefangen. Er ist sicher, daß eine durch die Analogie kaum wahrnehmbare Ordnung das Westentaschen-Chaos regiert, in dem ein Sänger seinen Bruder verabschiedet und ein Rollstuhl hinten mit einer verchromten Griffstange ausgerüstet ist; etwa wie die dunkle Gewißheit, daß es einen Mittelpunkt gibt, in dem jedes widersprüchliche Element schließlich als die Speiche eines Rades sichtbar wird. Persios Naivität geht nicht so weit, ihn vergessen zu lassen, daß jedem architektonischen Versuch eine Zergliederung des Phänomenalen vorangehen müßte, aber zugleich liebt er das unberechenbare Kaleidoskop des Lebens, genießt er hingebungsvoll das Gefühl der brandneuen Tennisschuhe Marke Pirelli an seinen Füßen, lauscht zärtlich dem Knarren der Spanten und dem sanften Plätschern des Flusses gegen den Kiel. Unfähig, auf das Konkrete zu verzichten, um sich endlich in der Dimension einzurichten, von der aus die Dinge zu Fällen zerfallen und das Repertoire der sinnlichen Wahnehmung einer schwindelnden Gleichung von Schwingungen und Spannungsfeldern der Energie weicht, entscheidet er sich für eine bescheidene astrologische Arbeit, eine traditionelle Annäherung über das hermetische Bild, die Tarockkarte und die Gunst des erhellenden Zufalls. Persio vertraut auf etwas von der Art eines Flaschengeistes, der ihn in dem verworrenen Gespinst der Fakten leiten soll, und dem Bug der ›Malcolm‹ ähnlich, der den Fluß und die Nacht und die Zeit in zwei Hälften zerteilt, schreitet er ruhig fort in seiner Meditation, die das Triviale verschmäht – den Inspektor zum Beispiel oder die merkwürdigen Verbote, die an Bord herrschen –, um sich auf jene Elemente zu konzentrieren, die nach einer größeren Kohärenz streben. Seit einer Weile erforschen seine Blicke die Kommandobrücke, verweilen bei dem breiten leeren Fenster, durch das ein violettes Licht nach draußen fällt. Wer auch immer das Schiff führt, muß im Hintergrund dieser durchscheinenden Kabine sein, fern von den Fenstern, die in dem leichten Nebel des Flusses phosphoreszieren. Persio fühlt, wie ein wachsendes Entsetzen Stufe für Stufe in ihm höher steigt. Bilder von verfluchten Schiffen ohne Steuermann jagen durch seine Erinnerung; unlängst Gelesenes verursacht Visionen, in denen sich die unheimlichen Gebiete des Nordostens (und der Gott Tuculca mit einem grünen Stab in der Hand und drohender Gebärde) mit Arthur Gordon Pym vermischen und mit dem Schiff Eriks auf dem unterirdischen See der Oper. Was für ein Mischmasch! Doch zugleich fürchtet Persio, und er weiß nicht weshalb, den absehbaren Moment, da sich im Fenster die Silhouette des Steuermanns abzeichnen wird. Bis jetzt ist alles in einer Art liebenswürdigem Delirium geschehen, bezifferbar und verständlich, kaum daß man die isolierten Elemente zusammenfügte; aber etwas sagt ihm (und dieses Etwas könnte genau die unbewußte Erklärung all dessen sein, was geschehen ist), daß im Laufe der

Nacht eine Ordnung, eine beunruhigende Kausalität errichtet werden wird, entfesselt und gebunden zugleich durch den Schlußstein, der jeden Augenblick in die Krone des Gewölbebogens eingesetzt werden kann. Und so zittert Persio und weicht zurück, als sich in ebendiesem Moment eine Silhouette auf der Kommandobrücke abzeichnet, ein schwarzer Torso, der sich aufrecht und reglos hinter der Scheibe abhebt. Hoch oben bewegen sich die Sterne ein wenig, die Ankunft des Kapitäns hat genügt, daß das Schiff seinen Kurs ändert; jetzt liebkost der Hauptmast nicht länger Sirius, sondern neigt sich dem Kleinen Bären zu, sticht danach und neckt ihn so lange, bis er ihn verscheucht hat. ›Wir haben einen Kapitän‹, denkt Persio schaudernd, ›wir haben einen Kapitän.‹ Und es ist, als gerinne in der Unordnung des raschen und fließenden Denkens seines Blutes langsam das Gesetz, Mutter der Zukunft, das Gesetz als der Beginn eines unerbittlichen Weges.

ERSTER TAG

. . . le ciel et la mer s'ajustent ensemble
pour former une espèce de guitare . . .
Audiberti, *Quoat-Quoat*.

XIX

Die nächtlichen Aktivitäten Atilio Presuttis gipfelten in einem Umzug: Mit der mürrischen Hilfe eines fast stummen Stewards mußte er ein Bett aus seiner Kabine entfernen und in die Nachbarkabine tragen, die seine Mutter, die Mutter von Nelly und Nelly selbst teilen würden. Form und Größe der Kabine erschwerten die Unterbringung und Doña Rosita sprach mehrmals davon, die Dinge beim alten zu lassen und bei ihrem Sohn zu schlafen, aber Pelusa wiegte den Kopf und meinte, es sei schließlich etwas anderes, ob drei Frauen zusammen wären oder Mutter und Sohn, und in der Kabine gäbe es weder eine spanische Wand noch sonst eine Unterteilung. Zuletzt gelang es ihnen, das Bett zwischen Badezimmer und Kabinentür aufzustellen, und Pelusa kam mit einem Kistchen Pfirsiche zurück, das ihm Rusito geschenkt hatte. Obwohl sie alle Hunger hatten, getraute sich keiner, zu läuten und zu fragen, ob es Abendessen gäbe; sie aßen Pfirsiche, und Nellys Mutter holte ein großes Glas Kirschkompott und eine Tafel Dolca-Schokolade hervor. Friedlich ging Pelusa darauf in seine Kabine zurück, warf sich aufs Bett und schlief wie ein Klotz.

Als er erwachte, war es sieben, und das Licht einer dunstverhangenen Sonne fiel in die Kabine. Er setzte sich im Bett auf, kratzte sich auf seinem Unterhemd und bewunderte den Komfort und die Größe seiner Kajüte bei Tag. ›Was für ein Glück, daß meine Alte eine Dame ist und bei den anderen schlafen muß‹, dachte er zufrieden, als er über die Unabhängigkeit und die Bedeutung nachsann, die ihm seine Einzelkabine verlieh. Kabine Nummer vier: Herr Atilio Presutti. Gehen wir hoch und sehen nach, was los ist? Das Schiff scheint stillzuliegen, vielleicht sind wir schon in Montevideo. Großer Gott, was für cin Bad, was für ein Klo, *mama mía!* Und rosa Papier, das ist stark! Heute nachmittag oder morgen muß ich die Dusche einweihen, die muß super sein. Ja, guck sich einer das Waschbecken an, sieht aus wie das Schwimmbecken im Sportclub Barracas; hier kannst du dir den Hals waschen, ohne daß ein Tropfen danebengeht, und was da für ein schönes warmes Wasser rauskommt . . .

Energisch seifte sich Pelusa das Gesicht und die Ohren ein, wobei er sorgsam darauf achtete, daß sein Unterhemd nicht naß wurde. Danach schlüpfte er in seinen neuen gestreiften Schlafanzug, zog

Basketballstiefel dazu an und fuhr sich noch einmal durchs Haar, ehe er loszog. In der Eile vergaß er, sich die Zähne zu putzen, wo ihm doch Doña Rosita extra eine neue Zahnbürste gekauft hatte. Er ging an den Türen der Steuerbordkabinen vorbei. Bestimmt schnarchten die Penner noch, bestimmt war er der erste auf dem Vorderdeck. Aber da traf er auf den Kleinen, der mit seiner Mutter reiste und ihn freundschaftlich ansah.

»Guten Morgen«, sagte Jorge. »Ich hab' alle geschlagen, haben Sie gesehen?«

Pelusa ließ sich zu einem »Wie geht's, Kleiner« herab. Er trat an die Reling und stützte sich mit beiden Händen auf.

»Ja, Herrgottnocheinmal«, sagte er. »Aber wir liegen ja vor Quilmes!«

»Ist das Quilmes mit all diesen Tanks und Kränen?« fragte Jorge. »Da stellen sie das Bier her.«

»Aber ist das denn die Möglichkeit?« sagte Pelusa gleich mehrmals. »Und ich habe gedacht, wir wären schon in Montevideo und könnten vielleicht an Land und so, wo ich doch noch nie ...«

»Quilmes muß ziemlich nahe bei Buenos Aires sein, nicht?«

»Na, und ob, du nimmst die Straßenbahn und bist im Handumdrehen da! Da haben mich doch glatt die Jungs aus dem ›Japonés‹ vom Ufer her in der Linse, die sind alle hier aus der Gegend ... Was ist das bloß überhaupt für eine Reise, kannst du mir das mal sagen?«

Jorge sah ihn aus klugen Augen prüfend an.

»Wir liegen seit einer Stunde vor Anker«, sagte er. »Ich bin um sechs raufgekommen, ich war nicht mehr müde. Wissen Sie, daß man hier nie jemanden sieht? Zwei Matrosen sind eilig vorbeigelaufen, irgendwas war mit dem Ankermanöver, aber ich glaube nicht, daß sie mich verstanden haben, als ich sie ansprach. Bestimmt waren es Lipiden.«

»Was?«

»Lipiden. Das sind ein paar ganz merkwürdige Kerle, die reden überhaupt nie. Wenn es nicht Proteiden sind, die kann man wohl leicht verwechseln.«

Pelusa sah Jorge verstohlen an. Gerade wollte er ihn etwas fragen, als Nelly und ihre Mutter in dem kleinen Aufgang erschienen, beide in Hosen und modischen Sandalen, mit Sonnenbrillen und Tüchern um den Kopf.

»O Atilio, was für ein himmlisches Schiff!« rief Nelly. »Alles blitzt, daß es eine Lust ist, und die Luft, was für eine Luft!«
»Was für eine Luft!« sagte Doña Pepa. »Und was für ein Frühaufsteher, Atilio!«
Atilio trat auf sie zu, und Nelly hielt ihm die Wange hin, auf die er einen Kuß drückte. Gleich darauf streckte er den Arm aus und zeigte ihnen die Küste.
»Aber das kenne ich doch«, sagte Nellys Mutter.
»Berisso!« sagte Nelly.
»Quilmes!« sagte Pelusa düster. »Sag mir einer, was für eine Kreuzfahrt das sein soll.«
»Ich dachte, wir wären schon auf dem offenen Meer und das Schiff würde nicht mehr schwanken«, sagte Nellys Mutter. »Wer weiß, ob nicht irgend etwas kaputt ist und sie es reparieren müssen.«
»Vielleicht wollen sie hier nur Benzin tanken«, sagte Nelly.
»Diese Schiffe fahren mit Dieselöl«, sagte Jorge.
»Das meinte ich ja«, sagte Nelly. »Und der Kleine so ganz allein hier? Ist dein Mamilein unten, Schätzchen?«
»Ja«, sagte Jorge und sah sie von der Seite an. »Sie zählt die Spinnen.«
»Die was, Kleiner?«
»Unsere Spinnensammlung. Immer wenn wir so eine Reise machen, nehmen wir sie mit. Gestern abend sind fünf ausgerissen, aber ich glaube, Mama hat drei schon wiedergefunden.«
Nelly und ihre Mutter sperrten den Mund auf, Jorge duckte sich, um Pelusas freundlichem, doch kräftigem Klaps auszuweichen.
»Aber merkt ihr denn nicht, daß der Kleine euch auf den Arm nimmt?« sagte Pelusa. »Laßt uns hochgehen und nachsehen, ob die Milch schon heiß ist, ich sterbe vor Kohldampf.«
»Das Frühstück soll auf diesen Schiffen ja sehr üppig sein«, meinte Nellys Mutter verdrießlich. »Ich habe gelesen, es gäbe sogar Orangensaft. Liebes, erinnerst du dich noch an diesen Film? Der, wo das Mädchen arbeitete ... der Vater war irgendso was bei einer Zeitung und wollte sie nicht mit Gary Cooper gehen lassen.«
»Aber nein, Mama, das war nicht der.«
»Doch, erinnerst du dich nicht, es war ein Farbfilm, und nachts hat sie diesen Bolero auf englisch gesungen ... Aber natürlich, dann war das gar nicht mit Gary Cooper. Der mit dem Zugunglück, erinnerst du dich?«

»Aber nein, Mama«, sagte Nelly. »Wirklich, immer wirft sie alles durcheinander.«
»Orangensaft gab es jedenfalls«, beharrte Doña Pepa.
Nelly hängte sich bei ihrem Verlobten ein, und auf dem Weg zur Bar fragte sie ihn leise, ob sie ihm in Hosen gefalle, worauf Atilio mit einer Art ersticktem Röhren antwortete und ihr so den Arm drückte, daß er ihn fast zerquetschte.
»Wenn ich denke«, flüsterte Pelusa in ihr Ohr, »daß du längst meine Frau sein könntest, wenn dein Vater nicht wäre.«
»Ach, Atilio«, sagte Nelly.
»Wir hätten die Kabine nur für uns beide und so.«
»Glaubst du, ich denke nachts nicht daran? Ich meine, daß wir schon verheiratet sein könnten.«
»Und jetzt müssen wir warten, bis dein Alter das Häuschen rausrückt.«
»Allerdings. Du weißt, wie Papa ist.«
»Wie ein Maultier«, sagte Pelusa ehrerbietig. »Na, wenigstens können wir die ganze Reise zusammensein, wir können Karten spielen und nachts an Deck gehen, sieh mal, dort wo die Taurollen liegen... Prima, um sich dahinter zu verstecken. Ich hab' vielleicht Kohldampf, sag' ich dir...«
»Die Seeluft ist sehr anregend«, sagte Nelly. »Wie findest du Mama in Hosen?«
»Steht ihr gut«, sagte Pelusa, der nie etwas gesehen hatte, was einem großen, runden Briefkasten ähnlicher gewesen wäre. »Meine Alte will so etwas nicht anziehen, sie ist altmodisch, noch dazu wo sie mein Alter in den Hintern treten würde, wenn sie so ankäme. Du kennst ihn ja.«
»Deine Familie ist sehr temperamentvoll«, sagte Nelly. »Geh, ruf deine Mutter, dann gehen wir hoch. Schau dir nur diese Türen an, wie sauber!«
»Hör, wie die in der Bar schnattern!« sagte Pelusa. »Es klingt, als kämen bei einem anständigen Frühstück alle zusammen. Wir gehen beide meine Mutter holen. Ich mag nicht, daß du allein hinaufgehst.«
»Aber Atilio, ich bin kein Baby.«
»Auf diesem Schiff lauern überall Haie«, sagte Pelusa. »Du kommst mit mir, und damit Schluß.«

XX

In der Bar war zum Frühstück an sechs Tischen gedeckt, und der Steward legte die letzte geblümte Papierserviette an ihren Platz, als López und Dr. Restelli fast gleichzeitig eintraten. Sie wählten einen Tisch, und gleich darauf gesellte sich Don Galo zu ihnen, der sich für ausreichend vorgestellt zu halten schien, obwohl er noch mit niemandem gesprochen hatte, und der seinen Chauffeur mit einem kurzen Fingerschnippen entließ. López staunte darüber, daß der Chauffeur in der Lage gewesen war, Don Galo die Treppe heraufzuschaffen, mitsamt seinem Rollstuhl (der zu diesem Zweck in eine Art Förderkorb verwandelt worden war, welcher die ganze Zeit hochgehalten werden mußte, worin eben die beachtliche Leistung bestand), und er erkundigte sich nach Don Galos Befinden.
»Leidlich«, erwiderte dieser mit einem galizischen Akzent, dem fünfzig Jahre im argentinischen Handel nicht das geringste hatten anhaben können. »Zu schwül, abgesehen davon, daß es gestern kein Abendessen gegeben hat.«
Dr. Restelli in weißem Anzug und mit einer Schirmmütze auf dem Kopf vertrat die Ansicht, wenn auch die Organisation im einzelnen etwas mangelhaft sei, so gäbe es doch mildernde Umstände für die verantwortlichen Stellen.
»Keine, guter Mann, aber gar keine«, rief Don Galo. »Absolut untragbar, wie immer, wenn die Bürokratie versucht, die Privatinitiative zu verdrängen. Wenn *Exprinter* diese Reise organisiert hätte, könnten Sie sicher sein, daß uns nicht wenige Unannehmlichkeiten erspart geblieben wären.«
López amüsierte sich. Mit dem ihm eigenen Geschick, Widerspruch herauszufordern, ließ er einfließen, daß auch die Reisebüros die Katze im Sack zu verkaufen pflegten und daß die Touristenlotterie jedenfalls eine Erfindung der Obrigkeit sei.
»Freilich, aber freilich«, pflichtete ihm Dr. Restelli bei. »Herr Porriño – so war doch, glaube ich, Ihr Name – vergessen Sie nicht, daß das ursprüngliche Verdienst der visionären Kraft und Intelligenz unserer Behörden zukommt und daß –«
»Ein Widerspruch«, unterbrach ihn Don Galo trocken. »Nie habe ich Behörden erlebt, die für irgend etwas visionäre Kraft aufgebracht hätten. Sehen Sie, auf dem Gebiet des Einzelhandels gibt es

keinen einzigen Regierungserlaß, der nicht ein völliger Mißgriff wäre. Nehmen wir das Nächstbeste, die Einfuhrbestimmungen für Stoffe etwa. Was sagen Sie dazu? Natürlich: eine Ungeheuerlichkeit! Im Einzelhandelsverband, dessen Ehrenpräsident ich nun schon seit anderthalb Jahrzehnten bin, habe ich meine Meinung in zwei offenen Briefen und einer Eingabe beim Handelsministerium zum Ausdruck gebracht. Die Ergebnisse, meine Herren? Null! Das ist die Regierung!«

»Gestatten Sie«, Dr. Restelli warf sich in Positur wie ein Kampfhahn, was López zu sehr ergötzte. »Wenn es mir auch fernliegt, die Regierungsmaßnahmen in ihrer Gesamtheit zu verteidigen, so verfügt ein Geschichtslehrer doch sozusagen über einen Sinn für Vergleiche, und ich kann Ihnen versichern, daß die augenblickliche Regierung und ganz allgemein die meisten Regierungen Mäßigung und Ausgewogenheit repräsentieren gegenüber den Privatinteressen, die ja höchst ehrenwert sind, das bestreite ich nicht, im allgemeinen aber für sich nach mehr trachten, als ihnen ohne Schaden für die nationale Ordnung gewährt werden kann. Und dies gilt nicht nur für die lebendigen Kräfte, mein Herr, sondern auch für die politischen Parteien, für die öffentliche Moral und das System der kommunalen Verwaltung. Um jeden Preis gilt es, die Anarchie zu verhindern, und das schon in ihren verkapptesten Formen.«

Der Steward begann den Milchkaffee zu servieren. Während er das tat, lauschte er dem Gespräch mit gespannter Aufmerksamkeit und bewegte die Lippen, als wiederhole er die bedeutsamsten Worte.

»Für mich Tee mit viel Zitrone«, bestellte Don Galo, ohne ihn anzusehen. »Ja, ja, alle Welt redet gleich von Anarchie, und dabei ist es völlig klar, daß die wirkliche Anarchie die behördliche ist und sich hinter Gesetzen und Erlassen verbirgt. Sie werden schon noch sehen, diese Reise wird abscheulich, vollkommen abscheulich!«

»Warum sind Sie dann mitgekommen?« fragte López leichthin.

Don Galo rang sichtlich um Fassung.

»Aber, lieber Mann, das sind doch zwei verschiedene Dinge. Weshalb sollte ich nicht mitkommen, wenn ich doch gewonnen habe? Und wo sich außerdem die Mängel erst nach und nach im Laufe der Reise herausstellen.«

»Ihrer Ansicht nach hätte man also die Mängel voraussehen müssen, oder?«
»Und ob! Aber was, wenn zufällig alles glattgehen sollte?«
»Mit anderen Worten, Sie geben zu, daß die Maßnahmen der Behörden in gewissen Fällen vernünftig sein können«, sagte Dr. Restelli. »Ich für meine Person versuche immer Verständnis aufzubringen und mich an den Platz des Regierenden zu denken.« (›Das möchtest du wohl gerne, du verhinderter Abgeordneter‹, dachte López mit mehr Mitgefühl als Bosheit.) »Die Lenkung des Staates ist eine ernste Angelegenheit, mein verehrtester Herr Tischgenosse, und zum Glück liegt das Ruder in guten Händen. Vielleicht sind sie nicht energisch genug, aber sie haben die besten Absichten.«
»Da hätten wir's!« sagte Don Galo und bestrich heftig eine Scheibe Toast. »Schon kommt das mit der starken Regierung. Nein, mein Herr, was wir brauchen, ist intensiver Handel, freiere Kapitalbewegung und Chancen für jedermann – innerhalb gewisser Grenzen, versteht sich.«
»Diese Dinge sind nicht unvereinbar«, sagte Dr. Restelli, »aber wir brauchen auf jeden Fall eine wachsame Regierung mit weitreichenden Befugnissen. Ich gebe das offen zu, und dabei bin ich ein Verfechter der Demokratie in Argentinien, aber wer Zügellosigkeit mit Freiheit verwechselt, findet in mir einen entschiedenen Gegner.«
»Wer spricht von Zügellosigkeit?« sagte Don Galo. »Wenn es um Fragen der Moral geht, bin ich so streng wie irgend jemand, Scheiße noch mal.«
»Ich habe das Wort nicht in dieser Bedeutung gebraucht, aber da Sie es in seiner geläufigen Form verstehen, freue ich mich, daß wir auf diesem Gebiet einer Meinung sind.«
»Und auf dem der Erdbeermarmelade, die wirklich ausgezeichnet ist«, sagte López, der sich gründlich langweilte. »Ich weiß nicht, ob Sie bemerkt haben, daß wir schon eine ganze Weile vor Anker liegen.«
»Eine Havarie!« rief Don Galo befriedigt. »Hallo! Sie! Ein Glas Wasser!«
Höflich begrüßten sie Doña Pepa und die übrige Familie Presutti, die einer nach dem anderen ihren Einzug hielten und sich unter beredten Kommentaren an einen Tisch setzten, wo es besonders

viel Butter gab. Als wolle er ihnen Gelegenheit geben, seinen Schlafanzug aus der Nähe zu betrachten, kam Pelusa an ihren Tisch.
»Morgen, wie geht's?« sagte er. »Haben Sie gesehen, was los ist? Wir liegen vor Quilmes, das ist los!«
»Vor Quilmes!« rief Dr. Restelli aus. »Unmöglich, junger Mann, das muß die Küste von Uruguay sein!«
»Ich kenne doch die Gasometer«, versicherte Pelusa. »Meine Verlobte dort wäre schön böse, wenn ich lügen würde. Man kann die Häuser und Fabriken sehen, ich sage Ihnen, es ist Quilmes.«
»Warum auch nicht?« sagte López. »Wir nehmen alle fest an, unsere erste Zwischenlandung müßte Montevideo sein, aber wenn wir nun einen anderen Kurs nehmen, nach dem Süden, zum Beispiel –«
»Süden?« sagte Don Galo. »Und was sollen wir im Süden?«
»Ach ja, das... Ich denke, das werden wir gleich erfahren. Kennen Sie die Reiseroute?« fragte López den Steward.
Der Steward mußte gestehen, daß er sie nicht kannte. Das heißt, er hatte sie bis zum Vortag gekannt: die Reise sollte nach Liverpool gehen, mit acht oder neun der üblichen Zwischenlandungen. Aber dann hatten die Verhandlungen mit dem Festland begonnen und jetzt tappte er völlig im dunkeln. Er brach seine Ausführungen ab, um Pelusas dringende Bitte nach mehr Milch im Kaffee zu erfüllen, und López wandte sich mit verblüffter Miene den anderen zu.
»Wir müssen einen Offizier suchen«, sagte er. »Inzwischen sollten sie doch wohl eine Route festgelegt haben.«
Jorge, der mit López freundschaftliche Beziehungen angeknüpft hatte, kam an ihren Tisch gelaufen.
»Da kommen noch welche«, verkündete er. »Aber von denen an Bord... nichts zu sehen. Kann ich mich zu Ihnen setzen? Kaffee mit Milch und Brot mit Marmelade, bitte. Da kommen sie schon, was habe ich gesagt?«
Es erschienen Medrano und Felipe, die halb verschlafen, halb verwundert wirkten. Hinter ihnen kamen Paula und Raúl die Treppe herauf. Während sie einander begrüßten, traten Claudia und der Rest der Familie Trejo durch die Tür. Nur Lucio und Nora fehlten noch, Persio nicht eingerechnet, weil Persio nie den Eindruck erweckte, irgendwo zu fehlen. Stühlerücken, Unterhaltungen und

Zigarettenrauch erfüllten mehr und mehr die Bar. Die Mehrzahl der Passagiere sah sich zum ersten Mal richtig. Medrano, der Claudia an seinen Tisch eingeladen hatte, fand sie jünger, als er in der vergangenen Nacht vermutet hatte. Paula war offensichtlich jung, aber auf ihren Lidern lag etwas wie ein Gewicht, manchmal verzog ihr ein plötzliches Zucken eine Gesichtshälfte; dann schien sie genauso alt wie Claudia. Die Neuigkeit, daß sie vor Quilmes lägen, hatte sich an allen Tischen herumgesprochen und löste Gelächter oder spöttische Bemerkungen aus. Medrano empfand die Situation als eine besonders lächerliche Antiklimax; er sah, wie Raúl Costa zu einem Bullauge ging und mit Felipe redete; schließlich setzten sie sich an den Tisch, an dem schon Paula saß, während López sich daran weidete, mit welch offenkundigem Mißfallen die Trejos dieser Absonderung beiwohnten. Der Chauffeur erschien wieder, um Don Galo abzuholen, und Pelusa eilte ihm sogleich zu Hilfe. ›Was für ein netter Kerl‹, dachte López. ›Wie kann man ihm nur beibringen, daß er seinen Schlafanzug besser in der Kabine läßt?‹ Mit leiser Stimme sprach er Medrano am Nachbartisch darauf an.

»Immer die gleiche Geschichte«, sagte Medrano. »Man darf sich an der Unwissenheit oder Ungeschliffenheit dieser Leute nicht stören, solange im Grunde weder Sie noch ich jemals etwas getan haben, um ihr abzuhelfen. Wir bemühen uns, alles so einzurichten, daß wir möglichst wenig mit ihnen in Berührung kommen; zwingen uns aber die Umstände, mit ihnen zusammenzuleben ...«

»Sind wir verloren«, sagte López. »Ich zumindest. Von soviel Schlafanzug, soviel *Maribel*, soviel Unschuld fühle ich mich überwältigt und überfordert.«

»Eine Gelegenheit, die sie unbewußt ausnutzen, um uns zu vertreiben, denn auch wir stören sie. Jedesmal wenn sie auf das Deck statt ins Meer spucken, ist es, als jagten sie uns eine Kugel zwischen die Augen.«

»Oder wenn sie das Radio auf volle Lautstärke stellen, sich dann brüllend unterhalten, um sich zu verständigen, darauf das Radio nicht mehr gut hören, es also noch lauter stellen, und so weiter, ad infinitum.«

»Vor allem, wenn sie den überlieferten Schatz an Gemeinplätzen und Nachgeplappertem hervorkramen. Auf ihre Weise sind sie außergewöhnlich; wie ein Boxer im Ring oder ein Trapezkünstler, aber wer wollte schon die ganze Zeit mit Athleten oder Akrobaten reisen.«

»Nicht melancholisch werden«, sagte Claudia und bot ihnen Zigaretten an, »und vor allem, zeigen Sie nicht so schnell Ihre bürgerlichen Vorurteile. Was halten Sie von dem Bindeglied, von der Familie des Schülers? Da haben Sie ein paar nette Leute, die noch viel unglücklicher dran sind als wir, weil sie weder mit der Gruppe um den Rotschopf noch mit unserem Tisch etwas anzufangen wissen. Natürlich erheben sie Anspruch auf letzteres, aber wir ziehen uns erschrocken zurück.«

Die Angesprochenen beredeten leise – nur gelegentlich hörte man plötzliches Zischeln oder erregte Ausrufe – das ungehobelte Benehmen ihres Sohnes und Bruders. Frau Trejo war nicht willens zuzulassen, daß dieser Rotzbengel die Situation ausnützte, um sich mit sechzehneinhalb Jahren selbständig zu machen, und sollte ihm sein *Vater* nicht kräftig die Meinung sagen ... Aber Herr Trejo würde das nicht versäumen, da konnte sie beruhigt sein. Beba ihrerseits war die Verachtung und Mißbilligung in Person.

»Ja«, sagte Felipe. »Da fahren wir die ganze Nacht, und kaum daß ich heute früh zum Fenster rausschaue, zack, lauter Schornsteine. Fast wäre ich wieder ins Bett gegangen.«

»Das wird Ihnen eine Lehre sein, nicht so früh aufzustehen«, sagte Paula gähnend. »Und du, mein Lieber, hast mich hoffentlich das letzte Mal so früh aufgeweckt. Ich habe einen ansehnlichen Stammbaum von Langschläfern, von seiten der Lavalles wie von den Ojedas, und ich muß das Wappen schön sauber halten.«

»Abgemacht«, sagte Raúl. »Ich habe das wegen deiner Gesundheit gemacht, aber man weiß ja, daß solche Bemühungen immer schlecht aufgenommen werden.«

Verblüfft hörte Felipe zu. Schon ein bißchen spät, sich über Fragen des Schlafens zu einigen. Er machte sich konzentriert an die Aufgabe, ein hartgekochtes Ei zu verspeisen, wobei er verstohlen zum Tisch seiner Familie hinüberblickte. Paula beobachtete ihn zwischen zwei Rauchwolken. Weder besser noch schlechter als die anderen; es schien, als mache die Jugend sie alle gleich, unterschiedslos starrköpfig, grausam und reizend. ›Er wird leiden‹, sagte sie sich, aber sie dachte dabei nicht an ihn.

»Ja, das wird das beste sein«, sagte López. »Wenn du schon fertig bist, Jorgito, schau, ob du irgendwo jemanden vom Schiff findest, und bitte ihn, einen Augenblick hochzukommen.«
»Einen Offizier oder irgendeinen Lipiden?«
»Besser einen Offizier. Wer sind die Lipiden?«
»Keine Ahnung«, sagte Jorge. »Aber sie sind bestimmt Feinde. Tschüs.«
Medrano winkte dem Steward, der an der Bar lehnte. Unlustig kam er an ihren Tisch.
»Wer ist der Kapitän?«
Zur Verwunderung von López, Dr. Restelli und Medrano wußte es der Steward nicht.
»So ist das«, erklärte er mit bekümmerter Stimme, »bis gestern war es Kapitän Lovatt, aber heute nacht hieß es ... Es hat Änderungen gegeben, hauptsächlich, weil Sie an Bord gekommen sind, und ...«
»Wieso Änderungen?«
»Nun, Anordnungen. Ich glaube, wir fahren jetzt nicht nach Liverpool. Gestern abend habe ich gehört –« Er brach ab und sah sich um. »Besser, Sie reden mit dem *maître*, vielleicht weiß er etwas. Er muß jeden Moment kommen.«
Medrano und López sahen sich fragend an und ließen den Steward gehen. Es blieb ihnen wohl nichts anderes übrig, als die Küste von Quilmes zu bewundern und miteinander zu plaudern. Jorge kehrte mit der Nachricht zurück, es ließen sich keine Offiziere blicken, und die beiden Matrosen, die eine Ankerwinde strichen, verstünden kein Spanisch.

XXI

»Laß es uns hier hinhängen«, sagte Lucio. »Mit dem Ventilator trocknet es im Nu, und dann tun wir es wieder aufs Bett.«
Nora hatte gerade den Teil des Bettlakens ausgewrungen, den sie gewaschen hatte.
»Weißt du, wie spät es ist? Halb zehn, und wir liegen irgendwo vor Anker.«
»Ich stehe immer um diese Zeit auf«, sagte Nora. »Ich habe Hunger.«

»Ich auch. Aber das Frühstück haben sie bestimmt schon längst serviert. An Bord gibt es ganz andere Essenszeiten.«
Sie sahen sich an. Lucio ging auf Nora zu und nahm sie zärtlich in die Arme. Sie legte ihren Kopf an seine Schulter und schloß die Augen.
»Fühlst du dich wohl?« fragte er.
»Ja, Lucio.«
»Und du liebst mich ein kleines bißchen?«
»Ein kleines bißchen.«
»Und du bist zufrieden?«
»Hm.«
»Bist du nicht zufrieden?«
»Hm.«
»Hm«, sagte Lucio und küßte sie aufs Haar.
Der Steward sah sie mißbilligend an, beeilte sich jedoch, den Tisch abzuräumen, den die Trejos gerade verlassen hatten. Lucio wartete, bis Nora sich gesetzt hatte, und ging dann zu Medrano hinüber, der ihn über den Stand der Dinge unterrichtete. Als er es dann Nora weitererzählte, wollte sie ihm nicht glauben. Überhaupt zeigten die Frauen weitaus größere Entrüstung, ganz als hätte jede für sich im voraus eine Reiseroute geplant gehabt und sei nun gleich zu Beginn bitter enttäuscht worden. Vom Deck aus blickten Paula und Claudia befremdet auf das industrielle Bild, das ihnen die Küste darbot.
»Wenn man bedenkt, daß man von da bequem mit dem Bus nach Hause fahren könnte«, sagte Paula.
»Langsam fange ich an zu glauben, daß das gar keine so schlechte Idee wäre«, sagte Claudia lachend. »Aber das Ganze hat auch eine komische Seite, die mich amüsiert. Jetzt fehlte nur noch, daß wir etwa auf der Maciel-Insel stranden.«
»Und Raúl hatte uns schon in weniger als einem Monat auf den Marquesas-Inseln gesehen.«
»Und Jorge hält sich bereit, jeden Moment das Land seines geliebten Kapitäns Hatteras zu betreten.«
»Was für einen netten Jungen Sie haben«, sagte Paula. »Wir sind schon die besten Freunde.«
»Das freut mich, denn Jorge ist nicht ganz einfach. Wenn ihm jemand nicht gefällt... Ich fürchte, das hat er von mir. Sind Sie froh über diese Reise?«

»Nun, ›froh‹ ist nicht ganz der richtige Ausdruck«, sagte Paula und blinzelte, als hätte sie Sand in die Augen bekommen. »Eher hoffnungsfroh. Eine kleine Veränderung tut mir not, glaube ich, genau wie Raúl, und deshalb sind wir an Bord gekommen. Aber das gleiche gilt wohl für fast alle.«
»Sie reisen aber doch nicht zum erstenmal?«
»Nein, ich war vor sechs Jahren in Europa, und eigentlich ist es mir ziemlich schlecht ergangen.«
»Das kann vorkommen«, sagte Claudia. »Europa braucht nicht bloß die Uffizien und die Place de la Concorde zu sein. Für mich ist es das zwar im Augenblick, vielleicht weil ich in einer Welt von Literatur lebe. Aber vielleicht ist der Anteil an Enttäuschungen größer, als man von hier aus vermutet.«
»Das ist es nicht, in meinem Fall zumindest«, sagte Paula. »Um offen zu sein, ich bin völlig unfähig, die Person, auf die mich ein zufälliges Geschick festgelegt hat, auch wirklich zu spielen. Ich bin in ständigem Selbstbetrug herangewachsen und immer wieder gescheitert. Hier vor Quilmes, auf diesem Fluß, mit der Farbe von Kinderkacke, könnte man ein solides Kapitel von Rechtfertigungen erfinden. Aber es kommt der Tag, da man sich an den Archetypen mißt, an den griechischen Säulen zum Beispiel ... und dann sinkt man nur desto tiefer. Ich wundere mich«, sagte sie und holte ihre Zigaretten hervor, »daß manche Reisen nicht mit einem Kopfschuß enden.«
Claudia nahm die Zigarette an; sie sah die Trejos näher kommen und Persio, der ihr vom Bug her stürmisch zuwinkte. Die Sonne wurde allmählich stechend.
»Jetzt verstehe ich, weshalb Jorge Sie mag«, sagte Claudia, »abgesehen davon, daß meinen Jungen grüne Augen faszinieren. Wenn es auch nicht mehr modern ist zu zitieren: aber denken Sie an den Ausspruch einer Gestalt bei Malraux: ›Das Leben ist nichts wert, aber nichts ist ein Leben wert.‹«
»Ich wüßte gern, wie diese Person endet«, sagte Paula, und Claudia spürte, daß sich ihre Stimme verändert hatte. Sie legte die Hand auf Paulas Arm.
»Ich weiß es nicht mehr«, sagte sie. »Vielleicht mit einer Kugel im Kopf. Aber vermutlich von einem anderen abgefeuert.«

Medrano sah auf die Uhr.
»Um die Wahrheit zu sagen, das Ganze wird allmählich lästig«, sagte er. »Wo wir jetzt mehr oder weniger alleine geblieben sind – was hielten Sie davon, wenn wir einen von uns ausschickten, um diese Mauer des Schweigens zu durchbrechen?«
López und Felipe waren einverstanden, aber Raúl schlug vor, gemeinsam einen Offizier suchen zu gehen. Auf dem Vorschiff waren nur zwei blonde Matrosen, die den Kopf schüttelten und ein paar Worte in einer Sprache sagten, die Norwegisch oder Finnisch sein mochte. Ohne jemandem zu begegnen, gingen sie steuerbord den Gang hinunter. Die Tür zu Medranos Kabine war angelehnt, und ein Steward begrüßte sie in stockendem Spanisch. Es sei besser, sich an den *maître* zu wenden, der im Speisesaal dabei sei, Vorbereitungen für das Mittagessen zu treffen. Nein, das Achterdeck könne man nicht betreten; weshalb, könne er auch nicht sagen. Kapitän Lovatt, ja. Was, Kapitän Lovatt sei nicht mehr Kapitän? Bis gestern sei Lovatt der Kapitän gewesen. Und noch etwas anderes: er bäte die Herren, ihre Kabinen abzuschließen. Wenn sie Wertgegenstände hätten ...
»Schauen wir nach dem berühmten *maître*«, sagte López verdrießlich.
Ohne große Lust kehrten sie zur Bar zurück, wo sie auf Lucio und Atilio Presutti trafen, die sich darüber unterhielten, warum die ›Malcolm‹ wohl vor Anker läge. Von der Bar ging man in einen Leseraum, wo düster ein skandinavisches Klavier schimmerte, und weiter in den Speisesaal, dessen Ausmaße Raúl einen anerkennenden Pfiff entlockten. Der *maître* (es mußte der *maître* sein, denn er lächelte wie ein *maître* und gab einem mürrisch dreinblikkenden Steward Anweisungen) verteilte Blumen und Servietten auf den Tischen. Lucio und López gingen voran, und der *maître* zog seine angegrauten Brauen hoch und grüßte sie mit einer gewissen Gleichgültigkeit, dabei aber nicht unliebenswürdig.
»Sehen Sie«, sagte López, »diese Herren und ich sind ein wenig überrascht. Es ist zehn Uhr früh, und wir haben noch immer nicht die kleinste Information über die Reise, die vor uns liegt.«
»Oh, Informationen über die Reise«, sagte der *maître*. »Ich glaube, Sie bekommen eine Broschüre oder eine Art Beschreibung. Ich bin selbst nicht ganz auf dem laufenden.«
»Niemand ist hier ganz auf dem laufenden«, sagte Lucio lauter als

nötig. »Finden Sie es besonders höflich, daß man uns hinter... hinter dem Mond läßt?« schloß er und wurde rot, als er nicht weiter wußte.

»Mein Herr, ich bitte Sie alle um Verzeihung. Ich hatte nicht damit gerechnet, daß schon heute vormittag... Wir sind sehr beschäftigt«, fügte er hinzu. »Das Mittagessen wird Punkt elf serviert, das Abendessen um acht. Den Tee gibt es um fünf in der Bar. Die Herrschaften, die auf ihren Kabinen zu speisen wünschen –«

»A propos wünschen«, sagte Raúl, »ich wüßte gern, weshalb man das Achterschiff nicht betreten darf.«

»Technical reasons«, antwortete der *maître* rasch und übersetzte den Satz sofort.

»Ist die ›Malcolm‹ irgendwie beschädigt?«

»O nein.«

»Warum ankern wir dann schon den ganzen Morgen hier im Fluß?«

»Die Anker werden gleich gelichtet, mein Herr.«

»Um wohin zu fahren?«

»Ich weiß es nicht, mein Herr. Vermutlich steht es in der Reisebeschreibung.«

»Können wir einen Offizier sprechen?«

»Mir wurde mitgeteilt, daß Sie beim Mittagessen ein Offizier begrüßen wird.«

»Kann man ein Funktelegramm schicken?« fragte Lucio, nur um etwas Praktisches zu sagen.

»Wohin, mein Herr?« fragte der *maître*.

»Wohin wohl? Na, nach Hause, Meister«, sagte Pelusa, »um zu hören, wie es der Familie geht. Ich habe eine Kusine mit Blinddarmentzündung.«

»Die Ärmste«, sagte Raúl mitfühlend. »Nun, warten wir eben, ob zusammen mit den Hors d'œuvres das Orakel auftaucht. Ich für meinen Teil werde solange die Küste von Quilmes bewundern, die Heimat von Victorio Cámpolo und anderen Prominenten.«

»Seltsam«, sagte Medrano zu Raúl, als sie nicht eben schlauer abzogen. »Ich werde die ganze Zeit das Gefühl nicht los, daß wir uns da auf ein Riesenschlamassel eingelassen haben. An sich ganz unterhaltsam, fragt sich nur, bis zu welchem Punkt. Wie kommt Ihnen die Sache vor?«

»Not with a bang but a whimper«, sagte Raúl.

»Können Sie Englisch?« fragte Felipe, als sie zur Brücke hinunterstiegen.
»Ja, natürlich.« Er schaute ihn an und mußte lächeln. »Nun, ich habe ›natürlich‹ gesagt, weil fast alle Leute in meiner Umgebung Englisch können. Sie werden es wohl auf der Schule lernen, nehme ich an.«
»Ein bißchen«, sagte Felipe, der regelmäßig durch die Prüfungen fiel. Er hätte Raúl gern an die versprochene Pfeife erinnert, doch er hatte Hemmungen. Nicht übermäßig, es ging eher darum, die rechte Gelegenheit abzuwarten. Raúl sprach über die Vorteile des Englischen, ohne zu sehr auf dem Thema zu bestehen, und mit einer Art spöttischen Mitleids hörte er sich selber zu. ›Zuerst die unvermeidliche Komödie‹, dachte er, ›die schlaue und listenreiche Suche, die erste Runde des Abtastens ...‹
»Es wird langsam heiß«, sagte er mechanisch. »Die übliche Schwüle des Río de la Plata.«
»Ah ja, aber das Hemd, das Sie da anhaben, muß großartig sein«, Felipe wagte es und berührte den Stoff mit seinen Fingern. »Bestimmt Nylon.«
»Nein, bloß Seidenpopeline.«
»Sieht aus wie Nylon. Wir haben einen Pauker, der nur Nylonhemden trägt, er läßt sie aus New York kommen. Wir nennen ihn ›Dandy‹.«
»Was gefällt Ihnen denn an Nylon so sehr?«
»Nun ... viele tragen es, und alle Zeitungen machen Reklame dafür. Nur schade, daß es in Buenos Aires so teuer ist.«
»Aber warum gefällt es *Ihnen*?«
»Weil man es nicht zu bügeln braucht«, sagte Felipe. »Man wäscht das Hemd, hängt es auf, und fertig. Der ›Dandy‹ hat es uns erklärt.«
Raúl sah ihm in die Augen, während er seine Zigaretten hervorholte.
»Ich sehe, Sie haben Sinn fürs Praktische, Felipe. Aber wer hätte gedacht, daß Sie Ihre Sachen selbst waschen und bügeln müssen.«
Felipe lief deutlich sichtbar rot an und nahm hastig eine Zigarette.
»Nehmen Sie mich nicht auf den Arm«, sagte er und wich Raúls Blick aus. »Aber Nylon für Reisen ...«

Raúl stimmte ihm zu und half ihm über seine Verlegenheit hinweg. Nylon, aber natürlich.

XXII

Ein Boot mit einem Mann und einem Jungen darin näherte sich von Steuerbord her der ›Malcolm‹. Paula und Claudia winkten, und das Boot kam noch dichter heran.
»Warum ankern Sie hier draußen?« fragte der Mann. »Ist etwas kaputt?«
»Großes Geheimnis«, sagte Paula. »Oder Streik.«
»Ach was, Streik, Fräulein, bestimmt ist etwas kaputt.«
Claudia öffnete die Tasche und zeigte zwei Zehn-Peso-Scheine.
»Tun Sie uns einen Gefallen«, sagte sie. »Fahren Sie zum Heck und sehen Sie nach, was dort los ist. Ja, zum Heck. Schauen Sie, ob da Offiziere sind oder ob etwas repariert wird.«
Das Boot entfernte sich, ohne daß der offensichtlich verwirrte Mann noch irgendeinen Kommentar wagte. Der Junge, der eine Angelleine ausgeworfen hatte, begann sie eilig wieder einzuholen.
»Was für eine gute Idee«, sagte Paula. »Aber wie verrückt das alles klingt. Eine Art Spion auszusenden ist absurd.«
»Vielleicht ist es nicht absurder, als unter all den möglichen Kombinationen die richtige fünfstellige Zahl zu treffen. In dieser Absurdität liegt eine gewisse Regel – aber vielleicht fange ich auch schon an, mich von Persio anstecken zu lassen.«
Während sie Paula erklärte, wer Persio war, sah sie ohne allzu große Überraschung, daß sich das kleine Boot von der ›Malcolm‹ entfernte, ohne daß der Mann auch nur noch einen Blick zurückgeworfen hätte.
»Die *astuzie femminile* haben versagt«, sagte Claudia. »Hoffentlich finden die Herren etwas heraus. Sind Sie beide mit Ihrer Kabine zufrieden?«
»Ja, sehr«, sagte Paula. »Für ein so kleines Schiff sind die Kabinen ideal. Armer Raúl, er wird es bald bereuen, daß er mich mitgenommen hat; er ist die Ordnung selbst, während ich ... Finden Sie es nicht auch herrlich, die Dinge einfach herumliegen zu lassen?«

»Nein, aber ich habe ein Haus und ein Kind zu versorgen. Manchmal... Aber nein, ich glaube, es ist mir lieber, die Unterröcke in der Unterrock-Schublade zu finden und so weiter.«
»Raúl würde Ihnen die Hand küssen, wenn er Sie hören könnte«, sagte Paula lachend. »Als erstes habe ich heute morgen meine Zähne mit seiner Zahnbürste geputzt, glaube ich. Und der Ärmste braucht wirklich Erholung.«
»Dafür hat er ja das Schiff, das ist beinahe schon zu still.«
»Ich weiß nicht, er wird schon unruhig, diese Geschichte mit dem verbotenen Achterdeck macht ihn wütend. Aber ganz im Ernst, Claudia, Raúl wird es sehr schwer mit mir haben.«
Claudia fühlte, daß sich hinter diesem Nachdruck der Wunsch verbarg, noch etwas hinzuzufügen. Es war ihr nicht besonders wichtig, aber sie mochte Paula gern, die Art, wie sie blinzelte und wie sie plötzlich ihre Haltung wechselte.
»Ich nehme an, er dürfte schon ziemlich daran gewöhnt sein, daß Sie seine Zahnbürste benutzen.«
»Nein, gerade die Zahnbürste nicht. Die Bücher, die ich verliere, die Kaffeetassen, die ich über seinen Teppich entleere... Aber nicht die Zahnbürste, nicht bis heute morgen.«
Claudia lächelte und schwieg. Paula zögerte und machte eine Bewegung, als wolle sie eine Fliege verscheuchen.
»Vielleicht ist es besser, ich sage es Ihnen gleich: Raúl und ich sind nur gute Freunde.«
»Er ist sehr sympathisch«, sagte Claudia.
»Da es niemand oder fast niemand an Bord glauben wird, möchte ich, daß zumindest Sie eingeweiht sind.«
»Danke, Paula.«
»Ich muß mich bedanken, daß ich jemandem wie Ihnen begegnet bin.«
»Ja, manchmal kommt es vor, daß... Auch ich habe bisweilen das Bedürfnis empfunden, für nichts als eine Anwesenheit zu danken, für eine Geste, ein Schweigen. Oder zu wissen, daß man reden, daß man etwas sagen kann, das man sonst niemandem sagen würde, und daß es plötzlich so einfach ist.«
»Wie eine Blume zu schenken«, sagte Paula und legte ihre Hand kaum merklich auf Claudias Arm. »Aber man kann mir nicht trauen«, fügte sie hinzu und zog ihre Hand wieder zurück. »Ich bin zu unendlichen Schlechtigkeiten fähig und unheilbar verdor-

ben, mir und anderen gegenüber. Der arme Raúl erträgt mich bis zu einem gewissen Punkt... Sie können sich nicht vorstellen, wie gut und verständnisvoll er ist, vielleicht weil ich nicht wirklich für ihn existiere; ich will damit sagen, ich existiere für ihn sozusagen nur in intellektueller Hinsicht. Sollten wir aus irgendeinem unwahrscheinlichen Zufall heraus je miteinander schlafen, würde er mich wohl vom nächsten Morgen an verachten. Und er wäre nicht der erste.«

Claudia lehnte sich mit dem Rücken gegen die Reling, um sich nicht der Sonne auszusetzen, die schon zu stark war.

»Haben Sie mir gar nichts zu sagen?« fragte Paula düster.

»Nein, nichts.«

»Nun, vielleicht ist es auch besser. Weshalb muß ich Sie auch mit meinen Problemen langweilen.«

Claudia bemerkte den verbitterten Unterton, die Gereiztheit.

»Ich habe das Gefühl«, sagte sie, »wenn ich etwas gefragt oder eine Bemerkung gemacht hätte, so hätten Sie mir mißtraut. Mit dem abgrundtiefen, wütenden Mißtrauen, das eine Frau gegenüber der anderen hegt. Haben Sie keine Angst vor Bekenntnissen?«

»Oh, Bekenntnisse... Das hier war kein Bekenntnis.« Paula drückte ihre kaum begonnene Zigarette aus. »Ich habe Ihnen lediglich meinen Paß gezeigt; es wäre mir schrecklich, wenn man wegen etwas gut von mir dächte, das ich gar nicht bin, wenn ein Mensch wie Sie aufgrund eines schmutzigen Mißverständnisses Zuneigung für mich empfände.«

»Und darum Raúl, Ihre Verdorbenheit und die unglücklichen Liebschaften...« Claudia mußte lachen, und unvermittelt beugte sie sich zu Paula und küßte sie auf die Wange. »Was für ein dummes, närrisches Mädchen.«

Paula senkte den Kopf.

»Ich bin noch viel Schlimmeres als das«, sagte sie. »Aber trauen Sie mir nicht, trauen Sie mir nur nicht.«

Wenn Nelly diese orangefarbene Bluse auch zu gewagt fand, war Doña Rosita doch nachsichtiger mit der heutigen Jugend. Die Meinung von Nellys Mutter lag in der Mitte dazwischen: die Bluse war in Ordnung, aber die Farbe war zu grell. Als Atilio nach seiner Meinung gefragt wurde, bemerkte er treffend, dieselbe Bluse würde an einer Frau, die nicht rothaarig wäre, kaum auffallen, auf

jeden Fall aber würde er nie zulassen, daß seine Verlobte so ihre Schultern zeigte.
Die Sonne brannte schon auf ihre Köpfe, und so zogen sie sich unter die Segeltuchplanen zurück, welche die beiden Matrosen gerade aufgespannt hatten. Als sie es sich dann in bunten Liegestühlen bequem gemacht hatten, fühlten sich alle richtig wohl. Das einzige, was fehlte, war in der Tat der Mate, und daran war Doña Rosita schuld, denn sie hatte die Thermosflasche und das Mategefäß mit dem silbernen, ziselierten Rand – ein Geschenk von Nellys Vater an Don Curzio Presutti – nicht mitnehmen wollen. Im Grunde bereute Doña Rosita ihren Entschluß, aber sie verwies darauf, daß es nicht fein sei, auf dem Erster-Klasse-Deck Mate zu trinken, worauf Doña Pepa erwiderte, sie hätten sich dazu ja in der Kabine zusammensetzen können. Pelusa schlug vor, in die Bar hinaufzugehen und dort ein Bier oder eine *sangría* zu trinken, aber die Damen priesen die Bequemlichkeit ihrer Stühle und die Aussicht auf den Fluß. Don Galo, dessen Transport über die enge Treppe die Frauen jedesmal mit entsetzten Blicken verfolgten, erschien in diesem Augenblick und unterbrach das Gespräch, um Pelusa für die Hilfe zu danken, die er dem Chauffeur bei diesen schwierigen Manövern zu leisten pflegte. Die Frauen und Pelusa antworteten wie aus einem Munde, das sei doch selbstverständlich, und Doña Pepa fragte Don Galo, ob er schon viel gereist sei. Nun ja, er habe schon ein Stück von der Welt gesehen, vor allem kenne er die Gegend um Lugo und die Provinz von Buenos Aires. Er sei auch in einem Schiff von Mihanovich bis nach Paraguay gefahren, eine schreckliche Fahrt Anno 28, und eine Hitze, was für eine Hitze...
»Und immer...?« fragte Nelly mit einer vagen Andeutung und einer unbestimmten Geste zu dem Stuhl und dem Chauffeur hin.
»Aber nein, Kindchen, nein. In jenen Tagen war ich stärker als Paulino Uzcudún. Eines Tages war in der Filiale von Pehuajó Feuer ausgebrochen...«
Pelusa machte Nelly ein Zeichen, und sie beugte sich zu ihm hinüber, damit er ihr etwas ins Ohr sagen konnte.
»Die Alte wird ein Mordsgeschrei machen«, flüsterte er. »Als sie gerade mal nicht hingesehen hat, habe ich das Mategefäß und zwei Kilo ›Salus‹-Mate in meinen Koffer getan. Heute nachmittag holen

wir das Zeug hier herauf; was werden die alle für Augen machen!«
»Aber Atilio!« sagte Nelly, die noch immer aus der Ferne Paulas Bluse bewunderte. »Du bist mir vielleicht einer...«
»Tja, was will man machen«, sagte Pelusa, mit sich und der Welt zufrieden.
Die orangefarbene Bluse lockte auch López an, der an Deck kam, nachdem er seine Sachen zu Ende eingeräumt hatte. Paula saß in der Sonne und las, und so lehnte er sich gegen die Reling und wartete, bis sie den Blick vom Buch hob.
»Hallo«, sagte Paula. »Wie geht's, Herr Lehrer?«
»Horresco referens«, murmelte López. »Nennen Sie mich nicht Lehrer, oder ich werfe Sie mitsamt dem Buch und allem Drum und Dran über Bord.«
»Das Buch ist von Françoise Sagan, und es zumindest verdient solch eine Behandlung nicht. Wie ich sehe, weckt das Wasser Pirateninstinkte in Ihnen. Über die Planke gehen lassen oder so etwas, habe ich recht?«
»Sie haben Seeräubergeschichten gelesen? Gutes Zeichen, sehr gutes Zeichen. Ich weiß aus Erfahrung, daß die interessantesten Frauen immer diejenigen sind, die als Kind Jungenbücher verschlungen haben. Stevenson zum Beispiel?«
»Ja, aber meine Kenntnisse über die Seeräuberei rühren daher, daß mein Vater einen ganzen Stoß von *Tit-Bits*-Heftchen als Kuriosum aufbewahrte; auch jener große Roman mit dem Titel ›Der Schatz der Insel vom schwarzen Mond‹ ist dort erschienen.«
»Ah, aber das habe ich auch gelesen! Die Piraten hatten schillernde Namen – Sennacherib Eden und Maracaibo Smith.«
»Wetten, daß Sie nicht mehr wissen, wie der grandiose Fechter hieß, der im Kampf für die gute Sache fällt?«
»Und ob ich das noch weiß: Christopher Dawn.«
»Wir sind verwandte Seelen«, rief Paula und streckte ihm die Hand hin. »Es lebe die schwarze Flagge! Das Wort ›Lehrer‹ ist für immer gestrichen.«
Nachdem er sich überzeugt hatte, daß Paula sich lieber weiter mit ihm unterhalten wollte, als *Un certain sourire* zu lesen, ging López einen Stuhl suchen. Er beeilte sich (er war nicht klein, aber manchmal wirkte er so, was zum Teil an seinen Jacketts lag, die keine wattierten Schultern hatten, und daran, daß er enge Hosen trug;

auch weil er sich ungeheuer rasch bewegte) und kehrte umgehend mit einem grün-weiß gestreiften Liegestuhl zurück. Mit sichtlichem Behagen ließ er sich neben Paula nieder und betrachtete sie eine Weile, ohne etwas zu sagen.

»*Soleil, soleil, faute éclatante*«, sagte sie und hielt seinem Blick stand. »Welcher Schutzgott – Max Factor oder Helena Rubinstein – wird mich vor dieser grausamsten aller Prüfungen bewahren?«

»Die Prüfung«, bemerkte López, »ergibt folgende Noten: ungewöhnliche Schönheit, leicht beeinträchtigt durch übermäßigen Genuß von Martini dry und durch die eisige Luft der Nachtclubs im Nordviertel.«

»*Right you are.*«

»Therapie: maßvolle Sonnenbestrahlung und Piraterie ad libitum. Letzteres lehrt mich meine Erfahrung als Wundertäter, denn ich weiß nur zu gut, daß ich Sie nicht auf einen Schlag von all Ihren Lastern heilen kann. Wenn man erst einmal den salzigen Geschmack des Enterns gekostet hat, wenn man das erste Hundert Seeleute hat über die Klinge springen lassen ...«

»Natürlich, da bleiben einem schon Narben wie in dem bekannten Tango.«

»In Ihrem Fall reduzieren die sich auf eine übertriebene Scheu vor dem Licht, woran zweifellos Ihr Fledermausdasein und unmäßiges Lesen schuld sind. Außerdem ist mir das schreckliche Gerücht zu Ohren gekommen, Sie schrieben Gedichte und Erzählungen.«

»Raúl«, murmelte Paula. »Verdammter Verräter. Nackt und geteert soll er mir über die Planke gehen.«

»Armer Raúl«, sagte López. »Armer, glücklicher Raúl.«

»Raúls Glück ist immer schwankend«, sagte Paula. »Gewagte Spekulationen: verkaufen Sie Quecksilber, kaufen Sie Erdöl, stoßen Sie um jeden Preis ab, Panik am Mittag und Kaviar um Mitternacht. Und es geht ihm nicht schlecht dabei.«

»Ja, in jedem Fall besser als ein Gehalt vom Erziehungsministerium. Was mich betrifft, so habe ich nicht nur keine Aktiva, sondern auch kaum Aktivitäten. Ich lebe praktisch inaktiv, und das ...«

»Die Fauna von Buenos Aires bleibt sich doch immer ziemlich ähnlich, teurer Jamaica John. Und darum haben wir wahrscheinlich mit soviel Begeisterung die ›Malcolm‹ geentert, und aus demselben Grund haben wir auch schon das Schiff mit unserer Bewegungslosigkeit und unserem ›Misch dich nicht ein‹ angesteckt.«

»Mit dem Unterschied, daß ich Spaß gemacht habe, während Sie eine Selbstkritik betreiben, die Moskaus würdig wäre.«

»Nein, nur das nicht. Ich habe schon mit Claudia genug von mir geredet. Für heute reicht es.«

»Sie ist sympathisch, diese Claudia.«

»Sehr sympathisch. Es sind wirklich ein paar recht interessante Leute an Bord.«

»Und ein paar ziemlich malerische. Warten wir ab, zu was für Bündnissen, Schismen und Desertionen es im Laufe der Zeit kommt. Dort drüben sehen ich Don Galo mit den Presuttis plaudern. Don Galo wird der neutrale Beobachter sein, der sich mit seinem seltsamen Vehikel von Tisch zu Tisch bewegt. Ist ein Rollstuhl auf einem Schiff nicht komisch, ein Transportmittel auf dem anderen?«

»Es gibt noch absonderlichere Dinge«, sagte Paula. »Als ich einmal von Europa zurückkam, machte mir der Kapitän der ›Charles Tellier‹ ein vertrauliches Geständnis: der ehrenwerte, gesetzte Herr hatte eine große Schwäche für Motorroller und hatte seinen an Bord. Begeistert fuhr er mit seiner Vespa in Buenos Aires herum. Aber Ihre strategischen und taktischen Ansichten über uns alle interessieren mich. Also weiter!«

»Das Problem sind die Trejos«, sagte López. »Der Junge wird sich bestimmt auf unsere Seite schlagen. (›*Tu parles*‹, dachte Paula). Die anderen werden höflich gegrüßt, aber weiter wird sich da nichts abspielen. Zumindest in Ihrem und in meinem Fall. Ich habe sie schon reden hören, und das langt mir. Sie gehören zu der Sorte: ›Möchten Sie ein Sahnetörtchen? Das ist wirklich hausgemacht!‹ Ich frage mich, ob sich bei Dr. Restelli nicht der konservativste Teil seiner Persönlichkeit durchsetzen wird. Ja, er ist Anwärter für eine zünftige Kartenrunde mit ihnen. Das Mädchen, die Ärmste, wird sich schrecklich demütigen müssen und mit Jorge spielen. Zweifellos hat sie gehofft, jemanden in ihrem Alter zu finden, aber wenn das Achterdeck nicht noch eine Überraschung für uns bereithält... Was Sie und mich betrifft, so sehe ich ein Angriffs- und Verteidigungsbündnis voraus, eine totale Koinzidenz im Schwimmbassin, falls es hier irgendwo ein Schwimmbassin gibt, und eine Superkoinzidenz bei Mittagessen, Tee und Abendbrot. Es sei denn, Raúl ...«

»Machen Sie sich wegen Raúl keine Gedanken, o wiedergeborener Clausewitz.«

»Nun, wenn ich Raúl wäre«, sagte López, »wäre ich nicht gerade überglücklich, Sie das sagen zu hören. In meiner Eigenschaft als Carlos López betrachte ich unser Bündnis als immer unverbrüchlicher.«

»Ich glaube langsam«, sagte Paula mit leichtem Unmut, »Raúl hätte besser daran getan, zwei Kabinen zu verlangen.«

López sah sie einen Augenblick an. Gegen seinen Willen fühlte er sich verwirrt.

»Ich weiß, derlei Dinge kommen in Argentinien und vielleicht auch anderswo nicht vor«, sagte Paula. »Genau darum tun wir es, Raúl und ich. Ich erwarte nicht, daß Sie mir glauben.«

»Aber natürlich glaube ich Ihnen«, beteuerte López, der ihr nicht ein Wort glaubte. »Was hat das damit zu tun?«

Ein Gong ertönte samtig gedämpft im Gang und dann deutlicher oben an der Treppe.

»Wenn das so ist«, sagte López leichthin, »darf ich mich dann an Ihren Tisch setzen?«

»Von Pirat zu Pirat: mit dem größten Vergnügen.«

Sie blieben am Fuß der Backbordtreppe stehen. Tatkräftig half Atilio dem Chauffeur, Don Galo hinaufzubefördern, der seinerseits leutselig nickte. Die anderen folgten ihm schweigend. Sie waren schon oben, als López etwas einfiel.

»Sagen Sie: Haben Sie jemanden auf der Kommandobrücke gesehen?«

Paula blieb stehen und sah ihn an.

»Jetzt, wo ich darüber nachdenke, nein. Natürlich, um vor Quilmes zu ankern, braucht man wohl kaum das Adlerauge eines Argonauten.«

»Zugegeben«, sagte López, »trotzdem ist es eigenartig. Was hätte Sennacherib Eden sich wohl dabei gedacht?«

XXIII

Hors d'œuvres variés
Potage Impératrice
Poulet à l'estragon
Salade tricolore
Fromages
Coupe Melba
Gateaux, petits fours
Fruits
Café, infusions
Liqueurs

An Tisch 1 richtet Beba es so ein, daß sie ihren Mit-Essern gegenübersitzt, die so ihre neue Bluse und das Armband aus synthetischen Topasen bewundern können, Frau Trejo findet, daß geschliffene Gläser so unwahrscheinlich vornehm aussehen,
Herr Trejo sucht seine Westentaschen ab, um sicherzugehen, daß er auch seine Leberpillen und ein Alka Seltzer dabei hat,
Felipe sieht düster zu den Nachbartischen hinüber, an denen er sich viel wohler fühlen würde.
An Tisch 2 sagt Raúl zu Paula, daß ihn das Fischbesteck an ein paar neue italienische Design-Entwürfe erinnere, die er in einer Zeitschrift gesehen habe,
Paula hört ihm zerstreut zu und entscheidet sich für den Thunfisch in Öl und die Oliven,
Carlos López fühlt sich seltsam aufgedreht, und sein mäßiger Appetit wächst mit den Krabben à la vinaigrette und dem Sellerie mit Mayonnaise.
An Tisch 3 beschreibt Jorge mit seinem Finger einen Kreis über dem Hors d'œuvres-Tablett, und seine ökumenische Bestellung entlockt Claudia ein beifälliges Lächeln, Persio liest aufmerksam das Flaschenetikett, prüft die Farbe des Weines und riecht eine gute Weile daran, ehe er sein Glas bis zum Rand füllt,
Medrano beobachtet den *maître*, der den Steward beobachtet, der sein Tablett beobachtet,
Claudia schmiert ihrem Sohn ein Butterbrot und denkt an die Siesta, die sie halten wird, nachdem sie noch ein Stück in dem Roman von Bioy Casares gelesen hat.

An Tisch 4 erklärt Nellys Mutter, daß sie von Gemüsesuppe aufstoßen mußte, weshalb sie eine Brühe mit Fadennudeln vorzieht.
Doña Pepa hat das Gefühl, ein wenig seekrank zu sein, und dabei kann man doch wirklich nicht sagen, das Schiff bewege sich,
Nelly betrachtet Beba Trejo, Claudia und Paula und denkt, daß sich die besseren Leute einfach immer so ganz anders kleiden,
Pelusa staunt darüber, daß die Brötchen so winzig und so unterschiedlich geformt sind, als er aber eines auseinanderbricht, ist er enttäuscht, daß sie ganz aus Kruste bestehen und das Weiche fehlt.
An Tisch 5 schenkt Dr. Restelli seinen Tischgenossen die Gläser voll und erörtert angelegentlich die Vorzüge von Burgunder oder Côte du Rhône,
Don Galo schnalzt mit der Zunge und erinnert den Steward daran, daß der Chauffeur auf seiner Kabine essen wird und ein Mann mit gesegnetem Appetit ist,
Nora ist betrübt, daß sie bei den beiden älteren Herren sitzen muß, und überlegt, ob Lucio nicht irgend etwas mit dem *maître* arrangieren kann, damit man sie anderswo placiert,
Lucio läßt sich Sardinen und Thunfisch auf den Teller häufen und bemerkt als erster ein leichtes Vibrieren des Tisches, in dessen Folge der rote Fabrikschornstein, der die Rundung des Bullauges in zwei Hälften geteilt hat, langsam verschwindet.

Die Freude war allgemein. Jorge sprang von seinem Stuhl und lief los, um das Manöver zu verfolgen, und Dr. Restellis Optimismus legte sich als Aureole um sein lächelndes Gesicht, ohne daß sich darum Don Galos Miene reservierter Skepsis im mindesten entspannt hätte. Nur Medrano und López, die sich mit einem Blick verständigt hatten, warteten weiter auf die Ankunft des Offiziers. Auf eine leise Frage von López hob der *maître* mit einer Geste der Niedergeschlagenheit die Hände und meinte, er wolle versuchen, einen Steward zu schicken, um ihrem Wunsch Nachdruck zu verleihen. Was er mit *versuchen* meine? Ja nun, bis neue Befehle kämen, seien die Verbindungen mit dem Achterdeck recht schleppend. Und warum? Es gäbe anscheinend technische Schwierigkeiten. Sei so etwas zum erstenmal auf der ›Malcolm‹ vorgekommen? In gewisser Hinsicht, ja. Was bedeute ›in gewisser Hinsicht‹ genau? Das sei nur so eine Redensart.

Mühsam zügelte López sein argentinisches Temperament, und statt ihm zu sagen: ›Wissen Sie was, mein Freund? Scheren Sie sich doch zum Teufel!‹, ließ er sich eine Scheibe duftenden, köstlichen Robiola geben.
»Nichts zu machen«, sagte er zu Medrano. »Das werden wir wohl selbst in Ordnung bringen müssen.«
»Nicht vor Kaffee und Kognak«, sagte Medrano. »Wir treffen uns dann in meiner Kabine, und sagen Sie auch Costa Bescheid.« Er wandte sich an Persio, der sich angeregt mit Claudia unterhielt. »Wie sehen Sie die Dinge, mein Freund?«
»Sehen tue ich eigentlich nichts«, erwiderte Persio. »Ich habe soviel Sonne abbekommen, daß ich das Gefühl habe, von innen heraus zu strahlen. Ich bin eher dafür geeignet, betrachtet zu werden, als selber Betrachtungen anzustellen. Den ganzen Vormittag habe ich an den Verlag und an mein Büro gedacht, aber sosehr ich mich auch anstrengte, ich konnte sie nicht konkretisieren, nicht wirklich werden lassen. Wie ist es möglich, daß sich sechzehn Jahre täglicher Arbeit plötzlich in eine Luftspiegelung verwandeln, nur weil mich der Fluß umgibt und die Sonne auf meinen Schädel brennt? Man müßte die metaphysische Seite dieser Erfahrung sorgfältig untersuchen.«
»Das«, sagte Claudia, »nennt man schlicht bezahlten Urlaub.«
Atilio Presuttis Stimme übertönte alle anderen, um begeistert die Ankunft einer Schale Pfirsich Melba zu feiern. Im gleichen Augenblick wies Beba Trejo die ihre mit einer Miene vornehmer Verachtung zurück – ein Verzicht, dessen Größe nur sie allein ermessen konnte. Während sie Paula, Nelly und Claudia betrachtete, die alle ihr Eis genossen, fühlte sie sich in ihrem Märtyrertum überlegen; aber ihr größter Triumph war es, Jorge zu zerschmettern, diesen Wurm in kurzen Hosen, der sie gleich geduzt hatte und jetzt gierig sein Eis hinunterschlang, während er mit einem Auge nach dem Tablett des Stewards schielte, auf dem noch zwei volle Schalen standen.
Frau Trejo war ganz bestürzt.
»Ja, was ist denn, Liebes? Magst du das Eis nicht?«
»Nein danke«, sagte Beba und hielt dem allwissenden und belustigten Blick ihres Bruders stand.
»Was für ein dummes Mädchen du bist«, sagte Frau Trejo. »Aber wenn du es nicht willst...«

Sie stellte die Schale vor ihren nicht zu kleinen Busen, als die geschickte Hand des *maître* sie auch schon wieder fortnahm.
»Es schmilzt schon ein wenig, meine Dame. Nehmen Sie das da.«
Zur Freude ihrer Kinder und ihres Ehemannes errötete die Dame heftig.

Medrano saß auf dem Rand des Bettes und wippte im Rhythmus des kaum wahrnehmbaren Schlingerns mit dem Fuß. Der Duft von Raúls Pfeife erinnerte ihn an die Abende im Ausländerklub und an die Gespräche mit Mister Scott, seinem Englischlehrer. Wo er gerade daran dachte – er hatte Buenos Aires verlassen, ohne seinen Freunden aus dem Club Bescheid zu geben. Vielleicht würde Scott es ihnen sagen, vielleicht auch nicht, das hing von seiner momentanen Laune ab. Inzwischen würde Bettina schon mit betont zerstreuter Stimme im Club angerufen haben. ›Morgen wird sie es wieder versuchen und nach Willie oder Márquez Cey fragen‹, dachte er. ›Die Ärmsten werden nicht wissen, was sie ihr sagen sollen, da bin ich wirklich zu weit gegangen.‹ Warum mußte er denn schließlich auch so heimlich verschwinden und das mit dem Gewinn für sich behalten? Schon gestern nacht vor dem Einschlafen war ihm auf einmal bewußt geworden, daß er ein Katz-und-Maus-Spiel getrieben hatte, in dem viel Grausamkeit lag. ›Es ist fast schon eher Rache als ein bloßes Verlassen‹, sagte er sich. ›Aber weshalb, wenn sie doch ein so gutes Mädchen ist – sofern nicht gerade das der Grund war?‹ Er hatte auch daran gedacht, daß er während der letzten Monate nur noch die Fehler an Bettina gesehen hatte: das war ein zu übliches, ein zu triviales Symptom. Der Club, zum Beispiel: Bettina wollte es einfach nicht verstehen. »Aber du bist doch kein Ausländer« (in fast patriotischem Tonfall). »Bei all den vielen Clubs in Buenos Aires gehst du ausgerechnet in einen voller Gringos ...« Der Gedanke, daß er sie wegen solcher Sätze nie wiedersehen würde, stimmte ihn traurig. Aber schließlich ...
»Wir sollten keine Frage verletzten Stolzes daraus machen«, sagte López unvermittelt. »Es wäre ein Jammer, gleich zu Beginn etwas zu verderben, das Spaß macht. Andererseits können wir nicht ewig mit verschränkten Armen herumstehen. Diese Haltung wird mir allmählich unbequem, und das überrascht mich weiß Gott nicht allzusehr.«

»Einverstanden«, sagte Raúl. »Die Eisenfaust im Samthandschuh. Ich schlage vor, wir bahnen uns im Guten einen Weg zum Allerheiligsten, indem wir uns so weit wie möglich dieser verlogenen Glätte bedienen, die die Yankees den Japanern zuschreiben.«
»So langsam könnten wir gehen«, sagte López. »Danke für den Schnaps; der ist vom Feinsten.«
Medrano bot ihnen noch einen Schluck an, dann brachen sie auf.
Die Kabine befand sich fast unmittelbar neben der Schottüre, die den Backbordgang unterteilte. Raúl untersuchte sie mit Kennermiene und betätigte einen grüngestrichenen Hebel.
»Nichts zu wollen. Das hier wird mit Dampfdruck geöffnet, und der wird von irgendeiner anderen Stelle aus reguliert. Sie haben den Nothebel ausgeklinkt.«
Auch die Tür auf der Steuerbordseite widerstand all ihren Anstrengungen. Ein schriller Pfiff ließ sie mit einem gewissen Erschrecken herumfahren. Pelusa grüßte sie halb begeistert, halb bestürzt.
»Sie auch? Ich fummle schon ’ne ganze Weile, aber diese Türen sind wirklich das Hinterletzte. Was sich diese Blödmänner wohl einbilden? So was tut man nicht, finden Sie nicht?«
»Allerdings«, sagte López. »Und haben Sie keine andere Tür gefunden?«
»Alles ist verriegelt«, sagte Jorge feierlich, der wie ein Kobold aufgetaucht war.
»Tür hin, Tür her«, sagte Pelusa. »Auf Deck gibt es zwei, die aber auch abgeschlossen sind. Wenn wir nicht ein Untergeschoß oder so was finden ...«
»Bereiten Sie eine Expedition gegen die Lipiden vor?« fragte Jorge.
»Nun, ja«, sagte López. »Hast du welche gesehen?«
»Nur die zwei Finnen, aber die von dieser Seite sind keine Lipiden. Es müssen Glukiden oder Proteiden sein.«
»Hör sich einer den Knirps an«, staunte Pelusa. »Seit heute morgen hat er es mit den Lapiden.«
»Lipiden«, verbesserte Jorge.
Ohne genau zu wissen weshalb, beunruhigte Medrano der Gedanke, Jorge könne sie auf ihren Nachforschungen begleiten.
»Paß auf, wir vertrauen dir eine heikle Aufgabe an«, sagte er. »Geh

auf Deck und bewache aufmerksam die beiden Türen. Vielleicht tauchen die Lipiden dort auf. Sobald du irgend etwas Verdächtiges bemerkst, pfeifst du dreimal. Kannst du laut pfeifen?«
»Ein bißchen«, sagte Jorge kleinlaut. »Ich habe eine Zahnlücke.«
»Du kannst nicht pfeifen?« fragte Pelusa ganz begierig, es vorzumachen. »Schau, mach einfach so.«
Er legte Damen und Zeigefinger zusammen, steckte sie sich in den Mund und stieß einen Pfiff aus, der ihnen in den Ohren gellte. Jorge legte seine Finger zusammen, doch dann besann er sich eines Besseren, machte eine zustimmende Gebärde zu Medrano hin und stürzte los.
»Gut, suchen wir weiter«, sagte López. »Vielleicht wäre es besser, wir würden uns trennen; wer als erster einen Durchgang entdeckt, verständigt sofort die anderen.«
»Super«, sagte Pelusa. »Wie bei Räuber und Gendarm.«
Medrano kehrte in seine Kabine zurück, um Zigaretten zu holen. Raúl erblickte am Ende des Ganges Felipe, der sich in seinen neuen Bluejeans und einem karierten Hemd von der hinteren Tür wie von einer Leinwand abhob. Raúl erklärte ihm, was sie vorhatten, und zusammen gingen sie zum Mittelgang, der beide Korridore miteinander verband.
»Aber was suchen wir?« fragte Felipe verständnislos.
»Was weiß ich«, sagte Raúl. »Zum Beispiel einen Weg zum Achterdeck.«
»Wahrscheinlich sieht es dort aus wie hier, mehr oder weniger.«
»Vielleicht. Aber daß wir nicht hin können, ändert vieles.«
»Finden Sie?« sagte Felipe. »Bestimmt ist das, weil irgend etwas kaputt ist. Heute nachmittag machen sie dann die Türen auf.«
»Dann wird es tatsächlich genau wie am Bug sein.«
»Oh, natürlich«, sagte Felipe, der immer weniger verstand. »Ja, wenn es nur zum Spaß ist, ist das in Ordnung; vielleicht finden wir noch vor den anderen einen Durchgang.«
Raúl fragte sich, warum López und Medrano die einzigen waren, die dasselbe empfanden wie er. Alle übrigen betrachteten es nur als Spiel. ›Aber letztlich ist es auch für mich ein Spiel‹, dachte er. ›Worin liegt der Unterschied? Denn es gibt einen Unterschied, das ist sicher.‹
Sie waren schon beim Backbordgang angelangt, da entdeckte Raúl

die Tür. Sie war schmal, im selben Weiß gestrichen wie die Wände des Ganges, und die eingelassene Klinke konnte man in dem Halbdunkel, das dort herrschte, fast übersehen. Ohne sonderliche Hoffnung drückte Raúl sie herunter und fühlte, wie sie nachgab. Die halb geöffnete Tür gab den Blick frei auf eine enge Treppe, die nach unten führte und sich dann im Finstern verlor. Felipe mußte vor Aufregung tief durchatmen. Im Steuerbordgang konnte man López und Atilio reden hören.

»Sagen wir ihnen Bescheid?« fragte Raúl und sah Felipe von der Seite an.

»Lieber nicht. Gehen wir allein.«

Raúl begann mit dem Abstieg, und Felipe schloß die Tür hinter ihnen. Die Treppe mündete in einen schmalen Korridor, den ein violettes Licht nur notdürftig erleuchtete. Rechts und links gab es keine Türen, und das Geräusch der Maschinen war deutlich zu hören.

Schweigend gingen sie bis zu einer verschlossenen Schottür. Zu beiden Seiten fanden sich Türen, die der glichen, die sie gerade in dem Gang entdeckt hatten.

»Rechts oder links?« fragte Raúl. »Du wählst.«

Das Du berührte Felipe seltsam. Er deutete nach links, ohne sich zu trauen, Raúl mit der gleichen Vertraulichkeit zu antworten. Langsam probierte er die Klinke, und die Tür öffnete sich auf einen dunklen, muffig riechenden Raum. An den Wänden sahen sie weißgestrichene Eisenschränke und Regale. Werkzeuge, Schachteln, ein alter Kompaß, Büchsen voller Nägel und Schrauben, Klumpen von Tischlerleim und Metallabfälle lagen herum. Während Felipe zum Bullauge ging und mit einem Lumpen darüberwischte, hob Raúl den Deckel einer Blechschachtel und schloß ihn sogleich wieder. Jetzt drang mehr Licht herein, und sie gewöhnten sich langsam an die verschwommene Aquariumshelle.

»Die Werkzeugkammer«, sagte Raúl spöttisch. »Bis jetzt haben wir noch keine Lorbeeren geerntet.«

»Bleibt noch die andere Tür.« Felipe hatte Zigaretten hervorgeholt und bot ihm eine an. »Kommt Ihnen dieses Schiff nicht auch mysteriös vor? Wir wissen nicht einmal, wo es uns hinbringt. Das erinnert mich an einen Streifen, den ich vor langer Zeit gesehen habe. John Garfield spielte mit. Sie gerieten auf ein Schiff, das nicht einmal Matrosen hatte, und am Schluß stellte sich raus, daß

es das Schiff des Todes war. Irgend so ein Quatsch, aber im Kino lief es einem doch kalt den Rücken herunter...«
»Ja, das ist von Sutton Vane«, sagte Raúl. Er setzte sich auf eine Hobelbank und atmete den Rauch durch die Nase aus. »Du gehst gern ins Kino, hm?«
»Natürlich.«
»Oft?«
»Ziemlich. Ein Freund von mir wohnt nicht weit von uns, und wir gehen immer ins ›Roca‹ oder in die in der Innenstadt. Samstagabends ist da ganz schön was los.«
»Findest du? Ach, natürlich, im Zentrum ist es dann lebendiger, man kann Mädchen aufreißen.«
»Sicher«, sagte Felipe. »Sie sind wohl ganz schön drin im Nachtleben?«
»Ein bißchen schon. Zur Zeit weniger.«
»Na ja, wenn man heiratet...«
Raúl sah ihn an, lächelte und rauchte. »Du täuschst dich. Ich bin nicht verheiratet.« Er genoß das Erröten, welches Felipe hinter Gehuste zu verbergen suchte.
»Nun, ich wollte sagen...«
»Ich weiß schon, was du sagen wolltest. In Wirklichkeit geht es dir ganz schön auf den Geist, daß deine Eltern und deine Schwester dabei sind, oder?«
Felipe wich seinem Blick aus; er fühlte sich unbehaglich. »Was soll man machen?« sagte er. »Sie halten mich immer noch für sehr jung, und wo ich die Möglichkeit hatte, sie mitzunehmen, da...«
»Ich halte dich auch für sehr jung«, sagte Raúl. »Aber ich hätte es lieber gehabt, du wärst allein gekommen. Oder so wie ich«, fügte er hinzu. »Das wäre das beste gewesen, denn auf diesem Schiff... Nun, ich weiß ja nicht, was du denkst.«
Felipe wußte es auch nicht und starrte auf seine Hände und dann auf seine Schuhe. ›Er fühlt sich nackt‹, dachte Raúl, ›auf halbem Weg zwischen zwei Altersstufen, zwei Stadien, genau wie seine Schwester.‹ Er streckte seine Hand aus und gab Felipe einen Klaps auf den Kopf. Überrascht und gedemütigt wich Felipe zurück.
»Aber zumindest hast du jetzt einen Freund«, sagte Raúl. »Das ist doch etwas, oder?«
Er kostete das scheue, innige Lächeln, das langsam den zusam-

mengepreßten, bebenden Mund löste, als wäre es Wein. Seufzend schwang er sich von dem Tisch und versuchte vergebens, die Schränke zu öffnen.
»Nun gut, ich glaube, wir sollten weitermachen. Hörst du keine Stimmen?«
Sie öffneten die Tür einen Spalt. Die Stimmen kamen aus dem Raum zu ihrer Rechten; es wurde in einer unbekannten Sprache geredet.
»Die Lipiden«, sagte Raúl, und Felipe sah ihn verwundert an. »Ein Ausdruck, mit dem Jorge die Matrosen auf dieser Seite des Schiffes bezeichnet. Und?«
»Gehen wir, wenn Sie wollen.«
Raúl stieß die Tür auf.

Der Wind, der zunächst von achtern gekommen war, schlug um, bis er die ›Malcolm‹, die jetzt aufs offene Meer hinausfuhr, von vorn erfaßte. Die Frauen entschlossen sich, das Deck zu verlassen; Lucio, Persio und Jorge dagegen suchten sich einen Platz ganz vorn am Bug und beobachteten von dort aus – an den Bugspriet geklammert, wie Jorge es phantasievoll ausdrückte –, wie grüne, rauhere Fluten das Flußwasser allmählich verdrängten. Für Lucio war das nichts Neues, er kannte das Delta ziemlich gut, und das Wasser ist überall gleich. Es gefiel ihm, klar, aber er hörte Persios Kommentaren und Erläuterungen nur zerstreut zu; andauernd kehrten seine Gedanken zurück zu Nora, die es vorgezogen hatte (aber warum hatte sie es vorgezogen?), mit Beba Trejo im Leseraum zu bleiben und in Zeitschriften und Reisebroschüren zu blättern. Im Geiste wiederholte er sich immer wieder Noras verwirrte Worte, als sie aufgewacht war, und wie sie trotz ihrer Proteste zusammen geduscht hatten; Nora nackt unter dem fließenden Wasser, und er, wie er ihr den Rücken einseifen und sie küssen wollte, auf ihren warmen, abweisenden Körper. Aber sie hatte sich weiter geweigert, ihn nackt und von vorn anzusehen, hatte ihr Gesicht versteckt und sich abgewandt, um die Seife oder den Kamm zu suchen, bis er sich genötigt sah, eilig ein Handtuch um sich zu wickeln und das Gesicht unter einen kalten Wasserstrahl zu halten.
»Die Speigatts sehen aus wie Rutschbahnen«, sagte Persio.
Jorge lauschte begierig allen Erklärungen, fragte, lauschte und be-

wunderte (auf seine Weise und rückhaltlos) Persio, den Zauberer, Persio, den Allwissenden. Auch Lucio mochte er gern, denn wie Medrano und López nannte ihn Lucio nicht »Kleiner« oder »Knirps« und redete auch nicht von dem »Kind« wie die fette Mutter von Beba, dieses blöde Weib, das sich für eine große Dame hielt. Aber im Augenblick war das einzig Wichtige der Ozean, denn dies war der Ozean, dies war Salzwasser, und unter ihnen gab es Stachelflosser und andere Seefische, und sie würden auch Medusen sehen und Algen wie in den Romanen von Jules Vernes und vielleicht sogar ein Elmsfeuer.

»Hast du nicht früher in San Telmo gewohnt, Persio?«

»Ja, aber ich bin dort weggezogen, weil es in der Küche Ratten gab.«

»Was meinst du, wieviel Knoten wir machen?«

Persio schätzte etwa fünfzehn. Nach und nach ließ er kostbare Worte einfließen, die er aus Büchern kannte und die jetzt Jorge verzauberten: Breitengrade, Routen, Steuerruder, Höhenmesser, Hochseeschiffahrt. Er bedauerte das Verschwinden der Segelschiffe, denn seine Leseerfahrung hätte ihm erlaubt, stundenlang von Bemastung, Marssegeln und Mittelklüvern zu erzählen. Er erinnerte sich an ganze Sätze, ohne zu wissen, woher sie stammten: »Es war ein großes Kompaßhaus mit einem gläsernen Dach und zwei Kupferlampen auf beiden Seiten, um die Kompaßrose des Nachts zu beleuchten.«

Sie begegneten ein paar Schiffen – der ›Haghios Nicolaus‹, der ›Pan‹, der ›Falcon‹. Einen Augenblick schwebte ein Wasserflugzeug über ihnen, als beobachte es sie. Dann weitete sich der Horizont, den die Dämmerung schon gelb und blaßblau tönte, und sie waren allein, fühlten sich zum erstenmal allein. Weder Küste noch Bojen, noch Schiffe, nicht einmal Seemöwen oder ein hoher Seegang, der ihnen zugewinkt hätte. Im Mittelpunkt des ungeheuren grünen Rades fuhr die ›Malcolm‹ gen Süden.

»Hallo«, sagte Raúl. »Kommt man hier lang zum Achterdeck?«

Einer der beiden Matrosen blickte weiterhin völlig ausdruckslos, so als habe er nicht verstanden. Der andere, ein breitschultriger Mann mit ansehnlichem Bauch, trat einen Schritt zurück und machte den Mund auf.

»Hasdala«, sagte er. »Nix Achterdeck.«

»Warum nix Achterdeck?«
»Nix Achterdeck hier lang.«
»Wo lang dann?«
»Nix Achterdeck.«
»Der Kerl quatscht nicht lange herum«, murmelte Felipe. »Was für ein Bär, *madre mía*. Sehen Sie sich mal die Schlange an, die er auf dem Arm tätowiert hat!«
»Was willst du«, sagte Raúl. »Es sind eben Lipiden, mehr nicht.«
Der kleinere Matrose war an das andere Ende des Raumes zurückgewichen, wo es noch eine zweite Tür gab. Er lehnte sich gegen die Wand und lächelte gutmütig.
»Offizier«, sagte Raúl. »Ich möchte einen Offizier sprechen.«
Der Matrose, welcher der menschlichen Sprache mächtig war, hob die Hände, die Innenflächen nach vorne gekehrt. Er betrachtete Felipe, der die Fäuste in den Taschen seiner Bluejeans vergrub und sein härtestes Gesicht aufsetzte.
»Offizier melden«, sagte der Lipide. »Orf melden.«
Im Hintergrund nickte Orf zustimmend, aber Raúl war nicht zufrieden. Er schaute sich genau in der Kajüte um, die wesentlich geräumiger war als die an Backbord. Es gab zwei Tische, Stühle und Bänke, eine Pritsche mit zerwühlten Laken und zwei Karten von Meerestiefen, die mit goldglänzenden Reißnägeln an die Wand geheftet waren. In einem Winkel sah er eine Bank mit einem Grammophon mit Kurbel. Auf einem Teppichfetzen schlief eine schwarze Katze. Das Ganze war eine Mischung aus Lagerraum und Kajüte, in welche die beiden Matrosen (mit ihren gestreiften Unterhemden und den schmuddeligen weißen Hosen) nicht so recht hineinpaßten. Aber es konnte auch keine Offizierskabine sein, falls nicht die Maschinisten ... ›Aber was weiß ich schon, wie die Maschinisten leben?‹ dachte Raúl. ›Romane von Conrad und Stevenson, was für eine Bibliographie zu einem Schiff unserer Zeit ...‹
»Na, dann holen Sie schon einen Offizier.«
»Hasdala«, sagte der gesprächige Matrose. »Zurück an Bug.«
»Nein. Offizier.«
»Orf melden Offizier.«
»Jetzt gleich.«
Leise, damit die beiden ihn nicht hören konnten, fragte Felipe

Raúl, ob es nicht besser sei, umzukehren und die anderen zu suchen. Ihn beunruhigte ein wenig, wie die Szene sozusagen zum Stillstand gekommen war, so als habe keiner der Anwesenden besondere Lust, in der einen oder der anderen Richtung die Initiative zu ergreifen. Der hünenhafte, tätowierte Matrose blickte ihn immer noch genauso ausdruckslos an, und Felipe war sich auf unangenehme Weise der Tatsache bewußt, angeschaut zu werden und nicht auf der Höhe dieser starren Augen zu sein, die zwar eher freundlich als neugierig waren, aber so eindringlich, daß er sie nicht ertrug. Raúl redete hartnäckig auf Orf ein, der gegen die Tür gelehnt schweigend zuhörte und ab und zu mit einer Geste seine Unwissenheit beteuerte.

»Ich glaube, du hast recht«, sagte Raúl mit einem Achselzucken, »es ist wohl besser, wir kehren um.«

Felipe ging als erster. Von der Tür her schaute Raúl dem tätowierten Matrosen noch einmal fest in die Augen.

»Offizier«, schrie er und schloß die Tür. Felipe hatte schon den Rückweg angetreten, aber Raúl blieb noch einen Augenblick stehen und preßte sich gegen die Tür. In der Kajüte erhob sich Orfs Stimme, eine kreischende Stimme, die sich über irgend etwas lustig zu machen schien. Der andere brach in Lachsalven aus, daß die Luft erzitterte. Mit zusammengepreßten Lippen öffnete Raúl schnell die linke Tür und kam mit der Blechschachtel unter dem Arm zurück, deren Deckel er vorhin hochgehoben hatte. Er rannte den Korridor entlang, bis er am Fuß der Treppe Felipe einholte.

»Los, mach schon!« sagte er und nahm zwei Stufen auf einmal.

Felipe drehte sich überrascht um; er glaubte, die beiden seien hinter ihnen her. Er sah die Schachtel und machte große Augen, aber Raúl legte ihm die Hand auf die Schulter und schob ihn energisch weiter. Felipe erinnerte sich verschwommen daran, daß Raúl ihn genau auf dieser Treppe zum erstenmal geduzt hatte.

XXIV

Eine Stunde später ging der Steward von Kabine zu Kabine und anschließend über das Deck, um den Passagieren mitzuteilen, daß im Leseraum ein Offizier auf sie warte. Einige Damen litten schon

unter den Folgen der Seekrankheit; Don Galo, Persio und Dr. Restelli ruhten sich in ihren Kabinen aus, und nur Claudia und Paula begleiteten die Männer, die schon über die Expedition von Raúl und Felipe unterrichtet waren. Der hagere Offizier machte einen geistesabwesenden Eindruck, fuhr sich häufig über den grauen Bürstenschnitt und sprach mühsam Spanisch, machte jedoch nur selten Fehler. Medrano hielt ihn für einen Dänen oder Holländer, ohne einen besonderen Grund dafür zu haben.
Der Offizier begrüßte sie im Namen der ›Magenta Star‹ und des Kapitäns der ›Malcolm‹, der im Augenblick leider nicht in der Lage sei, dies in persona zu tun. Er bedauerte, daß eine plötzliche Arbeitsüberlastung ein früheres Zusammentreffen verhindert hätte, und er drückte sein Verständnis für die leichte Unruhe aus, welche die Herren Passagiere wohl verspürt haben mochten. Inzwischen sei alles getan worden, um die Kreuzfahrt so angenehm wie möglich zu gestalten; den Passagieren stünden ein Schwimmbassin, ein Sonnendach, ein Gymnastiksaal, ein Spielraum, zwei Ping-Pong-Tische, ein Wurfspiel und Schallplatten zur Verfügung. Der *maître* hielte sich bereit, alle Vorschläge der Gäste entgegenzunehmen, und selbst-ver-ständ-lich stünden die Offiziere ihnen jederzeit zur Verfügung.
»Einige Damen sind schon ziemlich seekrank«, sagte Claudia und brach damit das drückende Schweigen, das der Rede folgte. »Gibt es einen Arzt an Bord?«
Der Offizier meinte, es könne nicht lange dauern, bis der Arzt Kranken wie Gesunden seine Aufwartung machen werde. Medrano, der nur noch auf den richtigen Moment gewartet hatte, trat vor.
»Sehr schön, vielen Dank«, sagte er. »Bleiben noch zwei Fragen, die wir gern geklärt hätten. Erstens: sind Sie aus freien Stücken gekommen oder weil einer dieser Herren auf dem Erscheinen eines Offiziers bestanden hat? Die zweite ist sehr einfach: Warum darf das Achterdeck nicht betreten werden?«
»Ja, warum?« schrie Pelusa, dessen Gesicht ein wenig grün war, der sich jedoch wie ein Mann gegen die Seekrankheit wehrte.
»Meine Herrschaften«, sagte der Offizier, »dieser Besuch sollte schon eher stattfinden, aber er war aus denselben Gründen nicht möglich, die uns zwingen, die Verbindung zum Achterdeck vorübergehend zu ... zu unterbrechen. Dort gibt es im übrigen wenig

zu sehen«, fügte er rasch hinzu. »Die Mannschaft, die Ladung ... Hier haben Sie es viel bequemer.«
»Und was für Gründe wären das?« fragte Medrano.
»Ich bedaure, daß meine Befehle ...«
»Befehle? Wir sind nicht im Krieg«, sagte López. »Wir werden nicht von U-Booten belauert, und Sie transportieren keine Atomwaffen oder dergleichen. Oder doch?«
»Aber nein! Was für ein Gedanke!« sagte der Offizier.
»Weiß die argentinische Regierung, daß wir unter diesen Umständen eingeschifft wurden?« fuhr López fort, während er innerlich über die Frage lachte.
»Nun, die Verhandlungen fanden in letzter Minute statt, und die technischen Fragen blieben ausschließlich uns überlassen. Die ›Magenta Star‹«, fügte er mit verhaltenem Stolz hinzu, »ist schon seit jeher für ihren guten Service bekannt.«
Medrano wußte, daß die Unterhaltung im Begriff war, sich im Kreise zu drehen, sich wie eine Schlange in den Schwanz zu beißen.
»Wie heißt der Kapitän?« fragte er.
»Smith«, sagte der Offizier. »Kapitän Smith.«
»Wie ich«, sagte López, und Raúl und Medrano lachten. Aber der Offizier verstand, daß sie ihm nicht glaubten, und runzelte die Stirn.
»Vorher hieß er Lovatt«, sagte Raúl. »Ah, noch etwas anderes: Kann ich nach Buenos Aires kabeln?«
Der Offizier überlegte einen Augenblick, bevor er antwortete. Bedauerlicherweise könne die Funkanlage auf der ›Malcolm‹ keine gewöhnlichen Nachrichten übermitteln. Sobald sie in Punta Arenas anlegten, würde die Post ... Aber durch die Art, in der er den Satz beendete, erweckte er den Eindruck, überzeugt zu sein, daß Raúl dann niemandem mehr würde telegraphieren müssen.
»Diese Umstände bestehen nur augenblicklich«, fügte der Offizier hinzu und forderte sie mit einer Geste auf, diese Umstände gutzuheißen.
»Sehen Sie«, sagte López immer ärgerlicher, »wir sind eine Gruppe von Leuten, die nicht das geringste Interesse daran haben, sich eine schöne Kreuzfahrt zu verderben. Aber persönlich finde ich die Methoden unerträglich, die Ihr Kapitän anwendet, oder wer es auch immer sein mag. Weshalb nennt man uns nicht den

Grund dafür, daß man uns eingeschlossen hat – ja, machen Sie nicht so ein beleidigtes Gesicht –, hier auf dem Vorderdeck?«
»Und noch etwas«, sagte Lucio, »wohin fahren wir nach Punta Arenas? Punta Arenas ist eine sehr ungewöhnliche Zwischenstation.«
»Oh, nach Japan. Eine sehr angenehme Kreuzfahrt über den Pazifik.«
»*Mama mía*, nach Japan«, sagte Pelusa fassungslos. »Dann fahren wir nicht nach Copacabana?«
»Heben wir uns das mit der Route für später auf«, sagte Raúl. »Ich möchte wissen, warum wir das Achterdeck nicht betreten dürfen, warum ich wie eine Ratte nach einem Durchgang suchen und dann auf Ihre Matrosen stoßen muß, die mich nicht durchlassen?«
»Meine Herrschaften, meine Herrschaften...« Der Offizier blickte sich in der Runde um und schien nach jemandem zu suchen, der sich der wachsenden Rebellion nicht angeschlossen hätte. »Sehen Sie doch bitte ein, daß unser Standpunkt...«
»Ein für allemal, was ist der Grund?« fragte Medrano trocken.
Nach einem Schweigen, in dessen Verlauf man deutlich hörte, wie in der Bar jemand einen Löffel fallen ließ, zuckte der Offizier sichtlich mutlos die schmalen Schultern.
»Nun denn, meine Herrschaften, ich hätte lieber geschwiegen, da Ihre wohlverdiente Vergnügungsreise eben erst angefangen hat. Noch ist es Zeit... Ja, ich sehe schon... Also gut, es ist sehr einfach: unter unseren Leuten gibt es zwei Fälle von Typhus.«
Als erster reagierte Medrano, und er tat dies mit einer kalten Heftigkeit, die alle überraschte. Aber kaum hatte er angefangen, dem Offizier zu erklären, sie befänden sich nicht mehr im Zeitalter von Aderlaß und Ausräuchern, als dieser auch schon mit einer müden, verdrossenen Geste die Arme hob.
»Verzeihen Sie, ich habe mich nicht richtig ausgedrückt. Ich hätte sagen sollen, daß es sich um Typhus 224 handelt. Diese Form wird Ihnen sicher nicht sehr geläufig sein, und genau hier liegt auch unser Problem. Man weiß überhaupt sehr wenig über Typhus 224. Unser Arzt kennt die modernste Therapie und wendet sie auch an, aber er ist der Ansicht, daß wir im Augenblick eine Art von... sanitärer Sperre brauchen.«
»Aber dann sagen Sie mir doch mal eins«, Paula explodierte förmlich. »Wie konnten wir gestern nacht aus Buenos Aires auslaufen?

Wußten Sie da noch nichts von Ihrem zweihundertundsoundsoviel?«
»Und ob sie das wußten«, sagte López. »Es hat sich doch sofort gezeigt, daß sie uns nicht auf das Achterdeck lassen wollten.«
»Wenn das so ist – weshalb hat die Hafenpolizei Sie dann auslaufen lassen? Und wieso hat man Sie überhaupt erst einlaufen lassen, wenn wir schon einmal dabei sind?«
Der Offizier hob den Blick zur Decke. Von Minute zu Minute sah er erschöpfter aus.
»Zwingen Sie mich bitte nicht, mehr zu sagen, als mir meine Befehle gestatten, meine Herrschaften. Es handelt sich doch nur um vorübergehende Umstände, und ich zweifle nicht daran, daß die Patienten in wenigen Tagen die ... ansteckende Phase überwunden haben. Im Augenblick ...«
»Im Augenblick«, sagte López, »dürfen wir mit Fug und Recht annehmen, daß wir einer Bande von Ausbeutern in die Hände gefallen sind ... Ja, guter Mann, Sie hören ganz richtig. Sie haben in letzter Minute ein günstiges Geschäft abgeschlossen und schön den Mund gehalten über das, was sich an Bord abspielte. Ihr Kapitän Smith muß ein großartiger Sklavenhändler sein, das können Sie ihm ruhig von mir ausrichten.«
Der Offizier trat einen Schritt zurück und schluckte mühsam.
»Kapitän Smith«, sagte er, »ist einer der beiden Kranken. Der schwerere Fall.«
Er ging, ehe jemand Zeit fand, etwas zu erwidern. Indem er mit beiden Händen das Geländer umklammerte, kehrte Atilio an Deck zurück und ließ sich dort in den Liegestuhl fallen, der neben denen von Nelly, ihrer Mutter und Doña Rosita stand; abwechselnd stöhnten alle drei. Die Seekrankheit hatte sie mit unterschiedlicher Heftigkeit befallen, denn wie Doña Rosita der ebenfalls kranken Frau Trejo schon erklärt hatte, litt sie zum Beispiel an bloßer Übelkeit, während Nelly und ihre Mutter sich andauernd übergeben mußten.
»Ich habe ihnen gesagt, sie sollen bloß nicht soviel Mineralwasser trinken; jetzt ist in ihrem Magen alles ganz aufgeweicht. Sie fühlen sich schlecht, nicht wahr? Das sieht man sofort, Sie Ärmste. Zum Glück bin ich nur so seekrank und muß mich fast gar nicht übergeben; das ist mehr so eine Art Magenverstimmung. Die arme Nelly, sehen Sie nur, wie sie leidet. Ich esse ja am ersten Tag immer nur

trockene Sachen, dann bleibt alles drinnen. Ich weiß noch, als wir auf dem Flußrestaurant ›La Dorita‹ waren, habe ich mich als einzige auf der Rückfahrt im Boot fast gar nicht übergeben müssen. All die anderen, die Ärmsten... Oh, sehen Sie bloß, wie schlecht es Doña Pepa geht!«

Mit Eimern und Sägemehl bewaffnet, wachte einer der finnischen Matrosen über die Reinlichkeit des übel zugerichteten Decks. Mit einem empörten und zugleich angewiderten Klagelaut vergrub Pelusa sein Gesicht in den Händen.

»Nicht, daß ich seekrank sein würde«, erklärte er Nelly, die ihn mit einem Rest von Bewußtsein ansah. »Bestimmt ist mir das Eis nicht bekommen, vor allem, wo ich mir gleich zwei reingehauen habe... Und du? Wie geht es dir?«

»Miserabel, Atilio, ganz miserabel... Schau dir Mama an, die Arme. Könnte nicht der Arzt nach ihr sehen?«

»Ja, welcher Arzt denn, *mama mía*?« seufzte Pelusa. »Wenn ich dir das Neueste erzähle... Aber besser nicht, dir würde glatt wieder alles hochkommen.«

»Aber was ist denn los, Atilio? Mir kannst du es doch sagen. Warum bewegt sich dieses Schiff so entsetzlich?«

»Die Gezeiten«, sagte Pelusa. »Der Glatzkopf hat uns alles übers Meer erklärt. Uff, wie sich das auf die Seite legt. Da, guck mal, guck doch mal; das sieht so aus, als würde uns dieser Wasserberg gleich auf den Kopf fallen! Soll ich dir Parfüm fürs Taschentuch holen?«

»Nein, nein, aber sag mir, was ist los?«

»Was los ist?« meinte Pelusa und kämpfte gegen den sonderbaren Tennisball, der in seiner Kehle nach oben stieg. »Wir haben die Beulenpest an Bord, das ist los.«

XXV

Nach einem Moment des Schweigens, das schließlich vom Auflachen Paulas und von ein paar entgeisterten oder wütenden Kommentaren unterbrochen wurde, die sich an niemanden im besonderen richteten, entschloß sich Raúl, Medrano, López und Lucio für einen Augenblick in seine Kabine zu bitten. Felipe, dem schon Kognak und ein Männergespräch vorschwebten, bemerkte, daß

Raúl ihn mit keinem Wort aufforderte, sich ihnen anzuschließen. Einen Moment wartete er noch ungläubig, doch Raúl war der erste, der den Salon verließ. Unfähig, auch nur ein Wort hervorzubringen, und mit dem Gefühl, plötzlich vor aller Welt ohne Hosen dazustehen, blieb Felipe mit Paula, Claudia und Jorge allein zurück, die davon sprachen, an Deck zu gehen. Bevor sie irgend etwas zu ihm sagen konnten, stürzte er hinaus und rannte zu seiner Kabine, wo zum Glück nicht schon sein Vater wartete. Seine Verwirrung und Verzweiflung waren dermaßen groß, daß er sich für einen Augenblick gegen die Tür lehnte und verstört die Augen rieb. ›Aber was bildet der sich ein?‹ dachte er schließlich. ›Wofür hält der sich überhaupt?‹ Er zweifelte nicht daran, daß bei der Zusammenkunft ein Aktionsplan besprochen werden sollte, und ihn schloß man aus. Er zündete sich eine Zigarette an und warf sie sogleich wieder fort. Er zündete sich noch eine an; sie ekelte ihn, und er trat sie mit dem Absatz aus. Soviel Gerede, soviel Freundschaft, und jetzt... Aber als sie begonnen hatten, die Treppe hinunterzusteigen und Raúl ihn gefragt hatte, ob sie den anderen Bescheid sagen sollten, da hatte er seine verneinende Antwort sofort akzeptiert, als mache es ihm Spaß, das Abenteuer mit ihm allein zu bestehen. Und danach die Unterhaltung in der leeren Kabine, und verdammt, warum hatte er ihn erst geduzt, wenn er ihn am Ende doch nur wie eine heiße Kartoffel fallen ließ, um sich mit den anderen einzuschließen? Warum hatte er ihm gesagt, jetzt könnte er auf einen Freund zählen, warum hatte er ihm eine Pfeife versprochen... Er verspürte ein Würgen in der Kehle, und er konnte das Stück Bett, auf das er gestarrt hatte, nicht mehr erkennen; statt dessen blieb ein wirres Gewimmel von Strichen und klebrigen Linien, die aus seinen Augen traten und über sein Gesicht flossen. Wütend fuhr er sich mit beiden Händen über die Wangen, ging ins Bad und tauchte den Kopf in ein Becken mit kaltem Wasser. Dann setzte er sich auf das Fußende des Bettes, wo Frau Trejo ein paar Taschentücher und einen frischen Schlafanzug bereitgelegt hatte. Er nahm ein Taschentuch und starrte es unter Verwünschungen und konfusen Klagen an. In seinen Groll mischte sich nach und nach eine Geschichte voll Opfermut, in der er sie alle retten würde, wovor wußte er zwar nicht, aber er würde sie retten; und mit einem Messer mitten durchs Herz würde er Paula und Raúl vor die Füße stürzen, ihre Worte voll Schmerz und Reue hören,

Raúl würde seine Hand nehmen und verzweifelt drücken, Paula würde ihn auf die Stirn küssen ... Diese Unseligen würden ihn auf die Stirn küssen und um Vergebung flehen, aber er würde schweigen, wie die Götter schweigen, und sterben, wie die Männer sterben – ein Satz, den er irgendwo gelesen und der ihn damals sehr beeindruckt hatte. Aber ehe er sterben würde, wie die Männer sterben, würde er es ihnen zeigen, diesem Haufen von eingebildeten Affen. Zunächst einmal völlige Verachtung, eisige Gleichgültigkeit. Guten Morgen, gute Nacht und aus. Sie würden schon noch zu ihm kommen, um ihm ihre Sorgen anzuvertrauen, und dann wäre die Stunde der Rache gekommen. Ah, so denken Sie also darüber? Nein, das kann ich nicht finden. Ich habe da meine eigene Meinung, aber das ist meine Sache. Nein, weshalb sollte ich sie sagen? Haben Sie mir vielleicht bislang getraut, und das, wo ich als erster den Durchgang unten entdeckt habe? Man tut, was man kann, um behilflich zu sein, und das hat man dann davon! Und wenn uns da unten etwas zugestoßen wäre? Lachen Sie ruhig, soviel Sie wollen, ich denke gar nicht mehr daran, für irgend jemanden auch nur einen Finger krumm zu machen. Natürlich würden sie dann allein weiterforschen; und das war praktisch die einzige Abwechslung auf diesem blödsinnigen Schiff. Zum Teufel, er konnte genausogut auf eigene Rechnung weiterforschen. Er dachte an die beiden Matrosen in der rechten Kajüte, an die Tätowierung. Dieser Orf schien umgänglicher, und wenn er ihn allein antraf... Er sah sich das Achterschiff betreten, als erster die Decks und Luken dort erforschen. Hm, aber diese superansteckende Seuche, und niemand an Bord war geimpft. Ein Messer im Herzen oder die Seuche zweihundertundsoundsoviel, letzten Endes ... Er schloß die Augen halb, um Paulas Hand auf seiner Stirn zu spüren. »Mein armer Kleiner, mein armer«, murmelte Paula, während sie ihn streichelte. Felipe ließ sich herabgleiten, bis er ausgestreckt auf dem Bett lag, das Gesicht zur Wand. Armer, tapferer Kleiner. Ich bin es, Felipe, ich, Raúl. Warum hast du das getan? All das viele Blut, du Ärmster. Nein, ich habe keine Schmerzen. Was mich schmerzt, sind nicht die Wunden, Raúl. Und Paula würde sagen: »Sprechen Sie nicht, Sie Ärmster, warten Sie, bis wir Ihnen das Hemd ausgezogen haben«, und seine Augen wären fest geschlossen wie jetzt, aber trotzdem würde er Paula und Raúl sehen, wie sie über ihm weinten, würde ihre Hände spüren wie jetzt seine eigene Hand, die sich lustvoll einen Weg durch seine Kleider bahnte.

»Sei ein Engel«, sagte Raúl, »und spiele Florence Nightingale für die armen seekranken Damen, abgesehen davon, daß du auch ganz nett grün im Gesicht bist.«
»Gelogen«, sagte Paula. »Ich verstehe nicht, wieso man mich aus meiner Kabine werfen will.«
»Weil«, erklärte Raúl, »wir einen Kriegsrat abhalten müssen. Geh, sei eine gute kleine Ameise, und teile Dramamintabletten unter die Bedürftigen aus. Treten Sie ein, meine Freunde, und setzen Sie sich, wo Sie können, angefangen bei den Betten.«
López kam als letzter herein, nachdem er zugesehen hatte, wie Paula mit verdrießlicher Miene und dem Fläschchen Pillen, das ihr Raúl als unumstößliches Argument in die Hand gedrückt hatte, gegangen war. In der Kabine roch es schon nach Paula; er merkte es, kaum daß er die Tür geschlossen hatte, über dem Rauch des Pfeifentabaks und dem zarten Geruch der Hölzer wehte ihm ein Hauch von Eau de Cologne, von nassem Haar, vielleicht auch von Make-up entgegen. Er dachte daran, wie er Paula ausgestreckt auf dem hinteren Bett hatte liegen sehen, und statt sich dort hinzusetzen, wo Lucio schon Platz genommen hatte, blieb er mit gekreuzten Armen neben der Tür stehen.
Medrano und Raúl priesen die elektrische Anlage der Kabinen und die ultramoderne Ausstattung, welche die ›Magenta Star‹ bot. Aber kaum war die Tür geschlossen, sahen alle Raúl einigermaßen neugierig an. Dieser legte sein unbekümmertes Gehabe ab und öffnete den Schrank, um die Blechschachtel herauszunehmen. Er stellte sie auf den Tisch, ließ sich in einem der Sessel davor nieder und trommelte mit den Fingern auf dem Deckel der Schachtel herum.
»Ich denke«, sagte er, »wir haben unsere Situation für heute schon mehr als genug beredet. Gleichwohl kenne ich Ihre Ansichten nicht im einzelnen, und ich glaube, wir sollten den Umstand nutzen, daß wir zusammen und unter uns sind. Da ich gerade das Wort habe – wie es so schön im Parlament heißt –, will ich mit meiner eigenen Meinung beginnen. Sie wissen bereits, daß der junge Trejo und ich eine sehr aufschlußreiche Unterhaltung mit zwei Bewohnern der Unterwelt hatten. Aus dieser Unterhaltung,

oder vielmehr aus der Luft, die wir währenddessen atmeten, wie auch aus dem instruktiven Vortrag, den uns der Offizier gerade hat zuteil werden lassen, habe ich den Eindruck gewonnen, daß zu dem ziemlich offensichtlichen üblen Streich etwas weitaus Ernsteres kommt, mit einem Wort, ich glaube nicht, daß es sich überhaupt um einen Streich handelt, sondern daß wir Opfer einer Art von Betrug geworden sind. Kein gewöhnlicher Betrug; etwas weitaus ... Metaphysischeres, wenn Sie mir das schlimme Wort gestatten.«

»Weshalb schlimmes Wort?« fragte Medrano. »Da haben wir wieder den argentinischen Intellektuellen mit seiner Angst vor großen Worten.«

»Damit wir uns richtig verstehen«, sagte López. »Warum metaphysisch?«

»Weil, wenn ich in etwa begriffen habe, worauf unser Freund Costa hinaus will, die unmittelbaren Gründe dieser Quarantäne, seien sie nun wahr oder falsch, noch etwas anderes verdecken, das für uns nicht greifbar ist, weil es in einen ganz anderen Bereich gehört, in den ... nun, das besagte Wort eben.«

Lucio blickte sie verblüfft an, und für einen Moment fragte er sich, ob sich nicht alle verschworen haben konnten, um ihn zum besten zu halten. Es ärgerte ihn, daß er nicht die geringste Ahnung hatte, was sie eigentlich sagen wollten, und so hüstelte er schließlich und setzte eine Miene intelligenter Aufmerksamkeit auf. López, der seinen Gesichtsausdruck bemerkt hatte, hob liebenswürdig die Hand.

»Stellen wir einen kleinen Unterrichtsplan auf, wie Dr. Restelli und ich in unserem illustren Lehrerzimmer sagen würden. Ich schlage vor, alle allzu ausgefallenen Vorstellungen ad acta zu legen und die Sache so positiv wie möglich anzugehen. In diesem Sinne schließe ich mich der These von dem üblen Streich und dem möglichen Betrug an, denn ich bezweifle, daß die Rede des Offiziers irgend jemanden überzeugt hat. Ich glaube, das Geheimnis, um es so zu nennen, ist noch genauso groß wie zu Beginn.«

»Immerhin, da ist das Problem mit dem Typhus«, sagte Lucio.

»Glauben Sie daran?«

»Warum nicht?«

»Für mich klingt es falsch, von vorne bis hinten«, sagte López, »obwohl ich nicht sagen könnte, warum. So irregulär unsere Einschiffung auch gewesen sein mag, so lag die ›Malcolm‹ doch im Norddock von Buenos Aires vor Anker, und es fällt schwer zu glauben, daß es ein Schiff mit zwei Fällen dieser so furchterregenden Krankheit an Bord geschafft haben sollte, die Hafenbehörden derart hinters Licht zu führen.«

»Gut, das wäre zu diskutieren«, sagte Medrano. »Aber ich glaube, es kommt unserem geistigen Wohlbefinden zugute, wenn wir das für den Augenblick beiseite lassen. Es tut mir leid, daß ich so skeptisch bin, aber ich glaube, daß eben diese Behörden gestern abend um sechs Uhr in der Patsche saßen und daß sie sich so gut es ging, also ohne Skrupel oder Umstände, aus der Affäre gezogen haben. Ich weiß, das erklärt nicht das Vorausgegangene, wieso die ›Malcolm‹ mit solch einer Seuche an Bord überhaupt erst in den Hafen einlaufen konnte. Aber auch in diesem Fall könnte man an irgendeine finstere Vereinbarung denken.«

»Die Krankheit könnte ja an Bord erst ausgebrochen sein, nachdem das Schiff schon im Dock festgemacht hatte«, sagte Lucio. »Diese latenten Sachen, nicht wahr?«

»Ja, das ist möglich. Und die ›Magenta Star‹ wollte sich das Geschäft nicht entgehen lassen, das sich ihr in letzter Minute bot. Weshalb nicht? Aber das führt uns nicht weiter. Gehen wir davon aus, daß wir uns jetzt an Bord und weit von der Küste befinden. Was sollen wir tun?«

»Nun, erst müssen wir die Frage umkehren«, sagte López. »Sollen wir etwas tun? Wenn das so ist, sollten wir uns einigen.«

»Der Offizier hat uns die Sache mit dem Typhus erklärt«, sagte Lucio etwas verwirrt. »Vielleicht sollten wir uns ruhig verhalten, wenigstens für ein paar Tage. Die Reise wird ja so lang sein ... Ist es nicht phantastisch, daß die mit uns nach Japan fahren?«

»Der Offizier«, sagte Raúl, »kann gelogen haben.«

»Wieso gelogen? Dann ... gibt es gar keinen Typhus?«

»Lieber Freund, die Sache mit dem Typhus klingt mir nach einer Ente. Wie López könnte ich keinen Grund nennen. *I feel it in my bones*, wie wir Engländer sagen.«

»Ich stimme mit Ihnen beiden überein«, sagte Medrano. »Vielleicht ist jemand auf der anderen Seite krank, aber das erklärt nicht das Verhalten des Kapitäns (außer, wenn er wirklich einer der Kranken ist) und der Offiziere. Man könnte meinen, sie hätten sich, seit wir an Bord gekommen sind, gefragt, wie sie uns behandeln sollen, und diese ganze lange Zeit mit Diskussionen zugebracht. Wenn sie am Anfang ein wenig höflicher gewesen wären, hätten wir kaum Verdacht geschöpft.«

»Ja, und hier kommt unsere Eigenliebe ins Spiel«, sagte López. »Wir sind aufgebracht über diesen Mangel an Höflichkeit, und vielleicht übertreiben wir. Ich will jedenfalls nicht verschweigen, daß unabhängig von der persönlichen Verärgerung die Vorstellung verschlossener Türen etwas hat, das mir gegen den Strich geht. Es ist, als wäre dies überhaupt keine richtige Reise.«

Lucio war immer überraschter über diese Reaktionen, die er kaum auch nur ansatzweise teilte, und senkte zustimmend den Kopf. Wenn sie das so ernst nahmen, dann wäre bald alles im Eimer. Eine Vergnügungsreise, zum Teufel... Warum waren sie so zimperlich? Eine Tür mehr oder weniger... Wenn das Schwimmbecken auf Deck aufgestellt und Spiele und Vergnügungen organisiert würden, was kümmerte sie dann das Achterdeck? Es gibt Schiffe, auf denen niemand das Achterdeck (oder das Vorderdeck) betreten darf, und deswegen werden die Leute noch lange nicht nervös.

»Wenn wir nur wüßten, daß es wirklich ein Geheimnis ist«, sagte López und setzte sich auf die Kante von Raúls Bett, »aber ebensogut kann es Sturheit sein, Unhöflichkeit oder einfach die Tatsache, daß uns der Kapitän als eine Fracht betrachtet, die strikt in einem Teil des Schiffes zu verstauen ist. Und genau da fange ich an, diese Vorstellung zum... Sie können sich denken, was, zu finden.«

»Und wenn wir nun zu dem Schluß gelangen sollten, daß es sich um so etwas handelt«, sagte Raúl, »was machen wir dann?«

»Uns den Weg erzwingen«, sagte Medrano kurz.

»Ah, gut, damit hätten wir schon eine Meinung, der ich mich anschließe... López auch, wie ich sehe, und Sie –«

»Ich natürlich auch«, sagte Lucio hastig. »Aber vorher müssen wir sicher sein, daß sie uns nicht nur aus einer Laune heraus auf dieser Seite gefangenhalten.«

»Das beste wäre, auf einem Telegramm nach Buenos Aires zu bestehen. Die Erklärung des Offiziers schien mir absurd, denn jede Funkanlage auf einem Schiff dient genau dazu. Bestehen wir darauf, und was dabei herauskommt, wird uns erlauben, auf die wahren Absichten der... der Lipiden zu schließen.«

López und Medrano brachen in Gelächter aus.

»Wir sollten einmal unser Vokabular klären«, sagte Medrano. »Jorge versteht unter Lipiden die Matrosen von achtern. Die Offiziere sind, wie ich ihn bei Tisch habe sagen hören, die Glukiden. Meine Herren, mit den Glukiden müssen wir uns auseinandersetzen.«

»Tod den Glukiden«, sagte López. »Und ich habe meinen Vormittag damit verbracht, über Seeräuberromane zu reden ... Nun gut, nehmen wir an, sie weigern sich, unsere Botschaft nach Buenos Aires zu senden, was mehr als wahrscheinlich ist, wenn sie ein schmutziges Spiel spielen und befürchten, man könne ihnen das Geschäft verderben. In dem Fall sehe ich nicht so recht, wie unser nächster Zug aussehen könnte.«

»Ich wohl«, sagte Medrano. »Mir ist das ziemlich klar. Es wird sich darum handeln, irgendeine Tür einzuschlagen und sich einmal auf der anderen Seite des Schiffes umzusehen.«

»Aber wenn etwas schiefläuft ...«, sagte Lucio. »Man weiß doch, daß auf einem Schiff andere Gesetze gelten, es herrscht eine andere ... Disziplin. Ich verstehe ja nichts davon, aber mir scheint, wir sollten die Grenzen nicht ohne reifliche Überlegung überschreiten.«

»Was heißt hier Grenzen überschreiten? Was die Glukiden hier aufführen, scheint mir beredt genug«, sagte Raúl. »Wenn es Kapitän Smith morgen in den Sinn kommt (dabei fiel ihm ein kompliziertes Wortspiel ein, in dem die Prinzessin Pocahontas und daher die Unverschämtheit eine Rolle spielte), wir müßten den Rest der Fahrt in unseren Kabinen verbringen, dann wäre er fast im Recht.«

»Das nenne ich reden wie Spartakus«, sagte López. »Wenn man denen den kleinen Finger gibt, nehmen sie die ganze Hand, würde unser Freund Presutti sagen, dessen beklagenswerte Abwesenheit ich unter den gegenwärtigen Umständen bedaure.«

»Ich wollte ihn eigentlich auch dazuholen«, sagte Raúl, »aber er ist nun einmal so ungehobelt, daß ich es mir anders überlegt habe. Später können wir ihm dann ein Resümee der Beschlüsse geben und ihn für unser Erlöserwerk werben. Er ist ein feiner Kerl, und die Glukiden und Lipiden sind ihm so lieb wie ein Tritt vor das Schienbein.«

»Lassen Sie mich zusammenfassen«, sagte Medrano. »wenn ich recht verstehe, sind wir uns *primo* weitgehend einig, daß die Typhusgeschichte nicht sehr überzeugend ist, und *secundo*, wir müssen darauf bestehen, daß die Mauern der Unterdrückung geschleift werden und wir uns das Schiff ansehen können, wo immer wir Lust haben.«

»Genau. Methode: Ein Telegramm nach Buenos Aires. Mutmaßliches Ergebnis: negativ. Nächster Schritt: Eine Tür einschlagen.«

»Alles scheint ziemlich einfach«, sagte López, »bis auf die Sache mit der Tür. Das mit der Tür wird ihnen nicht besonders gefallen.«

»Natürlich wird es ihnen nicht gefallen«, sagte Lucio. »Sie könnten uns nach Buenos Aires zurückbringen, und das wäre dann wohl ein schöner Reinfall.«

»Zugegeben«, sagte Medrano, der Lucio mit einer gewissen irritierenden Sympathie betrachtete. »Wenn wir uns übermorgen früh an der Ecke Calle Perú/Avenida wiederträfen, so wäre das ziemlich lächerlich. Aber, mein Freund, der Zufall will es, daß es an der Ecke Calle Perú/Avenida keine verschlossenen Schottüren gibt.«

Raúl fuhr sich mit der Hand über die Stirn, wie um einen lästigen Gedanken zu verscheuchen, aber da die anderen verstummt waren, mußte er wohl oder übel reden.

»Sie sehen, das bestätigt immer mehr mein Gefühl von vorhin. Bis auf Lucio, dessen Wunsch, die Geishas zu sehen und den Klängen des Koto zu lauschen, mir völlig gerechtfertigt erscheint, würde der Rest von uns mit Freuden das Reich der Aufgehenden Sonne für ein Café in Buenos Aires hingeben, dessen Türen zur Straße hin weit geöffnet sind. Stehen diese beiden Dinge zueinander in irgendeinem Verhältnis? De facto, nein. Bei weitem nicht. Lucio hat völlig recht, wenn er meint, wir sollten uns still verhalten, da diese Passivität reichlich belohnt wird mit Kimonos und Fudschijama. *And yet, and yet …*«

»Ja, und damit wären wir wieder bei dem Wörtchen von vorhin«, sagte Medrano.

»Genau, das Wörtchen. Es geht weder um Türen, lieber Lucio, noch um Glukiden. Vermutlich wird sich das Achterdeck als ein dreckiger Ort erweisen, der nach Teer und Wollballen stinkt. Was man von dort sehen wird, dürfte das gleiche sein wie vom Bug auch: das Meer, das Meer, immer aufs neue. *And yet …*«

»Kurz«, sagte Medrano, »es sieht so aus, als wäre sich die Mehrheit einig. Sie auch? Gut, dann herrscht Einstimmigkeit. Bliebe noch zu entscheiden, ob wir mit den anderen darüber reden sollen. Von Restelli und Presutti abgesehen, scheint es mir im Augenblick ratsamer, das Ganze auf unsere eigene Rechnung zu machen. Wie man in solchen Fällen zu sagen pflegt, es besteht kein Anlaß, Frauen und Kinder zu beunruhigen.«

»Vermutlich wird es keinen Grund zur Beunruhigung geben«, sagte López. »Aber ich wüßte doch gern, wie wir unseren Weg erzwingen wollen – falls es soweit kommt.«

»Ah, das ist sehr einfach«, sagte Raúl. »Da Sie gern Seeräuber spielen, nehmen Sie das da.«

Er hob den Deckel der Schachtel. Sie enthielt zwei Revolver, Kaliber achtunddreißig, und eine Zweiunddreißiger Automatik, dazu noch fünf Packungen Munition aus Rotterdam.

XXVI

»Hasdala«, sagte einer der Matrosen und hob ohne sichtbare Anstrengung ein riesiges Brett hoch. Der andere Matrose bejahte mit einem trockenen *»Sa!«* und schlug einen Nagel in das Ende des Bretts. Das Holzgerüst für das Schwimmbassin war nahezu fertig, und die ebenso einfache wie stabile Konstruktion stand in der Mitte des Decks. Während der eine Matrose das letzte stützende Brett festnagelte, entfaltete der andere eine auf der Innenseite gewachste Segeltuchplane und begann sie mit Riemen und Schnallen an den Rändern zu befestigen.

»Und das nennen die ein Schwimmbecken«, jammerte Pelusa. »Gucken Sie sich nur diesen Mist an. Wie um Schweine zu baden. Was meinen Sie, Don Persio?«

»Ich verabscheue es, im Freien zu baden«, sagte Persio, »vor allem, wenn die Gefahr besteht, anderer Leute Schuppen zu schlukken.«

»Ja, aber schön ist es, was soll's. Waren Sie nie im Schwimmbad vom Sportclub Barracas? Sie tun Desinfektionsmittel rein, und es hat die olympischen Maße.«

»Olympische Maße? Und was ist das?«

»Na, ... die Maße für die olympischen Spiele, was sonst? Die olympischen Maße, das steht doch in allen Zeitungen. Aber gukken Sie sich nur mal diese Konstruktion an, nichts als Bretter und eine Plane drin. Emilio, der war vor zwei Jahren in Europa und hat erzählt, auf seinem Schiff wäre in der dritten Klasse ein Becken ganz aus grünem Marmor gewesen. Wenn ich das gewußt hätte, wäre ich nicht mitgekommen, das schwöre ich Ihnen.«

Persio betrachtete den Atlantik. Die Küste war nicht mehr zu sehen, und die ›Malcolm‹ fuhr durch unerwartet ruhiges Wasser von einer metallischen Bläue, die an den Wellenkämmen fast schwarz erschien. Nur zwei Möwen folgten dem Schiff; hartnäckig schwebten sie über dem Mast.

»Was für verfressene Tiere, diese Möwen«, sagte Pelusa. »Die können glatt Nägel verschlucken. Ich finde das toll, wenn sie einen Fisch sehen und sich runterstürzen, um ihn zu schnappen. Armer Fisch, was die ihm für einen Hieb mit dem Schnabel verpassen ... Meinen Sie, wir sehen auf dieser Reise auch Dolphinenschwärme?«

»Delphine? Ja, vermutlich.«

»Emilio hat erzählt, von seinem Schiff hätten sie die ganze Zeit Dolphinenschwärme und diese fliegenden Fische gesehen. Aber wir...«

»Geben Sie die Hoffnung nicht auf«, sagte Persio herzlich. »Die Reise hat kaum begonnen, und der erste Tag mit Seekrankheit und all dem Neuen ... Aber später wird es Ihnen gefallen.«

»Na ja, es gefällt mir schon. Man lernt so allerhand, finden Sie nicht? Wie beim Militär... Selbst bei dem Hundeleben dort, mit all dem Exerzieren und dem Fraß ... Ich erinnere mich, einmal gab es was, da war das beste drin eine Fliege ... Aber auf die Dauer lernt man einen Knopf annähen und sich vor keiner Schweinerei mehr zu ekeln, dic es im Essen gibt. Hier wird es bestimmt genauso, meinen Sie nicht auch?«

»Ich denke wohl«, pflichtete Persio ihm bei, während er mit Interesse verfolgte, wie die Finnen einen Schlauch bis zum Becken führten. Herrliches grünes Wasser begann unten im Segeltuch zu steigen; zumindest verkündete dies Jorge, der auf den Brettern am Rand hockte und darauf wartete, hineinspringen zu können. Die Damen hatten sich ein wenig von ihrer Seekrankheit erholt und kamen herbei, um die Arbeiten zu begutachten und strategisch günstige Positionen zu beziehen für den Augenblick, da sich die Badenden einfänden. Sie brauchten nicht lange auf Paula zu warten: Sie kam die Treppe herunter, langsam, damit jeder sich in allen Einzelheiten und ein für allemal an ihrem roten Bikini satt sehen konnte. Hinter ihr erschien Felipe in einer grünen Badehose und mit einem Frotteetuch über den Schultern. Nach Jorge, der mit viel Geschrei die hervorragende Wassertemperatur verkündete, kletterten auch die beiden ins Becken und planschten eine Weile darin herum, soweit es dessen bescheidene Maße zuließen. Paula zeigte Jorge, wie man mit zugehaltener Nase auf dem Grund sitzen konnte, und Felipe, der immer noch mürrisch war, den Verlockungen des Wassers und dem Geschrei aber nicht widerstehen konnte, kletterte auf den Rand, um unter den Schreckensrufen und Ermahnungen der Damen hineinzuspringen. Nach einer Weile gesellten sich auch Nelly und Pelusa zu den anderen, obwohl Pelusa weiterhin seine abfälligen Bemerkungen machte. Gründlich verhüllt von einem einteiligen Badeanzug mit absonderlichen blauen und violetten Karos, fragte Nelly Felipe, ob Beba nicht schwimmen käme, worauf dieser erwiderte, seine Schwester leide noch immer an den Nachwirkungen eines ihrer Anfälle, weshalb es ihn wundern würde, wenn sie herunterkäme.

»Sie hat Anfälle?« fragte Nelly bestürzt.

»Anfälle von Sentimentalität«, sagte Felipe und rümpfte die Nase. »Sie spinnt, die Ärmste.«

»Oh, Sie haben mich aber erschreckt! Ihre kleine Schwester ist so sympathisch, die Arme.«

»Sie werden sie schon noch kennenlernen«, sagte Felipe und wandte sich an Pelusa. »Wie finden Sie die Reise? Welcher Blödkopf kann sich so was bloß ausgedacht haben? Wenn ich den zu fassen kriege, werde ich ihm mal so richtig Bescheid stoßen, das können Sie mir glauben.«

»Wem sagen Sie das«, sagte Pelusa und versuchte zu verbergen, daß er gerade dabei war, sich mit zwei Fingern zu schneuzen. »Was für ein Becken, *mama mía*! Wir sind gerade mal drei oder vier Mann und schon wie die Sardinen in der Büchse. Los, Nelly, ich zeig dir, wie man unter Wasser schwimmt. Aber hab doch keine Angst, du Dummchen, laß dir's beibringen, du wirst aussehen wie Esther Williams.«

Die Finnen hatten auf einer Seite des Rahmens ein horizontales Brett befestigt, und Paula ließ sich dort zum Sonnen nieder. Felipe tauchte noch einmal unter, schnaubte, wie er es bei Schwimmwettkämpfen gesehen hatte, und schwang sich dann neben sie. »Ihr... Raúl kommt nicht schwimmen?«

»Mein... was weiß ich«, sagte Paula spöttisch. »Er wird sich noch immer eifrig mit seinen neuen Freunden verschwören, die mir die Kabine mit ihrem schwarzen Tabak verpesten. Ich glaube, Sie waren nicht dabei?«

Felipe sah sie verstohlen von der Seite an. Nein, er sei nicht dabei gewesen; nach dem Essen lege er sich gern eine Weile hin, um zu lesen. Oh, und was er lese? Nun, im Moment sei er gerade bei einer Nummer von ›Reader's Digest‹. Was für eine ausgezeichnete Lektüre für einen wißbegierigen jungen Mann. Ja, es sei nicht schlecht; es enthielte Kurzfassungen von all den ganz berühmten Werken.

»Kurzfassungen«, sagte Paula und schaute aufs Meer. »Klar, das ist praktischer.«

»Klar«, sagte Felipe, der immer überzeugter war, daß irgend etwas dabei war, schiefzulaufen. »Im modernen Leben hat man nicht die Zeit, lange Romane zu lesen.«

»Aber Bücher interessieren Sie in Wahrheit auch gar nicht sonderlich«, sagte Paula, indem sie zu scherzen aufhörte und ihn freundlich ansah. Etwas Rührendes war an Felipe, er war einfach zu sehr Heranwachsender, einfach alles zu sehr: zu schön, zu dumm und zu absurd. Nur wenn er schwieg, erreichte er ein gewisses Gleichgewicht; dann fand sein Gesicht sich mit seinem Alter ab, und seine Hände mit den abgekauten Fingernägeln hingen vollkommen gleichgültig zu beiden Seiten herab. Aber wenn er redete, wenn er lügen wollte (und mit sechzehn hieß reden lügen), verlor er jede Anmut, und nichts blieb als der linkische Anspruch, für voll genommen zu werden, genauso rührend und doch ärgerlich, ein trüber Spiegel, in dem Paula das Bild ihrer eigenen Schultage wiedererkannte, ihre ersten Versuche, sich zu befreien, und das demütigende Ende so vieler Dinge, die hätten schön sein sollen. Felipe tat ihr leid, und sie hätte gern sein Haar gestreichelt und ihm irgend etwas gesagt, um ihm seine Selbstsicherheit zurückzugeben. Gerade erklärte er ihr, daß er schon gern läse, aber daß die viele Arbeit für die Schule... Was? Mußte man für die Schule denn nicht lesen? Ja, natürlich liest man, aber nur Schulbücher oder das, was man mitgeschrieben hat. Nichts, was man ein Buch nennen könnte, wie etwa einen Roman von Somerset Maugham oder von Erico Verissimo. Nun, eins war mal sicher, er war nicht wie ein paar von seinen Schulkameraden, die schon mit Brillen herumliefen, weil sie so viel lasen. Das Leben vor allem! Das Leben? Was für ein Leben? Nun, eben das Leben: ausgehen, Dinge sehen, reisen so wie jetzt, Leute kennenlernen ... Ihr Lehrer Peralta sage ihnen immer, das einzig Wichtige sei die Erfahrung.

»Ah, die Erfahrung«, sagte Paula. »Klar, das ist etwas Wichtiges. Und spricht Ihr Lehrer López auch mit Ihnen über die Erfahrung?«

»Nein, der bestimmt nicht. Dabei, wenn er wollte ... Man merkt schon, daß er ein starker Typ ist, aber er posaunt es nicht überall herum. Mit López haben wir jede Menge Spaß. Man muß für ihn arbeiten, das schon, aber wenn er mit der Klasse zufrieden ist, kann er eine halbe Stunde über die Spiele vom letzten Sonntag sprechen.«

»Was Sie nicht sagen.«

»Aber klar, López ist schwer in Ordnung. Der nimmt sich nicht so bierernst wie Peralta.«

»Wer hätte das gedacht«, sagte Paula.

»Wirklich wahr. Haben Sie etwa geglaubt, er wäre wie der ›Schwarze Kater‹?«

»Der ›Schwarze Kater‹?«

»Der Stehkragen, bäh.«

»Ach, der andere Lehrer.«

»Ja, Arrestelli.«

»Nein, das habe ich nicht geglaubt«, sagte Paula.

»So, gut, das ist auch gar kein Vergleich. López ist o. k., das finden alle. Sogar ich lerne für ihn, mein Wort drauf. Ich wäre gern sein Freund, aber natürlich ...«

»Hier werden Sie Gelegenheit dazu haben«, sagte Paula. »Es gibt verschiedene Leute, die es wert sind, daß man sie kennenlernt. Medrano zum Beispiel.«

»Bestimmt, aber er ist anders als López. Und auch Ihr... Raúl, wollte ich sagen.« Er senkte den Kopf, und ein Wassertropfen rann seine Nase entlang. »Sie sind alle sehr nett«, sagte er verwirrt, »obwohl sie natürlich viel älter sind. Sogar Raúl, und der ist noch ganz schön jung.«

»Halten Sie ihn nicht für gar so jung«, sagte Paula. »Manchmal wirkt er schrecklich alt, weil er zuviel weiß und müde ist von dem, was Ihr Lehrer Peralta Erfahrung nennt. Ein andermal wieder ist er fast zu jung und macht die verrücktesten Dummheiten.« Sie sah die Verunsicherung in Felipes Augen und verstummte. ›Noch ein wenig mehr, und ich werde zur Kupplerin‹, dachte sie amüsiert. ›Sollen sie ihren Tanz alleine tanzen. Arme Nelly, sie sieht aus wie eine Schauspielerin aus der Stummfilmzeit, und ihrem Verlobten ist die Badehose überall zu groß... Warum rasieren sie sich nicht unter den Achseln?‹

Als wäre es die natürlichste Sache der Welt, beugte sich Medrano über die Schachtel, suchte sich einen Revolver aus und steckte ihn in die hintere Hosentasche, nachdem er sich vergewissert hatte, daß er geladen war und sich die Trommel leicht drehen ließ. Eben wollte López das gleiche tun, als ihm Lucio einfiel und er auf halbem Wege innehielt. Lucio streckte die Hand aus und zog sie gleich wieder kopfschüttelnd zurück.
»Ich verstehe immer weniger«, sagte er. »Wozu soll das gut sein?«
»Sie müssen ja keinen nehmen«, sagte López und war seiner Skrupel nun ledig. Er nahm den zweiten Revolver und bot Raúl, der ihn mit einem amüsierten Lächeln beobachtete, die Pistole an.
»Ich bin altmodisch«, sagte López. »Ich habe so eine Automatik nie leiden können, sie hat irgendwie etwas Hinterhältiges an sich. Wahrscheinlich sind die vielen Western, die ich gesehen habe, an meiner Sympathie für den Revolver schuld. Bis zu Gangsterfilmen habe ich es nie gebracht. Erinnern Sie sich noch an William S. Hart?... Seltsam, heute ist der Tag der Erinnerungen. Zuerst die Seeräuber und jetzt die Cowboys. Ich nehme diese Schachtel Patronen, wenn Sie erlauben.«
Paula klopfte zweimal, trat ein und komplimentierte sie liebenswürdig aus der Kajüte, da sie ihren Badeanzug anziehen wollte. Etwas erstaunt betrachtete sie die Schachtel, die Raúl gerade wieder geschlossen hatte, sagte aber nichts. Alle gingen hinaus auf den Gang; Medrano und López machten sich auf den Weg zu ihren Kabinen, um die Waffen wegzuschließen. Beide kamen sich irgendwie lächerlich vor mit den Beulen in ihren Hosentaschen und den Munitionspäckchen. Raúl schlug vor, sich eine Viertel-

stunde später in der Bar zu treffen, und ging dann in die Kabine zurück. Paula, die im Bad sang, hörte ihn eine Schrankschublade öffnen.

»Was soll dieses Arsenal bedeuten?«

»Ah, du hast also gemerkt, daß es keine *marrons glacés* waren«, sagte Raúl.

»Soviel ich weiß, hast du diese Schachtel nicht mit an Bord gebracht.«

»Nein, das ist Kriegsbeute. Aus einem im Moment eher kalten Krieg.«

»Und ihr habt vor, den wilden Mann zu spielen?«

»Nicht bevor wir alle diplomatischen Möglichkeiten ausgeschöpft haben, Teuerste. Obwohl ich dir das nicht extra zu sagen brauche: ich wäre dir dankbar, wenn du diese kriegerischen Vorbereitungen nicht vor den Frauen und Kindern erwähnen würdest. Das Ganze wird vermutlich höchst lächerlich enden, und wir werden die Waffen als Andenken an die ›Malcolm‹ behalten. Aber im Augenblick sind wir ziemlich entschlossen, das Achterdeck kennenzulernen, im Guten oder wie auch immer.«

»Mon triste cœur bave à la poupe, mon cœur couvert de caporal«, psalmodierte Paula, als sie im Bikini zurückkam. Raúl stieß einen bewundernden Pfiff aus.

»Man könnte glauben, du siehst mich zum erstenmal so luftig bekleidet!« sagte Paula und betrachtete sich im Schrankspiegel. »Und du, ziehst du dich nicht um?«

»Später. Jetzt müssen wir die Feindseligkeiten gegen die Glukiden eröffnen. Was für schlanke Beine du auf diese Reise mitgenommen hast.«

»Ja, das hat man mir schon gesagt. Wenn du mich als Modell gebrauchen kannst, hast du die Erlaubnis, mich zu zeichnen, soviel du willst. Aber ich vermute, du hast schon andere auserkoren.«

»Ach bitte, laß doch die Nattern im Korb«, sagte Raúl. »Wirkt denn bei dir die jodhaltige Seeluft noch nicht? Dann laß zumindest mich in Frieden, Paula.«

»Schon gut, *sweet prince*. Bis später.« Sie öffnete die Tür und wandte sich noch einmal um. »Aber macht keine Dummheiten«, fügte sie hinzu. »Mir ist es verdammt gleichgültig, aber ihr drei seid die einzig Erträglichen an Bord. Wenn sie mir euch demolieren... Willst du nicht meine Farben tragen?«

»Natürlich, solange du mir Pakete mit Zeitschriften und Schokolade schickst. Habe ich dir eigentlich schon gesagt, daß du in diesem Badeanzug hinreißend aussiehst? Ja, ich habe es dir gesagt. Du wirst den Blutdruck der beiden Finnen und zumindest eines meiner Freunde ganz beträchtlich in die Höhe treiben.«

»A propos Nattern...«, sagte Paula und kam wieder in die Kabine. »Sag mal, hast du die Typhusgeschichte geglaubt? Ich vermute, kaum. Aber wenn wir nicht daran glauben, ist es noch schlimmer, weil man dann überhaupt nichts mehr begreift.«

»So ähnlich habe ich als Kind gedacht, als ich darauf verfiel, mich als Atheist zu fühlen«, sagte Raúl. »In dem Moment begannen die Schwierigkeiten. Ich vermute, die Sache mit dem Typhus deckt irgendein schmutziges Geschäft: vielleicht bringen sie Schweine nach Punta Arenas oder Bandoneons nach Tokio – ausgesprochen üble Angelegenheiten, wie man weiß. Ich habe eine ganze Reihe derartiger Hypothesen, eine finsterer als die andere.«

»Und wenn es nun gar nichts auf dem Achterdeck gäbe? Wenn alles nur die Willkür von Kapitän Smith wäre?«

»Daran haben wir alle gedacht, Liebes. Ich zum Beispiel, als ich diese Schachtel stahl. Ich sage es dir noch einmal, es ist viel schlimmer, wenn auf dem Achterdeck nichts los ist. Ich hoffe von ganzem Herzen, daß wir dort eine Schar Liliputaner, eine Ladung Limburger Käse oder einfach ein rattenverseuchtes Deck finden.«

»Es muß das Jod sein«, sagte Paula und schloß die Tür.

Mitleidslos machte Medrano die Hoffnungen von Herrn Trejo und Dr. Restelli zunichte, er werde ihre immer schleppendere Unterhaltung neu beleben, und ging zu Claudia hinüber, welche die Bar und ihren Kaffee den Spielen an Deck vorgezogen hatte. Er bestellte ein Bier und berichtete kurz, was sie soeben beschlossen hatten, ohne dabei die Blechschachtel zu erwähnen. Es kostete ihn Mühe, ernst zu bleiben, da er ständig das Gefühl hatte, von einem Hirngespinst zu erzählen, von etwas, das die Realität nur eben streifte, ohne den Erzähler oder den Hörer wirklich zu betreffen. Während er die Gründe darlegte, weshalb sie sich den Zugang erzwingen wollten, fühlte er sich beinahe mit der anderen Seite solidarisch, so als könne er von einer der Mastspitzen herab das Spiel in seiner Gesamtheit beurteilen.

»Es ist so lächerlich, wenn man ein wenig darüber nachdenkt. Wir sollten Jorge zu unserem Anführer machen, so daß alles nach seinen Vorstellungen geschieht, die der Wirklichkeit vermutlich viel angemessener sind als die unsrigen.«

»Wer weiß«, sagte Claudia. »Auch Jorge merkt, daß etwas Ungewöhnliches vorgeht. Er hat es mir vor einem Augenblick noch gesagt: ›Wir sind im Zoo, aber die Besucher sind nicht wir‹, oder so ähnlich. Ich verstand ihn sehr gut, da ich schon die ganze Zeit den gleichen Eindruck habe. Und dennoch: tun wir gut daran, uns aufzulehnen? Ich spreche nicht aus Angst, eher aus Sorge, es könnte eine Trennwand niedergerissen werden, von der vielleicht die Dekoration des Stückes abhängt.«

»Ein Stück... ja, das könnte sein. Ich sehe es eher als ein ganz besonderes Spiel mit denen von der anderen Seite. Heute mittag haben sie einen Zug gemacht, und jetzt warten sie mit laufender Uhr auf unsere Reaktion. Sie spielen mit den weißen Figuren, und...«

»Und damit kommen wir wieder zum Begriff des Spiels. Ich schätze, es ist Teil der heutigen Lebensauffassung, ohne Illusionen, ohne Transzendenz. Man schickt sich darein, ein guter Läufer oder ein guter Turm zu sein, sich diagonal zu bewegen oder zu rochieren, um den König zu retten. Letztlich scheint mir die ›Malcolm‹ nicht allzu verschieden von Buenos Aires, zumindest nicht von meinem Leben in Buenos Aires. Immer funktioneller und voller Plastik, mit immer mehr elektrischen Geräten in der Küche und immer mehr Büchern im Bücherschrank.«

»Um wie die ›Malcolm‹ zu sein, müßte es in Ihrem Hause wenigstens den Hauch eines Geheimnisses geben.«

»Den gibt es, und er heißt Jorge. Welch größeres Geheimnis als etwas Gegenwärtiges, das nicht der Gegenwart angehört, sondern ohne jede Einschränkung der Zukunft. Etwas von vornherein Verlorenes, das ich führe, stütze und ermutige, als wäre es auf ewig mein. Wenn ich daran denke, daß irgendein kleines Mädchen ihn mir in ein paar Jahren fortnehmen wird, ein kleines Mädchen, das in diesem Augenblick gerade in einem Märchenbuch liest oder Kreuzstich lernt.«

»Mir scheint, Sie sagen das ohne Kummer.«

»Nein, Kummer ist viel zu greifbar, zu gegenwärtig und zu wirklich, um dahin zu gehören. Ich betrachte Jorge aus zwei unterschiedlichen Perspektiven: aus der von heute, wo er mich sehr glücklich macht, und aus der anderen, die noch in weiter Ferne liegt und wo eine alte Frau auf einem Sofa sitzt, um sich herum nichts als ein leeres Haus.«

Medrano nickte schweigend. Bei Tag konnte man die feinen Linien erkennen, die sich allmählich um Claudias Augen abzeichneten, aber die Müdigkeit in ihrem Gesicht war keine künstliche Müdigkeit wie bei dem Mädchen von Raúl Costa. Sie ließ unwillkürlich an ein Resümee denken, einen bis zum letzten bezahlten Preis, an leichte Ascheflocken. Er mochte Claudias ernste Stimme, ihre Art, »ich« zu sagen, ohne Pathos, aber zugleich mit einem Nachklang, der ihn wünschen ließ, sie möge das Wort wiederholen, und allein diese Erwartung bereitete ihm schon vorher Freude.

»Zu hellsichtig«, sagte er. »So etwas kommt teuer zu stehen. Wie viele Frauen leben in der Gegenwart, ohne daran zu denken, daß sie eines Tages ihre Kinder verlieren werden. Ihre Kinder und so viele andere Dinge, so wie ich, wie alle. Neben dem Schachbrett häufen sich geschlagene Bauern und Springer, aber leben heißt, den Blick fest auf die Figuren konzentrieren, die noch im Spiel sind.«

»Ja, und sich eine trügerische Gelassenheit aufbauen, deren Bestandteile fast immer vorgefertigt sind. Die Kunst zum Beispiel, oder das Reisen ... Das Gute dabei ist, man kann sogar auf diese Weise außergewöhnlich glücklich werden, so etwas wie einen falschen Dauerplatz in der Existenz erlangen, der viele überdurchschnittliche Leute zutiefst befriedigt. Aber ich ... Ich weiß nicht, es hängt mit diesen letzten Jahren zusammen. Wenn ich glücklich bin, fühle ich mich am unglücklichsten; alle Fröhlichkeit schmerzt mich ein wenig, und ich kann weiß Gott fröhlich sein.«

»Ich habe das selber tatsächlich nie erlebt«, sagte Medrano nachdenklich, »aber ich glaube, ich kann es verstehen. Es ist ein wenig wie der Tropfen Aloe im Honig. Wenn ich bei Gelegenheit schon einmal den Geschmack der Aloe zu erkennen glaubte, so hat das bislang für mich die Süße nur erhöht.«

»Persio wäre imstande zu behaupten, in einer anderen Sphäre könne Honig eine der bittersten Arten von Aloe sein. Aber ohne gleich in den transzendenten Raum hinüberzuspringen, wie er immer ganz begeistert sagt: ich glaube, meine gegenwärtige Unruhe ... Oh, es ist weder eine interessante noch eine metaphysische Unruhe, sondern eher etwas wie ein ganz leises Signal ... Ich habe mich – völlig ungerechtfertigt – bedrückt gefühlt, mir selbst ein wenig fremd, ohne ersichtlichen Grund. Und gerade dieser Mangel an Gründen beunruhigt mich, statt mich zu beruhigen, denn, wissen Sie, ich vertraue irgendwie meinem Instinkt.«

»Und diese Reise dient der Verteidigung gegen die Unruhe?«

»Nun, Verteidigung ist ein sehr feierliches Wort. In so einer bedrohlichen Lage bin ich durchaus nicht, und glücklicherweise habe ich nicht das Gefühl, das übliche Schicksal der Argentinierin zu erleiden, die Kinder hat. Ich habe mich nicht damit abgefunden, mir das zu schaffen, was man ein Heim nennt; vermutlich trifft mich ein gut Teil Schuld an der Zerstörung des meinigen. Mein Mann wollte nie verstehen, daß ich mich nicht für das letzte Eisschrankmodell oder Ferien in Mar del Plata begeistern konnte. Ich hätte nicht heiraten sollen, das ist alles, aber es gab andere Gründe, die dafür sprachen, unter anderem meine Eltern, ihr argloser Glaube an mich ... Sie sind inzwischen gestorben, und ich bin frei, mein wahres Gesicht zu zeigen.«

»Aber Sie wirken auf mich nicht wie eine Frau, die man emanzipiert nennen würde«, sagte Medrano. »Nicht einmal wie eine Rebellin, im bürgerlichen Sinn des Wortes. Gott sei Dank auch nicht wie eine Dame der besseren Gesellschaft von Mendoza oder ein Mitglied des Müttervereins. Komisch, ich kann Sie nirgends unterbringen, und ich bedauere es nicht einmal. Die klassische Frau und Mutter ...«

»Ich weiß, die Männer weichen erschrocken vor den allzu klassischen Frauen zurück«, sagte Claudia. »Aber immer nur, bevor sie sie heiraten.«

»Wenn klassisch das Mittagessen um Viertel nach zwölf bedeutet, die Asche im Aschenbecher und am Samstagabend ins Gran Rex-Kino, dann würde ich nach der Heirat wohl genauso heftig zurückschrecken wie davor – weshalb ganz nebenbei solch ein Schritt für mich auch unmöglich wäre. Denken Sie nicht, ich sei ein eingefleischter Bohemien oder dergleichen. Auch ich habe einen bestimmten kleinen Haken, an den die Krawatten gehören. Die Sache liegt tiefer, es ist der Verdacht, daß eine ... ›klassische‹ Frau auch als Frau verloren ist. Die Mutter der Gracchen ist um ihrer Kinder willen berühmt, nicht um ihrer selbst willen. Die Geschichte wäre noch trauriger, als sie schon ist, wenn sich all ihre

Heldinnen aus dieser Spezies rekrutierten. Nein, Sie verwirren mich, weil Sie von einer Heiterkeit und Ausgeglichenheit sind, die nicht zu dem paßt, was Sie mir erzählt haben. Zum Glück, denn glauben Sie mir, solch eine Ausgeglichenheit mündet irgendwann in völlige Monotonie, besonders auf einer Kreuzfahrt nach Japan.«

»Oh, Japan. Mit was für einem skeptischen Gesicht Sie das sagen.«

»Ich glaube auch nicht, daß Sie besonders sicher sind, je dorthin zu gelangen. Sagen Sie mir die Wahrheit, wenn das in dieser Stunde paßt: Weshalb sind Sie an Bord der ›Malcolm‹ gekommen?«

Claudia schaute auf ihre Hände und überlegte einen Augenblick.

»Es ist noch nicht lang her«, sagte sie, »da hat jemand mit mir geredet, der sehr hoffnungslos ist, für den das Leben nicht mehr bedeutet als einen ungewissen Aufschub, der jeden Augenblick widerrufen werden kann. Auf diese Person wirke ich so stark und geistig gesund, daß sie sich mir anvertraut und ihre ganze Gebrechlichkeit gestanden hat. Ich will nicht, daß sie erfährt, was ich Ihnen jetzt sagen werde, denn die Summe von zwei Schwächen kann zu einer furchtbaren Kraft werden und Katastrophen entfesseln. Wissen Sie, ich bin dieser Person ungeheuer ähnlich; ich glaube, ich habe die Grenze erreicht, wo die greifbarsten Dinge langsam ihren Sinn verlieren, verschwommen werden und sich ganz auflösen. Ich glaube... Ich glaube, ich liebe Léon noch immer.«

»Ah.«

»Und zugleich weiß ich, daß ich ihn nicht ertragen kann, daß mich jedesmal schon der bloße Klang seiner Stimme abstößt, wenn er Jorge besuchen kommt und mit ihm spielt. Wie soll man daraus klug werden, kann man denn einen Mann lieben, dessen Anwesenheit schon genügt, aus jeder Minute eine halbe Stunde zu machen?«

»Was weiß ich?« sagte Medrano barsch. »Was mich betrifft, so sind meine Schwierigkeiten viel einfacher. Was weiß ich, ob man jemanden so lieben kann.«

Claudia sah ihn an und wandte den Blick ab. Der mürrische Ton, in dem er gerade geredet hatte, war ihr vertraut; es war der Ton von Männern, die gereizt sind über subtile Nuancen, die sie nicht begreifen und vor allem nicht akzeptieren können. ›Er wird sich damit begnügen, mich als Hysterikerin einzuschätzen‹, dachte sie ohne Bedauern. ›Vermutlich hat er recht, ganz abgesehen davon, daß es lächerlich ist, ihm diese Dinge zu erzählen.‹ Sie bat ihn um eine Zigarette und wartete, bis er ihr Feuer gab.

»Diese ganze Unterhaltung ist ziemlich sinnlos«, sagte sie. »Als ich anfing, Romane zu lesen, und das tat ich wohlgemerkt schon als Kind, da hatte ich von Anfang an das Gefühl, daß die Dialoge zwischen den Personen fast immer lächerlich waren. Aus einem ganz bestimmten Grund: weil der nebensächlichste Umstand sie nämlich hätte verhindern oder vereiteln können. Wenn ich zum Beispiel in meiner Kabine gewesen wäre oder Sie beschlossen hätten, an Deck zu gehen, statt hierherzukommen, um ein Bier zu trinken? Warum einem Austausch von Worten Bedeutung beimessen, der von den absurdesten Zufälligkeiten bewirkt wird?«

»Das Schlimme daran ist«, sagte Medrano, »daß sich das leicht auf alle Handlungen des Lebens anwenden läßt, einschließlich der Liebe, die mir immer noch die schwerwiegendste und verhängnisvollste zu sein scheint. Ihren Standpunkt akzeptieren heißt das Dasein trivialisieren, es zu einem Spielball der Absurdität erklären.«

»Warum nicht?« fragte Claudia. »Persio würde sagen, was wir absurd nennen, sei nur unsere Unwissenheit.«

Er erhob sich, als er López und Raúl hereinkommen sah, die sich gerade auf der Treppe getroffen hatten. Während Claudia sich daranmachte, in einer Zeitung zu blättern, wichen die drei mit einiger Mühe der Redseligkeit von Herrn Trejo und Dr. Restelli aus und ließen statt dessen den Steward ans andere Ende der Theke kommen. López übernahm die Leitung der Unternehmung, und der Steward zeigte sich umgänglicher als erwartet. Das Achterdeck? Nun, die Telefonleitung sei im Augenblick unterbrochen, und der *maître* persönlich stelle die Verbindung mit den Offizieren her. Ja, der *maître* sei geimpft, und vermutlich unterzöge man ihn einer besonderen Desinfektion, ehe er von dort zurückkehre, es sei denn, er käme gar nicht in die eigentliche Gefahrenzone und alle Mitteilungen würden mündlich aus einer gewissen Entfernung gemacht. All dies vermute er freilich nur.

»Außerdem«, fügte der Steward zu ihrer Verblüffung hinzu,

»wird ab morgen zwischen neun und zwölf ein Frisiersalon zur Verfügung stehen.«
»Sehr schön, aber im Augenblick möchten wir ein Telegramm nach Buenos Aires senden.«
»Aber der Offizier hat doch gesagt... der Offizier hat es gesagt, meine Herren. Wie soll ich da? Ich bin erst seit kurzem hier an Bord«, fügte er mit weinerlicher Stimme hinzu. »Ich habe erst vor vierzehn Tagen in Santos angeheuert.«
»Lassen wir den Lebenslauf«, sagte Raúl, »Sie zeigen uns jetzt einfach den Weg zum Achterdeck, oder Sie führen uns zumindest zu irgendeinem Offizier.«
»Es tut mir wirklich leid, meine Herren, aber meine Befehle... Ich bin doch neu hier.« Er sah das Gesicht von Medrano und das von López und schluckte heftig. »Ich kann Ihnen höchstens einen Weg zeigen, der dorthin führt, aber die Türen sind verriegelt und...«
»Ich kenne einen Weg, der nirgendwo hinführt«, sagte Raúl. »Mal sehen, ob es derselbe ist.«
Nachdem er sich die Hände (obwohl sie völlig trocken waren) an einem Geschirrtuch mit den Insignien der ›Magenta Star‹ abgewischt hatte, verließ der Steward widerstrebend die Theke und führte sie die Treppe hinunter. Vor einer Tür gegenüber von Dr. Restellis Kabine blieb er stehen und öffnete sie mit einem Sicherheitsschlüssel. Sie erblickten eine sehr einfache und peinlich saubere Kajüte, in der das einzig Auffällige eine Fotografie von Victor Emanuel III. und ein Karnevalshut waren, der an einem Haken hing. Mit dem Gesicht eines Neufundländers forderte sie der Steward auf einzutreten und schloß sogleich wieder die Tür. Neben der Schlafkoje befand sich eine kleine, in der Zederntäfelung kaum sichtbare Tür.
»Meine Kabine«, sagte der Steward und beschrieb mit seiner schwammigen Hand einen Halbkreis. »Der *maître* hat eine auf der Backbordseite... Wollen Sie wirklich...? Ja, das ist der Schlüssel, aber ich muß darauf bestehen, Sie sollten nicht... Der Offizier hat gesagt...«
»Öffnen Sie und Schluß, mein Freund«, befahl López. »Gehen Sie zurück, und schenken Sie den durstigen alten Herren weiter Bier aus. Ich halte es nicht für nötig, daß Sie ihnen hiervon etwas erzählen.«

»O nein, ich sage gar nichts.«

Der Schlüssel drehte sich zweimal, und die kleine Tür öffnete sich auf eine Treppe. ›So viele Straßen führen hier hinab in die Hölle‹, dachte Raúl. ›Solange diese nicht auch zu einem tätowierten Riesen führt, zu Charon mit Schlangen auf den Armen ...‹ Er folgte den anderen durch einen dunklen Gang. ›Armer Felipe, er wird sich die Haare raufen. Aber er ist dafür noch zu jung ...‹ Er wußte, daß er sich etwas vorlog, daß er Felipe nur aus einer köstlichen Perversität heraus um das Vergnügen dieses Abenteuers gebracht hatte. ›Wir werden ihn zur Entschädigung mit einer anderen Mission betrauen‹, dachte er mit einem Anflug von Reue.

An einer Biegung des Ganges blieben sie stehen. Vor ihnen befanden sich drei Türen, eine davon war angelehnt. Medrano stieß sie weit auf, und sie erblickten ein Magazin mit leeren Kisten, Brettern und Drahtrollen. Diese Kammer führte nicht weiter. Raúl kam mit einemmal zu Bewußtsein, daß Lucio sich ihnen in der Bar nicht angeschlossen hatte.

Von den beiden übrigen Türen war eine verschlossen, während die andere wieder auf einen Gang führte, der besser beleuchtet war. Drei Äxte mit rot gestrichenen Stielen hingen an den Wänden, und der Gang endete vor einer Tür mit der Aufschrift *Ged Ottama*, und in kleineren Buchstaben: *P. PICKFORD*. Sie betraten einen verhältnismäßig großen Raum voller Eisenschränke und dreibeiniger Hocker. Überrascht erhob sich bei ihrem Auftauchen ein Mann und wich einen Schritt zurück. López sprach ihn auf spanisch an, erfolglos. Er versuchte es mit Französisch. Seufzend stellte Raúl eine Frage auf englisch.

»Ah, Passagiere«, sagte der Mann, der hellblaue Hosen und ein kurzärmeliges rotes Hemd trug. »Aber Sie können hier nicht durch.«

»Entschuldigen Sie, daß wir hier so einfach eindringen«, sagte Raúl. »Wir suchen den Funkraum. Die Angelegenheit ist dringend.«

»Sie können hier nicht durch. Sie müssen ... Er warf einen raschen Blick zur Tür auf seiner Linken. Medrano erreichte sie eine Sekunde vor ihm. Mit beiden Händen in den Taschen lächelte er ihn freundlich an.

»Sorry«, sagte er. »Sie sehen, wir müssen durch. Tun Sie so, als hätten Sie uns gar nicht gesehen.«

Der Mann atmete ganz aufgeregt und ging so weit zurück, daß er fast mit López zusammenstieß. Sie traten durch die Tür und schlossen sie hastig. Die Sache begann interessant zu werden.
Die ›Malcolm‹ schien vor allem aus Gängen zu bestehen, so daß López ein wenig Platzangst bekam. Als sie die erste Biegung erreichten, ohne eine Tür gefunden zu haben, hörten sie eine Klingel, vielleicht ein Alarmsignal. Sie läutete ganze fünf Sekunden und machte sie halb taub.
»Das wird einen Heidenärger geben«, sagte López, der immer erregter wurde. »Mal sehen, ob diese verdammten Finnen jetzt auf den Gängen zusammenströmen.«
Kurz hinter der Biegung fanden sie eine angelehnte Tür, und Raúl dachte unwillkürlich, daß die Disziplin an Bord mehr als beliebig sein mußte. Als López die Tür aufstieß, hörten sie ein wütendes Fauchen. Ein weißer Kater zog sich beleidigt zurück und begann dann, sich eine Pfote zu lecken. Die Kabine war leer, aber mit dem Luxus von drei Türen ausgestattet. Zwei davon waren abgeschlossen, die dritte ließ sich nur schwer öffnen. Raúl war zurückgeblieben, um den Kater – eigentlich eine Katze – zu streicheln, und ein Geruch nach Moder und Kielraum stieg ihm in die Nase. ›Aber wir sind doch gar nicht sehr tief‹, dachte er. ›Wir müssen auf der Höhe des Vorderdecks sein oder wenig darunter.‹ Die blauen Augen der weißen Katze folgten ihm mit leerer Eindringlichkeit, und Raúl beugte sich herunter, um sie noch einmal zu streicheln, ehe er den anderen folgte. In der Ferne hörte er die Klingel. Medrano und López erwarteten ihn in einem Lagerraum voller Keksbüchsen mit deutschen und englischen Aufschriften.

»Ich wünschte, ich hätte unrecht«, sagte Raúl, »aber ich habe das Gefühl, daß wir fast wieder zu unserem Ausgangspunkt zurückgekehrt sind. Hinter dieser Tür...« Er sah, daß sie einen Sicherheitsriegel hatte, und schob ihn zurück. »Richtig, leider!«
Es war eine der beiden von außen verschlossenen Türen, die sie am Ende des Zugangs gesehen hatten. Der muffige Geruch und die Dunkelheit überfielen sie unangenehm. Keinem war danach zumute, umzukehren und den Kerl im roten Hemd zu suchen.
»Jetzt fehlt eigentlich nur noch, daß wir dem Minotaurus begegnen«, sagte Raúl.
Er versuchte die andere versperrte Tür und betrachtete dann die

dritte, die sie wieder in das Magazin mit den leeren Kisten führen würde. In der Ferne hörten sie die weiße Katze miauen. Achselzuckend machten sie sich noch einmal auf die Suche nach der Tür, auf der *Ged Ottama* stand.
Der Mann hatte sich nicht von dort weggerührt, aber er sah aus, als habe er reichlich Zeit gehabt, sich auf eine neue Begegnung vorzubereiten.
»*Sorry*, hier geht es nicht zur Kommandobrücke. Der Funkraum ist oben.«
»Sehr bemerkenswert, diese Information«, sagte Raúl, dessen fließendes Englisch ihn während dieser Etappe zum Wortführer machte. »Und wo entlang geht es zum Funkraum?«
»Hinauf und dann den Gang entlang bis ... Ah, natürlich, die Türen sind ja abgeschlossen.«
»Können Sie uns nicht einen anderen Weg führen? Wo der Kapitän krank ist, möchten wir gern mit einem Offizier sprechen.«
Der Mann sah Raúl erstaunt an. ›Jetzt wird er gleich sagen, er habe nicht gewußt, daß der Kapitän krank sei‹, dachte Medrano und bekam Lust, wieder in die Bar zu gehen und einen Kognak zu trinken. Aber der Mann kniff nur unmutig die Lippen zusammen.
»Ich habe Befehl, mich um diesen Bereich zu kümmern«, sagte er. »Wenn man mich oben braucht, wird man mir Bescheid geben. Ich bedaure sehr, aber ich kann Sie nicht begleiten.«
»Wollen Sie dann nicht wenigstens die Türen aufschließen, wenn Sie uns schon nicht begleiten?«
»Aber mein Herr, ich habe doch keine Schlüssel. Mein Platz ist hier, das habe ich Ihnen doch schon gesagt.«
Raúl beriet sich mit seinen Freunden. Allen dreien kam es so vor, als sei die Decke niedriger und die stickige Luft drückender denn je. Sie nickten dem Mann mit dem roten Hemd zu und machten sich schweigend auf den Rückweg; erst als sie die Bar erreicht hatten und etwas zu trinken bestellten, redeten sie wieder. Durch die Bullaugen fiel herrliches Sonnenlicht, das vom strahlenden Blau des Ozeans zurückgeworfen wurde. Während er den ersten Schluck genoß, bedauerte Medrano, soviel Zeit in den Tiefen des Schiffs vergeudet zu haben. ›Jonas zu spielen wie ein Dummkopf, nur damit sie mich am Ende weiter zum Narren halten‹, dachte er. Er hatte Lust, mit Claudia zu plaudern, über das Deck zu schlendern oder sich auf seinem Bett auszustrecken, zu rauchen und zu

lesen. »Ja wirklich, warum nehmen wir das bloß so furchtbar ernst?« López und Raúl blickten aufs Meer hinaus und machten beide ein Gesicht, als wären sie gerade wieder an die Oberfläche gekommen: nach langer Versenkung in den Tiefen eines Brunnens, eines Films oder eines Buches, das man vor dem Ende nicht aus der Hand legen kann.

XXVII

Abends färbte sich die Sonne rot, und eine frische Brise kam auf, welche die Badenden vertrieb und den eiligen Rückzug der Damen bewirkte, die sich von ihrer Seekrankheit leidlich erholt hatten. Herr Trejo und Dr. Restelli hatten die Lage an Bord des langen und breiten durchgesprochen und waren zu dem Schluß gelangt, die Dinge stünden recht gut, solange sich der Typhus nicht über das Achterschiff hinaus ausbreite. Don Galo war der gleichen Meinung, wobei sein Optimismus vielleicht von der Tatsache beeinflußt wurde, daß die drei Freunde – sie fühlten sich einander nämlich ziemlich zugetan – ihre Stühle zum vordersten Teil des Bugs gerückt hatten, wo die Luft, die sie atmeten, nicht infiziert sein konnte. Als Herr Trejo einmal kurz in seine Kabine ging, um sich eine Sonnenbrille zu holen, traf er dort Felipe, der gerade duschte, ehe er wieder in seine Bluejeans stieg. In der Vermutung, sein Sohn könne etwas über das seltsame Benehmen der Jüngeren wissen (denn ihre Verschwörermienen, die sie in der Bar zur Schau getragen hatten, und ihr gemeinschaftlicher Auszug waren ihm nicht entgangen), befragte er ihn freundlich und erfuhr schon bald von der Expedition in die Tiefen des Schiffes. Da er für Verbote und andere väterliche Ukase zu gewitzt war, ließ er seinen Sohn vor dem Spiegel allein und kehrte zum Vorschiff zurück, um seine Freunde über den Stand der Dinge zu informieren. Und so wurde López, als er eine halbe Stunde später mit verdrießlicher Miene auf sie zukam, überaus zurückhaltend empfangen und mußte sich darauf hinweisen lassen, daß auf einem Schiff wie überall die Grundsätze der demokratischen Meinungsbildung jederzeit ihre Gültigkeit behalten müssen, wenngleich das Ungestüm der Jugend entschuldigen mochte ... und so weiter und so fort. López betrachtete die vollkommene Linie des Horizonts, während er ohne mit der Wimper zu zucken die süßsaure Predigt von Dr. Restelli anhörte, den er zu sehr schätzte, um ihn *ipso facto* zum Teufel zu wünschen. Er erwiderte, sie hätten sich auf einen kurzen Erkundungsgang beschränkt, nachdem die Lage durch den Besuch und die Erklärungen des Offiziers alles andere als erhellt worden sei, und wenn ihre Nachforschungen auch zu überhaupt nichts geführt hätten, so habe sie dieser Mißerfolg doch darin bestärkt, die Schauergeschichte von der Seuche weiterhin als zweifelhaft zu betrachten.

An diesem Punkt schwoll Don Galo der Kamm, wie er überhaupt häufiger einem Kampfhahn außerordentlich ähnlich sah, und er behauptete, nur die abstruseste Phantasie könne an der völlig klaren und einwandfreien Erklärung des Offiziers zweifeln lassen. Was ihn beträfe, so wolle er ohne Umschweife erklären: Wenn López und seine Freunde weiterhin die Arbeit des Kapitäns stören und offenen Ungehorsam an Bord säen sollten, so könnten für alle höchst unerfreuliche Folgen nicht ausbleiben, Grund genug, schon jetzt seine Mißbilligung auszudrücken. Etwas Ähnliches meinte auch Herr Trejo, aber da er mit López überhaupt keinen näheren Kontakt hatte (und er wurde das unangenehme Gefühl nicht los, in gewisser Hinsicht an Bord ein Außenseiter zu sein), begnügte er sich mit dem Hinweis, sie alle sollten sich einig und als gute Freunde zeigen und einander zu Rate ziehen, ehe sie einen Entschluß faßten, der die Lage der anderen betreffen könnte.

»Sehen Sie«, sagte López, »tatsächlich haben wir gar nichts aufgeklärt, außerdem haben wir uns verdammt gelangweilt und unter anderem ein Bad im Schwimmbecken versäumt. Falls Sie das tröstet...«, fügte er lachend hinzu.

Es schien ihm unsinnig, sich mit diesen alten Männern auf einen Streit einzulassen, und außerdem luden die Abendstimmung und die untergehende Sonne zum Schweigen ein. Er trat an die Reling, lehnte sich über den Bug hinaus und betrachtete das Spiel der Gischt, die sich rot und violett färbte. Der frühe Abend war ungewöhnlich heiter, es schien, als schwebte eine Brise um die ›Malcolm‹ und streichelte das Schiff kaum. Auf der Backbordseite sah er in weiter Ferne eine Rauchfahne. Gleichgültig dachte López an sein Zuhause – das Haus seiner Schwester und seines Schwagers, in dem er eine abgeschlossene Wohnung hatte –; zu dieser Stunde würde Ruth die Korbstühle, die nachmittags im Garten gestanden hätten, in den überdeckten Patio zurücktragen, Gómara würde mit seinem Kollegen Carpio über Politik reden, der einen verschwommenen Kommunismus verteidigte, in welchen sich die Gedichte chinesischer Autoren mischten, die für den Lautaro-Verlag aus englischen Übersetzungen ins Spanische übertragen worden waren, und Ruths Kinder würden betrübt der Aufforderung nachkommen, sich baden zu gehen. All das war gestern, all das geschah dort drüben, kurz hinter diesem silbernen, purpurroten Horizont. ›Das scheint schon alles eine andere Welt zu sein‹, dachte er. Aber eine Woche später würden die Erinnerungen wahrscheinlich wieder deutlicher werden, wenn die Gegenwart den Reiz des Neuen verloren hätte. Seit fünfzehn Jahren lebte er bei Ruth, zehn Jahre war er Lehrer. Fünfzehn Jahre, zehn Jahre, und ein Tag auf dem Meer und ein rothaariges Mädchen (aber im Grunde hatte das rothaarige Mädchen nichts damit zu tun) hatten nun genügt, daß dieser schon beträchtliche Teil, dieses starke Drittel seines Lebens verschwamm und sich in ein Traumbild verwandelte. Vielleicht war Paula in der Bar, aber es konnte genausogut sein, daß sie in ihrer Kabine war, zusammen mit Raúl; in dieser Stunde, da es so schön war, miteinander zu schlafen, während draußen die Nacht hereinbrach. Auf einem sanft schaukelnden Schiff miteinander zu schlafen, in einer Kabine, wo jeder Gegenstand, jeder Duft und jedes Licht Symbole der Entfernung, der vollkommenen Freiheit sind. Denn natürlich würden sie miteinander schlafen; er glaubte nicht ein Wort von dieser zweideutigen Geschichte, dieser Art Unabhängigkeitserklärung. Man geht nicht mit solch einer Frau an Bord eines Schiffes, um über die Unsterblichkeit der Krabben zu reden. Sie mochte ihn auf freundliche Weise verspotten; er würde sie eine Weile ihr Spiel spielen lassen, und dann ... ›Jamaica John‹, dachte er ein wenig wütend. ›Ich werde nicht Christopher Dawn für dich spielen, Kleines.‹ Wie es wohl sein mochte, die Hand in dieses rote Haar zu tauchen, es wie Blut durch die Finger rinnen zu fühlen ... ›Ich denke zuviel an Blut‹, sagte er sich, während er den immer roter werdenden Horizont betrachtete. ›Sennacherib Eden, natürlich. Aber wenn sie nun in der Bar wäre?‹ Und er verschwendete hier seine Zeit ... Er drehte sich um und lief eilig zur Treppe. Beba Trejo, die auf der dritten Stufe saß, rückte zur Seite, um ihn vorbeizulassen.

»Herrliches Abendrot«, sagte López, der noch immer nicht

wußte, was er von ihr halten sollte. »Werden Sie nicht seekrank?«
»Ich und seekrank?« protestierte Beba. »Nicht einmal die Tabletten habe ich genommen. Ich werde nie seekrank.«
»Das höre ich gern«, sagte López, für den das Thema damit erschöpft war. Beba wartete auf mehr und vor allem darauf, daß er eine Weile stehenbliebe, um mit ihr zu plaudern. Er winkte ihr zu und entfernte sich; sie schaute ihm nach, und als sie die Gewißheit hatte, daß er außer Sicht war, streckte sie ihm die Zunge heraus. Er war ein blöder Kerl, aber viel netter als Medrano. Am besten von allen gefiel ihr Raúl, aber Felipe und die anderen hatten ihn bis jetzt so sehr mit Beschlag belegt, daß es geradezu ein Skandal war. Er sah ein wenig aus wie William Holden – nein, eher wie Gérard Philipe. Nein, auch nicht wie Gérard Philipe. So elegant, mit diesen bunten Hemden und der Pfeife. Diese Frau hatte solch einen Freund überhaupt nicht verdient.
Diese Frau war in der Bar und trank an der Theke einen Gin-Fizz.
»Wie war die Expedition? Haben Sie die schwarze Flagge und die Enterhaken schon bereitgelegt?«
»Wozu?« fragte López. »Was wir wirklich brauchten, wären ein Schneidbrenner, um die Schottüren aufzuschweißen, und ein sechssprachiges Wörterbuch, um uns mit den Glukiden zu verständigen. Hat Ihnen Raúl nicht davon erzählt?«
»Ich habe ihn noch nicht gesehen. Erzählen Sie.«
López berichtete, wobei er die Gelegenheit nutzte, sich etwas über sich selber lustig zu machen, und auch die beiden anderen bekamen ihr Fett ab. Er erzählte ihr auch von der vorsichtigen Haltung der alten Männer, die sie gemeinsam belächelten. Der Steward mixte ganz hervorragende Gin-Fizz, und außer Atilio Presutti, der Bier trank und eine Fußballzeitung las, war niemand zu sehen. Was Paula so den ganzen Nachmittag getrieben habe? Nun, in einem unbeschreiblichen Becken geschwommen, den Horizont betrachtet und Françoise Sagan gelesen. López bemerkte, daß sie ein grün eingebundenes Heft bei sich trug. Ja, manchmal mache sie Notizen oder schreibe etwas. Was denn? Nun, irgendein Gedicht eben.
»Gestehen Sie das doch nicht so, als wäre es ein Verbrechen«, sagte López ungeduldig. »Was ist los mit den argentinischen Dichtern,

daß sie sich permanent verstecken? Ich bin mit zwei Dichtern befreundet, einer davon schreibt übrigens sehr gut, und beide benehmen sich wie Sie: ein Notizbuch in der Tasche und das Gesicht eines Graham-Greene-Helden, der von Scotland Yard gehetzt wird.«

»Oh, das interessiert doch längst keinen Menschen mehr«, sagte Paula. »Wir schreiben für uns selbst und für eine so kleine Minderheit, daß sie statistisch nicht die geringste Bedeutung hat. Bekanntlich wird ja heute die Bedeutung der Dinge statistisch gemessen. Mit Tabellen und solchem Zeug.«

»Das stimmt nicht«, sagte López. »Und wenn ein Dichter diese Haltung einnimmt, leidet zuallererst seine Dichtung darunter.«

»Aber wenn sie doch niemand liest, Jamaica John. Die Freunde erfüllen ihre Pflicht, klar; ja und manchmal fällt ein Gedicht in die Hände eines Lesers, auf den es so wirkt, als wäre es ein Wink oder eine Fügung. Das ist schon viel und genügt, um weiterzumachen. Was Sie angeht, so fühlen Sie sich bitte nicht verpflichtet, mich um meine Sachen zu bitten. Vielleicht leihe ich sie Ihnen eines schönen Tages ganz von selbst. Finden Sie das nicht besser?«

»Ja«, sagte López, »wenn dieser Tag wirklich jemals kommt.«

»Das hängt ein wenig von uns beiden ab. Im Augenblick bin ich eher optimistisch, aber wer weiß, was morgen ist, wie Frau Trejo sagen würde. Haben Sie ihre Aufmachung gesehen?«

»Sie ist rührend, die Ärmste«, sagte López, der nicht die geringste Lust hatte, über Frau Trejo zu reden. »Sie erinnert unwahrscheinlich an die Zeichnungen von Medrano – nein, nicht unser Freund, sondern der andere, der die Bildergeschichten zeichnet. Ich habe gerade ein paar Worte mit ihrer halbwüchsigen Tochter gewechselt, die den Einbruch der Nacht auf der Treppe am Bug miterlebt. Das Mädchen wird sich hier langweilen.«

»Hier und überall. Erinnern Sie mich nicht an das Alter von fünfzehn, die Zwiesprachen mit dem Spiegel und ... und soviel Neugierde, falsche Auskünfte und ebenso falsche Scheußlichkeiten und Wonnen. Mögen Sie die Romane von Rosamond Lehmann?«

»Ja, manchmal«, sagte López. »Paula, Sie gefallen mir besser, lieber höre ich Sie reden und sehe in Ihre Augen. Lachen Sie nicht, die Augen sind da, und daran kann man nichts mehr ändern. Den ganzen Nachmittag habe ich an die Farbe Ihres Haares gedacht, selbst als wir durch diese verfluchten Gänge liefen. Wie sieht es übrigens aus, wenn es feucht ist?«

»Nun, wie ein Seifenbaum oder Fetzen von Borschtsch. Etwas höchst Abstoßendes. Gefalle ich Ihnen wirklich, Jamaica John? Trauen Sie nicht Ihrem ersten Eindruck. Fragen Sie Raúl, der mich gut kennt. Ich habe einen schlechten Ruf bei denen, die mich kennen, ich bin anscheinend ein wenig *la belle dame sans merci*. Alles Übertreibung, was mir im Grunde schadet, ist zuviel Mitleid mit mir selbst und mit den anderen. In jede ausgestreckte Hand lege ich eine Münze, und es scheint, als wäre dies auf die Dauer schlecht. Keine Sorge, ich habe nicht vor, Ihnen meine Lebensgeschichte zu erzählen. Ich habe heute schon der schönen, der schönen und sehr, sehr guten Claudia viel zu sehr mein Herz ausgeschüttet. Claudia gefällt mir, Jamaica John. Sagen Sie, daß Claudia Ihnen auch gefällt.«

»Claudia gefällt mir«, sagte Jamaica John. »Sie benutzt ein wunderbares Eau de Cologne, hat einen bezaubernden Sohn, und alles ist ausgezeichnet, und dieser Gin-Fizz... Trinken wir noch einen«, fügte er hinzu und legte eine Hand auf die ihre, die sie nicht fortzog.

»Du könntest gefälligst vorher fragen«, schimpfte Beba. »Jetzt bist du mit deinem dreckigen Schuh auf meinen Rock getreten.«

Felipe pfiff zwei Takte eines Mambo und lief hinaus auf das Deck. Er hatte zu lange am Becken in der Sonne gesessen; seine Schultern und sein Rücken fühlten sich fiebrig heiß an, sein Gesicht brannte. Aber das gehörte auch zur Reise, und die frische Luft der hereinbrechenden Nacht erfüllte ihn mit Wohlbehagen. Bis auf die Alten am Bug war das Deck leer. Nachdem er hinter einem Ventilatorschacht in Deckung gegangen war, zündete er sich eine Zigarette an und blickte spöttisch zu Beba hinüber, die reglos und schmachtend auf der kleinen Treppe saß. Er machte ein paar Schritte und lehnte sich gegen die Reling. Das Meer sah aus wie... *Das Meer wie ein ungeheurer flirrender Kristall*, und Freilich, dieser Schwule, der das unter dem beifälligen Lächeln der Literaturlehrerin vortrug. Was für ein Schwachkopf, dieser Freilich. Klassenerster, dieser Scheißschwule. »Ich, Fräulein, lassen Sie mich, Fräulein, soll ich Ihnen die bunte Kreide bringen, Fräulein?« Und die Lehrerinnen ließen sich von diesem Arschkriecher natürlich einwickeln und gaben ihm überall eine Eins. Die Männer bekam er zum Glück nicht so leicht herum, mindestens vier hatten ihn auf dem Kieker, aber trotzdem schaffte er auch da immer seine Eins; die ganze Nacht lernte er, und mit was für Ringen unter den Augen... Aber die dunklen Ringe kamen bestimmt nicht vom Lernen; Durruty hatte ihm erzählt, Freilich zöge mit einem großen Kerl in der Stadt herum, der eine dicke Brieftasche haben müsse: Eines Nachmittags war er ihnen in einer Konditorei auf der Avenida Santa Fe begegnet, und Freilich war rot geworden und hatte getan, als würde er ihn nicht sehen. Bestimmt war der andere der Mann, ganz bestimmt. Er wußte genau Bescheid, wie so etwas lief, seit dem Abend damals auf dem Schulfest der dritten Klasse, als sie ein Theaterstück aufgeführt hatten, in dem er den Ehemann spielen mußte. Während der Pause war Alfieri zu ihm gekommen und hatte gesagt: »Schau, wie hübsch Viana aussieht!« Viana war ein Junge aus der III C, noch schwuler als Freilich, einer von denen, die sich in der Pause immer knuffen und herumstoßen lassen, sich dabei begeistert drehen und winden und Gesichter schneiden, die aber zugleich auch – das muß man anerkennen – nett und großzügig sind, die Taschen immer vollgestopft mit irgendwelchen Sachen wie amerikanische Zigaretten oder Krawattennadeln. Damals spielte Viana die Rolle eines jungen, grüngekleideten Mädchens, und sie hatten ihn phantastisch geschminkt. Mit welcher Wonne er sich hatte schminken lassen; ein- oder zweimal war er sogar mit Tuscheresten an den Wimpern zu Schule gekommen. Was für ein Heidenspaß! Mit Falsettstimmen und Umarmungen hatten sie ihn empfangen und ihn gleichzeitig gekniffen und getreten. Aber an jenem Abend war Viana glücklich, und Alfieri schaute ihn an und sagte wieder: »Sieh nur, wie hübsch sie ist, sie sieht aus wie Sophia Loren.« Auch so ein starker Typ, dieser Alfieri, so streng, so sehr der Studienaufseher bei denen aus der Fünften, aber plötzlich, ehe man sich versah, hatte er einem die Hand auf die Schulter gelegt und fragte mit einem heimlichen Lächeln und einem gewissen Etwas in der Stimme: »Magst du Mädchen, Kleiner?«, um dann mit halbgeschlossenen Augen, wie abwesend, die Antwort abzuwarten. Und als Viana durch die Dekoration hindurch ängstlich nach jemandem Ausschau gehalten hatte, da hatte Alfieri zu ihm gesagt: »Paß auf, gleich wirst du sehen, warum sie so besorgt ist«, und plötzlich war ein kleiner

Kerl aufgetaucht, in einem grauen Anzug und einem superteuren Regenmantel, um den Hals einen Seidenschal und mit goldenen Ringen an den Fingern. Lächelnd und eine Hand an der Hüfte (genau wie Sophia Loren) hatte Viana ihn erwartet, während sich Alfieri dicht an Felipe drängte und flüsterte: »Er ist Klavierfabrikant, Junge. Kannst du dir vorstellen, was der ihr für ein Leben bietet? Hättest du nicht auch gern eine dicke Brieftasche und daß man dich im Auto zum Tigre oder nach Mar del Plata fährt?« Felipe, der von der Szene vor ihm gefesselt war, hatte nichts erwidert, Viana und der Klavierfabrikant unterhielten sich lebhaft, und er schien ihr irgendwelche Vorwürfe zu machen, und dann hob Viana ein wenig ihren Rock hoch und bewunderte ihre weißen Schuhe. »Wenn du willst, gehen wir einmal zusammen abends aus«, hatte Alfieri in diesem Augenblick gesagt, »wir machen einen richtigen Zug durch die Gemeinde, und ich stelle dir ein paar Frauen vor, auf die du bestimmt schon scharf bist... es sei denn, du magst Männer, ich weiß ja nicht«, und seine Stimme ging im Gehämmer der Bühnenarbeiter und dem Lärm des Publikums unter. Felipe hatte sich losgemacht, als habe er den Arm gar nicht bemerkt, der locker auf seiner Schulter lag, und gesagt, er müsse sich für den nächsten Akt fertigmachen. Er konnte sich noch gut an den Atem von Alfieri erinnern, der nach hellem Tabak roch, und an das gleichgültige Gesicht mit den halbgeschlossenen Augen, das sich nicht einmal vor den Lehrern oder dem Direktor veränderte. Er hatte nie gewußt, was er von Alfieri halten sollte; manchmal schien er ihm so männlich, wenn er im Hof mit denen von der fünften Klasse redete. Einmal hatte sich Felipe verstohlen dazugeschlichen, als Alfieri gerade erzählte, wie er eine verheiratete Frau aufs Kreuz gelegt hatte. Er beschrieb sie in allen Einzelheiten, dann die Absteige, in die sie gegangen waren, wie sie zuerst Angst gehabt hatte vor ihrem Mann, einem Rechtsanwalt, aber dann hatte er sie drei Stunden lang durchgebumst, das Wort tauchte immer wieder auf, Alfieri rühmte sich endloser Großtaten, daß er sie keine Minute habe schlafen lassen, daß er ihr kein Kind habe machen wollen, was für Vorsichtsmaßnahmen sie ergriffen hätten, doch was für ein Theater das immer sei, von schnellen Stellungswechseln im Dunkeln und von etwas, das irgendwohin flog und klatschend an der Tür oder der Wand zerplatzt sei, wie das Zimmer nach der Nacht aussah und was für eine Sauwut der Typ gehabt haben mußte, der hinterher saubermachen durfte... Die Bedeutung von ein paar Dingen war Felipe entgangen, aber nach so etwas fragt man nicht, eines Tages weiß man Bescheid und Schluß. Zum Glück gehörte Ordóñez nicht zu denen, die alles für sich behielten, andauernd gab er ihm detaillierte, anschauliche Beschreibungen; er hatte Bücher, die er selbst nicht zu kaufen und noch viel weniger daheim zu verstecken gewagt hätte, wo Beba, diese Wanze, ihre Nase in alles steckte, was sie nichts anging, und ihm seine Schubladen durchwühlte. Ein wenig Verdruß bereitete ihm, daß Alfieri nicht der erste war, der ihm nachstellte. Sah er für die denn vielleicht wie ein Schwuler aus? Die ganze Geschichte war überhaupt ziemlich undurchsichtig. Alfieri, zum Beispiel, wirkte auch nicht so... nicht zu vergleichen mit Freilich oder Viana, die hundertprozentige Hinterlader waren. Die zwei oder drei Mal, wo er gesehen hatte, wie sich Alfieri in der Pause einem Jungen aus der zweiten oder dritten Klasse mit den gleichen Gesten genähert hatte wie ihm, da waren es immer richtige Jungen gewesen, echte, eindeutige Kerle wie er. Das bedeutete, daß Alfieri diese Sorte mochte, nicht Strichjungen wie Viana oder Freilich. Und er erinnerte sich auch noch voller Schrecken an den Tag, wo sie zusammen in den Bus gestiegen waren; Alfieri hatte für beide bezahlt, obwohl er so getan hatte, als habe er ihn in der Schlange nicht bemerkt, und als sie dann in der hintersten Reihe saßen, hatte er auf der Fahrt nach Retiro angefangen, ganz natürlich von seiner Verlobten zu erzählen, daß er sie heute nachmittag besuchen müsse, daß sie Lehrerin sei und daß sie heiraten würden, sobald sie eine Wohnung gefunden hätten. All dies mit leiser Stimme, fast in das Ohr von Felipe, der mit einer Mischung aus Interesse und Argwohn zuhörte, denn Alfieri war einer von den Studienaufsehern, auf jeden Fall eine Respektsperson, und nach einer Pause, als das Thema der Verlobten abgeschlossen schien, hatte Alfieri mit einem Seufzer hinzugefügt: »Ja, ich werde bald heiraten, aber weißt du, mir gefallen die Jungens einfach zu gut...« Und wieder hatte Felipe fortgewollt, nie mehr mit Alfieri zu tun haben, obwohl sich Alfieri ihm gerade von gleich zu gleich anvertraut hatte, und wenn er von Jungen redete, meinte er keine Männer von echtem Schrot und Korn wie Felipe. Felipe hatte es kaum gewagt, ihn verstohlen von der Seite anzusehen, und etwas mühselig gelächelt, als wäre all das ganz natürlich und er daran gewöhnt, über derlei Dinge zu sprechen. Mit Viana oder Freilich wäre es einfach gewesen, ein Rippenstoß und fertig, aber Alfieri war Studienaufseher, ein Mann von über dreißig und zudem ein echter Kerl, der die Frauen von Rechtsanwälten in Absteigen mitnahm.

›Die müssen irgendwas an den Drüsen haben, das nicht in Ordnung ist‹, dachte er und warf die Zigarette weg. Als er für eine Sekunde in die Bar hereinschaute, sah er Paula mit López plaudern, und er betrachtete sie neidvoll. Wirklich gut, der Draufgänger López verlor keine Minute, um die Rothaarige in die Kur zu nehmen; nun würde man sehen müssen, wie Raúl reagierte. Hoffentlich schaffte es López wirklich, sie aufzureißen und in seine Kabine zu schleppen, um sie dann gut durchgestoßen wie die Frau des Rechtsanwalts zurückzubringen. Alles würde nach einem ganz simplen Muster ablaufen: die Gelegenheit beim Schopf pakken, rangehen, sie anmachen, ab ins Bett mit der Puppe und der andere konnte machen, was er wollte, wie ein Mann handeln oder sich mit den Hörnern abfinden. Zufrieden bewegte sich Felipe in diesem Schema, wo alles klar beleuchtet und an seinem Platze war. Nicht wie bei Alfieri, diese doppeldeutigen Wörter, diese ewige Unsicherheit, ob der Kerl es ernst meinte oder ob noch etwas anderes dahinter steckte... Er sah Raúl und Dr. Restelli an Deck kommen und drehte ihnen den Rücken zu. Der Typ mit seiner englischen Pfeife sollte ihm bloß nicht auf die Eier gehen. Heute nachmittag hatte er genug Zeit mit ihm verschwendet. Na, und dann waren sie mit leeren Händen zurückgekommen: sein Vater hatte ihm schon vom Scheitern der Expedition erzählt. Drei ausgewachsene Männer, und sie hatten es nicht geschafft, zum Achterdeck vorzudringen und nachzusehen, was los war.

Blitzartig fuhr es ihm durch den Sinn, kaum eine Sekunde dachte er darüber nach. Mit zwei Sätzen versteckte er sich hinter einer Taurolle, damit Raúl und Restelli ihn nicht sehen konnten. Abgesehen davon, daß er eine Begegnung mit Raúl vermied, ersparte er sich ein mögliches Gespräch mit dem ›Schwarzen Kater‹, der mehr als verärgert sein mußte über seinen Mangel an... wie sagte er immer im Unterricht... an Zivilität (oder war es Urbanität? – na, irgend so ein Quatsch). Als er sah, daß sie sich über die Reling lehnten, lief er schnell zur Treppe. Mit einer Miene unendlichen Mitleids beobachtete ihn Beba. »Als wärst du noch keine drei

Jahre«, murmelte sie. »Rennt rum wie ein Kleinkind. Du machst uns noch alle unmöglich.« Oben auf der Treppe drehte sich Felipe um und beschimpfte sie kurz und wirksam. Er schlüpfte in seine Kabine, die fast unmittelbar neben dem Verbindungsgang zwischen den Korridoren lag, und spähte durch einen Türspalt nach draußen. Als er sicher war, trat er eilig hinaus und versuchte die Tür zum Verbindungsgang zu öffnen. Sie war offen wie vorhin, die Treppe erwartete ihn. Dort hatte Raúl ihn zum erstenmal geduzt; es kam ihm unglaublich vor, völlig unglaublich. Als er die Tür geschlossen hatte, umfing ihn eine viel tiefere Dunkelheit als am Nachmittag; seltsam, daß ihm der Ort jetzt finsterer vorkam, die Lampe brannte genau wie zuvor. Auf der Hälfte der Treppe zögerte er eine Sekunde und lauschte auf die Geräusche von unten; die Maschinen stampften schwer, ein Geruch nach Schmieröl und Teer stieg zu ihm empor. Hier unten waren sie herumgelaufen, hatten sich über den Film mit dem Totenschiff unterhalten, und Raúl hatte gesagt, er sei von einem gewissen ... Und später hatte er es auch jammerschade gefunden, daß Felipe seine Familie ertragen mußte. Er erinnerte sich noch ganz genau an die Worte: »Aber ich hätte es lieber gehabt, du wärst allein gekommen.« Was kümmerte es ihn schon, ob er allein oder mit anderen gekommen war. Die linke Tür war offen; die andere war wie vorhin geschlossen, doch drinnen hörte man es hämmern. Wie er reglos vor der Tür stand, fühlte Felipe etwas sein Gesicht herunterrinnen; er trocknete sich den Schweiß mit dem Hemdsärmel. Hastig zündete er eine neue Zigarette an, an der er sich krampfhaft festklammerte. Er würde es diesen drei Gaunern schon zeigen.

XXVIII

»Letzten Monat hat sie ihr fünftes Jahr am Konservatorium abgeschlossen«, sagte Frau Trejo. »Und mit Auszeichnung. Jetzt bereitet sie sich darauf vor, Konzertpianistin zu werden.«
Doña Rosita und Doña Pepa fanden das großartig. Doña Pepa hatte bisweilen gewünscht, auch Nelly würde Konzertpianistin, aber es war ein ständiger Kampf mit diesem Mädchen. Ja, wenn es nur um die Begabung gegangen wäre, die hatte sie; schon als kleines Kind konnte sie alle Tangos und andere Stücke auswendig sin-

gen, und jetzt hörte sie sich stundenlang im Radio diese klassischen Sachen an. Aber sobald sie üben sollte, war sie störrisch wie ein Maultier.

»Glauben Sie mir, Frau Trejo, wie oft habe ich ihr gesagt ... ein Kampf, glauben Sie mir. Wenn ich Ihnen erzähle ... Aber was soll man machen, sie will einfach nicht üben.«

»So ist das eben. Beba dagegen sitzt täglich vier Stunden am Klavier, und ich kann Ihnen sagen, das ist für meinen Mann und mich ein Opfer, denn auf die Dauer wird soviel Üben lästig, und das Haus ist klein. Aber wenn die Kleine dann die Prüfungen mit Auszeichnung besteht, ist man entschädigt. Sie sollten sie hören ... Vielleicht bittet man sie ja zu spielen, anscheinend ist es auf solchen Reisen üblich, daß irgendein Künstler ein Konzert gibt. Natürlich hat Beba ihre Noten nicht mitgebracht, aber da sie die ›Polonaise‹ und die ›Mondscheinsonate‹ auswendig kann, spielt sie die immer ... Nicht weil ich ihre Mutter bin, aber sie spielt sie mit einem Gefühl ...«

»So was Klassisches muß man spielen können«, sagte Doña Rosita. »Anders als diese Musik von heute; nichts als Lärm, diese hypermodernen Sachen, die sie im Radio immer bringen. Dann sage ich sofort zu meinem Mann: ›Ach je, Enzo‹, sage ich, ›stell bloß dieses Dreckzeug ab, ich bekomme davon Kopfweh.‹ So etwas sollte man verbieten, finde ich.«

»Nelly sagt, die Musik von heute sei nicht mehr das, was sie früher mal war, Beethoven und so.«

»Beba sagt dasselbe, und sie muß es wissen«, sagte Frau Trejo. »Es gibt im Augenblick einfach zuviel hypermodernes Zeug. Mein Mann hat zweimal an die staatliche Rundfunkanstalt geschrieben, damit sie die Programme verbessern, aber man weiß ja, da gibt es soviel Vetternwirtschaft ... Wie geht es Ihnen, meine Kleine? Sie sehen angegriffen aus.«

Nora fühlte sich ganz wohl, aber Frau Trejos Bemerkung verwirrte sie. Als sie den Leseraum betreten hatte, war sie unversehens auf die Damen gestoßen und wußte jetzt nicht, wie sie wieder umkehren und in die Bar zurückgehen sollte. Sie mußte sich zu ihnen setzen und lächeln, als fühle sie sich sehr glücklich. Sie fragte sich, ob irgend etwas an ihrem Gesicht sein konnte, woran man ... Aber es war wohl nicht möglich, daß man ihr etwas anmerkte.

»Heute nachmittag war ich ein wenig seekrank«, sagte sie. »Nicht schlimm, es ging wieder vorbei, sobald ich ein Dramamin genommen hatte. Und wie geht es Ihnen?«
Aufseufzend berichteten die Damen, bei ruhiger See könnten sie etwas Tee mit Milch bei sich behalten, aber wenn es wieder so stürmisch würde wie mittags... Ah, glücklich die jungen Leute, die wie sie nur ans Vergnügen dachten, da sie noch nicht wußten, wie das Leben wäre. Natürlich, wenn man mit einem so netten jungen Mann wie Lucio reiste, sähe man das Leben ausschließlich von seiner rosigen Seite. Ein Glück für sie, die Ärmste. Nun ja, das sei auch besser so. Man ahnte ja nie, was die Zukunft bringen würde, und solange man gesund bliebe...
»Sie haben doch bestimmt erst vor kurzem geheiratet, nicht wahr?« fragte Frau Trejo und sah sie aufmerksam an.
»Ja«, antwortete Nora. Sie merkte, daß sie rot werden würde, und wußte nicht, wie sie es verbergen sollte; die drei sahen sie mit einem honigsüßen Lächeln an, die schwammigen Hände auf ihre stattlichen Bäuche gestützt. »Ja, Frau Trejo.« Sie beschloß, einen heftigen Hustenanfall vorzutäuschen, schlug die Hände vors Gesicht, und die Damen erkundigten sich, ob sie erkältet sei; Doña Pepa empfahl ihr, sich mit Wick-Vaporub einzureiben. Nora fühlte ihre Lüge in der Magengrube und vor allem, daß sie nicht den Mut gehabt hatte, sich der Frage zu stellen. ›Sollen sie doch denken, was sie wollen, wo wir später sowieso heiraten werden‹, hatte Lucio so oft gesagt. ›Es ist der beste Beweis, daß du mir voll vertraust; außerdem ist es gut gegen die bürgerlichen Vorurteile, und dagegen muß man ankämpfen...‹ Aber sie konnte nicht, jetzt weniger denn je. »Ja, Frau Trejo, erst vor kurzem.«
Doña Rosita erklärte, daß sie Feuchtigkeit gar nicht vertrüge, und wenn es nicht wegen der Arbeit ihres Mannes wäre, dann hätte sie ihn längst gebeten, die Maciel-Insel zu verlassen. »Ich kriege immer so eine Art Rheumatismus im ganzen Körper«, informierte sie Frau Trejo, die immer noch Nora betrachtete, »und keiner kann mir helfen. Ich habe schon alle möglichen Ärzte aufgesucht, sogar der berühmte Heilpraktiker Pantaleón ist gekommen, aber nichts. Es ist die Feuchtigkeit, wissen Sie. Sie ist schlecht für die Knochen. Das gibt so Ablagerungen im Körper, und man kann noch soviel Abführkuren machen und Lebermooswasser trinken, es nützt nichts...« Nora bemerkte eine Pause im Gespräch und erhob sich

mit einem Blick auf die Uhr, so als habe sie eine Verabredung. Doña Pepa und Frau Trejo wechselten einen verständnisinnigen Blick und lächelten. Sie verstanden; natürlich, wie hätten sie auch nicht verstehen sollen … Gehen Sie nur, Liebes, da wartet jemand auf Sie. Frau Trejo bedauerte es ein wenig, daß Nora ging, denn immerhin gehörte sie offensichtlich wie sie zu den besseren Leuten, nicht wie diese Damen, die zwar herzensgut, aber doch so sehr unter ihrem Niveau waren. Frau Trejo kam allmählich der vage Verdacht, sie würde auf dieser Reise niemanden sonst zur Gesellschaft haben, und das bekümmerte und beunruhigte sie. Die Mutter von dem kleinen Jungen sprach nur mit den Männern; sie mußte wohl eine Künstlerin oder Schriftstellerin sein, denn wirkliche Frauendinge interessierten sie nicht, und die ganze Zeit rauchte sie und diskutierte mit Medrano und López über unverständliches Zeug. Das rothaarige Mädchen war unsympathisch und außerdem viel zu jung, um das Leben zu verstehen und mit ihr über ernste Dinge zu reden – ganz abgesehen davon, daß sie an nichts anderes dachte, als sich in diesem mehr als unanständigen Bikini zur Schau zu stellen und sogar mit Felipe zu flirten, hatte man da Töne. Darüber würde sie mit ihrem Mann reden müssen, denn unter keinen Umständen durfte Felipe in die Hände dieses Vamps fallen. Dabei fielen ihr auch gleich wieder Herrn Trejos Augen ein, als sich Paula zum Sonnen auf dem Deck ausgestreckt hatte. Nein, diese Reise war wirklich nicht so, wie sie es sich vorgestellt hatte.

Nora öffnete die Kabinentür. Sie erwartete nicht, Lucio anzutreffen; irgendwie hatte sie das Gefühl, er sei an Deck gegangen. Er saß auf der Bettkante und starrte in die Luft.
»Woran denkst du?«
Lucio dachte an gar nichts, aber er runzelte die Brauen, als habe man ihn eben aus tiefstem Nachsinnen gerissen. Dann lächelte er und bedeutete ihr, sich neben ihn zu setzen. Nora seufzte traurig. Nein, sie habe nichts. Ja, sie sei in der Bar gewesen und habe sich mit den Damen unterhalten. Natürlich, über dieses und jenes. Ihre Lippen öffneten sich nicht, als Lucio ihr Gesicht zwischen seine Hände nahm und sie küßte.
»Fühlst du dich nicht wohl, Liebling? Du wirst müde sein …« Er verstummte, aus Angst, sie könne es als Anspielung auffassen. Aber warum auch nicht, zum Teufel. Natürlich macht das müde, genau

wie jede andere anstrengende Betätigung. Auch er fühlte sich ein wenig erledigt, aber er war sicher, es kam nicht von ... Vor seiner völligen Gedankenleere hatte er sich die Szene in Raúls Kabine vergegenwärtigt; ein bitterer Nachgeschmack war ihm davon im Mund geblieben, und er hoffte, es möge etwas geschehen, damit er wieder mitmachen könnte, wieder an der Situation beteiligt würde, von der er sich plötzlich ausgeschlossen fand. Aber er hatte das Richtige getan; es war idiotisch, Horrorgeschichten zu erfinden und Schußwaffen zu verteilen. Warum die Reise gleich zu Beginn verderben? Den ganzen Nachmittag hatte er Lust gehabt, mit einem von ihnen allein zu sprechen, vor allem mit Medrano, den er flüchtig von früher kannte und der ihm der Vernünftigste schien. Er wollte ihm sagen, daß sie fest auf ihn zählen könnten, wenn es hart auf hart ginge (was unvorstellbar war), daß er es aber nicht für gut halte, auf Teufel komm raus Streit zu suchen. Was für eine Bande von Verrückten, statt eine nette Pokerrunde zu organisieren oder wenigstens eine Partie Billard.

Seufzend erhob sich Nora und nahm eine Bürste aus ihrem Necessaire.

»Nein, ich bin nicht müde, mir geht es ausgezeichnet«, sagte sie. »Ich weiß auch nicht, wahrscheinlich ist es der erste Reisetag ... Was weiß ich, es ist immerhin eine Umstellung.«

»Ja, du mußt heute nacht gut schlafen.«

»Natürlich.«

Sie begann sich langsam die Haare zu bürsten. Lucio sah ihr zu. Er dachte: ›Jetzt werde ich sie immer so ihr Haar bürsten sehen.‹

»Von wo aus können wir wohl einen Brief nach Hause schikken?«

»Keine Ahnung, vermutlich von Punta Arenas. Ich glaube, wir legen dort an. Dann willst du also nach Hause schreiben?«

»Nun, sicher. Stell dir nur vor, was die sich für Sorgen machen ... Und wenn ich ihnen hundertmal habe ausrichten lassen, daß ich verreise ... Was weiß ich, Mütter stellen sich immer gleich alles mögliche vor. Am besten, ich schreibe an Mocha, damit sie dann Mama alles erklärt.«

»Du wirst ihnen vermutlich sagen, daß du mit mir gefahren bist.«

»Ja«, sagte Nora. »Sie werden es sowieso schon wissen. Allein wäre ich doch nie gefahren.«

»Das wird eine schöne Bescherung für deine Mutter sein.«
»Nun, irgendwann muß sie es ja erfahren. Vor allem denke ich an Papa... Er ist so sensibel, ich möchte nicht, daß er zu sehr leidet.«
»Da wären wir dann wieder beim Leiden«, sagte Lucio. »Warum, zum Teufel, sollte er leiden? Du bist mit mir gekommen, ich werde dich heiraten, und Schluß damit. Warum mußt du gleich von Leiden reden, als wäre es eine Tragödie?«
»Ich hab ja nur gesagt, Papa ist so gut.«
»Diese Sentimentalitäten gehen mir langsam auf die Nerven«, sagte Lucio bitter. »Zu guter Letzt fällt immer alles auf mich zurück; ich habe den Frieden deines Elternhauses zerstört und deinen vortrefflichen Eltern den Schlaf geraubt.«
»Bitte, Lucio«, sagte Nora. »Es hat nichts mit dir zu tun. Ich selbst habe gewollt, was wir getan haben.«
»Ja, aber dieser Teil der Geschichte interessiert sie nicht. Ich werde immer der Don Juan sein, der den Plausch nach dem Mittagessen und die netten Gesellschaftsspiele kaputtgemacht hat, verflucht noch mal.«
Nora sagte nichts. Die Lichter flackerten einen Augenblick. Lucio öffnete das Bullauge und ging mit auf dem Rücken verschränkten Armen in der Kabine auf und ab. Schließlich trat er zu Nora und küßte sie auf den Hals.
»Du bringst mich immer dazu, Dummheiten zu sagen. Ich weiß, alles wird gut werden, aber heute weiß ich nicht, was mit mir los ist, ich sehe die Dinge auf eine Weise... Es blieb uns doch in Wirklichkeit gar nichts anderes übrig, wenn wir heiraten wollen. Entweder wir gingen zusammen weg, oder deine Mutter hätte uns einen Riesenkrach gemacht. Besser ist es so.«
»Jedenfalls hätten wir vorher heiraten können«, sagte Nora mit einer ganz dünnen Stimme.
»Und wozu? Vorher heiraten? Gleich gestern etwa? Wozu?«
»Ich meine ja bloß.«
Lucio seufzte und setzte sich wieder auf das Bett.
»Stimmt ja, ich hatte vergessen, daß das Fräulein katholisch ist«, sagte er. »Natürlich hätten wir gestern heiraten können, aber es wäre idiotisch gewesen. Wir hätten den Trauschein in meiner Rocktasche, und das wäre alles. Du weißt ja, daß ich gar nicht daran denke, in der Kirche zu heiraten, weder jetzt noch später.

Ziviltrauung soviel du willst, aber komm mir nicht mit den Pfaffen. Auch ich denke an meinen Vater, obwohl er tot ist. Wenn man Sozialist ist, ist man Sozialist und basta!«
»Schon gut, Lucio. Ich habe ja nie verlangt, daß wir kirchlich heiraten. Ich habe nur gesagt...«
»Du hast nur gesagt, was alle sagen. Alle haben eine grauenhafte Angst, sitzengelassen zu werden, nachdem sie mit einem ins Bett gegangen sind. Bah, schau mich nicht so an. Wir sind doch miteinander ins Bett gegangen, oder? Ich hatte nicht den Eindruck, daß es der Fußboden war.« Er schloß die Augen und kam sich elend und dreckig vor. »Bring mich nicht dazu, solche Gemeinheiten zu sagen, Liebling. Denk doch bitte einmal daran, daß ich dir auch vertraue und daß ich nicht plötzlich aus allen Wolken fallen und entdecken möchte, daß du wie alle anderen bist... Ich habe dir doch schon einmal von María Esther erzählt, oder? Ich möchte nicht, daß du bist wie sie, denn dann...«
Nora sollte verstehen, daß er sie dann fallenlassen würde wie damals María Esther. Sie verstand ihn sehr gut, sagte jedoch nichts. Immer noch sah sie Frau Trejos Gesicht in der Bar wie ein grinsendes Ektoplasma. Und Lucio redete und redete; mit jeder Minute wurde er nervöser, aber sie erkannte allmählich, daß diese Nervosität nicht von dem kam, was sie gerade zueinander gesagt hatten, sondern von etwas anderem, das tiefer lag. Sie räumte ihre Bürste wieder in das Necessaire und setzte sich neben ihn, legte den Kopf an seine Schulter und rieb sich sanft an seinem Arm. Lucio brummte etwas, aber es war ein zufriedenes Brummen. Näher und näher kamen sich ihre Gesichter, bis sich ihre Lippen berührten. Lucio liebkoste hingebungsvoll ihre Hüften, während Nora die Hände in den Schoß legte und lächelte. Heftig riß er sie an sich, schob den Arm unter ihre Taille und drückte sie sanft nieder. Sie wehrte sich lachend. Sie sah Lucios Gesicht über sich auftauchen, so nah, daß sie kaum ein Auge und die Nase erkennen konnte.
»Dummchen, kleines Dummchen. Vögelchen.«
»Du Narr.«
Sie fühlte seine Hand über ihren Körper gleiten und ihre Sinne wecken. Ein wenig verwundert stellte sie fest, daß sie fast keine Angst mehr vor Lucio empfand. Noch immer war es nicht einfach, aber sie hatte keine Angst mehr. Eine kirchliche Trauung... Sie sträubte sich voll Scham und verbarg ihr Gesicht, aber das ein-

dringliche Streicheln tat seine Wirkung und erfüllte sie mit einem Begehren, das alle Scheu auslöschte. Es war nicht recht, nein, es war nicht recht. Nein, Lucio, nein, nicht so. Protestierend schloß sie die Augen.

In diesem Augenblick spielte Jorge Be4 und Persio erwiderte nach langem Überlegen mit Se7. Unerbittlich zog darauf Jorge Dh1, was Persio nur mit Kh5 erwidern konnte. Weiß kam dann mit Dg5, die schwarzen Figuren zitterten und schwankten (›Neptun läßt mich im Stich‹, sagte sich Persio), bis sie sich zu Bg3 entschlossen, dann folgte eine kurze Pause, nur unterbrochen von einer Reihe gutturaler Laute Jorges, bis dieser schließlich Dg4 zog und Persio einen spöttischen Blick zuwarf. Als dieser mit Se5 antwortete, brauchte ihm Jorge nur noch mit Df5 einen winzigen Stoß zu versetzen, Matt in fünfundzwanzig Zügen.

»Armer Persio«, sagte Jorge gönnerhaft. »Weißt du, du hast gleich am Anfang einen Fehler gemacht und bist dann nie mehr aus dem Schlamassel herausgekommen.«

»Bemerkenswert«, sagte Dr. Restelli, der dem Spiel im Stehen zugesehen hatte. »Eine sehr bemerkenswerte Nimzowitsch-Verteidigung.«

Jorge sah ihn verstohlen von der Seite an, und Persio räumte eilig die Figuren weg. Draußen vernahm man das gedämpfte Geräusch des Gongs.

»Der Junge ist ein außergewöhnlicher Spieler«, sagte Dr. Restelli. »Ich mit meinen bescheidenen Fähigkeiten würde sehr gern einmal mit Ihnen spielen, Herr Persio, wann immer es Ihnen paßt.«

»Nehmen Sie sich vor Persio in acht«, warnte ihn Jorge. »Er verliert immer, aber man kann nie wissen.«

Mit der Zigarette im Mundwinkel stieß er plötzlich die Tür auf. Zuerst dachte er, beide Matrosen seien da, aber die Masse im Hintergrund der Kajüte war nur ein Wettermantel, der an einem Haken hing. Der Matrose mit dem dicken Bauch bearbeitete einen Riemen mit einer Holzkeule. Die blaue Schlange auf seinem Unterarm bewegte sich dabei rhythmisch auf und ab.

Ohne mit dem Hämmern aufzuhören (warum um alles in der

Welt drosch dieser Bär auf einen Lederriemen ein?), beobachtete er Felipe, der ihn seinerseits mit der Zigarette im Mund und beiden Händen in den Taschen seiner Bluejeans ansah. So verharrten sie einen Augenblick und musterten sich gegenseitig. Die Schlange machte einen letzten Satz, man vernahm den dumpfen Ton des Holzes auf dem Riemen (er klopfte ihn wohl weich, um sich einen weiten Gürtel für seinen Wanst zu machen, ja, das war es bestimmt), dann bewegte sie sich nach unten und verharrte schließlich ruhig am Rand des Tisches.
»Hallo«, sagte Felipe. Er bekam den Rauch der Camel in die Augen und hatte gerade noch Zeit, sie aus dem Mund zu reißen, ehe er niesen mußte. Sekundenlang sah er alles nur verschwommen und durch Tränen. Scheißzigarette, wann würde er endlich rauchen lernen, ohne sie aus dem Mund nehmen zu müssen.
Der Matrose blickte ihn noch immer mit einem halben Lächeln auf den wulstigen Lippen an. Er schien es spaßig zu finden, daß Felipe wegen des Rauches die Augen tränten. Bedächtig fing er an, den Lederriemen aufzurollen; seine riesigen Hände bewegten sich wie haarige Spinnen. Er fuhr fort, den Riemen mit fast weiblicher Zartheit aufzuwickeln und zusammenzulegen.
»Hasdala«, sagte der Matrose.
»Hallo«, wiederholte Felipe; sein anfänglicher Schwung war verflogen, und er fühlte sich ein wenig auf schwankendem Boden. Er machte einen Schritt vorwärts und betrachtete die Werkzeuge auf dem Arbeitstisch. »Sind Sie immer hier... machen Sie immer solche Sachen?«
»Sa«, sagte der Matrose, indem er den Riemen mit einem dünneren zusammenband. »Setz dich dorthin, wenn du magst.«
»Danke«, sagte Felipe, dem bewußt wurde, daß der Mann eben ein viel verständlicheres Spanisch gesprochen hatte als heute nachmittag. »Seid ihr Finnen?« fragte er, um sich irgendwie zurechtzufinden.
»Finnen? Nein, warum sollten wir Finnen sein? Wir sind ein bißchen von allem, aber Finnen haben wir keine dabei.«
Das Licht der beiden Glühbirnen an der Decke fiel hart auf ihre Gesichter. Felipe fühlte sich unbehaglich, wie er da auf dem Rand der Bank saß, und ihm fiel nicht ein, was er hätte sagen können, aber der Matrose fuhr fort, mit großer Sorgfalt den Riemen zu verschnüren. Dann räumte er ein paar Pfrieme und zwei Kneifzan-

gen weg. Ab und zu hob er seinen Blick und sah Felipe an, dem die Zigarette zwischen den Fingern immer kleiner wurde.
»Du weißt, daß du nicht auf diese Seite hättest kommen dürfen«, sagte der Matrose. »Das ist ein Fehler, wenn du kommst.«
»Bah, was soll's«, sagte Felipe. »Wenn ich Lust habe, herunterzukommen und ein bißchen zu quatschen ... Es ist nämlich langweilig da oben.«
»Vielleicht, aber du solltest nicht hierherkommen. Jetzt, wo du schon hier bist, kannst du bleiben. Orf wird erst später zurückkommen, und niemand wird etwas merken.«
»Bestens«, sagte Felipe, der nicht ganz begriff, worin die Gefahr bestand, wenn die anderen etwas erführen. Er fühlte sich wieder sicherer und schob die Bank gegen die Wand, bis er sich anlehnen konnte, dann schlug er die Beine übereinander und zog kräftig an seiner Zigarette. Die Sache begann ihm Spaß zu machen, und er mußte nun den nächsten Schritt tun.
»Eigentlich bin ich gekommen, um mit Ihnen zu reden«, sagte er. (Warum zum Teufel duzte ihn der andere, während er...?). »Das geheimnisvolle Getue hier gefällt mir absolut nicht.«
»Oh, hier gibt es kein Geheimnis«, sagte der Matrose.
»Warum läßt man uns dann nicht aufs Achterdeck?«
»Ich habe den Befehl, und ich halte mich dran. Warum willst du dorthin? Wenn es dort doch nichts gibt.«
»Ich möchte es sehen«, sagte Felipe.
»Dort gibt es nichts zu sehen, Junge. Bleib jetzt hier, nachdem du schon einmal gekommen bist. Du kannst nicht durch.«
»Ich kann nicht durch? Und diese Tür?«
»Wenn du durch diese Tür willst«, sagte der Matrose lachend, »dann muß ich dir den Kopf wie eine Kokosnuß zertrümmern. Und du hast so einen hübschen Kopf, ich möchte ihn dir wirklich nicht wie eine Kokosnuß zertrümmern.«
Er sprach langsam und suchte nach den Worten. Felipe begriff sofort, daß der Matrose nicht einfach so daherredete und daß er besser sitzen blieb. Zugleich gefiel ihm die Haltung des Mannes, seine Art zu lächeln, während er ihm mit einem eingeschlagenen Schädel drohte. Er zog die Schachtel Zigaretten heraus und bot ihm eine an. Der Matrose schüttelte den Kopf.
»Weibertabak«, sagte er. »Du wirst von meinem rauchen. Seemannstabak, du wirst schon sehen.«

Ein Teil der Schlange verschwand in einer Tasche und kam mit einem schwarzen Stoffbeutel und einem Päckchen Zigarettenpapier wieder zum Vorschein. Felipe machte eine ablehnende Geste, aber der Mann riß ein Blättchen heraus und reichte es ihm, während er ein zweites für sich nahm.

»Ich zeig's dir, paß auf. Du machst mir alles nach, gib acht, und mach es wie ich. Schau, so geht das...« Die haarigen Spinnen tanzten anmutig um das Zigarettenpapier, plötzlich fuhr der Matrose mit der Hand an seinem Mund vorbei, als spiele er Mundharmonika, und schon hielt er eine perfekte Zigarette zwischen den Fingern.

»Schau, wie einfach. Nein, so fällt dir alles runter. Na gut, rauch du die hier, ich mach mir eine neue.«

Als er die Zigarette in den Mund steckte, schmeckte Felipe die Feuchtigkeit des Speichels und war nahe daran, sie auszuspucken. Der Matrose schaute ihn an, schaute ihn die ganze Zeit an und lächelte. Er begann sich seine Zigarette zu drehen, dann zog er ein riesiges geschwärztes Feuerzeug hervor. Ein dicker, durchdringender Qualm verschlug Felipe den Atem; er machte ein Zeichen der Anerkennung, des Dankes.

»Rauch besser nicht zu sehr auf Lunge«, sagte der Matrose. »Das ist ein bißchen stark für dich. Und jetzt sollst du sehen, wie gut es mit einem Schluck Rum schmeckt.«

Aus einer Blechbüchse unter dem Tisch nahm er eine Flasche und drei Zinnbecher. Die blaue Schlange füllte zwei davon und reichte einen Felipe. Der Matrose setzte sich neben ihn auf die Bank und hob den Becher.

»*Here's to you*. Trink es nicht auf einen Zug.«

»Hm, wirklich sehr gut«, sagte Felipe. »Bestimmt Rum von den Antillen.«

»Natürlich. Dir schmeckt also mein Rum und mein Tabak, was? Und wie heißt du, Junge?«

»Trejo.«

»Trejo? Aber das ist kein Vorname, das ist ein Familienname.«

»Klar, das ist mein Familienname. Mein Vorname ist Felipe.«

»Felipe, schön, und wie alt bist du, Junge?«

»Achtzehn«, log Felipe und verbarg den Mund in dem Becher. »Und Sie, wie heißen Sie?«

»Bob«, sagte der Matrose. »Du kannst mich Bob nennen, obwohl ich eigentlich einen anderen Namen habe, aber ich mag ihn nicht.«

»Sagen Sie ihn mir trotzdem. Ich habe Ihnen auch meinen richtigen Namen gesagt.«

»Oh, du würdest ihn auch sehr häßlich finden. Stell dir vor, ich hieße Radcliffe oder so, es würde dir bestimmt nicht gefallen. Bob ist besser, Junge. *Here's to you.*«

»Prosit«, sagte Felipe, und sie tranken wieder. »Hm, gut hat man es hier.«

»Natürlich.«

»Viel Arbeit an Bord?«

»So-so. Besser, du hörst jetzt auf zu trinken.«

»Warum?« fuhr Felipe auf. »Das wär' ja noch schöner, gerade wo es anfängt, mir zu gefallen. Wirklich, Bob ... Ja, der Tabak ist echt phantastisch, und der Rum ... Warum soll ich jetzt nichts mehr trinken?«

Der Matrose nahm ihm den Becher weg und stellte ihn auf den Tisch.

»Du bist sehr nett, Junge, aber gleich mußt du allein hinaufgehen, und wenn du das alles trinkst, werden sie etwas merken.«

»Aber an der Bar kann ich doch trinken, was ich will.«

»Hm ... bei dem Steward, den sie dort oben haben, wird das so stark nicht sein«, spottete Bob. »Und noch dazu hat deine Mama bestimmt ein scharfes Auge auf dich ...« Felipes Blick und die Röte, welche plötzlich sein Gesicht überzog, schienen ihm Spaß zu bereiten. »Komm schon, Junge, wir sind Freunde. Bob und Felipe sind Freunde.«

»Schon gut«, sagte Felipe mürrisch. »Dann haue ich eben ab, und die Sache hat sich. Und die Tür?«

»Vergiß die Tür«, sagte der Matrose ganz sanft, »und ärgere dich nicht, Felipe. Wann kannst du wiederkommen?«

»Und warum sollte ich wiederkommen?«

»Junge, um Rum zu trinken und mit mir zu rauchen und zu schwatzen«, sagte Bob. »In meiner Kabine, wo uns niemand stört. Hier kann Orf jede Minute hereinkommen.«

»Wo ist Ihre Kabine?« fragte Felipe mit halbgeschlossenen Augen.

»Da«, sagte Bob und wies auf die verbotene Tür. »Dort ist der Gang zu meiner Kabine, direkt vor der Luke zum Achterdeck.«

XXIX

Mitten in einen Absatz von Miguel Ángel Asturias dröhnte der Gong, und Medrano schloß das Buch, streckte sich auf dem Bett aus und überlegte, ob er Lust hätte, zu Abend zu essen. Das Licht über dem Kopfende lud zum Bleiben und Lesen ein; außerdem gefiel ihm *Die Maismänner*. In gewisser Hinsicht war die Lektüre eine Möglichkeit, sich vorübergehend dem Neuen, das ihn umgab, zu entziehen, um sich wieder in die Ordnung seiner Wohnung in Buenos Aires einzufügen, wo er das Buch begonnen hatte. Ja, wie ein Haus, das man mit sich herumträgt, aber ihm mißfiel die Vorstellung, sich ex professo in eine Erzählung zu flüchten, um die Absurdität eines Achtunddreißiger Smith & Wesson in einer Kommodenschublade in seiner Reichweite zu vergessen. Der Revolver war ein wenig die Materialisierung von all dem anderen: der ›Malcolm‹ und ihrer Passagiere, der vagen Ungereimtheiten des Tages. Das wohlige Bewußtsein der sanften Dünung, der maskuline und zweckmäßige Komfort der Kabine waren weitere Verbündete des Buches. Es hätte schon eines wahrhaft ungewöhnlichen Ereignisses bedurft – Hufgetrappel im Gang etwa oder Geruch von Weihrauch –, damit er sich entschlossen hätte, vom Bett aufzuspringen und sich den Ereignissen zu stellen. ›Man fühlt sich hier zu wohl, um sich stören zu lassen‹, dachte er, und ihm fielen die Gesichter von López und Raúl ein, als sie von der unerfreulichen abendlichen Expedition zurückgekehrt waren. Vielleicht hatte Lucio recht und es war wirklich lächerlich, Detektiv zu spielen. Aber Lucios Gründe waren verdächtig; im Augenblick interessierte ihn nichts als sein Mädchen. Die anderen und ihn selbst beunruhigte dies billige Geheimnis, dieses Gebäude von Lügen auf eine viel direktere Weise. Noch beunruhigender war allerdings der Gedanke – mühsam riß er sich von der aufgeschlagenen Seite los –, daß sie, wenn es an Bord nicht so bequem wäre, wohl entschiedener vorgegangen wären und sich energisch Klarheit verschafft hätten. Die Wonnen von Capua und so weiter. Herbere Wonnen, in nordischer Tonalität, in der Tonart von Zeder und Esche moduliert. López und Raúl würden wahrscheinlich einen neuen Plan vorschlagen, oder er selbst, wenn es ihm in der Bar zu langweilig würde, aber alles, was sie tun mochten, würde eher ein Spiel als eine wirkliche Forderung sein. Vielleicht wäre das einzig

Vernünftige, es Persio und Jorge nachzumachen, Schach zu spielen und die Zeit so gut wie möglich herumzubringen. Das Achterdeck, bah! Ach ja, wieder das Achterdeck. Selbst das Wort klang wie ein Jahrmarktsvergnügen für kleine Kinder. Das Achterdeck, welch ein Blödsinn!
Er wählte einen dunklen Anzug und eine Krawatte, die Bettina ihm geschenkt hatte. Während er *Die Maismänner* las, hatte er mehrmals an Bettina gedacht, da sie Asturias' poetischen Stil, die Alliterationen und den entschieden magischen Ton nicht mochte. Aber bis zu diesem Augenblick hatte ihn die Sache mit Bettina noch keinen Deut geschert. Die Ereignisse bei der Einschiffung und all die kleinen Widrigkeiten belustigten ihn zu sehr, als daß er gern an die unmittelbare Vergangenheit gedacht hätte. Nichts Besseres als die ›Malcolm‹ und ihre Männer, es lebe das Achterdeck (Asturias mit seinem Sprachgepäck, er fing zu lachen an und sucht weitere Reime): Kinderschreck und Lebenszweck. Buenos Aires mochte warten, er würde schon noch Zeit genug haben, sich an Bettina zu erinnern – wenn die Erinnerung von allein käme, wenn sie sich ihm als Problem stellte. Aber ja, sie war ein Problem, er würde es analysieren müssen, so wie er Probleme gern analysierte, nachts im Bett, die Hände unter dem Nacken verschränkt. Auf jeden Fall befiel ihn Unruhe (Asturias oder Abendessen; Abendessen, Krawatte von Bettina, ergo Bettina, ergo Unbehagen), wie ein vorweggenommenes Ergebnis der Analyse. Wenn es nicht bloß das Schlingern des Schiffes oder die tabakgeschwängerte Luft der Kabine war. Es war nicht das erste Mal, daß er eine Frau hatte sitzenlassen, und umgekehrt hatte ihn auch einmal eine Frau sitzenlassen (um in Brasilien zu heiraten). Verrückt, daß Bettina und das Achterdeck in diesem Augenblick irgendwie das gleiche waren. Er würde Claudia fragen, was sie von seiner Handlungsweise dachte. Aber nein, warum sollte er sich diese Art Schiedsspruch durch Claudia als Verpflichtung auferlegen? Natürlich zwang ihn nichts dazu, mit ihr über Bettina zu reden. Flüchtiges Reisegeplauder, mehr nicht. Das Achterdeck und Bettina; es war wirklich blödsinnig, daß all dies ihm jetzt einen heftigen Druck in der Magengegend verursachte. Ausgerechnet wegen Bettina, die sich vermutlich längst wieder ein Programm zusammengestellt hatte, um nur ja keinen Abend im Embassy Club zu versäumen. Ja, aber sie hatte auch geweint.

Mit einem Ruck löste Medrano die Krawatte wieder. Der Knoten gelang ihm nie besonders, diese Krawatte war schon immer widerspenstig gewesen. Die Psychologie der Krawatten. Er mußte an einen Roman denken, in dem ein wahnsinniger Kammerdiener mit der Schere über die gesamte Krawattenkollektion seines Herrn hergefallen war. Das ganze Zimmer voller Krawattenfetzen, der Boden ein einziges Krawatten-Gemetzel. Er griff zu einer anderen, in dezentem Grau, die einen tadellosen Knoten zuließ. Natürlich würde sie geweint haben, alle Frauen weinen schon wegen viel geringerer Dinge. Er stellte sich vor, wie sie die Schubladen der Kommode herauszog, Fotos hervorsuchte, sich am Telefon bei ihren Freundinnen beklagte. Alles war vorbestimmt, alles mußte so kommen. Claudia dürfte das gleiche getan haben, nachdem sie sich von Lewbaum getrennt hatte, Claudia und alle anderen Frauen. Er wiederholte bei sich: ›Alle, alle‹, so als wolle er eine erbärmliche Episode aus Buenos Aires in der Vielfalt untergehen lassen, als wolle er einen Wassertropfen in den Ozean schütten. ›Aber letzten Endes ist es doch Feigheit‹, hörte er sich denken, und er wußte nicht, ob die Feigheit dem Wassertropfen im Ozean galt oder der schlichten Tatsache, daß er Bettina hatte sitzenlassen. Ein paar Tränen mehr oder weniger auf dieser Welt... Ja, aber die Ursache zu sein, obwohl das Ganze keinerlei Bedeutung hatte und Bettina längst die Avenida Santa Fe entlangflanieren oder sich *chez Marcela* frisieren lassen würde. Was bedeutete schon Bettina, es war nicht Bettina, es war nicht Bettina selbst, und auch nicht, daß das Achterdeck versperrt war, noch der Typhus 224. Aber da war es, dieses Gefühl in der Magengrube, und trotzdem lächelte er, als er die Tür öffnete, auf den Gang trat und sich mit der Hand durchs Haar fuhr, lächelnd, als wäre er gerade im Begriff, eine angenehme Entdeckung zu machen, als stünde er dicht davor, sehe schon fast das Gesuchte vor sich und fühle die Befriedigung, am Ziel all seiner Wünsche zu sein. Er nahm sich vor, alles noch einmal durchzugehen, den Beginn des Abends darauf zu verwenden, in Ruhe nachzudenken. Vielleicht war es gar nicht Bettina, sondern Claudia; Claudia, die zuviel von sich erzählt hatte, mit ihrer ernsten Stimme von sich erzählt hatte, davon, daß sie León Lewbaum noch immer liebte. Aber, verdammt noch mal, was kümmerte das ihn, selbst wenn auch Claudia nachts weinen sollte, wenn sie an León dachte.

Er ließ Dr. Restelli mit Pelusa alleine, der ihm noch nicht erschöpfend erklärt hatte, warum die Boca Juniors notwendigerweise Fußballmeister werden mußten, und beschloß, in seine Kabine zu gehen und sich umzuziehen. Vergnügt dachte er an die verschiedenen Aufmachungen, die heute abend im Speisesaal zu sehen sein würden; vermutlich würde der arme Atilio in Hemdsärmeln erscheinen, und der *maître* würde das typische Gesicht machen, das Bedienstete aufsetzen, wenn sie halb befriedigt, halb entsetzt miterleben, wie sich die Herrschaft danebenbenimmt. Ein plötzlicher Impuls brachte ihn dazu, umzukehren und sich von neuem in die Unterhaltung einzumischen. Es gelang Raúl nur mit Mühe, die sportbegeisterten Ergüsse Pelusas (der in Dr. Restelli einen nicht so wortreichen, aber unnachgiebigen Verteidiger der Mannschaft von Ferrocarril Oeste gefunden hatte) zu unterbrechen und beiläufig zu bemerken, daß es an der Zeit sei, sich zum Abendessen fertigzumachen.
»Eigentlich ist es ja zu heiß, um sich groß umzuziehen«, sagte er, »aber wir wollen die Gepflogenheiten auf See einhalten.«
»Wieso umziehen?« fragte Pelusa verwirrt.
»Ich meine damit die unbequeme Krawatte und das Jackett, das wir anziehen müssen«, sagte Raúl. »So etwas tut man natürlich nur für die Damen.«
Er überließ Pelusa seinen Gedanken und ging die kleine Treppe hinauf. Er war nicht ganz sicher, ob er das Richtige getan hatte, aber seit einiger Zeit neigte er überhaupt dazu, die Berechtigung fast all seiner Handlungen in Zweifel zu ziehen. Wenn Atilio lieber mit einem gestreiften Hemd im Speisesaal erschien, so war das seine Sache; jedenfalls aber würde der *maître* oder ein Passagier ihm schließlich zu verstehen geben, daß es nicht korrekt sei, und der arme Kerl hätte dann arg daran zu würgen, es sei denn, er würde sie einfach zum Teufel schicken. ›Ich handle aus rein ästhetischen Motiven‹, dachte Raúl amüsiert, ›und versuche, sie von einem sozialen Standpunkt aus zu rechtfertigen. Richtig ist nur, daß mir alles zuwider ist, was aus dem Takt fällt, jeder falsche Ton. Das Hemd dieses armen Kerls würde mir die *Potage Hublet aux asperges* verderben. Die Beleuchtung im Speisesaal ist ohnehin schon schlecht genug...‹ Die Hand bereits an der Klinke, blickte er hinüber zur Einmündung des Korridors, der die beiden Gänge miteinander verband. Felipe blieb plötzlich stehen und verlor ein

wenig das Gleichgewicht. Er schien sehr durcheinander, so als würde er Raúl überhaupt nicht erkennen.
»Hallo«, sagte Raúl. »Man hat dich ja den ganzen Nachmittag nicht gesehen.«
»Weil... Wie blöde von mir, ich habe mich im Gang geirrt. Meine Kabine liegt auf der anderen Seite«, sagte Felipe und versuchte kehrtzumachen. Das Licht fiel voll auf sein Gesicht.
»Du warst wohl zu lange in der Sonne«, sagte Raúl.
»Bah, es ist nichts«, sagte Felipe in einem angestrengt mürrischen Ton, der ihm jedoch nur halb gelang. »Im Verein bin ich immer den ganzen Nachmittag draußen am Becken.«
»In deinem Verein dürfte aber die Luft weniger rauh sein als hier. Fühlst du dich wohl?«
Er war näher gekommen und sah ihn freundschaftlich an. ›Warum kümmert der sich bloß nicht um seinen eigenen Mist?‹ dachte Felipe, doch zugleich fühlte er sich auch geschmeichelt, daß Raúl wieder in diesem Ton mit ihm redete, nachdem er ihm so übel mitgespielt hatte. Er antwortete mit einem Nicken und wandte sich schließlich zum Gang um, aber Raúl wollte ihn so nicht gehen lassen.
»Bestimmt hast du nichts gegen Sonnenbrand dabei, falls nicht deine Mutter... Komm einen Moment mit, ich gebe dir etwas zum Einreiben für die Nacht.«
»Machen Sie sich keine Mühe«, sagte Felipe und lehnte sich mit einer Schulter gegen die Trennwand. »Ich glaube, Beba hat irgend so ein Schmierzeug dabei.«
»Nimm es trotzdem«, beharrte Raúl, indem er zurücktrat und die Tür seiner Kabine öffnete. Er sah, daß Paula nicht da war, aber sie hatte die Lichter brennen lassen. »Außerdem habe ich noch etwas anderes für dich. Komm eine Sekunde herein.«
Felipe schien entschlossen, in der Tür stehenzubleiben. Raúl kramte in einem Necessaire und bedeutete ihm mit einer Geste, er möge doch hereinkommen. Ihm wurde plötzlich klar, daß er nicht wußte, was er sagen sollte, um diese Feindseligkeit eines beleidigten jungen Hundes zu überwinden. ›Das habe ich mir selbst eingebrockt – wie ein Idiot‹, dachte er, während er in einer Schublade zwischen Socken und Taschentüchern herumwühlte. ›Mein Gott, wie übel er es aufgenommen hat.‹ Er richtete sich auf und wiederholte seine Geste. Felipe machte zwei Schritte, und erst jetzt bemerkte Raúl, daß er leicht schwankte.

»Ich hatte gleich den Eindruck, daß du dich nicht wohl fühlst«, sagte er und zog ihm einen Stuhl heran. Mit einem Fußtritt schloß er die Tür, schnupperte ein paarmal in der Luft und brach dann in Gelächter aus.

»Sonne in Flaschen also. Und ich dachte, du hättest einen Sonnenstich... Aber was für ein Tabak ist das? Du riechst ja ganz scheußlich nach Tabak und Alkohol.«

»Na und?« murmelte Felipe, der gegen aufsteigende Übelkeit ankämpfte. »Wenn ich ein Glas trinke und rauche... ich wüßte nicht...«

»Selbstverständlich, Mann!« sagte Raúl. »Ich hatte auch nicht die geringste Absicht, dir Vorwürfe zu machen. Aber die Mischung von Sonne und dem anderen Zeug ist ein bißchen explosiv. Da könnte ich dir Dinge erzählen...«

Aber er hatte keine Lust zu erzählen; lieber sah er Felipe an, der ein wenig blaß geworden war und angestrengt in die Richtung des Bullauges starrte. Sie schwiegen einen Augenblick, der Raúl sehr lang und sehr vollkommen vorkam, Felipe hingegen wie ein Wirbel roter und blauer Punkte, die ihm vor den Augen tanzten.

»Nimm diese Salbe«, sagte Raúl schließlich und drückte ihm eine Tube in die Hand. »Dir müssen die Schultern ja in Fetzen hängen.«

Unwillkürlich knöpfte Felipe sein Hemd auf und betrachtete sich. Die Übelkeit ließ etwas nach, und statt dessen stieg ein boshaftes Vergnügen zu schweigen in ihm auf, nichts von Bob zu erzählen, von dem Treffen mit Bob und dem Glas Rum. Ihm allein würde das Verdienst zukommen... Raúls Mund schien ein wenig zu zittern; überrascht sah er ihn an. Raúl richtete sich auf und lächelte.

»Damit schläfst du hoffentlich ohne Beschwerden. Und jetzt nimm das; Versprechen muß man halten.«

Mit unsicherer Hand griff Felipe nach der Pfeife. Noch nie hatte er eine so wunderschöne Pfeife gesehen. Raúl wandte ihm den Rükken zu und holte etwas aus der Tasche eines Sakkos, der im Schrank hing.

»Englischer Tabak«, sagte er und reichte ihm eine bunte Dose.

»Ich weiß nicht, ob ich noch einen Pfeifenreiniger übrig habe, aber für den Anfang kannst du dir ja immer den von mir holen, wenn die Pfeife schmutzig ist. Gefällt sie dir?«

»Aber klar«, sagte Felipe und betrachtete die Pfeife ehrfürchtig. »Sie hätten sie mir nicht zu geben brauchen, die Pfeife ist doch viel zu gut.«

»Gerade darum«, sagte Raúl. »Und damit du mir verzeihst.«

»Sie ...«

»Schau, ich weiß nicht, warum ich das getan habe. Auf einmal kamst du mir zu jung vor, um dich womöglich in irgendeine schlimme Geschichte zu verwickeln. Inzwischen habe ich darüber nachgedacht, und es tut mir leid, Felipe. Vergib mir, und laß uns Freunde sein, ja?«

Die Übelkeit kam langsam wieder, eiskalter Schweiß lag auf Felipes Stirn. Es gelang ihm, die Pfeife und den Tabak in seine Tasche zu stopfen, dann stand er mühsam und schwankend auf. Raúl stellte sich neben ihn und streckte den Arm aus, um ihn zu stützen.

»Ich ... ich müßte mal einen Moment ins Bad«, murmelte Felipe.

»Aber ja, natürlich«, sagte Raúl und hielt ihm eilig die Tür auf. Er schloß sie wieder und machte ein paar Schritte durch die Kabine. Man hörte Wasser ins Becken laufen. Raúl ging zur Badezimmertür und legte die Hand auf die Klinke. ›Armer Kerl, vielleicht fällt er hin‹, dachte er, doch er log und biß sich auf die Lippen. Wenn er die Tür öffnete und sehen würde, wie er... Vielleicht würde Felipe ihm diese Demütigung nie verzeihen, es sei denn ... ›Noch nicht, nein, noch nicht.‹ Und Felipe würde ins Waschbecken brechen – nein, es war wirklich besser, ihn allein zu lassen, es sei denn, er würde bewußtlos und fiele hin. Aber er würde nicht fallen, es war fast schon ermüdend, sich selbst so zu belügen, so nach einem Vorwand zu suchen. ›Die Pfeife hat ihm so gut gefallen‹, sagte sich Raúl, während er wieder im Kreis herumlief. ›Aber jetzt wird er sich schämen, daß er mein Bad benutzen mußte ... Und wie gewöhnlich wird die Scham grausam sein, ich werde so lange Federn lassen müssen, bis die Pfeife, vielleicht, ja, vielleicht die Pfeife ...‹

Buenos Aires war mit einem roten Punkt markiert, und von dort zog sich fast parallel zu der Kurve, welche die Provinz hier beschrieb, in einiger Entfernung von der Küste eine blaue Linie nach unten. Beim Betreten des Speisesaals konnten die Passagiere die

Ausführlichkeit der Karte bewundern, die mit den Insignien der Magenta Star geschmückt und auf der die Strecke eingezeichnet war, welche die ›Malcolm‹ an dem betreffenden Tag zurückgelegt hatte. Mit einem Lächeln voll verhaltenem Stolz gestand der Steward, daß der laufende Eintrag der Route ihm obliege.
»Und wer gibt Ihnen die Daten?« fragte Don Galo.
»Der Steuermann schickt sie mir«, erklärte der Steward.
»In meiner Jugend war ich Zeichner, und so beschäftige ich mich in meiner Freizeit gern mit Winkelmaß und Kompaß.«
Don Galo machte dem Chauffeur ein Zeichen, sich mit dem Rollstuhl zu entfernen, dabei beobachtete er verstohlen den Steward.
»Wie steht es denn mit dem Typhus?« fragte er urplötzlich.
Der Steward blinzelte. Neben ihm tauchte die untadelige Erscheinung des *maître* auf. Er verströmte sein Aperitifläche1n der Reihe nach über alle Tischgäste.
»Es scheint alles in Ordnung zu sein, Herr Porriño«, sagte der *maître*. »Zumindest habe ich keine alarmierenden Nachrichten erhalten. Gehen Sie und kümmern Sie sich um die Bar«, sagte er zu seinem Untergebenen, der offensichtlich gewillt war, im Speisesaal zu verweilen. »Nun, Herr Porriño, würde Ihnen für den Anfang eine *Potage champenois* zusagen? Sie ist ausgezeichnet.«
In diesem Augenblick erschienen Herr Trejo und seine Frau, gefolgt von Beba, die wünschte, ihr Kleid wäre tiefer ausgeschnitten. Hinter ihnen kam Raúl, der sich zu Paula und López setzte, die gleichzeitig den Kopf hoben und ihn mit abwesender Miene anlächelten. Die Trejos würdigten die Speisekarte kaum eines Blickes, sondern besprachen statt dessen die allererste Neuigkeit, Felipes Unwohlsein. Frau Trejo war Herrn Costa sehr dankbar, der sich die Mühe gemacht hatte, sich um Felipe zu kümmern und ihn bis zu seiner Kabine zu begleiten, wobei er Beba im Vorbeigehen zugerufen hatte, sie möge Papa und Mama Bescheid sagen. Felipe schlief inzwischen fest, aber Frau Trejo machte sich wegen der Ursache dieser plötzlichen Unpäßlichkeit noch immer Gedanken.
»Zuviel Sonne, meine Liebe«, versicherte Herr Trejo ihr. »Er war den ganzen Nachmittag an Deck, und jetzt sieht er aus wie ein Krebs. Du hast ihn nicht gesehen, aber als er sein Hemd auszog ... Ein Glück, daß der junge Mann dort eine Salbe dabei hatte, die Wunder zu wirken scheint.«
»Du vergißt, daß er ganz grauenhaft nach Whisky stank«, sagte

Beba, während sie in der Speisekarte las. »Er tut hier genau, was ihm paßt.«
»Whisky? Unmöglich«, sagte Herr Trejo. »Er hat vielleicht ein Bier getrunken, das könnte sein.«
»Du mußt mit dem Mann reden, der die Getränke ausschenkt«, sagte seine Frau. »Er soll ihm nur Limonade und solche Sachen geben. Er ist noch zu jung, um selber auf sich aufzupassen.«
»Wenn ihr glaubt, ihr könntet ihn noch zurechtbiegen, dann täuscht ihr euch«, sagte Beba. »Das ist längst zu spät. Bei mir seid ihr immer so streng, aber bei ihm –«
»Fang du nur nicht auch noch an.«
»Siehst du? Was habe ich gesagt? Wenn ich zum Beispiel ein teures Geschenk von einem Passagier annehmen würde, möchte ich euch erleben. Ich höre euch schon Zeter und Mordio schreien. Er dagegen kann tun, wozu er Lust hat. Immer das gleiche. Warum bin ich nicht als Junge geboren worden ...«
»Geschenke?« sagte Herr Trejo. »Wieso Geschenke?«
»Ach, nichts«, sagte Beba.
»Red schon, Mädchen, los. Jetzt hast du angefangen, dann sag auch alles. Osvaldo, ich wollte überhaupt schon mit dir über Felipe sprechen. Dieses Mädchen ... die mit dem Bikini, du weißt schon.«
»Bikini?« sagte Herr Trejo. »Ach, die Rothaarige. Ja, dieses Mädchen.«
»Dieses Mädchen hat dem Jungen den ganzen Nachmittag über schöne Augen gemacht, und wenn du es nicht bemerkt hast, ich als Mutter habe einen Instinkt für so was, hier tief drinnen. Misch du dich nicht ein, Beba, du bist noch zu jung, um zu verstehen, wovon wir reden. Ach, diese Kinder, was man mit denen durchmacht ...«
»Felipe Augen gemacht?« sagte Beba. »Daß ich nicht lache, Mama. Glaubst du im Ernst, diese Frau würde ihre Zeit an so ein Bübchen verschwenden?« (›Wenn er mich jetzt hören könnte‹, dachte Beba, ›er würde sich schwarz ärgern‹.)
»Wie ist das also mit dem Geschenk?« fragte Herr Trejo plötzlich interessiert.
»Eine Pfeife, eine Dose Tabak und was weiß ich noch«, sagte Beba mit unbeteiligtem Gesichtsausdruck. »Es ist bestimmt eine ganze Menge Geld wert.«

Die Trejos warfen sich einen fragenden Blick zu, dann sah Herr Trejo zum Tisch Nummer zwei hinüber. Beba beobachtete sie verstohlen.

»Dieser Herr ist wirklich sehr nett«, sagte Frau Trejo. »Du solltest ihm danken, Osvaldo, und er soll den Jungen nicht zu sehr verwöhnen. Offenbar hat ihm Felipe leid getan, als es ihm so elend ging, dem armen Jungen.«

Herr Trejo sagte nichts, sondern dachte an Mutterinstinkte. Beba war noch immer erbittert und vermutete, daß Felipe jetzt die Geschenke zurückgeben müsse. Mitten in ihren Überlegungen wurden sie von einer *Langue jardinière* überrascht.

Teils forsch, teils furchtsam hielt die Gruppe um Presutti ihren Einzug, überschwenglich grüßten sie zu den verschiedenen Tischen hin, schielten verstohlen in den Spiegel; dazwischen die aufgeregten, geflüsterten Kommentare von Doña Rosita und Doña Pepa. Paula überkam große Lachlust, und sie sah Raúl mit einem ganz bestimmten Ausdruck an, der ihn an Abende in den Theaterfoyers von Buenos Aires oder in den Salons von Villen am Rande der Stadt erinnerte, wo sie sich auf Kosten von Dichterinnen und wohlsituierten Herren boshaft amüsiert hatten. Er erwartete eine jener Bemerkungen, mit denen Paula eine Situation bewundernswert einzufangen und wie einen Schmetterling aufzuspießen verstand. Aber Paula schwieg, da sie gerade den Blick von López gespürt hatte, der ihr beharrlich in die Augen sah, und mit einem Mal war ihr die Lust zu dem Scherz vergangen, der ihr schon auf der Zunge gelegen hatte. Da war nichts Trauriges oder Ängstliches in diesem Blick, eher eine gelassene Nachdenklichkeit, vor der sich Paula langsam wieder auf ihr eigentliches Selbst besann, auf das, was weniger auffällig, weniger oberflächlich an ihr war. Ironisch stellte sie bei sich fest, daß sie schließlich auch Paula, die Epigrammatikerin war, und als Zugabe noch Paula, die Perverse oder einfach die Boshafte; aber die Augen von López brachten sie wieder in ihre unkomplizierteste Form, wo sich Spitzfindigkeiten und Frivolität als gezwungen erwiesen. Sich von López zu Raúl hinzuwenden, zu Raúls intelligentem, sensiblem Gesicht, hieß vom Heute ins Gestern zurückzufallen, von der Versuchung, aufrichtig zu sein, in die glanzvolle Lüge des Scheins. Aber wenn sie diese freundschaftliche Zensur nicht abschüttelte, die López'

Blick allmählich für sie bedeutete (und der Ärmste hatte keine Ahnung davon, daß er diese Rolle spielte), dann konnte sich diese Reise in einen unbedeutenden belanglosen Alptraum verwandeln. López gefiel ihr, ihr gefiel, daß er Carlos hieß, daß es sie nicht gestört hatte, als seine Hand die ihre berührte. Er interessierte sie nicht übermäßig; vermutlich war er nur ein typischer Argentinier wie viele andere ihrer Freunde, eher kultiviert als wirklich gebildet, eher feurig als verliebt. In ihm war eine Anständigkeit, die sie ein wenig langweilte. Eine Anständigkeit, die von vornherein jede perfide Bemerkung zunichte machte, jede Lust, die Toilette von Atilios Braut in allen Einzelheiten zu beschreiben oder sich über die Wirkung des Ziegelrots in Atilios Sakko auszulassen. Nicht daß in López' Gegenwart boshafte Bemerkungen über die anderen Passagiere grundsätzlich unpassend erschienen wären; er selbst betrachtete gerade mit einem Lächeln Doña Pepas Kette aus Plastikperlen und Atilios Anstrengungen, seinen Löffel mit dem Mund zusammenzubringen. Es war etwas anderes, eine Art Sauberkeit der Gesinnung. Scherze galten nur um ihrer selbst willen, nicht als zweischneidige Waffen. Ja, es würde schrecklich langweilig werden, wenn nicht Raúl einen Gegenangriff starten und das Gleichgewicht wieder herstellen würde. Paula wußte nur zu gut, daß Raúl sofort spüren würde, was in der Luft lag, und daß er vermutlich kochen würde vor Wut. Schon einmal hatte er sie vor einem letzten Endes negativen Einfluß bewahrt (einem Theosophen, der es fertigbrachte, zugleich auch ein sehr guter Liebhaber zu sein). Mit schamloser Frechheit hatte er dazu beigetragen, innerhalb weniger Monate das zerbrechliche esoterische Gerüst zu demontieren, an dem Paula wie ein Schamane in den Himmel zu klettern hoffte. Armer Raúl, er würde eine Eifersucht fühlen, die nichts mit Eifersucht zu tun hätte, den Groll, nicht Herr über ihren Geist und ihre Zeit zu sein, nicht jeden Augenblick der Reise mit ihr in anspruchsvoller Übereinstimmung der Geschmäcker teilen zu können. Selbst wenn sich Raúl zu irgendeinem Abenteuer hinreißen ließe, würde er trotzdem an ihrer Seite bleiben und gegenseitige Anteilnahme verlangen. Seine Eifersucht würde eher Enttäuschung sein als sonst etwas, und schließlich würde sie sich legen, bis Paula wieder auftauchte (würde sie auch diesmal wiederkommen?), mit dem Gesicht der Heimkehrerin und einer wehmütigen Geschichte, und dann würde sie die Last einer langweiligen, perspektivelosen Gegenwart in seine Hände legen, damit er sich wieder für sie um diese kapriziöse und verwöhnte Katze kümmerte. So war es gewesen, nachdem sie Rubios Geliebte war, nachdem sie mit Lucho Neira gebrochen hatte, mit all den anderen. Eine vollkommene Symmetrie beherrschte ihre Beziehungen zu Raúl, da auch er Bekenner-Phasen durchmachte; nach schmerzlichen Abenteuern auf Terrassendächern und in Vororten brachte er ihr seinen schwarzen Kummerkater, und zusammen heilten sie die Wunden in einer Art Neuauflage der Kameradschaft aus alten Studientagen. Wie sehr brauchten sie doch einander, aus welch bitterem Stoff war doch diese Freundschaft gemacht, die einem doppelten Wind, einer wechselnden Flucht ausgesetzt war. Was hatte Carlos López an diesem Tisch zu suchen, auf diesem Schiff, in ihrer stillen Gewohnheit, überall zusammenzusein? Paula verabscheute ihn aus tiefster Seele, während er, glücklich sie anzusehen, überglücklich, solange er sie ansah, dem Einfältigen glich, der lächelnd einen Tigerkäfig betritt. Aber er war nicht einfältig, Paula wußte es nur zu gut, und wenn er es wäre (aber er war es nicht), müßte er eben sehen, wie er zurechtkäme. Tiger Raúl, Tiger Paula. ›Armer Jamaica John‹, dachte sie, ›wenn du nur rechtzeitig das Weite suchen wolltest . . .‹

»Was ist mit Jorge?«
»Er hat leichtes Fieber«, sagte Claudia. »Wahrscheinlich hat er heute nachmittag zuviel Sonne abbekommen, wenn es nicht eine Halsentzündung ist. Ich habe ihn überredet, im Bett zu bleiben, und ihm ein Aspirin gegeben. Wir wollen sehen, wie er die Nacht verbringt.«
»Aspirin ist etwas Schreckliches«, sagte Persio. »Ich habe es in meinem Leben zwei- oder dreimal genommen, und bei mir hatte es eine verheerende Wirkung. Es bringt die geistige Ordnung völlig durcheinander, man schwitzt, alles in allem höchst unangenehm.«
Medrano, der ohne sonderlichen Appetit gegessen hatte, schlug vor, noch eine Tasse Kaffee in der Bar zu trinken, und Persio, der wieder an Deck wollte, weil er weiter die Sterne beobachten mußte, versprach, vorher bei der Kabine vorbeizugehen und nachzuschauen, ob Jorge eingeschlafen war. Die Beleuchtung in der Bar war angenehmer als im Speisesaal, und der Kaffee war

heißer. Ein-, zweimal fragte sich Medrano, ob Claudia die Sorge verberge, die sie wegen Jorges Fieber empfinden mußte. Er hätte es gern gewußt, um ihr so gut er konnte zu helfen, aber Claudia kam nicht mehr auf ihren Sohn zu sprechen, und sie unterhielten sich über andere Dinge. Persio kam wieder.
»Er ist wach und möchte Sie gern sehen«, sagte er. »Bestimmt ist es das Aspirin.«
»Reden Sie keinen Unsinn, und studieren Sie lieber die Plejaden und den Kleinen Bären. Wollen Sie mich begleiten, Medrano? Jorge würde sich freuen.«
»Ja, natürlich«, sagte Medrano und fühlte sich seit vielen Stunden zum erstenmal wieder zufrieden.
Jorge saß aufrecht im Bett und empfing sie mit einem Zeichenblock auf den Knien; Medrano mußte Blatt für Blatt begutachten. Seine Augen glänzten, aber die Haut glühte hauptsächlich von dem Sonnenbrand, den er sich an Deck geholt hatte. Er wollte wissen, ob Medrano verheiratet sei und Kinder habe, wo er lebe, ob er auch Lehrer sei wie López oder Architekt wie Raúl. Er sagte, er hätte einen Augenblick geschlafen, aber einen Alptraum von den Glukiden gehabt. Ja, er sei ein bißchen müde und durstig. Claudia gab ihm etwas zu trinken und befestigte einen Papierschirm über der Lampe am Kopfende.
»Wir bleiben hier im Sessel sitzen, bis du ganz tief eingeschlafen bist. Wir lassen dich nicht allein.«
»Oh, ich habe keine Angst«, sagte Jorge. »Aber wenn ich schlafe, kann ich mich natürlich nicht verteidigen.«
»Verpasse den Glukiden eine tüchtige Tracht Prügel«, schlug Medrano vor, während er sich herabbeugte und ihn auf die Stirn küßte. »Morgen reden wir über jede Menge Dinge, aber jetzt schlaf.«
Drei Minuten später streckte sich Jorge seufzend aus und drehte sich zur Wand. Claudia knipste das Licht am Kopfende aus und ließ nur die Lampe bei der Tür brennen.
»Er wird die ganze Nacht wie ein Murmeltier schlafen, und nach einer Weile wird er anfangen zu reden und alle möglichen seltsamen Dinge sagen ... Persio findet es wunderbar, ihn so im Schlaf reden zu hören, und zieht sofort die ausgefallensten Schlüsse daraus.«
»Die Sibylle, natürlich«, sagte Medrano. »Beeindruckt es Sie nicht

auch, wie sich die Stimmen im Schlaf verändern? Von da zu der Vorstellung, daß es nicht die gleichen sind, die…«

»Sie sind es, und sie sind es nicht.«

»Wahrscheinlich. Vor Jahren schlief ich mit meinem älteren Bruder im gleichen Zimmer, einem der langweiligsten Menschen, die man sich denken kann. Kaum hatte er die Augen geschlossen, fing er an zu reden; manchmal, nicht immer, sagte er so unglaubliche Dinge, daß ich sie aufschrieb, um sie ihm am nächsten Morgen zu zeigen. Er glaubte mir nie, der Gute, es war einfach zuviel für ihn.«

»Warum sollte man ihn auch mit diesem unerwarteten Spiegel erschrecken?«

»Ja, Sie haben recht. Man müßte so einfach sein wie ein Rutengänger oder aber das völlige Gegenteil. Wir haben solche Angst vor möglichen Ausbrüchen, davor, daß unser kostbares alltägliches Ich verlorengehen könnte…«

Claudia lauschte auf Jorges Atemzüge, die immer gleichmäßiger wurden. Medranos Stimme gab ihr die Ruhe wieder. Sie fühlte sich ein wenig schwach und schloß halb die Augen, erleichtert und müde. Sie hatte nicht zugeben wollen, daß Jorges Fieber sie ängstigte, daß sie aus langer Gewohnheit ihre Sorge verschwiegen hatte, vielleicht auch aus Stolz. Nein, das mit Jorge war nichts, es hatte nichts mit dem zu tun, was auf dem Achterdeck geschah. Es schien absurd, an irgendeinen Zusammenhang zu denken; alles war so in Ordnung; der Geruch des Tabaks, den Medrano rauchte, seine Stimme und seine ruhige, ein wenig traurige Art, die Dinge zu sagen, schienen selbst eine Form der Ordnung, des Normalen.

»Seien wir barmherzig, wenn wir vom Ich reden«, sagte Claudia und atmete tief, wie um die letzten Schatten zu verscheuchen. »Es ist zu unsicher, wenn man es objektiv bedenkt, zu zerbrechlich, als daß man es nicht in Watte hüllen sollte. Wundert es Sie nicht, daß Ihr Herz in jeder Minute schlägt? Mich erstaunt es täglich von neuem. Ich weiß, das Herz ist nicht das Ich, aber wenn es aufhört zu schlagen… Kurz, es wäre besser, wir rührten nicht an das Thema der Transzendenz; ich habe noch nie eine lohnende Unterhaltung über diese Fragen geführt. Bleiben wir lieber bei den Dingen des einfachen Lebens, das in sich schon erstaunlich genug ist.«

»Ja, seien wir methodisch«, sagte Medrano lächelnd. »Zudem können wir keine letzten Fragen aufwerfen, ohne zuvor ein wenig mehr voneinander zu wissen. Im Ernst, Claudia, im Augenblick gilt mein Interesse allein Ihrer Biographie, als erster Schritt zu einer guten Freundschaft. Selbstverständlich bitte ich Sie nicht um Einzelheiten aus Ihrem Leben, aber ich würde Ihnen gern zuhören, wenn Sie von Ihren Neigungen erzählen, von Jorge, von Buenos Aires, wovon immer Sie wollen.«

»Nein, nicht heute abend«, sagte Claudia. »Ich habe Sie heute nachmittag schon genug mit sentimentalen Einzelheiten gelangweilt, die vielleicht gar nicht dort hingehörten. Ich dagegen weiß nichts von Ihnen, außer daß Sie Zahnarzt sind und daß ich Sie bei Gelegenheit bitten möchte, einen Backenzahn von Jorge anzusehen, der ihm manchmal weh tut. Es gefällt mir, daß Sie darüber lachen; ein anderer wäre vielleicht, insgeheim zumindest, über eine so prosaische Zwischenbemerkung entrüstet. Stimmt es, daß Sie Gabriel heißen?«

»Ja.«

»Haben Sie Ihren Namen immer gemocht? Als Junge, meine ich.«

»Ich weiß nicht mehr. Vermutlich hielt ich den Namen Gabriel für genauso schicksalhaft wie den Wirbel, den ich auf dem Hinterkopf hatte. Wo haben Sie Ihre Kindheit verlebt?«

»In Buenos Aires, in einem Haus in Palermo, wo nachts die Frösche quakten und wo mein Onkel zu Weihnachten wundervolle Feuerwerke veranstaltete.«

»Und ich in Lomas de Zamora, in einer Villa irgendwo in einem großen Garten. Es ist wohl verrückt, aber die Kindheit scheint mir noch immer der am tiefsten gehende Teil meines Lebens. Ich war als Kind zu glücklich, fürchte ich; es ist ein schlechter Beginn für das Leben, man reißt sich sofort eine Fünf in die langen Hosen. Wollen Sie mein curriculum vitae hören? Übergehen wir die Jugendzeit, sie ist bei allen zu ähnlich, um unterhaltsam zu sein. Ich wurde Zahnarzt, ohne zu wissen warum, leider ein häufiger Fall in unserem Land, fürchte ich. Jorge sagt etwas: Nein, er seufzt nur. Vielleicht stört ihn mein Gerede. Meine Stimme muß ihm fremd sein.«

»Ihre Stimme gefällt ihm«, sagte Claudia. »Bei Jorge dauert es nie lang, bis er mir solche Dinge anvertraut. Er mag die Stimme von

Raúl Costa nicht und findet die von Persio lustig, die tatsächlich etwas an einen Papagei erinnert. Aber er mag die Stimme von López und die von Ihnen, und er findet Paulas Hände schön. Darauf achtet er nämlich auch sehr; seine Beschreibung von Presuttis Händen war zum Totlachen. Dann wurden Sie also Zahnarzt, Sie Ärmster.«

»Ja, und außerdem hatte ich schon eine ganze Weile vorher das Haus meiner Kindheit verloren, das zwar noch immer existiert, das ich aber nie wiedersehen wollte. Das ist so meine Art von Sentimentalität; ich würde einen Umweg von zehn Häuserblocks machen, um nicht unter den Balkons einer Wohnung durchzumüssen, wo ich einmal glücklich war. Ich fliehe nicht vor der Erinnerung, aber genausowenig pflege ich sie; im übrigen kommt bei mir das Unglück wie das Glück stets auf leisen Sohlen.«

»Ja, manchmal schauen Sie auf eine Weise... Ich habe nicht das zweite Gesicht, aber hin und wieder liege ich mit meinen Vermutungen richtig.«

»Und was vermuten Sie?«

»Nichts von allzu großer Wichtigkeit, Gabriel. Ein bißchen, daß Sie im Kreis herumlaufen, auf der Suche nach etwas, das nicht auftauchen will. Hoffentlich ist es nicht nur ein Hemdenknopf.«

»Und auch nicht das Tao, liebe Claudia. Etwas sehr Bescheidenes und sehr Selbstsüchtiges; jedenfalls ein Glück, das den anderen so wenig wie möglich schadet – was schon schwierig genug ist –, in dem ich mich weder gekauft noch verkauft fühle und das mir meine Freiheit läßt. Sie sehen, es ist nicht so einfach.«

»Ja, Leute wie wir denken vom Glück fast immer in diesen Begriffen. Ehe ohne Sklaverei, zum Beispiel, oder freie Liebe ohne Erniedrigung oder ein Beruf, der uns nicht hindert, Chestov zu lesen, oder ein Kind, das uns nicht zum Dienstboten macht. Wahrscheinlich ist diese Vorstellung von Anfang an erbärmlich und falsch. Lesen Sie nur die Bibel... Aber wir wollten ja unsere Grenzen nicht überschreiten. *Fair play*, vor allem.«

»Vielleicht«, meinte Medrano, »liegt der Fehler genau darin, daß wir unsere Grenzen nicht überschreiten wollen. Vielleicht ist das der sicherste Weg, um zu scheitern, auch im alltäglichen und gesellschaftlichen Bereich. Nun, ich habe mich schon sehr früh entschlossen, allein zu bleiben. Ich ging dann in die Provinz, wo das

Leben nicht immer einfach war, aber ich entging dadurch dieser Verzettelung, die einem in Buenos Aires meistens die Kraft nimmt; und eines schönen Tages kehrte ich genau dorthin zurück und habe mich auch nicht mehr fortgerührt, abgesehen von der üblichen Reise nach Europa und den Ferien in Viña del Mar, als der chilenische Peso noch erschwinglich war. Mein Vater hinterließ ein weit größeres Erbe, als mein Bruder und ich erwartet hatten; ich konnte die Beschäftigung mit Bohrer und Zangen auf ein Minimum beschränken und widmete mich hauptsächlich meinen Hobbys. Fragen Sie mich nicht, welchen, ich hätte Mühe, darauf zu antworten. Fußball zum Beispiel, italienische Literatur, Kaleidoskope und die Sorte Frauen, die ein freisinniges Leben führt.«

»Sie setzen sie ans Ende der Liste, aber vielleicht halten Sie sich an eine alphabetische Ordnung. Erläutern Sie mir, was Sie mit dem freisinnigen Leben meinen, jetzt, da Jorge schläft.«

»Ich meine, daß ich nie so etwas wie eine Verlobte hatte«, sagte Medrano. »Zum Ehemann tauge ich wohl nicht, und ich habe gerade genug Anstand, um es nicht auf den Beweis ankommen zu lassen. Genausowenig bin ich das, was Frauen unter einem Verführer verstehen. Mir gefallen die Frauen, die vor kein Problem stellen als das ihrer eigenen Person, was schon genug ist.«

»Sie fühlen sich nicht gern verantwortlich?«

»Ich denke, nein. Vielleicht habe ich eine zu hohe Vorstellung von Verantwortung. So hoch, daß ich sie fliehe. Eine Verlobte, ein verführtes Mädchen... Alles verwandelt sich in reine Zukunft, plötzlich ist es nötig, durch die Zukunft und für die Zukunft zu leben. Glauben Sie, daß die Zukunft die Gegenwart bereichern kann? In der Ehe vielleicht oder wenn man der geborene Vater ist... Seltsam, wo ich Kinder so gern habe«, murmelte Medrano, während er nach Jorges Kopf sah, der tief im Kissen vergraben war.

»Denken Sie nicht, Sie wären eine Ausnahme«, sagte Claudia. »Auf jeden Fall entwickeln Sie sich geradlinig auf jene menschliche Spezies hin, die man als ›eingefleischte Junggesellen‹ zu bezeichnen pflegt und der große Verdienste zukommen. Eine Schauspielerin hat einmal gesagt, solche Junggesellen seien der größte Rückhalt für die Theaterkassen, wahre Wohltäter der Kunst. Nein, ich mache mich nicht lustig. Aber Sie halten sich für feiger, als Sie wirklich sind.«

»Wer hat etwas von feige gesagt?«

»Nun, wie Sie jede Möglichkeit einer Verlobung oder Verführung ablehnen, jegliche Verantwortung, jegliche Zukunft ... Die Frage, die Sie mir vorhin gestellt haben ... Ich glaube, die einzige Zukunft, welche die Gegenwart bereichern kann, ist jene, die aus einer Gegenwart erwächst, vor der man die Augen nicht verschließt. Verstehen Sie mich recht; ich meine nicht, daß man dreißig Jahre wie ein Ochse schuften soll, um sich dann pensionieren zu lassen und in Frieden zu leben, was ich aber glaube: Jede Feigheit in der Gegenwart befreit nicht nur nicht von einer unangenehmen Zukunft, sondern macht sie sogar erst recht bedrückend. Aus meinem Mund mag es ein wenig zynisch klingen, aber wenn Sie ein Mädchen nur aus Angst vor den Folgen nicht verführen, dann schafft Ihr Entschluß nur eine Art zukünftige Leere, ein zukünftiges Trugbild, das wirksam genug ist, jedes Abenteuer zu verderben.«

»Sie denken an mich, aber nicht an das Mädchen.«

»Natürlich, und ich will Sie auch nicht überreden, sich in einen Casanova zu verwandeln. Ich vermute, eine gewisse Standhaftigkeit ist notwendig, um dem Verführungstrieb zu widerstehen. Weshalb moralische Feigheit in diesem Fall eine Quelle positiver Werte wäre ... Es ist zum Lachen, wirklich.«

»Das Problem ist falsch gestellt; da gibt es weder Feigheit noch Mut, sondern einfach eine Vorentscheidung, welche die meisten Gelegenheiten ausschließt. Ein Verführer sucht die Gelegenheit zu verführen, und dann verführt er; schließt man jedoch diese Suche aus ... Um es rundheraus zu sagen, es reicht schon, die Jungfrauen von der Liste zu streichen, und dabei gibt es so wenige in den Kreisen, in denen ich mich bewege ...«

»Wenn diese armen Mädchen die metaphysischen Konflikte erahnen könnten, die sie allein durch ihre Unschuld heraufbeschwören«, sagte Claudia. »Nun, dann erzählen Sie mir eben von den anderen.«

»Nein, so nicht«, sagte Medrano. »Ich mag weder die Art noch den Ton, wie Sie mich danach fragen. Mir gefällt nicht, was ich gesagt habe, und noch viel weniger, was Sie gesagt haben. Es wird besser sein, ich trinke noch einen Kognak an der Bar.«

»Nein, warten Sie einen Augenblick. Ich weiß, daß ich manchmal Unsinn rede. Aber wir können uns ja immer noch über etwas anderes unterhalten.«

»Entschuldigen Sie«, sagte Medrano. »Es ist kein Unsinn, ganz im Gegenteil. Meine schlechte Laune kommt gerade daher, daß es kein Unsinn ist. Sie haben mich wie einen Feigling auf moralischem Gebiet behandelt, und das völlig zu Recht. Ich beginne mich zu fragen, ob Liebe und Verantwortung nicht in irgendeinem Augenblick des Daseins, an irgendeinem ganz bestimmten Punkt des Weges anfangen, das gleiche zu sein ... Ich sehe es immer noch nicht ganz klar, aber seit einiger Zeit ... Ja, ich bin miserabel gelaunt, und vor allem deswegen. Ich hätte nie geglaubt, daß ein in meinem Leben ziemlich häufiges Ereignis anfangen würde, mich zu beunruhigen, mich zu quälen ... Wie diese Aphten, die sich manchmal auf dem Zahnfleisch bilden, die jedesmal, wenn man mit der Zunge darüberfährt, so häßlich weh tun ... Und dies ist wie eine Art geistige Aphte, sie kommt wieder und wieder ...« Er zuckte die Schultern und holte seine Zigaretten hervor. »Ich werde es Ihnen erzählen, Claudia, ich glaube, es wird mir guttun.«
Er erzählte ihr von Bettina.

XXX

Während des Abendessens ließ ihr Ärger nach und wich der Ironie und dem Wunsch, sich über ihn lustig zu machen. Nicht daß sie einen bestimmten Grund dafür gehabt hätte, aber es verdroß sie noch immer, daß er sie derart entwaffnen konnte, allein durch die Art, wie er sie ansah. Einen Augenblick lang hätte sie ihn beinahe für einen Unschuldigen gehalten, dessen Stärke gerade in seiner Unschuld lag. Doch dann spottete sie über ihre eigene Naivität; es war unschwer zu erkennen, daß López alle Voraussetzungen für die Großwildjagd mitbrachte, obgleich er nicht viel Aufhebens davon machte. Paula fühlte sich nicht geschmeichelt durch den unmittelbaren Eindruck, den sie auf López gemacht hatte; im Gegenteil (zum Teufel, gestern noch hatten sie sich nicht gekannt, waren sie zwei Fremde in der Unendlichkeit von Buenos Aires gewesen), sie ärgerte sich, daß sie so rasch auf die traditionelle Rolle der königlichen Beute festgelegt wurde. ›Und alles, weil ich die einzig wirklich erreichbare und interessante Frau an Bord bin‹, dachte sie. ›Vermutlich hätte er mich überhaupt nicht bemerkt, wenn man uns einander auf einem Fest oder im Theater vorgestellt

hätte.‹ Es war ihr zuwider, sich zwangsläufig in die Reihe der Reiseamüsements eingeordnet zu fühlen. Wie eine Zielscheibe nagelte man sie an die Wand, damit der Herr Jäger sich im Scharfschießen üben konnte. Aber Jamaica John war so sympathisch, sie konnte ihm nicht wirklich böse sein. Sie fragte sich, ob er vielleicht ähnliche Überlegungen anstellte; sie wußte sehr wohl, daß er sie für kokett halten konnte, erstens weil sie es war, und zweitens weil ihre Art, sich zu geben, leicht mißzuverstehen war. Als echter Argentinier würde der arme López vielleicht glauben, er mache vor ihr eine schlechte Figur, wenn er nicht alles daransetzte, sie zu erobern. Eine idiotische, irgendwie aber auch eine unabänderliche Situation wie die der Handpuppen im Kasperletheater, die gezwungen waren, die rituellen Schläge mit der Pritsche auszuteilen und einzustecken. Sie hatte ein bißchen Mitleid mit López und mit sich selbst, doch zugleich war sie froh, daß sie sich nichts vormachte. Beide beherrschten sie das Spiel in höchster Vollendung, und hoffentlich war Punch so geschickt wie Judy.
In der Bar, wo Raúl sie zu einem Gin eingeladen hatte, konnten sie sich an den in einer Ecke zusammengedrängten Presuttis noch vorbeimogeln, aber dann standen sie vor Nora und Lucio, die nicht zu Abend gegessen hatten und einen bekümmerten Eindruck machten. Die Zufälligkeit der Tische und Stühle brachte sie zusammen, und sie unterhielten sich ein wenig über dies und das und waren erleichtert, die eigene Persönlichkeit in dem bequemen Ungeheuer des kollektiven Gesprächs aufzugeben, das immer weniger sein wird als die Summe der Teilnehmer und das darum so erträglich und geschätzt ist. Lucio dankte innerlich für das Erscheinen der anderen, da Nora ganz melancholisch geworden war, nachdem sie ihrer Schwester einen Brief geschrieben hatte. Obwohl sie sagte, es sei nichts, war sie in einen Zustand völliger Abwesenheit verfallen, der ihn einigermaßen erbitterte, da er kein Mittel dagegen wußte. Er hatte nie viel mit Nora geredet, gewöhnlich bestritt sie den Großteil des Gesprächs; eigentlich hatten sie überhaupt recht verschiedene Vorlieben, aber zwischen Mann und Frau spielte das ... Jedenfalls war es zu dumm, daß sich Nora gleich wegen jeder Lappalie grämte. Vielleicht tat es ihr gut, sich eine Weile mit den anderen zu unterhalten.
Paula hatte bisher kaum mit Nora geredet, und lächelnd kreuzten beide die Waffen, während die Männer Getränke bestellten und

Zigaretten anboten. Aus der Zurückgezogenheit eines Schweigens, das nur hin und wieder von einer liebenswürdigen Bemerkung unterbrochen wurde, beobachtete Raúl die beiden, während Lucio mit ihm über die Karte und die Route der ›Malcolm‹ plauderte. Er sah, wie in Nora wieder Freude und Zuversicht erwachten; das Ungeheuer Gesellschaft liebkoste sie mit vielen Zungen, entriß sie dem Zwiegespräch, diesem maskierten Monolog, und versetzte sie in eine höfliche und triviale kleine Welt, die von gescheiten Worten und nicht immer erklärlichem Gelächter funkelte und vom Duft des Chartreuse und der Philip Morris erfüllt war. ›Eine richtige Schönheitskur‹, dachte Raúl, als sich Noras Züge belebten und dadurch hübscher wirkten. Lucio war schwieriger, noch immer war er ziemlich in sich gekehrt, während der arme López, ah, der arme López... Er träumte wirklich mit offenen Augen, der arme López. Raúl fing an ihn zu bedauern. ›*So soon*‹, dachte er, ›*So soon...*‹ Aber vielleicht machte er sich nicht klar, wie glücklich López war und daß er von rosa Elefanten und riesigen Glaskugeln voll farbigem Wasser träumte.

»Und so geschah es, daß die drei Musketiere, die diesmal keine vier waren, gen Achterdeck zogen und mit eingekniffenem Schwanz zurückkamen«, sagte Paula. »Wenn Sie einmal Lust haben, Nora, können wir beide einen Rundgang machen, auf jeden Fall werden wir Presuttis Verlobte mitnehmen, damit wir auf eine heilige Zahl kommen. Ich bin überzeugt, wir gelangen bis zu den Schiffsschrauben.«

»Wir werden uns Typhus holen«, sagte Nora, die dazu neigte, Paula ernst zu nehmen.

»Oh, ich habe Wick Vaporub«, sagte Paula. »Wer hätte je gedacht, daß diese tapferen Hopliten sich wie ganz gewöhnliche Hasenfüße so schnell aus dem Staub machen würden?«

»Übertreib nicht«, sagte Raúl. »Das Schiff ist völlig sauber, von Staub bislang keine Spur.«

Er fragte sich, ob Paula ihr Wort brechen und jetzt mit der Geschichte von den Revolvern und der Pistole herausrücken würde. Nein, das würde sie nicht tun. *Good girl.* Völlig verrückt, aber enorm zuverlässig. Ein wenig verwundert erkundigte sich Nora nach Einzelheiten der Expedition. López beobachtete Lucio aus den Augenwinkeln.

»Herrje, ich habe dir nichts davon erzählt, weil es nicht der Mühe

wert war«, sagte Lucio. »Du hörst ja, was Fräulein Lavalle sagt. Reine Zeitverschwendung.«
»Sehen Sie, ich denke nicht, daß wir unsere Zeit verschwendet haben«, sagte López. »Jeder Erkundungsgang hat seinen Wert, wie irgendein berühmter Stratege bestimmt schon einmal gesagt hat. Für mich zumindest hat das Unternehmen eines gebracht, die Überzeugung nämlich, daß bei der ›Magenta Star‹ etwas faul ist. Gewiß nichts Schauriges, wie etwa eine Ladung Gorillas auf dem Achterdeck; eher ein allzu offensichtlicher Schmuggel oder etwas Derartiges.«
»Möglich, aber im Grunde geht uns das nichts an«, sagte Lucio. »Auf dieser Seite ist alles in Ordnung.«
»Anscheinend ja.«
»Weshalb anscheinend? Es ist doch alles vollkommen klar.«
»López zweifelt vernünftigerweise an jeder übermäßigen Klarheit«, sagte Raúl. »Wie der bengalische Dichter aus Santiniketán einst sagte: Nichts blendet so wie ein Übermaß an Klarheit.«
»Nun ja, Dichterworte.«
»Darum zitiere ich sie, und ich hatte sogar die Bescheidenheit, sie einem Dichter zuzuschreiben, der nie dergleichen gesagt hat. Aber um auf López zurückzukommen, so teile ich seine Zweifel ebenso wie unser Freund Medrano. Wenn auf dem Heck etwas nicht stimmt, dann wird der Bug früher oder später angesteckt werden. Nennen wir es Typhus 224 oder ein paar Tonnen Marihuana; von hier bis Japan ist ein weiter salziger Weg, meine Lieben, und viele gefräßige Fische lauern unterm Kiel.«
»Brr... jag mir doch nicht solche Schauer über den Rücken!« sagte Paula. »Seht euch Nora an, die Ärmste, sie ist wirklich erschrocken.«
»Ich weiß nicht, ob Sie bloß Spaß machen«, sagte Nora und warf Lucio einen erstaunten Blick zu, »aber du hast mir doch gesagt...«
»Und was hätte ich dir sagen sollen, daß sich Dracula auf dem Schiff herumtreibt?« protestierte Lucio. »Hier wird maßlos übertrieben; als Zeitvertreib mag das ja recht lustig sein, aber man sollte nicht die Leute glauben machen, das Gerede sei ernst gemeint.«
»Was mich angeht«, sagte López, »so meine ich es völlig ernst, und ich beabsichtige nicht, die Hände in den Schoß zu legen und brav zuzusehen.«

Paula applaudierte spöttisch.
»Einzig, Jamaica John! Ich habe nichts Geringeres von Ihnen erwartet, aber dieser Heroismus, nein wirklich ...«
»Seien Sie nicht albern«, sagte López unverblümt. »Und geben Sie mir eine Zigarette; ich habe keine mehr.«
Raúl unterdrückte eine Geste der Bewunderung. Oho, Junge. Nein, das würde noch gut werden. Er beobachtete, wie Lucio versuchte, das verlorene Terrain zurückzugewinnen, und wie Nora, das sanfte Unschuldslamm, ihn um das Vergnügen brachte, seine Erklärungen zu akzeptieren. Für Lucio war die Sache ganz einfach: Typhus. Der kranke Kapitän, das infizierte Achterdeck, ergo elementare Vorsichtsmaßnahmen. ›Es ist schlimm‹, dachte Raúl, ›die Pazifisten müssen ihr Leben lang Krieg führen, die Ärmsten. Lucio wird sich im ersten Hafen, den wir anlaufen, ein Maschinengewehr kaufen.‹
Paula schien mitfühlender und folgte Lucios Argumentation mit einem ungemein aufmerksamen Gesicht, das Raúl nur allzu gut kannte.
»Endlich treffe ich jemanden mit gesundem Menschenverstand. Den ganzen Tag bin ich von Verschwörern umgeben gewesen, von Letzten Mohikanern, von Bombenlegern aus Sankt Petersburg. Es tut gut, einen Mann mit festen Überzeugungen zu treffen, der sich von den Demagogen nicht mitreißen läßt.«
Lucio war sich durchaus nicht sicher, ob das als Lob aufzufassen war, und verteidigte seinen Standpunkt um so vehementer. Wenn es etwas zu tun gälte, dann doch wohl dies: Man sollte dem Ersten Steuermann eine von allen unterzeichnete (natürlich nur von allen, die es wünschten) Nachricht schicken, die Passagiere der ›Malcolm‹ verstünden und respcktierten die ungewöhnliche Lage an Bord. Allenfalls könnte man erwähnen, daß der Kontakt zwischen Offizieren und Passagieren nicht in dem Maße offen gewesen sei, wie ...
»Aber hören Sie doch auf«, murmelte Raúl gelangweilt. »Wenn diese Burschen schon in Buenos Aires Typhus an Bord hatten, dann sind sie Arschlöcher, daß sie uns aufs Schiff genommen haben.«
Nora war so starke Worte nicht gewohnt und blinzelte. Paula hatte alle Mühe, nicht laut loszulachen, aber wieder ergriff sie Lucios Partei und äußerte die Vermutung, die Epidemie müsse über-

raschend ausgebrochen sein, als das Schiff eben die Bucht verlassen habe. Völlig verunsichert und ratlos hätten die rechtschaffenen Offiziere vor Quilmes festgemacht, dessen wohlbekannte Industrieabgase vermutlich nicht gerade dazu beigetragen hätten, die Atmosphäre auf dem Achterdeck zu verbessern.

»Ja, ja«, sagte Raúl, »und das Ganze in leuchtendem Technicolor.«

López hörte Paula mit einem halb belustigten, halb ironischen Lächeln zu. Er fand sie amüsant, aber bloß auf eine süßsaure Weise. Nora versuchte zu begreifen, war jedoch so verwirrt, daß sie schließlich nur noch in ihre Kaffeetasse starrte und eine ganze Weile nicht mehr hochblickte.

»Nun, wie auch immer«, sagte López, »das freie Spiel der Meinungen ist einer der Vorzüge der Demokratie. Ich jedenfalls schließe mich dem kräftigen Epitheton an, das Raúl vor einer Minute gebraucht hat. Wir werden ja sehen, was passiert.«

»Nichts wird passieren, das ist das Schlimme für euch«, sagte Paula. »Ihr werdet kein Spielzeug mehr haben, und die Reise wird euch abscheulich langweilig vorkommen, wenn man uns noch dieser Tage auf das Achterdeck läßt. A propos Deck, ich gehe nach draußen, die Sterne betrachten, bestimmt funkeln sie ganz unwahrscheinlich.«

Sie stand auf, ohne jemanden besonders anzusehen. Dies allzu einfache Spiel langweilte sie mehr und mehr, und sie ärgerte sich, daß López ihr nicht geholfen hatte, gleichgültig ob pro oder contra. Sie wußte, daß er es gar nicht abwarten konnte, ihr zu folgen, daß er aber erst viel später vom Tisch aufstehen würde. Sie wußte auch, daß noch etwas anderes geschehen würde, und ihre gute Laune kehrte zurück, vor allem, da Raúl es auch bemerken würde, und alles machte viel mehr Spaß, wenn Raúl daran teilhatte.

»Kommst du nicht mit?« fragte Paula und sah ihn an.

»Nein, danke. Die Sterne, dieser Schmuckladen ...«

Sie dachte: ›Jetzt wird er gleich aufstehen und sagen ...‹

»Ich gehe auch an Deck«, sagte Lucio und stand auf. »Kommst du mit, Nora?«

»Nein, ich möchte lieber noch ein bißchen in der Kabine lesen. Bis später.«

Raúl blieb mit López zurück. López verschränkte die Arme mit der Miene eines Scharfrichters aus den Illustrationen zu Tausendundeine Nacht. Der Steward räumte die Kaffeetassen fort, während Raúl jeden Augenblick das Sausen des Türkensäbels und das Geräusch eines zu Boden fallenden Kopfes erwartete.

Reglos stand Persio am äußersten Punkt des Bugs, als er sie kommen hörte; vereinzelte, vom lauen Wind auseinandergerissene Worte wehten vor ihnen her. Er hob den Arm und zeigte ihnen den Himmel.
»Sehen Sie nur, welch eine Pracht«, sagte er begeistert. »Das ist nicht der Himmel von Chacarita, glauben Sie mir. Dort liegt immer ein giftiger Dunst, ein widerwärtiger fettiger Vorhang zwischen meinen Augen und dieser ganzen Pracht. Sehen Sie, sehen Sie? Das ist der höchste Gott, ausgebreitet über der Welt, der Gott mit seinen unzähligen Augen ...«
»Ja, sehr schön«, sagte Paula. »Ein wenig eintönig auf die Dauer wie alles Majestätische und Erhabene. Nur im kleinen gibt es wirkliche Vielfalt, finden Sie nicht auch?«
»Ah, aus Ihnen sprechen die Dämonen«, sagte Persio höflich. »Vielfalt ist das wahre Versprechen der Hölle.«
»Unglaublich, wie verrückt dieser Kerl ist«, murmelte Lucio, als sie weitergingen und im Schatten verschwanden.
Paula setzte sich auf eine Taurolle und bat um eine Zigarette; sie brauchten eine ganze Weile, um sie anzuzünden.
»Es ist heiß«, sagte Lucio. »Komisch, hier draußen ist es heißer als in der Bar.«
Er zog das Jackett aus, und in seinem weißen Hemd zeichnete er sich deutlich gegen das Halbdunkel ab. Auf diesem Teil des Decks war sonst niemand, nur der Wind summte manchmal in den straff gespannten Tauen. Paula rauchte schweigend und blickte auf den unsichtbaren Horizont. Wenn sie einen Zug machte, ließ die Glut der Zigarette den roten Tupfen ihres Haares in der Nacht aufleuchten. Lucio dachte an Noras Gesicht. Was für ein dummes, dummes Ding! Na gut, dann würde sie es eben von jetzt an lernen. Ein Mann ist frei, und es ist nichts Schlechtes dabei, wenn er mit einer anderen Frau einen Spaziergang an Deck machen geht. Verdammte bürgerliche Konventionen, die Erziehung in der Nonnenschule, o Maria Mutter Gottes und anderer Blödsinn mehr, mit weißen Blumen und bunten Heiligenbildchen. Liebe war eine Sache, Freiheit eine andere, und wenn sie glaubte, sie könne ihn

ein Leben lang so unterjochen wie in der letzten Zeit, einfach weil sie sich nicht entschließen wollte, die Seine zu werden, dann ... Er glaubte Paulas Augen auf sich zu fühlen, obwohl er sie unmöglich sehen konnte. Dem guten Raúl schien es nicht viel auszumachen, daß seine Freundin mit einem anderen allein war; im Gegenteil, er hatte sie mit einer amüsierten Miene betrachtet, als kenne er ihre Launen schon. Selten war er so merkwürdigen Leuten begegnet wie auf diesem Schiff. Und Nora, wie sie da mit offenem Mund saß, wenn Paula etwas sagte, wie schockiert sie über deren Kraftausdrücke war. Und dann Paulas verblüffende Art, ein Thema anzugehen. Aber als es ums Achterdeck ging, hatte sie zum Glück ...

»Ich bin froh, daß wenigstens Sie meinen Standpunkt begriffen haben«, sagte er. »Es ist schön und gut, sich interessant zu machen, aber es ist nicht nötig, gleich den Erfolg der Reise aufs Spiel zu setzen.«

»Glauben Sie, daß diese Reise ein Erfolg wird?« fragte Paula gleichgültig.

»Warum nicht? Es hängt ein wenig von uns selbst ab, scheint mir. Wenn wir uns mit den Offizieren verfeinden, können sie uns das Leben schwermachen. Ich habe meinen Stolz wie jeder andere«, fügte er hinzu, das Wort Stolz hob er besonders hervor, »aber es ist nicht nötig, die ganze Kreuzfahrt wegen einer dummen Laune zu verderben.«

»Ach, nennt man das wirklich eine Kreuzfahrt?«

»Machen Sie sich bitte nicht über mich lustig.«

»Ich frage im Ernst, diese vornehmen Wörter sind für mich immer wieder überraschend. Schauen Sie, schauen Sie, eine Sternschnuppe.«

»Wünschen Sie sich etwas, schnell.«

Paula wünschte sich etwas. Für den Bruchteil einer Sekunde war der Himmel nach Norden hin eingerissen, ein feiner Sprung, der den wachsamen Persio bestimmt entzückt hatte. ›Nun, mein Junge‹, dachte Paula, ›jetzt werden wir diesem Blödsinn mal ein Ende bereiten.‹

»Nehmen Sie mich nicht zu ernst«, sagte sie. »Ich war wohl nicht ganz aufrichtig, als ich vorhin Ihre Partei ergriffen habe. Es war eine Frage ... sagen wir, des Sportgeistes. Ich sehe nicht gern, wenn jemand unterlegen ist; ich gehöre zu denen, die immer dem Kleinsten oder Dümmsten zu Hilfe kommen.«

»Ah«, sagte Lucio.
»Ich habe mich ein wenig über Raúl und die anderen lustig gemacht, weil ich es ziemlich komisch finde, wie sie sich in Buffalo Bill und seine Freunde verwandelt haben; aber es wäre sehr gut möglich, daß sie recht haben.«
»Die und recht haben«, sagte Lucio verärgert. »Ich war Ihnen dankbar, als Sie meine Partei ergriffen, aber wenn Sie das nur getan haben, weil Sie mich für einen Dummkopf halten ...«
»Oh, nehmen Sie das doch nicht so wörtlich. Außerdem verteidigen Sie die Prinzipien der Ordnung und der etablierten Hierarchien, was in manchen Fällen mehr Mut erfordert, als die Bilderstürmer ahnen. Für Dr. Restelli zum Beispiel ist es leicht, aber Sie sind sehr jung, und auf den ersten Blick wirkt Ihre Haltung unsympathisch. Ich weiß nicht, weshalb man sich junge Menschen immer mit einem Stein in jeder Hand vorzustellen hat. Vermutlich ist es eine Erfindung der Alten, ein guter Vorwand, ihnen um keinen Preis der Welt die *Polis* rauszurücken.«
»Die *Polis*?«
»Ja, genau. Ihre Frau ist bezaubernd, sie hat so etwas Unschuldiges, das mir gefällt. Aber sagen Sie ihr das nicht, denn Frauen verzeihen diese Art von Bemerkungen nicht.«
»So unschuldig, wie Sie glauben, ist sie auch nicht. Sie ist ein wenig... es gibt ein Wort dafür... Nicht furchtsam, aber so etwas Ähnliches.«
»Brav.«
»Genau. Daran ist die Erziehung in ihrem Elternhaus schuld, von den verdammten Nonnen ganz zu schweigen. Sie sind vermutlich nicht katholisch?«
»O doch«, sagte Paula. »Sogar streng katholisch. Taufe, erste Kommunion, Firmung. Ich habe es zwar noch nicht bis zur Ehebrecherin oder Samariterin gebracht, aber so Gott mir Gesundheit und ein langes Leben schenkt...«
»Dacht ich mir's«, sagte Lucio, der nicht allzu gut verstanden hatte. »Ich habe in diesen Dingen natürlich sehr liberale Ansichten. Nicht daß ich Atheist wäre, aber ich bin sicher nicht das, was man religiös nennt. Ich habe viel darüber gelesen und halte die Kirche für ein Übel der Menschheit. Können Sie begreifen, daß es im Jahrhundert der künstlichen Satelliten in Rom noch einen Papst gibt?«

»Jedenfalls ist der nicht künstlich«, sagte Paula, »und das ist doch auch etwas.«
»Ich meine ... immer streite ich mich mit Nora über das gleiche, und am Ende werde ich sie auch überzeugen. Einiges hat sie schon angenommen ...« Er unterbrach sich, da er das unangenehme Gefühl hatte, Paula könne in seinen Gedanken lesen. Aber eigentlich war es für ihn bestimmt sogar günstiger, ganz offen zu ihr zu sein, bei einem so freisinnigen Mädchen konnte man nie wissen. »Wenn Sie versprechen, es nicht weiterzusagen, werde ich Ihnen etwas sehr Persönliches gestehen.«
»Ich weiß schon«, sagte Paula, von ihrer eigenen Sicherheit überrascht. »Es existiert kein Trauschein.«
»Wer hat Ihnen das gesagt? Aber niemand ...«
»Na, Sie selbst. Die jungen Sozialisten beginnen immer damit, die katholischen Mädchen zu bekehren, und sind zum Schluß selbst die Bekehrten. Machen Sie sich keine Sorgen, ich werde verschwiegen sein. Und hören Sie: Heiraten Sie das Mädchen.«
»Ja, natürlich. Aber ich bin schon ganz schön groß für Ratschläge.«
»Von wegen ganz schön groß«, sagte Paula herausfordernd. »Sie sind ein netter kleiner Junge, mehr nicht.«
Verstimmt und zugleich befriedigt, rückte Lucio näher. Da sie ihm schon die Gelegenheit gab und da sie ihn so herausforderte, und noch dazu so vertraulich, würde er sie lehren, die Intellektuelle zu spielen.
»Weil es hier so dunkel ist«, bemerkte Paula, »weiß man manchmal nicht genau, wo man seine Hände hat. Ihnen würde ich raten, sie in die Taschen zu stecken.«
»Komm schon, Dummchen«, sagte er und schlang den Arm um ihre Taille. »Wärme mich, mir ist kalt.«
»Ah, ganz wie in den nordamerikanischen Romanen. Haben Sie so Ihre Frau erobert?«
»Nein, so nicht«, sagte Lucio und versuchte sie zu küssen. »So, und so. Los schon, hab dich nicht so, Kleine, begreifst du denn nicht ...«
Paula befreite sich von seinem Arm und sprang auf die Füße. »Armes Mädchen«, sagte sie und ging auf die Treppe zu. »Armes Ding, ich fange an, sie wirklich zu bedauern.«
Lucio folgte ihr. Wütend mußte er feststellen, daß Don Galo in

der Nähe war, ein seltsamer Hippogryph unter dem Sternenlicht, eine vielfältige und einzige Gestalt, in der Chauffeur, Stuhl und er selbst beunruhigende Proportionen annahmen. Paula seufzte.
»Ich weiß, was ich tun werde«, sagte sie. »Ich werde Trauzeuge bei Ihrer Hochzeit sein und Ihnen sogar einen schönen Tafelaufsatz schenken. Ich habe kürzlich einen im Kaufhaus *Dos Mundos* gesehen.«
»Sind Sie böse?« fragte Lucio, indem er rasch die familiäre Anrede fallenließ. »Paula ... lassen Sie uns Freunde sein, ja?«
»Mit anderen Worten, ich soll den Mund halten. Stimmt's?«
»Was kümmert's mich, was Sie erzählen. Raúl wird es wohl mehr interessieren, wenn wir schon dabei sind.«
»Raúl? Sie können ja die Probe machen. Wenn ich nichts zu Nora sage, dann deshalb, weil ich keine Lust dazu habe, und nicht, weil ich Angst hätte. Gehen Sie Ihren Kinderkaffee trinken«, fügte sie plötzlich hinzu. »Und grüßen Sie mir Juan B. Justo von Ihrer Sozialistischen Partei.«

E

So wunderbar es ist, daß sich der Inhalt eines Tintenfasses in Die Welt als Wille und Vorstellung *verwandeln konnte oder daß das Reiben einer Hautpapille gegen einen getrockneten und gespannten Zylinder aus Darmgewebe das erste Polygon eines Fugato in den Raum steigen läßt, so wunderbar ist es, daß die Meditation – diese Geheimtinte, dieser zarte Fingernagel, der das straffe Pergament der Nacht abklopft – die undurchsichtige Materie, welche die durstigen Ränder ihrer Leere umgibt, schließlich durchdringt und ergründet. Zu dieser vorgerückten Stunde auf dem Bug eines Schiffes gleiten unzusammenhängende Eindrücke über die unsichere Oberfläche des Bewußtseins; sie wollen Gestalt annehmen, und darum bestechen sie das Wort, das sie in diesem verwirrten Bewußtsein verkörpern wird; sie tauchen auf wie Fetzen von Sätzen, Kasus und Endung in unsinniger Folge, inmitten des Wirbels, den Hoffnung nährt, Schrecken und Freude. Die Ahnungen eines räumlichen Jenseits, dessen, das dort beginnt, wo der Fingernagel endet, der Nagel als Wort und der Nagel als Ding, kämpfen unerbittlich gegen die gleichschaltenden Kanäle, gegen die Formen aus*

Plastik und Vinyl des bestürzten und wütenden Bewußtseins, gestützt oder verdorben von der empfindsamen Strahlung, die mehr von der Haut ausgeht und von den Weichteilen als von den zierlichen Antennen, die lange zermalmt sind von soviel Erbärmlichkeit; sie suchen den direkten Zugang, sei es durch Donnergrollen, durch einen Alarmruf oder durch Selbstmord mit Leuchtgas, sie peinigen den, der sie peinigt, sie peinigen Persio, der beide Hände auf die Reling stützt und in Sterne, Migräne und Nebiolo-Wein versunken ist. Des Lichtes, des Tages, der Gesichter, die dem eigenen gleichen, der vorgekauten Unterhaltungen überdrüssig, steht Persio wie ein winziger Sumerer vor der vernichtenden Heiligkeit der Nacht und der Gestirne, das kahle Haupt zu dem Gewölbe emporgewandt, das in seinem Denken fortwährend neu beginnt und zusammenstürzt, und er kämpft mit einem Gegenwind, den nicht einmal der aufwendige Windmesser auf der Kommandobrücke anzeigt. Er öffnet den Mund ein wenig, um ihn einzufangen und zu schmecken, wer könnte sagen, ob nicht der stoßweise Hauch seiner Lungen diesen Wind erzeugt, der über seinen Körper eilt wie das Ausbrechen in die Enge getriebener Hirsche. In der völligen Einsamkeit des Bugs, den das unhörbare Schnarchen der Schläfer in ihren Kabinen in eine kimmerische Welt verwandelt, in die lebensfeindliche Region des Nordwestens, dort also richtet sich Persios zerbrechliche Gestalt auf, mit der Geste des Opfers seiner selbst, und die Galionsfigur ist aus dem Holz von Eriks Drachen geschnitzt, auf der Gischt schäumt das Trankopfer von Lemurenblut. In den Kabeln des Schiffes hat er ganz schwach den Widerhall der Gitarre gehört, der riesige Fingernagel des Raums reißt einen ersten Ton an, den die Gewöhnlichkeit der Wellen und des Windes fast sofort schon erstickt. Ein wegen seiner Monotonie und Einfallslosigkeit verdammtes Meer, eine ungeheure gallertartige grüne Kuh umfängt das Schiff, das sie wieder und wieder vergewaltigt in einem endlosen Kampf zwischen dem eisernen Penis und der klebrigen Vulva, die bei jedem Aufschäumen der Gischt erbebt. Kurzzeitig schleudert die Gitarre des Raums über dieser nichtigen, niedrigen Vereinigung ihren verzweifelten Ruf zu Persio hinab. Er mißtraut dem Gehör, hält die Augen geschlossen und weiß, daß zuletzt nur das gestammelte Vokabular, die zweifelhafte Pracht großer Worte, gleich Adlern beladen mit königlicher Beute, in seinem innersten Selbst, in den tiefsten Empfindungen seines Seins und Verstehens, dem unerträglichen Widerhall der Saiten antworten werden. Winzig und vorwitzig bewegt er sich wie eine Fliege auf Flächen, die unmöglich zu bewältigen sind, zögernd tasten Geist und Lippen nach dem Munde der Nacht, nach dem Fingernagel des Raums, ordnen mit den bleichen Händen des Mosaiklegers die blauen, goldenen und käfergrünen Fragmente zu den allzu zarten Umrissen dieser musikalischen Skizze, die um ihn entsteht. Plötzlich bricht ein Wort, ein rundes und schweres Substantiv – denn nicht immer haftet das Stück im Mörtel – mitten aus dem Bauwerk heraus, und es zischt wie bei einer Schnecke in den Flammen. Persio senkt den Kopf und versteht nun nichts mehr, kaum versteht er noch, daß er aufgehört hat zu verstehen; doch seine Hingabe gleicht der Musik, die sich mühelos hält in den Lüften der Erinnerung, wieder öffnet er leicht seine Lippen, schließt die Augen und wagt es, ein neues Wort auszusprechen, noch eines dann und noch eines, und ein Atem, den Lungen allein nicht erklären können, trägt sie. Von solchen Bruchstücken von Heldenmut überdauern Lichtblitze, die Persio blenden, jähe Annäherungen, vor denen seine Furchtsamkeit ebenso zurückzuckt, als würde man versuchen, sein Gesicht in einen Kürbis voll Tausendfüßler zu stecken; er ist an die Reling gefesselt, als sei selbst sein Körper am Rand einer entsetzlichen Freude oder frohen Entsetzens, da nichts von all dem, was den bedingten Reflexen unterworfen ist, diesen Moment überlebt; doch hartnäckig beschwört und empfängt er die undeutlichen Bilder, die entstellt und verzerrt auf ihn einstürzen, linkisch bewegt er die Schultern inmitten der Wolken von Fledermäusen, Fetzen von Opernmelodien, von Fahnenabzügen im Oktavformat, von Straßenbahnfragmenten mit der Reklame von Einzelhändlern, von Verben, die sich aus Mangel an Kontext nicht verfestigen. Das Triviale, die verfaulte, die wertlose Vergangenheit, die mutmaßliche und illusorische Zukunft verschmelzen zu einem fettigen, übelriechenden Pudding, der ihm die Zunge platt drückt und seinen Gaumen mit einem bitteren Belag überzieht. Gern hätte er die Arme in einer verzweifelten Geste ausgebreitet, um sich auf einen Schlag, mit einem Schrei von diesem erbärmlichen Gewimmel zu befreien, das sich im verschlungenen und feindlichen Finale eines griechisch-römischen Ringkampfes selber zerstört. Er weiß, daß seiner Alltäglichkeit irgendwann ein Seufzer entschlüpfen und alles mit dem gestammelten Eingeständnis der Unmöglichkeit zunichte machen wird, daß dann der Angestellte im Urlaub sagen wird: ›Es ist schon spät, in der Kabine brennt Licht, das Bettzeug ist aus Leinen, die Bar ist geöffnet‹, und vielleicht wird er den abscheulichsten aller Verzichte hinzufügen: ›Morgen ist auch noch ein Tag‹; seine Finger graben sich in das Eisen der Reling, umklammern es derart, daß das Überleben von Dermis und Epidermis schon mehr als nur Walten der Vorsehung ist. Im Begriff sein – und dieser Begriff kehrt wieder und wieder, alles ist im Begriff, alles kann jederzeit aufhören, es zu sein – Persio ist im Begriff, das Schiff ist im Begriff, die Gegenwart ist im Begriff, der Begriff ist im Begriff: Widerstand leisten, noch dableiben, sich zum Wegnehmen darbieten, sich als Bewußtsein zerstören, um gleichzeitig Beute und Jäger zu sein, die Begegnung, die alle Gegensätze aufhebt, das Licht, das sich selbst leuchtet, die Gitarre, welche das Ohr ist, das sich selber lauscht. Und er hat den Kopf gesenkt, alle Kräfte sind erlahmt, und er fühlt, wie das Unheil gleich lauwarmer Suppe oder einem riesigen Fleck die Aufschläge seines neuen Rockes durchdringt, die tosende Schlacht zwischen Ja und Nein scheint abzuebben, das Geschrei, das ihm die Schläfen zum Bersten brachte, läßt nach, der Kampf geht wohl weiter, aber er findet jetzt in einer Eisesluft statt, in einem Kristall, Reiter von Uccello erstarren, während sie zum mörderischen Lanzenstoß ansetzen, der Schnee aus russischen Romanen zittert in einem Briefbeschwerer regloser Flocken. Auch die Musik über ihm fügt sich nach einer eigenen Ordnung, ein gespannter, anhaltender Ton gewinnt nach und nach Sinn, duldet einen zweiten Ton und überläßt seinen Tonwert der Melodie, um Teil eines reicheren Akkords zu werden, sich darin zu verlieren, und aus diesem Verlust erwächst eine neue Musik, die Gitarre löst sich wie ein Haar auf dem Kissen, und alle Fingernägel der Sterne senken sich auf Persios Kopf, zerfetzen ihn in einer unendlich süßen Qual des Vollzugs. An sich selbst, an das Schiff und an die Nacht gefesselt – verzweifelte Bereitschaft, die reine Erwartung ist, reine Duldung –, fühlt Persio, daß er hinabsteigt oder daß die Nacht heraufsteigt und sich über ihn ausbreitet, und eine Bewegung läßt ihn aufbrechen wie einen reifen Granatapfel, bietet ihm endlich seine eigene Frucht, sein letztes Blut, das eins ist mit den Formen des Meeres, des Himmels, den Barrieren von Raum und von Zeit. So singt er selbst, er, der glaubt, das Lied der unendlich großen Gitarre zu hören, und er ist es, der weiter zu sehen beginnt, als seine Augen vermögen, er sieht, was hinter dem Schott ist, hinter dem Windmesser, hinter der aufrechten Gestalt im düsteren Violett auf der Brücke. So ist er zugleich Aufmerksamkeit, voller Hoffnung in ihrem äußersten Grad; und auch (ohne daß ihn dies erstaunte) die Uhr über der Bar, die dreiundzwanzig Uhr neunundvierzig anzeigt, und auch (ohne daß ihn dies schmerzte) der Zug 8730, der in den Bahnhof von Villa Azedo einläuft, und der 4121, auf dem Weg von Fontela nach Figueira da Foz. Aber der unfreiwillige Wunsch, das tägliche Geheimnis zu erhellen, dieser winzige Reflex seines Gedächtnisses hat genügt, und die endlich erreichte und erlebte Exzentration zersplittert wie ein Spiegel unter dem Tritt eines Elefanten, der mit Schneeflocken gefüllte Briefbeschwerer fällt auf einmal zu Boden, die Meereswogen tosen und bäumen sich wild, und schließlich bleibt nur noch das Heck, die tägliche Sehnsucht, die Vorstellung des Hecks in Persio, der vor sich hin starrt, hier an der äußersten Spitze des Bugs, der jetzt eine Träne trocknet, die ihm glühendheiß über das Gesicht rinnt. Er sieht das Heck, nur das Heck; nicht mehr die Züge, nicht mehr die Avenida Río Branco noch den Schatten des Pferdes eines ungarischen Bauern, nichts mehr – und alles ist in dieser Träne vereinigt, die seine Wange versengt, erst auf seine linke Hand und dann unbemerkt ins Meer fällt. Kaum bleiben in seiner Erinnerung, erschüttert von schrecklichen Stößen, mehr als drei oder vier Bilder dessen, was ihm zu schauen gelang: zwei Züge, der Schatten eines Pferdes. Er sieht das Heck und weint um alles zugleich, er versinkt in eine unvorstellbare, endlich übereinstimmende Kontemplation und weint so tränenlos, wie wir weinen, wenn wir aus einem Traum erwachen, von dem uns nur wenige Fäden zwischen den Fingern verbleiben, Fäden aus Gold oder Silber, aus Blut oder Nebel, Fäden, die wir vor dem schlagartigen Vergessen gerettet haben, das gar kein Vergessen ist, sondern Rückkehr zum Alltäglichen, zum Hier und Jetzt, in dem wir herumscharrend fortdauern. Das Heck also. Das, was dort drüben ist, das Heck. Ein Schattenspiel mit roten Lichtern? Das Heck dort drüben. Ein Nichts, das an nichts erinnert; keine Ankerwinden, kein Achterkastell, kein Marssegel, keine Mannschaft, keine Sanitätsflagge, keine Seemöwen, die über die Stags flögen. Doch das Heck dort drüben, alles, was Persio ist, da er zum Heck hinübersieht, die Affenkäfige an Backbord, Käfige mit wilden Affen an Backbord, ein Zoo wilder Tiere über der

Springluke des Laderaums, die Löwen und die Löwin gehen langsam in dem Drahtgehege im Kreis, während sich der Vollmond im schimmernden Fell ihrer Flanken spiegelt, sie knurren verhalten, nie krank, unempfindlich gegen das Schlingern, gleichgültig gegen das Geschnatter der hysterischen Paviane, gegen den Orang-Utang, der sich am Hintern kratzt und seine Nägel anschaut. Und dazwischen, völlig frei auf der Brücke, die Fischreiher, die Flamingos, die Igel und Maulwürfe, das Stachelschwein, das Murmeltier, die Sittiche und die Pinguine. Nach und nach erschließt sich ihm die Ordnung der Käfige und Gehege; das Durcheinander wandelt sich von Sekunde zu Sekunde in elastischere und zugleich strengere Formen, denjenigen ähnlich, die dem Musiker von Picasso – aus dem Besitz Apollinaires – Festigkeit und Eleganz verleihen; durch das Schwarz, das Violett und das Nächtliche sickern blaue und grüne Lichtblitze, gelbe Kreise, vollkommen schwarze Stellen (der Rumpf, vielleicht der Kopf des Musikers), doch alles Beharren auf dieser Analogie ist schon bloße Erinnerung und daher Verirrung, denn an einem der Ränder taucht eine flüchtige Figur auf, vielleicht Vanth, die Göttin mit den ungeheuren Flügeln, Sinnbild des Schicksals, oder vielleicht Tuculca, der Gott mit dem Gesicht eines Geiers und den Eselsohren, so wie ihn eine andere Kontemplation im Grab des Orkus darstellen konnte, es sei denn, auf dem Achterkastell gäbe es heute nacht eine Maskerade der Obermaate und Steuerleute, voll Hingabe an die Pappmaché-Kunst, oder das Fieber des Typhus 224 tränkte die Luft mit dem Delirium des Kapitäns Smith, der auf einer mit Karbolsäure getränkten Pritsche liegt und mit einem Newcastle-Akzent englische Psalmen aufsagt. Der Gedanke an einen möglichen Zirkus ergreift von Persio Besitz und schlägt eine Bresche in all diese Passivität: wo Ameisenbären, Clowns und Enten unter einem Sternenzelt über das Deck tanzen, und nur seiner unvollkommenen Vision des Hecks ist es zuzuschreiben, daß sich für Momente eschatologische Gestalten, Schatten von Volterra oder Cerveteri einschleichen und mit einem Zoo verschmelzen, der in trister Eintönigkeit für Hamburg bestimmt ist. Als er die Augen noch weiter aufreißt und auf das Meer starrt, das der Bug zerteilt und durchschneidet, werden die Farben dieses Schauspiels plötzlich viel greller, verbrennen bald seine Lider. Mit einem Aufschrei bedeckt er sein Gesicht; was er soeben gesehen hat, häuft sich wirr um seine Knie und zwingt ihn, sich stöhnend, un-

tröstlich glücklich zusammenzukrümmen, fast als habe eine seifige Hand soeben einen toten Albatros um seinen Hals gebunden.

XXXI

Zuerst wollte er hinaufgehen und ein paar Whiskys trinken, denn er war davon überzeugt, daß er sie dringend nötig hatte, aber schon im Gang spürte er die Nacht dort draußen unter dem Himmel und bekam Lust, aufs Meer zu schauen und seine Gedanken zu ordnen. Es war schon nach Mitternacht, als er sich gegen die Backbordreling lehnte und froh darüber war, allein an Deck zu sein (Persio, der durch einen der Ventilatoren verdeckt war, konnte er nicht sehen). In weiter Ferne ertönte eine Glocke, vermutlich auf dem Heck oder auf der Kommandobrücke. Medrano blickte nach oben; wie immer verursachte ihm das violette Licht, das aus der Kristallscheibe selbst zu kommen schien, ein unangenehmes Gefühl. Er fragte sich flüchtig, ob die anderen, die ihren Nachmittag im Schwimmbecken oder mit Sonnenbaden auf dem Vorderdeck verbracht hatten, wohl die Kommandobrücke beobachtet hätten; doch im Augenblick interessierte ihn ausschließlich die lange Unterhaltung mit Claudia, die in einer seltsam ruhigen, nachdenklichen Note ausgeklungen war, beinahe als seien er und Claudia allmählich neben Jorge eingeschlafen. Sie waren nicht eingeschlafen, aber vielleicht hatte ihnen wohl getan, worüber sie zuletzt sprachen. Und vielleicht auch nicht, denn in seinem Fall zumindest bedeuteten Bekenntnisse keine Lösung. Nicht die Vergangenheit war für ihn klarer geworden, aber die Gegenwart war mit einemmal angenehmer, reicher, wie eine Insel in der Zeit, die bestürmt wird von der Nacht, von der hereinbrechenden Morgendämmerung und zugleich von brackigem Wasser, dem Nachgeschmack von vorgestern, gestern, heute morgen und heute nachmittag, aber eine Insel auch, wo Claudia und Jorge bei ihm waren. Daran gewöhnt, seine Gedanken nicht zu verstümmeln, fragte er sich, ob dies sanfte Inselvokabular nicht Ausfluß eines Gefühls sei und ob seine Gedanken nicht bereits – wie schon so oft – im Licht der Zuneigung und der Ritterlichkeit schillerten. Claudia war noch immer eine gutaussehende Frau; mit ihr zu reden bedeutete eine erste und zarte Annäherung an einen Akt der Liebe. Es störte

ihn nicht länger, daß Claudia León Lewbaum weiterhin liebte; als ob ein Teil Claudias in einer anderen Wirklichkeitsebene lebte. Es war merkwürdig, es war beinahe schön.
Sie kannten sich schon so viel besser als wenige Stunden zuvor. Medrano konnte sich an keine andere Begebenheit in seinem Leben erinnern, wo eine persönliche Beziehung sich so selbstverständlich, fast wie eine Notwendigkeit ergeben hätte. Er lächelte, als er den genauen Augenblick bestimmte – er fühlte es genau, für ihn gab es keinen Zweifel –, da sie beide den Boden des Gewöhnlichen verlassen hatten und Hand in Hand in einen anderen Raum geschritten waren, wo die Worte mit Zuneigung oder Tadel, mit Lob oder Vorwurf beladen waren. Es hatte sich genau in dem Moment ereignet, als er – vor so kurzer Zeit erst, wirklich vor so kurzer Zeit – zu ihr gesagt hatte: »Die Mutter von Jorge, dem Leoncito, dem kleinen Löwen«. Und sie hatte begriffen, daß es nicht ein plumpes Wortspiel mit dem Namen ihres Mannes war, sondern daß ihr Medrano etwas in die offene Hand legte, das war wie noch warmes Brot oder eine Blume oder ein Schlüssel. Die Freundschaft begann auf der solidesten Grundlage – Unterschiede und Uneinigkeit –, denn Claudia hatte ihm gerade ein paar harte Worte gesagt, mit denen sie ihm nahezu das Recht absprach, aus seinem Leben das zu machen, was er schon sehr frühzeitig beschlossen hatte. Und mit welch vorsichtiger Schamhaftigkeit hatte sie sogleich hinzugefügt: »Wer bin ich, um Ihnen Trivialität vorzuwerfen, wo mein eigenes Leben...« Und beide waren verstummt und hatten Jorge betrachtet, der jetzt mit zu ihnen gewandtem Gesicht schlief und im sanften Licht der Kabine wunderschön aussah; ab und zu seufzte er oder stammelte etwas, wenn er gerade in einen neuen Traum eintauchte.
Persios schmächtige Silhouette überraschte ihn, aber es störte ihn nicht, ihm zu dieser Stunde und an diesem Ort zu begegnen.
»Eine überaus interessante Reise«, sagte Persio und stützte sich neben ihm auf die Reling. »Ich habe die Passagierliste studiert und bin zu erstaunlichen Folgerungen gekommen.«
»Ich würde sie gern erfahren, Freund Persio.«
»Sie sind noch nicht allzu klar, aber der wesentliche Schluß gründet sich (nebenbei ein herrliches Wort, so anschaulich) auf die Tatsache, daß fast alle von uns unter dem Einfluß von Merkur stehen. Ja, Grau ist die vorherrschende Farbe auf der Liste, die aufschluß-

reiche Gleichförmigkeit dieser Farbe, in der die Heftigkeit von Weiß und die Vernichtung von Schwarz zu Perlgrau verschmelzen, um nur eine ihrer kostbaren Nuancen zu erwähnen.«

»Wenn ich Sie richtig verstehe, dann meinen Sie, daß keine außerordentlichen, keine ungewöhnlichen Naturen unter uns sind.«

»Mehr oder weniger, ja.«

»Aber dieses Schiff ist nichts als ein beliebiger Ausschnitt Leben, Persio. Das Ungewöhnliche findet sich nur in einem verschwindend geringen Prozentsatz, außer in literarischen Erzeugnissen, die ebendarum Literatur sind. Ich habe zweimal den Ozean überquert, neben etlichen anderen Reisen. Meinen Sie, ich hätte je außergewöhnliche Leute getroffen? Ach doch, einmal im Zug nach Junín habe ich vis-à-vis von Luis Ángel Firpo gefrühstückt, der schon alt und dick, aber noch immer sympathisch war.«

»Luis Ángel Firpo ist das typische Beispiel eines Widders im Zeichen von Mars. Seine Farbe ist rot, was ja klar ist, und sein Metall das Eisen. Vermutlich gehört Atilio Presutti auch in dies Lager oder Fräulein Lavalle, die ein besonders dämonisches Naturell hat. Aber die vorherrschenden Töne sind einstimmig... Nicht daß ich mich beklage, viel schlimmer wäre ein Schiff voller Menschen, die unter dem Zeichen des Saturn oder Pluto geboren sind.«

»Ich fürchte, Ihr Weltbild ist von Büchern beeinflußt«, sagte Medrano. »Alle, die zum erstenmal auf ein Schiff kommen, meinen, dort einen anderen Menschenschlag zu treffen, daß an Bord eine Art Verwandlung stattfände. Ich bin weniger optimistisch und teile Ihre Ansicht, daß kein Held unter uns ist, keine hochgradig zerrissene Existenz, kein interessanter Fall.«

»Ah, die verschiedenen Grade. Tatsächlich, das ist sehr wichtig. Bis jetzt habe ich die Liste aus einem natürlichen Blickwinkel durchgesehen, aber ich werde wohl die unterschiedlichen Grade studieren müssen; vielleicht haben Sie recht.«

»Es wäre möglich. Sehen Sie, heute haben sich ein paar kleine Dinge ereignet, die trotzdem nicht zu überschauende Auswirkungen haben können. Trauen Sie den tragischen Gesten, dem großen Aufruhr nicht; das alles ist Literatur, glauben Sie mir.«

Er dachte daran, was ihm allein die Tatsache bedeutete, daß Claudia ihre Hand auf die Sessellehne gelegt und ab und zu die Finger bewegt hatte. Waren die großen Probleme nicht eine Erfindung fürs Publikum? Der Aufschwung zum Absoluten im Stil eines Karamasow oder Stawrogin ... Im Kleinen, fast schon im Kleinlichen, gab es daneben auch die Julien Sorels, und zuletzt war ihr Aufschwung so phantastisch wie der jedes beliebigen mythischen Helden. Vielleicht versuchte Persio gerade, ihm etwas zu sagen, das er nicht mitbekam. Er nahm ihn beim Arm, und langsam gingen sie auf dem Deck entlang.

»Sie denken auch an das Achterdeck, nicht wahr?« fragte er ohne Nachdruck.

»Ich sehe es«, sagte Persio mit noch weniger Nachdruck. »Es ist ein heilloses Durcheinander.«

»Ah, Sie sehen es.«

»Ja, für kurze Augenblicke. Gerade eben noch, um genau zu sein. Ich sehe es, und ich sehe es wieder nicht, und alles ist so verworren ... Was das Denken anbelangt: ich denke fast die ganze Zeit daran.«

»Ich kann mir vorstellen, daß es Sie erstaunen muß mitanzusehen, wie wir mit den Händen in den Taschen dabeistehen. Sie brauchen nicht zu antworten, ich denke, es ist so. Nun, mich erstaunt es ebenfalls, aber im Grunde paßt es zu unserem Gespräch über das Kleine. Wir haben ein paar Versuche unternommen und uns dabei lächerlich gemacht, und da wären wir nun dort, wo die Dinge ins Spiel kommen, die etliche Grade kleiner sind, Bagatellen wie ein Streichholz, das jemand für einen anderen anzündet, eine Hand, die auf einer Sessellehne liegt, ein spöttisches Wort, das jemandem wie ein Handschuh ins Gesicht schlägt ... All dies geschieht, Persio, Sie aber leben im Angesicht der Sterne und sehen nur das Kosmische.«

»Man kann die Sterne anschauen und gleichzeitig die Spitzen seiner Wimpern sehen«, sagte Persio ein wenig verdrossen. »Was glauben Sie, warum ich Ihnen vorhin erzählt habe, daß die Passagierliste interessant ist? Eben wegen Merkur, wegen dem Grau, wegen der Willenlosigkeit von nahezu jedermann. Wenn mich etwas anderes interessierte, wäre ich im Verlag geblieben und würde die Fahnen eines Hemingway-Romans korrigieren, in dem sich immer Dinge im großen Stil zutragen.«

»Wie dem auch sei«, sagte Medrano, »es liegt mir fern, unsere Tatenlosigkeit zu rechtfertigen. Ich glaube nicht, daß wir irgendeine Klarheit erlangen würden, wenn wir darauf bestünden; es sei denn, wir flüchteten uns eben in die großen Gesten, aber das würde vielleicht alles verderben und das Ganze würde noch lächerlicher enden, nach Art des Berges, der eine Maus gebiert. Da hätten wir es, Persio: das Lächerliche. Das ist es, wovor wir Angst haben, und darauf gründet sich (ich gebe Ihnen Ihr schönes Wort zurück) der Unterschied zwischen einem Helden und einem Mann wie mir. Das Lächerliche ist auf dem Gradmesser immer bei den kleinen Dingen angesiedelt. Der Gedanke, daß man uns zum Narren hält, ist einfach unerträglich, und aus diesem Grund ist das Achterdeck dort, und wir sind hier.«

»Ja, ich glaube, daß Herr Porriño und ich die einzigen an Bord sind, die das Lächerliche nicht fürchten. Und das nicht, weil wir Helden wären. Aber der Rest... Ah, das Grau, was für eine schwierige Farbe, so schlecht zu waschen...«

Es war eine absurde Unterhaltung, und Medrano fragte sich, ob wohl noch jemand in der Bar wäre; er brauchte einen Schluck. Persio war gewillt, sich ihm anzuschließen, aber die Tür zur Bar war abgeschlossen, und sie trennten sich mit einer gewissen Melancholie. Während er seinen Schlüssel hervorholte, dachte Medrano an die Farbe Grau und daran, wie er absichtlich das Gespräch mit Persio abgekürzt hatte, als brauche er wieder das Alleinsein. Claudias Hand auf der Sessellehne... Aber wieder dieses leichte Unbehagen in der Magengrube, das er vor Stunden Bettina genannt hatte, das aber nicht länger Bettina war noch Claudia, noch das Scheitern der Expedition, obwohl es ein wenig all dies zusammen war, und noch etwas anderes, unfaßbar und doch vorhanden, zu nah und zu tief drinnen, als daß er es hätte erkennen und festhalten können.

Dicht hinter den gesprächigen Damen, die vor dem Schlafengehen noch einmal ohne irgendeinen besonderen Anlaß hereinschauen wollten, folgte die gesetztere Erscheinung von Dr. Restelli, der Raúl und López einen Plan auseinandersetzte, den Don Galo und er in ihren abendlichen Mußestunden ausgebrütet hatten. Die gesellschaftlichen Beziehungen an Bord ließen einiges zu wünschen übrig, da sich verschiedenen Personen bislang kaum die Gelegenheit geboten hatte, miteinander bekannt zu werden, ganz abgesehen davon, daß andere dazu neigten, sich abzusondern; und aus all diesen Gründen seien Don Galo und er selbst zu dem Schluß gelangt, daß ein geselliger Abend die beste Art und Weise darstellen würde, das Eis zu brechen etc. Wenn López und Raúl sich zur Mitarbeit bereit erklärten – wie sich ganz ohne Zweifel jeder unter den Passagieren zur Verfügung stellen würde, dem sein Alter und Gesundheitszustand es gestatteten, irgendeine ganz spezielle Fähigkeit beizusteuern –, dann wäre dem Abend ein großer Erfolg gewiß, und der weitere Verlauf der Reise würde von einer weitaus brüderlicheren Gesinnung geprägt sein, wie sie dem argentinischen Wesen ohnedies viel eher entspräche; der Argentinier neige ja zu einer gewissen anfänglichen Zurückhaltung, doch sei erst einmal der erste Schritt getan, dann kenne seine Aufgeschlossenheit keine Grenzen.

»Warten Sie mal«, sagte López, ein wenig überrascht. »Ich kann ein paar Kartenkunststücke.«

»Ausgezeichnet, ganz ausgezeichnet, lieber Kollege«, sagte Dr. Restelli. »Diese Dinge, so wenig bedeutsam sie auf den ersten Blick erscheinen mögen, sind vom gesellschaftlichen Standpunkt aus höchst gewichtig. Ich habe lange Jahre literarische Zirkel, Studienvereine und Arbeitsgruppen geleitet, und ich kann Ihnen versichern, daß Zauberkunststücke immer mit allgemeinem Wohlgefallen aufgenommen werden. Bedenken Sie außerdem, daß es dank dieses Abends mit seinen geistigen und künstlerischen Begegnungen möglich sein wird, die begreifliche Unruhe zu zerstreuen, welche die unselige Nachricht von der Epidemie unter der Weiblichkeit ausgelöst hat. Und Sie, Herr Costa, was können Sie uns bieten?«

»Ich habe nicht die geringste Idee«, sagte Raúl, »aber wenn Sie mir Zeit lassen, mit Paula darüber zu reden, dann wird uns schon etwas einfallen.«

»Hervorragend, hervorragend«, sagte Dr. Restelli. »Ich bin überzeugt, daß alles zum besten gedeihen wird.«

Das war López weniger. Als er wieder mit Raúl allein war (der Steward begann die Lichter zu löschen, und es war Zeit schlafen zu gehen), entschloß er sich zu reden.

»Auf die Gefahr hin, daß Paula sich wieder über uns mokiert, was hielten Sie von einem weiteren Ausflug in die Tiefen?«

»Zu dieser Uhrzeit?« fragte Raúl erstaunt.

»Nun, es scheint nicht gerade, als ob die Zeit dort unten eine große Rolle spielte. Wir ersparen uns Zeugen, und vielleicht stoßen wir

auf den richtigen Weg. Wir müßten noch einmal den versuchen, den Sie und der junge Trejo heute nachmittag genommen haben. Ich weiß nicht genau, wo man hinuntergeht, aber wenn Sie mir den Eingang zeigen, gehe ich auch allein.«
Raúl sah ihn an. Wie schlecht doch dieser López die Prügel wegsteckte. Wie entzückt wäre Paula, wenn sie ihn jetzt hören könnte.
»Ich begleite Sie gern«, sagte er. »Ich bin nicht müde, und vielleicht wird es ganz amüsant.«
López kam der Gedanke, daß es gut gewesen wäre, Medrano zu verständigen, aber vermutlich war er schon zu Bett gegangen. Die Tür im Durchgang stand erstaunlicherweise immer noch offen, und sie stiegen hinab, ohne jemandem zu begegnen.
»Hier habe ich die Waffen gefunden«, erklärte Raúl. »Und dort waren zwei Lipiden, einer der beiden von beachtlicher Statur. Sehen Sie, das Licht brennt noch immer; es muß eine Art Wachraum sein, obwohl es eher wie das Hinterzimmer einer Wäscherei oder etwas ähnlich Schlampiges aussieht. Gehen wir.«
Zuerst sahen sie ihn nicht, weil der Matrose, der Orf genannt wurde, sich hinter einem Stapel leerer Säcke niedergehockt hatte. Langsam stand er auf, mit einer schwarzen Katze im Arm, und sah sie ohne Überraschung an, aber mit einem gewissen Unwillen, als wäre dies keine Zeit, ihn zu stören. Wieder verblüffte Raúl das Aussehen des Lagerraumes, der bald einer Kabine, bald mehr einem Wachraum glich. López' Blick verharrte bei den hypsometrischen Karten, die ihn an die Atlanten seiner Kindheit erinnerten, an seine Leidenschaft für die Farben und Linien, in denen sich die Vielfalt des Universums spiegelte, all dessen, was nicht Buenos Aires war.
»Er heißt Orf«, sagte Raúl und wies auf den Matrosen. »Im allgemeinen redet er nicht. *Hasdala*«, fügte er liebenswürdig mit einer Handbewegung hinzu.
»Hasdala«, sagte Orf. »Ich weise Sie darauf hin, daß Sie hier nicht bleiben können.«
»Na, so stumm ist er ja gar nicht«, sagte López, während er versuchte, anhand des Akzents und seines Namens Orfs Nationalität zu erraten. Er kam zu dem Schluß, daß es leichter sei, ihn einfach als Lipiden zu betrachten.
»Das haben Sie uns schon heute nachmittag gesagt«, bemerkte

Raúl, indem er sich auf die Bank setzte und seine Pfeife hervorzog. »Wie geht es inzwischen Kapitän Smith?«
»Ich weiß nicht«, sagte Orf und ließ die Katze an seinem Hosenbein hinunterklettern. »Es wäre besser, Sie würden gehen.«
Er sagte es nicht besonders nachdrücklich und setzte sich schließlich auf einen Schemel. López hatte sich auf der Kante eines Tisches niedergelassen und studierte die Karten im einzelnen. Er hatte die Tür im Hintergrund bemerkt und fragte sich, ob er sie wohl mit einem Satz erreichen und öffnen könnte, ehe Orf ihm den Weg abschnitte. Raúl hielt Orf seine Tabaksdose hin, und dieser bediente sich. Er rauchte eine alte Pfeife mit einer Holzschnitzerei, die entfernt an eine Nixe erinnerte, ohne daß ihr Schöpfer den Fehler begangen hätte, sie im Detail nachzubilden.
»Sind Sie schon seit langem Matrose?« fragte Raúl. »Ich meine auf der ›Malcolm‹.«
»Zwei Jahre. Ich bin einer von den Neueren.«
Er stand auf, um seine Pfeife mit dem Streichholz anzuzünden, das ihm Raúl hinhielt. In dem Augenblick, da López vom Tisch sprang, um die Tür zu erreichen, hob Orf die Bank hoch und ging auf ihn zu. Auch Raúl erhob sich, denn Orf hatte die Bank an einem ihrer Beine gepackt, und das war durchaus nicht die Art, wie man normalerweise eine Bank anfaßt; aber noch ehe sich López der drohenden Geste bewußt werden konnte, senkte der Matrose die Bank, stellte sie vor die Tür und setzte sich darauf, alles in einer Weise, daß es wie eine einzige Bewegung wirkte und fast wie eine Ballettfigur aussah. López blickte auf die Tür, steckte die Hände in die Hosentaschen und wandte sich zu Raúl um.
»Orders are orders«, sagte Raúl und zuckte die Achseln. »Ich glaube, unser Freund Orf ist ein prächtiger Kerl, aber die Freundschaft hört da auf, wo die Türen anfangen, stimmt's, Orf?«
»Immer wieder fangen Sie damit an, immer wieder«, sagte der vorwurfsvoll. »Sie dürfen dort nicht durch. Es wäre besser, Sie würden ...«
Mit anerkennender Miene sog er den Rauch ein.
»Sehr gute Tabak, mein Herr. Haben Sie diese Tabak in Argentinien gekauft?«

»Ich kaufe diese Tabak in Buenos Aires«, sagte Raúl. »In der Calle Florida, Ecke Lavalle. Er kostet mich ein Heidengeld, aber der Rauch muß wohl selbst der Nase von Zeus angenehm sein. Was wollten Sie uns gerade empfehlen, Orf?«
»Nichts«, sagte Orf mit düsterem Gesichtsausdruck.
»Im Namen unserer Freundschaft«, sagte Raúl »Lassen Sie sich gesagt sein: Wir haben die Absicht, Sie von nun an sehr oft zu besuchen, sowohl Sie als auch Ihren Kameraden mit der blauen Schlange auf dem Arm.«
»Genau, Bob... warum gehen Sie nicht wieder auf Ihre Seite zurück? Ich freue mich ja, wenn Sie kommen...«, fügte er irgendwie betrübt hinzu. »Es ist nicht wegen mir, aber wenn etwas passiert...«
»Nichts wird passieren, Orf, das ist ja das Schlimme. Besuche und immer neue Besuche, und Sie mit Ihrem dreibeinigen Bänkchen vor der Tür. Aber zumindest werden wir rauchen, und Sie werden uns vom Kraken und vom Fliegenden Holländer erzählen.«
Durch seinen Mißerfolg verstimmt, folgte López lustlos der Unterhaltung. Wieder warf er einen Blick auf die Karten, begutachtete das Koffergrammophon (eine Ivor-Novello-Platte war aufgelegt) und sah Raúl an, der sich ganz wohl zu fühlen schien und kein Zeichen von Ungeduld zeigte. Mit Überwindung setzte er sich wieder auf die Tischkante; vielleicht würde sich doch noch eine Gelegenheit bieten, die Tür im Guten zu erreichen. Orf schien durchaus zu einer Unterhaltung aufgelegt, obwohl er seine wachsame Haltung unverändert beibehielt.
»Sie sind Passagiere und verstehen das nicht«, sagte Orf. »Was mich angeht, so hätte ich überhaupt nichts dagegen, Ihnen zu zeigen... Aber Bob und ich riskieren so schon genug. Gerade wegen Bob könnte es passieren, daß...«
»Ja?« sagte Raúl ermutigend. ›Ein Alptraum‹, dachte López. ›Keinen einzigen Satz spricht er zu Ende; er redet wie durch den Wolf gedreht.‹
»Sie sind Erwachsene und Sie sollten auf ihn aufpassen, weil...«
»Auf wen?«
»Den Jungen«, sagte Orf. »Den, der das letzte Mal bei Ihnen war.«
Raúl hörte auf, auf der Kante seines Hockers herumzutrommeln.

»Das verstehe ich nicht«, sagte er. »Was ist mit dem Jungen?« Wieder bekam Orf einen gequälten Gesichtsausdruck und sah nach der hinteren Tür, als fürchte er, jemand könnte ihn belauschen.
»Eigentlich ist gar nichts«, sagte er. »Ich meine ja nur, Sie sollten ihm das sagen... Keiner von Ihnen sollte hierherkommen«, schloß er fast wütend. »Und jetzt muß ich schlafen gehen, es ist spät.«
»Warum darf man nicht durch diese Tür?« fragte López. »Geht es hier zum Heck?«
»Nein, hier geht es zur... Nun, es beginnt weiter hinten. Hier kommt eine Kabine. Sie dürfen nicht durch.«
»Gehen wir«, sagte Raúl und steckte seine Pfeife ein. »Für heute nacht reicht es mir. Adieu, Orf, bis bald.«
»Sie kommen besser nicht wieder«, sagte Orf. »Nicht wegen mir, aber...«
Im Gang fragte sich López laut, was für einen Sinn diese unzusammenhängenden Sätze haben mochten. Raúl, der ihm leise pfeifend folgte, schnaubte ungeduldig.
»Ich fange an, gewisse Dinge zu verstehen«, sagte er. »Den Rausch, zum Beispiel. Es kam mir gleich seltsam vor, daß ihm der Steward soviel zu trinken gegeben haben sollte; ich dachte, er wäre schon von einem Glas betrunken gewesen, aber bestimmt war es mehr als eines. Und der Tabakgestank... Es war Lipidentabak, verdammter Mist.«
»Der Junge hatte bestimmt das gleiche vor wie wir«, sagte López bitter. »Letzten Endes wollen wir uns doch alle damit hervortun, daß wir das Geheimnis aufdecken.«
»Ja, aber er riskiert mehr.«
»Glauben Sie? Er ist jung, aber so jung auch nicht.«
Raúl schwieg. López, der sich oben auf der Treppe umwandte, war von seinem Gesichtsausdruck betroffen.
»Sagen Sie mir eines: Warum tun wir nicht das einzige, was bei diesen Burschen wirkt?«
»Nämlich?« fragte Raúl zerstreut.
»Ihnen eine ordentliche Tracht Prügel verabreichen. Vor einer Minute hätten wir diese Tür erreichen können.«
»Vielleicht, aber ich bezweifle die Wirksamkeit dieser Methode, zumindest beim augenblicklichen Stand der Dinge. Orf scheint ein

riesig netter Kerl zu sein, und ich kann mir nicht recht vorstellen, wie ich ihn am Boden festhalte, während Sie die Tür öffnen. Was weiß ich, im Grunde haben wir doch gar keine Veranlassung, so vorzugehen.«

»Ja, das ist ja das Schlimme. Bis morgen dann.«

»Bis morgen«, sagte Raúl, als spreche er gar nicht mit ihm. López sah ihn seine Kabine betreten, dann ging er durch den Gang zurück bis zum anderen Ende. Unterwegs blieb er stehen, um das System der Stahlstreben und den Mechanismus an der Tür zu betrachten, und dachte, daß Raúl in diesem Augenblick wohl Paula von ihrer erfolglosen Expedition berichten würde. Er konnte sich sehr gut Paulas spöttischen Ausdruck vorstellen. ›Ah, López war bei dir, klar...‹ Und dann eine beißende Bemerkung, irgendein Exkurs über die Dummheit von allen. Zugleich sah er noch immer Raúls Gesicht auf der Treppe, ein angstvolles, besorgtes Gesicht, das nichts mit dem Achterdeck oder den Lipiden zu tun hatte. ›Wahrhaftig, es würde mich nicht überraschen‹, dachte er. ›Dann...‹ Aber er hatte keinen Grund, sich Hoffnungen zu machen, auch wenn sein aufkeimender Verdacht mit dem übereinstimmte, was Paula gesagt hatte. ›Ich wünschte, ich könnte es glauben‹, dachte er plötzlich sehr glücklich, angstvoll und glücklich, voll idiotischer Hoffnung. »Ich werde mein Lebtag derselbe Trottel bleiben«, murmelte er und besah sich wohlgefällig im Spiegel.

Paula spottete nicht über sie; behaglich lag sie im Bett, las einen Roman von Massimo Bontempelli und empfing Raúl so gut gelaunt, daß er sich mit einem Whisky auf ihre Bettkante setzte und ihr sagte, Seeluft und Sonne begännen sie sichtlich zu bräunen.

»In drei Tagen werde ich eine skandinavische Göttin sein«, sagte Paula. »Ich freue mich, daß du gekommen bist, denn ich habe das Bedürfnis, über Literatur zu reden. Seit wir unterwegs sind, haben wir uns nicht über Literatur unterhalten, und das ist kein Leben.«

»Schieß los«, sagte Raúl und fügte sich in sein Los, ohne ganz bei der Sache zu sein. »Neue Theorien?«

»Nein, neue Beunruhigungen. Mit mir geschieht etwas ziemlich Unheimliches, Raúlito, und zwar je besser das Buch ist, das ich lese, desto mehr stößt es mich ab. Ich meine, seine literarische Qualität stößt mich ab, genauer gesagt, die Literatur stößt mich ab.«

»Dem läßt sich einfach abhelfen, indem du aufhörst zu lesen.«

»Nein, denn hier und da stoße ich auf ein Buch, das zwar nicht zur großen Literatur zählt, das mich aber trotzdem nicht anekelt. Ich ahne langsam, warum: weil der Autor auf Effekte und formale Schönheit verzichtet hat, ohne darum gleich in einen journalistischen Tonfall oder den Stil einer knochentrockenen Abhandlung zu verfallen. Es ist schwer zu erklären; ich verstehe es selbst nicht genau. Ich glaube, wir müssen auf einen neuen Stil hinarbeiten, den wir, wenn du so willst, weiterhin Literatur nennen könnten, obwohl es richtiger wäre, ihm statt dessen irgendeinen anderen Namen zu geben. Dieser neue Stil kann nur aus einer neuen Sicht der Welt erwachsen. Aber wenn er eines Tages erreicht ist, wie blödsinnig werden uns dann die Romane vorkommen, die wir heute bewundern, die nur so wimmeln von billigen Kunstgriffen, von Kapiteln und Unterkapiteln mit wohlberechneten Anfängen und Schlüssen ...«

»Du gehörst zur Gilde der Lyriker«, sagte Raúl, »und alle Lyriker sind schon per definitionem Feinde der Literatur. Aber wir gewöhnlichen Sterblichen finden ein Kapitel von Henry James oder Juan Carlos Onetti, die zum Glück für uns nichts von Lyrikern an sich haben, noch immer wundervoll. Im Grunde wirfst du den Romanen vor, daß sie dich an der Nase herumführen, oder vielmehr, daß ihre Wirkung auf den Leser von außen nach innen geht und nicht umgekehrt wie in der Lyrik. Aber warum stört dich der Anteil des Konstruierten und Ausgeklügelten dabei, wenn du es doch bei Picasso oder bei Alban Berg so gut findest?«

»Ich finde es nicht so gut, ich merke es nur einfach nicht. Wäre ich Malerin oder Musikerin, würde ich mich mit der gleichen Vehemenz dagegen auflehnen. Aber es ist nicht nur das, mich betrübt die Dürftigkeit der literarischen Mittel, ihre Wiederholung ad infinitum. Du wirst sagen, in der Kunst gäbe es keinen Fortschritt, aber das ist beinahe zu bedauern. Vergleichst du die Art, wie ein alter und ein moderner Schriftsteller das gleiche Thema behandeln, dann stellst du fest, daß es zumindest im Rhetorischen kaum einen Unterschied gibt. Bestenfalls können wir sagen, daß wir perverser und informierter sind und über ein viel größeres Repertoire verfügen; aber die Füllwörter sind die gleichen geblieben, die Frauen erbleichen oder erröten, was in der Wirklichkeit nie vorkommt (zugegeben, ich werde manchmal ein bißchen grün, und du bekommst einen roten Kopf), und die Menschen handeln, denken und antworten gemäß einem universellen Handbuch der Verhaltensregeln, das sich auf einen Roman über Indien ebensogut wie auf einen Yankee-Bestseller anwenden läßt. Verstehst du mich jetzt besser? Ich spreche über die äußere Form, aber ich prangere sie an, weil diese Wiederholung der Beweis ist für die innere Sterilität; das Spiel der Variationen über ein mageres Thema wie dieser Brei von Hindemith über ein Motiv von Weber, den wir uns in einer unseligen Stunde angehört haben, wir Ärmsten.«

Erleichtert streckte sie sich im Bett aus und legte eine Hand auf Raúls Knie.

»Du siehst nicht gut aus, mein Kleiner. Erzähl der alten Paula, was los ist.«

»Oh, mir geht es ausgezeichnet«, sagte Raúl. »Viel elender sieht unser Freund López aus, nachdem du ihn so übel behandelt hast.«

»Er, du und Medrano, ihr habt es verdient«, sagte Paula. »Wie Idioten benehmt ihr euch, und der einzig Vernünftige ist Lucio. Ich brauche dir wohl nicht zu erklären ...«

»Natürlich nicht, aber López mußte glauben, du wolltest wirklich die Sache der Ordnung und das *laissez faire* verteidigen. Es hat ihn ziemlich hart getroffen, du bist sein Idealbild, seine Freyja, seine Walküre, und schau, wo du endest. Apropos enden, ich bin überzeugt, Lucio wird in der Stadtverwaltung oder an der Spitze einer Gesellschaft von Blutspendern enden – das steht geschrieben. Was für ein armseliger Kerl, mein Gott.«

»Dann läuft also auch Jamaica John mit Leichenbittermiene herum? Mein armer kläglicher Pirat ... Weißt du, ich mag Jamaica John sehr. Wundere dich nicht, wenn ich ihn miserabel behandle. Ich brauche ...«

»Oh, fang nicht mit dem Katalog deiner Bedürfnisse an«, sagte Raúl und trank seinen Whisky aus. »Ich habe dich in deinem Leben schon zu viele Mayonnaisen verderben sehen, nur weil du das Salz oder die Zitrone im falschen Augenblick hineingetan hast. Und außerdem interessiert es mich einen feuchten Kehricht, wie López auf dich wirkt und was du in ihm entdecken mußt.«

»Monsieur est fâché?«

»Nein, aber über Literatur redest du vernünftiger als über Gefühle, was bei Frauen übrigens ziemlich häufig der Fall ist. Ich weiß schon, du wirst sagen, das beweise nur, daß ich nichts von Frauen verstehe. Spar dir den Kommentar.«

»*Je ne te le fais pas dire, mon petit.* Aber vielleicht hast du recht. Gib mir einen Schluck von dem Sauzeug.«

»Morgen hast du dann eine belegte Zunge. Whisky hat um diese Zeit eine verheerende Wirkung auf dich; außerdem ist er sehr teuer, und ich habe nur vier Flaschen.«

»Gib mir ein bißchen, du dreckige Fledermaus.«

»Geh ihn dir doch selbst holen.«

»Ich bin nackt.«

»Na und?«

Paula sah ihn an und lächelte.

»Na und«, sagte sie, zog die Beine an und wühlte ihre Füße aus dem Laken. Sie tastete nach ihren Pantoffeln, während Raúl sie verdrießlich betrachtete. Mit einem Satz sprang sie auf, warf ihm das Laken ins Gesicht und ging zu dem Bord, auf dem die Flaschen standen. Die Umrisse ihres Rückens zeichneten sich im Halbdunkel der Kabine ab.

»Du hast einen hübschen Hintern«, sagte Raúl und befreite sich von dem Laken. »Bis jetzt noch keine Spur von Zellulitis. Laß mal die Vorderseite sehen.«

»Die Vorderseite wird dich weniger interessieren«, sagte Paula mit der Stimme, die ihn rasend machte. Sie goß Whisky in ein großes Glas und ging damit ins Bad, um ihn mit Wasser zu verdünnen. Betont langsam kam sie zurück. Raúl sah ihr in die Augen, dann senkte er den Blick, ließ ihn über ihre Brüste und ihren Bauch gleiten. Er wußte, was geschehen würde, und war darauf gefaßt; die Ohrfeige erschütterte sein Gesicht, und beinahe gleichzeitig hörte er Paulas erstes Schluchzen und den gedämpften Laut des Glases, das ohne zu zerbrechen auf dem Teppich aufschlug.

»Man wird die ganze Nacht nicht atmen können«, sagte Raúl. »Du hättest ihn besser getrunken, schließlich habe ich Alka Seltzer.«

Er beugte sich über Paula, die mit dem Gesicht nach unten auf dem Bett lag und weinte. Er streichelte eine Schulter, dann das kaum sichtbare Schulterblatt, seine Finger fuhren über das zarte Rückgrat und hielten am Ende des Kreuzes inne. Er schloß die Augen, um das Bild besser zu sehen, das er sehen wollte.

»... dich liebende Nora.« Sie stand auf, betrachtete ihre eigene Unterschrift, faltete das Blatt rasch zusammen, schrieb die Adresse auf den Umschlag und klebte den Brief zu. Lucio saß auf

dem Bett und versuchte, sich für eine Nummer von »Reader's Digest« zu erwärmen.
»Es ist sehr spät«, sagte Lucio. »Gehst du nicht ins Bett?«
Nora antwortete nicht. Sie ließ den Brief auf dem Tisch liegen, nahm ein paar Kleidungsstücke und ging ins Bad. Das Rauschen der Dusche kam Lucio endlos vor, als er sich mühte, die Gewissenskonflikte eines Fliegers aus Milwaukee zu begreifen, der sich mitten im Gefecht zum Anabaptismus bekehrt hatte. Er beschloß, es aufzugeben und schlafen zu gehen, doch vorher mußte er warten, bis er an der Reihe war, sich zu waschen, es sei denn... Mit zusammengebissenen Zähnen ging er zur Tür und drückte auf die Klinke: vergeblich.
»Kannst du nicht aufmachen?« fragte er so natürlich er nur konnte.
»Nein, das kann ich nicht«, antwortete Noras Stimme.
»Warum nicht?«
»Darum. Ich komme gleich.«
»Mach auf, sag ich dir.«
Nora antwortete nicht. Lucio zog seinen Schlafanzug an, hängte seine Sachen auf und räumte seine Sandalen und Schuhe weg. Endlich erschien Nora; sie hatte ein Handtuch wie einen Turban um den Kopf geschlungen, und ihr Gesicht war leicht gerötet.
Lucio bemerkte, daß sie im Bad ihr Nachthemd angezogen hatte. Sie setzte sich vor den Spiegel und begann ihr Haar zu trocknen und mit endlosen Bewegungen zu bürsten.
»Ich möchte wahrhaftig wissen, was mit dir los ist«, sagte Lucio mit betont fester Stimme. »Bist du böse, weil ich mit diesem Mädchen auf Deck spazieren war? Du hättest ja auch mitkommen können, wenn du gewollt hättest.«
Rauf, runter, rauf, runter. Nach und nach begann Noras Haar zu schimmern.
»So wenig Vertrauen hast du also zu mir? Oder hast du etwa gedacht, ich wollte mit ihr flirten? Deswegen bist du böse, habe ich recht? Ich wüßte sonst keinen Grund. Aber rede doch, sag endlich was. Es hat dir nicht gefallen, daß ich mit dem Mädchen nach draußen gegangen bin?«
Nora legte die Bürste auf die Kommode. Lucio kam es so vor, als sei sie sehr müde, so als habe sie nicht die Kraft zu reden.
»Vielleicht fühlst du dich nicht wohl?« fragte er in verändertem

Tonfall auf der Suche nach einem Ansatzpunkt. »Du bist gar nicht böse mit mir, nicht wahr? Du siehst ja, daß ich gleich zurückgekommen bin. Was ist denn schließlich auch Unrechtes dabei?«
»Man könnte fast glauben, es sei etwas Unrechtes dabei gewesen«, sagte Nora leise, »du verteidigst dich derart...«
»Weil du begreifen sollst, daß mit diesem Mädchen...«
»Hör mit dem Mädchen auf, das ich im übrigen reichlich schamlos finde.«
»Ja, warum bist du dann böse mit mir?«
»Weil du mich anlügst«, sagte Nora scharf. »Und weil du heute abend Dinge gesagt hast, die mich anwidern.«
Lucio warf die Zigarette weg und ging zu ihr hinüber. Im Spiegel war sein Gesicht fast komisch, ein richtiger Schauspieler in der Rolle des empörten und gekränkten Ehrenmannes.
»Aber was habe ich denn gesagt? Dann läßt du dich also auch schon von der Narrheit der anderen anstecken? Willst du, daß alles in die Binsen geht?«
»Gar nichts will ich. Es schmerzt mich nur, daß du mir verschwiegen hast, was heute nachmittag passiert ist.«
»Ich hatte es vergessen, das ist alles. Es kam mir einfach idiotisch vor, daß sie bei einer vollkommen klaren Sache großmäulig die Helden spielen wollten. Sie werden uns noch die Reise verderben, das sag ich dir. Sie werden sie mit ihren kindischen Scheißspielen gründlich versauen.«
»Die Kraftausdrücke kannst du dir sparen.«
»Oh, natürlich, ich vergaß, daß die Dame solche Dinge nicht hören kann.«
»Was ich nicht vertrage, sind pöbelhaftes Benehmen und Lügen.«
»Ich habe gelogen?«
»Du hast die Geschichte von heute nachmittag verschwiegen, und das ist dasselbe. Es sei denn, du hältst mich noch nicht für groß genug, um zu wissen, was du auf dem Schiff treibst.«
»Aber Liebling, wenn es doch völlig belanglos war. Es war eine Dummheit von López und den anderen, sie zogen mich in eine Sache hinein, die mich nicht interessierte, und das habe ich ihnen dann auch sehr klar gesagt.«
»Ich habe nicht den Eindruck, daß es so klar war. Wenn sich je-

mand klar ausdrückt, so sind sie es, und ich habe Angst. Genau wie du, aber ich versuche es wenigstens nicht zu beschönigen.«

»Ich Angst? Wenn du den Typhus zweihundertundsoundsoviel meinst... Was ich die ganze Zeit schon sage, ist doch genau, daß wir auf dieser Seite bleiben müssen und uns keinen Ärger aufhalsen dürfen.«

»Sie glauben nicht, daß es Typhus ist«, sagte Nora, »aber auf jeden Fall machen sie sich Sorgen, und sie verstecken es nicht wie du. Sie legen zumindest ihre Karten offen auf den Tisch und versuchen, etwas zu tun.«

Lucio seufzte erleichtert. Auf dieser Ebene löste sich alles auf, verlor an Gewicht und an Ernst. Er streckte eine Hand nach Noras Schulter aus, beugte sich über sie, um sie aufs Haar zu küssen.

»Wie töricht du bist, wie hübsch und wie töricht«, sagte er. »Da tue ich alles, um dich nicht zu bekümmern...«

»Deswegen hast du mir das von heute nachmittag nicht verschwiegen.«

»Doch, deswegen. Weshalb sollte es denn sonst gewesen sein?«

»Weil du dich geschämt hast«, sagte Nora, wobei sie aufstand und zu ihrem Bett ging. »Und jetzt schämst du dich genauso, und in der Bar wußtest du nicht, wo du dich verkriechen solltest. Schämen tust du dich, jawohl.«

Dann würde es also doch nicht so einfach sein. Lucio bereute das Streicheln und den Kuß. Nora drehte ihm entschlossen den Rükken zu; ihr Körper unter dem Laken war ein kleiner feindlicher Wall voller Unebenheiten, Steilstücken und Graten, der auf dem Kissen in einer Wildnis feuchten Haares auslief. Ein Wall zwischen ihm und ihr. Ihr Körper ein schweigender, regloser Wall.

Als er nach Zahnpasta duftend aus dem Bad zurückkam, hatte Nora das Licht ausgeknipst, ohne ihre Position zu verändern. Lucio ging zu ihr hin, stützte ein Knie auf die Bettkante und schlug das Laken zurück. Nora fuhr hoch.

»Ich will nicht, geh in dein eigenes Bett. Laß mich schlafen.«

»Oh, komm schon«, sagte er und faßte sie bei der Schulter.

»Laß mich, habe ich gesagt. Ich will schlafen.«

»Gut, ich lass' dich ja schlafen, aber ich komme zu dir ins Bett.«

»Nein, mir ist heiß. Ich will allein sein, allein.«

»So böse bist du?« sagte er mit einer Stimme, die man bei kleinen Kindern anschlägt. »So böse ist unser dummes, kleines Ding?«

»Ja«, sagte Nora und schloß die Augen, als wollte sie sein Bild auslöschen. »Laß mich schlafen.«
Lucio richtete sich auf.
»Du bist eifersüchtig, das ist nämlich los«, sagte er und entfernte sich. »Es macht dich rasend, daß ich mit Paula an Deck gegangen bin. Du bist es, die mir die ganze Zeit etwas vorlügt.«
Aber ihm antwortete niemand mehr, vielleicht hörte sie ihn nicht einmal.

F

»Nein, ich glaube nicht, daß meine Angriffsfront klarer ist als eine achtundfünfzigstellige Zahl oder eins jener nautischen Handbücher, welche die Schiffe in Seekatastrophen zu führen pflegten. Sie kompliziert sich durch ein unwiderstehliches Kaleidoskop von Wörtern, Wörter wie Masten, mit Majuskeln, die wildgewordenes Segelwerk sind. Samsara, zum Beispiel: Ich sage es, und plötzlich beginnen all meine Zehen zu zittern, und dabei beginnen weder all meine Zehen plötzlich zu zittern, noch schwankt und bebt das arme Schiff unter den Stößen Poseidons, das Schiff, das mich wie eine eher zufällige als sorgfältig geschnitzte Galionsfigur trägt. Samsara, unter mir versinkt alles Feste. Samsara, Rauch und Ausdünstungen verdrängen die Elemente, Samsara, Werk der großen Illusion, Sohn und Enkel von Mahamaya ...
So ziehen sie hinaus, hungrige, hochmütige Hündinnen mit ihren Majuskeln wie Säulen, aufgebläht von der ungemein prächtigen Trächtigkeit der überladenen Kapitelle. Wie soll ich mich an den Kleinen, seine Mutter und all diese Menschen von argentinischem Schweigen wenden, wie mit ihnen reden, von der Front sprechen, die mir in Facetten zersplittert und auseinanderfließt wie ein geschmolzener Diamant inmitten einer eisigen Schlacht von Schneeflocken? Sie würden mir nur den Rücken kehren und fortgehen; und wenn ich mich entschlösse, ihnen zu schreiben – denn manchmal denke ich an die Vorzüge eines ausführlichen, fein destillierten Manuskripts, eines Resümees langer Äquinoktien der Meditation –, würden sie meine Mitteilungen mit derselben Verwirrung fortwerfen, die sie zur Prosa verführt, zum Eigennutz, zum ausdrücklich Gesagten und zum Journalismus mit seinen vielen Ver-

kleidungen. Monolog, einsame Aufgabe einer in der Vielfalt versunkenen Seele! Was für ein Hundeleben!

(Rastlose Pirouette Persios unter den Sternen.)

Schließlich kann man sie bei der Verdauung eines Fischgerichtes nicht mit Dialektik behelligen, mit Anthropologie, mit der unfaßlichen Erzählung von Cosmas Indicopleustes, mit blitzartig erhellenden Büchern, mit der verzweifelten Mantik, die mir dort oben ihre glühenden Ideogramme darbietet. Wo ich selbst schon renne wie eine halbzertretene Kakerlake, mit eben noch der Hälfte meiner Beine von einer Planke zur anderen renne und an der schwindelnd hohen Wand eines winzigen Splitters zerschelle, den ein Nagel von Presuttis Schuh aus einer Unebenheit des Holzes gerissen hat ... Und doch beginne ich zu verstehen, es ist etwas, das zu sehr dem Schauder gleicht, ich beginne zu sehen, es ist weniger als ein Hauch von Staub, ich beginne zu beginnen, ich renne zurück, ich kehre um! Umkehren, ja, hier schlafen die Antworten ihr Larvenleben, ihre erste Nacht. Wie oft fühlte ich in Lewbaums Auto, während ich ein Wochenende in der Weite um Buenos Aires vergeudete, daß ich mich in einen Sack nähen und neben die Landstraße hätte werfen lassen sollen, auf der Höhe von Bolívar oder Pergamino, in der Nähe von Casbas oder Mercedes, an irgendeiner Stelle, wo Eulen auf den Zaunpfählen sitzen und armselige Pferde nach Futter suchen, das der Herbst ihnen nahm. Anstatt das Bonbon anzunehmen, das Jorge mir unbedingt in die Taschen stecken wollte, anstatt in der Nähe von Claudias einfacher und sorgsam gehüteter Würde glücklich zu sein, hätte ich mich der nächtlichen Pampa preisgeben sollen, so wie heute nacht einem fremdartigen, mißtrauischen Meer; ich hätte mich auf den Rücken legen sollen, damit das glühende Tuch des Himmels mich bis zum Mund bedeckte, zulassen, daß mich die Säfte des Unten und des Oben langsam zum Fraße der Würmer werden lassen; ein gepuderter Clown, der die Wahrheit darstellt des Zeltes über seinen Schellen, das Aas einer Kuh, welche die Luft auf dreihundert Meter im Umkreis verpestet, verpestet vor Glaubwürdigkeit, verpestet vor Wahrheit, verpestet für jene, die selbst schon verpestet sind, die sich die Nase mit der Geste der Tugend zuhalten und sich eilig in ihren schweren Plymouth oder in die Erinnerung an ihre Plattenaufnahmen von

Sir Thomas Beecham flüchten, oh, ihr intelligenten Dummköpfe, oh, arme Freunde!

> *(Die Nacht reißt für einen Augenblick auf, als eine Sternschnuppe herabfällt, und sekundenlang wachsen der ›Malcolm‹ Segel und Marssegel, eine altertümliche Takelung; Persio wankt, als falle ihn ein geänderter Wind von der Seite her an, und nach dem Horizont gereckt, vergißt er Radar und Fernmeldeverbindungen und fällt in einen flüchtigen Traum von Briggs und Fregatten, türkischen Karavellen, griechisch-römischen Saiken, venezianischen Polackern, holländischen Hukern, tunesischen Sindeln und toskanischen Galeoten – eher Folge der Lektüre Pío Barojas und nachmittags gegen vier immer länger werdender Stunden voll Überdruß bei Kraft als echtes Wissen um die Bedeutung dieser baumartig wuchernden Namen.)*

Weshalb solch eine wirre Anhäufung, in der ich nicht die Wahrheit von der Erinnerung, nicht die Namen von den Erscheinungen selbst unterscheiden kann? Die Abscheu vor der Echolalie, vor dem geistlosen Wortspiel. Doch mit dem alltäglichen Gerede allein bringt man es nur zu einem mit Viktualien überhäuften Tisch, zu einer Begegnung mit dem Shampoo oder dem Rasiermesser, dem Wiederkäuen eines maßvollen Leitartikels, zu einem Programm des Handelns und des Denkens, welches das brennende Sandpapier über meinem Kopf zu weniger als Asche vernichtet. Vom Gras der Pampas bedeckt, hätte ich lange Stunden auf das Geräusch des rennenden Gürteltiers lauschen sollen, oder auf das mühsame Keimen des Cinacina-Strauches. Süße und törichte Wörter der Folklore, haltloses Vorwort zu allem, das heilig ist – wie ihre klebrigen Pfoten meine Zunge liebkosen, wie sie sich dem tiefen Geißblatt gleich ausbreiten und mir nach und nach den Zugang zur wahren Nacht auftun, weit von hier und ganz nah, alles zwischen Pampas und dem Südatlantik aufheben, mein Argentinien dort hinter diesem schimmernden Vorhang; glanzlose, wenn nicht verhängnisvolle Straßen von Chacarita, Busse, die mit Farben und Anzeigen vergiftet dahinrollen! Alles verbindet sich in mir, denn alles verletzt mich, ich, der kosmische Túpac Amáru, lächerlich, Worte lallend, die selbst meinem unbestechlichen Ohr nach der Sonntagsausgabe von La Prensa *klingen oder nach einem der Vorträge Dr. Restellis, eines Lehrers an höheren Schulen. Doch in der Pampa gekreuzigt, das Gesicht emporgewandt zu dem Schweigen von Millionen lichtheller Katzen, die mich anstarren, während sie gleichgültig aus dem milchigen Rinnsal trinken, hätte ich vielleicht Zugang gefunden zu dem, was mir meine Lektüre nahm, hätte plötzlich die zweite oder dritte Bedeutungsebene all dieser Telefonbücher begriffen, des Kursbuches, mit dem ich gestern zur Belehrung des verständnisvollen Medrano hantierte, und warum der Regenschirm mir immer auf der linken Seite entzweigeht, und diese fieberhafte Suche nach ausschließlich perlgrauen oder bordeauxroten Strümpfen. Vom Wissen zum Verstehen oder vom Verstehen zum Wissen führt ein unsicherer Weg, den ich zögernd mit Hilfe eines anachronistischen Vokabulars zu erahnen beginne, mit perikleischen Meditationen und veralteten Vorlieben zur Verwunderung meiner Vorgesetzten und zum Spott der Liftjungen. Unwichtig, Persio macht weiter, Persio ist das mit der Verkehrsordnung unzufriedene Atom an der Bordsteinkante, jene winzige Rebellion, bei welcher der Katafalk der Wasserstoffbombe beginnt, ein Proömium zu dem Pilz, der die Stammgäste von der Calle Florida ergötzt und die silberne Leinwand. Ich habe das amerikanische Land während der Stunden gesehen, da es seinem letzten Geheimnis am nächsten war, ich bin zu Fuß die Höhen von Uspallata emporgestiegen, ich habe mit einem nassen Tuch auf dem Gesicht geschlafen, als ich den Chaco durchquerte, ich bin in Pampa del Infierno aus dem Zug gesprungen, um die Kühle der mitternächtlichen Erde zu spüren. Ich kenne die Gerüche der Calle Paraguay und auch die von Godoy Cruz in Mendoza, wo der Kompaß des Weines zwischen toten Katzen und Bottichen aus Eisenbeton dahinfließt. Auf jedem dieser Ausflüge hätte ich Kokablätter kauen sollen, um die einsamen Hoffnungen anzustacheln, welche die Gewohnheit auf den tiefsten Grund der Träume verbannt, um die dritte Hand in meinem Körper wachsen zu fühlen, die Hand, die darauf wartet, die Zeit zu ergreifen und umzukehren, denn irgendwo muß diese dritte Hand sein, die manchmal in einem Moment eindringlicher Poesie aufblitzt, in einem Pinselstrich, in einem Selbstmord oder einem heiligen Zeichen, und die Prestige und Ruhm sogleich verstümmeln und durch effektvolle Erläuterungen ersetzen, diese Betätigung eines leprösen Steinmetzen, die man Erklären und Be-*

gründen nennt. Ah, ich fühle, wie sich die dritte Hand in irgendeiner unsichtbaren Tasche öffnet und schließt, mit ihr möchte ich dich streicheln, wunderschöne Nacht, sanft die Namen und Daten ablösen, die allmählich die Sonne verdecken, die Sonne, die einst in Ägypten so krank wurde, daß sie erblindete und einen Gott zu ihrer Heilung brauchte ... Aber wie soll ich all dies meinen Reisegefährten erklären, mir selber, wenn ich mich alle Augenblicke in einem Spiegel des Spottes betrachte und mich selbst auffordere, in die Kabine zurückzukehren, wo mich ein Glas frisches Wasser und das Kissen erwartet, dies ungeheure weiße Feld, über das die Träume galoppieren? Wie die dritte Hand erahnen, ohne schon eins zu sein mit der Dichtung, diesem Verrat von Worten im Hinterhalt, dieser Kupplerin der Schönheit, des Wohllauts, des glücklichen Ausgangs, von so viel in Leinen gebundener, in Schulen der Stilistik erklärter Prostitution? Nein, ich will an Bord keine verständliche Dichtung, auch nicht Voodoo oder Initiationsriten. Sondern etwas Unmittelbares, das nicht so leicht durch das Wort zu verknüpfen ist, etwas, das frei ist von Tradition, damit endlich das, was jede Tradition verschleiert, wie ein Säbel aus Plutonium durch einen mit Geschichten bemalten Wandschirm stößt. So im Klee liegend hätte ich in diese Ordnung eindringen und ihre Form erlernen können, denn es werden keine Worte sein, sondern reine Rhythmen, Zeichnungen auf den empfindlichsten Stellen der Innenseite der dritten Hand, strahlende Archetypen, gewichtlose Körper, in denen die Schwerkraft fortdauert und sich sanft der Keim der Gnade regt. Etwas kommt mir immer näher, doch ich weiche zurück, ich weiß nicht, wie mich mit meinem Schatten versöhnen. Vielleicht, wenn ich einen Weg fände, Claudia etwas von alldem zu sagen und den fröhlichen jungen Leuten, die in unberechenbare Spiele hineinrennen, dann würden die Worte vielleicht zu Fackeln in dunklen Gängen und gleich hier, nicht mehr in der Ebene, wo ich meine Pflicht verriet, als ich ihr auf dem Ackerland meine Umarmung verweigerte, gleich hier würde die dritte Hand in der schwersten Stunde eine erste Uhr der Ewigkeit zerpflücken, in einem Zusammentreffen gleich dem Aufprall eines Elmsfeuers auf einem zum Trocknen ausgebreiteten Laken. Doch bin ich wie sie alle, wir sind trivial, wir sind Metaphysiker, lange bevor wir Physiker sind, wir laufen vor den Fragen davon, damit deren Fangzähne uns nicht die Hosen zerreißen, und so wurde der Fußball erfunden, und so wird man Radikaler oder Leutnant oder Korrektor bei Kraft, welch unermeßlicher Verrat! Medrano weiß dies vielleicht als einziger: wir sind trivial, und wir zahlen dafür mit Glück oder Unglück, mit dem Glück des fettgepolsterten Murmeltieres, dem verschwiegenen Unglück Raúl Costas, der einen Schwan aus Asche gegen seinen schwarzen Schlafanzug preßt, und selbst wenn wir geboren werden, um zu fragen und den Antworten nachzuspüren, etwas ungeheuer Störendem, das in der Hefe des argentinischen Brotes ist, in der Farbe der Eisenbahnfahrkarten, im Kalkgehalt unserer Gewässer – selbst dann stürzt man uns mit Gewalt in das totale Drama, springen wir auf den Tisch, um den Tanz Schiwas zu tanzen, mit einem riesigen Lingam in der Hand, oder wir laufen Amok mit Kopfschuß und Leuchtgas, von abwegiger Metaphysik, inexistenten Problemen, vermeintlich nicht Sichtbarem vergiftet, alles Dinge, welche hinter einem bequemen Vorhang aus Rauch die innere Leere verhüllen, die Statue ohne Kopf, ohne Arme, ohne Lingam, ohne Yoni, den bloßen Schein, das bequeme Zugehörigsein, die geschlechtliche Pein, den reinen Reim ad infinitum, in den auch noch das Wissen allein und das Bewußtsein hineinpassen. Weshalb werfen wir nicht als erstes die giftige Last einer Geschichte aus Dünndruckpapier zum Fenster hinaus, weigern uns, Gedenkfeiern zu begehen, und wiegen das Herz auf einer Waage von Tränen und Fasten? O Argentinien, warum diese Angst vor der Angst, diese Leere, um Leere zu verhüllen? Warum nicht anstelle des Urteils der Toten, dessen Ansehen sich auf Papyri gründet, unser, das Urteil der Lebenden, der Kopf, der an der Pyramide auf der Plaza de Mayo zerschellt, damit die dritte Hand endlich geboren werde, mit einer Axt aus Diamanten und Brot, ihrer Blüte einer neuen Zeit, ihrem Morgen der Läuterung und des Zusammenwachsens? Wer ist dieser Hurensohn, der von Lorbeeren spricht, die wir gewonnen hätten? Wir, wir hätten Lorbeeren gewonnen? Aber ist es denn möglich, daß wir solche Schurken sind?

Nein, ich glaube nicht, daß meine Angriffsfront klarer ist als eine achtundfünfzigstellige Zahl oder eins jener nautischen Handbücher, welche die Schiffe in Seekatastrophen zu führen pflegen. Sie kompliziert sich durch ein unwiderstehliches Kaleidoskop von Wörtern, Wörter wie Masten, mit Majuskeln von Wörtern …«

ZWEITER TAG

XXXII

Zum Glück hatte sie in weiser Voraussicht vier oder fünf Zeitschriften mitgebracht, denn die Bücher aus der Bibliothek waren in merkwürdigen Sprachen geschrieben, und die zwei oder drei spanischen, die sie gefunden hatte, handelten von Kriegen, den Problemen der Juden und anderen viel zu philosophischen Dingen. Während sie wartete, bis Doña Pepa mit dem Frisieren fertig war, vertiefte sich Nelly genießerisch in die Fotos von verschiedenen Cocktailpartys, die in den ersten Häusern von Buenos Aires gegeben worden waren. Sie war hingerissen von Jacobita Echániz' elegantem Stil, von der vertraulichen Art, in der sie mit ihren Leserinnen plauderte, ganz so, als wäre sie eine von ihnen, sie gab überhaupt nicht an mit der vornehmen Gesellschaft, in der sie verkehrte, zeigte aber zugleich (Warum, um Himmels willen, mußte sich ihre Mutter nur jedesmal diese Waschfrauen-Frisur machen?), daß sie zu einer anderen Welt gehörte, wo alles rosig, parfümiert und mit Handschuhen angetan war. Ich tue nichts anderes als Modenschauen besuchen, vertraute Jacobita ihren treuen Leserinnen an. Lucía Schleiffer, die bezaubernd und außerdem intelligent ist, hält einen Vortrag über die Entwicklung der Damenmode (anläßlich der Textilausstellung bei Gath und Chaves), und die Leute von der Straße bestaunen inzwischen mit offenem Mund die waschbaren Plisseeröcke, die noch gestern zu den Wundern Nordamerikas gehörten ... Ins ›Alvear‹ hat die französische Botschaft ein ausgewähltes Publikum geladen, um es über die Pariser Mode aufzuklären (wie ein Modeschöpfer bemerkte: Christian Dior geht voran, und wir alle versuchen ihm zu folgen). Es gibt französische Parfums als Geschenk für die eingeladenen Damen, und alle gehen hochbeglückt mit ihren kleinen Päckchen ganz fest in der Hand nach Hause ...

»So, ich bin fertig«, sagte Doña Pepa. »Sie auch, Doña Rosita? Es scheint ein schöner Morgen zu sein.«

»Ja, aber das Schiff schlingert wieder«, sagte Doña Rosita, keineswegs zufrieden. »Kommst du, Kleines?«

Nelly legte die Illustrierte weg, nicht ohne vorher noch zu erfahren, daß Jacobita gerade die Gartenbauausstellung im Centenario-Park besucht hatte, wo sie inmitten von Blumenkörben und Bekannten Julia Bullrich de Saint getroffen hatte, auch Stella Morro de Cárcano und die unermüdliche Señora de Udaondo. Nelly fragte sich, warum Señora de Udaondo wohl unermüdlich sein mochte. Und all das war im Centenario-Park gewesen, wo doch direkt um die Ecke Coca Chimento wohnte, ihre Kollegin aus dem Laden. Samstagnachmittags hätten sie beide sehr gut dorthin gehen können; sie hätten nur Atilio bitten müssen, mit ihnen ein bißchen durch die Gartenbauausstellung zu bummeln. Tatsächlich, das Schiff schlingerte ganz schön, ihrer Mama und Doña Rosita würde bestimmt gleich nach der Frühstücksmilch schlecht werden, und sie selbst... Es war eine Schande, daß man so früh aufstehen mußte; auf einer Vergnügungsreise dürfte das Frühstück nicht vor halb zehn serviert werden, wie bei den feinen Leuten. Als Atilio frisch und gutgelaunt erschien, fragte sie ihn, ob es nicht möglich wäre, bis halb zehn im Bett zu bleiben und dann zu klingeln, damit einem das Frühstück in der Kabine serviert würde.

»Aber klar«, sagte Pelusa, der nicht gerade überzeugt war. »Du machst hier genau, was du willst. Ich bin so früh auf, weil ich gern das Meer sehe, wenn die Sonne aufgeht. Jetzt habe ich einen Bärenhunger. Was sagst du zum Wetter? Richtige Wasserbrocken sind das...! Was man noch nicht sieht, sind Dolphine, aber ich wette, heute nachmittag werden wir welche sehen. Guten Morgen, Frau Trejo, wie geht's? Was macht der Kleine?«

»Er schläft noch«, sagte Frau Trejo, die durchaus nicht sicher war, ob »Kleiner« die richtige Bezeichnung für Felipe war. »Wie ich gerade von meinem Mann höre, hat der Arme eine sehr unruhige Nacht hinter sich.«

»Er hat zuviel Sonne abbekommen«, sagte Pelusa mit Kennermiene. »Ich habe ihn ein paarmal gewarnt, ›Schau, Kleiner, ich kenne das, ich weiß, wovon ich rede, mach keinen Blödsinn am ersten Tag...‹ Aber was soll man machen. Naja, und so macht er jedenfalls seine Erfahrungen. Sehen Sie, als ich...«

Doña Rosita kam dem drohenden Bericht über das Kasernenleben zuvor, indem sie verkündete, daß sie hinauf in die Bar müsse, da man das Schlingern im Gang stärker spüre. Das genügte, um Frau Trejo daran zu erinnern, daß auch sie einen Magen hatte. Sie würde nichts außer einer Tasse schwarzen Kaffee zu sich nehmen, Dr. Viñas hätte ihr gesagt, dies sei bei kabbeliger See das beste. Doña Pepa fand hingegen, eine anständige Portion Brot mit Butter würde den Milchkaffee unten halten, ohne süßen Belag natürlich, denn der enthalte Zucker, und der wiederum verdicke das Blut, was bei Seekrankheit das Schlimmste sei. Herr Trejo, der sich der Gruppe zugesellt hatte, glaubte an eine wissenschaftliche Grundlage dieser Theorie, aber Don Galo (er war wie ein Kartesianisches Teufelchen, das behende von den eisernen Händen des Chauffeurs vorgeführt wurde, oben auf der Treppe aufgetaucht) zeigte entschieden die Neigung, einen Teller Spiegelei mit gebratenem Speck zu vertilgen. Weitere Passagiere erschienen in der Bar. López blieb stehen und las einen Anschlag, der die Einrichtung des Herren- und Damensalons bestätigte und dessen Öffnungszeiten bekannt machte. Beba inszenierte einen ihrer würdevoll-gemessenen Auftritte, mit Kunstpause auf der letzten Stufe und schmachtendem Sondieren der Umgebung; dann sah man Persio in einem blauen Hemd und viel zu weiten cremefarbenen Hosen auftauchen, und die Bar füllte sich mit Stimmen und Wohlgerüchen. Medrano, der schon bei seiner zweiten Zigarette war, schaute nur kurz herein und suchte nach Claudia. Beunruhigt ging er wieder hinunter und klopfte an ihrer Kabine.

»Ich bin schon mehr als indiskret, aber ich dachte, vielleicht ginge es Jorge nicht gut und Sie brauchten etwas.«

In ihrem roten Bademantel sah Claudia jünger aus. Sie reichte ihm die Hand, obwohl keiner von beiden so recht die Notwendigkeit einer derart förmlichen Begrüßung begriff.

»Danke, daß Sie gekommen sind. Jorge geht es viel besser; er hat die ganze Nacht ausgezeichnet geschlafen. Heute morgen fragte er, ob Sie lange bei ihm geblieben wären... Aber besser, er selber leitet das Verhör.«

»Endlich kommst du«, sagte Jorge, der ihn völlig selbstverständlich duzte. »Gestern abend hast du versprochen, mir ein Abenteuer von Davy Crockett zu erzählen. Vergiß es nicht.«

Medrano versprach ihm für später atemberaubende Abenteuer von den Helden der Prärie.

»Aber jetzt gehe ich frühstücken. Deine Mama muß sich anziehen und du auch. Wir sehen uns auf Deck wieder. Das Wetter ist wundervoll.«

»In Ordnung«, sagte Jorge. »Mann, habt ihr gestern viel geredet.«

»Hast du uns gehört?«

»Klar, aber ich habe auch von unserem Stern geträumt. Wußtest du, daß Persio und ich einen Stern haben?«

»Ein bißchen Saint-Exupéry nachempfunden«, vertraute Claudia ihm an. »Ansonsten bezaubernd und voll unglaublichster Entdekkungen.«

Während er zur Bar zurückging, dachte Medrano, wie doch das Intervall der Nacht Claudias Gesicht geheimnisvoll verändert hatte. Mit müdem, niedergeschlagenem Ausdruck hatte sie ihn gestern verabschiedet, so als sei ihr alles schmerzlich gewesen, was er ihr anvertraut hatte. Und die Worte, die sie auf seine Bekenntnisse entgegnet hatte – nicht viele, gewissermaßen widerstrebend, fast alle hart und schneidend –, waren das Gegenstück zu ihrem bitteren Gesicht gewesen, das eine plötzliche und nicht nur physische Erschöpfung zeichnete. Ohne Grobheit, aber auch ohne Mitleid hatte sie ihn zurechtgewiesen, indem sie Aufrichtigkeit mit Aufrichtigkeit vergalt. Und jetzt traf er die Tages-Claudia wieder, die Mutter des Löwenjungen. ›Sie gehört nicht zu denen, die ihre Traurigkeit lange mit sich herumschleppen‹, dachte er dankbar. ›Und ich genauso wenig, der gute López hingegen ...‹ Denn López meinte, er fühle sich ganz gut, habe aber eigentlich nicht sehr viel geschlafen.

»Lassen Sie sich die Haare schneiden?« fragte er. »Wenn ja, dann können wir zusammen gehen und uns unterhalten, während wir warten. Ich finde, die Frisiersalons sind eine Einrichtung, die man kultivieren sollte.«

»Ein Jammer, daß es keinen Schuhputz-Salon gibt«, sagte Medrano gutgelaunt.

»Ja, ein Jammer. Schauen Sie Restelli an, wie fein er sich gemacht hat.«

Im offenen Kragen seines Sporthemdes trug Dr. Restelli ein rotes Tuch mit weißen Punkten, das ihm recht gut stand. Die rasche und entschiedene Freundschaft zwischen ihm und Don Galo wurde durch häufige Beratungen über eine Liste gefestigt, die sie jetzt mit Hilfe eines vom Steward entliehenen Bleistiftes vervollständigten.

López begann, von ihrer nächtlichen Expedition zu erzählen, nachdem er vorausgeschickt hatte, es gäbe wirklich nicht viel zu berichten.

»Die Folge davon ist eine Hundelaune und der Wunsch, all diese

Lipiden – oder wie die Kerle auch immer heißen – zusammenzuschlagen.«
»Ich frage mich, ob wir nicht unsere Zeit vergeuden«, sagte Medrano. »Für mich stellt das Ganze eine Art Kreuzweg dar, das heißt, einerseits ärgert es mich, Zeit mit nutzlosen Nachforschungen zu vergeuden, und andererseits halte ich es für Zeitverschwendung, so weiterzumachen. Sie müssen zugeben, die Anhänger des status quo stehen bis jetzt besser da als wir.«
»Aber Sie glauben doch nicht, daß sie recht haben.«
»Nein, ich analysiere lediglich die Situation, das ist alles. Persönlich würde ich gerne weiter nach einem Weg suchen, doch ich sehe keine andere Möglichkeit als die der Gewalt, und ich möchte den anderen die Reise nicht verderben, vor allem, da sie ihnen recht gut zu gefallen scheint.«
»Wenn wir fortfahren, aus allem ein Problem zu machen...«, sagte López mit verbitterter Miene. »In Wahrheit bin ich heute schon schlechtgelaunt aufgestanden, und nun will ich meinen Ärger loswerden, ganz gleich wo. Und warum bin ich schlechtgelaunt aufgestanden? Mir schleierhaft, vielleicht Probleme mit der Leber.«
Aber es war nicht seine Leber, es sei denn, die Leber hätte rote Haare gehabt. Und doch war er zufrieden schlafen gegangen, in der festen Überzeugung, daß sich einiges – und zwar keineswegs zu seinen Ungunsten – klären würde. ›Gleichwohl ist man traurig‹, sagte er zu sich selbst und starrte finster in seine leere Tasse.
»Ist dieser Lucio eigentlich schon lange verheiratet?« fragte er, ohne vorher groß über die Frage nachzudenken.
Medrano sah ihn an, und López schien es, als zögere er.
»Nun, Ihnen mag ich nichts vorlügen, aber ich möchte auch nicht, daß es bekannt wird. Ich nehme an, daß sie offiziell als Neuvermählte auftreten, aber es fehlt ihnen noch jene kurze Zeremonie, die in einem nach Tinte und altem Leder riechenden Amtszimmer stattzufinden pflegt. Lucio schien nichts dabei zu finden, mir dies in Buenos Aires zu erzählen; manchmal begegnen wir uns im Universitätsclub. Koinzidenz der Kallisthenie.«
»Es interessiert mich im Grunde nicht übermäßig«, sagte López. »Natürlich werde ich es geheimhalten, den Damen an Bord zur

unbewußten Marter, doch würde es mich nicht im geringsten überraschen, wenn deren feines Gespür... Schauen Sie, da wird einer von ihnen gerade schlecht.«

Mit einer Bewegung, in der Unbeholfenheit und beträchtliche Kraft zusammenkamen, packte Pelusa seine Mutter beim Arm und machte sich daran, sie zur Eingangstreppe zu schleppen.

»Ein bißchen frische Luft, und es geht gleich wieder vorbei, Mama. Nelly, stell du den Liegestuhl auf, irgendwo, wo es nicht zu windig ist. Warum hast du auch soviel Brot mit süßer Creme gegessen? Ich hab' dich gewarnt, denk dran.«

Fast mit Verschwörermiene machten Don Galo und Dr. Restelli Medrano und López Zeichen. Die Liste, die sie in der Hand hielten, umfaßte schon mehrere Spalten.

»Reden wir mal über unseren bunten Abend«, schlug Don Galo vor und zündete sich eine Zigarre von zweifelhafter Qualität an. »Es wird verdammt Zeit, daß wir uns ein bißchen amüsieren.«

»Gut«, sagte López. »Und danach gehen wir zum Friseur. Was für ein großartiges Programm.«

XXXIII

›Die Dinge regeln sich oft auf eine Weise, die man am wenigsten erwartet hätte‹, dachte Raúl beim Aufwachen. Paulas Ohrfeige hatte ihm geholfen, viel leichter einzuschlafen, als dies sonst der Fall gewesen wäre. Kaum jedoch erwachte er nach einer überaus erholsamen Nacht, stellte er sich gleich wieder vor, wie Felipe auf eigene Faust in jenes drittklassige Nibelungenland der violetten Lichter hinabstieg, nur um sich seine Unabhängigkeit und Selbstsicherheit zu beweisen. Der verdammte Grünschnabel hatte den Rausch verdient, und auch, daß der Sonnenbrand alles noch verschlimmert hatte. Er stellte ihn sich vor (während er nachdenklich Paula betrachtete, die anfing, sich im Bett zu rühren), wie er die Kabine von Orf und dem Gorilla mit der Tätowierung auf dem Arm betrat, sich lieb Kind machte, damit ein paar Gläser verdiente, wie er sich in den Helden des Schiffes verwandelte und vermutlich schlecht von den übrigen Passagieren sprach. ›Prügel, eine anständige Tracht Prügel‹, dachte er, aber er lächelte, denn Felipe zu schlagen wäre wie...

Paula öffnete ein Auge und sah ihn an.
»Hallo.«
»Hallo«, sagte Raúl. *»Look, love, what envious streaks, Do lace the severing clouds in yonder east...«*
»Scheint wirklich die Sonne?«
»Night's candles are burnt out, and jocund day...«
»Komm, gib mir einen Kuß«, sagte Paula.
»Ich denk' nicht dran.«
»Komm, groll mir nicht mehr.«
»Grollen ist ein großes Wort, liebes Kind. Groll will verdient sein. Gestern nacht schienst du mir einfach verrückt, aber das ist ja nichts Neues.«
Paula sprang aus dem Bett, und zu Raúls Überraschung trug sie einen Schlafanzug. Sie kam zu ihm herüber, zerzauste sein Haar, streichelte sein Gesicht, küßte ihn aufs Ohr und kitzelte ihn. Sie lachten wie Kinder, und schließlich bekam er sie zu fassen und begann sie nun ihrerseits zu kitzeln, bis sie beide auf den Teppich fielen und sich bis in die Mitte der Kabine rollten. Mit einem Satz sprang Paula hoch und drehte sich auf einem Bein.
»Du bist gar nicht böse, du bist gar nicht böse«, rief sie. Sie fing – immer noch herumtanzend – zu lachen an. »Du bist aber auch ein verfluchter Hund gewesen, Mensch, mich zu zwingen, so aufzustehen...«
»Dich zu zwingen? Alte Herumtreiberin, du bist nackt aufgestanden, einfach weil du eine Exhibitionistin bist und weil du weißt, daß ich es nicht über mich bringen würde, deinem Jamaica John davon zu erzählen.«
Paula setzte sich auf den Boden und legte beide Hände auf seine Knie.
»Warum Jamaica John, Raúl? Warum ihm und nicht einem anderen?«
»Weil du ihn magst«, sagte Raúl trocken. »Und weil er verrückt nach dir ist. *Est-ce que je t'apprend des nouvelles?*«
»Nein, offen gestanden nicht. Wir müssen darüber reden, Raúl.«
»Auf gar keinen Fall. Geh in einen anderen Beichtstuhl. Aber ich erteile dir die Absolution, das schon.«
»Oh, du mußt mir zuhören. Was soll ich tun, wenn du mir nicht zuhörst?«

»López«, sagte Raúl, »hat die Kabine Nummer eins im Gang auf der anderen Seite. Du wirst schon sehen, wie er dir zuhört.«
Paula sah ihn gedankenvoll an, seufzte, und dann sprangen sie beide zugleich auf, um zuerst im Bad zu sein. Paula gewann, und Raúl ließ sich wieder aufs Bett fallen und steckte sich eine Zigarette an. Eine anständige Tracht Prügel… Es gab so einige, die Prügel verdienten. Prügel mit Blumen, mit nassen Handtüchern und mit langsamem, duftendem Kratzen. Prügel, die stundenlang währten, von Versöhnungen und Zärtlichkeiten unterbrochen – vollkommene Sprache der Hände, die das Schändliche auszulöschen und zu rechtfertigen vermag, nur um unter Klagen und endlichem Vergessen erneut zu beginnen, wie ein Dialog zwischen Statuen oder wie ein Leopardenfell.

Um halb elf begann sich das Deck zu bevölkern. Ein völlig stumpfsinniger Horizont umgab die ›Malcolm‹, und Pelusa wurde es leid, in allen Richtungen nach Anzeichen für die Wunder zu spähen, die Persio und Jorge prophezeit hatten.
Aber wer beobachtete und wußte dies alles? Diesmal nicht Persio, der sich in seiner Kabine sorgfältig rasierte, wobei sich natürlich dies Schauspiel jedem bot, sofern er sich nur die Mühe machte, an Deck zu gehen und gemächlich zum Bug zu schlendern; mehr und mehr erstarrte die Szene des Vorderschiffes zu einem festen Bild (Leute in Liegestühlen, Leute, die reglos an der Reling lehnten, Leute, die sich auf dem Deck ausgestreckt hatten oder am Rande des Beckens saßen). Und so konnte der Betrachter (wer auch immer es sein mochte, denn Persio besprühte sich gerade in seiner Kabine mit Rasierwasser) von der ersten Planke in Fußhöhe aus entweder langsam oder schnell weiter nach vorne fahren, vor einer braunen oder schwarzen Teerfuge innehalten, einem der Ventilatorschächte nach oben folgen oder einen dick mit weißer Farbe überzogenen Toppmast erklimmen, wenn er es nicht vorzog, alles auf einen Blick zu erfassen, auf einmal die Teilausschnitte und flüchtigen Gesten festzuhalten, ehe er der Szene den Rücken kehrte und in die Tasche faßte, wo die vorgewärmten Chesterfields lagen oder die leichten Particulares, die schon knapp zu werden begannen und somit tatsächlich immer leichter und partikulärer wurden, jetzt, da man von den heimischen Versorgungsquellen abgeschnitten war.

Von oben – ein vertretbarer, wenn auch kein praktikabler Blickpunkt – sind die Masten aufgehoben und reduziert auf zwei unbedeutende Scheiben, ähnlich wie Giottos Campanile aus der Sicht einer genau über seiner Mitte schwebenden Schwalbe zu einem lächerlichen Quadrat zusammenschrumpft und mit Höhe und Räumlichkeit zugleich alles Beeindruckende verliert (und aus dem vierten Stock betrachtet, erscheint ein Mann auf der Straße für einen Augenblick als eine Art behaartes Ei, das über einem perlgrauen oder blauen Balken schwebt, der von einer geheimnisvollen Levitation getragen wird; zwei Beine in Bewegung erklären sehr bald das Schweben, und ein jäher Rücken zerstört die reine Geometrie). Von oben, aus dem unergiebigsten Blickwinkel: die Engel erblicken eine Cézanne-Welt: Kreise, Kegel, Zylinder. Plötzlich die jähe Versuchung, sich der Stelle zu nähern, wo Paula Lavalle die Wellen betrachtet. Annäherung, Köder der Gedanken, Spiegel der Lerchen (aber denkt Persio dies alles, denkt es Carlos López? Wer erfindet all diese Vergleiche und sucht als gewissenhafter Fotograf nach der günstigsten Einstellung?), und schon neben Paula, gegen Paula, fast in der Mitte von Paula, die Entdekkung eines schillernden, wogenden, sich ständig verändernden Universums, ihre Haare, in denen die Sonne wie eine Katze mit einem roten Knäuel spielt, jedes einzelne Haar ein brennender Busch, ein elektrischer Draht, durch den der Strom fließt, welcher die ›Malcolm‹, die Maschinen der Welt, das Handeln der Menschen und den Verlauf der Milchstraßen antreibt, der absolut unnennbare kosmische *Swing* in diesem ersten Haar (der Betrachter kann sich nicht davon losreißen, alles andere ist verschwommener Hintergrund wie bei einer Nahaufnahme von Simone Signorets linkem Auge, wo das übrige nicht mehr ist als eine fade Grießsuppe, die erst später Gestalt und Namen eines Liebhabers, einer Mutter oder eines Bistros im siebenten Arrondissement annimmt). Und gleichzeitig ist alles wie eine Gitarre (wenn Persio hier wäre, würde er die Gitarre bejahen, die vergleichende Konjunktion jedoch ablehnen – es gibt kein *wie*, jedes Ding ist in seiner Dinglichkeit erstarrt, alles andere ist Bühnenzauber –, er würde nicht dulden, daß man die Gitarre zu einem metaphorischen Spiel mißbrauchte, woraus man folgern muß, daß vielleicht Carlos López, daß vielleicht Gabriel Medrano, vor allem aber Carlos López Urheber und Opfer dieser Visionen ist, die unter dem blauen

Himmel heraufbeschworen und erlitten werden); dann ist, um zusammenzufassen, alles eine Gitarre, deren Öffnung im Umfang des Großmastes liegt, die Saiten sind die arglosen Taue, die vibrieren und zittern; die Hand des Gitarristen ruht auf dem Griffbrett, ohne daß Frau Trejo, die sich in einem grünen Schaukelstuhl rekelt, wüßte, daß sie diese Hand ist, die in die Saiten greift; und die andere Hand ist das aufgewühlte Meer, das backbords über die Flanke der Gitarre schrammt, wie es die Zigeuner machen, wenn sie warten oder den Takt eines Gesangsteils markieren, das Meer, wie Picasso es empfand, als er den Mann mit der Gitarre malte, der Apollinaire gehörte. Und das kann nicht mehr Carlos López denken, aber es ist Carlos López neben Paula, dessen Blick sich auf einem einzelnen Haar von ihr verliert und der ein Instrument in der wirren Eindringlichkeit der Kräfte vibrieren fühlt, die jeder Haarschopf darstellt, die mögliche Verflechtung von Tausenden und Abertausenden von Haaren, jedes einzelne die Saite eines geheimnisvollen Instruments, das viele Kilometer Meer überspannen würde, eine Harfe wie die Harfenfrau von Hieronymus Bosch, kurz, eine Vorgängerin von Picassos Gitarre, kurz, die gleiche Musik, die den Mund von Carlos López mit einem tiefen Geschmack nach Erdbeeren, nach Erschöpfung und Worten füllt.

»O Scheiße, was hab' ich für 'nen Kater«, murmelte Felipe und setzte sich im Bett auf.

Er seufzte erleichtert, als er sah, daß sein Vater schon an Deck gegangen war. Vorsichtig bewegte er den Kopf hin und her und stellte fest, daß es so schlimm gar nicht war. Wenn er erst geduscht hätte (und einmal ausgiebig ins Becken getaucht wäre), dann würde er wieder ganz in Ordnung sein. Er zog seinen Schlafanzug aus und besah sich seine geröteten Schultern, aber sie brannten ihn kaum noch, nur gelegentlich lief ein Jucken über seine Haut, so daß er sich vorsichtig kratzen mußte. Herrlicher Sonnenschein fiel durch das Bullauge. ›Heute werde ich den ganzen Tag am Schwimmbecken verbringen‹, dachte er und streckte sich. Die Zunge lag ihm wie ein lästiger Lappen im Mund. ›Was für ein Tier dieser Bob ist, was für einen Rum er hat.‹ Er war voll männlicher Genugtuung darüber, etwas Tolles vollbracht, irgendeinen Grundsatz durchbrochen zu haben. Plötzlich fiel ihm Raúl ein, er sah sich nach der Pfeife und dem Tabak um. Wer hatte ihn zur Kabine gebracht und ins Bett gelegt? Ihm fiel Raúls Kabine ein, die Übelkeit im Bad und Raúl, der draußen wartete und alles mit anhörte. Beschämt schloß er die Augen. Vielleicht hatte Raúl ihn zur Kabine gebracht, aber was mochten seine Alten und Beba wohl gesagt haben, als sie ihn in dieser Verfassung sahen? Jetzt entsann er sich wieder einer Hand, die etwas Linderndes auf seine Arme schmierte, einiger Worte aus weiter Ferne und des Alten, der ihm die Leviten las. Raúls Salbe, Raúl hatte von einer Salbe geredet oder ihm eine gegeben, aber was sollte es, er war plötzlich hungrig, sicher hatten alle längst gefrühstückt, es mußte schon sehr spät sein. Nein, erst halb zehn. Aber wo war die Pfeife? Er machte ein paar Schritte zur Probe. Er fühlte sich ausgezeichnet. In einer Kommodenschublade zwischen den Taschentüchern fand er die Pfeife, während die Tabakdose unter den Socken lag. Eine hübsche Pfeife, sehr englisch in der Form. Er steckte sie in den Mund und betrachtete sich im Spiegel, aber er sah seltsam aus mit nacktem Oberkörper und dieser höllisch teuren Pfeife zwischen den Lippen. Ihm war nicht nach Rauchen zumute; der Geschmack von Bobs Rum und Tabak war noch nicht verflogen. Wie grandios er sich mit Bob unterhalten hatte, was für ein unglaublicher Kerl.

Er stellte sich unter die Dusche und drehte das zunächst fast siedend heiße Wasser auf kalt. Die ›Malcolm‹ schlingerte ein wenig, und es machte richtig Spaß, das Gleichgewicht zu wahren, ohne sich an den verchromten Griffen festzuhalten. Langsam seifte er sich ein und betrachtete sich dabei in dem großen Spiegel, der fast eine ganze Badezimmerwand einnahm. Die Alte aus dem Puff hatte zu ihm gesagt: »Da hast einen schönen Körper, Junge«, und das hatte ihm damals Mut gemacht. Klar, er hatte einen phantastischen Körper, sein Rücken bildete ein Dreieck wie bei den Typen im Film oder bei den Boxern, schlanke Beine, aber er brachte einen Ball über das halbe Feld ins Tor. Er stellte die Dusche ab und betrachtete von neuem seinen wasserglänzenden Körper; das Haar fiel ihm in die Stirn, er strich es zurück, setzte eine gleichgültige Miene auf und betrachtete sich erst im Halbprofil, dann von der Seite. Deutlich zeichneten sich die Muskelpartien auf dem Bauch ab; Ordóñez hatte gesagt, daran sähe man, ob einer ein Athlet wäre. Er spannte die Muskeln an, damit sich soviel

Knoten und Schwellungen wie möglich bildeten, hob die Arme wie Charles Atlas und dachte, daß es schön wäre, so ein Photo zu haben. Aber wer würde ihn schon so fotografieren? Obwohl er schon Bilder gesehen hatte, bei denen man kaum glauben konnte, daß jemand dabeigewesen sein sollte, um sie aufzunehmen, zum Beispiel diese Photos, die einer von sich selbst gemacht hatte, während er mit einer Mieze die unterschiedlichsten Stellungen durchprobierte, man konnte auf den Bildern sogar den Auslöser sehen, den der Kerl zwischen den Zehen hielt, um im günstigsten Moment abzudrücken, und man sah alles, absolut alles. Eigentlich war eine Frau mit gespreizten Beinen schon ziemlich widerlich, mehr als ein Mann, vor allem auf einem Photo, denn damals in dem Puff, wo sie sich die ganze Zeit bewegt hatte, und man war ja auch ganz anders interessiert gewesen, aber solche Photos, so praktisch auf nüchternen Magen... Er preßte die Hände gegen den Bauch, was für eine gräßliche Sache, nicht einmal daran denken konnte er. Nachdem er sich das Badetuch um die Hüften gewickelt hatte, kämmte er sich und pfiff dabei vor sich hin. Da er sich gerade die Haare gewaschen hatte, waren sie sehr feucht und weich, und die Stirnlocke ließ sich einfach nicht richtig legen. Er mühte sich eine ganze Weile, bis er mit dem Ergebnis einigermaßen zufrieden war. Dann legte er das Handtuch wieder ab und begann Kniebeugen zu machen, wobei er gelegentlich im Spiegel kontrollierte, ob seine Stirnlocke sich auch nicht auflöste. Er stand mit dem Rücken zur Tür, die er offengelassen hatte, als er Beba aufkreischen hörte. Im Spiegel sah er ihr Gesicht.

»Schamlos«, sagte Beba, indem sie rasch aus dem Gesichtsfeld zurückwich. »Hältst du es für richtig, bei offener Tür nackt herumzulaufen?«

»Bah, du wirst nicht gleich tot umfallen, nur weil du mal kurz meinen Hintern siehst«, sagte Felipe. »Schließlich sind wir Geschwister.«

»Das sag ich dem Papa. Glaubst du denn, du wärst erst acht Jahre alt?«

Felipe zog seinen Bademantel an und trat in die Kabine. Während er Beba betrachtete, die sich auf die Bettkante gesetzt hatte, begann er die Pfeife zu stopfen.

»Anscheinend geht es dir besser«, sagte sie verdrießlich.

»Ach, das war doch gar nichts. Einfach zuviel Sonne.«

»Die Sonne stinkt nicht.«
»Schluß jetzt, geh mir nur nicht auf den Wecker. Du kannst dich gern vom Acker machen.«
Er hustete beim ersten Zug und rang nach Luft. Beba betrachtete ihn amüsiert.
»Und der meint, er könnte rauchen wie ein Großer«, sagte sie. »Wer hat dir denn die Pfeife geschenkt?«
»Das weißt du ganz genau, du blöde Gans.«
»Der Mann von der Rothaarigen, oder? Du hast vielleicht ein Glück. Erst machst du der Frau schöne Augen, und dann schenkt dir ihr Mann eine Pfeife.«
»Steck dir deine Kommentare in den Hintern.«
Beba wandte den Blick nicht von ihm; augenscheinlich bewunderte sie Felipes zunehmende Beherrschung der Pfeife, die allmählich gut durchzog.
»Es ist schon komisch«, sagte sie. »Mama war gestern abend richtig wütend auf Paula. Ja, schau mich nicht so an: wütend. Weißt du, was sie gesagt hat? Schwör, daß du nicht böse wirst.«
»Gar nichts schwör ich.«
»Dann sag ich dir's nicht. Sie hat gesagt... ›Diese *Frau* bändelt mit dem Kleinen an.‹ Ich habe dich verteidigt, glaub mir, aber wie üblich hat keiner auf mich gehört. Du wirst sehen, es gibt noch einen Heidenkrach.«
Felipe lief vor Wut rot an, mußte wieder husten und legte schließlich die Pfeife weg. Seine Schwester strich artig mit der Hand über den Rand der Bettdecke.
»Die Alte ist wirklich das Letzte«, sagte Felipe endlich. »Wofür hält die mich eigentlich? Mir stinkt das allmählich mit dem ›Kleinen‹, demnächst schicke ich euch alle zum ...« (Beba hatte sich die Finger in die Ohren gesteckt). »Und dich als erste, du falsches Aas, bestimmt hast du ihr gepetzt, daß... Jetzt darf man also nicht einmal mehr mit einer Frau reden, oder was? Und wer, glaubst du, hat euch alle hierhergebracht, willst du mir das mal sagen? Wer hat euch die Reise bezahlt? Los, mach, daß du rauskommst, sonst hau ich dir ein paar runter.«
»Wenn ich du wäre«, sagte Beba, »würde ich mich mehr vorsehen beim Flirten mit Paula. Mama hat gesagt...«
Schon an der Tür, drehte sie sich noch einmal halb um. Felipe stand noch immer am gleichen Fleck, die Hände in den Taschen

seines Bademantels und mit der Miene eines unerfahrenen Boxers, der seine Angst verbirgt.
»Stell dir bloß vor, wenn Paula herausbekommen würde, daß wir dich ›Kleiner‹ nennen«, sagte Beba und schloß die Tür.

»Haareschneiden ist eine metaphysische Angelegenheit«, bemerkte Medrano. »Ob es wohl schon eine Psychoanalyse und eine Soziologie des Friseurs und seiner Kunden gibt? Vor allem anderen das Ritual, das wir unser Leben lang befolgen und gutheißen.«
»Als kleiner Junge war ich beim Friseur genauso beeindruckt wie in der Kirche«, sagte López. »Es war irgendwie geheimnisvoll, wenn der Friseur einen besonderen Stuhl anschleppte, dann das Gefühl einer Hand, die meinen Kopf wie eine Kokosnuß umklammerte und ihn von einer Seite zur anderen drehte ... Ja, ein Ritual. Sie haben recht.«
Sie stützten sich auf die Reling und blickten suchend in die Ferne.
»Alles mögliche wirkt zusammen, damit ein Frisiersalon irgend etwas von einem Tempel bekommt«, sagte Medrano. »Zunächst verleiht ihm die Tatsache, daß die Geschlechter getrennt sind, eine besondere Bedeutsamkeit. Der Friseurladen ist wie eine Billardkneipe oder eine Bedürfnisanstalt, ein männliches Reservat, das uns ein Stück unerklärliche Freiheit zurückgibt. Wir betreten einen Bereich, der sehr verschieden ist von dem der Straße, von unseren Wohnungen und den Straßenbahnen. Männergespräche nach Tisch und Cafés mit Familiensalons gehören schon der Vergangenheit an, aber einige Stätten der Zuflucht haben wir immerhin gerettet.«
»Und der Geruch, den man überall auf der Welt erkennt.«
»Abgesehen davon wurde dieses Reservat vielleicht geschaffen, damit der Mann sich im vollen Prunk seiner Männlichkeit einer Erotik hingeben kann, die er selbst – grundlos vielleicht, aber nichtsdestoweniger eine Tatsache – für feminin hält und die er unter gewöhnlichen Umständen empört von sich weisen würde. Die Massagen, die Packungen, die Parfüms, der bis ins kleinste festgelegte Haarschnitt, die Spiegel, der Puder... Zählt man diese Dinge außerhalb dieses Zusammenhanges auf, bedeuten sie dann nicht: Frau?«

»Natürlich«, sagte López, »und das beweist, daß man auch ohne sie nicht frei von ihnen ist, Gott sei Dank. Betrachten wir uns die Tritonen und Nereiden, die so allmählich das Becken bevölkern. Wir könnten übrigens auch eine Abkühlung vertragen.«

»Gehen Sie nur, bester Freund, ich bleibe in der Sonne und gehe ein wenig auf und ab.«

Atilio und seine Verlobte waren gerade unter großem Krakeelen ins Wasser gesprungen und taten nun mit noch lauterem Geschrei kund, daß es sehr kalt sei. Mit Leichenbittermiene kam Jorge zu Medrano und teilte ihm mit, daß Claudia ihm nicht erlaube, ins Wasser zu gehen.

»Nun, dann badest du heute nachmittag. Gestern nacht ist es dir nicht besonders gut gegangen, und du hast ja gehört, daß das Wasser eisig ist.«

»Es ist bloß kalt«, sagte Jorge, der in gewissen Fällen Genauigkeit schätzte. »Mama will andauernd, daß ich bade, wenn ich nicht mag, und ... und ...«

»Umgekehrt.«

»Genau. Und du, mondsüchtiger Persio, gehst du nicht baden?«

»O nein«, sagte Persio, der Medrano herzlich die Hand drückte. »Ich bin zu bequem, und außerdem habe ich einmal soviel Wasser geschluckt, daß ich mehr als achtundvierzig Stunden nicht reden konnte.«

»Du schwindelst«, meinte Jorge keineswegs überzeugt. »Medrano, hast du den Glukiden dort oben gesehen?«

»Nein. Auf der Kommandobrücke? Dort ist doch nie jemand.«

»Ich habe ihn gesehen. Als ich vor einer Weile an Deck gekommen bin. Da war er, sieh mal, genau da zwischen diesen beiden Fenstern; bestimmt war er am Steuer.«

»Seltsam«, sagte Claudia. »Als Jorge mir Bescheid sagte, war es schon zu spät, und ich sah niemanden. Man fragt sich, wie sie überhaupt das Schiff steuern.«

»Sie müssen dabei ja nicht unbedingt direkt an den Fenstern kleben«, sagte Medrano. »Die Kommandobrücke ist vermutlich ziemlich tief, und sie werden sich wohl im Hintergrund oder vor den Kartentischen aufhalten ...« Er hatte den Verdacht, daß niemand sonderlich auf seine Worte achtete. »Jedenfalls hast du mehr Glück gehabt als ich, denn ...«

»Am ersten Abend hat der Kapitän noch bis tief in die Nacht dort oben Wache gehalten«, sagte Persio.
»Woher weißt du, daß es der Kapitän war, mondsüchtiger Persio?«
»Das merkt man an einer Art Aura, die ihn umgibt. Sag, wie sah der Glukide aus?«
»Klein und weiß gekleidet wie alle, mit einer Mütze wie alle und mit schwarzen Haaren auf den Händen wie alle.«
»Du wirst doch nicht behaupten wollen, du hättest die Haare von hier aus gesehen.«
»Nein«, gab Jorge zu. »Aber da er so klein war, mußte er Haare auf den Händen haben.«
Persio hielt das Kinn zwischen zwei Fingern und stützte mit zwei anderen seinen Ellbogen.
»Sonderbar, höchst sonderbar«, sagte er und sah Claudia an. »Man fragt sich, ob er wirklich einen Offizier gesehen hat oder ob sein inneres Auge ... Wie wenn er im Schlaf spricht oder Karten ausgibt ... Katalysator, das ist das treffende Wort, ein richtiger Blitzableiter. Ja, man fragt sich«, fügte er hinzu und verlor sich in seinen Grübeleien.
»Ich habe ihn gesehen, wirklich«, murmelte Jorge ein wenig gekränkt. »Was ist denn im Ende so Seltsames dabei?«
»Man sagt nicht ›im Ende‹.«
»Dann eben letzten Endens.«
»Auch nicht letzten Endens«, sagte Claudia lachend. Medrano jedoch war nicht nach Lachen zumute.
»Das alles wird allmählich einfach lästig«, sagte er zu Claudia, als Persio mit Jorge wegging, um ihm das Geheimnis der Wellen zu erklären. »Ist es nicht lächerlich, daß wir auf eine Fläche beschränkt sind, die wir Deck nennen, obwohl sie in Wirklichkeit völlig ungedeckt ist? Erzählen Sie mir nur nicht, diese lausigen Segeltuchplanen, die die Finnen aufgespannt haben, würden bei einem Sturm irgendwelchen Schutz bieten. Wenn es also zu regnen beginnt oder wenn wir in der Magalhães-Straße kaltes Wetter bekommen, werden wir den ganzen Tag in der Bar oder in unseren Kabinen zubringen müssen ... Zum Teufel, das ist eher ein Truppentransporter oder ein Sklavenschiff als sonst etwas. Man muß schon wie Lucio sein, um das nicht zu bemerken.«
»Stimmt«, sagte Claudia und trat an die Reling. »Aber da die

Sonne so herrlich scheint, obwohl sie nach Persio im Grunde schwarz ist, wollen wir uns nicht weiter grämen.«
»Ja, und auf vielen anderen Gebieten verhalten wir uns genauso«, sagte Medrano leise. »Seit gestern nacht habe ich das Gefühl, daß das, was sozusagen von außen auf mich zukommt, sich nicht wesentlich von der Art unterscheidet, wie mein Inneres nach außen wirkt. Ich drücke mich nicht sehr verständlich aus und fürchte, ich verfalle in reine Analogie, eine jener Analogien, die der gute Persio mit soviel Vergnügen zu handhaben weiß. Es ist ein wenig...«
»Es ist ein wenig von Ihnen und ein wenig von mir, stimmt's?«
»Ja, und auch ein wenig das übrige, ein beliebiges Element oder ein Teil des übrigen. Ich müßte das Ganze klarer durchdenken, aber ich habe irgendwie das Gefühl, als sei Denken die beste Art, um es völlig aus dem Blick zu verlieren... All das ist so unbestimmt und so unbedeutend. Schauen Sie, vor einem Augenblick noch war ich bester Laune (in den bescheidenen Grenzen des Ganzen, wie ein Komiker im Radio einmal gesagt hat). Es genügte, daß Jorge von dem Glukiden auf der Brücke erzählte, und schon war sie beim Teufel. Was für ein Zusammenhang besteht wohl dazwischen und...? Aber das ist eine rhetorische Frage, Claudia; ich habe so eine Ahnung, was der Zusammenhang sein wird, und der besteht darin, daß es überhaupt keinen Zusammenhang gibt, weil alles ein und dasselbe ist.«
»In den bescheidenen Grenzen des Ganzen«, sagte Claudia, indem sie ihn beim Arm nahm und unmerklich dichter zu sich zog. »Mein armer Gabriel, seit gestern nacht scheint sich bei Ihnen aller Ärger aufgestaut zu haben. Aber das ist doch nicht der Zweck der Reise.«
»Nein«, sagte Medrano und schloß die Augen halb, um den sanften Druck von Claudias Hand besser zu fühlen. »Natürlich nicht.«

»Bei Jantzen gekauft?« fragte Raúl.
»Nein, El Coloso«, sagte López, und sie brachen in schallendes Gelächter aus.
Raúl amüsierte es außerdem, daß er López im Gang auf der Steuerbordseite begegnete, wo doch dessen Kabine auf der entgegengesetzten Seite lag. ›Er macht die Runde, der arme Kerl, und jedesmal mit einem Umweg, ob es nicht vielleicht zu einer zufälli-

gen Begegnung kommt, et cetera. O liebende Wacht, *pervigilium veneris*! Der Junge verdiente wahrhaftig eine bessere Badehose...‹

»Warten Sie einen Moment«, sagte er und wußte nicht, ob er sich wegen seines Mitleids auf die Schulter klopfen sollte. »Der atomare Wirbelwind müßte auch gleich kommen, aber natürlich wird sie den Lippenstift oder die Sandalen in irgendeinem Winkel vergessen haben.«

»Ah gut«, sagte López betont gleichgültig.

An die Wand des Gangs gelehnt, unterhielten sie sich. Lucio kam vorbei, auch er in einer Badehose, grüßte sie und ging weiter.

»Wie steht es mit Ihrer Lust zu neuen Ausfällen und Kommandounternehmen?« fragte Raúl.

»Es geht, nach dem Fiasko von gestern nacht... Aber ich glaube, wir müssen damit weitermachen. Es sei denn, der junge Trejo kommt uns zuvor...«

»Das bezweifle ich«, sagte Raúl und sah ihn verstohlen an. »Wenn er sich jedesmal einen Rausch wie den von gestern holt... Ohne ein ausgeglichenes Gemüt kann man nicht in den Hades hinabsteigen; so lehren es alle guten Mythologien.«

»Armer Junge, bestimmt wollte er sich rächen«, sagte López.

»Sich rächen?«

»Nun, gestern haben wir ihn übergangen, und das gefiel ihm wohl nicht. Ich kenne ihn ein wenig, Sie wissen ja, ich unterrichte an seiner Schule. Und ich glaube nicht, daß er ein einfacher Charakter ist. In dem Alter wollen sie alle Männer sein, und sie haben recht, nur daß die Mittel und Gelegenheiten ihnen immer wieder übel mitspielen.«

›Warum zum Teufel erzählst du mir von ihm?‹ fragte sich Raúl, während er mit einem verständnisvollen Nicken zustimmte. ›Du hast ein feines Gespür, und du siehst sogar, was unter Wasser ist, und außerdem bist du ein prima Kerl.‹ Feierlich verneigte er sich vor Paula, die eben die Tür der Kabine öffnete, dann blickte er wieder zu López, der sich in seiner Badehose nicht sonderlich wohl fühlte. Paula trug einen ziemlich strengen einteiligen Badeanzug, das genaue Gegenteil des gestrigen Bikinis.

»Tag, López«, sagte sie leichthin. »Stürzt du dich auch in die Fluten, Raúl? Wir werden nicht alle hineinpassen.«

»Laßt uns wie Helden sterben«, sagte Raúl, der die kleine Gruppe

anführte. »Du meine Güte, die La Boca-Bande ist auch schon da; fehlt nur noch, daß sich Don Galo mit Stuhl und allem Drum und Dran hineinstürzt.«
Auf der Backbordtreppe erschien Felipe, gefolgt von Beba, die sich sogleich in eleganter Pose gegen die Reling lehnte, um Becken und Deck überblicken zu können. Sie winkten Felipe zu, der den Gruß ein wenig schüchtern erwiderte und sich dabei fragte, was man an Bord über sein eigenartiges Unwohlsein geredet haben mochte. Aber als Paula und Raúl ihn lachend und plaudernd empfingen und dann dicht gefolgt von López und Lucio ins Wasser sprangen, fand er seine Sicherheit wieder und planschte mit ihnen herum. Das Wasser spülte die letzten Katerreste weg.
»Es geht dir anscheinend wieder besser«, sagte Raúl zu ihm.
»Klar, das ist alles vorbei.«
»Aber Vorsicht mit der Sonne, die wird heute wieder sehr stark. Deine Schultern sind ziemlich verbrannt.«
»Nicht der Rede wert.«
»Hat die Salbe etwas genützt?«
»Ja, ich glaube schon«, sagte Felipe. »Was für ein Aufstand gestern abend. Bitte verzeihen Sie, also daß mir in Ihrer Kabine schlecht werden mußte ... Mir was es sehr unangenehm, aber was sollte ich tun?«
»Schon gut, eine Lappalie«, sagte Raúl. »Das kann jedem passieren. Ich erbrach mich einst auf einem von Tante Magdas Teppichen, möge sie nicht in Frieden ruhen, und viele fanden, er habe danach besser ausgesehen als je zuvor; aber ich muß dazusagen, daß Tante Magda in unserer Familie nicht gerade beliebt war.«
Felipe lächelte, ohne recht zu verstehen. Er war froh, daß sie wieder Freunde waren, denn Raúl war der einzige, mit dem er auf dem Schiff reden konnte. Zu dumm, daß Paula zu ihm gehörte und nicht zu Medrano oder López. Gern hätte er sich länger mit Raúl unterhalten, aber er sah Paulas Beine über den Beckenrand baumeln und konnte kaum erwarten, sich neben sie zu setzen und herauszufinden, was sie über seine Krankheit dachte.
»Heute morgen habe ich die Pfeife versucht«, sagte er unbeholfen. »Sie ist phantastisch und der Tabak ...«
»... ist besser als der, den du gestern abend geraucht hast, hoffe ich«, sagte Raúl.
»Gestern abend? Oh, Sie meinen ...«

Niemand konnte sie hören; die Presuttis breiteten sich unter großem Gelärme am anderen Ende des Beckens aus. Raúl kam näher an Felipe heran, der mit dem Rücken gegen die Wachstuchwand gedrängt war.
»Warum bist du allein gegangen? Versteh mich recht, du kannst gehen, wohin du willst. Aber ich befürchte, es ist unten nicht sonderlich sicher.«
»Und was sollte mir passieren?«
»Vermutlich nichts. Mit wem hast du dich getroffen?«
»Mit...« Er wollte »Bob« sagen, aber dann verschluckte er das Wort. »Mit einem von den Typen.«
»Mit welchem? Dem jüngeren?« fragte Raúl, der es sehr wohl wußte.
»Ja, mit dem.«
Lucio näherte sich und bespritzte sie. Raúl machte eine Geste, die Felipe nicht recht verstand, stieß sich in Rückenlage ab und schwamm ans andere Ende des Beckens, wo Atilio und Nelly voller Begeisterung auftauchten. Er sagte etwas Liebenswürdiges zu Nelly, die ihn schüchtern bewunderte, und dann machten er und Pelusa sich daran, ihr beizubringen, wie man im Wasser auf dem Rücken liegt, ohne unterzugehen. Felipe beobachtete ihn einen Augenblick lang, antwortete lustlos auf irgendeine Frage von Lucio und schwang sich dann neben Paula, die die Augen gegen die Sonne geschlossen hatte.
»Raten Sie, wer ich bin.«
»Der Stimme nach ein sehr gut aussehender Junge«, sagte Paula. »Ich hoffe, sein Name ist nicht Alexander, denn die Sonne ist fabelhaft.«
»Alexander?« fragte der Schüler Trejo, der in griechischer Geschichte seit etlichen Monaten eine Sechs hatte.
»Ja, Alexander, Iskander, Aleixandre, wie Sie wollen. Hallo, Felipe. Aber klar, Sie sind Alexanders Papa. Raúl, das mußt du dir anhören, es ist sagenhaft! Jetzt fehlt nur noch, daß ein Steward auftaucht und uns mazedonischen Salat anbietet.«
Felipe ließ den unverständlichen Wortschwall verrauschen und zog unterdessen einen Nylonkamm aus der Tasche seiner Badehose, mit dem er seine Stirnlocke in Fasson brachte. Dann streckte er sich aus und überließ sich der ersten zarten Liebkosung einer noch nicht allzu starken Sonne.

»Ist der Rausch schon überstanden?« fragte Paula und schloß die Augen wieder.
»Wieso Rausch? Die Sonne ist mir nicht bekommen«, sagte Felipe beunruhigt. »Alle denken hier, ich hätte einen Liter Whisky getrunken. Schauen Sie, einmal bei einem Essen mit den Jungs zum Abschluß der vierten Klasse...« Die Schilderung umfaßte verschiedene Beschreibungen von Halbwüchsigen, die unter die Tische des ›Electra‹-Restaurants sanken, während Felipe unbesiegt um drei Uhr früh nach Hause kam, und das, obwohl er mit zwei Cinzano Bitter angefangen hatte, danach der Nebiolowein und darauf ein süßer Likör, dessen Namen er nicht mehr wußte.
»Welch eiserne Natur!« sagte Paula. »Und warum ist es Ihnen diesmal so schlecht bekommen?«
»Aber wenn ich Ihnen doch sage, daß es nicht das Zeug war; wahrscheinlich war ich nachmittags zu lang draußen. Auch Sie sind ganz schön verbrannt«, fügte er hinzu, um einen Ausweg zu finden. »Es steht Ihnen sehr gut, Sie haben wunderhübsche Schultern.«
»Wirklich?«
»Ja, bezaubernd. Ich nehme an, man hat Ihnen das bestimmt schon tausendmal gesagt.«
›Armer Kerl‹, dachte Paula, ohne die Augen zu öffnen. ›Armer Kerl.‹ Und es galt nicht Felipe. Sie erwog den Preis, den jemand für einen Traum würde zahlen müssen; wieder würde jemand in Venedig sterben und nach dem Tod weiterleben, *a sadder but not a wiser man*... Selbst ein Kind wie Jorge hätte eine Menge amüsanter, ja subtiler Dinge zu sagen gewußt. Aber nein, diese Locke, die lächerliche Eitelkeit und vorbei!... ›Darum sehen sie wie Statuen aus, und in Wahrheit sind sie auch welche, innen wie außen.‹ Sie erriet, was López wohl denken mußte, der mißmutig allein dasaß. Es war Zeit, einen Waffenstillstand mit Jamaica John zu schließen, der Arme war sicher überzeugt, Felipe sage ihr aufregende Dinge, und sie lausche mehr und mehr geschmeichelt den Galanterien (›mehr Gelatine als Galanterie‹) des kleinen Trejo. ›Was würde geschehen, wenn ich ihn in mein Bett schleppte? Er würde rot werden wie ein Krebs und nicht wissen, wohin... Doch, das wüßte er sicher, aber davor und danach, also das, worauf es wirklich ankommt... Armer Junge, alles müßte ich ihm beibringen. Aber ist es nicht seltsam, daß der Junge in *Le Blé en Herbe* auch

Felipe hieß ... O nein, das reicht. Ich muß es Jamaica John erzählen, sobald ihm die Lust vergangen ist, mir den Hals umzudrehen ...‹

Jamaica John betrachtete die Haare auf seinen Waden. Ohne sonderlich laut zu werden, hätte er sich mit Paula unterhalten können, jetzt, nachdem die Presuttis das Wasser verlassen hatten und alles still geworden war, bis auf Jorges fernes Lachen. Statt dessen bat er Medrano um eine Zigarette, rauchte und starrte aufs Wasser, wo eine Wolke verzweifelt darum kämpfte, ihre Form, die einer Williams-Birne glich, nicht zu verlieren. Ihm war gerade das Fragment eines Traumes eingefallen, den er gegen Morgen gehabt hatte und der seine seelische Verfassung wohl beeinflußt haben mußte. Hin und wieder träumte er dergleichen Dinge; diesmal ging es um einen seiner Freunde, der zum Minister ernannt wurde, und er wohnte der Vereidigungszeremonie bei. Alles war schön und gut, sein Freund war ein großartiger Mensch, und trotzdem fühlte sich López irgendwie unglücklich, so als könne jeder Minister werden außer ihm. Ein andermal träumte er von der Hochzeit dieses Freundes, einer jener glänzenden Partien, durch die man plötzlich auf Yachten, in den Orientexpreß oder in Superconstellations kommt; jedenfalls war das Erwachen schmerzlich, bis eine Dusche wieder Ordnung in die Wirklichkeit brachte. ›Dabei habe ich gar keinen Minderwertigkeitskomplex‹, sagte er sich. ›Im Schlaf dagegen bin ich ein armer Schlucker.‹ Er versuchte, sich offen und ehrlich selbst zu befragen: War er mit seinem Leben unzufrieden? Genügten ihm nicht seine Arbeit, sein Haus (das zwar nicht sein eigenes war, doch Kostgänger bei seiner Schwester zu sein war eine überaus befriedigende Lösung), seine Freundinnen für den Moment oder für ein halbes Jahr? ›Schlimm daran ist, daß man uns in den Kopf gesetzt hat, die Wahrheit liege in den Träumen, und vielleicht ist es genau umgekehrt, und ich verdanke meine üble Laune diesem Blödsinn ... Bei solch einer Sonne und solch einer Reise muß man ein Idiot sein, um sich dermaßen zu zerfleischen.‹

Raúl war allein im Wasser und beobachtete Paula und Felipe. Dann war die Pfeife also phantastisch und der Tabak ... Aber er hatte ihn über den Ausflug in den Hades belogen. Die Lüge störte ihn nicht, fast war es eine Huldigung, die Felipe ihm damit dar-

brachte. Einem anderen hätte er die Wahrheit wohl bedenkenlos gesagt, denn was hätte sie einem anderen schließlich auch bedeutet? Ihn jedoch belog er, denn ohne es zu wissen, spürte er die Kraft, die sie zueinander hintrieb (desto machtvoller, je mehr er in die andere Richtung zog: wie bei einem guten Bogen); er belog ihn, und unbewußt schenkte er ihm mit seiner Lüge eine Blume.
Felipe stand auf und atmete wohlig durch; sein Körper und sein Kopf zeichneten sich gegen den tiefblauen Hintergrund des Himmels ab. Raúl lehnte sich gegen das gewachste Tuch und empfing die Wunde in ihrer ganzen Wucht; sah nicht länger Paula und López, hörte sich laut denken, tief aus seinem Innern, aber mit dem Widerhall eines Kellergewölbes vernahm er den Aufschrei seines Denkens, das aus den Worten Krishnadasas geboren wurde – welch seltsame Erinnerung in einem Schwimmbecken, in einem so anderen Zeitalter, einem so fremden Körper –, und doch schien es, als habe er ein Anrecht auf die Worte, und sie waren ihm zu eigen, alle Liebesworte waren ihm zu eigen, die von Krishnadasa, die des Bukolikers, die des Mannes, der an ein Blumenlager geschmiedet die süßeste und langsamste aller Qualen erduldet. »Innigst Geliebter, ich habe nur ein einzig' Verlangen«, hörte er den Gesang, »die Glöckchen zu sein, die deine Beine umschlingen, damit ich dir folge und bei dir bin, wohin du auch gehst... Wenn ich mich nicht an deine Füße kette, wozu dann von Liebe singen? Du bist das Bild meiner Augen, ich sehe dich überall. Wenn ich deine Schönheit schaue, bin ich fähig, die ganze Welt zu lieben. Krishnadasa sagt: Sieh, sieh.« Und der Himmel schien schwarz um die Statue.

XXXIV

»Der arme Mann«, sagte Doña Rosita. »Seht ihn euch an, wie ein Heiliger, ohne irgendeinen Anschluß. Ich finde, es ist eine Schande, und ich sage schon immer zu meinem Mann, die Regierung müßte da etwas tun. Es ist nicht recht, daß jemand, bloß weil er Chauffeur ist, den ganzen Tag allein in einer Ecke sitzen muß.«
»Und er sieht sympathisch aus, der arme Kerl«, sagte Nelly. »Und wie groß er ist, hast du gesehen, Atilio? Was für ein Bär!«

»Bah, so doll ist das auch nicht«, sagte Atilio. »Glaub nur nicht, er wäre stärker als ich, wenn ich ihm helfe, den Stuhl von dem Alten zu heben. Dick ist der, alles Fett. Er sieht aus wie ein Catcher, aber wenn Lausse ihn sich vorknöpfen würde, mit zwei Schlägen würde er ihn schlafen schicken. Was glaubst du, wie es Rusito gegen Estéfano ergeht?«
»Rusito ist sehr gut«, sagte Nelly. »Ich hoffe zu Gott, daß er gewinnt.«
»Das letzte Mal hat er mit knapper Not gewonnen. Ich glaube, er hat nicht genug Punch, aber was für eine Beinarbeit ... Wie Errol Flynn in dem Film über den Boxer, den hast du auch gesehen.«
»Ja, den haben wir im ›Boedo‹ gesehen. Ach, Atilio, ich mag so Boxerfilme nicht, sie schlagen sich die Gesichter blutig, und dann sieht man die ganze Zeit nichts als Kämpfe. Sag, was du willst, da ist einfach kein Gefühl bei.«
»Bah, Gefühl«, sagte Pelusa. »Wenn die Frauen nicht so einen Pomadeheini sehen, der andauernd herumknutscht, dann wollen sie nichts davon wissen. Das Leben ist ganz anders, sag ich dir. Die Wirklichkeit, verstehst du?«
»Das sagst du, weil du die mit den Revolverhelden magst, aber wenn Esther Williams auftritt, dann reißt du ganz schön den Mund auf, sperrangelweit; glaub bloß nicht, das hätte ich nicht mitgekriegt.«
Pelusa lächelte bescheiden und sagte, Esther Williams sei ja nun auch wirklich eine Wucht. Aber da erwachte Doña Rosita aus der Lethargie, die das Frühstück und das Geschaukel bei ihr ausgelöst hatten, und vertrat die Ansicht, daß die Schauspielerinnen von heute sich mit denen ihrer Zeit nicht messen könnten.
»Sehr richtig«, sagte Doña Pepa. »Wenn man an Norma Talmadge und Lilian Gish denkt; das waren noch Frauen. Denk nur an Marlene Dietrich, sie war bestimmt nicht das, was man ehrbar nennt, aber was für ein Gefühl! In dem Farbfilm, wo er ein Priester war, der zu den Mauren geflohen war, weißt du noch, und nachts erschien sie auf der Terrasse mit diesen weißen Schleiern ... Ich erinnere mich, es ging traurig aus, es war Schicksal ...«
»Ach ja, ich weiß schon«, sagte Doña Rosita. »*Vom Winde verweht*, was für ein Gefühl, jetzt erinnere ich mich.«
»Nein, das war nicht *Vom Winde verweht*«, sagte Doña Pepa.

»Es war der, wo der Priester Pepe hieß oder so ähnlich. Alles mitten im Sand, ich erinnere mich, und was für Farben!«
»Aber nein, Mama«, sagte Nelly. »Der mit Pepe war ein anderer mit Charles Boyer. Atilio hat ihn auch gesehen, wir waren mit Nela drin. Erinnerst du dich, Atilio?«
Atilio, der sich nur ganz schwach erinnerte, begann die Liegestühle mitsamt ihren Insassen aus der Sonne zu rücken. Die Damen lachten und kreischten ein bißchen, aber sie waren entzückt, denn jetzt hatten sie das Becken unmittelbar im Blickfeld.
»Da redet sie schon mit dem Jungen«, sagte Doña Rosita. »Ich könnte zuviel kriegen, wenn ich daran denke, wie schamlos sie ist...«
»Aber Mama, jetzt übertreib nicht«, sagte Nelly, die sich mit Paula ein wenig unterhalten hatte und noch immer von Raúls guter Laune und seinen Scherzen geblendet war. »Du willst die moderne Jugend einfach nicht verstehen, erinner dich, wie wir den Film mit James Dean gesehen haben. Ich schwöre dir, Atilio, die ganze Zeit wollte sie gehen und sagte, das wäre nichts als eine unverschämte Bande, stell dir das vor.«
»Oh, diese Jüngelchen sind nicht ganz astrein«, sagte Pelusa, der diese Frage mit seinen Freunden im Café erschöpfend ausdiskutiert hatte. »Es liegt an ihrer Erziehung, was kann man da machen.«
»Wenn ich die Mutter von diesem Bürschchen wäre, dann bekäme er vielleicht etwas von mir zu hören«, sagte Doña Pepa. »Bestimmt sagt sie ihm Dinge, die nichts für sein Alter sind. Und wenn es das nur wäre...«
Die drei stimmten zu und sahen sich vielsagend an.
»Das gestern nacht war der Gipfel«, fuhr Doña Pepa fort. »Man stelle sich nur vor, geht sie mit einem verheirateten Mann ins Dunkle, und die junge Frau muß alles mit ansehen... Was für ein Gesicht sie machte, der arme Engel, ich habe es genau gesehen. Man muß die Dinge beim Namen nennen, sie haben einfach keine Religion mehr. Haben Sie mal gesehen, in der Straßenbahn? Tot umfallen könnte man, und sie würden ruhig sitzen bleiben und weiter diese Zeitungen lesen, voll mit Verbrechen und Sophia Loren.«
»Ach, meine Liebe, Dinge könnte ich Ihnen erzählen...«, sagte Doña Rosita. »Sehen Sie, allein in unserem Viertel... Aber schauen Sie sich das an, schauen Sie sich nur diese schamlose Person an, und wenn es noch bloß dieser Junge von gestern nacht wäre, aber nein,

sie hat es noch dazu auf den Lehrer abgesehen, und dabei schien der doch ein ernsthafter Mensch zu sein, so ein wohlerzogener junger Mann.«
»Was hat das damit zu tun?« fragte Atilio, indem er sich als wahrer Mann auf die Seite der angegriffenen Partei schlug. »López ist schwer in Ordnung, man kann mit ihm über alles reden, und nie spielt er sich auf, Ehrenwort. Er hat schon recht, wenn er die Gelegenheit beim Schopf packt, vor allem wo es im Endeffekt sie ist, die ihm die Chance dazu gibt.«
»Und ihr Mann?« sagte Nelly, die Raúl bewunderte und sein Verhalten nicht verstand. »Ich meine, er müßte doch etwas merken. Erst der eine, dann der andere und wieder ein anderer...«
»Da haben wir es, da haben wir es«, sagte Doña Rosita. »Der eine geht, und schon fängt sie eine Unterhaltung mit dem Lehrer an. Was habe ich Ihnen gesagt? Ich verstehe nicht, wie ihr Mann das zulassen kann.«
»Das ist die moderne Jugend«, sagte Nelly in Ermangelung anderer Argumente. »So ist es in allen Romanen.«
Eingehüllt in eine Woge moralischer Autorität und einen blaurot gemusterten Sonnenumhang, begrüßte Frau Trejo die Anwesenden und ließ sich in einem Liegestuhl neben Doña Rosita nieder. Ein Glück, daß der Junge sich schon von der Lavalle entfernt hatte, auf diese Weise... Doña Rosita ließ sich Zeit, bevor sie nach dem rechten Einstieg suchte, und inzwischen besprach man lebhaft das Schlingern des Schiffes, das Frühstück, die Schrecken des Typhus, wenn man nicht rechtzeitig etwas einnimmt und die Räume ausgeräuchert werden, das glücklicherweise nur vorübergehende Unwohlsein des sympathischen jungen Trejo, dessen Art den Kopf zu bewegen so sehr an den Papa erinnerte. Aus Langeweile schlug Atilio Nelly einen Spaziergang vor, um sich nach dem Schwimmen etwas aufzuwärmen; die Frauen rückten darauf zusammen und verglichen ihre Wollknäuel und die Anfänge der jeweiligen Bettjäckchen. Eine ganze Weile später (Jorge sang gerade aus voller Kehle, begleitet von Persio, dessen Stimme erstaunlich an die eines Katers erinnerte), kamen die Frauen überein, daß Paula ein störendes Element an Bord sei und so etwas nicht erlaubt sein dürfte, vor allem wo es noch so lange bis Tokio dauern würde.
Noras diskrete Ankunft wurde voll Neugier aufgenommen, die

sich hinter frommer Liebenswürdigkeit verbarg. Die Frauen zeigten sich sogleich bereit, Nora aufzuheitern, denn die Ringe unter ihren Augen waren beredtes Zeugnis dafür, wie sie gelitten haben mußte. Verständlicherweise, das arme Ding gerade erst verheiratet, und dann mit so einem Schürzenjäger, der gleich mit einer anderen im Dunkeln herumspaziert und weiß Gott was sonst noch tut. Wirklich jammerschade, daß Nora nicht sonderlich zu Vertraulichkeiten aufgelegt schien; es bedurfte der ganzen dialektischen Geschicklichkeit der Damen, um sie nach und nach mit in das Gespräch zu ziehen, an dessen Anfang eine lobende Bemerkung über die gute Butter an Bord stand, gefolgt von einer Erörterung der Kabineneinrichtung, dann die Geschicklichkeit, mit der die Matrosen das Becken auf dem Deck zusammengesetzt hatten, und was für ein netter Mann der junge Costa sei, der leicht bekümmerte Eindruck, den López, der Lehrer, heute morgen gemacht habe, und wie jung Noras Mann aussehe, obwohl es eigentlich seltsam wäre, daß sie nicht mit ihm schwimmen gegangen sei. Vielleicht fühlte sie sich ja ein bißchen seekrank; auch den Damen sei nicht nach einem Bad zumute, abgesehen davon, daß in ihrem Alter...

»Ja, ich habe heute keine Lust zum Schwimmen«, sagte Nora. »Nicht, daß ich mich krank fühlte, ganz im Gegenteil, aber ich habe nicht viel geschlafen und...« Sie errötete heftig, da Doña Rosita Frau Trejo angesehen hatte, die Doña Pepa angesehen hatte, die wiederum Doña Rosita angesehen hatte. Alle verstanden sie ja so gut, auch sie waren einmal jung gewesen, aber auf jeden Fall könnte Lucio ruhig galanter sein und seine junge Frau holen kommen, um mit ihr in der Sonne zu promenieren oder zu schwimmen. Ach, diese Männer, sie waren doch alle gleich, ungeheuer anspruchsvoll in einigen Dingen, vor allem, wenn sie frisch verheiratet waren, aber später gingen sie dann gern allein oder mit Freunden aus, um sich schlüpfrige Geschichten zu erzählen, während die Frau daheim im Sessel saß und Handarbeiten machte. Doña Pepa allerdings fand (zwar war es nur eine Meinung und zudem verworren vorgetragen), eine jungverheiratete Frau sollte ihrem Mann nicht erlauben, daß er sie allein ließ, denn das wäre nur Wasser auf seine Mühle, und zum Schluß würden sie anfangen, ins Café zu gehen, um mit den Freunden Billard zu spielen, dann gingen sie alleine ins Kino, dann kehrten sie spät von der

Arbeit heim, und dann wüßte man schon nicht mehr, wozu sie sonst noch fähig wären.

»Lucio und ich sind sehr unabhängig«, verteidigte sich Nora schwach. »Jeder hat das Recht, sein eigenes Leben zu leben, denn...«

»So ist die Jugend von heute«, sagte Doña Pepa unerschütterlich. »Jeder für sich, und eines schönen Tages entdecken sie... Ich rede nicht von Ihnen beiden, meine Kleine, das können Sie sich ja denken, Sie sind beide so reizend, aber ich habe meine Erfahrungen, ich habe Nelly erzogen, was für ein Kampf, ich könnte Ihnen erzählen... Gleich hier, um nur das nächstliegende Beispiel zu nennen, wenn Sie und Herr Costa nicht ein wenig aufpassen, würde es mich nicht wundern... Aber ich will nicht indiskret sein.«

»Das ist doch nicht indiskret, Doña Pepa«, sagte Frau Trejo lebhaft. »Ich verstehe sehr gut, was Sie sagen wollen, und ich bin völlig Ihrer Meinung. Auch ich muß auf meine Kinder achtgeben, glauben Sie mir.«

Nora wurde allmählich klar, daß sie von Paula redeten.

»Mir gefällt das Betragen dieser jungen Dame auch nicht«, sagte sie. »Nicht daß es mich persönlich beträfe, aber sie hat eine Art zu kokettieren...«

»Genau, was wir sagten, als Sie kamen«, sagte Doña Rosita. »Wortwörtlich. Eine schamlose Person, das ist sie.«

»Nun, ich habe nicht gesagt... Ich finde, sie ist übertrieben freizügig, und es ist klar, daß Sie, Frau...«

»Ich verstehe schon, meine Liebe«, sagte Frau Trejo, »und ich werde nicht dulden, daß dieses Mädchen, um sie so zu nennen, weiter mit dem Kleinen anbändelt. Er ist die Unschuld selbst, mit sechzehn, man stelle sich nur vor... Und wenn es wenigstens nur das wäre... Aber ein Flirt, um es auf englisch zu sagen, genügt ihr ja nicht. Nicht nur, daß...«

»Wenn sie sich nur an den Lehrer heranmachte, fände ich es nicht ganz so schlimm«, sagte Doña Pepa. »Und dabei ist das auch nicht recht, denn wenn man vor Gott den Bund der Ehe geschlossen hat, soll man nicht nach einem anderen Mann schauen. Aber Herr López macht einen so gebildeten Eindruck, und vielleicht unterhalten sie sich ja nur.«

»Ein Vamp«, sagte Doña Rosita. »Ihr Mann mag sehr nett sein,

aber wenn mich mein Enzo mit einem anderen Mann reden sehen würde, nicht, daß er ein Grobian wäre, aber dann wäre mit Sicherheit etwas fällig. Ehe ist Ehe, wie ich immer sage.«
Nora hatte die Augen niedergeschlagen.
»Ich weiß, was Sie denken«, sagte sie. »Sie hat auch versucht, mit meinem ... mit Lucio zu flirten. Sie können sich vorstellen, daß weder er noch ich so etwas wirklich ernst nehmen können.«
»Ja, mein Kind, aber Sie müssen vorsichtig sein«, sagte Doña Pepa mit dem unangenehmen Gefühl, daß ihr der Fisch vom Haken glitt. »Es ist schön und gut zu sagen, Sie beide würden es nicht ernst nehmen, aber eine Frau ist immer eine Frau, und ein Mann ist immer ein Mann, wie es in diesem Film mit Montgomery Sowieso hieß.«
»Oh, man muß auch nicht übertreiben«, sagte Nora. »Was Lucio betrifft, so habe ich nicht die geringste Sorge, aber ich gebe zu, die Art, wie sich dieses Mädchen aufführt ...«
»Eine liederliche Person, das ist sie«, sagte Doña Rosita. »Mitten in der Nacht mit einem Mann allein auf Deck zu gehen, und das, während dessen Frau, der arme Engel, verzeihen Sie den Vergleich, hier praktisch zuschaut ...«
»Aber, aber«, sagte Frau Trejo, »Sie müssen nicht übertreiben, Doña Rosita. Sie sehen doch, das Mädchen nimmt alles so philosophisch auf, und es ist doch ihre Sache.«
»Und wie sollte ich es aufnehmen?« fragte Nora, der eine kleine Hand langsam die Kehle zuschnürte. »Es wird nicht wieder vorkommen, das ist alles, was ich dazu sagen kann.«
»Ja, mag sein«, sagte Frau Trejo. »Ich dagegen denke nicht daran zuzulassen, daß sie den Kleinen weiter belästigt. Ich habe meinem Mann gesagt, was ich davon halte, und wenn sie sich wieder erdreisten sollte, dann bekommt sie von mir etwas zu hören, dieses junge Ding. Der arme Kleine fühlt sich verpflichtet, ihr die Grillen zu fangen, weil sich Herr Costa gestern um ihn gekümmert hat, als ihm schlecht wurde, und ihm sogar ein Geschenk machte. Sie können sich denken, in welch heikler Lage wir uns befinden. Aber sehen Sie, wer uns da besuchen kommt ...«
»Ist das eine Sonne«, meinte Don Galo, indem er den Chauffeur mit einer jener Handbewegungen entließ, die ihn immer wie einen Zauberkünstler aussehen ließen. »Welch eine Hitze, meine Damen! Hier wäre ich dann mit meiner fast vollständigen Liste und

bereit, sie Ihnen zu unterbreiten, damit Sie mir mit Ihrer Liebenswürdigkeit und Erfahrung beistehen ...«

XXXV

»*Tiens, tiens*, der Herr Lehrer«, sagte Paula.
López setzte sich neben sie auf den Rand des Beckens.
»Geben Sie mir eine Zigarette, ich habe meine in der Kabine gelassen«, sagte er und sah sie dabei kaum an.
»Aber natürlich, mit Vergnügen. Dieses verdammte Feuerzeug wird noch im tiefsten aller Ozeangräben landen. Nun, und wie ist es uns heute morgen so ergangen?«
»Ganz gut soweit«, sagte López, der noch immer an die Träume dachte, die einen bitteren Nachgeschmack in seinem Mund hinterlassen hatten. »Und Ihnen?«
»Pingpong«, sagte Paula.
»Pingpong?«
»Ja, ich frage Sie, wie es Ihnen geht, Sie antworten mir, und dann fragen Sie mich, wie es mir geht. Ich antworte Ihnen: Ausgezeichnet, Jamaica John, ausgezeichnet, trotz allem. Gesellschaftliches Pingpong, das ist immer so köstlich idiotisch, wie das *Dacapo* in Konzerten, wie Glückwunschkarten und ungefähr drei Millionen anderer Dinge. Die köstliche Vaseline, die die Räder der Welt so gut geschmiert hält, wie Spinoza sagte.«
»Von alldem gefällt mir als einziges, daß Sie mich bei meinem richtigen Namen genannt haben«, sagte López. »Tut mir leid, daß ich nach Ihrer Ansprache nicht ›vielen Dank‹ hinzufügen kann.«
»Ihr richtiger Name? Nun, López ist ziemlich scheußlich, darüber sind wir uns ja wohl einig. Genau wie Lavalle, obwohl der... Ja, der Held stand hinter einer Tür, und sie jagten ihm eine volle Salve hinein; immerhin ein ansehnliches historisches Ereignis.«
»Wenn es darum geht: López war ein genauso ansehnlicher Tyrann, meine Liebste.«
»Wenn jemand ›meine Liebste‹ sagt so wie Sie eben, dann könnte ich mich glatt übergeben, Jamaica John.«
»Liebste«, sagte er ganz leise.
»So ist es schon besser. Dennoch, mein Herr, darf ich Sie daran erinnern, daß eine Dame ...«

»Ach, genug, bitte schön«, sagte López. »Genug mit der Komödie. Entweder wir reden wirklich miteinander, oder ich verzieh' mich. Warum müssen wir uns seit gestern andauernd kleine Stiche versetzen? Heute morgen bin ich mit dem festen Entschluß aufgestanden, Sie nicht mehr anzusehen oder Ihnen ins Gesicht zu sagen, daß Ihr Benehmen ...« Er brach in Gelächter aus. »Ihr Benehmen«, wiederholte er. »Das ist gut, ich fange an, von Benehmen zu reden. Ziehen Sie sich an, ich erwarte Sie in der Bar; hier kann ich Ihnen doch nichts sagen.«
»Wollen Sie mir eine Predigt halten?« fragte Paula und machte ein Kleinmädchengesicht.
»Ja. Gehen Sie sich anziehen.«
»Sind Sie sehr böse, wirklich sehr, sehr böse mit der armen kleinen Paula?«
López mußte wieder lachen. Eine Sekunde blickten sie einander an, als sähen sie sich zum erstenmal. Paula atmete tief. Es war schon lange her, daß sie das letztemal den Wunsch verspürt hatte zu gehorchen, und es schien ihr seltsam, neu, fast angenehm. López wartete.
»Einverstanden«, sagte Paula. »Ich gehe mich anziehen, Herr Lehrer. Jedesmal, wenn Sie sich so gebieterisch aufführen, werde ich Sie Herr Lehrer nennen. Aber wir könnten genausogut hierbleiben, Lucio ist eben aus dem Wasser gestiegen, niemand hört uns, und wenn Sie mir wichtige Dinge zu enthüllen haben ... Warum wollen wir uns um diese wundervoll warme Sonne bringen?«
Warum zum Teufel sollte sie ihm gehorchen?
»Das mit der Bar war nur ein Vorwand«, sagte López noch immer mit leiser Stimme. »Es gibt Dinge, die man nicht mehr sagen kann, Paula. Gestern, als ich Ihre Hand berührte ... Es ist etwas wie das, was nutzt es, darüber zu reden?«
»Aber Sie reden doch sehr schön, Jamaica John. Ich höre Sie gern solche Dinge sagen. Ich mag es gern, wenn Sie böse sind wie ein Bär, aber ich mag es auch, wenn Sie lachen. Seien Sie nicht böse mit mir, Jamaica John.«
»Gestern abend«, sagte er und sah auf ihren Mund, »habe ich Sie gehaßt. Ich verdanke Ihnen ein paar schreckliche Träume, einen schlechten Geschmack im Mund und einen fast verlorenen Morgen. Ich hatte überhaupt keinen Grund, zum Friseur zu gehen, ich

bin hingegangen, weil ich mich mit irgend etwas beschäftigen mußte.«

»Gestern abend«, sagte Paula, »haben Sie sich wie ein Dummkopf benommen.«

»War es denn so nötig, mit Lucio an Deck zu gehen?«

»Warum nicht mit ihm oder mit irgendeinem anderen?«

»Es hätte mich gefreut, wenn Sie das selbst errieten.«

»Lucio ist sehr nett«, sagte Paula und drückte ihre Zigarette aus. »Schließlich wollte ich die Sterne sehen, und die habe ich gesehen. Er auch, das können Sie mir glauben.«

López sagte nichts, doch er sah sie auf eine Weise an, daß Paula für einen Moment die Augen niederschlagen mußte. Sie überlegte gerade (aber es war mehr ein Gefühl als ein Gedanke), wie sie ihn für diesen Blick würde büßen lassen, als sie Jorge und dann Persio rufen hörte. Sie wandten sich um. Jorge hüpfte aufgeregt auf den Planken herum und zeigte hoch zur Kommandobrücke.

»Ein Glukide, ein Glukide! Habe ich euch nicht gesagt, daß da einer war!«

Medrano und Raúl, die sich in der Nähe des Sonnendachs unterhalten hatten, liefen herbei. López sprang aufs Deck und schaute hoch. Obwohl ihn die Sonne blendete, erkannte er auf der Brücke die Silhouette des mageren Offiziers mit dem grauen Bürstenschnitt, der am Vortag mit ihnen gesprochen hatte. López hielt die Hände trichterförmig an den Mund und rief so laut, daß der Offizier nicht umhin konnte, herzusehen. Mit einer drohenden Geste bedeutete er ihm, er solle aufs Deck herunterkommen. Der Offizier blickte ihn weiter an, und López wiederholte die Geste mit solcher Heftigkeit, daß es aussah, als wolle er eine Botschaft mit Flaggen übermitteln. Der Offizier verschwand.

»Was ist mit Ihnen los, Jamaica John?« fragte Paula, indem sie ihrerseits herunterstieg. »Wofür haben Sie ihn gerufen?«

»Ich habe ihn gerufen«, sagte López trocken, »weil mir verdammt danach zumute war.«

Er ging zu Medrano und Raúl, die sein Verhalten zu billigen schienen, und deutete nach oben. Er war so erregt, daß Raúl ihn mit amüsiertem Erstaunen betrachtete.

»Glauben Sie, daß er herunterkommt?«

»Ich weiß nicht«, sagte López. »Vielleicht kommt er nicht, aber auf eines möchte ich Sie hinweisen, nämlich daß ich, wenn er in zehn Minuten noch nicht erschienen ist, mit dieser dicken Schraubenmutter die Scheibe einwerfe.«

»Ausgezeichnet«, sagte Medrano. »Das ist das mindeste, was man tun kann.«

Aber der Offizier erschien kurz darauf mit seinem adretten Aussehen und der leicht abwesenden Miene, als kenne er seine Rolle und die Liste der möglichen Antworten bereits auswendig. Er kam die Steuerbordtreppe herab und entschuldigte sich, als er dicht bei Paula vorbeiging, die ihn spöttisch grüßte. Erst da kam es López zu Bewußtsein, daß er fast nackt war bei dieser Unterredung mit dem Offizier, und ohne genau zu wissen warum, erbitterte ihn dieser Umstand noch mehr.

»Schönen guten Tag, meine Herren«, sagte der Offizier und verneigte sich einzeln vor Medrano, Raúl und López.

Claudia und Persio, die sich nicht einmischen wollten, wohnten der Szene aus der Ferne bei. Lucio und Nora waren verschwunden, und die Damen plauderten weiter unter Gelächter und Gegacker mit Atilio und Don Galo.

»Guten Tag«, sagte López. »Wenn ich nicht irre, sagten Sie gestern, der Schiffsarzt werde nach uns sehen. Er ist nicht gekommen.«

»Oh, das tut mir sehr leid«, sagte der Offizier, der aufmerksam den Stoff seines Ärmels betrachtete, als wolle er ein Fädchen von seiner weißen Leinenjacke entfernen. »Ich hoffe, Sie sind alle bei bester Gesundheit.«

»Lassen wir die Gesundheit beiseite. Warum ist der Arzt nicht gekommen?«

»Ich vermute, er wird mit unseren Patienten beschäftigt gewesen sein. Haben Sie irgendein... irgendein beunruhigendes Symptom bemerkt?«

»Ja«, sagte Raúl sanft. »Hier herrscht ganz allgemein eine Pest-Atmosphäre wie in einem existentialistischen Roman. Unter anderem sollten Sie nichts versprechen, was Sie dann nicht halten.«

»Der Arzt kommt noch, Sie können sich darauf verlassen. Ich sage es nicht gern, aber aus Sicherheitsgründen, die Sie gewiß verstehen werden, ist es angebracht, daß es zwischen Ihnen und... uns, sagen wir, so wenig Kontakte wie möglich gibt... zumindest während dieser ersten Tage.«

»Ah, der Typhus«, sagte Medrano. »Aber wenn einer von uns das Risiko auf sich nehmen würde, ich zum Beispiel, warum sollte ich Sie dann nicht zum Heck begleiten und den Arzt sprechen?«

»Aber Sie müßten danach ja wieder zurück, und in dem Fall ...«

»Jetzt geht das wieder los!« sagte López, der Medrano und Raúl verfluchte, weil sie ihn nicht tun ließen, wonach ihm zumute war. »Hören Sie, ich habe genug davon, verstehen Sie, was ich sage? Genug! Mir gefällt diese Reise nicht, und Sie gefallen mir nicht, ja Sie, und all die anderen Glukiden, angefangen bei Ihrem Kapitän Smith. Und jetzt passen Sie gut auf: mag sein, daß Sie dahinten irgendeine Schweinerei haben, Typhus oder Ratten, was weiß ich, aber ich warne Sie, wenn die Türen verschlossen bleiben, bin ich zu allem bereit, um mir den Weg zu erzwingen. Und wenn ich ›alles‹ sage, dann können Sie das wörtlich nehmen.«

Seine Lippen zitterten vor Wut, und Raúl bedauerte ihn ein wenig, aber Medrano schien mit ihm einverstanden, und der Offizier begriff, daß López nicht nur für sich sprach. Er trat einen Schritt zurück, indem er sich mit kalter Höflichkeit verneigte.

»Ich möchte auf Ihre Drohungen nicht eingehen, mein Herr«, sagte er, »aber ich werde meinen Vorgesetzten unterrichten. Für meinen Teil bedaure ich zutiefst, daß ...«

»Nicht doch, hören Sie schon auf zu jammern«, sagte Medrano, der zwischen den Offizier und López trat, als er sah, daß dieser seine Fäuste ballte. »Besser, Sie verschwinden hier und unterrichten, wie Sie so schön gesagt haben, Ihren Vorgesetzten. Und das so schnell wie möglich.«

Der Offizier starrte Medrano an, und Raúl hatte den Eindruck, er sei blaß geworden. Es war wegen des gleißenden Mittagslichtes und der sonnengebräunten Haut des Mannes nicht leicht auszumachen. Er grüßte steif und wandte sich zum Gehen. Paula ließ ihn vorbei, indem sie ihm auf der Stufe kaum genug Platz für seinen Schuh überließ, dann kam sie zu den Männern herüber, die einander etwas verwirrt ansahen.

»Meuterei an Bord«, sagte Paula. »Gut gemacht, López. Wir sind alle hundertprozentig auf Ihrer Seite, der Wahnsinn ist ansteckender als Typhus 224.«

López sah sie an, als erwache er aus einem bösen Traum. Claudia war zu Medrano getreten; leicht berührte sie seinen Arm.

»Sie drei sind die helle Freude meines Kindes. Sehen Sie sich nur sein entzücktes Gesicht an.«

»Ich ziehe mich um«, sagte Raúl abrupt, für den die Situation jegliches Interesse verloren zu haben schien. Paula jedoch lächelte noch immer.

»Ich bin ganz brav, Jamaica John. Wir treffen uns in der Bar.«

Fast nebeneinander gingen sie die Treppe hinauf, vorbei an Beba Trejo, die so tat, als lese sie in einer Illustrierten. López kam die Dunkelheit des Ganges wie eine wirkliche Nacht vor, ohne Träume, in denen jemand, der es nicht verdiente, den Chefsessel übernahm. Er fühlte sich aufgedreht und furchtbar müde zugleich. ›Ich hätte ihm besser gleich in die Fresse gehauen‹, dachte er, aber es war ihm fast gleichgültig.

Als er in die Bar hoch kam, hatte Paula schon zwei Bier bestellt und eine halbe Zigarette geraucht.

»Ganz außergewöhnlich«, sagte López. »Das erstemal, daß sich eine Frau schneller angezogen hat als ich.«

»Sie müssen altrömische Vorstellungen vom Duschen haben, nach der Zeit zu urteilen, die Sie gebraucht haben.«

»Vielleicht, ich erinnere mich nicht allzu gut. Ich glaube, ich bin eine ganze Weile unter der Dusche geblieben, das kalte Wasser tat so gut. Jetzt fühle ich mich wohler.«

Herr Trejo unterbrach die Lektüre eines ›Omnibook‹, um sie mit recht eisiger Höflichkeit zu grüßen, in Anbetracht der Hitze eine Wohltat, wie Paula fand. Sie setzten sich auf die Bank, die in der von der Tür am weitesten entfernten Ecke stand; von hier sahen sie nur Herrn Trejo und den Steward, der den Inhalt einiger Gin- und Vermouthflaschen umfüllte. Als López seine Zigarette an der von Paula ansteckte, wobei sein Gesicht ihr sehr nahe kam, da mischte sich etwas in den Rauch und in das Stampfen des Schiffes, das Glück sein mußte. Doch dann fühlte er, wie mitten hinein in dieses Glück ein bitterer Tropfen fiel, und betroffen wich er zurück.

Sie wartete – ruhig und gelöst. Das Warten dauerte lange.

»Haben Sie noch immer Lust, den armen Glukiden umzubringen?«

»Bah, was kümmert mich dieser Kerl.«

»Natürlich kümmert er Sie nicht. Der Glukide hätte für mich bezahlt. Mich möchten Sie am liebsten umbringen. Metaphorisch, selbstverständlich.«

López starrte in sein Bier.
»Sie gehen also im Badeanzug in Ihre Kabine, ziehen sich aus, als wäre nichts dabei, duschen, er kommt und geht, zieht sich auch aus, und so fort, oder?«
»Jamaica John«, sagte Paula in einem Ton komischen Vorwurfes. *»Manners, my dear.«*
»Ich verstehe es nicht«, sagte López. »Ich verstehe einfach überhaupt nichts. Das Schiff nicht, Sie nicht, mich selbst nicht; das Ganze ist vollkommen lächerlich.«
»Mein Lieber, in Buenos Aires weiß man nicht so gut darüber Bescheid, was in den Häusern vorgeht. Wie viele Mädchen, die Sie *illo tempore* bewundert haben, mögen sich wohl in Gegenwart von ganz erstaunlichen Leuten ausgezogen haben...? Finden Sie nicht, daß Sie manchmal Ansichten haben wie eine alte Jungfer?«
»Reden Sie keinen Unsinn.«
»Aber es ist so, Jamaica John. Sie denken genau das gleiche, was diese armen dicken Damen dort unter ihren Planen denken würden, wenn sie wüßten, daß Raúl und ich nicht verheiratet sind und nichts miteinander zu tun haben.«
»Die Vorstellung widerstrebt mir, denn ich glaube nicht, daß sie zutrifft«, sagte López, wieder wütend. »Ich kann nicht glauben, daß Costa... Aber was geht dann wirklich vor?«
»Gebrauchen Sie Ihr Hirn, wie es in den Übersetzungen von Kriminalromanen heißt.«
»Paula, man kann freisinnig sein, das verstehe ich bestens, aber daß Sie und Costa...«
»Warum nicht? Während einerseits Körper Seelen nicht anstekken... Das also beunruhigt Sie, die Seelen. Die Seelen, die ihrerseits die Körper anstecken, und als Folge davon geht dann ein Körper mit dem anderen ins Bett.«
»Sie schlafen also nicht mit Costa?«
»Nein, Herr Lehrer, ich schlafe nicht mit Costa, und er kostet mich auch keinen Schlaf. Jetzt antworte ich für Sie: ›Das glaube ich nicht.‹ Sehen Sie, ich habe Ihnen vier Worte erspart. Ah, Jamaica John, was für eine Qual, wie gern würde ich Ihnen ein Schimpfwort sagen, das mir schon bis zu den Weisheitszähnen hochgestiegen ist. Wenn man bedenkt, daß Sie in einem Roman solch eine Situation akzeptieren würden... Raúl behauptet, ich neigte dazu,

die Welt mit Begriffen der Literatur zu messen. Wäre es nicht viel klüger, Sie täten dasselbe? Warum sind Sie so furchtbar spanisch, López, Erzlópez von Superlópez? Warum lassen Sie sich von Atavismen leiten? Ich lese in Ihren Gedanken wie die Zigeunerinnen vom Retiro-Park. Jetzt spielen Sie mit der Hypothese, daß Raúl... nun, sagen wir, daß ihn ein Mißgeschick der Natur darum gebracht hat, das an mir zu schätzen, was andere Männer erregen würde. Aber Sie täuschen sich, davon kann keine Rede sein.«

»So etwas habe ich nie gedacht«, protestierte López ein wenig verlegen. »Aber Sie werden zugeben, daß es Ihnen selber merkwürdig scheinen muß, daß...«

»Nein, weil ich seit zehn Jahren mit Raúl befreundet bin. Ich wüßte nicht, weshalb es mir merkwürdig erscheinen sollte.«

López bestellte noch zwei Bier. Der Steward wies sie darauf hin, daß schon bald das Mittagessen serviert und das Bier ihren Appetit verderben würde; sie bestellten trotzdem. Sanft legte sich López' Hand in die von Paula. Sie sahen einander an.

»Ich gebe zu, ich habe kein Recht, mich zum Richter aufzuwerfen. Du – ja, laß mich du sagen, bitte...«

»Natürlich. So hast du dir eben noch erspart, daß ich damit anfange, was dich auch deprimiert hätte, denn heute bist du mit dem linken Fuß aufgestanden, wie der kleine Junge von unserem Dienstmädchen sagen würde.«

»Liebling«, sagte López. »Mein Liebling.«

Einen Augenblick sah ihn Paula zweifelnd an.

»Es ist einfach, vom Zweifel zur Zärtlichkeit überzugehen, fast ist es eine unvermeidliche Bewegung. Das habe ich schon oft bemerkt. Aber das Pendel schwingt weiter, Jamaica John, und jetzt werden deine Zweifel noch viel größer sein als vorher, weil du dich mir näher fühlst. Du solltest dir nichts vormachen, ich bin fern, von allem. So fern, daß es mich ekelt.«

»Nein, von mir bist du nicht fern.«

»Das Physische ist eine Illusion, mein Lieber, eine Sache ist es, daß du mir nahe bist, und eine andere... Die Metermaße versagen kläglich, wenn man derlei Dinge messen will. Aber vor einer Weile... Ja, besser ich erzähle es dir, denn es ist sehr selten, daß ich einen Augenblick der Aufrichtigkeit oder Anständigkeit habe... Warum machst du so ein empörtes Gesicht? Du wirst nicht behaupten wollen, mich nach zwei Tagen besser zu kennen, als ich selber nach mehr als fünfundzwanzig Jahren. Vor einer Weile also ist mir klargeworden, daß du wirklich wundervoll, aber vor allem anständiger bist, als ich geglaubt hatte.«

»Wieso anständiger?«

»Nun, sagen wir aufrichtiger. Gib zu, bis jetzt war es doch für dich die bekannte alte Komödie: Man geht an Bord, sondiert die Lage, wählt die Kandidatinnen aus ... Wie in der Literatur, auch wenn sich Raúl darüber lustig macht. Genau das hast du getan, und wären fünf oder sechs Paulas statt der einen an Bord gewesen (Claudia wollen wir aus dem Spiel lassen, da sie nicht für dich ist, und mach nicht so ein beleidigtes Männergesicht), dann hätte ich in diesem Augenblick nicht die Ehre, ein gut gekühltes Bier mit dem Herrn Lehrer zu trinken.«

»Paula, was du da alles sagst, nenne ich ganz schlicht Schicksal. Ebensogut hättest du einen ganzen Haufen Kerle an Bord vorfinden können, und ich hätte dich vielleicht von fern bewundern dürfen.«

»Jedesmal, Jamaica John, wenn ich das Wort Schicksal höre, möchte ich am liebsten nach der Zahnpasta greifen. Hast du bemerkt, daß Jamaica John nicht mehr so hübsch klingt, wenn ich dich duze? Piraten verlangen eine feierlichere Anrede, scheint es mir. Wenn ich allerdings Carlos zu dir sage, muß ich an ein Hündchen von Tante Carmen Rosa denken! Charles ... nein, das ist grauenhaft snobistisch. Nun, wir werden schon etwas finden, fürs erste bleibst du eben mein Lieblingspirat. Nein, ich komme nicht.«

»Wer hat etwas gesagt?« murmelte López bestürzt.

»*Tes yeux, mon chéri*. Deutlich sehe ich den Gang unten, eine Tür und die Nummer eins in deinen Augen. Ich gebe zu, daß ich mir die Nummer deiner Kabine sorgfältig eingeprägt habe.«

»Paula, bitte ...«

»Gib mir noch eine Zigarette. Und denk nur nicht, du hättest viel gewonnen, weil ich bereit bin zuzugeben, daß du anständiger bist, als ich gedacht habe. Ich halte viel von dir, was vorher nicht der Fall war. Ich finde, du bist ein ganz feiner Kerl und-der-Himmel-strafe-mich, wenn ich das vor dir zu vielen Männern gesagt habe. Im allgemeinen habe ich von den Männern eine völlig teratologische Vorstellung. Bedauerlich, aber unumgänglich wie Damenbinden oder Hustenpastillen.«

Während sie redete, machte sie ein betont amüsiertes Gesicht, als wolle sie ihren Worten das Gewicht nehmen.
»Ich glaube, du irrst dich«, sagte López finster. »Ich bin kein so feiner Kerl, wie du sagst, aber ich behandle eine Frau auch nicht gern, als wäre sie ein Zeitvertreib.«
»Aber ich bin ein Zeitvertreib, Jamaica John.«
»Nein.«
»Doch, überzeug dich davon! Deine Augen wissen es schon, obwohl dich deine gute christliche Erziehung zu täuschen versucht. In mir täuscht sich im Grunde niemand: Es ist ein Vorzug, glaube mir.«
»Warum diese Bitterkeit?«
»Warum diese Aufforderung?«
»Aber wenn ich dich doch zu nichts aufgefordert habe!« beharrte López wütend.
»O doch, o doch, o doch.«
»Ich hätte Lust, dich an den Haaren zu ziehen«, sagte er zärtlich.
»Ich hätte Lust, dich zum Teufel zu schicken.«
»Du bist sehr lieb«, sagte Paula überzeugt. »Wir sind beide wirklich großartig.«
López fing an zu lachen; es war stärker als er.
»Ich höre dich gern reden«, sagte er, »ich mag es, daß du so mutig bist. Ja, du bist mutig, du setzt dich ständig der Gefahr aus, mißverstanden zu werden, und das ist der Gipfel des Mutes. Angefangen bei dieser Geschichte mit Raúl. Nein, ich fange nicht wieder an: Ich glaube dir. Ich habe es dir schon vorhin gesagt, und ich wiederhole es dir. Ich verstehe zwar kein Wort davon, es sei denn... Gestern nacht kam mir der Gedanke...«
Er erzählte ihr von Raúls Gesicht, als sie von ihrer Expedition zurückgekommen waren, und Paula hörte ihm schweigend zu, während sie sich auf der Bank zurücklehnte und zusah, wie die Zigarettenasche langsam zwischen ihren Fingern wuchs. Die Alternative war ganz einfach: ihm vertrauen oder den Mund halten. Im Grunde würde es Raúl ziemlich gleichgültig sein, aber dies betraf sie und nicht Raúl. Jamaica John vertrauen oder den Mund halten. Sie beschloß, ihm zu vertrauen. Wie man es auch drehte und wendete: es war der Morgen der Bekenntnisse.

XXXVI

Die Kunde von dem unerfreulichen Wortwechsel zwischen dem Lehrer und dem Offizier breitete-sich-wie-ein-Lauffeuer unter den Damen aus. Wie befremdend bei dem sonst doch so höflichen, so zuvorkommenden López. An Bord entstand wirklich allmählich eine richtig unangenehme Atmosphäre, und Nelly, die gerade von einer liebevollen Unterhaltung mit ihrem Verlobten aus dem Schutz einiger Taurollen zurückkehrte, fühlte sich zu dem Ausruf bemüßigt, die Männer könnten bloß alles Schöne verderben. Obwohl Atilio sich wacker für die Verteidigung von López' Verhalten schlug, überrollten ihn Doña Pepa und Doña Rosita voller Empörung, Frau Trejo lief vor Wut violett an, und Nora nutzte die allgemeine Aufregung, um beinahe im Laufschritt in ihre Kabine zurückzueilen, wo sich Lucio noch immer mit dem Extrakt der Erfahrungen eines Missionars in Indonesien abplagte. Er sah nicht auf, aber sie stellte sich neben seinen Sessel und wartete. Schließlich schloß Lucio das Heft mit resignierter Miene.

»Draußen hat es einen sehr unangenehmen Auftritt gegeben«, sagte Nora.

»Was geht das mich an?«

»Ein Offizier kam herunter, und Herr López hat ihn abscheulich behandelt. Er hat ihm gedroht, die Scheiben einzuwerfen, wenn die Sache mit dem Heck nicht geklärt würde.«

»Er dürfte es schwer haben, Steine zu finden«, sagte Lucio.

»Er hat gesagt, er würde ein Eisen werfen.«

»Sie werden ihn als wahnsinnig einsperren. Mir ist das so egal wie nur irgend etwas.«

»Natürlich, mir auch«, sagte Nora.

Sie begann sich das Haar zu bürsten, und von Zeit zu Zeit betrachtete sie Lucio im Spiegel. Lucio warf das Heft auf sein Bett.

»Mir reicht's allmählich. Verflucht der Tag, an dem ich diesen dämlichen Preis gewonnen habe. Wenn ich daran denke, daß andere einen Chevrolet oder ein Wochenendhaus in Mar de Ajó gewinnen.«

»Ja, das Klima ist hier wirklich nicht das beste«, sagte Nora.

»Da hast du recht, und du hast bestimmt allen Grund, das zu sagen.«

»Ich meine die Geschichte mit dem Heck und all das.«

»Ich meine noch eine Menge mehr als das«, sagte Lucio. »Wir wollen besser nicht wieder davon anfangen.«

»Natürlich. Vollkommen einverstanden. Es ist so blödsinnig, daß es nicht der Rede wert ist.«

»Ich weiß nicht, ob es so blödsinnig ist, aber besser, wir rühren nicht daran.«

»Gut, wir rühren nicht daran, aber es ist vollkommen blödsinnig.«

»Wie du meinst«, sagte Nora.

»Wenn ich eins nicht leiden kann, dann ist es mangelndes Vertrauen zwischen Mann und Frau«, sagte Lucio voll Tugendhaftigkeit.

»Du weißt sehr gut, daß wir nicht Mann und Frau sind.«

»Und du weißt sehr gut, daß wir es bald sein werden, wenn es nach mir geht. Das sage ich zu deiner kleinbürgerlichen Beruhigung, denn für mich sind wir es schon. Und das wirst du wohl kaum bestreiten.«

»Sei nicht so grob«, sagte Nora. »Du glaubst wohl, ich hätte keine Gefühle.«

Mit unbedeutenden Ausnahmen waren die Reisenden bereit, Don Galo und Dr. Restelli zu unterstützen, damit der bunte Abend jeden Schatten einer Unruhe vertriebe, die, wie Dr. Restelli meinte, doch nur die herrliche Sonne verdeckte, auf welche sich seit jeher der Ruhm der patagonischen Küsten gründete. Tief getroffen von dem morgendlichen Vorfall, hatte sich Dr. Restelli sogleich auf die Suche nach López gemacht, nachdem ihn die Damen und Don Galo über alles in Kenntnis gesetzt hatten, was geschehen war. Da sich López in der Bar mit Paula unterhielt, begnügte sich Dr. Restelli damit, an der Theke ein Indian Tonic mit Zitrone zu trinken und dabei auf eine Gelegenheit zu warten, sich in ein Gespräch einzuschalten, das ihn mehr als einmal dazu nötigte, wegzusehen und sich taub zu stellen. Mehr als einmal warf ihm auch Herr Trejo, dem sein ›Omnibook‹-Exemplar zwischen den Fingern endlos zu werden schien, Blicke des Einverständnisses zu, doch schätzte er seinen Kollegen zu sehr, um darauf einzugehen. Als Raúl Costa, sichtlich frisch gebadet, in einem Hemd erschien, zu dem Saul Steinberg zahlreiche Zeichnungen beigesteuert hatte, sich völlig ungezwungen zu Paula und López setzte

und sich an der Unterhaltung beteiligte, als käme ihm dies wie die natürlichste Sache der Welt vor, da fühlte sich Dr. Restelli berechtigt zu hüsteln und sich nun seinerseits zu nähern. Bekümmert und aufgebracht zugleich versuchte er, López das Versprechen abzuringen, keine Schraubenmutter gegen die Fenster der Kommandobrücke zu werfen, aber López, der bis dahin sehr fröhlich und überhaupt nicht kriegerisch gewirkt hatte, wurde plötzlich ernst und sagte, sein Ultimatum sei verbindlich, und er werde nicht dulden, daß man sie weiterhin alle zum besten halte. Da Raúl und Paula außer Schweigen nur die Rauchwolken ihrer Chesterfields beitrugen, führte Dr. Restelli Gründe der Ästhetik ins Feld, und fast sofort erklärte sich López bereit, den bunten Abend als eine Art Waffenstillstand anzusehen, der erst tags darauf um zehn Uhr früh auslaufen sollte. Dr. Restelli erklärte, wenn sich López auch bedauerlicherweise über etwas aufrege, das dergleichen Engagement gar nicht verdiene, so verfahre er doch in dieser Angelegenheit als der Gentleman, der er sei, und nachdem er sich noch zu einem Indian Tonic hatte einladen lassen, machte er sich auf die Suche nach Don Galo, der an Deck Mitwirkende anheuerte.
López lachte herzhaft und schüttelte den Kopf wie ein nasser Hund.
»Armer ›Schwarzer Kater‹, er ist ein Prachtkerl. Am fünfundzwanzigsten Mai sollten Sie ihn sehen, wenn er das Podium erklimmt und seine Rede hält. Seine Stimme dröhnt aus den tiefsten Tiefen seiner Brust, die Augen rollen, und während die Jungs sich vor Lachen biegen oder mit offenen Augen einschlafen, ziehen die Ruhmestaten des Befreiungskampfes und die Vorkämpfer mit den weißen Halstüchern wie Wachsfiguren vorüber, himmelweit entfernt von dem armen Argentinien unserer Tage. Wissen Sie, was mich eines Tages einer meiner Schüler gefragt hat? ›Herr Lehrer, wenn vor einem Jahrhundert alle so edel und tapfer waren, was, zum Teufel, ist dann heute los?‹ Ich muß dazu bemerken, daß einige Schüler ziemliches Vertrauen zu mir haben und daß mir diese Frage um zwölf Uhr mittags in einem Café gestellt wurde.«
»Ich erinnere mich an die patriotischen Reden meiner Schulzeit«, sagte Raúl. »Ich lernte sie schon sehr früh gründlich verabscheuen. Die Fahne, das unvergängliche Vaterland, die ewigen Lorbeeren, die Garde stirbt, doch sie ergibt sich nicht... Nein, ich bringe

schon alles durcheinander, aber es läuft aufs gleiche hinaus. Ob dieses Vokabular wirklich als Zügel, als Scheuklappen funktionierte? Tatsache ist, daß von einem gewissen geistigen Niveau an das Lächerliche des Kontrastes zwischen diesen Worten und den Leuten, die sie gebrauchen, jede Illusion tötet.«
»Ja, aber man braucht schon einen Glauben, wenn man jung ist«, sagte Paula. »Ich erinnere mich an den einen oder anderen rechtschaffenen und geachteten Lehrer; wenn sie solche Dinge vor der Klasse oder in Reden sagten, habe ich mir immer gelobt, Großes zu vollbringen, Märtyrerin zu werden, mich ganz für das Vaterland zu opfern. Es ist etwas Süßes um das Vaterland, Raúlito. Es existiert nicht, aber es ist süß.«
»Es existiert, aber es ist nicht süß«, sagte López.
»Es existiert nicht, wir existieren es«, sagte Raúl. »Bleibt nicht in der reinen Phänomenologie stecken, ihr Hinterwäldler.«
Nach Paulas Meinung traf das keineswegs zu, und das Gespräch gewann einen formalen Glanz, der López diskretes, bewunderndes Schweigen abforderte. Während er ihnen zuhörte, empfand er wieder diesen Mangel, von dem er nicht wußte, ob er ihn Kommunikationslosigkeit oder einfach Individualität nennen sollte. So geschieden sie durch ihre Eigenheiten und ihr Leben waren, so waren Paula und Raúl doch wie in einer Art Netz miteinander verflochten; beständig erkannten sie einander in Anspielungen, in Erinnerungen an gemeinsame Erlebnisse wieder, während er draußen stand und traurig – und zugleich konnte er glücklich sein, so glücklich, wenn er Paulas Nase betrachtete, Paulas Lachen hörte –, traurig ein Bündnis miterlebte, das Zeit und Raum besiegelt hatten, so als ritzte man sich in den Finger, vermischte das Blut und würde eins und unteilbar für alle Zeit. Jetzt würde er in Paulas Zeit und Raum eindringen, begierig würde er für wer weiß wie lange unwägbare Dinge aufnehmen, die Raúl schon so kannte, als seien sie ein Teil seiner selbst: Paulas Neigungen und Abneigungen, die genaue Bedeutung einer Geste oder eines Kleides oder eines Zornes, das System ihrer Gedanken oder einfach die allgemeine Verworrenheit ihrer Wertbegriffe und Gefühle, ihrer Wehmut und ihrer Hoffnungen. ›Aber sie wird mir gehören, und das ändert alles‹, dachte er und preßte die Lippen aufeinander. ›Sie wird neu geboren werden; was er von ihr weiß, daran kann jeder teilhaben, der sie ein wenig kennt. Ich...‹ Aber dennoch kam er

zu spät, dennoch würden Raúl und sie in einem beliebigen Augenblick einen Blick wechseln, und dieser Blick mochte ein Konzert in der ›Wagneriana‹ sein, ein Nachmittag in Mar del Plata, ein Kapitel von William Faulkner, ein Besuch bei Tante Matilde, ein Streik an der Universität, irgend etwas ohne Carlos López, irgend etwas, das geschehen war, während Carlos López in der Vier B unterrichtete oder durch die Calle Florida ging oder mit Rosalía schlief, etwas, das unabänderlich fremd war wie die Motoren von Rennwagen, wie die Umschläge von Testamenten, etwas außerhalb seiner Sphäre und seiner Reichweite, aber auch Paula, gleichfalls und genausosehr Paula wie die, die in seinen Armen schlafen und ihn glücklich machen würde. Dann konnte die Eifersucht auf die Vergangenheit – die ihm bei den Gestalten von Pirandello oder Proust immer als eine Mischung aus Konvention und dem Unvermögen erschienen war, die Gegenwart wirklich zu realisieren – damit beginnen, in den Apfel zu beißen. Seine Hände würden jeden Augenblick von Paulas Körper kennenlernen, und das Leben würde ihn mit der flüchtigen Illusion der Gegenwart täuschen, der wenigen Stunden, Tage oder Monate, die verstreichen würden, bis Raúl oder irgendein anderer auftauchen würde, bis eine Mutter, ein Bruder oder eine ehemalige Schulfreundin erschiene oder einfach eine Seite in einem Buch, eine Bemerkung in einem Notizbuch, oder schlimmer noch, bis Paula eine alte Geste machen würde, die mit einem unbegreiflichen Sinn beladen wäre, oder bis sie auf irgend etwas aus einer anderen Zeit anspielen würde, während sie an einem Haus vorbeiginge oder ein Gesicht oder ein Gemälde sähe. Wenn er sich eines Tages richtig in Paula verlieben sollte, denn jetzt war er nicht verliebt (›Jetzt bin ich nicht verliebt‹, dachte er, ›jetzt will ich ganz einfach mit ihr schlafen und mit ihr leben und mit ihr zusammensein‹), dann würde ihm die Zeit ihr wahres, blindes Gesicht zeigen und den unüberwindlichen Raum der Vergangenheit verkünden, in den Hände und Worte nicht eindringen können, wo es sinnlos ist, eine Schraubenmutter gegen eine Kommandobrücke zu schleudern, weil sie nicht ankommt und keinen Schaden verursacht, wo jeder Schritt gegen eine Mauer aus Luft stößt und jedem Kuß der unerträgliche Spott des Spiegels antwortet. Obwohl sie am gleichen Tisch saßen, befanden sich Paula und Raúl zugleich auf der anderen Seite des Spiegels; wenn sich seine Stimme gelegentlich mit den ihren vermischte, war es, als bräche ein auffällig fremdes Element in den vollkommenen Kreis ihrer Stimmen ein, die locker verschränkt tanzten und sich in der Luft abwechselnd zusammenfanden und voneinander lösten. Sich in Raúl verwandeln können, Raúl sein, ohne aufzuhören, er selbst zu sein, so blind und so verzweifelt dagegen anrennen, daß die unsichtbare Mauer in Stücke fallen und ihn einlassen würde, Paulas ganze Vergangenheit in einer einzigen Umarmung zusammenfassen, die ihn auf immer an ihre Seite bringen würde, sie als Jungfrau besitzen, als junges Mädchen, die ersten Spiele des Lebens mit ihr spielen, dadurch der Jugend näher kommen, der Gegenwart, der Luft ohne Spiegel, die sie umgab, mit ihr die Bar betreten, sich mit ihr an den Tisch setzen, Raúl wie einen Freund begrüßen, davon reden, wovon sie redeten, das betrachten, was sie betrachteten, den anderen Raum hinter sich fühlen, die unvorstellbare Zukunft, aber zugleich wissen, daß alles übrige ihnen gehörte, daß diese Zeitenluft, die jetzt um sie war, nicht diese lächerliche Blase wäre, umgeben vom Nichts eines Gestern, da Paula zu einer anderen Welt gehörte, eines Morgen, in dem ein gemeinsames Leben nicht stark genug sein würde, sie ganz an ihn zu binden, wirklich und auf immer zu der Seinen zu machen.

»Ja, es war wunderbar«, sagte Paula und legte die Hand auf López' Schulter. »Ah, Jamaica John wacht auf, sein Astralleib weilte in fernen Regionen.«
»Wen nennt ihr den Wälsungen?« fragte López.
»Gieseking. Ich weiß nicht, weshalb wir ihn so genannt haben, Raúl ist traurig, weil er gestorben ist. Wir haben ihn oft gehört. Sein Beethoven war so herrlich.«
»Ja, ich habe ihn auch ein paarmal gehört«, sagte López. (Aber es war nicht dasselbe, es war nicht dasselbe. Jeder auf seiner Seite, der Spiegel ...) Erbittert schüttelte er den Kopf und bat Paula um eine Zigarette. Paula lehnte sich an ihn, nicht zu sehr, da Herr Trejo von Zeit zu Zeit zu ihnen herübersah, und lächelte ihn an.
»Wie weit weg du warst, entsetzlich weit. Bist du traurig? Langweilst du dich?«
»Sei nicht albern«, sagte López. »Finden Sie nicht auch, daß sie sehr albern ist?«

XXXVII

»Ich weiß nicht, er hat kein bißchen Fieber, aber irgend etwas gefällt mir nicht«, sagte Claudia und sah hinüber zu Jorge, der hinter Persio herrannte. »Wenn mein Sohn sich keinen zweiten Nachtisch wünscht, ist das ein Zeichen für eine belegte Zunge.«

Medrano hörte zu, als seien die Worte ein Vorwurf. Wütend zuckte er die Achseln.

»Das beste wäre, der Arzt würde ihn untersuchen, aber wenn wir so weitermachen ... Nein, es ist wirklich eine Ungeheuerlichkeit. López hat völlig recht, auf irgendeine Weise muß diese absurde Geschichte beendet werden.«

›Ich frage mich, wofür, zum Teufel, wir diese Waffen in den Kabinen haben‹, dachte er und verstand sehr genau, weshalb Claudia mit halb verlegenem, halb skeptischem Gesicht schwieg.

»Vermutlich werden Sie nichts erreichen«, sagte Claudia nach einer Weile. »Eine Eisentür läßt sich nicht mit Faustschlägen öffnen. Aber machen Sie sich wegen Jorge keine Sorgen, vielleicht sind es die Nachwirkungen des Unwohlseins von gestern. Besorgen Sie mir einen Liegestuhl, und suchen wir uns ein wenig Schatten.«

Sie ließen sich nahe genug bei Frau Trejo nieder, um ihrer gesellschaftlichen Empfindsamkeit zu genügen, doch weit genug, um sich ungehört unterhalten zu können. Nachmittags um vier war es kühl im Schatten, es wehte eine Brise, die manchmal in den Kabeln des Schiffes summte, oder sie zerzauste das Haar von Jorge, der sich mit dem geduldigen Persio wild im Kreise drehte. Claudia fühlte, daß Medrano gleich unter der Oberfläche des Gesprächs über seiner fixen Idee brütete und daß er noch immer an den Offizier und den Arzt dachte, während er Bemerkungen über die Übungen von Presutti und Felipe machte. Von soviel männlicher Besessenheit belustigt, lächelte sie.

»Es ist seltsam, aber wir haben bis jetzt noch überhaupt nicht von unserer Fahrt durch den Pazifik gesprochen«, sagte sie zu ihm. »Mir ist aufgefallen, daß niemand Japan erwähnt, nicht einmal die bescheidene Magalhãesstraße oder einen Hafen, den wir anlaufen könnten.«

»Ferne Zukunft«, sagte Medrano, indem er mit einem Lächeln

seine minutenlange schlechte Laune begrub. »Zu fern für die Vorstellungskraft von einigen, und zu unwahrscheinlich für Sie und für mich.«
»Nichts deutet darauf hin, daß wir nicht dorthin kommen.«
»Nichts. Aber es ist ein wenig wie der Tod. Nichts deutet darauf hin, daß wir sterben, und doch ...«
»Ich verabscheue Allegorien«, sagte Claudia. »Außer denen, die zu ihrer Zeit geschrieben wurden, und auch davon nicht alle.«
Felipe und Pelusa übten an Deck eine Reihe akrobatischer Kunststücke, mit denen sie auf der Veranstaltung glänzen wollten. Auf der Kommandobrücke war niemand zu sehen. Grausam stieß Frau Trejo ihre gelben Stricknadeln in das Wollknäuel, wickelte ihr Strickwerk zusammen, und nach einem höflichen Gruß vermehrte sie freundlicherweise die Zahl der Abwesenden. Medrano starrte eine Weile in die Luft, den Blick auf den Schnabel eines Raubvogels geheftet.
»Japan oder nicht Japan. Ich werde es nie bereuen, auf diese verdammte ›Malcolm‹ gegangen zu sein. Ich verdanke ihr die Bekanntschaft mit Ihnen, verdanke ihr diesen Vogel, diese dunklen Wellen und wohl auch ein paar schlimme Augenblicke, die ich nötiger gebraucht habe, als ich in Buenos Aires zugegeben hätte.«
»Und Don Galo und Frau Trejo, neben anderen gleichermaßen bedeutenden Passagieren.«
»Ich meine es ernst, Claudia. Ich bin auf diesem Schiff nicht glücklich, was mich überraschen könnte, da ich bei meinen Plänen daran nicht im entferntesten gedacht habe. Alles war darauf angelegt, aus dieser Reise so etwas zu machen wie das Intervall zwischen dem Ende eines Buches und dem Augenblick, da man die Seiten des nächsten aufschneidet. Ein Niemandsland, in dem wir unsere Wunden heilen, wenn das möglich ist, und unsere Kohlehydrate, Fette und moralischen Reserven für den nächsten Sprung in den Kalender wieder auffüllen. Aber genau das Gegenteil hat sich herausgestellt, das Niemandsland war das Buenos Aires der letzten Zeit.«
»Jeder Ort ist recht, um die Dinge ins reine zu bringen«, sagte Claudia. »Wenn es mir nur genauso ginge; alles was Sie mir gestern nacht erzählten, alles, was Ihnen noch einfallen mag... Mich beunruhigt das Leben nicht sehr, das ich führe, weder hier noch

dort. Ich weiß, daß es ist wie ein Winterschlaf, ein Leben auf Zehenspitzen, und daß ich lebe, um nicht mehr zu sein als Jorges Schatten, die Hand, die immer da ist, wenn er die seine im Dunkeln ausstreckt und Angst hat.«

»Ja, aber das ist viel.«

»Von außen gesehen, oder gemessen in Begriffen mütterlicher Selbstverleugnung. Das Problem ist, daß ich noch etwas anderes bin als die Mutter von Jorge. Ich habe es Ihnen schon gesagt, meine Ehe war ein Fehler, aber es ist auch ein Fehler, zu lange am Strand in der Sonne liegen zu bleiben. Ein Fehler, den man aus einem Übermaß an Schönheit oder Glück heraus begeht ... was zählt, sind die Ergebnisse. Auf jeden Fall war meine Vergangenheit voll schöner Dinge, und es wird mich niemals trösten, daß ich sie für andere, ebenso schöne oder notwendige Dinge geopfert habe. Stellen Sie mich vor die Wahl zwischen einem Picasso und einem Braque, und ich nehme den Braque, ich weiß (wenn es das Bild ist, an das ich gerade denke), aber welch ein Jammer, diesen großartigen Picasso nicht auch in meinem Salon hängen zu haben ...«

Sie brach in ein freudloses Lachen aus, und Medrano streckte eine Hand aus und legte sie auf ihren Arm.

»Nichts hindert Sie, viel mehr als Jorges Mutter zu sein«, sagte er. »Warum verlieren Frauen, wenn sie allein bleiben, fast immer ihren Schwung und lassen sich gehen? Laufen sie denn nur, wenn wir sie bei der Hand nehmen, während wir meinen, wir liefen, weil sie uns einen Weg zeigten? Sie scheinen nicht hinzunehmen, daß die Mutterschaft Ihre einzige Verpflichtung sein soll, wie so viele andere Frauen. Ich bin sicher, Sie könnten alles erreichen, was Sie sich vornehmen, könnten sich all Ihre Wünsche erfüllen.«

»Oh, meine Wünsche«, sagte Claudia. »Ich wäre froh, ich hätte sie nicht, hätte mit den meisten abgeschlossen. So vielleicht ...«

»Dann genügt es, daß Sie Ihren Mann noch immer lieben, um Sie zugrunde zu richten?«

»Ich weiß nicht, ob ich ihn liebe«, sagte Claudia. »Manchmal denke ich, ich habe ihn nie geliebt. Es ist mir zu leicht gefallen, mich zu lösen. So wie Sie von Bettina zum Beispiel, und ich glaube zu wissen, daß Sie sie nie geliebt haben.«

»Und er? Hat er nie versucht, sich mit Ihnen zu versöhnen? Ließ er Sie einfach so gehen?«

»Oh, er fuhr zu drei neurologischen Kongressen pro Jahr«, sagte

Claudia ohne Groll. »Noch ehe die Scheidung ganz durchgeführt war, hatte er schon eine Freundin in Montevideo. Er sagte es mir, um mir jede Sorge zu nehmen, denn er muß wohl mein ... nennen wir es Schuldgefühl geahnt haben.«
Sie sahen, wie Felipe die Steuerbordtreppe hinaufstieg, sich Raúl anschloß und mit ihm den Gang hinunterging. Beba kam nach unten und setzte sich in den Liegestuhl ihrer Mutter. Sie lächelten ihr zu. Beba lächelte zurück. Armes Mädchen, immer so allein.
»Es ist schön hier«, sagte Medrano.
»O ja«, sagte Beba. »Ich habe es in der Sonne einfach nicht mehr ausgehalten, obwohl ich gerne braun werden möchte.«
Medrano wollte sie fragen, warum sie nicht schwimme, unterließ es dann aber vorsichtshalber. ›Vielleicht trete ich ins Fettnäpfchen‹, dachte er und war zugleich über die Unterbrechung des Gesprächs verärgert. Claudia fragte etwas wegen einer Schnalle, die Jorge im Speisesaal gefunden hatte. Medrano steckte sich eine Zigarette an und versank tiefer in seinem Liegestuhl. Schuldgefühl, Worte und immer mehr Worte ... Schuldgefühl. Als könne eine Frau wie Claudia ... Er sah ihr voll ins Gesicht, sie lächelte; Beba wurde mutiger und rückte ihren Stuhl zutraulicher ein wenig näher. Endlich redete sie einmal ernsthaft mit Erwachsenen. ›Nein‹, dachte Medrano, ›das kann kein Schuldgefühl sein. Ein Mann, der jemanden wie sie verliert, ist der wirklich Schuldige. Natürlich muß er nicht in sie verliebt gewesen sein; warum sollte ich das von meinem Standpunkt aus beurteilen. Ich glaube, ich bewundere sie wirklich; je mehr sie Vertrauen faßt und mir ihre Schwäche gesteht, desto strahlender und stärker finde ich sie. Und ich glaube nicht, daß es an der Meeresluft liegt ...‹ Sekundenlang erinnerte er sich der Frauen, die er intim gekannt hatte, der starken und der schwachen, der Frauen, die vorwärtsdrängen, und der anderen, die nur die eigenen Spuren zurückverfolgen (aber es war kaum Erinnerung, es lag noch weit vor jedem Bild und jedem Wort, war Teil seines Wesens, des monolithischen und unverrückbaren Blocks seines Lebens). Er hatte mehr als genug Garantien, um Claudia zu bewundern, ihr die Hand entgegenzustrekken, und zu wissen, daß sie ihn leiten würde. Aber der Kurs war ungewiß, alles pochte draußen und drinnen wie das Meer und die Sonne und der Wind in den Kabeln. Eine geheime Verzückung, ein Schrei der Begegnung, eine trübe Gewißheit. Als käme danach

etwas Schreckliches und Wunderbares zugleich, etwas Endgültiges, ein ungeheurer Sprung oder eine unwiderrufliche Entscheidung. Zwischen diesem Chaos, das dennoch wie Musik war, und dem alltäglichen Geschmack seiner Zigarette war schon ein unberechenbarer Bruch. Medrano maß ihn, als wäre er die furchterregende Entfernung, die ihm noch zu überwinden blieb.

»Halt mein Handgelenk fest«, befahl Pelusa. »Siehst du, wenn du jetzt abrutschst, brechen wir uns den Hals.«
Raúl, der auf der Treppe saß, verfolgte aufmerksam die einzelnen Phasen des Trainings. ›Sie sind gute Freunde geworden‹, dachte er, während er bewundernd zusah, wie Pelusa Felipe emporhob und einen Halbkreis beschreiben ließ. Atilios Stärke und Geschicklichkeit gefielen ihm, obwohl sie in ihrer Grazie durch die absurde Badehose ein wenig beeinträchtigt wurden. Absichtlich ließ Raúl den Blick auf seiner Taille und seinen mit Sommersprossen und roten Haaren bedeckten Unterarmen verharren und verwehrte es sich, Felipe voll anzusehen, der mit zusammengepreßten Lippen (er mußte wohl ein bißchen Angst haben) und dem Kopf nach unten in der Luft balancierte, gehalten von Pelusa, der sich fest und breitbeinig dort hingepflanzt hatte, um das Schwanken des Schiffes auszugleichen. »Hopp!« schrie Pelusa, wie er das bei Balanceakten im Zirkus Boedo gehört hatte, und Felipe landete keuchend und voll Bewunderung für die Stärke seines Freundes auf den Füßen.
»Nur eins«, riet Pelusa schwer atmend, »mach dich nie steif. Je weicher dein Körper, desto besser klappt es. Jetzt machen wir die Pyramide, warte, bis ich ›hopp‹ sage. Hopp! Aber nein, Junge, siehst du nicht, daß du dir so dein Handgelenk verdrehst? Mensch, das habe ich dir doch schon tausendmal gesagt. Wenn Rusito hier wäre, könntest du mal sehen, was wirkliches Training ist, das könntest du.«
»Was willst du, man kann nicht alles auf einen Schlag lernen«, sagte Felipe beleidigt.
»Schon gut, schon gut, ich sage ja nichts, aber du machst dich noch immer steif. Das mit der Kraft mach' ich, du mußt springen. Und gib acht, wenn du auf meinem Nacken stehst: Schau, ich hab' schon ganz wunde Haut.«
Sie machten die Pyramide, scheiterten mit der doppelten australi-

schen Schere und machten dafür zum Ausgleich eine Reihe von kombinierten Bocksprüngen, denen Raúl ziemlich gelangweilt gewaltigen Beifall spendete. Pelusa lächelte bescheiden, und Felipe fand, sie seien für den Abend genügend trainiert.
»Recht hast du, Kleiner«, sagte Pelusa. »Wenn man zu lange trainiert, spürt man nachher alle Knochen. Wollen wir ein Bier trinken?«
»Nein, auf jeden Fall erst später. Jetzt geh' ich unter die Dusche, ich bin total verschwitzt.«
»Das ist gut!« sagte Pelusa. »Schwitzen tötet die Mikroben. Ich geh' jetzt ein Quilmes Cristal trinken.«
›Komisch, für sie ist ein Bier fast immer ein Quilmes Cristal‹, sagte sich Raúl, aber das dachte er, um die Hoffnung zu unterdrücken, Felipe habe die Einladung vielleicht absichtlich abgelehnt. ›Wer weiß, vielleicht ist er noch immer böse.‹ Pelusa ging mit einem sonoren »Entschuldigung, junger Mann« und einer fast sichtbaren Wolke von Zwiebelgeruch an ihm vorbei. Raúl blieb sitzen, bis auch Felipe nach oben ging, das Handtuch mit roten und grünen Fransen über die Schultern geworfen.
»Ein richtiger Athlet«, sagte Raúl. »Ihr werdet heute abend Erfolg haben.«
»Oh, das ist doch gar nichts. Ich fühle mich immer noch nicht ganz in Ordnung, manchmal dreht sich mir der Kopf, aber die schwierigen Sachen macht ja Atilio. Was für eine Hitze!«
»Nach der Dusche wirst du dich wie neugeboren fühlen.«
»Sicher, das ist das beste. Und Sie, was machen Sie heute abend?«
»Nun, ich weiß noch nicht. Ich muß mit Paula reden und mit ihr irgend etwas mehr oder weniger Lustiges absprechen. Wir haben die Angewohnheit, im letzten Moment etwas zu improvisieren. Es wird immer schlecht, aber die Leute merken es kaum. Du bist völlig in Schweiß gebadet.«
»Na ja, all das Training... Wissen Sie wirklich nicht, was Sie machen werden?«
Raúl war aufgestanden, und gemeinsam gingen sie den Steuerbordgang hinunter. Felipe hätte die andere Treppe nehmen müssen, um auf direktem Weg zu seiner Kabine zu kommen. Natürlich blieb es sich gleich, er brauchte nur durch den Verbindungsgang zu gehen, aber das Logischste wäre gewesen, wenn er die

Backbordtreppe genommen hätte. Das hieß, wenn er die auf der Steuerbordseite gewählt hatte, dann konnte man vermuten, daß er sich gern mit Raúl unterhalten wollte. Das war nicht sicher, aber wahrscheinlich. Und er war nicht böse, obwohl er es vermied, ihm in die Augen zu sehen. Während er ihm durch den dunklen Gang folgte, sah er die leuchtend bunten Fransen des Handtuchs, das Felipes Rücken teilweise bedeckte; er dachte an einen großen Windstoß, der es wie den Umhang eines Wagenlenkers flattern lassen würde. Die nackten Füße hinterließen einen schwachen, feuchten Abdruck auf dem Linoleum. Als sie den Verbindungsgang erreichten, wandte sich Felipe um und stützte sich mit einer Hand gegen die Trennwand. Schon einmal hatte er diese Pose eingenommen, ebenso unsicher, was und wie er es sagen sollte.
»Also, ich geh mich duschen. Und was machen Sie?«
»Oh, ich lege mich eine Weile hin, das heißt, wenn Paula nicht zu sehr schnarcht.«
»Sagen Sie mir bloß, sie schnarcht – ein so junges Mädchen!«
Plötzlich errötete er, als ihm bewußt wurde, daß der Gedanke an Paula ihn vor Raúl störte, daß Raúl ihn neckte, daß Frauen letzten Endes genauso schnarchen mußten wie andere Leute auch und daß er mit seinem Erstaunen vor Raúl praktisch zugab, daß er nicht die geringste Vorstellung von einer schlafenden Frau hatte, von einer Frau im Bett. Aber Raúl beobachtete ihn ohne jeden Anflug von Spott.
»Natürlich schnarcht sie«, sagte er. »Nicht immer, aber manchmal während der Siesta. Man kann nicht lesen, wenn jemand neben einem schnarcht.«
»Sicher«, sagte Felipe. »Ja, wenn Sie mitkommen wollen, wir können uns eine Weile in meiner Kabine unterhalten, ich bin nur eine Minute unter der Dusche. Es ist niemand da, der Alte sitzt die ganze Zeit in der Bar und liest.«
»Ist gebongt«, sagte Raúl, der diese Redensart in Chile gelernt hatte und damit die Erinnerung an ein paar glückliche Tage in den Bergen verband. »Ich würde mir gern die Pfeife mit deinem Tabak stopfen, meinen habe ich in der Kabine gelassen.«
Die Tür seiner Kabine war nur vier Meter vom Gang entfernt, aber Felipe schien die Bitte als etwas beinahe Notwendiges zu akzeptieren, die Geste, welche eine Situation abrundet, etwas, wonach man in aller Ruhe weitermachen kann.

»Der Steward ist ein As«, sagte Felipe. »Haben Sie ihn je in Ihre Kabine gehen oder herauskommen sehen? Ich niemals, aber sobald man zurückkommt, findet man alles aufgeräumt, das Bett gemacht... Warten Sie, ich hole Ihnen den Tabak.«
Er warf das Handtuch in eine Ecke und stellte den Ventilator an. Während er nach dem Tabak suchte, erklärte er, daß ihn die elektrischen Geräte begeisterten, die es in der Kabine gab, daß das Bad und auch die Lampen fabelhaft seien, und alles so gut durchdacht. Mit dem Rücken zu Raúl beugte er sich über die untere Kommodenschublade und suchte nach dem Tabak. Er fand ihn und streckte ihn Raúl hin, aber Raúl achtete nicht auf die Geste.
»Was ist?« fragte Felipe mit ausgestrecktem Arm.
»Nichts«, sagte Raúl, ohne den Tabak zu nehmen. »Ich habe dich betrachtet.«
»Mich? Ach, lassen Sie...«
»Mit *dem* Körper hast du bestimmt schon viele Mädchen erobert.«
»Oh, lassen Sie«, wiederholte Felipe, der nicht wußte, was er mit der Dose in der Hand anfangen sollte. Raúl nahm sie, griff zugleich nach seiner Hand und zog ihn zu sich. Felipe machte sich abrupt los, ohne jedoch zurückzutreten. Er schien eher verwirrt als erschreckt, und als Raúl einen Schritt auf ihn zutrat, blieb er reglos mit gesenktem Kopf stehen. Raúl legte ihm die Hand auf die Schulter und ließ sie langsam seinen Arm hinabgleiten.
»Du bist in Schweiß gebadet«, sagte er. »Geh schon, nimm erst mal deine Dusche.«
»Ja, besser wär's«, sagte Felipe. »Ich bin gleich wieder da.«
»Laß die Tür offen, dann können wir uns dabei unterhalten.«
»Aber... mir ist es ja gleich, aber wenn der Alte hereinkommt...«
»Was meinst du, was er dann denkt?«
»Na, ich weiß nicht.«
»Wenn du's nicht weißt, dann ist es dir auch egal.«
»Es ist nicht das, aber...«
»Genierst du dich?«
»Ich? Warum sollte ich mich genieren?«
»Das finde ich auch. Wenn es dir Sorge macht, was dein Vater denken mag, dann können wir ja die Kabinentür abschließen.«
Felipe wußte nicht, was er sagen sollte. Zögernd ging er zur Tür

und drehte den Schlüssel um. Raúl wartete und stopfte dabei langsam seine Pfeife. Er sah ihn zum Schrank blicken, zum Bett, als suche er etwas, irgendeinen Vorwand, um Zeit zu gewinnen, bevor er sich entschied. Aus der Kommode nahm er ein Paar weiße Socken und Unterhosen und legte sie aufs Bett, aber dann nahm er sie wieder fort und trug sie ins Bad, um sie neben der Dusche auf einem vernickelten Hocker abzulegen. Raúl hatte die Pfeife angezündet und schaute ihm zu. Felipe drehte die Dusche auf und prüfte die Wassertemperatur. Dann streifte er mit einer raschen Bewegung, Raúl zugewandt, die Badehose herunter und war blitzschnell unter der Dusche, als suchte er den Schutz des Wassers. Pfeifend und ohne zur Tür zu schauen, begann er sich energisch einzuseifen. Das Pfeifen wurde durch Wasser unterbrochen, das ihm in den Mund lief, und durch sein heftiges Atmen.
»Wirklich, du hast einen phantastischen Körper«, sagte Raúl und lehnte sich gegen den Spiegel. »Bei vielen Jungen in deinem Alter weiß man noch nicht so recht, was los ist, aber du ... Ich habe wohl schon Jungs wie dich in Buenos Aires gesehen.«
»Im Club?« fragte Felipe, dem einfach nichts anderes einfallen wollte. Er war noch immer Raúl zugewandt, da er ihm aus Schamhaftigkeit nicht den Rücken zukehren wollte. Etwas erfüllte seinen Kopf mit einem ohrenbetäubenden Summen; es war das Wasser, das ihm gegen das Gehör trommelte und in die Augen drang, oder etwas anderes tiefer drinnen, ein Wasserwirbel, der ihm seinen Willen und jegliche Herrschaft über seine Stimme raubte. Automatisch fuhr er fort, sich einzuseifen, aber unter dem Wasser, das den Schaum sofort wegspülte. Wenn Beba das je herausbekäme ... Weit hinter alldem, wie in unendlicher Ferne, stand der Gedanke an Alfieri, daran, daß Alfieri dieser Mann hätte sein können, der rauchend dasaß und ihn musterte, wie Sergeanten nackte Rekruten mustern oder wie Ärzte, so wie der von der Calle Charcas, der ihn mit geschlossenen Augen und ausgestreckten Armen hatte herumgehen lassen. Er sagte sich schließlich, daß Alfieri (aber nein, das war ja nicht Alfieri) sich über seine Unbeholfenheit lustig machen würde, und plötzlich ärgerte er sich darüber, so blöde zu sein, mit einem Ruck drehte er die Dusche aus und seifte sich richtig ein, mit wütenden Bewegungen, die weiße Schaumberge auf seinem Bauch, in seinen Achseln und auf seinem Hals hinterließen. Fast war es ihm jetzt gleichgültig, daß Raúl ihn an-

sah; schließlich unter Männern ... Aber er log sich etwas vor, und während er sich einseifte, vermied er bestimmte Bewegungen und stand so aufrecht wie möglich, immer nach vorn gewandt, und mit besonderer Sorgfalt wusch er Arme, Brust, Nacken und Ohren. Er stellte einen Fuß auf den Rand des grünen Mosaikbeckens, lehnte sich ein wenig vor und begann sich den Knöchel und die Wade einzuseifen. Er hatte das Gefühl, sich schon seit Stunden zu waschen. Die Dusche machte ihm nicht das geringste Vergnügen, trotzdem kostete es ihn Überwindung, das Wasser abzustellen, aus dem Becken zu steigen und mit dem Abtrocknen zu beginnen. Als er sich endlich aufrichtete, wobei ihm das Wasser aus den Haaren in die Augen rann, hatte Raúl das Handtuch von einem Haken genommen und reichte es ihm mit ausgestrecktem Arm, da er vermeiden wollte, auf den schaumbespritzten Boden zu treten.

»Fühlst du dich jetzt besser?«

»Sicher, die Dusche tut gut nach den Übungen.«

»Ja, und vor allem nach bestimmten Übungen. Du hast mich vorhin nicht verstanden, als ich dir sagte, du hättest eine schönen Körper. Was ich dich fragen wollte, war eigentlich, ob es dir gefällt, wenn die Frauen dir das sagen.«

»Na, klar gefällt einem so was«, sagte Felipe, indem er das Wort ›einem‹ nach unmerklichem Zögern gebrauchte.

»Hast du schon mit vielen geschlafen oder nur mit einer?«

»Und Sie?« fragte Felipe, während er die Unterhose anzog.

»Antworte mir, du brauchst dich nicht zu schämen.«

»Ich bin noch jung«, sagte Felipe. »Warum sollte ich angeben?«

»So gefällt es mir. Du hast also noch mit keiner geschlafen.«

»Das auch nicht direkt. In den Bordellen ... Natürlich ist es nicht dasselbe ...«

»Ah, du bist in Bordellen gewesen. Ich dachte, es gäbe gar keine mehr in den Vororten.«

»Doch, zwei oder drei«, sagte Felipe und kämmte sich vor dem Spiegel. »Ich habe einen Freund in der fünften Klasse, der mir die Adresse gegeben hat. Ein gewisser Ordóñez.«

»Und sie haben dich hineingelassen?«

»Natürlich haben sie mich reingelassen. Ich bin doch mit Ordóñez gegangen, der schon sein Soldbuch hat. Zweimal sind wir dort gewesen.«

»Hat es dir gefallen?«

»Na klar.«

Er knipste das Licht im Bad aus und ging an Raúl vorbei, der sich nicht gerührt hatte. Raúl hörte ihn eine Schublade öffnen und nach einem Hemd oder irgendwelchen Sandalen suchen. Noch eine Sekunde blieb er in dem dunstigen Halbdunkel, fragte sich, warum ... Aber es war nicht einmal mehr der Mühe wert, sich noch diese Frage zu stellen. Er betrat die Kabine und setzte sich in einen Sessel. Felipe hatte ein Paar weiße Hosen angezogen; sein Oberkörper war noch immer nackt.

»Wenn du nicht gern über Frauen redest, brauchst du's nur zu sagen«, meinte Raúl. »Ich dachte, du wärst schon in dem Alter, wo man sich für diese Dinge interessiert.«

»Wer sagt denn, ich wäre nicht daran interessiert? Wie seltsam Sie sind, manchmal erinnern Sie mich an einen, den ich kenne ...«

»Redet er auch mit dir über Frauen?«

»Manchmal. Aber er ist komisch ... Komische Kerle gibt es, was? Ich wollte nicht sagen, daß Sie ...«

»Mach dir wegen mir keine Sorgen, ich kann mir denken, daß ich dir manchmal komisch vorkommen muß. So hat also dein Bekannter ... Erzähl mir von ihm, wir können ja eine Pfeife zusammen rauchen. Wenn du magst.«

»Klar«, sagte Felipe, der sich in seinen Kleidern entschieden sicherer fühlte. Er zog sich ein blaues Hemd an, das er nicht in die Hose steckte, und holte dann seine Pfeife hervor, setzte sich in den anderen Sessel und wartete, bis Raúl ihm den Tabak reichte. Er hatte das Gefühl, einer Gefahr entronnen zu sein, so als hätte alles, was eben geschehen war, auch ganz anders ablaufen können. Erst jetzt wurde ihm bewußt, daß er die ganze Zeit gespannt, ja fast auf dem Sprung gewesen war; er hatte darauf gewartet, daß Raúl etwas tun würde, was er nicht getan hatte, oder etwas sagen würde, was er nicht gesagt hatte. Er hatte beinahe Lust loszulachen, ungeschickt stopfte er seine Pfeife und zündete sie mit zwei Streichhölzern an. Er begann Geschichten von Alfieri zu erzählen, was für ein mit allen Wassern gewaschener Kerl er war und wie er die Frau des Rechtsanwaltes umgelegt hatte. Er wählte bestimmte Erinnerungen aus, schließlich hatte Raúl von Frauen geredet, kein Grund also, ihm von Viana und Freilich zu erzählen. Und mit Alfieri und Ordóñez hatte er genug Erzählstoff für eine ganze Weile.

»Klar, für so was braucht man jede Menge Moos. Frauen wollen, daß man sie zum Tanzen mitnimmt, dann das Taxi, und außerdem muß man noch für das Zimmer blechen ...«

»Wenn wir in Buenos Aires wären, könnte ich das alles für dich regeln, weißt du. Warte nur, bis wir zurückkommen. Ich verspreche es dir.«

»Sie haben bestimmt eine Wahnsinnsbude.«

»Ja, ich überlasse sie dir, wenn du sie brauchst.«

»Wirklich?« sagte Felipe fast erschrocken. »Das wäre ja phantastisch, da könnte man ja eine Frau mitnehmen, auch wenn man nicht viel Geld hat ...« Er wurde rot und hustete. »Nun, ich glaube, eines Tages können wir uns die Kosten teilen. Sie sollen ja schließlich auch nicht ...«

Raúl stand auf und ging zu ihm hinüber. Er begann sein Haar zu streicheln, das naß, fast klebrig war. Felipe machte eine ausweichende Bewegung mit dem Kopf.

»Lassen Sie«, sagte er. »Sie bringen mein Haar ganz durcheinander. Wenn mein Alter kommt ...«

»Ich denke, du hast die Tür abgeschlossen.«

»Ja, aber trotzdem, lassen Sie mich.«

Seine Wangen glühten. Er versuchte von seinem Sessel aufzustehen, aber Raúl legte ihm eine Hand auf die Schulter und hielt ihn fest. Wieder fuhr er ihm leicht übers Haar.

»Was denkst du von mir? Sag die Wahrheit, es macht mir nichts aus.«

Felipe riß sich los und stand auf. Raúl ließ die Arme sinken, als sei er bereit, sich schlagen zu lassen. ›Wenn er mich schlägt, gehört er mir‹, fuhr es ihm durch den Sinn. Aber Felipe wich ein paar Schritte zurück und schüttelte wie enttäuscht den Kopf.

»Lassen Sie mich«, sagte er mit kaum hörbarer Stimme. »Ihr ... ihr seid alle gleich.«

»Ihr?« sagte Raúl mit einem schwachen Lächeln.

»Ja, ihr. Alfieri ist so, alle seid ihr so.«

Raúl lächelte noch immer. Er zuckte die Achseln und machte eine Bewegung zur Tür.

»Du bist zu nervös, mein Sohn. Was ist denn Schlechtes dabei, wenn der eine Freund den anderen streichelt? Was für ein Unterschied ist es, jemandem die Hand zu geben oder ihm damit übers Haar zu fahren?«

»Unterschied ... Sie wissen genau, daß da ein Unterschied ist.«

»Nein, Felipe, du mißtraust mir, weil du es seltsam findest, daß ich dein Freund sein möchte. Du mißtraust mir, du belügst mich. Du benimmst dich wie eine Frau, wenn du wissen willst, was ich denke.«

»Jetzt fangen Sie auch noch Streit mit mir an«, sagte Felipe und kam ein wenig näher. »Ich habe Sie belogen?«

»Ja. Du hast mir ein bißchen leid getan, du lügst sehr schlecht, das lernt man erst mit der Zeit, und du kannst es noch nicht. Ich bin auch noch einmal unten gewesen und habe es von einem der Lipiden erfahren. Warum hast du mir erzählt, du wärst bei dem kleineren der beiden gewesen?«

Felipe machte eine Handbewegung, als wolle er dieser Frage jede Bedeutung absprechen.

»Ich kann oft Trauriges von dir ertragen«, sagte Raúl leise zu ihm. »Ich kann verstehen, wenn du mich nicht magst oder wenn du dir nicht vorstellen kannst, mein Freund zu sein, oder wenn du Angst hast, die anderen könnten es mißverstehen ... Aber lüg mich nicht an, Felipe, nicht einmal wegen einer so albernen Sache wie dieser.«

»Aber wenn doch überhaupt nichts dabei war«, sagte Felipe. Gegen seinen Willen zog ihn Raúls Stimme an, seine Augen, die ihn ansahen, als erwarteten sie noch etwas anderes von ihm. »Wirklich, ich war einfach wütend, daß Sie mich gestern nicht mitgenommen haben, und da wollte ich ... Da bin ich eben allein hinuntergegangen, und was ich dort unten getan habe, ist meine Sache. Deswegen habe ich Ihnen nicht die Wahrheit gesagt.«

Brüsk kehrte er ihm den Rücken und trat ans Bullauge. Die Hand mit der Pfeife hing schlaff herab. Mit der anderen fuhr er sich durchs Haar, er wölbte ein wenig seine Schultern. Einen Augenblick lang hatte er befürchtet, Raúl könnte ihm etwas anderes vorwerfen, das er nicht genau zu fassen vermochte, irgend etwas; daß er versucht hatte, mit Paula zu flirten oder etwas in dieser Richtung. Er wollte ihn nicht ansehen, da ihn Raúls Augen quälten, er hätte weinen mögen, sich aufs Bett werfen, das Gesicht im Kissen vergraben und weinen, so klein, so hilflos fühlte er sich vor diesem Mann, der ihm den nackten Ausdruck seiner Augen zeigte. Hinter seinem Rücken spürte er ihn langsam näher kommen, und er wußte, daß ihn Raúls Arme jeden Augenblick mit aller Kraft umschlingen würden, er spürte, wie sich die Qual langsam in Angst

verwandelte und daß hinter dieser Angst so etwas wie eine Versuchung lauerte, abzuwarten und zu erfahren, wie diese Umarmung sein würde, in der Raúl all seine Überlegenheit aufgeben würde, um nur noch eine flehende Stimme und ein Paar sanfte Hundeaugen zu sein, besiegt von ihm, besiegt trotz seiner Umarmung. Schlagartig erkannte er, daß sich das Blatt gewendet hatte, daß er nun die Regeln diktieren konnte. Er wandte sich unvermittelt um und sah Raúl genau in dem Moment, da seine Hände ihn suchten, lachte ihm hysterisch ins Gesicht, lachte und weinte zugleich, lachte mit stoßweisem ersticktem Schluchzen, das Gesicht voller Grimassen und Tränen und Spott.
Raúl strich ihm mit den Fingern über das Gesicht, und wieder erwartete er, daß Felipe ihn schlüge. Er sah die Faust nach oben kommen, erwartete sie ohne eine Bewegung. Felipe barg sein Gesicht in beiden Händen, duckte sich und war mit einem Satz außer Reichweite. Fast war es unvermeidlich, daß er sich zur Tür wandte, sie öffnete und dort wartend stehenblieb. Ohne ihn anzusehen, ging Raúl an ihm vorbei. Es klang wie ein Schuß, als die Tür hinter ihm zuschlug.

G

Vielleicht tut Erholung not, vielleicht läßt der blaue Gitarrist in irgendeinem Moment den Arm sinken, und der geschlechtliche Mund verstummt, faltet sich auf und stülpt sich nach innen, wie sich ein vergessener Handschuh auf einem Bett grausig entfaltet und nach innen stülpt. In dieser Stunde der Abneigung und Ermüdung (denn Erholung ist nur ein Euphemismus für Niederlage und der Traum nur eben Maske für ein Nichts, das aus jeder Pore des Lebens spricht) stellt das kaum anthropomorphe Bild, das Picasso nachlässig auf eine Leinwand malte – es gehörte Apollinaire –, mehr denn je die Komödie in ihrem Kulminationspunkt dar, da alles erstarrt, ehe es in den Akkord ausbricht, der die unerträgliche Spannung aufheben wird. Doch wir denken in festen vorgegebenen Begriffen: die Gitarre, der Musiker, das Schiff, das gen Süden fährt, die Männer und Frauen, deren Wege sich kreuzen und verflechten wie die Spuren weißer Ratten im Käfig. Welch unerwartete Kehrseite der Handlung kann aus einer letzten Vermutung erwachsen, die über das Geschehene und Ungeschehene hinausgeht, die an dem Punkt ansetzt, wo es vielleicht zur Verbindung von Auge und Schimäre kommt, wo die Fabel den Schafspelz in Stücke reißt, wo die dritte Hand, die Persio in einer Sternstunde nur eben flüchtig erahnt hat, aus eigenem Antrieb nach der körperlosen, saitenlosen Gitarre greift und in einem Raum, der hart wie Marmor ist, eine Musik einmeißelt, die anderen Ohren gilt. Es ist nicht bequem, die Anti-Gitarre zu verstehen, so wie es nicht bequem ist, die Anti-Materie zu verstehen, doch die Anti-Materie ist schon Bestandteil der Zeitungen und der Vorträge auf Kongressen, das Anti-Uranium und das Anti-Silikon funkeln in der Nacht; eine dritte siderale Hand greift mit der gewaltigsten aller Herausforderungen ein, um den Wächter seiner Kontemplation zu entreißen. Es ist nicht bequem, eine Anti-Lektüre, ein Anti-Sein, eine Anti-Ameise anzunehmen, die dritte Hand zerschlägt Brillen und Einteilungen, reißt Bücher aus den Regalen, entdeckt den Grund für das Bild im Spiegel, seine symmetrische und dämonische Enthüllung. Dieses Anti-Ich und dieses Anti-Du sind da, und was wird dann aus uns und aus unserer selbstzufriedenen Existenz, deren Unruhe nie über eine dürftige deutsche oder französische Metaphysik hinausging, jetzt, da der Schatten des Anti-Sterns auf die Kopfhaut fällt, jetzt, da wir in der Liebesumarmung einen Schwindel der Anti-Liebe fühlen und nicht etwa weil dies Palindrom des Kosmos die Negation wäre (warum sollte das Anti-Universum die Negation sein?), sondern die Wahrheit, welche die dritte Hand enthüllt, die Wahrheit, welche auf die Geburt des Menschen wartet, um in die Freude einzustimmen!

Auf irgendeine Weise fühlt Persio, der mitten in der Pampa daliegt, in einen schmutzigen Sack gehüllt oder einfach von einem störrischen Pferd abgeworfen, wie sich im Angesicht der Sterne die gestaltlose Erfüllung nähert. Nichts unterscheidet ihn zu dieser Stunde von dem Clown, der sein bemehltes Gesicht zu dem schwarzen Loch im Zelt hebt, welches ihn mit dem Himmel verbindet. Der Clown weiß es nicht, Persio weiß nicht, was dieser gelbe Hagel bedeutet, der an seinen weit aufgerissenen Augen abprallt. Und weil er es nicht weiß, empfindet er alles um so heftiger, die schimmernde Haube der südlichen Nacht dreht sich langsam mit ihren Kreuzen und Zirkeln, und in sein Ohr dringt allmählich die Stimme der Ebene, das Knistern des keimenden Grases, das furchtsame Schlängeln der Schlange, die im Tau hervorkommt, das leichte Trommeln des Kaninchens, das die Sehnsucht nach dem Monde treibt. Schon riecht er das trockene, geheime Knacken der Pampa, berührt mit feuchten Augäpfeln eine neue Erde, die kaum etwas mit dem Menschen zu tun hat und ihn abweist, wie ihn ihre wilden Pferde abweisen, ihre Wirbelstürme und ihre endlosen Entfernungen. Nach und nach hören seine Sinne auf, Teil von ihm zu sein, um ihn hervorzuziehen und auf die schwarze Ebene zu schleudern; er sieht, hört, riecht, berührt nicht mehr, er ist hinausgetreten, ist losgelöst, ist frei geworden, richtet sich auf wie ein Baum und umfaßt die Vielfalt in einem einzigen ungeheuren Schmerz, der das Chaos ist, welches sich löst; der Kristall, der Gestalt gewinnt und sich ordnet, die uranfängliche Nacht in der amerikanischen Zeit. Was kann ihm jetzt schon noch der geheimnisvolle Vorbeimarsch der Schatten anhaben, die erneuerte und zerstörte Schöpfung, die ihn umgibt, die entsetzliche Abfolge von Mißgeburten und Gürteltieren, rauhmähnigen Pferden und Raubkatzen mit Fangzähnen wie Hörner, und Indianerüberfälle voll Steinen und Lehm? Unerschütterlicher Sockel, gleichgültiger Zeuge der Revolution von Körpern und Äonen, Auge, dessen Blick wie ein Kondor mit Bergesflügeln auf dem wilden Lauf von Myriaden Milchstraßen und Faltungen ruht, Betrachter von Ungeheuern und Sintfluten, ländlichen Idyllen oder hundertjährigen Feuersbrünsten, der Metamorphose von Magma, von Sial, dem unentschlossenen Dahintreiben der kontinentalen Wale, der Inseltapire, der südlichen Gesteinskatastrophen, der unerträglichen Geburt der Anden, die in einer erzitternden Gebirgskette auseinanderbrechen; und nicht eine Sekunde ruhen können, noch mit Sicherheit wissen, ob dies Gefühl auf der linken Hand eine Eiszeit ist mit all ihrem Getöse oder nur eine Nacktschnecke, die im Dunkeln nach Wärme sucht.

Wäre es schwierig zu verzichten, vielleicht würde er dann auf diese Osmose von Kataklysmen verzichten, die ihn in eine unerträgliche Dichte stürzt, aber hartnäckig versagt er sich die Erleichterung, seine Augen zu öffnen oder zu schließen, aufzustehen und zum Rand der Straße zu gehen, auf einmal seinen Körper neu zu ersinnen, den Weg, eine Nacht in den fünfziger Jahren des zwanzigsten Jahrhunderts, die Hilfe, die mit Laternen, Rufen und einer Staubwolke kommen wird. Er knirscht mit den Zähnen (doch vielleicht ist es die Geburt einer Gebirgskette, das Mahlen von Ton und Basalt) und überläßt sich dem Schwindel, dem Kriechen der Schnecke oder dem Wasserfall über seinem eingetauchten und zerfließenden Körper. Alle Schöpfung ist ein Fehlschlag, Felsen fliegen durch den Raum, namenlose Tiere stürzen herab und klatschen kopfüber ins Wasser, Zistrosen zersplittern, die Freude des Chaos zerschmettert und erhitzt und vernichtet unter Geheul und Mutationen. Und was sollte von alldem bleiben, bloß eine verlassene Hütte in der Pampa, ein geriebener Schankwirt, ein verfolgter Gaucho, ein armer Teufel, irgendein kleiner General an der Macht? Teuflische Rechnung, bei der riesige Ziffern schließlich in einer Fußballweltmeisterschaft münden, im Selbstmord eines Dichters, einer bitteren Liebesgeschichte mit Straßenecke und dem Duft nach Geißblatt. Samstagnacht, Inbegriff der Herrlichkeit: ist dies Südamerika? Wiederholen wir jeden Tag in jeder Geste das ungelöste Chaos? In einer Zeit unabsehbar hinausgeschobener Gegenwart, nekrophilen Kultes, einer Tendenz zum Ekel, zum traumlosen Schlaf, zum bloßen Alpdrücken, das auf den vermehrten Verzehr von Kürbis und Paprikawurst folgt, suchen wir da die Koexistenz des Schicksals, maßen wir uns da an, den ungebundenen Lauf des Indianers mit den letzten Errungenschaften des Automobilsports zu vereinen? Das Gesicht zu den Sternen gewandt, ausgestreckt auf dieser undurchdringlichen, stumpfsinnigen Ebene, leisten wir da insgeheim Verzicht auf die geschichtliche Zeit, hüllen uns in fremde Kleider und leere Reden, die handschuhgleich die grüßenden Hände des Caudillos umschließen und die Festlichkeit der Ephemeriden, und wählen wir aus soviel unerforschter Realität das antagonistische Trugbild, die Anti-Materie des Anti-Geistes, des Anti-Argentiniens, aus der entschiedenen Weigerung, ein Geschick in der Zeit zu erleiden, wie es sein muß, einen Wettlauf mit seinen Siegern und Besiegten? Repräsentieren wir, die wir weniger sind als Manichäer, weniger als genußsüchtige Hedonisten, auf der Erde die spektrale Seite des Werdenden, seine sardonische Larve, die am Straßenrand lauert, die Anti-Zeit von Leib und Seele, die billige Begabung, das ›Misch dich nicht ein, wenn du nichts dabei gewinnen kannst‹? Das Schicksal, kein Schicksal zu wollen: Spucken wir nicht auf jedes hochtrabende Wort, auf jeden philosophischen Essay, auf jeden wildbewegten Wettstreit, vitale Anti-Materie, die Eingang gefunden hat bei der Tischdecke mit Troddeln, den Dichterwettbewer-

ben, der Anstecknadel mit dem Nationalemblem, dem Gesellschafts- und Sportclub eines jeglichen Stadtviertels von Buenos Aires, Rosario und Tucumán?

XXXVIII

Im übrigen fand Medrano als ironischer Betrachter einen Dichterwettstreit stets erheiternd. Der Gedanke kam ihm, als er zum Deck hinunterging, nachdem er Claudia und Jorge, der plötzlich einen Mittagsschlaf machen wollte, zu ihrer Kabine begleitet hatte. Wenn man es recht überlegte, dann hätte Dr. Restelli die Veranstaltung eines Dichterwettstreits an Bord vorschlagen sollen; das war geistreicher und wertvoller als ein bloß artistisches Programm und hätte einigen Leuten erlaubt, sich einen kolossalen Spaß zu machen. ›Aber ein Dichterwettstreit an Bord ist nicht vorstellbar‹, dachte er, während er sich müde in seinem Liegestuhl ausstreckte und langsam eine Zigarette hervorsuchte. Absichtlich zögerte er den Augenblick hinaus, wo ihn seine Umgebung nicht mehr interessieren würde, um wohlig dem Bilde Claudias zu weichen, der minutiösen Beschwörung ihrer Stimme, der Form ihrer Hände, ihrer so einfachen und fast notwendig nur so möglichen Art zu schweigen oder zu reden. Carlos López tauchte auf der Backbordtreppe auf und betrachtete mit leuchtenden Augen den Horizont der vierten Nachmittagsstunde. Die übrigen Passagiere waren schon vor einer Weile gegangen, die Kommandobrücke blieb weiterhin leer. Medrano schloß die Augen und fragte sich, was geschehen würde. Die Frist wäre in dem Augenblick abgelaufen, da die letzte Nummer des Programms dem höflichen Applaus und dem allgemeinen Aufbruch des Publikums gewichen wäre; die Uhren würden beginnen, die Stunden des dritten Tages zu zählen. ›Immer die gleichen Symbole, die Öde einer nicht sonderlich subtilen Analogie‹, dachte er. Der dritte Tag, die Vollendung. Die gröberen Fakten ließen sich voraussehen: Das Achterdeck würde sich dem Zutritt der Männer von allein auftun, oder López würde seine Drohung wahrmachen, unterstützt von Raúl und von ihm selber. Unter der Führung des erzürnten Don Galo würde die Friedenspartei auf den Plan treten; aber von diesem Punkt an hüllte sich die Zukunft in Nebel, die Wege verzweigten sich, teilten sich von neuem ... – ›Es wird schon gut‹, dachte er und war zufrieden, ohne zu wissen weshalb. Alles stellte sich in einem so lächerlichen Maßstab dar, so vollkommen undramatisch, daß ihn seine Zufriedenheit am Ende ungeduldig machte. Lieber ließ er seine Gedanken zu Claudia zurückkehren, setzte sich ihr Gesicht wieder zusammen, wie sie sich eben an der Kabinentür von ihm verabschiedet hatte; es war ihm irgendwie insgeheim beunruhigt vorgekommen. Aber sie hatte nichts gesagt, und er hatte es vorgezogen, so zu tun, als habe er nichts bemerkt, obwohl er gerne noch geblieben wäre, um gemeinsam mit ihr Jorges Schlaf zu behüten und leise über gleichwelche Dinge zu reden. Wieder befiel ihn ein dunkles Gefühl der Leere, der Unordnung, das Bedürfnis, etwas zusammenzufügen – aber er wußte nicht was –, ein Puzzle zusammenzusetzen, das in tausend Stücken über den Tisch verstreut dalag. Noch so eine billige Analogie, das Leben als Puzzle, und jeder Tag ein Holzstückchen mit einem grünen Fleck, einem bißchen Rot, einer Winzigkeit von Grau, und alles schlecht gemischt und amorph, die Tage durcheinandergeworfen, ein Teil der Vergangenheit wie ein Dorn in der Zukunft, die Gegenwart vielleicht frei von Gewesenem und Kommendem, aber verarmt durch eine allzu willkürliche Unterteilung, eine barsche Absage an Hirngespinste und Pläne. Das konnte nicht die Gegenwart sein, aber jetzt erst, da schon viel von diesem Jetzt unwiederbringlich verloren war, kam ihm langsam, ohne allzu große Überzeugung der Verdacht, daß seine gößte Schuld vielleicht eine Freiheit gewesen sein mochte, die auf einer falschen Lebenshygiene beruhte, auf dem selbstsüchtigen Wunsch, in jedem Augenblick eines immer wieder einmaligen Tages über sich selbst verfügen zu können ohne den Ballast eines Gestern, eines Morgen. Unter diesem Blickwinkel kam ihm alles, was er hinter sich gebracht hatte, auf einmal wie ein völliger Mißerfolg vor. ›Ein Mißerfolg worin?‹ dachte er beunruhigt. Nie hatte er das Dasein in Begriffen des Triumphes gedacht; dann hatte auch die Vorstellung des Mißerfolges keinen Sinn. ›Ja, logisch‹, dachte er. ›Logisch.‹ Er wiederholte das Wort, er wälzte es auf der Zunge. Logisch. Dann Claudia, dann die ›Malcolm‹. Logisch. Aber seine Magengrube, sein erschreckter Traum, das Gefühl, etwas komme immer näher, das ihn unvorbereitet und wehrlos überfallen würde, etwas, wofür er sich rüsten müßte. ›Zum Teufel‹, dachte er, ›es ist nicht so einfach, seine Gewohnheiten über

Bord zu werfen; das Ganze ähnelt ziemlich einer Überarbeitung. Wie damals, als ich geglaubt habe, verrückt zu werden, und wo sich dann herausstellte, daß es eine beginnende Blutvergiftung war...‹ Nein, es war nicht einfach. Claudia schien ihn zu verstehen, sie hatte ihm wegen Bettina keinerlei Vorwürfe gemacht, aber seltsamerweise dachte Medrano jetzt, daß Claudia ihm eigentlich das hätte vorwerfen müssen, was Bettina in seinem Leben darstellte. Ohne jedes Recht natürlich, und noch viel weniger als eine mögliche Nachfolgerin Bettinas. Allein die Vorstellung einer Nachfolge war schon eine Beleidigung, wenn man an eine Frau wie Claudia dachte. Ebendeshalb hätte sie ihn vielleicht einen Schuft nennen können, hätte sie dies ganz ruhig und mit den Augen zu ihm sagen können, in denen ihre eigene Ruhelosigkeit leuchtete, wie ein wohlverdientes Recht, das Recht eines Komplizen, der Vorwurf des Verwerflichen, weitaus bitterer, gerechtfertigter und tiefergehend als der des Richters oder des Heiligen. Aber warum mußte es Claudia sein, die ihm plötzlich die Türen der Zeit öffnete, ihn nackt den Gezeiten auslieferte, die ihn so peitschten, daß er eine Zigarette nach der anderen rauchen mußte, sich auf die Lippen biß und wünschte, das Puzzle möge sich endlich wieder irgendwie zusammenfügen, seine unsicheren, in diesen Spielen noch unerfahrenen Hände möchten tastend nach den roten, blauen und grauen Stücken suchen und aus der Wirrnis das Profil einer Frau bilden, eine neben dem Feuer zusammengerollte Katze, einen Hintergrund von alten Märchenbäumen. Und daß dies alles stärker wäre als die Sonne um halb fünf, als der kobaltblaue Horizont, den er mit halbgeschlossenen Augen erahnte und der sich im Rhythmus der ›Malcolm‹, dieses kombinierten Fracht- und Passagierdampfers der ›Magenta Star‹, beständig hob und senkte. Plötzlich sah er die Calle Avellaneda, die Bäume trugen die Rostfarben des Herbstes; er hatte die Hände tief in den Taschen seines Regenmantels vergraben und floh vor einer ungewissen Bedrohung. Jetzt ein Flur wie der von Lola Romarinos Haus, aber schmaler; er kam auf einen Innenhof hinaus – schnell, schnell, er durfte keine Zeit verlieren – und lief Treppen hinauf, wie jene im »Hotel Saint Michel« in Paris, wo er ein paar Wochen mit Leonora gewohnt hatte (ihren Nachnamen hatte er vergessen). Es war ein geräumiges Zimmer mit vielen Stoffbehängen, wohl um die Unebenheiten der Wände zu verbergen, oder Fenster, die auf trostlose schwarze Hinterhöfe hinausgingen. Als er die Tür schloß, tat er dies mit großer Erleichterung. Er zog den Regenmantel und die Handschuhe aus und legte sie äußerst sorgfältig auf einen Bambustisch. Er wußte, daß die Gefahr nicht vorüber war, daß ihn die Tür nur halb schützte; es war eher ein Aufschub, der ihm die Möglichkeit gab, sich eine sicherere Zuflucht zu überlegen. Aber er wollte nicht überlegen, er wußte nicht, was er hätte überlegen sollen; die Drohung war so unbestimmt, sie schwebte über ihm, stieg höher, entfernte sich und kehrte zurück wie rauchgeschwängerte Luft. Er machte ein paar Schritte hin zur Zimmermitte. Erst da sah er das Bett, das hinter einem rosa Wandschirm verborgen war, ein armseliges Gestell, das nahe daran war auseinanderzufallen. Ein ungemachtes Eisenbett, eine emaillierte Waschschüssel und ein Krug; ja, es konnte das »Hotel Saint Michel« sein, obwohl es das nicht war, der Raum sah aus wie der in einem anderen Hotel in Río. Ohne zu wissen weshalb, wollte er dem zerwühlten schmutzigen Bett nicht nahe kommen, und so stand er reglos da, die Hände in den Jackentaschen, abwartend. Es war fast natürlich, fast unvermeidlich, daß Bettina einen der fadenscheinigen Vorhänge zurückzog und auf ihn zukam, als gleite sie über den schmuddeligen Teppich, weniger als einen Meter vor ihm stehenblieb und ganz allmählich das Gesicht hob, das von ihrem blonden Haar völlig bedeckt war. Das Gefühl der Bedrohung wich und schlug um in etwas anderes, ohne daß er bereits gewußt hätte, was dieses andere noch Schlimmere war, das geschehen würde, und langsam hob Bettina nun ihr von dem zitternden und bebenden Haar verhülltes Gesicht, nur die Nasenspitze war zu sehen, dann der Mund, der wieder verschwand, dann wieder die Nase, das Glitzern der Augen durch das blonde Haar. Medrano wäre gern zurückgewichen, hätte zumindest gern die Tür im Rücken gefühlt, aber er schwebte in einer teigigen Luft, der er mit seiner Brust und seinem ganzen Körper jeden Atemzug mühsam abringen mußte. Er hörte Bettina sprechen, sie hatte schon die ganze Zeit gesprochen, aber was sie sagte, war ein ununterbrochenes schrilles Geräusch wie von einem Papagei, der unermüdlich eine Reihe von Silben und krächzenden Lauten wiederholt. Als sie den Kopf zurückwarf, so daß all ihr Haar über Ohren und Schultern fiel, war ihr Gesicht dem seinen so nah, daß er sich nur ein wenig hätte vorbeugen müssen, um seine Lippen mit den Tränen netzen zu können, die es bedeckten. Ihre Wangen und ihr Kinn schimmerten von Tränen, aus ihrem halb geöffneten Mund quoll weiter die unverständliche Rede, und plötzlich löschte Bettinas Gesicht alles andere aus – das Zimmer, die Vorhänge, den Körper darunter, die Hände, die zunächst gegen ihre Schenkel gepreßt waren, wie er gesehen hatte, nichts blieb als ihr Gesicht, das im Dunst des Zimmers schwebte, in Tränen gebadet und mit weit aufgerissenen Augen, die Medrano fragend anblickten. Und jede Wimper, jedes Haar ihrer Brauen schien sich von den anderen abzusondern, jedes sich einzeln und getrennt dem Blick darzubieten; Bettinas Gesicht war eine unendliche Welt, starr und verzerrt zugleich vor seinen Augen, die ihm nicht ausweichen konnten, und die Stimme fuhr fort wie ein dichtes Band, wie eine klebrige Masse, deren Sinn vollkommen klar war, obwohl man nichts verstehen konnte, vollkommen klar und endgültig, eine Eruption von Klarheit und Vollendung, die endlich konkretisierte, endlich geklärte Bedrohung, das Ende von allem, die uneingeschränkte Gegenwart des Entsetzens hier und zu dieser Stunde. Keuchend sah Medrano Bettinas Gesicht, das nicht mehr näher kam und dennoch immer dichter an das seine gepreßt schien; er erkannte die Züge, die er mit all seinen Sinnen lesen gelernt hatte, den Bogen des Kinns, den Schwung der Brauen, die bezaubernde Vertiefung zwischen Nase und Mund, deren feinen Flaum seine Lippen so gut kannten; und zugleich wußte er, daß er etwas anderes sah, daß dieses Gesicht das Gegenteil von Bettina war, eine Maske, in der unmenschliches Leid, ja das ganze konzentrierte Leid dieser Welt die Trivialität eines Gesichtes verdrängte und auslöschte, das er irgendwann einmal geküßt hatte. Aber er wußte auch, daß dies nicht stimmte, daß nur das Wirklichkeit war, was er gerade sah, daß dies Bettina war, eine monströse Bettina, vor der die Frau, die seine Geliebte gewesen war, sich auflöste, wie er selbst sich auflöste; das fühlte er, während er ganz langsam zur Tür zurückwich, ohne daß es ihm gelungen wäre, von dem Gesicht loszukommen, das in Augenhöhe vor ihm schwebte. Es war nicht Angst, dieses Entsetzen war jenseits von Angst; eher glich es dem Privileg, den grausamsten Augenblick einer Folter ohne physischen Schmerz zu empfinden, das Wesen der Folter ohne das Zucken des Fleisches und der Nerven. Er sah die andere Seite der Dinge, zum erstenmal sah er sich, wie er war, Bettinas Gesicht trat ihm als tränenüberströmter Spiegel entgegen, ein verzerrter Mund, der die Frivolität selbst gewesen war, ein abgrundtiefer Blick, der einst launisch auf den Dingen des Lebens geruht hatte. All dies wußte er nicht, da das Entsetzen jedes Wissen auslöschte; es war das Wesen der Einsicht selber, die zu einer anderen, vorher undenkbaren Seite der Dinge vorgedrungen war und deshalb, als er dann mit einem Schrei erwachte und ihm der ganze blaue Ozean in die Augen drang, als er wieder die Treppe sah und auf der obersten Stufe die Silhouette von Raúl Costa; deshalb begriff er erst da, deshalb bedeckte er sein Gesicht, als fürchte er, ein anderer könne ihm ansehen, was er soeben in Bettinas Maske erkannt hatte; deshalb begriff er, daß er einer Antwort näherkam, daß sich das Puzzle allmählich zusammenfügte. Keuchend wie in dem Traum blickte er auf seine Hände, den Liegestuhl, in dem er saß, die Planken des Decks, die eisernen Streben der Reling; befremdet blickte er auf all das, den Dingen fremd, die ihn umgaben, sich selber fern. Als er fähig war zu denken (was ihm Schmerz bereitete, denn alles in ihm schrie, denken bedeute doch nur erneut verfälschen), da wurde ihm klar, daß er nicht von Bettina, sondern von sich selbst geträumt hatte; darin hatte das wahre Entsetzen gelegen, aber nun unter der Sonne und dem salzigen Wind wich das Entsetzen dem Vergessen, nun, da er wieder auf der anderen Seite war, und nur die Empfindung blieb ihm, jedes Element seines Lebens, seines Körpers, seiner Vergangenheit und seiner Gegenwart sei verlogen, und die Verlogenheit sei hier in Reichweite und warte nur darauf, ihn bei der Hand zu nehmen und wieder in die Bar zu führen, in den nächsten Tag, zu Claudias Liebe, zu Bettinas lächelndem, launischem Gesicht, das ewig dort im ewigen Buenos Aires sein würde. Die Verlogenheit war der Tag, den er gerade sah, denn er war es, der ihn sah; die Verlogenheit lag in der Außenwelt, weil sie innerlich war, weil er sie Stück für Stück sein ganzes Leben hindurch erfunden hatte. Gerade hatte er das wahre Gesicht der Frivolität erblickt, aber zum Glück, ah, zum Glück, war es nur ein Alptraum. Er kehrte wieder zur Vernunft zurück, die Maschine begann wieder zu denken, die gut geschmierten Pleuel und die Lager gaben und empfingen Kraft, bereiteten befriedigende Lösungen vor. ›Was für ein schrecklicher Traum‹, entschied Gabriel Medrano, während er nach seinen Zigaretten suchte, diesen mit Tabak aus Misiones gefüllten Papierzylindern, das Zwanzigerpäckchen zu fünf Pesos.

Als er es in der Sonne nicht länger aushielt, kehrte Raúl zu seiner Kabine zurück, wo Paula auf dem Rücken liegend schlief. So leise wie möglich goß er sich etwas Whisky ein und ließ sich in einen Sessel fallen. Paula schlug die Augen auf und lächelte ihn an.
»Ich habe von dir geträumt, aber du warst größer und hattest einen blauen Anzug an, der dir nicht stand.«
Sie setzte sich auf, knäulte das Kissen zusammen und lehnte sich dagegen. Raúl dachte an etruskische Sarkophage, vielleicht weil Paula ihn mit einem leichten Lächeln ansah, das noch zum Traum zu gehören schien.
»Dafür sahst du besser aus«, sagte Paula. »Wirklich, man könnte meinen, du wärst kurz davor, ein Sonett oder ein paar Stanzen zu schreiben. Ich kenne das, denn ich habe ein paar Barden gekannt, die kurz vor der Erleuchtung so ein Gesicht bekamen.«
Raúl seufzte verärgert und zugleich belustigt.
»Was für eine sinnlose Reise«, sagte er. »Ich habe das Gefühl, alle bewegen sich nur stolpernd voran, das Schiff nicht ausgenommen. Außer dir eigentlich. Mir scheint, daß es dir mit deinem sonnengebräunten Piraten sehr gut geht.«
»Das kommt darauf an«, sagte Paula und streckte sich. »Wenn ich mich ein bißchen mehr selbst vergessen könnte, vielleicht würde es mir gutgehen, aber immer bist du in der Nähe, als Zeuge.«
»Oh, ich will bestimmt nicht stören. Du brauchst mir nur das vereinbarte Zeichen zu geben, zum Beispiel kreuzt du die Finger oder stampfst mit dem linken Absatz auf den Boden, und schon verschwinde ich. Selbst aus der Kabine, wenn das nötig ist, aber das wird wohl überflüssig sein. An Kabinen leiden wir ja keinen Mangel.«
»Da sieht man, was es heißt, einen schlechten Ruf zu haben«, sagte Paula. »Wenn man dich hört, brauche ich nicht mehr als achtundvierzig Stunden, um mit irgendeinem Kerl ins Bett zu steigen.«
»Das ist auch eine gute Frist. Zeit genug, sein Gewissen zu erforschen, die Zähne zu putzen...«
»Beleidigt bist du, das ist es. Du willst mit mir nichts zu tun haben, aber beleidigt bist du trotzdem.«
»Keine Spur. Verwechsle Eifersucht nicht mit Neid, denn in meinem Fall handelt es sich um puren Neid.«
»Erzähl mir«, sagte Paula und lehnte sich zurück. »Erzähl mir, warum du mich beneidest.«

Raúl erzählte es ihr. Das Reden fiel ihm schwer, obwohl er jedes Wort in ein sorgfältiges Bad von Ironie tauchte und jegliches Selbstmitleid vermied.
»Er ist sehr jung«, sagte Paula. »Verstehst du, ein richtiges Kind.«
»Wenn es das nicht ist, dann findest du sie schon zu erwachsen. Aber du brauchst keine Erklärungen zu suchen. Ich habe mich wirklich wie ein Idiot benommen, ich bin aus dem Gleichgewicht geraten, als wäre es das erste Mal. Es wird immer dasselbe sein, ich stelle mir vor, was geschehen kann, ehe etwas geschehen ist. Die Folgen liegen auf der Hand.«
»Ja, das ist ein schlechtes System. Stell dir nichts vor und du schaffst es, und so weiter.«
»Aber versetz dich an meine Stelle«, sagte Raúl, ohne zu bedenken, daß er Paula damit zum Lachen bringen könnte. »Ich bin hier praktisch unbewaffnet, ich habe keine der Möglichkeiten, die mir in Buenos Aires zu Gebote ständen. Und zugleich bin ich ihm näher, entsetzlich viel näher als dort, weil ich ihm überall begegne und weiß, daß ein Schiff der beste Platz der Welt sein kann... später. Eine Tantalusqual zwischen Gängen, Duschen und akrobatischen Kunststücken.«
»Als Verführer taugst du nicht viel«, sagte Paula. »Das habe ich immer schon vermutet, und ich freue mich, es bestätigt zu finden.«
»Scher dich zum Teufel.«
»Aber, ich freue mich wirklich. Ich glaube, jetzt verdienst du ihn ein wenig mehr als vorher, und vielleicht hast du Glück.«
»Lieber hätte ich ihn weniger verdient und...«
»Und was? Ich will mir nicht die Einzelheiten überlegen, aber ich vermute, es ist nicht so einfach. Wenn es das wäre, gäbe es weniger Typen im Gefängnis und weniger tote Jungens in den Maisfeldern.«
»Also das«, sagte Raúl. »Es ist unglaublich, was für Sachen sich Frauen ausdenken können.«
»Ich denke mir nichts aus, Raúlito. Und da ich dich nicht für einen Sadisten halte, zumindest nicht in einem für die Öffentlichkeit gefährlichen Maße, kann ich mir nicht vorstellen, daß du ihn zum Gegenstand deiner üblen Lüste machen würdest, wie *La Prensa* voller Tugend berichten würde, falls sie davon erführe. Dagegen

fällt es mir überhaupt nicht schwer, dich mir bei gelasseneren Verführungsaufgaben vorzustellen, wenn ich so sagen darf, und daß du zu jenen üblen auf dem Wege über die holden Lüste gelangst. Aber diesmal hat dir anscheinend die Seeluft zuviel Schwung verliehen, du Ärmster.«

»Mir ist nicht einmal danach, dich ein zweites Mal zur Hölle zu wünschen.«

»Jedenfalls«, sagte Paula und legte einen Finger an den Mund, »spricht etwas zu deinen Gunsten, und so niedergeschlagen bist du vermutlich nicht, um das nicht zu bemerken. Erstens verspricht die Reise lang zu werden, und du hast keine Rivalen an Bord. Das heißt, es gibt hier keine Frauen, die ihn ermutigen könnten. Wenn ein Junge in seinem Alter bei dem allerunschuldigsten Flirt Erfolg hat, macht er sich eine ganz besondere Vorstellung von sich, und das völlig zu Recht. Vielleicht trifft mich auch ein wenig Schuld, wenn ich recht darüber nachdenke. Ich habe immerhin geduldet, daß er sich Illusionen machte und wie ein Mann mit mir redete.«

»Ach, was bedeutet das schon«, sagte Raúl.

»Vielleicht nichts, jedenfalls sage ich dir noch einmal, es spricht vieles zu deinen Gunsten. Muß ich es dir noch groß erklären?«

»Wenn es nicht zuviel Mühe macht.«

»Aber du müßtest es inzwischen doch selbst herausgefunden haben, du Holzkopf. Es ist so einfach, so einfach, schau ihn dir gut an, und du siehst, was er selbst nicht sehen kann, da er es nicht weiß.«

»Er ist zu schön, als daß ich ihn wirklich sehen könnte«, sagte Raúl. »Ich weiß nicht, was ich sehe, wenn ich ihn anschaue. Entsetzen, Leere, etwas voller Honig et cetera ...«

»Ja, unter diesen Umständen ... Was dir hätte auffallen müssen, ist die Tatsache, daß der kleine Trejo voller Zweifel ist, daß er zittert und zögert und daß er im Grunde, ganz im Grunde ... Merkst du nicht, daß er etwas wie eine Aura hat? Er ist so bezaubernd (denn ich finde ihn auch bezaubernd, allerdings mit dem Unterschied, daß ich mir wie seine Großmutter vorkomme), weil er im Begriff ist zu fallen, weil er nicht bleiben kann, was er in diesem Augenblick seines Lebens ist. Du hast dich wie ein Idiot benommen, aber vielleicht, noch ... Eigentlich ist es nicht recht, daß ich ..., wirklich nicht.«

»Glaubst du wirklich, Paula?«
»Dionysos als Jüngling, Dummkopf. Er hat nicht die geringste Festigkeit, er greift an, weil er vor Angst stirbt, und zugleich ist er voller Begehren, er fühlt die Liebe über sich schweben, und er ist ein Mann und eine Frau und beides zugleich und noch viel mehr als das. Nicht den geringsten Halt hat er, er weiß, daß die Stunde geschlagen hat, aber er weiß nicht was, und dann zieht er diese abscheulichen Hemden an und erzählt mir, wie hübsch ich sei, schaut mir auf die Beine und hat panische Angst vor mir... Und du siehst nichts von alldem, gehst wie ein Schlafwandler herum, der ein Tablett mit Baisers trägt... Gib mir eine Zigarette, ich glaube, danach gehe ich schwimmen.«
Raúl sah ihr zu, wie sie rauchte, und gelegentlich lächelten sie einander an. Keines ihrer Worte hatte ihn überrascht, aber jetzt, da es ein zweiter Beobachter formuliert hatte, empfand er es als objektiv. Das Dreieck schloß sich, die Bewertung konnte auf einer soliden Basis fußen. ›Armer Intellektueller, immer brauchst du Beweise‹, dachte er ohne Bitterkeit. Allmählich verlor der Whisky den bitteren Geschmack vom Anfang.
»Und du«, sagte Raúl. »Ich möchte jetzt wissen, wie es dir geht. Laß uns schließen, indem wir uns geschwisterlich prostituieren, die Dusche ist gleich dort drüben. Rede, beichte, Pater Costa ist ganz Ohr.«

»Wir sind von der guten Idee des Herrn Doktor und des Herrn im Rollstuhl entzückt«, sagte der *maître*. »Nehmen Sie einen Hut, falls Sie nicht eine Maske vorziehen.«
Frau Trejo entschied sich für einen violetten Hut, und der *maître* zollte ihrer Wahl Beifall. Beba fand, daß ein versilbertes Pappdiadem mit ein paar roten Pailletten noch am erträglichsten sei. Der *maître* ging von Tisch zu Tisch, verteilte die Requisiten und machte Bemerkungen über das allmähliche (und ganz natürliche) Absinken der Temperatur, während er sich die unterschiedlichen Bestellungen bezüglich des Kaffees und des Tees notierte. An Tisch Nummer fünf gaben Don Galo und Dr. Restelli – unterstützt von Nora und Lucio, die beide müde aussahen – dem Programm den letzten Schliff. Im Einvernehmen mit dem *maître* war beschlossen worden, den bunten Abend in der Bar zu veranstalten; obschon kleiner als der Speisesaal, eignete sich diese beson-

ders für derlei Veranstaltungen (es folgten Beispiele von früheren Reisen und sogar ein Album mit Kommentaren und Unterschriften von Passagieren mit nordisch klingenden Namen). Als der Kaffee serviert war, verließ Herr Trejo seinen Tisch und vervollständigte feierlich das Triumvirat der Organisatoren. Mit der Zigarre in der Hand ging Don Galo die Liste der Mitwirkenden durch und unterbreitete sie seinen Gefährten.

»Ah, ich sehe hier, daß unser Freund López uns mit seinem Zaubertalent verblüffen wird«, sagte Herr Trejo. »Sehr gut, sehr gut.«

»López ist ein junger Mann von beachtlichen Fähigkeiten«, sagte Dr. Restelli. »Ein ebenso hervorragender Lehrer wie liebenswürdiger Gesellschafter.«

»Ich freue mich, daß er es vorzieht, sich heute abend von seiner geselligen Seite zu zeigen, anstatt sich so überspannt zu benehmen wie in letzter Zeit«, sagte Herr Trejo, wobei er die Stimme zu einem Flüstern dämpfte, damit López ihn nicht hören konnte. »Wirklich, diese jungen Männer lassen sich von einem Geist der Gewalt fortreißen, der ganz und gar nicht löblich ist, meine Herren, ganz und gar nicht löblich.«

»Der Mann ist gereizt«, sagte Don Galo, »und man versteht, daß sein Blut kocht. Aber Sie werden schon sehen, wie sich die Gemüter nach unserem Festchen beruhigen werden. Was fehlt, ist ein bißchen Allotria. In aller Unschuld, natürlich.«

»So ist es«, bekräftigte Dr. Restelli. »Wir alle sind uns einig, daß unser Freund López zu voreilig war, als er Drohungen ausstieß, die zu nichts führen können.«

Lucio sah hin und wieder Nora an, die ihrerseits auf das Tischtuch oder ihre Hände schaute. Er hüstelte unbehaglich und fragte, ob es nicht schon Zeit sei, in die Bar zu gehen. Aber Dr. Restelli wußte aus zuverlässiger Quelle, daß der Steward und der *maître* noch dabei waren, letzte Hand an die Dekoration des Raumes zu legen, indem sie Girlanden für den Kotillon aufhängten und einen Rahmen schufen, der den Ergüssen von Geist und Bildung günstig wäre.

»Genau, genau«, sagte Don Galo. »Ergüsse des Geistes, genau das ist meine Rede. Allotria, auf, Freunde! Und was unsere jungen Kampfhähne anlangt, denn Sie sollten sich klarmachen, daß es sich nicht bloß um den jungen López handelt, so werden wir sie schon

in ihre Schranken weisen, damit die Fahrt reibungslos verläuft. Ich kann mich da noch gut an einen Vorfall in Pergamino erinnern, als der zweite Geschäftsführer meiner Filiale . . .«
Es ertönte ein verbindliches Händeklatschen, und der *maître* gab bekannt, die verehrten Passagiere könnten sich in den Festsaal begeben.
»Sieht genau aus wie der ›Lunaparc‹ zu Karneval«, befand Pelusa voller Bewunderung für die bunten Lampions und Luftballons.
»Oh, Atilio, mit dieser Maske machst du mir angst«, klagte Nelly. »Ausgerechnet den Gorilla mußt du dir aussuchen.«
»Schnapp dir einen guten Stuhl und halt mir einen Platz frei. Ich geh fragen, wann wir uns für unsere Nummer fertigmachen müssen. Und Ihr kleiner Bruder, Fräulein?«
»Wird sich irgendwo herumtreiben«, sagte Beba.
»Aber er ist nicht zum Essen gekommen, Ihr Bruder!«
»Nein, er hat gesagt, er hätte Kopfschmerzen. Immer muß er sich interessant machen.«
»Von wegen Kopfschmerzen«, sagte Pelusa kurz und bündig. »Bestimmt hat er sich bei unserem Training einen Krampf geholt.«
»Ich weiß nicht«, sagte Beba verächtlich. »So wie ihn Mama verzogen hat, ist es bestimmt eine Laune, damit man sich um ihn kümmert.«

Es war weder eine Laune, noch waren es Kopfschmerzen. Die Nacht war hereingebrochen, ohne daß sich Felipe aus der Kabine gerührt hatte. Sein Vater, der nach hartem Kampf beim Billard gewonnen hatte, kam zufrieden herein, duschte und ging wieder, dann machte Beba einen kurzen Besuch, vermutlich um Klaviernoten zu suchen, die sie in ihrem Koffer nicht finden konnte. Im Blau des Bullauges fühlte Felipe die Nacht herabsinken, während er auf seinem Bett lag und lustlos rauchte. Alles schien abwärts zu gleiten – seine unzusammenhängenden Gedanken, der zunehmend bittere und klebrige Geschmack der Zigarette, das Schiff, das ihm mit jedem Schaukeln ein wenig tiefer ins Wasser zu sinken schien. Nach einem ersten Schwall von Beschimpfungen, die er so oft wiederholt hatte, bis die Worte jeglichen Sinn verloren, versank er in tiefstes Unbehagen, das nur ab und zu von Aufwallungen des Stolzes und von böser Befriedigung verdrängt wurde; in solchen Momenten sprang er vom Bett, sah in den Spiegel, überlegte, ob er sein rot-gelb kariertes Hemd anziehen und mit herausfordernder oder gleichgültiger Miene an Deck gehen sollte. Fast unmittelbar darauf überfiel ihn wieder das demütigende Nachgrübeln über sein Verhalten, über seine auf dem Bett ausgestreckten Hände, die nicht fähig gewesen waren, Raúls Gesicht zu Brei zu schlagen. Kein einziges Mal fragte er sich, ob er wirklich Raúls Gesicht zu Brei hätte schlagen wollen oder müssen; lieber begann er wieder mit den Beschimpfungen oder überließ sich Hirngespinsten, in denen Verwegenheit und Rechtfertigungen am Rande der Tränen in einem Wollustgefühl endeten, das ihn dazu zwang, sich zu strecken, eine neue Zigarette anzuzünden und unschlüssig in der Kabine umherzugehen; dabei fragte er sich, warum er sich hier einschloß, statt sich unter die anderen zu mischen, die jetzt wohl schon beim Abendessen sein mußten. Und dann war er sicher, daß seine Mutter jeden Augenblick kommen und ihn mit ungeduldigen und erschreckten Fragen bombardieren würde. Als er wieder auf dem Bett lag, gestand er sich widerwillig ein, daß er letzten Endes bei dem Ganzen besser abgeschnitten hatte, und fand allmählich wieder Worte für das, was er dachte. ›Er muß verzweifelt sein‹, sagte er sich. Ein verzweifelter Raúl war kaum vorstellbar, aber bestimmt war es so; er hatte die Kabine mit einem Gesicht verlassen, als sollte er gleich dort umgebracht werden, und weiß wie ein Tuch. ›Weiß wie ein Tuch‹, dachte Felipe befriedigt. Und jetzt wäre er allein und würde sich die Haare raufen vor Wut. Es war nicht leicht, sich Raúl vorzustellen, wie er sich die Haare raufte; immer wenn Felipe versuchte, ihn den schlimmsten moralischen Demütigungen zu unterwerfen, sah er ihn mit seinem ruhigen, leicht ironischen Gesicht vor sich; er dachte an die Geste, mit der er ihm die Pfeife gegeben hatte, oder wie er auf ihn zugekommen war, um ihm übers Haar zu streichen. Vielleicht rekelte er sich ja in aller Seelenruhe auf seinem Bett und rauchte, als wäre nicht geschehen. ›Von wegen‹, sagte er sich rachsüchtig. ›Bestimmt ist das das erste Mal, daß es ihm einer so gegeben hat.‹ Das würde ihn lehren, sich an einen richtigen Mann heranzumachen, dieser verfluchte Schwule. Und zu denken, daß er so lange darauf reingefallen war und geglaubt hatte, Raúl sei der einzige Freund, auf den er an Bord zählen könne, auf dieser Reise ohne Frauen, an die man sich ranmachen könnte, ohne Rummel, nicht einmal gleichaltrige Jungs, um mit ihnen an Deck etwas loszumachen. Jetzt war er auf dem Quivive; fast war es besser, die Kabine nicht zu verlassen, also ... Schon vor einer Weile war Paulas Bild vor ihm aufgetaucht, als Überraschung, die zu der anderen noch dazukam, falls die tatsächlich eine Überraschung gewesen war. Aber Paula, was zum Teufel spielte sie dabei für eine Rolle? Zwei oder drei Hypothesen schossen ihm augenblicklich durch den Kopf, alle gleich unausgegoren und unbefriedigend, und wieder fragte er sich besorgt – aber genau da stiegen in ihm Wolken von Zufriedenheit auf, Momente des Triumphes, die ihm die Brust schwellen ließen vor Luft und Zigarettenrauch; nicht mehr Pfeifenrauch, denn die Pfeife lag neben der Tür, und genau darüber sah man an der Wand die Spur des wütenden Aufpralls – wieder fragte er sich besorgt, warum gerade er und kein anderer es hatte sein müssen, warum Raúl sofort ihn ausgesucht hatte, fast noch in der ersten Nacht an Bord, statt um einen anderen herumzuscharwenzeln? Es machte ihm beinahe nichts aus, sich einzugestehen, daß es gar keinen anderen gab, der in Frage gekommen wäre, daß die Auswahl begrenzt war, fast zwangsläufig so ausfallen mußte; daß Raúl ihn ausgesucht hatte, gab ihm gleichzeitig die Kraft, eine Pfeife gegen die Wand zu schleudern und mit halb geschlossenen Augen tief durchzuatmen, so als genieße er ein ganz besonderes Vorrecht. Und er würde dafür bezahlen, darauf konnte er sich verlassen, er würde auf Heller und Pfennig dafür bezahlen, bis er ein für allemal gelernt hätte, sich nicht mehr zu irren. ›Verflucht, ich habe ihn ja schließlich nicht ermuntert‹, sagte er sich, indem er sich aufrichtete. ›Ich bin doch nicht Viana, ich nicht, oder Freilich, verdammte Scheiße.‹ In jedem einzelnen Augenblick würde er ihm zeigen, was ein richtiger Mann war, selbst wenn er meinte, er könnte ihn auf seinem Terrain übertrumpfen, indem er den reichen Pinkel spielte und mit seiner Rothaarigen angab, die nur Schau war. Viel zu sehr hatte er geduldet, daß er ihm Ratschläge erteilte und so tat, als wollte er ihm helfen ... Er hatte sich übertölpeln lassen, und Raúl hatte das eine mit dem anderen verwechselt. Er hörte ein Geräusch an der Tür und fuhr zusammen. Verflixt, wie nervös er war. Verstohlen beobachtete er Beba, die mit gerümpfter Nase in der Kabine herumschnupperte.

»Rauch nur so weiter, und du wirst schon sehen«, sagte Beba mit

ihrer tugendhaften Miene. »Ich erzähl's Mama, damit sie deine Zigaretten versteckt.«
»Scher dich zum Teufel und komm nicht so bald wieder«, sagte Felipe beinahe liebenswürdig.
»Hast du nicht gehört, daß sie zum Essen geläutet haben? Wegen dem Herrn mußte ich vom Tisch aufstehen und vor allen Leuten die Dumme abgeben, die nach dem lieben Kleinen schauen geht.«
»Klar, da ja alle nur Augen für dich haben.«
»Papa sagt, du sollst sofort essen kommen.«
Felipe zögerte einen Moment mit der Antwort.
»Sag ihm, ich hätte Kopfweh. Jedenfalls komme ich später zu dem Fest.«
»Kopfweh?« sagte Beba. »Du könntest dir auch was Besseres einfallen lassen.«
»Was willst du damit sagen?« fragte Felipe und richtete sich auf. Wieder hatte er das Gefühl, als werde sein Magen zusammengepreßt. Er hörte die Tür knallen und setzte sich auf die Bettkante. Wenn er in den Speisesaal ginge, müßte er gezwungenermaßen am Tisch Nummer zwei vorbei und Paula, López und Raúl grüßen. Langsam begann er sich anzuziehen; er wählte ein blaues Hemd und graue Hosen. Als er das Deckenlicht anknipste, sah er die Pfeife auf dem Boden und hob sie auf. Sie war nicht zerbrochen. Er dachte, es sei das beste, sie Paula zu geben, zusammen mit dem Tabak, damit sie ... Und beim Betreten des Speisesaals müßte er an dem Tisch vorbei und grüßen ... Und wenn er nun die Pfeife mitnahm und wortlos auf den Tisch legte? Es war idiotisch, er war zu nervös. Sie in die Tasche stecken und später, wenn Raúl an Deck käme, um Luft zu schnappen, auf ihn zutreten und kurz sagen: »Das gehört Ihnen«, oder so etwas Ähnliches. Dann würde Raúl ihn ansehen, wie nur er es konnte, und würde ganz langsam zu lächeln anfangen. Nein, vielleicht würde er auch nicht lächeln, vielleicht würde er versuchen, ihn beim Arm zu fassen, und dann ... Langsam kämmte er sich, wobei er sich aus allen Winkeln betrachtete. Er würde nicht zum Abendessen gehen, der sollte sich ruhig umsonst darauf freuen, ihn hereinkommen und rot werden zu sehen, wenn er an seinem Tisch vorbeikäme ... ›Wenn ich doch nur nicht rot würde‹, dachte er wütend, doch dagegen konnte man nicht ankämpfen. Besser blieb er an Deck oder in der Bar, um ein

Bier zu trinken. Er dachte an die Treppe und den schmalen Gang, er dachte an Bob.

Doña Rosita und Doña Pepa wurden höchst zuvorkommend zu ihren Sitzen in der ersten Reihe geleitet; zu ihnen gesellte sich Frau Trejo mit einer Miene, deren fiebrige Rötung sich aus der bevorstehenden künstlerischen Darbietung ihrer Tochter erklärte. Hinter ihnen begannen diejenigen Platz zu nehmen, die aus dem Speisesaal kamen. Jorge ließ sich sehr feierlich zwischen seiner Mutter und Persio nieder, während Raúl sich anscheinend noch nicht setzen mochte und abwartend an der Theke lehnte, bis sich die anderen nach Belieben verteilt hätten. Don Galos Stuhl wurde wie ein Präsidentensessel aufgestellt, und der Chauffeur verschwand eilig in der letzten Reihe, wo sich auch Medrano niedergelassen hatte und mit nicht übermäßig froher Miene eine Zigarette nach der anderen rauchte. Pelusa erkundigte sich wieder nach seinem Partner für die Turnübungen, und nachdem er seine Verkleidung Doña Rosita anvertraut hatte, verkündete er, daß er nachschauen wolle, wie es Felipe ginge. Hinter einer entfernt polynesischen Maske imitierte Paula für López die Stimme von Frau Trejo.
Der *maître* erteilte dem Steward einen Befehl, die Lichter erloschen, und zugleich flammten ein Scheinwerfer im Hintergrund und einer auf dem Boden neben dem Klavier auf, das mühsam zwischen der Theke und einer der Wände aufgestellt worden war. Feierlich schlug der *maître* den Deckel auf. Es wurde vereinzelt geklatscht, und Dr. Restelli trat heftig blinzelnd in den beleuchteten Bereich. Natürlich sei er nicht die geeignete Person, die einfache und spontane Geselligkeit dieses Abends zu eröffnen, insofern als der ursprüngliche Einfall zur Gänze von einem wirklichen Herrn und hochgeschätzten Freund, nämlich von Don Galo Porriño dort hinten stamme.
»Nur zu, Mann, nur zu«, rief Don Galo, wobei er seine Stimme über den freundlichen Applaus erhob. »Sie können sich alle vorstellen, daß ich nicht zum Zeremonienmeister tauge, darum: Feuer frei und mutig dran und drauf!«
In dem leicht verlegenen Schweigen, das darauf folgte, war Atilios Rückkehr auffälliger und geräuschvoller, als ihm lieb war. Während er auf seinen Stuhl glitt, nachdem er erst einen riesigen Schatten an Wand und Decke geworfen hatte, flüsterte er Nelly zu, sein

Partner für den Auftritt sei nirgends zu finden. Doña Rosita gab ihm seine Maske zurück und beschwor ihn halb flehentlich, halb verärgert zu schweigen, aber Pelusa war verwirrt und fuhr fort, sich zu beklagen und mit dem Stuhl zu knarren. Obgleich die Worte nicht bis zu ihm drangen, ahnte Raúl, was los war. Einer alten Gewohnheit folgend, blickte er hinüber zu Paula, die ihre Maske abgesetzt hatte und die Anwesenden kritisch beobachtete. Als sie in seine Richtung sah, hob sie fragend die Brauen, und Raúl antwortete mit einem Achselzucken. Paula lächelte, ehe sie ihre Maske wieder aufsetzte und mit López weiterplauderte. Für Raúl war dieses Lächeln wie ein Paß, wie ein Siegel, das man einem Papier aufdrückt, wie der Startschuß, der die Bahn für den Wettlauf freigibt. Aber selbst ohne Paulas Blick hätte er die Bar verlassen.

»Wie sie reden, mein Gott, wie sie reden«, sagte Paula. »Jamaica John, glaubst du wirklich, daß am Anfang das Wort war?«
»Ich liebe dich«, sagte Jamaica John, für den das eine schlüssige Antwort war. »Es ist wundervoll, wie sehr ich dich liebe und daß ich es dir hier sagen kann, ohne daß es jemand hört, von Maske zu Maske, von Pirat zu Vahine.«
»Vielleicht bin ich eine Vahine«, sagte Paula und betrachtete ihre Maske, ehe sie sie wieder aufsetzte, »aber du siehst aus wie eine Mischung aus Rocambole und einem Provinzabgeordneten aus San Juan, was dir überhaupt nicht steht. Du hättest Presuttis Maske wählen sollen, obwohl du am besten gar keine trägst und einfach Jamaica John bleibst.«
Dr. Restelli pries nun das bemerkenswerte musikalische Talent Fräulein Trejos, die sie gleich mit einem Stück von Clementi und einem von Czerny erfreuen werde, beides gleichermaßen berühmte Komponisten. López sah Paula an, die sich in einen Finger beißen mußte, um nicht zu lachen. ›Berühmte Komponisten‹, dachte sie. ›Dieser Abend wird denkwürdig.‹ Sie hatte Raúl hinausgehen sehen, und auch López hatte es bemerkt und sie halb spöttisch, halb fragend angesehen, was sie indes ignorierte. ›Viel Glück, Raúlito‹, dachte sie. ›Ich hoffe, er schlägt dir die Nase zu Brei, Raúlito. Ah, ich werde immer dieselbe bleiben, eine typische Lavalle, es liegt mir im Blut, und ich werde nicht davon loskommen. Im Grunde werde ich ihm nie verzeihen, daß er mein bester

Freund ist. Der untadelige Freund einer Lavalle. Das ist es, der untadelige Freund. Und da geht er, schleicht erschaudernd einen leeren Gang hinunter, einer mehr in der Legion derer, die vor Wonne erschaudern, die schon von vornherein zugrunde gerichtet sind... Ich werde ihm das nie verzeihen, und er weiß es, und an dem Tag, an dem er jemanden findet, der ihm folgt (aber er wird niemanden finden, Paulita paßt schon auf, daß er niemanden findet, und im Augenblick besteht kein Grund zur Sorge), an jenem Tag wird er mich auf immer sitzenlassen, und dann adieu Konzerte, Pâté-Sandwiches um vier Uhr früh, lange Spaziergänge durch San Telmo oder an der Flußpromenade, adieu Raúl, adieu armer Raúlito, mögest du dies eine Mal Glück haben, und möge dir zumindest diesmal alles gelingen.‹ Vom Klavier stiegen unzusammenhängende Töne auf. López schob Paula ein weißes Taschentuch in die Hand. Er dachte, sie lache Tränen, war sich jedoch nicht sicher. Er sah sie das Taschentuch schnell vor das Gesicht drücken und streichelte kaum merklich ihre Schulter, es war mehr ein Vorbeistreifen als ein Streicheln. Paula lächelte ihn an, ohne ihm das Taschentuch zurückzugeben, und als der Beifall losbrach, faltete sie es ganz auseinander und schneuzte sich kräftig hinein. »Ferkel!« sagte López. »Dafür habe ich es dir nicht gegeben.«
»Das macht nichts«, sagte Paula. »Es ist sowieso so grob, daß es mir die Nase wund reibt.«

»Ich spiele besser als die da«, sagte Jorge. »Persio soll es sagen.«
»Ich verstehe nichts von Musik«, sagte Persio. »Bis auf Pasodobles ist mir alles eins.«
»Sag du, Mama, ob ich nicht besser spiele als dieses Mädchen. Und mit allen Fingern, ohne die Hälfte davon in der Luft zu lassen.«
Claudia seufzte, während sie sich von dem Massaker erholte. Sie fuhr Jorge mit der Hand über die Stirn.
»Fühlst du dich wirklich ganz in Ordnung?«
»Na klar«, sagte Jorge, der auf seine Nummer wartete. »Persio, schau mal, was da kommt.«
Auf einen halb freundlichen, halb herrischen Wink von Don Galo trat Nelly vor und zwängte sich zwischen die Rückseite des Klaviers und die Wand. Da sie nicht mit dem Scheinwerferlicht direkt in ihrem Gesicht gerechnet hatte (»sie ist aufgeregt, die Ärmste«,

sagte Doña Pepa, so daß es auch jeder hören konnte), blinzelte sie heftig und hob schließlich einen Arm, um sich die Augen zu bedecken. Dienstbeflissen eilte der *maître* herbei und rückte den Scheinwerfer ein paar Meter weit fort. Alle klatschten, um die Künstlerin zu ermutigen.

»Ich rezitiere ›Lachen unter Tränen‹ von Juan de Dios Peza«, kündigte Nelly an und verdrehte ihre Hände so, als wolle sie gleich Kastagnetten spielen. *»Die Leute sah'n Garrick, Schauspieler aus England, spendeten Beifall und sagten zu ihm ...«*

»Das Gedicht kann ich auch«, sagte Jorge. »Weißt du noch, ich habe es an dem Abend im Café aufgesagt? Jetzt kommt die Stelle mit den Nervenkranken.«

»Verfielen die hohen Lords in tiefsten Gram, umnebelt die Sinne von schwarzgrauer Nacht, war's der König der Bühne, zu dem jeder kam und, statt sich zu grämen, haben alle gelacht«, deklamierte Nelly.

»Nelly ist die geborene Künstlerin«, vertraute Doña Pepa Doña Rosita an. »Sie können mir glauben, schon als kleines Mädchen hat sie *Das Stiefelchen drückt mich und der Strumpf macht mir warm* aufgesagt.«

»Atilio nicht«, seufzte Doña Rosita. »Er hat nur gern in der Küche Kakerlaken zertreten und wild Fußball im Hof gespielt. Was der mir an Malventöpfen zerschmissen hat, mit Jungens ist es ein ständiger Kampf, wenn das Haus ein Schmuckkästchen sein soll.«

An der Theke lehnten der *maître* und der Steward, und während sie die Darbietungen verfolgten, achteten sie zugleich wachsam auf die Wünsche der Zuschauer oder Künstler. Der Steward streckte die Hand nach dem Heizungshebel aus und stellte ihn von zwei auf vier. Der *maître* sah ihn an, und beide lächelten; sie verstanden nicht viel von dem, was die Künstlerin deklamierte. Der Steward holte zwei Flaschen Bier und zwei Gläser hervor. Ohne den geringsten Lärm öffnete er die Flaschen und füllte die Gläser. Medrano, der im Hintergrund der Bar halb schlief, beneidete sie, doch war es zu umständlich, sich zwischen den Stühlen einen Weg zu bahnen. Er bemerkte, daß ihm der Zigarettenstummel zwischen den Lippen erloschen war, und vorsichtig nahm er ihn heraus. Fast war er glücklich, daß er sich nicht neben Claudia gesetzt hatte und sie nun genauestens aus dem Halbdunkel betrachten konnte. ›Wie schön sie ist‹, dachte er. Er verspürte eine Art Flauheit, eine leichte Beklemmung, als befände er sich an einer Schwelle, die er aus irgendeinem Grund nicht überschreiten würde, und Beklemmung und Flauheit rührten daher, daß er sie nicht überschreiten konnte und daß dies gut so wäre. ›Sie wird nie erfahren, wie gut sie mir getan hat‹, dachte er. Verletzt, verwirrt, all seine Papiere durcheinander, sein Kamm zerbrochen und die Hemden ohne Knöpfe, von einem Wind geschüttelt, der ihm Stücke der Zeit, des Gesichts, des toten Lebens herunterriß, schaute er erneut, weiter diesmal, durch die angelehnte unüberwindliche Tür, von wo aus vielleicht mit größerem Recht etwas möglich sein mochte, etwas, das aus ihm selbst käme, das sein Werk und seine Daseinsberechtigung wäre, nachdem er so vieles hinter sich zurückgelassen hätte, das er bis dahin für annehmbar, ja für notwendig gehalten hatte. Aber noch war er weit davon entfernt.

XXXIX

Nach der Hälfte des Ganges bemerkte er, daß er die Pfeife in der Hand hielt, und wieder wurde er wütend. Dann kam ihm der Gedanke, wenn er auch noch den Tabak mitnähme, könnte er Bob davon anbieten und ihm zeigen, daß er zu rauchen verstand. Er steckte sich die Dose in die Tasche und machte sich wieder auf den Weg; zu dieser Stunde würde bestimmt niemand in den Gängen sein, auch nicht im Hauptgang und in dem langen Durchgang, wo die kleine violette Lampe trüber zu brennen schien denn je. Wenn er diesmal Glück hatte und Bob ihn zum Achterdeck durchließe... Die Hoffnung, sich zu rächen, ließ ihn rennen, half ihm die Angst bekämpfen. ›Aber stellen Sie sich nur vor, ausgerechnet der Jüngste hat sich als der Mutigste erwiesen; er hat ganz allein entdeckt, wie man zum Heck...‹ Beba, zum Beispiel. Und selbst sein Alter, der arme Kerl, er würde ein Gesicht machen wie eine in Pisse ersoffene Ratte, wenn alle sein Loblied singen würden. Aber das war noch gar nichts gegen Raúl. ›Was, Raúl, Sie wußten das nicht? Aber ja, Felipe ist allein gegangen und hat sich in die Höhle des Löwen gewagt...‹ Die Wände des Ganges waren dichter zusammen als beim letzten Mal; ein paar Meter vor den Türen blieb er stehen, blickte zurück. Der Gang schien wirklich enger, er erstickte ihn. Fast war es eine Erleichterung, die Tür zur Rechten zu

öffnen. Das Licht der herabhängenden, nackten Glühbirnen machten ihn halb blind. Niemand war in der Kajüte, die so unordentlich aussah wie immer; Leinenfetzen, Stücke von Riemen und Werkzeuge lagen auf der Werkbank herum. Vielleicht hob sich deshalb die Tür im Hintergrund deutlicher ab, als warte sie auf ihn. Felipe schloß langsam die Tür hinter sich und ging auf Zehenspitzen weiter hinein. Bei der Werkbank blieb er stehen. ›Verdammt heiß hier unten‹, dachte er. Er hörte das Dröhnen der Maschinen, ihr Lärm kam aus allen Richtungen zugleich und gesellte sich zu der Hitze und dem gleißenden Licht. Er legte die zwei Meter zurück, die ihn von der Tür trennten, und drückte behutsam die Klinke hinunter. Jemand kam den Gang entlang. Felipe preßte sich gegen die Wand, damit ihn die Tür deckte, falls sie geöffnet würde. ›Es waren gar keine Schritte‹, dachte er beklommen. Nur ein Geräusch. Auch diesmal war es eine Erleichterung, die Tür ein Stück zu öffnen und nachzusehen. Aber vorher, das hatte er in einem Kriminalroman gelesen, duckte er sich, damit sein Kopf nicht in Schußhöhe wäre. Er konnte einen schmalen, dunklen Gang erahnen; als sich seine Augen an die Dunkelheit gewöhnt hatten, vermochte er in etwa sechs Meter Entfernung die Stufen einer Treppe auszumachen. Erst da fielen ihm Bobs Worte wieder ein. Das hieß... Wenn er unverzüglich zur Bar zurückginge und López oder Medrano holte, vielleicht konnten sie zu zweit gefahrlos ans Ziel gelangen. Aber welche Gefahr? Bob hatte ihm nur gedroht, um ihn einzuschüchtern. Welche Gefahr konnte es im Heck schon geben? Der Typhus zählte nicht einmal, und abgesehen davon holte er sich nie etwas, nicht einmal Mumps.
Langsam schloß er die Tür hinter sich und ging weiter. Das Atmen war ihm beschwerlich in der dicken Luft, die nach Teer und ranzigem Zeug roch. Links sah er eine Tür und ging auf die kleine Treppe zu. Plötzlich tauchte sein eigener Schatten vor ihm auf, zeichnete sich einen Augenblick auf dem Boden ab, reglos und einen Arm wie zur Abwehr erhoben. Als er die Kraft fand, sich umzudrehen, stand Bob in der weit geöffneten Tür und betrachtete ihn. Ein grünliches Licht drang aus der Kabine.
»*Hasdala*, Junge.«
»Hallo«, sagte Felipe und wich ein wenig zurück. Er zog die Pfeife aus der Tasche und streckte sie zum Licht hin. Er fand keine Worte, die Pfeife zitterte in seinen Fingern. »Sehen Sie, ich habe

nicht vergessen, daß Sie ... Wir wollten uns doch wieder unterhalten, und da ...«

»*Sa*«, sagte Bob. »Komm rein, Junge, komm rein.«

Als er an die Reihe kam, warf Medrano seine Zigarette fort und setzte sich mit leicht verschlafenem Gesicht ans Klavier. Er sang *bagualas* und *zambas*, indem er schamlos Atahualpa Yupanquis Stil imitierte und sich dazu recht ordentlich begleitete. Es wurde lange geklatscht, und er mußte noch ein paar Lieder singen. Persio, der nach ihm kam, wurde mit dem mißtrauischen Respekt empfangen, den Hellseher einflößen. Nachdem ihn Dr. Restelli als einen Erforscher ausgefallener Arkana vorgestellt hatte, machte er sich daran, ein paar Freiwilligen aus der Hand zu lesen, denen er die üblichen Banalitäten vorsetzte, doch darunter mischte er gelegentlich einen Satz, den nur der Betroffene verstand und der genügte, ihn zu verblüffen. Sichtlich gelangweilt beendete Persio seine chiromantische Runde und ging zur Bar, um die Zukunft gegen eine Erfrischung einzutauschen. Dr. Restelli reihte seine gewähltesten Ausdrücke aneinander, um den Benjamin der Gesellschaft vorzustellen, den ebenso vielversprechenden wie intelligenten Jorge Lewbaum, dessen Jugend seine großen Verdienste keineswegs schmälerte. Dieser Knabe, ein hervorragender Vertreter des argentinischen Kindes, würde das Entzücken des Abends werden dank seinem ungemein persönlichen Vortrag verschiedener Monologe, deren Autor er selbst sei. Der erste trage den Titel: »Die Geschichte vom Achtfüßler«.

»Ich habe es geschrieben, aber Persio hat dabei geholfen«, sagte Jorge aufrichtig, als er unter gedämpftem Beifall vortrat. Er verneigte sich sehr steif und stimmte für einen Augenblick genau mit Dr. Restellis Beschreibung überein.

»›Die Geschichte vom Achtfüßler‹ von Persio und Jorge Lewbaum«, begann er und streckte seine Hand aus, um sich am Klavier festzuhalten. Mit einem Satz erreichte ihn Pelusa gerade noch rechtzeitig, um ihn am Arm zu packen, ehe er aufs Gesicht schlagen konnte.

Ein Glas Wasser, Luft, Ratschläge, drei Stühle, um den Ohnmächtigen darauf auszustrecken, Knöpfe, die plötzlich widerspenstig werden und nicht aufgehen. Medrano sah zu Claudia, die sich über ihren Sohn beugte, und ging zur Theke.

»Telefonieren Sie sofort dem Arzt.«
Geschäftig machte der *maître* eine Serviette naß. Medrano brachte ihn zur Vernunft, indem er ihn am Arm schüttelte.
»Ich sagte: sofort.«
Der *maître* reichte das Tuch dem Steward und ging zum Wandtelefon. Er wählte eine zweistellige Nummer, sagte etwas und wiederholte es dann lauter. Medrano wartete, ohne ihn aus den Augen zu lassen. Der *maître* hängte auf und machte ein bejahendes Zeichen.
»Er kommt sofort, mein Herr. Ich denke, daß ... vielleicht wäre es besser, den Jungen ins Bett zu bringen.«
Medrano fragte sich, wo der Arzt herkommen würde und woher der grauhaarige Offizier gekommen war. Das Gezeter der Damen in seinem Rücken ging über seine Geduld. Er bahnte sich einen Weg zu Claudia, die Jorges Hand hielt.
»Ah, es geht uns anscheinend schon besser«, sagte er und kniete neben ihr nieder.
Jorge lächelte ihn an. Er sah verschämt aus und betrachtete die Gesichter, die über ihm schwebten, als wären es Wolken. Er sah niemanden richtig an, außer Claudia und Persio und vielleicht Medrano, der ohne weitere Umstände die Arme unter seinen Nacken und seine Beine schob und ihn hochhob. Die Damen machten Platz, und Pelusa wollte helfen, doch Medrano trug Jorge schon hinaus. Claudia folgte ihm; an ihrer Hand baumelte Jorges Maske. Die anderen blickten einander unschlüssig an. Natürlich war es nichts Ernstes, ein Schwindelanfall durch den überhitzten Raum, aber auf jeden Fall hatte jetzt niemand mehr große Lust, das Fest fortzusetzen.
»Los, machen wir weiter«, beschwor Don Galo und steuerte seinen Rollstuhl in kurzen, heftigen Stößen hin und her. »Es bringt doch nichts, wenn wir wegen eines unbedeutenden Zwischenfalles die Laune verlieren.«
»Sie werden sehen, in zehn Minuten ist der Junge wieder erholt«, sagte Dr. Restelli. »Man darf sich von den Äußerlichkeiten eines schlichten Ohnmachtsanfalls nicht beeindrucken lassen.«
»Na, so was!« bemitleidete sich Pelusa düster. »Erst läßt mich der Junge hängen, gerade wo wir unseren Auftritt haben, und jetzt klappt mir der andere Knirps zusammen. Dieses Schiff ist wirklich das Hinterletzte.«

»Setzen wir uns wenigstens und trinken etwas«, schlug Herr Trejo vor. »Man sollte nicht ständig an Krankheiten denken, vor allem wo an Bord ... Ich meine, es kommt nichts dabei heraus, wenn man die beunruhigenden Gerüchte noch verstärkt. Mein Sohn hat heute auch Kopfweh, und wie Sie sehen, sind weder meine Frau noch ich beunruhigt. Man hat uns ja auch in aller Deutlichkeit gesagt, daß an Bord alle nötigen Vorkehrungen getroffen worden sind.«
Von Beba darüber in Kenntnis gesetzt, teilte Frau Trejo im selben Moment ihrem Mann mit, daß Felipe nicht in der Kabine sei. Pelusa schlug sich an den Kopf und sagte, das wisse er schon, aber wo in aller Welt könne der Junge nur stecken.
»Sicher an Deck«, sagte Herr Trejo. »Eine Kinderlaune!«
»Schöne Kinderlaune«, sagte Pelusa. »Haben Sie nicht gesehen, wie toll wir schon für unsere Kunststücke waren?«
Paula seufzte und schaute López von der Seite an; er hatte Jorges Ohnmachtsanfall mit einem Gesichtsausdruck beobachtet, in dem immer mehr die Wut überhand nahm.
»Es könnte sehr gut sein«, sagte López, »daß du die Tür zu deiner Kabine abgeschlossen findest.«
»Ich wüßte nicht, ob ich einen Freudensprung machen oder sie mit Fußtritten bearbeiten sollte«, sagte Paula. »Schließlich ist es *meine* Kabine.«
»Und wenn sie abgeschlossen ist, was wirst du dann tun?«
»Ich weiß nicht«, sagte Paula. »Die Nacht an Deck verbringen. Was soll's.«
»Komm, gehen wir«, sagte López.
»Nein, ich bleibe noch eine Weile.«
»Bitte.«
»Nein. Wahrscheinlich ist die Tür offen, und Raúl schläft wie ein Murmeltier. Du ahnst nicht, wie ihn diese kulturellen Veranstaltungen und die gesunde Geselligkeit ermüden.«
»Raúl, Raúl«, sagte López. »Du brennst ja nur darauf, dich zwei Meter von ihm splitternackt auszuziehen.«
»Es sind mehr als drei Meter, Jamaica John.«
»Komm«, sagte er noch einmal, aber Paula sah ihm in die Augen und weigerte sich; sie dachte, Raúl verdiene, daß sie sich jetzt weigerte und so lange wartete, bis sie wüßte, ob auch er eine gute Karte gezogen hätte. Es war völlig sinnlos, es war grausam für

Jamaica John und für sie selbst: Es war das, was sie in diesem Augenblick am wenigsten auf der Welt wünschte. Ebendeshalb tat sie es, um eine vage dunkle Schuld zu bezahlen, die unter keinem Buchungsposten aufgeführt war. Es war wie ein Akt der Vergebung, wie die Hoffnung, umzukehren und zurück zu den Ursprüngen zu finden, ehe sie diese Frau geworden war, die sich jetzt in eine Welle von Begehren und Zärtlichkeit eingehüllt verweigerte. Sie tat es für Raúl, aber auch für Jamaica John, um ihm eines Tages etwas geben zu können, das nicht von vornherein zum Zusammenbruch verurteilt wäre. Sie dachte, daß sich vielleicht mit derart dummen Gesten Türen öffnen ließen, welche die ganze Bösartigkeit der Intelligenz nicht überwinden konnte. Und das Schlimmste war, daß sie ihn gleich wieder um sein Taschentuch würde bitten müssen und daß er es ihr wütend und gekränkt abschlagen würde, ehe er dann allein schlafen ginge, den bitteren Geschmack von freudlos gerauchtem Tabak im Munde.

»Ein Glück, daß ich dich erkannt habe. Noch ein Stück weiter, und ich hätte dir den Schädel eingeschlagen. Heh, ich glaube, ich habe dich gewarnt.«
Felipe rutschte unbehaglich auf der schmalen Bank hin und her, auf die er sich schließlich gesetzt hatte.
»Ich habe Ihnen doch gesagt, daß ich Sie besuchen würde. Sie waren nicht in dem anderen Raum, ich habe gesehen, daß die Tür offen war, und da wollte ich wissen, ob ...«
»Oh, ist ja auch nicht schlimm, Junge, *Here's to you*.«
»Prosit«, sagte Felipe und goß den Rum wie ein Mann hinunter. »Ihre Kajüte ist wirklich in Ordnung. Ich dachte, alle Matrosen würden zusammen schlafen.«
»Manchmal kommt Orf, wenn er die beiden Chinesen aus seiner Kabine satt hat. Heh, hör mal, dein Tabak ist gar nicht übel. Ein bißchen schlapp zwar, aber viel besser als dieses Dreckzeug, das du gestern geraucht hast. Komm, wir stopfen uns noch eine Pfeife, was meinst du?«
»Einverstanden«, sagte Felipe, nicht übermäßig begeistert. Er betrachtete die Kabine, an deren schmutzigen Wänden Fotos von Männern und Frauen mit Stecknadeln festgepinnt waren, außerdem ein Kalender mit drei Vögeln, die einen Goldfaden durch die Luft trugen; die beiden Matratzen, die in einer Ecke auf dem Bo-

den lagen, ein Eisentisch, dessen verschiedene Anstriche die Tischbeine hinuntergelaufen und an einigen Stellen zusammengebacken waren, so daß es aussah, als wäre die Farbe frisch und noch lange nicht trocken. Ein weit offener Kleiderschrank gab den Blick frei auf eine Uhr, die an einem Nagel hing, auf ausgefranste Hemden, eine kurze Peitsche, volle und leere Flaschen, schmutzige Gläser und ein violettes Nadelkissen. Er stopfte seine nächste Pfeife mit unsicherer Hand; der Rum war verteufelt stark, und schon wieder hatte ihm Bob das Glas gefüllt. Er versuchte, nicht auf Bobs Hände zu schauen, die ihn an haarige Spinnen erinnerten; die blaue Schlange auf seinem Unterarm dagegen gefiel ihm. Er fragte ihn, ob Tätowieren weh täte. Nein, nicht im geringsten, aber man müsse Geduld haben. Es käme auch auf den Körperteil an, der tätowiert werden sollte. Er kenne einen Seemann aus Bremen, der so tapfer gewesen sei, sich ... Felipe hörte staunend zu, während er gleichzeitig überlegte, ob es nicht irgendeine Entlüftung in der Kabine gäbe, da die Luft durch den Rauch und den Rum immer drückender wurde; schon sah er Bob, als läge zwischen ihnen beiden ein Gaze-Schleier. Bob betrachtete ihn freundlich und erklärte, die beste Technik des Tätowierens hätten die Japaner. Die Frau auf seiner rechten Schulter habe ihm Kiro eintätowiert, ein Freund, der auch Opium schmuggle. Mit einer langsamen, fast eleganten Bewegung zog er sein Unterhemd aus, damit Felipe die Frau auf seiner rechten Schulter sehen konnte, die beiden Pfeile und die Gitarre, den Adler, dessen enorme Schwingen sich fast über seinen ganzen Brustkorb spannten. Damit der Adler tätowiert werden konnte, habe er sich betrinken müssen, da die Haut an manchen Stellen der Brust sehr zart sei und die Nadelstiche schmerzten. Ob Felipe eine empfindliche Haut habe? Ja, letzten Endes wohl schon etwas, wie alle. Nein, nicht wie alle, denn es gäbe Unterschiede nach Rassen und Berufen ... Dieser englische Tabak sei wirklich ausgezeichnet, man bekäme Lust, weiter zu rauchen und zu trinken. Es habe nichts zu bedeuten, daß Felipe keine große Lust verspüre, das sei immer das gleiche, so auf halbem Wege; man müsse sich nur ein bißchen zusammenreißen, und schon würde man wieder Geschmack daran finden. Und der Rum sei mild, ein sehr milder und aromatischer weißer Rum. Noch ein Gläschen, und er würde ihm ein Album mit Bildern von seinen Reisen zeigen. An Bord mache Orf fast alle Aufnahmen, aber er besitze auch viele, die ihm die Frauen in den Hafenstädten geschenkt hätten. Frauen verschenkten gern Fotos, einige seien ziemlich... Aber erst wollten sie auf ihre Freundschaft trinken. *Sa.* Ein guter Rum, sehr mild und aromatisch, der hervorragend zu dem englischen Tabak passe. Natürlich sei es heiß, sie befänden sich ja auch dicht beim Maschinenraum. Er brauche es ihm nur nachzumachen und das Hemd auszuziehen, so hätten sie es bequem und könnten wie alte Freunde schwatzen. Nein, warum denn die Tür öffnen, der Rauch würde doch nicht aus der Kajüte abziehen, dagegen, wenn ihn jemand in diesem Teil des Schiffes fände... So sei es gerade recht, nichts zu tun haben, einfach schwatzen und trinken. Weshalb sich Sorgen machen, es sei noch sehr früh, und falls nicht seine Mama nach ihm suche... Schon gut, er brauche nicht zornig zu werden, es sei ja nur ein Scherz gewesen, er wisse sehr wohl, daß er an Bord nur das tue, wozu er Lust habe, genau wie es sein sollte. Der Rauch? Nun, vielleicht sei es ein wenig verräuchert, aber wenn man einen so phantastischen Tabak rauche, lohne es, so viel wie möglich davon einzuatmen. Und noch ein Schlückchen Rum, um ihn mit dem Tabakgeschmack zu vermischen, beides passe so gut zusammen. Aber ja doch, es sei ein wenig heiß, er habe ihm schon gesagt, er solle das Hemd ausziehen. So, Kleiner, und nicht zornig werden. Nicht zur Tür rennen, so, nur schön ruhig, denn ohne es zu wollen, könne man sich verletzen, nicht wahr, und mit einer so weichen Haut, wirklich, wer hätte gedacht, daß ein so netter Junge nicht begreifen würde, daß es besser sei, stillzuhalten und sich nicht befreien zu wollen, um zur Tür zu rennen, wo er es doch so schön in der Kabine haben könne, in der Ecke dort, wo man es so gemütlich hatte, vor allem, wenn man nicht versuchte, sich mit Gewalt loszureißen, um den Händen zu entrinnen, die die Knöpfe fanden und sie aufmachten – einen nach dem anderen, endlos.

»Es wird nichts sein«, sagte Medrano. »Es wird nichts sein, Claudia.«
Claudia deckte Jorge zu, der plötzlich rot angelaufen war und von Fieber geschüttelt wurde. Gerade hatte Frau Trejo die Kabine verlassen, nachdem sie versichert hatte, diese Kinderkrankheiten seien nicht schlimm, und morgen wäre Jorge wieder ganz gesund. Claudia hatte kaum geantwortet und das Thermometer herunter-

geschlagen, während Medrano das Bullauge schloß und die Lampen so einstellte, daß Jorge nicht geblendet wurde. Im Gang lief Persio mit langem Gesicht auf und ab und wagte nicht einzutreten. Fünf Minuten später erschien der Arzt, und Medrano schickte sich an, die Kabine zu verlassen, doch Claudia hielt ihn mit einem Blick zurück. Der Arzt war ein dicker Mann mit gelangweiltem, müdem Gesicht. Er radebrechte Französisch und untersuchte Jorge, ohne von seinem Körper aufzusehen, verlangte unvermittelt einen Löffel, fühlte den Puls und prüfte die Beinreflexe, als sei er weit weg. Dann deckte er den vor sich hin murmelnden Jorge wieder zu und fragte Medrano, ob er der Vater des Kindes sei. Als er dessen verneinende Geste sah, wandte er sich überrascht zu Claudia um, als bemerke er sie zum ersten Mal.
»Eh bien, madame, il faudra attendre«, sagte er und zuckte die Achseln. *»Pour l'instant je ne peux pas me prononcer. C'est bizarre, quand même ...«*
»Typhus?« fragte Claudia.
»Mais non, allons, c'est pas du tout ça!«
»Jedenfalls gibt es doch wohl Typhus auf dem Schiff, nicht?« fragte Medrano. *»Vous avez eu des cas de typhus chez vous, n'est-ce-pas?«*
»C'est à dire ...«, begann der Arzt. Es bestünde keine absolute Gewißheit, daß es sich um Typhus 224 handele, höchstens eine gutartige Vorform, die keinen Anlaß zu größerer Besorgnis gäbe. Wenn die Dame gestatte, werde er sich jetzt zurückziehen und den *maître* mit einer Arznei für den Jungen schicken. Seiner Ansicht nach hätten sie es mit einer Bronchitis zu tun. Wenn die Temperatur über neununddreißig fünf stiege, sollten sie dem *maître* Bescheid sagen, der dann seinerseits ...
Medrano spürte, wie sich seine Fingernägel in die Handflächen gruben. Als der Arzt ging, nachdem er Claudia noch einmal beruhigt hatte, war er drauf und dran, ihm zu folgen und ihn im Gang zu stellen, aber Claudia schien dies zu ahnen und winkte ihn zu sich. Unschlüssig und wütend blieb er in der Tür stehen.
»Bleiben Sie, Gabriel, leisten Sie mir eine Weile Gesellschaft. Bitte.«
»Ja, natürlich«, sagte Medrano verwirrt. Er wußte, daß dies nicht der Augenblick war, etwas gewaltsam durchzusetzen, aber es fiel ihm schwer, sich von der Tür wegzubewegen, wieder einmal eine

Niederlage und vielleicht auch Spott einzustecken. Claudia saß wartend auf der Bettkante bei Jorge, der sich im Fieber bewegte und versuchte, seine Decken abzustreifen. Ein leises Klopfen an der Tür: Der *maître* brachte zwei Schachteln und ein Röhrchen. In seiner Kabine befände sich ein Eisbeutel, und der Doktor habe gesagt, sie könnten ihn notfalls benutzen. Er selbst bliebe noch eine Stunde in der Bar und stünde ihnen in jeder Hinsicht zur Verfügung. Falls sie es wünschten, werde er den Steward mit heißem Kaffee schicken.

Medrano half Claudia, Jorge die erste Arznei zu geben; er wehrte sich schwach und erkannte sie nicht. Ein Klopfen an der Tür: Es war López, der gedrückt und besorgt nach Neuigkeiten fragte. Leise berichtete ihm Medrano von der Unterhaltung mit dem Arzt.

»Verdammt, hätte ich das gewußt, dann hätte ich ihn im Gang festgehalten«, sagte López. »Ich komme gerade aus der Bar und wußte von nichts, bis Presutti mir sagte, der Doktor sei hiergewesen.«

»Wenn nötig, kommt er wieder«, sagte Medrano. »Und dann, wenn Sie auch finden ...«

»Sicher«, sagte López. »Sagen Sie mir möglichst vorher Bescheid; ich bleibe in jedem Fall hier in der Nähe, heute nacht kann ich doch nicht schlafen. Wenn der Kerl meint, Jorge hätte etwas Ernstes, dann dürfen wir keine Minute länger warten.« Er dämpfte die Stimme, damit Claudia nichts hörte. »Ich bezweifle, daß der Doktor besser als das übrige Gesindel ist. Es ist ihnen zuzutrauen, daß sie den Jungen kränker werden lassen, damit an Land niemand etwas erfährt. Lassen Sie mal sehen, das beste wird sein, ihn zu rufen, auch wenn es nicht nötig sein sollte, sagen wir in einer Stunde. Wir erwarten ihn hier draußen, und diesmal wird uns niemand aufhalten, bis wir am Heck sind.«

»Einverstanden, aber wir sollten auch etwas an Jorge denken«, sagte Medrano. »Nicht daß wir ihm schaden, indem wir ihm helfen wollen. Wenn der Coup danebengeht und der Doktor auf der anderen Seite bleibt, könnte es unangenehm werden.«

»Wir haben zwei Tage verloren«, sagte López. »Das hat man davon, daß man höflich ist und auf die alten Pazifisten hört. Aber glauben Sie, daß der Junge ...?«

»Nein, aber das ist eher ein Wunsch als sonst etwas. Wir Zahnärzte verstehen nichts von Typhus, mein Lieber. Mich beunruhigt die Heftigkeit der Krisis, das Fieber. Es kann eine Lappalie sein, zuviel Schokolade, ein leichter Sonnenstich. Es kann Bronchitis sein, wie der Arzt meinte. Nun, gehen wir eine rauchen. Dabei können wir mit Presutti und Costa reden, wenn sie in der Nähe sind.«

Er ging zu Claudia hinüber und lächelte ihr zu. Auch López lächelte. Claudia spürte ihre Freundschaft und dankte ihnen mit einem Blick.

»Ich komme bald zurück«, sagte Medrano. »Legen Sie sich hin, Claudia, und versuchen Sie sich auszuruhen.«

Alles klang ein wenig nach längst Gesagtem, nutzlos und beruhigend. Das Lächeln, das Gehen auf Zehenspitzen, das Versprechen, wieder zurückzukommen, die Beruhigung, Freunde nahe zu wissen. Sie betrachtete Jorge, der jetzt ruhiger schlief. Die Kabine schien mit einem Mal größer, ein schwacher Geruch nach schwarzem Tabak hing noch in der Luft, als wäre Gabriel nicht ganz gegangen. Claudia stützte das Gesicht in eine Hand und schloß die Augen; wieder einmal würde sie bei Jorge wachen. Persio würde wie eine geheimnisvolle Katze in der Nähe herumschleichen, die Nacht würde endlos fortschreiten, bis die Dämmerung hereinbräche. Ein Schiff, die Calle Juan Bautista Alberdi, die Welt; Jorge lag da, krank, unter Millionen kranker Jorges überall auf der Erde, aber die Welt war jetzt nur ein einziges krankes Kind. Wenn León mit seiner tatkräftigen und ruhigen Art bei ihnen gewesen wäre, er hätte sofort die Ursache des Übels entdeckt und es, ohne eine Minute zu verlieren, im Keime erstickt. Armer Gabriel, wie er sich mit dem Gesicht all derer, die nichts davon verstehen, über Jorge beugte; aber es half ihr zu wissen, daß Gabriel da war, daß er draußen im Gang rauchte und mit ihr wartete.

Die Tür öffnete sich einen Spalt. Paula beugte sich hinunter, zog ihre Schuhe aus und wartete. Claudia winkte sie herein, aber sie ging kaum bis zum ersten Sessel.

»Er hört nichts«, sagte Claudia. »Kommen Sie, setzen Sie sich hier hin.«

»Ich gehe gleich wieder, es haben Sie hier schon zu viele Leute belästigt. Alle haben Ihren kleinen Kerl gern.«

»Mein kleiner Kerl mit neununddreißig Grad Fieber.«

»Medrano hat mir das von dem Arzt erzählt, sie stehen da draußen

Wache. Darf ich bei Ihnen bleiben? Warum legen Sie sich nicht eine Weile hin? Ich bin nicht müde, und wenn Jorge aufwacht, verspreche ich, Sie sofort zu wecken.«

»Selbstverständlich, bleiben Sie, aber ich bin auch nicht müde. Wir können uns etwas unterhalten.«

»Über die sensationellen Dinge, die an Bord geschehen? Ich bringe Ihnen die neuesten Nachrichten.«

›Hündin, verfluchte Hündin‹, dachte sie, während sie redete, ›wie du darin schwelgst, was du gleich sagen wirst, wie du genießt, was sie dich fragen wird . . .‹ Claudia blickte ihr auf die Hände, und sie versteckte sie plötzlich, lachte leise und legte sie dann wieder auf die Sessellehnen. Wenn sie eine Mutter wie Claudia gehabt hätte, aber natürlich, sie hätte sie genauso gehaßt wie ihre eigene. Zu spät, um an eine Mutter zu denken, zu spät selbst für eine Freundin.

»Erzählen Sie«, sagte Claudia. »Es wird uns helfen, die Zeit herumzubringen.«

»Oh, nichts Ernstes. Die Trejos sind am Rande der Hysterie, weil ihr Junge verschwunden ist. Sie verbergen es, aber . . .«

»Jetzt erinnere ich mich, er war nicht in der Bar. Ich glaube, Presutti ist ihn suchen gegangen.«

»Erst Presutti und dann Raúl.«

›Hündin.‹

»Nun, er wird nicht sehr weit sein«, sagte Claudia gleichgültig. »Jungen haben so ihre Launen, manchmal . . . Vielleicht hatte er Lust, die Nacht an Deck zu verbringen.«

»Vielleicht«, sagte Paula. »Glücklicherweise bin ich nicht so hysterisch wie die Trejos, ich darf darauf hinweisen, daß auch Raúl wie vom Erdboden verschwunden ist.«

Claudia sah sie an. Paula hatte darauf gewartet und hielt ihrem Blick mit einem glatten, ausdruckslosen Gesicht stand. Jemand ging im Gang auf und ab, in der Stille konnte man die vom Linoleum gedämpften Schritte deutlich hören, einen nach dem anderen, näher, ferner. Medrano oder Persio oder López oder der bekümmerte Presutti, der sich ernstlich um Jorge sorgte.

Claudia senkte den Blick; mit einem Mal war sie erschöpft. Die Freude, Paula zu sehen, erlosch plötzlich, und statt dessen wünschte sie, nichts mehr zu erfahren, diese neue, noch unausgesprochene Schmach nicht zu akzeptieren, die von einer einzigen Frage oder einem alles erklärenden Schweigen abhing. Paula hatte

die Augen geschlossen und schien gleichgültig gegenüber dem, was folgen mochte, aber plötzlich bewegte sie die Finger und trommelte lautlos auf die Sessellehnen. »Bitte, es kann doch keine Eifersucht sein«, sagte sie wie zu sich selbst. »Sie tun mir so leid.«
»Gehen Sie, Paula.«
»Oh, natürlich. Sofort«, sagte Paula und stand eilig auf. »Verzeihen Sie mir, ich bin aus einem anderen Grund gekommen, ich wollte Ihnen Gesellschaft leisten. Reiner Egoismus, weil Sie mir so guttun. Statt dessen ...«
»Nichts statt dessen!« sagte Claudia. »Wir können uns ein andermal unterhalten. Gehen Sie jetzt schlafen. Vergessen Sie Ihre Schuhe nicht.«
Sie gehorchte, sie ging hinaus, ohne sich ein einziges Mal umzuwenden.

Er dachte, daß es doch merkwürdig sei, wie eine bestimmte Vorstellung von Methode bewirken könne, daß man in festgelegter Weise handelte, selbst wenn man genau wußte, daß man nur Zeit vergeudete. Er würde Felipe nicht an Deck finden, trotzdem suchte er es langsam ab, erst backbord, dann steuerbord; unter der Sonnenplane blieb er stehen, um die Augen an die Dunkelheit zu gewöhnen, ehe er das unübersichtliche Durcheinander von Ventilatoren, Taurollen und Winden durchforschte. Als er wieder hinaufging, hörte er im Vorübergehen den Applaus aus der Bar. Er war entschlossen, an der Kabine Nummer fünf zu klopfen. Eine fast verächtliche Gleichgültigkeit, wie die eines Mannes, der unendlich viel Zeit vor sich hat, vermischte sich mit der uneingestandenen Unruhe, die Begegnung zu beschleunigen und gleichzeitig hinauszuzögern. Er weigerte sich zu glauben (aber er fühlte es, und das ging tiefer, wie immer), daß Felipes Abwesenheit ein Zeichen der Vergebung oder des Krieges sei. Er war sicher, ihn nicht in seiner Kabine anzutreffen, aber er klopfte zweimal, dann öffnete er schließlich die Tür. Die Lichter brannten, niemand war da. Die Tür zum Bad stand weit offen. Hastig ging er wieder hinaus, aus Angst, die Schwester oder der Vater könnten ihn suchen kommen, und der Gedanke an einen billigen Skandal entsetzte ihn; das Warum-sind-Sie-in-einer-Kabine-die-nicht-Ihnen-gehört, die ganze unerträgliche Leier. Und plötzlich erfüllte ihn Zorn (schon jetzt, unter all dem anderen, während er mürrisch

über das Deck ging, um den Prankenhieb hinauszuzögern), weil Felipe ihn wieder zum Narren gehalten hatte, indem er auf eigene Faust ausgezogen war, das Schiff zu erforschen und seine verletzten Rechte wiederherzustellen. Es gab kein Zeichen, es gab keinen Waffenstillstand. Der erklärte Krieg, vielleicht die Verachtung. ›Diesmal werde ich ihn schlagen‹, dachte Raúl. ›Mag alles zum Teufel gehen, aber zumindest wird ihm eine Erinnerung bleiben, die unter die Haut geht.‹ Fast im Laufschritt legte er die Entfernung zurück, die ihn von der Treppe des Hauptganges trennte, und stürzte dann hinunter, immer zwei Stufen auf einmal nehmend. Und dennoch, er war so jung, so kindisch; wer weiß, vielleicht würden all diese Abfuhren in einer scheuen Versöhnung enden, vielleicht mit Bedingungen, mit genauen Grenzen, Freunde ja, aber nicht mehr, Sie täuschen sich... Denn es war dumm sich zu sagen, alles sei verloren; im Grunde hatte Paula recht. Man konnte nicht mit der Wahrheit auf den Lippen und in den Händen zu ihnen kommen; man mußte lavieren, korrumpieren (aber das Wort hatte hier einen anderen Sinn als im üblichen Sprachgebrauch) und so vielleicht, eines Tages, lange vor dem Ende der Reise, so vielleicht... Paula hatte recht, er hatte es vom ersten Augenblick an gewußt, und doch hatte er eine falsche Taktik angewandt. Wie hatte er nur die Zwangsläufigkeit in Felipe nicht ausnutzen können, Felipe, der sich selbst feind war, der sich bereitwillig ergeben würde, da er zu widerstehen glaubte? Er war ganz Verlangen und Frage; es genügte, sachte seine häusliche Erziehung von ihm abzuwaschen, den Halbstarkenjargon und die Vorstellung, daß einige Dinge gut und andere schlecht seien, ihn laufenzulassen und dann ganz sanft die Zügel anzuziehen, ihm recht zu geben und zugleich Zweifel einzuflößen, ihm eine neue, beweglichere und leidenschaftlichere Sicht der Dinge zu erschließen. In ihm zu zerstören und aufzubauen, denn er war von wunderbar formbarem Stoff, sich Zeit zu nehmen, die Wonnen der Zeit und des Wartens zu erdulden und dann, eines Tages, zur vorher bezeichneten und beschlossenen Stunde seinen Lohn zu ernten.
Niemand war in der Kajüte. Raúl blickte auf die Tür im Hintergrund und zögerte. Er hatte doch wohl nicht die Dreistigkeit besessen... Aber ja, möglich war es. Er versuchte die Tür, trat in den Gang. Er sah die Treppe. ›Er ist zum Heck gelangt‹, dachte er verblüfft. ›Er ist vor allen anderen zum Heck gelangt.‹ Sein Herz

pochte wie eine aufgescheuchte Fledermaus. Er roch den Tabak und erkannte ihn. Ein trübes Licht sickerte durch die Ritzen der Tür zu seiner Linken. Langsam öffnete er sie, sah. Die Fledermaus zerbarst in tausend Stücke, in einer Explosion, die ihn beinahe blind machte. Bobs Schnarchen begann die Stille zu unterteilen. Hingestreckt zwischen Felipe und der Wand, hob und senkte der blaue Adler bei jedem Schnarchen röchelnd die Flügel. Ein behaartes Bein, das quer über Felipes Beinen lag, hielt ihn in einem lächerlichen Knoten gefangen. Es roch nach Erbrochenem, Tabak und Schweiß. Felipes unnatürlich weit aufgerissene Augen starrten blicklos auf Raúl, der in der Tür stand. Bobs Schnarchen wurde immer lauter, und er bewegte sich, als wolle er gleich aufwachen. Raúl machte zwei Schritte und stützte sich mit einer Hand auf den Tisch. Erst da erkannte ihn Felipe. Blöde hielt er sich die Hände vor den Bauch und versuchte, sich allmählich von dem Gewicht des Beines zu befreien, das endlich herabglitt, während Bob irgend etwas stammelte, sich wieder bewegte und sein ganzer fetter Körper geschüttelt wurde, als habe er einen Alptraum. Felipe setzte sich auf den Rand der Matratzen und streckte die Hände nach seinen Kleidern aus, die er tastend von dem Boden auflas, der mit seinem Erbrochenen bedeckt war. Raúl ging um den Tisch herum, und mit dem Fuß schob er die zerstreuten Kleider zusammen. Ihm war, als müsse auch er sich gleich übergeben, und er ging in den Gang zurück, wo er an die Wand gelehnt wartete. Die Treppe zum Achterdeck war höchstens drei Meter entfernt, aber er sah sie kein einziges Mal an. Er wartete. Nicht einmal weinen konnte er.

Er ließ Felipe vorbei und folgte ihm. Sie gingen durch die erste Kabine und den violetten Gang. Als sie die Treppe erreichten, ergriff Felipe das Geländer, drehte sich um und ließ sich nach und nach auf eine der Stufen gleiten.

»Laß mich vorbei«, sagte Raúl, der reglos vor ihm stand.

Felipe schlug die Hände vors Gesicht und begann zu schluchzen. Er wirkte viel jünger, ein großes Kind, das sich weh getan hat und es nicht verbergen kann. Raúl hielt sich am Geländer fest und sprang mit einem Satz auf die oberen Stufen. Verschwommen dachte er an den blauen Adler, als wäre es nötig, an den blauen Adler zu denken, um der Übelkeit zu trotzen, um seine Kabine zu erreichen, ohne sich in den Gängen zu übergeben. Der blaue Adler, ein Symbol. Nichts lag seinen Gedanken ferner als die Treppe zum Heck. Der blaue Adler, aber natürlich, reine Mythologie, herrlich konzentriert in einem der Zeit würdigen *Digest*. Adler und Zeus, aber ja, es konnte gar nicht klarer sein, ein Symbol, der blaue Adler.

H

Noch einmal, vielleicht das letzte Mal, aber wer könnte das sagen; nichts ist hier klar, ahnt Persio, daß die Stunde der Konjunktion das richtige Haus verriegelt, die Puppen mit den richtigen Kleidern bekleidet hat. Mit schweifendem Blick, mühsam atmend, allein in seiner Kabine oder auf Deck sieht er die Puppen sich gegen die Nacht abzeichnen, ihre Perücken aufsetzen, den unterbrochenen Abend fortsetzen. Erfüllung, das Ziel ist erreicht; die dunkelsten Worte fallen wie Tropfen von seinen Augen, zittern einen Moment am Rand seiner Lippen. Er denkt: ›Jorge‹, und eine ungeheure grüne Träne rinnt Millimeter um Millimeter herab, bleibt in den Barthaaren hängen und verwandelt sich zuletzt in ein bitteres Salz, das man in alle Ewigkeit nicht wird ausspeien können. Es interessiert ihn nicht länger, das Heck vorauszusehen, das, was sich auf der anderen Seite auf eine andere Nacht, andere Gesichter, auf eine Willkür von Schottüren öffnet. In einem Augenblick lauer Eitelkeit hielt er sich für vielfältig, für einen Seher, berufen zu Enthüllungen, und die dunkle Gewißheit überkam ihn, daß ein Mittelpunkt existiere, von dem aus sich jedes abweichende Element wie die Speiche eines Rades sehen ließe …

Seltsam, die große Gitarre droben ist verstummt, und die ›Malcolm‹ fährt über ein Meer aus Gummi in einer Luft von Kreide. Und da er nichts mehr vom Heck sieht und sein Wille von Jorges Keuchen geknebelt ist, von der Verzweiflung, die das Gesicht seiner Mutter erfüllt, überläßt er sich einer fast blinden Gegenwart, die kaum für ein paar Meter des Decks und der Reling vor einem sternenlosen Meer taugt. Vielleicht da und deshalb drängt es sich Persio ins Bewußtsein, daß das Heck (auch wenn es niemandem so scheint) in der Tat seine bittere Vision ist, sein ungeduldiges, regloses Vorrücken, seine notwendigste und elendste Aufgabe. Die Affenkäfige, die Löwen, die auf den Decks im Kreis herumlaufen, die

Pampa, auf dem Rücken liegend, das schwindelnde Wachstum der Zistrosen, all dies bricht in die Puppen ein und erfüllt sie, die schon ihre Masken und Perücken aufgesetzt haben; die Figuren des Tanzes, die auf einem beliebigen Schiff die Linien und die Kreise von Picassos Mann mit der Gitarre (der Apollinaire gehörte) wiederholen, und es sind auch die Züge, die auf den portugiesischen Bahnhöfen abfahren und einlaufen, unter so vielen weiteren Millionen gleichzeitiger Dinge, unter so entsetzlich zahllosen Gleichzeitigkeiten und Koinzidenzen und Überschneidungen und Brüchen, daß alles, wenn es nicht der Intelligenz unterworfen wird, in einem kosmischen Tod zusammenbricht; und alles, wenn es der Intelligenz nicht unterworfen wird, heißt absurd, heißt Begriff, heißt Illusion, heißt, den Baum unter Verzicht auf den Wald, den Tropfen Wasser mit dem Rücken zum Meer, die Frau statt der Flucht ins Absolute zu sehen. Aber die Puppen sind schon fertig und tanzen vor Persio; geschniegelt und adrett, einige sind Beamte, die in der Vergangenheit beträchtliche Akten enträtselten, andere tragen die gleichen Namen wie Leute an Bord, und Persio selbst befindet sich darunter, konsequent kahl und sumerisch, Diener des Zikkurat, Korrektor bei Kraft, Freund eines kranken Kindes. Wie sollte er sich nicht in der Stunde erinnern, da alles sich anscheinend gewaltsam auflösen will, da die Hände schon in einer Schublade nach einem Revolver tasten, da jemand mit dem Gesicht nach unten in einer Kabine weint, wie sollte sich Persio, der Gelehrte, nicht der hölzernen Menschen erinnern, dieser jämmerlichen Abkommen der ersten Puppen? Der Tanz auf Deck ist plump, als tanze Gemüse oder mechanisches Spielzeug; das unzulängliche Holz einer abscheulichen und geizigen Schöpfung ächzt und schwankt bei jeder Figur; alles ist aus Holz, die Gesichter, die Masken, die Beine, die Geschlechtsteile, die schweren Herzen, wo nichts sich hält, ohne zu gerinnen und klumpig zu werden, die Eingeweide, die unersättlich die dicksten Substanzen anhäufen, die Hände, die sich an andere Hände klammern, um den schweren Körper aufrecht zu halten, um den Wirbel zu enden. Von Erschöpfung und Verzweiflung gebeugt, einer Hellsichtigkeit müde, die ihm nicht mehr als noch eine Rückkehr und noch einen Sturz gebracht hat, wohnt Persio dem Tanz der Holzpuppen bei, dem ersten Akt des amerikanischen Schicksals. Jetzt werden die unzufriedenen Götter sie verlassen, jetzt werden sich Hunde, Gefäße, ja selbst Mühlsteine gegen die plumpen, verdammten Golems erheben, sie werden über sie herfallen, um sie in Stücke zu zerschmettern, und der Tanz wird sich durch den Tod komplizieren, die Tanzfiguren werden sich mit Zähnen, Haaren und Nägeln füllen; unter dem gleichen teilnahmslosen Himmel werden die unerfüllten Bilder unterliegen, und hier in diesem Jetzt, in dem sich auch Persio bei dem Gedanken an ein krankes Kind und einen trüben Tagesanbruch aufrichtet, wird der Tanz seine stilisierten Figuren fortsetzen, werden Hände manikürt werden, Beine mit Hosen bekleidet, Eingeweide den Geschmack von Foie gras und Muscadet erfahren, werden die geschmeidigen, parfümierten Körper tanzen, ohne zu wissen, daß sie noch immer den Tanz des Holzes tanzen und daß alles noch vor der Rebellion und die amerikanische Welt ein Taschenspielertrick ist, daß darunter aber die Ameisen am Werk sind, die Gürteltiere, das Klima mit seinen feuchten Winden, die Kondore mit verwesten Resten, die Kaziken, die das Volk liebt und begünstigt, die Frauen, die ihr Leben lang in den Hausfluren weben, die Bankangestellten und die Fußballspieler und die stolzen Ingenieure und die Dichter, die sich hartnäckig für bedeutend und tragisch halten, und die traurigen Verfasser trauriger Geschichten und die mit Gleichgültigkeit befleckten Städte. Persio bedeckt seine Augen, in die schon das Heck wie ein Dorn eindringt, und fühlt, wie die vergeblich verleugnete und aufgeputzte Vergangenheit das Jetzt umklammert, das es parodiert wie die Affen die Menschen aus Holz, wie die Menschen aus Fleisch und Blut die Menschen aus Holz parodieren. Alles was geschieht, wird gleichermaßen illusorisch sein, das Eintauchen in die Entfesselung der Geschicke wird sich in einem Überschwang von begünstigten oder niedergekämpften Gefühlen, von ebenso zweifelhaften Niederlagen wie Siegen lösen. Eine unergründliche Vieldeutigkeit, eine unheilbare Unentschiedenheit im Mittelpunkt aller Lösungen selbst: in einer kleinen Welt gleich allen anderen Welten, gleich allen Zügen, allen Gitarrespielern, einem jeden Bug und Heck, in einer kleinen Welt ohne Götter und ohne Menschen tanzen die Puppen im Morgengrauen. Warum weinst du, Persio, warum weinst du, mit derlei Dingen wird manchmal das Feuer entzündet, aus soviel Elend steigt der Gesang empor; wenn die Puppen ihre letzte Handvoll Staub schlucken, vielleicht wird dann ein Mensch geboren. Vielleicht wurde er schon geboren, und du siehst ihn nicht.

DRITTER TAG

XL

»Fünf nach drei«, sagte López.

Der Steward war um Mitternacht schlafen gegangen.

Der *maître* saß hinter der Theke und gähnte von Zeit zu Zeit, aber er hielt Wort. Medranos Mund war bitter von Tabak und der unruhigen Nacht; einmal mehr stand er auf, um in Claudias Kabine vorbeizuschauen.

Im Hintergrund der Bar saß López allein und fragte sich, ob Raúl wohl zu Bett gegangen sei. Merkwürdig, daß Raúl sie in einer solchen Nacht im Stich lassen sollte. Er hatte ihn gesehen, kurz nachdem Jorge in seine Kabine gebracht worden war; etwas blaß und abgespannt hatte er rauchend an der Wand im Steuerbordgang gelehnt, sich jedoch gleich von dem allgemeinen erregten Klima anstecken lassen, welches die Ankunft des Arztes auslöste, und er hatte sich an der Unterhaltung beteiligt, bis Paula aus Claudias Kabine kam und die beiden nach ein paar Worten zusammen fortgegangen waren. All diese Dinge, die López nun zwischen jedem Schluck Kaffee oder Kognak wieder heraufbeschwor, hatten sich seinem Gedächtnis in perverser Deutlichkeit eingeprägt. Raúl, an die Wand gelehnt und rauchend; Paula, die aus der Kabine trat, mit einem Ausdruck (aber wie sollte man noch Paulas wechselnden Ausdruck ergründen, und wie Paula selbst?); und die beiden, die sich ansahen, als seien sie überrascht, sich wieder zu begegnen – Paula überrascht, Raúl fast verärgert –, bis sie sich Richtung Hauptgang auf den Weg gemacht hatten. Danach war López zum Deck hinuntergestiegen, hatte über eine Stunde allein am Bug gestanden und zur Kommandobrücke geschaut, wo sich niemand zeigte. Er rauchte, versunken in ein vages, fast angenehmes Delirium aus Zorn und Demütigung, durch das Paula wie eine Karussellfigur flog, ein ums andere Mal, und jedesmal streckte er den Arm aus, um sie zu schlagen, ließ ihn wieder sinken und begehrte sie, begehrte sie, während er zitternd dort stand, und er wußte, daß er heute nacht nicht in seine Kabine zurückkehren konnte, daß er wachen und bis zur Stumpfheit trinken oder reden mußte, um zu vergessen, daß sie sich einmal mehr geweigert hatte, ihm zu folgen, und daß sie jetzt neben Raúl schlief oder Raúls Bericht über dessen Erlebnisse während der Veranstaltung lauschte; und dann drehte sich das Karussell abermals, und das Bild der nackten

Paula flog in Reichweite seiner Hände vorbei oder Paula in ihrer roten Bluse, bei jeder Umdrehung anders. Paula in ihrem Bikini oder in einem Schlafanzug, den er nie an ihr gesehen hatte, Paula wieder nackt, den Rücken den Sternen zugewandt, Paula singend *Un jour tu verras*, Paula, wie sie freundlich nein sagte und dabei kaum den Kopf schüttelte, nein, nein. Dann war López wieder zur Bar zurückgegangen, um etwas zu trinken, und hatte schon zwei Stunden mit Medrano gewacht.

»Einen Kognak bitte.«

Der *maître* nahm die Flasche Courvoisier vom Regal.

»Für Sie auch einen«, fügte López hinzu. Der *maître* war in Ordnung; er gehörte etwas weniger zum Heck als die anderen Glukiden. »Und noch einen, hier kommt mein Freund.«

Medrano winkte schon von der Tür her ab.

»Wir müssen den Arzt wieder rufen«, sagte er. »Der Junge hat jetzt fast vierzig Fieber.«

Der *maître* ging zum Telefon und wählte die Nummer.

»Trinken Sie trotzdem einen Schluck«, sagte López. »Es ist ein wenig kalt um diese Stunde.«

»Nein, danke, alter Freund.«

Mit bekümmertem Gesicht wandte der *maître* sich zu ihnen um.

»Er fragt, ob er Krämpfe gehabt hat oder sich erbrechen mußte.«

»Nein. Sagen Sie ihm, er soll sofort kommen.«

Der *maître* redete, hörte und redete wieder. Verärgert hängte er den Hörer auf.

»Er kann erst später kommen. Sie sollen die Dosis der Pillen aus dem Röhrchen verdoppeln und in einer Stunde die Temperatur noch einmal messen.«

Medrano lief zum Telefon. Er wußte, daß die Nummer fünf-sechs war. Er wählte, während sich López auf die Theke stützte und wartete, ohne den *maître* aus den Augen zu lassen. Medrano wählte die Nummer ein zweites Mal.

»Es tut mir so leid, mein Herr«, sagte der *maître*. »Es ist immer das gleiche, sie lassen sich nicht gern so spät stören. Es kommt das Besetztzeichen, nicht wahr?«

Medrano und López sahen einander an, ohne ihm zu antworten. Zusammen verließen sie die Bar, und jeder ging in seine Kabine. Während López den Revolver lud und sich die Taschen mit Patronen vollstopfte, entdeckte er sich im Spiegel und fand sich lächerlich. Aber alles war besser, als an Schlaf zu denken. Für alle Fälle zog er eine dunkle Stoffjacke an und steckte eine Extrapackung Zigaretten ein. Draußen erwartete ihn Medrano in einer Windjacke, die ihm ein sportliches Aussehen verlieh. Neben ihm stand Atilio Presutti – ein Bild des Staunens mit wirrem Haar – und blinzelte verschlafen.

»Ich habe unseren Freund verständigt, denn je mehr wir sind, desto größer ist unsere Chance, die Funkkabine zu erreichen«, sagte Medrano. »Holen Sie Raúl, und er soll den Colt mitbringen.«

»Und ich habe meine Flinte daheim gelassen«, jammerte Pelusa. »Wenn ich das gewußt hätte!«

»Warten Sie hier auf die anderen«, sagte Medrano. »Ich bin gleich wieder zurück.«

Er betrat Claudias Kabine. Jorge atmete mühsam, und ein blauer Schatten lag um seinen Mund. Es gab nicht viel zu sagen. Sie bereiteten Jorges Arznei vor und erreichten, daß er sie schluckte. Als erkenne er auf einmal seine Mutter, schlang er die Arme um sie, weinte und hustete. Seine Brust täte ihm weh, seine Beine täten ihm weh, etwas Komisches sei in seinem Mund.

»Das ist alles bald vorbei, Leoncito«, sagte Medrano, indem er sich neben das Bett kniete und Jorges Kopf streichelte, bis er es erreichte, daß der Junge Claudia losließ und sich wieder hinlegte, mit einem Klagelaut und vor sich hin brummelnd.

»Es tut weh«, sagte er zu Medrano. »Warum gibst du mir nichts, damit ich gleich wieder gesund bin?«

»Du hast es eben genommen. Jetzt wird es so sein: In einem Weilchen schläfst du ein und träumst vom Achtfüßler oder was du sonst am liebsten magst, und gegen neun wachst du auf, und es geht dir viel besser, und ich komme, dir Geschichten erzählen.«

Jorge war ruhiger geworden und schloß die Augen. Erst da fühlte Medrano, daß seine rechte Hand fest die von Claudia drückte. Er rührte sich nicht und sah Jorge an, damit er seine beruhigende Gegenwart spüre. Noch immer hielt er Claudias Hand fest. Als Jorge leichter atmete, stand er langsam auf. Er zog Claudia bis zur Kabinentür.

»Ich muß eine Weile fort. Aber ich komme wieder und werde Ihnen Gesellschaft leisten, solange Sie wollen.«

»Bleiben Sie jetzt«, sagte Claudia.

»Ich kann nicht. Es ist absurd, aber López erwartet mich. Machen Sie sich keine Sorgen, ich bin bald wieder zurück.«
Claudia seufzte, und plötzlich lehnte sie sich gegen ihn. Ihr Kopf war sehr warm an seiner Schulter.
»Machen Sie keine Dummheiten, Gabriel. Bitte, machen Sie keine Dummheiten.«
»Nein, Liebes«, sagte Medrano ganz leise. »Versprochen!«
Er berührte ihr Haar mit einem Kuß. Mit der Hand zeichnete er etwas auf Claudias nasse Wange.
»Ich bin gleich wieder da«, sagte er noch einmal, während er sich behutsam von ihr losmachte. Er öffnete die Tür und ging hinaus.
Der Korridor kam ihm verschwommen vor, bis er die Silhouette von Atilio erkannte, der Wache hielt. Ohne zu wissen weshalb, sah er auf seine Uhr. Es war drei Uhr zwanzig, am dritten Tag der Reise.

Hinter Raúl erschien Paula in einem roten Morgenrock. Raúl und López liefen, als wollten sie ihr entkommen, doch das war nicht so einfach.
»Was habt ihr nun eigentlich vor?« fragte sie und sah Medrano an.
»Den Arzt beim Ohr hierherzuschleppen und nach Buenos Aires zu telegrafieren«, sagte Medrano ein wenig ärgerlich. »Warum gehen Sie nicht schlafen, Paulita?«
»Schlafen, schlafen, diese beiden da raten mir schon die ganze Zeit dasselbe. Ich bin nicht müde, ich möchte helfen, so gut ich kann.«
»Dann leisten Sie Claudia Gesellschaft.«
Aber Paula wollte Claudia nicht Gesellschaft leisten. Sie wandte sich Raúl zu und blickte ihn unverwandt an. López hatte sich abgesondert, als wolle er nichts damit zu tun haben. Es war ihm schon schwer genug gefallen, zu ihrer Kabine zu gehen und zu klopfen, Raúls »herein« zu hören und die beiden mitten in einer Diskussion zu finden, von der die Zigarettenstummel und die leeren Gläser beredtes Zeugnis ablegten. Raúl war sofort bereit gewesen, sich der Expedition anzuschließen, aber Paula schien wütend, weil López ihn wegholte, weil sie beide gingen und sie allein ließen, isoliert bei den Frauen und den Alten. Schließlich hatte sie erzürnt gefragt, was für eine neue Idiotie sie anstellen wollten, aber López hatte nur mit den Achseln gezuckt und gewartet, bis Raúl einen Pullover angezogen und seine Pistole eingesteckt hatte. All dies tat Raúl abwesend, als wäre er sein eigenes Spiegelbild. Aber wieder trug sein Gesicht

den spöttischen Ausdruck eines Menschen, der entschlossen ist, alles in einem Spiel zu wagen, das ihm im Grunde wenig bedeutet.

Eine Kabinentür flog auf, und Herr Trejo erschien in einem grauen Regenmantel, unter dem sein blauer Schlafanzug unpassend wirkte.

»Ich habe schon geschlafen, aber als ich Stimmen hörte, dachte ich, dem Jungen ginge es vielleicht noch immer schlecht«, sagte Herr Trejo.

»Er hat ziemlich hohes Fieber, und wir gehen den Arzt holen«, sagte López.

»Ihn holen? Aber es wundert mich, daß er nicht von selbst kommt.«

»Mich auch, aber wir werden ihn holen müssen.«

»Ich nehme an«, sagte Herr Trejo und senkte den Blick, »Sie haben kein weiteres Symptom festgestellt, daß ...«

»Nein, aber dennoch haben wir keine Zeit zu verlieren. Gehen wir?«

»Gehen wir!« sagte Pelusa, dem die Weigerung des Arztes endlich ins Gehirn gedrungen war und dort immer düsterere Resultate zeitigte.

Herr Trejo wollte noch etwas sagen, aber sie schoben sich an ihm vorbei und gingen weiter. Nicht weit allerdings, denn schon öffnete sich die Tür von Nummer neun, und Don Galo erschien in einer Art Talar, neben sich den Chauffeur. Mit einem Blick erfaßte Don Galo die Situation und hob beschwörend die Hand. Er riet seinen lieben Freunden, in dieser morgendlichen Stunde nicht die Ruhe zu verlieren. Als man ihn davon unterrichtet hatte, was am Telefon vorgefallen war, bestand er darauf, daß im Augenblick die Anweisungen des Heilkundigen genügen sollten, da der Mediziner andernfalls doch persönlich gekommen wäre, um nach dem Jungen zu schauen, ganz zu schweigen von ...«

»Wir verlieren Zeit«, sagte Medrano. »Gehen wir!«

Er schlug den Weg zum Hauptgang ein, und Raúl blieb neben ihm. Hinter sich hörten sie die erregte Unterhaltung zwischen Herrn Trejo und Don Galo.

»Sie wollen durch die Kabine des Stewards hinunter, nicht?«

»Ja, vielleicht haben wir diesmal mehr Glück.«

»Ich kenne einen besseren und kürzeren Weg«, sagte Raúl. »Erin-

nern Sie sich, López? Wir werden Orf und seinen tätowierten Freund besuchen.«
»Natürlich«, sagte López. »Es ist kürzer, obwohl ich nicht weiß, ob wir so zum Heck gelangen. Versuchen wir es jedenfalls.«
Als sie in den Hauptgang einbogen, sahen sie Dr. Restelli und Lucio, vom Lärm der Stimmen angelockt, aus dem Steuerbordgang kommen. Dr. Restelli brauchte nicht lange, um zu begreifen, was sich hier abspielte. Indem er den Zeigefinger mit der für bedeutende Anlässe reservierten Geste hob, vertrat er ihnen, einen Schritt vor der Tür nach unten, den Weg. Durcheinander schnatternd und aufgeregt schlossen sich ihm Herr Trejo und Don Galo an. Offensichtlich sei die Lage unerfreulich, wenn sich, wie der junge Presutti versicherte, der Arzt zu erscheinen geweigert habe; dennoch sei es erforderlich, daß Medrano, Costa und López einsähen, daß sie nicht sämtliche Passagiere den logischen Folgen solch einer aggressiven Handlung aussetzen könnten, wie sie die ja wohl planten. Wenn unglücklicherweise, wie gewisse Anzeichen vermuten ließen, ein Fall von Typhus 224 auf dem Passagierdeck aufgetreten sein sollte, dann wäre das einzig Vernünftige, sich an die Offiziere zu wenden (wofür es verschiedene Möglichkeiten gäbe, wie den *maître* und das Telefon), damit der liebe kranke Junge unverzüglich zur Isolierstation auf dem Heck gebracht werde, wo Kapitän Smith und die anderen Patienten an Bord behandelt würden. Aber dergleichen erreiche man gewiß nicht mit Drohungen wie denen, die bereits heute früh ausgestoßen worden seien, und...
»Halten Sie den Mund, Doktor«, sagte López. »Es tut mir sehr leid, aber ich habe genug vom Nachgeben.«
»Aber lieber Freund!«
»Keine Gewalttätigkeiten!« kreischte Don Galo, unterstützt von Herrn Trejos entrüsteten Ausrufen. Lucio hielt sich sehr blaß im Hintergrund und schwieg.
Medrano öffnete die Tür und stieg hinunter. Raúl und López folgten ihm.
»Schluß mit dem Gegacker, ihr Federvieh«, sagte Pelusa, indem er die Friedenspartei mit der Miene tiefster Verachtung musterte. Er ging zwei Stufen hinunter und schlug ihnen die Tür vor der Nase zu. »Was für ein Haufen Schwachköpfe, *mama mía*. Dem Kleinen geht es dreckig, und dieses Pack kommt uns mit einem Waffen-

stillstand. Kleinholz möchte ich aus ihnen machen, ja, Kleinholz.«
»Ich habe so den Verdacht, daß Sie dazu noch Gelegenheit haben werden«, sagte López. »Na dann, Presutti, hier müssen wir aufpassen. Wenn Sie irgendwo einen Schraubenschlüssel entdecken, den Sie als Keule benutzen können, dann greifen Sie zu!«
Er blickte zu der linken Kabine hinüber; sie war dunkel, aber offensichtlich leer. Sie drückten sich an die Seite, dann stießen sie die rechte Tür auf. López erkannte Orf, der auf einer Bank saß. Die beiden Finnen, die immer an Bug beschäftigt gewesen waren, standen neben dem Grammophon und legten gerade eine Platte auf; Raúl, der unmittelbar hinter López hereinkam, dachte ironisch, es müsse wohl die Ivor-Novello-Platte sein. Erstaunt richtete sich einer der Finnen auf und kam mit leicht ausgebreiteten Armen auf sie zu, als wolle er um eine Erklärung bitten. Orf hatte sich nicht gerührt, sondern beobachtete sie fassungslos und verblüfft.
In dem Schweigen, das länger zu dauern schien, als normal gewesen wäre, sahen sie die hintere Tür aufgehen. López war nur noch einen Schritt von dem Finnen entfernt, dessen Arme noch immer ausgebreitet waren, als wolle er gleich jemanden umarmen, doch als López den Glukiden erblickte, der sich im Türrahmen abzeichnete und sie überrascht anstarrte, machte er noch einen Schritt vorwärts und bedeutete gleichzeitig mit einer Handbewegung dem Finnen, er solle zur Seite treten. Dieser wich leichtfüßig aus und versetzte ihm im gleichen Augenblick einen Kinnhaken und dann einen Schlag in die Magengrube. Als López wie ein nasser Sack zu Boden ging, traf ihn der Finne noch einmal mitten ins Gesicht. Raúls Colt erschien eine Sekunde vor Medranos Revolver, aber sie brauchten nicht zu schießen. Mit einem vollkommenen Sinn für den richtigen Augenblick war Pelusa mit zwei Sätzen neben dem Glukiden, stieß ihn in die Kajüte und schloß die Tür mit einem knappen Fußtritt. Orf und die beiden Finnen hoben die Hände, als wollten sie sich an die Decke hängen.
Pelusa beugte sich über López, hob seinen Kopf hoch und massierte seinen Hals mit beängstigender Heftigkeit. Dann löste er ihm den Gürtel und machte eine Art künstlicher Beatmung.
»Der Hurensohn hat ihn in die Magengrube geschlagen. Dir

schlage ich die Fresse ein, du Scheißkerl! Warte, bis ich dich allein erwische, ich werd' dir den Schädel einschlagen, du hinterhältiges Schwein! Wie der zu Boden gegangen ist, *mama mía*!«
Medrano bückte sich und nahm den Revolver aus der Tasche von López, der anfing, sich zu rühren und zu blinzeln.
»Nehmen Sie das fürs erste«, sagte er zu Atilio. »Wie geht's, alter Junge?«
López grunzte etwas Unverständliches und tastete unsicher nach einem Taschentuch.
»Wir werden die hier alle auf unsere Seite schaffen müssen«, sagte Raúl, der sich auf eine Bank gesetzt hatte und das zweifelhafte Vergnügen genoß, vier müde werdende Männer mit erhobenen Händen in Schach zu halten. Als López aufstand und Raúl seine Nase sah, das Blut, das ihm über den Hals lief, da dachte er, daß Paula ganz schön zu tun haben würde. ›Wo sie so gerne Krankenschwester spielt‹, dachte er belustigt.
»Ja, das Ärgerliche ist, daß wir nicht weiterkönnen und sie hier frei in unserem Rücken zurücklassen«, sagte Medrano. »Atilio, was halten Sie davon, wenn Sie diese Burschen zum Bug treiben und in einer von den Kabinen einsperren würden?«
»Lassen Sie mich nur machen«, sagte Pelusa und fuchtelte mit dem Revolver herum. »Mach, daß du rauskommst, du Penner. Ihr auch. Paßt gut auf, dem ersten, der irgendwelche Faxen macht, dem knall ich ein Stück Blei in die Birne. Aber Sie warten auf mich, nicht? Sie werden nicht ohne mich gehen?«
Besorgt betrachtete Medrano López, der sehr blaß aufgestanden war und taumelte. Er fragte ihn, ob er nicht mit Atilio gehen und sich ein wenig ausruhen wolle, aber López sah ihn wütend an.
»Es ist nichts«, murmelte er, indem er sich mit der Hand über den Mund fuhr. »Ich bleibe, machen Sie sich keine Sorgen. Langsam bekomme ich wieder Luft. Verdammter Mist.«
Er wurde weiß und sackte wieder zusammen, wobei er gegen Pelusa fiel, der ihn auffing. Da war nichts zu machen, und Medrano beschloß zu handeln. Sie brachten den Glukiden und die Lipiden auf den Gang hinaus, ließen Pelusa den fluchenden López mehr tragen als stützen und liefen so schnell wie möglich durch den Gang zurück. Bei der Rückkehr würden sie wahrscheinlich Verstärkung und vielleicht bewaffnete Männer antreffen, aber einen anderen Ausweg gab es nicht.

Das Auftauchen des blutenden López, dem ein Offizier und drei Matrosen der ›Malcolm‹ mit erhobenen Händen folgten, war für Lucio und Herrn Trejo, die sich noch immer in der Nähe der Tür unterhielten, nicht gerade ein erbauliches Schauspiel. Auf den Schrei, der Herrn Trejo entfuhr, antworteten die eiligen Schritte von Dr. Restelli und Paula, gefolgt von Don Galo, der sich die Haare raufte, wie Raúl es nur im Theater gesehen hatte. Er amüsierte sich immer mehr, reihte die ersten Gefangenen an der Wand auf und bedeutete Pelusa, er solle López in seine Kabine bringen. Medrano wies das Geschrei, die Fragen und Ermahnungen, die auf ihn niederprasselten, mit einer Geste zurück.
»Los, zur Bar«, befahl Raúl den Gefangenen. Er ließ sie hinaus auf den Steuerbordgang gehen, wo sie sich mühsam zwischen Don Galos Stuhl und der Wand durchzwängen mußten. Medrano folgte am Schluß und versuchte die ganze Prozedur möglichst zu beschleunigen, und als Don Galo, am Ende seiner Geduld, ihn am Arm packte und schrie, er-werde-nicht-zulassen-daß, beschloß er, das einzig Mögliche zu tun.
»Alle nach oben«, befahl er. »Wenn es Ihnen nicht paßt, müssen Sie sich eben gedulden.«
Begeistert ergriff Pelusa auf der Stelle Don Galos Stuhl und stieß ihn vorwärts, obwohl sich Don Galo an die Speichen klammerte und mit aller Kraft die Bremse zog.
»Los, lassen Sie den Herrn in Ruhe«, rief Lucio und trat dazwischen. »Sind Sie denn alle übergeschnappt?«
Pelusa ließ den Stuhl los, packte Lucio genau an der Mitte seiner Schlafanzugjacke und schleuderte ihn wuchtig gegen die Wand. Herausfordernd baumelte der Revolver in seiner anderen Hand.
»Geh schon, du Waschlappen«, sagte Pelusa. »Sonst muß ich dir noch mit ein paar Backpfeifen die Frisur ruinieren.«
Lucio öffnete den Mund und schloß ihn wieder. Dr. Restelli und Herr Trejo waren versteinert, und es kostete Pelusa einige Mühe, sie in Bewegung zu setzen. Am Fuß der Treppe zur Bar warteten Raúl und Medrano.
Sie reihten alle an der Theke auf, schlossen die Tür zur Bibliothek ab, und Raúl riß die Telefonleitung aus der Wand. Bleich und in der demütigsten Weise die Hände ringend, hatte der *maître* die Schlüssel ohne Widerstand ausgeliefert. Wieder hasteten sie durch den Gang und die Treppe hinunter.

»Der Astronom, Felipe und der Chauffeur fehlen noch«, sagte Pelusa und blieb abrupt stehen. »Sollen wir sie auch einschließen?«
»Nicht nötig«, sagte Medrano. »Die machen kein Geschrei.«
Ohne allzu große Vorsicht öffneten sie die Tür der Kajüte. Sie war leer und wirkte mit einem Mal viel größer. Medrano blickte nach der hinteren Tür.
»Sie führt auf einen Gang«, sagte Raúl mit ausdrucksloser Stimme. »Am Ende ist die Treppe, die zum Heck hinaufgeht. Vor der linken Kajüte müssen wir uns in acht nehmen.«
»Aber waren Sie denn schon hier?« fragte Pelusa verblüfft.
»Ja.«
»Sie waren hier und sind nicht zum Heck hinaufgegangen?«
»Nein, ich bin nicht zum Heck hinaufgegangen«, sagte Raúl.
Pelusa betrachtete ihn mißtrauisch, aber da er ihn mochte, kam er zu dem Schluß, er müsse durch die ganzen Geschehnisse etwas durcheinander sein. Ohne Kommentar löschte Medrano die Lichter, und nachdem sie vorsichtig die Tür geöffnet hatten, zielten sie blind in die Dunkelheit. Fast unmittelbar darauf gewahrten sie den Schimmer des kupfernen Treppengeländers.

»Mein armer, armer, kleiner Pirat«, sagte Paula. »Komm und laß Mama dir ein bißchen Watte in die Nase stecken.«
López ließ sich auf den Rand seines Bettes fallen; er fühlte, wie die Luft sehr langsam in seine Lungen strömte. Paula, die entsetzt den Revolver angestarrt hatte, den Pelusa ganz fest in seiner Linken hielt, war ausgesprochen erleichtert gewesen, als er die Kabine wieder verließ. Dann zwang sie den totenblassen López, sich auf dem Bett auszustrecken. Sie ging ein Handtuch anfeuchten und begann, ihm ganz vorsichtig das Gesicht zu waschen. Noch immer fluchte López leise vor sich hin, aber sie fuhr fort, ihn zu säubern und zugleich auszuschelten.
»Zieh jetzt diese Jacke aus und leg dich richtig ins Bett. Du brauchst ein wenig Ruhe.«
»Nein, mir geht es schon wieder gut«, sagte López. »Meinst du, ich lasse die Jungs im Stich, gerade jetzt, wo ...«
Als er aufzustehen versuchte, drehte sich mit einem Mal alles; Paula stützte ihn und erreichte diesmal, daß er sich auf den Rücken legte. Im Schrank war eine Decke, die sie, so gut es ging, über ihn

breitete. Blind tasteten ihre Hände unter der Decke, bis sie die Schnürsenkel fanden und lösten. López beobachtete sie mit halb geschlossenen Augen wie aus weiter Ferne. Noch war seine Nase nicht geschwollen, aber er hatte einen violetten Fleck unter dem einen Auge und einen fürchterlichen Bluterguß am Kinn.

»Das steht dir hervorragend«, sagte Paula und kniete sich nieder, um ihm die Schuhe auszuziehen. »Jetzt bist du wirklich mein Jamaica John, mein beinahe unbesiegter Held.«

»Tu mir etwas da hin«, murmelte López und deutete auf seinen Magen. »Ich kann nicht atmen, Teufel, ist mir flau. Von den paar Treffern...«

»Aber bestimmt hast du es ihm heimgezahlt«, sagte Paula, während sie ein weiteres Handtuch suchte und heißes Wasser laufen ließ. »Hast du keinen Alkohol mitgebracht? Ah, doch, da ist ja eine Flasche. Mach die Hose auf, wenn du kannst... Warte, ich helf dir die Jacke ausziehen; man könnte meinen, sie wäre aus Asbest. Kannst du dich ein bißchen aufrichten? Wenn nicht, dreh dich um, und wir ziehen sie ganz langsam aus.«

López ließ sie machen, während er die ganze Zeit an seine Freunde dachte. Es war doch nicht möglich, daß er wegen eines lausigen Lipiden außer Gefecht sein sollte. Er schloß die Augen und spürte, wie Paulas Hände über seine Arme streiften, ihm die Jacke auszogen, dann den Gürtel lösten, das Hemd aufknöpften und etwas Warmes auf die Haut legten. Ein- oder zweimal lächelte er, weil Paulas Haar ihn im Gesicht kitzelte. Ganz vorsichtig wechselte sie wieder die Watte in seiner Nase. Ohne es zu wollen, ohne zu überlegen, hob López ihr seine Lippen entgegen. Leicht und flüchtig fühlte er Paulas Mund auf dem seinen, den Kuß einer Krankenschwester. Mühsam atmend legte er die Arme um sie und küßte sie, biß zu, bis sie stöhnte.

»Verräter«, sagte Paula, als es ihr gelang, sich freizumachen. »Schurke! Was für ein komischer Patient bist du eigentlich?«

»Paula.«

»Halten Sie den Mund. Kommen Sie mir nicht mit Geschmuse, nur weil Sie eine Tracht Prügel bezogen haben. Noch vor einer halben Stunde warst du ein Eisschrank, neuestes Modell.«

»Und du«, murmelte López, während er versuchte, sie wieder an sich zu ziehen. »Und du ganz schrecklich. Wie kannst du sagen...«

»Du wirst mich ganz voll Blut machen«, sagte Paula unerbittlich. »Sei folgsam, mein schwarzer Korsar. Du bist weder angezogen noch ausgezogen, weder im Bett noch aus dem Bett... Ich mag zweideutige Situationen nicht, weißt du? Bist du nun mein Patient oder nicht? Warte, ich wechsle dir wieder das Tuch auf dem Magen. Kann ich hinsehen, ohne mein natürliches Schamgefühl zu verletzen? Ja, ich kann. Wo ist der Schlüssel zu deiner herrlichen Kabine?«

Sie deckte ihn bis zum Hals zu und machte die Tücher wieder naß. López wühlte in seinen Hosentaschen herum und gab ihr den Schlüssel. Er sah alles ein wenig verschwommen, aber klar genug, um zu bemerken, daß Paula lachte.

»Wenn du dich sehen könntest, Jamaica John... Ein Auge ist schon völlig zu, und das andere sieht mich mit einem Ausdruck an... Aber das wird dir guttun, warte...«

Sie schloß die Tür ab und kam mit einem Handtuch zurück, das sie auswrang. So, ja so. Alles war gut. Langsamer, ein bißchen Watte in die Nase, die immer noch blutete. Überall war Blut, das Kissen sah fürchterlich aus und die Decke und das weiße Hemd, das sich López vom Leib riß. ›Was werde ich waschen müssen‹, dachte sie resigniert. ›Aber eine gute Krankenschwester...‹ Ruhig ließ sie sich umarmen und gab den Händen nach, die sie heranzogen, gegen seinen Körper drückten und über sie hinglitten. Und mit weit geöffneten Augen fühlte sie das alte Fieber erwachen, das gleiche alte Fieber, das die gleichen alten Lippen abwechselnd entflammen und lindern würden, Stunden hindurch, die wie die alten Stunden unter den alten Göttern begannen, um Teil der Vergangenheit zu werden. Und es war so wundervoll und so nutzlos.

XLI

»Lassen Sie mich vorgehen, ich kenne diesen Teil gut.«

Geduckt und dicht an die linke Wand gedrückt, folgten sie Raúl im Gänsemarsch bis zur Tür der Kabine. ›Er wird noch mitten im Erbrochenen schnarchen‹, dachte Raúl. ›Wenn er dort ist und uns angreift, werde ich ihn dann niederschießen? Und werde ich das tun, weil er uns angreift?‹ Behutsam öffnete er die Tür und tastete nach dem Lichtschalter. Er machte das Licht an und wieder aus; er

allein konnte die gramvolle Erleichterung ermessen, niemanden hier gesehen zu haben.
Als wäre sein Kommando genau an diesem Punkt beendet, ließ er Medrano als ersten die Treppe hinaufgehen. Beinahe über die Stufen kriechend, erreichten sie dicht hinter ihm die Dunkelheit eines überdachten Decks. Man konnte nicht weiter als einen Meter sehen, und zwischen dem Himmel und dem Dunkel des Hecks gab es kaum eine Abstufung. Medrano wartete einen Augenblick.
»Man sieht überhaupt nichts. Wir werden uns irgendwo hinhokken müssen, bis es hell wird. Wenn wir einfach so weitermachen, knallen sie uns nach Belieben ab.«
»Da ist eine Tür«, sagte Pelusa. »Herr im Himmel, ist das vielleicht finster!«
Sie schlüpften aus der Luke, und mit zwei Sätzen hatten sie die Tür erreicht. Sie war abgeschlossen, aber Raúl klopfte Medrano auf die Schulter und wies auf eine zweite, die etwa zwei Meter weiter lag. Pelusa erreichte sie als erster, riß sie mit einem Ruck auf und duckte sich zu Boden. Die anderen warteten eine Sekunde, ehe sie ihm folgten; ohne jedes Geräusch schloß sich die Tür hinter ihnen. Reglos lauschten sie. Kein Atemzug war zu vernehmen, ein Geruch nach poliertem Holz erinnerte sie an die Kabinen vom Bug. Vorsichtig einen Fuß vor den anderen setzend, bewegte sich Medrano zu dem kleinen Fenster und zog den Vorhang zu. Er riß ein Streichholz an und blies es zwischen den Fingern aus; die Kabine war leer.
Der Schlüssel steckte auf der Innenseite der Tür. Sie schlossen ab und setzten sich auf den Boden, um zu rauchen und zu warten. Bis es dämmerte, konnten sie nichts unternehmen. Atilio war besorgt, er wollte wissen, ob Medrano oder Raúl einen Plan hätten. Aber sie hatten keinen, sie würden einfach warten, bis es hell genug wäre, das Heck auszumachen, und dann irgendwie zum Funkraum vordringen.
»Super«, sagte Pelusa.
Im Dunkeln lächelten Medrano und Raúl. Sie rauchten schweigend, bis Atilios Atmen lauter wurde. Schulter an Schulter steckten sie sich eine neue Zigarette an.
»Mir macht nur Sorge, daß einer der Glukiden zum Bug gehen und entdecken könnte, daß wir einen seiner Kollegen und ein paar Lipiden dort eingesperrt haben.«

»Nicht sehr wahrscheinlich«, sagte Medrano. »Wenn sie sich bis jetzt nicht gezeigt haben, obwohl wir laut genug nach ihnen gerufen haben, ist es unwahrscheinlich, daß sie ihre Gewohnheiten so rasch ändern werden. Mehr Angst habe ich um López; er bringt es fertig und fühlt sich verpflichtet, wieder zu uns zu stoßen, und er ist unbewaffnet.«
»Das wäre ein Jammer«, sagte Raúl. »Aber ich glaube nicht, daß er kommt.«
»Ah.«
»Mein lieber Medrano, Ihre Diskretion ist wundervoll. Ein Mann, der fähig ist, ›Ah‹ zu sagen, statt nach den Gründen für meine Meinung zu fragen ...«
»Ich kann sie mir eigentlich denken.«
»Natürlich«, sagte Raúl. »Jedenfalls glaube ich, daß ich die Frage vorgezogen hätte. Es muß an der Stunde liegen oder an der nach Esche duftenden Dunkelheit oder an der Aussicht, daß man uns vielleicht bald den Schädel einschlägt ... Nicht daß ich sonderlich sentimental wäre oder sehr zu Vertraulichkeiten neigte, aber es wäre mir nicht unangenehm, Ihnen zu sagen, was mir das bedeutet.«
»Dann erzählen Sie es mir. Aber leise.«
Raúl schwieg eine Weile.
»Wie gewöhnlich suche ich einen Zeugen, nehme ich an. Für alle Fälle, natürlich; es könnte mir ja durchaus etwas Unangenehmes zustoßen. Eher noch einen Boten, jemanden, der Paula sagen könnte ... Hier liegt die Schwierigkeit. Was soll er ihr sagen? Mögen Sie Paula gern?«
»Ja, sehr«, sagte Medrano. »Es tut mir leid, daß sie nicht glücklich ist.«
»Dann freuen Sie sich«, sagte Raúl. »Auch wenn Ihnen das aus meinem Munde seltsam klingen mag, ich bin sicher, daß Paula in dieser Stunde so glücklich ist, wie sie es in diesem Leben überhaupt sein kann. Und das müßte ihr der Bote notfalls als Ausdruck aller guten Wünsche wiederholen. *To Althea going to the wars*«, fügte er wie für sich selbst hinzu.
Medrano sagte nichts, und sie saßen da und lauschten eine Weile dem Stampfen der Maschinen und einem Plätschern, das von fern her an ihre Ohren drang. Raúl seufzte müde.
»Ich freue mich, Ihre Bekanntschaft gemacht zu haben«, sagte er.

»Wir haben wohl nicht viel gemeinsam, außer unserer Vorliebe für den Kognak an Bord. Und dennoch sind wir hier zusammen, ohne daß man so recht wüßte, weshalb.«
»Wegen Jorge, denke ich«, sagte Medrano.
»Oh, Jorge ... Hinter Jorge steht so vieles.«
»Das stimmt. Als einziger ist vielleicht Atilio wirklich wegen Jorge hier.«
»Right you are.«
Medrano streckte die Hand aus und schob den Vorhang ein wenig beiseite. Das erste bleiche Licht zeigte sich am Himmel. Er fragte sich, ob all das für Raúl irgendeinen Sinn haben mochte. Sorgsam drückte er den Zigarettenstummel am Boden aus und blickte weiter auf den blassen, gräulichen Streifen am Himmel. Sie würden Atilio wecken müssen, sich langsam für den Aufbruch rüsten. »Hinter Jorge steht so vieles«, hatte Raúl gesagt. So vieles, aber so unbestimmt, so verworren. War es für alle das gleiche wie für ihn, über den unvermittelt ein Schwall von Erinnerungen, von plötzlichen Abschweifungen in alle möglichen Richtungen hereinbrach? Die Form von Claudias Hand, Claudias Stimme, die Suche nach einem Ausweg ... Nach und nach wurde es draußen heller, und er wünschte, seine Angst werde mit dem heraufdämmernden Tag schwinden, aber nichts war gewiß, nichts war versprochen. Er wollte gern zu Claudia zurückkehren, ihr lange in die Augen blikken und dort nach einer Antwort suchen. Denn das wußte er, dessen war er sich zumindest sicher: Claudia besaß die Antwort, auch wenn sie selbst es nicht wußte, auch wenn sie sich genauso zum Fragen verurteilt glaubte. Und so konnte jemand, selbst wenn er durch ein unerfülltes Leben befleckt war, zu seiner Stunde Erfüllung gewähren, einen Weg aufzeigen. Aber sie war nicht an seiner Seite, die Dunkelheit der Kabine und der Tabakrauch waren selbst Gegenstand seiner Verunsicherung. Wie sollte er endlich Ordnung in alles bringen, was er vor der Abreise für so geordnet gehalten hatte, wie eine Perspektive schaffen, in der Bettinas tränenüberströmtes Gesicht nicht länger möglich wäre, wie den Mittelpunkt erreichen, von wo aus jedes widersprüchliche Element als eine Speiche des Rades erkennbar würde? Sich selbst laufen sehen und wissen, daß ein Sinn darin liegt; lieben und wissen, daß in seiner Zärtlichkeit ein Sinn liegt, fliehen und wissen, daß die Flucht nicht nur ein weiterer Betrug ist. Er wußte nicht, ob er

Claudia liebte; er wäre nur einfach gerne bei ihr und bei Jorge gewesen, hätte gerne Jorge gerettet, damit Claudia León vergeben würde. Ja, damit Claudia León vergeben würde oder aufhörte, ihn zu lieben, oder ihn noch mehr liebte. Es war absurd, aber wahr: damit Claudia León vergeben könnte, bevor sie ihm vergäbe, bevor Bettina ihm vergäbe, bevor er sich wieder Claudia und Jorge nähern könnte, um ihnen die Hand zu reichen und glücklich zu sein.

Raúl legte ihm die Hand auf die Schulter. Hastig standen sie auf, nachdem sie Atilio wachgerüttelt hatten. Auf dem Deck hörten sie Schritte. Medrano drehte den Schlüssel im Schloß und öffnete die Tür einen Spalt. Mit der Mütze in der Hand kam ein beleibter Glukide über das Deck. Die Mütze wippte neben seinem rechten Bein hin und her, plötzlich hielt sie inne, begann emporzusteigen, vorbei am Kopf und noch höher hinauf.

»Los, hier rein, und zwar dalli«, befahl Pelusa, der beauftragt war, ihn in die Kabine zu bringen. »Was für ein Fettsack, *mama mía*. Was die sich auf diesem Schiff zusammenfressen ...«

Raúl befragte ihn schnell auf englisch, und der Glukide antwortete in einer Mischung aus Englisch und Spanisch. Sein Mund zitterte, vermutlich waren noch nie drei Revolver so nah auf seinen Magen gerichtet gewesen. Er begriff sofort, worum es sich handelte, und nickte zustimmend. Nachdem sie ihn durchsucht hatten, ließen sie ihn die Hände herunternehmen.

»Es ist folgendermaßen«, erklärte Raúl, »wir müssen den Weg nehmen, auf dem er sich gerade befand, noch eine Treppe höher steigen, und gleich um die Ecke ist dann der Funkraum. Die ganze Nacht über ist dort ein Typ, aber anscheinend unbewaffnet.«

»Soll das ein Scherz sein, irgendeine Wette oder was?« fragte der Glukide.

»Maul halten, oder du wirst Fischfutter«, drohte Pelusa und stieß ihm den Revolver in die Rippen.

»Ich werde mit ihm gehen«, sagte Medrano. »Wenn wir uns beeilen, sehen sie uns vielleicht nicht. Es ist besser, Sie bleiben hier. Wenn Sie Schüsse hören, kommen Sie herauf.«

»Wir gehen alle drei«, sagte Raúl »Warum sollen wir dableiben?«

»Weil vier zu viele sind; man wird uns sofort entdecken. Geben Sie mir Rückendeckung, obwohl ich nicht glaube, daß diese Bur-

schen...« Er brach ab, ohne den Satz zu beenden, und sah den Glukiden an.
»Sie sind alle wahnsinnig geworden«, sagte der Glukide.
Verwirrt, aber gehorsam öffnete Pelusa die Tür einen Spalt und vergewisserte sich, daß niemand draußen war. Ein aschgraues Licht ließ das Deck wie feucht schimmern. Medrano steckte den Revolver in die Hosentasche und richtete ihn auf die Beine des Glukiden. Raúl wollte ihm noch etwas sagen, schwieg dann aber. Sie sahen die beiden hinausgehen und die Treppe emporsteigen. Atilio, der keineswegs zufrieden war, sah Raúl mit dem Blick eines folgsamen Hundes an, der ihn rührte.
»Medrano hat recht«, sagte er. »Warten wir hier, vielleicht kommt er gleich gesund und munter zurück.«
»Ich hätte ja auch gehen können, das hätte ich«, sagte Pelusa.
»Warten wir«, sagte Raúl. »Warten wir einmal mehr.«

Alles wirkte so, als sei es schon einmal geschehen, als stamme es aus einem Groschenheft. Mit schweißbedecktem Gesicht und zitternden Lippen saß der Glukide neben dem Sender. Medrano lehnte an der Tür, den Revolver in der einen, die Zigarette in der anderen Hand. Mit dem Rücken zu ihm und über den Apparat gebeugt, betätigte der Funker die Tasten und begann zu senden. Er war ein magerer, sommersprossiger Junge, der sehr erschrokken war und sich gar nicht beruhigen konnte. ›Solange er mich nicht reinlegt‹, dachte Medrano. Aber er hoffte, die Sprache, die er gebraucht hatte, und das Gefühl, das der andere im Rücken haben mußte, sooft er an den Smith & Wesson dachte, würden genügen. Genießerisch atmete er den Rauch ein, beobachtete die Szene aufmerksam und war doch zugleich allem so fern, daß er kaum seinen Gesichtsausdruck zur Erbauung des Glukiden wahrte, der ihn angsterfüllt anstarrte. Allmählich fiel Licht durch das Fenster zur Linken und verdrängte die kümmerliche künstliche Beleuchtung der Kabine. In der Ferne ertönten ein Pfiff und ein Satz in einer Sprache, die Medrano nicht verstand. Er hörte das Geknister des Senders und die Stimme des Funkers, die durch eine Art Schluckauf unterbrochen wurde. Er dachte an die Treppe, die sie hinaufgestürmt waren, wobei sein Revolver nur fünf Zentimeter von dem fetten Hintern des Glukiden entfernt gewesen war, dachte an den flüchtigen Anblick des großen Halbrundes eines leeren Achterdecks, an das Eindringen in die Kabine, an das Hochfahren des bei seiner Lektüre überraschten Funkers. Es stimmte, jetzt, da er es bedachte: Das Heck war vollkommen leer. Ein aschgrauer Horizont, ein bleiernes Meer, der Bogen der Reling, und all das hatte nur einen kurzen Augenblick gedauert. Der Funker bekam Verbindung mit Buenos Aires. Wort für Wort hörte er die Nachricht. Jetzt bat der Glukide mit Blicken um die Erlaubnis, ein Taschentuch hervorziehen zu dürfen, jetzt wiederholte der Funker die Nachricht. Aber Mensch, das Deck war völlig leer, das war eine Tatsache; nun, was bedeutete das schon? Die Worte des sommersprossigen Jungen mischten sich mit einer trockenen und schneidenden Empfindung, einer fast schmerzlichen Fülle in dies aufflammende Verstehen, daß das Heck zu guter Letzt völlig leer war, daß dies aber unwichtig war, gänzlich bedeutungslos, denn worauf es wirklich ankam, war etwas anderes, etwas Ungreifbares, das versuchte, sich in dieser Empfindung zu zeigen und zu definieren, die ihn immer mehr erregte. Mit dem Rücken zur Tür war jeder Zigarettenzug wie eine warme Zustimmung, der Anfang einer Versöhnung, welche die Reste des langen Unbehagens zweier Tage auslöschte. Er fühlte sich nicht glücklich, dies alles ging über die gewöhnlichen Empfindungen hinaus oder berührte sie nur am Rande. Mehr wie eine Musik, die man summt, oder einfach wie der Genuß einer gut angezündeten und gut gerauchten Zigarette. Der Rest, aber was bedeutete schon der Rest, jetzt, da er anfing, mit sich selbst Frieden zu schließen, zu fühlen, daß dieser Rest sich nie wieder in die alte egoistische Ordnung fügen würde. ›Vielleicht gibt es das Glück, und es ist etwas anderes‹, dachte Medrano. Er wußte nicht warum, aber hier zu sein, das Heck (das völlig leere Heck) vor Augen, gab ihm eine Sicherheit, etwas wie einen Ausgangspunkt. Jetzt, da er fern von Claudia war, fühlte er sie nahe bei sich, es war, als finge er allmählich an, ihre Nähe zu verdienen. Was immer vorher geschehen war, zählte so wenig; das einzig wirklich Wahre war am Ende diese Stunde der Abwesenheit gewesen, diese Bilanz im Dunkeln, während er mit Raúl und Atilio wartete, ein Saldo, aus dem er zum ersten Mal ruhig hervorging, ohne besonders klare Gründe, ohne Verdienste oder Verschulden, einfach indem er sich mit sich selbst aussöhnte, den früheren Medrano wie eine Tonpuppe umstieß und Bettinas wahres Gesicht akzeptierte, obgleich er wußte, daß die mit Buenos Aires verwobene Bettina dies Gesicht nie haben würde, das arme Mädchen – es sei denn, auch sie träumte einmal von einem Hotelzimmer und sähe ihren alten vergessenen Geliebten auf sich zukommen, sähe ihn ihrerseits, wie er sie gesehen hatte, wie das Eitle, das Leere sich nur in einer Stunde zeigt, die man auf keiner Uhr findet. So war es, und es schmerzte und reinigte.

Als er den Schatten am Fenster bemerkte und das Gesicht des Glukiden, der entsetzt die Augen verdrehte, hob er widerstrebend den Revolver und hoffte noch immer, die Spielerei möge nicht in einer Schießerei enden. Die Kugel pfiff dicht an seinem Kopf vorbei; er hörte den Funker schreien, an dem vorbei er mit zwei Sätzen auf die andere Seite des Sendetisches in Deckung sprang, wobei er dem Glukiden zurief, er solle sich nicht rühren. Am Fenster erkannte er ein Gesicht und das Funkeln von Nickel; er schoß, nach unten zielend, worauf das Gesicht verschwand und das Geschrei und Durcheinanderreden von zwei oder drei verschiedenen Stimmen zu hören war. ›Wenn ich hierbleibe, kommen Raúl und Atilio herauf, um mich zu suchen, und man wird sie erledigen‹, dachte er. Er trat hinter den Glukiden und zwang ihn mit dem Revolverlauf, aufzustehen und zur Tür zu gehen. Über seine Tasten zusammengekrümmt, suchte der Funker zitternd und vor sich hin murmelnd etwas in einer Schublade darunter. Medrano rief einen Befehl, und der Glukide öffnete die Tür. ›Dann war es also doch nicht so leer‹, dachte er belustigt, während er den schlotternden Fettsack hinausschob. Obgleich seine Hand zitterte, war es für den Funker leicht, auf die Mitte des Rückens zu zielen und dreimal hintereinander abzudrücken, ehe er den Revolver hinwarf und in Tränen ausbrach, wie ein Kind, das er ja auch war.

Beim ersten Schuß waren Raúl und Pelusa aus der Kajüte gestürzt. Pelusa erreichte die Treppe als erster. Auf der Höhe der letzten Stufe streckte er den Arm aus und begann zu schießen. Die drei Lipiden, die sich gegen die Wand der Funkkabine gepreßt hatten, warfen sich aufs Deck, einer von einer Kugel am Ohr verletzt. An der Kabinentür stand der dicke Glukide mit erhobenen Händen und schrie fürchterlich in einer unverständlichen Sprache. Raúl hielt alle mit seiner Pistole in Schach, und nachdem er sie entwaffnet hatte, ließ er die Lipiden aufstehen. Es war recht erstaunlich, wie leicht Pelusa sie hatte einschüchtern können; so hatten sie nicht einmal versucht, das Feuer zu erwidern. Raúl rief Pelusa zu,

er solle sie gegen die Wand stellen, und drang dann in die Kabine ein, wobei er über Medrano springen mußte, der aufs Gesicht gefallen war. Der Funker machte Anstalten, den Revolver aufzuheben, aber Raúl stieß ihn mit einem Fußtritt beiseite und fing an, ihn links und rechts zu ohrfeigen, wobei er jedesmal dieselbe Frage wiederholte. Als er die bestätigende Antwort hörte, schlug er ihn noch einmal, hob den Revolver auf und trat aufs Deck hinaus. Pelusa verstand ohne Worte: Er bückte sich, hob Medrano auf und ging auf die Treppe zu. Raúl deckte seinen Rückzug, bei jedem Schritt eine Kugel befürchtend. Auf dem unteren Deck begegneten sie niemandem, aber von einem anderen Teil des Schiffes her hörte man Rufe. Sie stiegen die beiden Treppen hinunter, und es gelang ihnen, den Raum mit den Karten zu erreichen. Raúl schob den Tisch gegen die Tür; es waren keine Rufe mehr zu hören, vermutlich würden die Lipiden es nicht wagen anzugreifen, ehe sie nicht über genügend Verstärkung verfügten.
Atilio hatte Medrano auf ein paar Segeltuchplanen gelegt und sah mit weit aufgerissenen Augen Raúl an, der sich auf die blutbespritzte Leinwand kniete. Er tat, was man in solchen Fällen tut, aber von Anfang an wußte er, daß es vergebens war.
»Vielleicht kann man ihn noch retten«, sagte Atilio benommen. »Mein Gott, was für eine Menge Blut. Wir sollten den Arzt rufen.«
»Alles zu seiner Zeit«, murmelte Raúl, indem er Medranos leeres Gesicht betrachtete. Er hatte die drei Löcher in seinem Rücken gesehen; eine der Kugeln war neben der Kehle ausgetreten, und von dort kam fast das ganze Blut. Auf Medranos Lippen stand ein wenig Schaum.
»Gehen wir, heb ihn wieder auf, und wir tragen ihn nach oben. Wir müssen ihn in seine Kabine bringen.«
»Dann ist er wirklich tot?« fragte Pelusa.
»Ja, alter Junge, er ist tot. Warte, ich helfe dir.«
»Nicht nötig, er wiegt ja nichts. Sie werden sehen, oben kommt er wieder zu sich, wer weiß, vielleicht ist es gar nicht so ernst.«
»Gehen wir«, wiederholte Raúl.
Langsamer ging Atilio jetzt durch den Verbindungsgang und suchte zu vermeiden, daß der Körper gegen die Wände stieß. Raúl half ihm beim Hinaufsteigen. Im Backbordgang war niemand, und Medrano hatte seine Kabine offengelassen. Sie legten ihn auf

das Bett, und Pelusa warf sich keuchend in einen Sessel. Das Keuchen ging allmählich in Weinen über; Pelusa schluchzte stoßweise, wobei er das Gesicht mit beiden Händen bedeckte und ab und zu ein Taschentuch herauszog und sich mit einer Art Röhren schneuzte. Raúl starrte in Medranos ausdrucksloses Gesicht und wartete, von Atilios geschwundener Hoffnung angesteckt. Das Bluten hatte aufgehört. Er ging zum Bad, holte ein angefeuchtetes Handtuch und wischte Medranos Lippen sauber, dann schlug er den Kragen der Windjacke hoch, um die Wunde zu verdecken. Ihm fiel ein, daß man in solchen Fällen keine Zeit verlieren darf, wenn man die Hände über der Brust falten will; aber ohne zu wissen weshalb, streckte er Medranos Arme nur aus, bis die Hände auf den Schenkeln ruhten.

»Hurensöhne, Drecksschweine«, fluchte Pelusa, während er sich schneuzte. »Aber begreifen Sie das? Was hat er ihnen denn getan, können Sie mir das sagen? Wenn wir doch nur wegen dem Jungen da waren, wir wollten schließlich nur ein Telegramm abschicken. Und jetzt ...«

»Das Telegramm ist inzwischen an seinem Bestimmungsort, das zumindest können sie ihm nicht mehr nehmen. Du hast doch wohl den Schlüssel zur Bar. Laß all diese Burschen heraus und sag ihnen, was geschehen ist. Und paß auf mit der Besatzung. Ich bleibe hier und bewache den Gang.«

Pelusa senkte den Kopf, schneuzte sich noch einmal und ging. Seine Kleider waren, so unglaublich es schien, kaum von Medranos Blut befleckt. Raúl zündete eine Zigarette an und setzte sich unten auf das Bett. Er blickte auf die Wand, welche die Kabine von der nächsten trennte, stand auf und klopfte erst leise, dann kräftiger. Er setzte sich wieder. Plötzlich kam ihm zum Bewußtsein, daß sie auf dem Achterdeck gewesen waren, dem berüchtigten Achterdeck. Aber was gab es denn nun am Ende auf dem Achterdeck?

›Und was kümmert es mich‹, dachte er und zuckte die Achseln. Er hörte López' Kabinentür gehen.

XLII

Wie zu erwarten, traf Pelusa im Steuerbordgang auf die Damen, allesamt in verschiedenen Stadien der Hysterie. Eine halbe Stunde hatten sie alles Erdenkliche getan, um die Tür zur Bar zu öffnen und die tobenden Gefangenen zu befreien, die noch immer mit Fußtritten und Faustschlägen die Tür bearbeiteten. Dicht bei der Treppe zum Deck standen Felipe und Don Galos Chauffeur und beobachteten die Szene ziemlich gleichgültig.

Als sie Atilio auftauchen sahen, eilten Doña Pepa und Doña Rosita aufgelöst herbei, aber er schob sie beiseite, ohne den zusammengepreßten Mund zu öffnen, und verschaffte sich Platz. Frau Trejo, ein Monument gekränkter Tugend, vertrat ihm mit verschränkten Armen den Weg und schleuderte ihm einen Blick zu, der bis dahin allein ihrem Mann vorbehalten war.

»Ungeheuer, Mörder! Was habt ihr getan, ihr Meuterer! Werfen Sie diesen Revolver weg, sage ich!«

»Aber lassen Sie mich doch vorbei, Doña«, sagte Pelusa. »Erst schreien Sie mich an, ich soll das Pack herauslassen, und dann versperren Sie mir den Weg. Was wollen Sie denn jetzt, würden Sie mir das gefälligst sagen?«

Nelly riß sich von dem verkrampften Griff ihrer Mutter los und warf sich Pelusa an den Hals.

»Sie bringen dich um, sie bringen dich um! Warum habt ihr das getan? Jetzt kommen die Offiziere und sperren uns alle ein!«

»Red keinen Blödsinn«, sagte Pelusa. »Das ist gar nichts, wenn du wüßtest, was passiert ist... Besser, ich erzähl dir's nicht.«

»Du hast Blut auf dem Hemd!« schrie Nelly. »Mama, Mama!«

»Läßt du mich jetzt endlich vorbei?« sagte Pelusa. »Das Blut hab' ich abbekommen, als sie Herrn López geschlagen haben. Tu doch nicht so, als wärst du Mecha Ortiz in irgend so einer Schmierentragödie.«

Er schob alle mit seinem freien Arm beiseite und stieg die Treppe hinauf. Die Damen unten verdoppelten ihr Gekreische, als sie ihn den Revolver heben sahen, ehe er den Schlüssel ins Schloß steckte. Plötzlich trat tiefe Stille ein, und weit flog die Tür auf.

»Sachte, sachte«, sagte Atilio. »Du da, du kommst als erster, und mach keine Zicken, sonst jage ich dir eine Ladung Blei in den Wanst.«

Der Glukide sah ihn an, als hätte er Mühe zu verstehen, dann lief er hastig nach unten. Sie sahen ihn auf eine der Schottüren zugehen, aber die ganze Aufmerksamkeit galt denen, die nun nacheinander erschienen – Herr Trejo, Dr. Restelli und Don Galo; mit Geschrei, Tränen und schrillen Kommentaren wurden sie empfangen. Als letzter kam Lucio, der Atilio herausfordernd ansah.
»Markier bloß nicht den wilden Mann«, sagte Pelusa. »Ich hab' jetzt keine Zeit für dich, aber wenn du willst, lass' ich später das Schießeisen und polier dir die Fresse, aber kräftig.«
»Was du nicht sagst«, erwiderte Lucio, schon auf der Treppe.
Nora beobachtete ihn wortlos. Er nahm sie beim Arm und zerrte sie fast zu ihrer Kabine.
Pelusa warf einen Blick in die Bar, wo der *maître* noch immer unbeweglich hinter der Theke stand, und steckte den Revolver in die rechte Hosentasche, während er hinunterging.
»Machen Sie nicht so einen Lärm«, sagte er und blieb auf der zweiten Stufe stehen. »Wissen Sie nicht, daß ein krankes Kind in der Nähe ist? Und dann wundern Sie sich, wenn das Fieber steigt.«
»Unmensch!« kreischte Frau Trejo, die sich mit Felipe und Herrn Trejo entfernte. »So kann es nicht weitergehen! In Handschellen und Ketten sollte man sie legen! Verbrecher sind sie, Kidnapper, Mafiosi!«
»Atilio, Atilio!« schluchzte Nelly stoßweise. »Aber was ist bloß passiert, warum hast du all die Herren eingesperrt?«
Pelusa öffnete den Mund, um das erste beste zu sagen, was ihm durch den Kopf fuhr, und das wäre eine starke Schweinerei gewesen. Statt dessen schwieg er und umklammerte den Revolver, dessen Lauf nach unten wies. Vielleicht lag es daran, daß er auf der zweiten Stufe stand, doch plötzlich fühlte er sich so weit über all dem Geschrei, diesen Fragen und dem Haß, der sich um ihn herum in Verwünschungen und Vorwürfen Luft machte. ›Besser ich schaue, wie es dem Kleinen geht‹, dachte er. ›Ich muß seiner Mama sagen, daß wir das Telegramm schließlich abgeschickt haben.‹
Wortlos ging er durch ein Gedränge von ausgestreckten Händen und offenen Mündern fort; von fern hätte man fast meinen können, diese Frauen jubelten ihm zu, begleiteten ihn in einem Triumphzug.

Persio war schließlich auf Claudias Bett eingeschlafen. Als es zu dämmern begann, legte Claudia ihm eine Decke über die Beine und betrachtete dankbar seine ausgemergelte Gestalt, seine neuen, doch schon zerknitterten und angeschmutzten Kleider. Dann ging sie zu Jorges Bett und lauschte auf seine Atemzüge. Nach der dritten Dosis Arznei schlief er nun ruhig. Sie befühlte seine Stirn und war beruhigt. Mit einem Mal fühlte sie sich so erschöpft, als hätte sie viele Nächte nicht geschlafen, aber trotzdem wollte sie sich noch nicht neben ihrem Sohn ausstrecken; sie wußte, bald würde jemand mit Neuigkeiten kommen oder wieder von den gleichen Ereignissen berichten, von den gleichen absurden Labyrinthen, in denen ihre Freunde während der vergangenen achtundvierzig Stunden umhergeirrt waren, ohne recht zu wissen weshalb.

Das dunkelviolett verfärbte Gesicht von López tauchte in der angelehnten Tür auf. Claudia war nicht überrascht, daß er nicht geklopft hatte, noch erstaunte es sie, die Frauen im Steuerbordgang schreien und reden zu hören. Sie winkte ihm, hereinzukommen.

»Jorge geht es besser, er hat fast zwei Stunden ohne Unterbrechung geschlafen. Aber Sie ...«

»Oh, das ist nichts«, sagte López und betastete sein Kinn. »Es tut beim Reden ein bißchen weh, und darum werde ich nur wenig reden. Ich freue mich, daß es Jorge besser geht. Jedenfalls ist es den anderen gelungen, ein Telegramm nach Buenos Aires zu senden.«

»Wie absurd«, sagte Claudia.

»Ja, jetzt scheint es absurd.«

Claudia senkte den Kopf.

»Nun, was geschehen ist, ist geschehen«, sagte López. »Das Schlimme ist, es wurde geschossen, weil die anderen vom Heck sie nicht durchlassen wollten. Es klingt, als könne es nicht wahr sein, wir kennen uns alle kaum, eine Freundschaft von zwei Tagen, wenn man das eine Freundschaft nennen kann, und dennoch ...«

»Gabriel ist etwas passiert?«

Die Gewißheit lag schon in der Frage; López brauchte nur zu schweigen und sie anzusehen. Claudia erhob sich mit halb offenem Mund. Sie war häßlich, fast lächerlich. Sie stolperte und mußte sich an einer Sessellehne festhalten.

»Sie haben ihn in seine Kabine gebracht«, sagte López. »Ich bleibe hier und passe auf Jorge auf, wenn Sie wollen.«
Raúl, der den Gang bewachte, ließ Claudia hinein und schloß hinter ihr die Tür. Allmählich störte ihn die Pistole in seiner Tasche; die Vorstellung, daß die Glukiden Vergeltungsmaßnahmen ergreifen würden, war absurd. Wie dem auch sei, die Sache mußte ein Ende haben; schließlich befanden sie sich nicht im Krieg. Er hätte Lust gehabt, zum Steuerbordgang zu gehen, wo man Don Galos Kreischen und Dr. Restellis Schmähreden über dem Geschrei der Damen hörte. ›Die Armen‹, dachte Raúl, ›was für eine Reise haben wir ihnen beschert ...‹ Er sah Atilio schüchtern in Claudias Kabine spähen und folgte ihm. Er schmeckte die Morgendämmerung auf der Zunge. ›Ob es wirklich die Ivor-Novello-Platte war?‹ dachte er, indem er angestrengt Paulas Bild verdrängte, das hartnäckig wiederkehrte. Resigniert ließ er es zu, und mit geschlossenen Augen sah er sie genau so, wie er sie gesehen hatte, als sie hinter López in Medranos Kabine getreten war, in ihren Morgenmantel gehüllt und das Haar wunderschön offen, so wie er es liebte, sie morgens zu sehen.
»Nun ja, nun ja ...«, sagte Raúl.
Er öffnete die Tür und trat ein. Atilio und López unterhielten sich leise. Persio atmete in einem pfeifenden Ton, der vollkommen zu ihm paßte. Atilio kam auf ihn zu und legte einen Finger an die Lippen.
»Dem Kleinen geht es besser«, flüsterte er. »Seine Mutter sagt, er hätte kein Fieber mehr. Er hat die ganze Nacht prima geschlafen.«
»Großartig!« sagte Raúl.
»Ich gehe jetzt in meine Kabine und erkläre meiner Verlobten und den alten Damen ein bißchen, was passiert ist«, sagte Pelusa. »In welchem Zustand sie sind, *mama mía*. Wie sie sich aufregen!«
Raúl sah ihm nach, wie er ging, und setzte sich dann neben López, der ihm eine Zigarette anbot. In stillem Einverständnis rückten sie die Sessel von Jorges Bett weg und rauchten dann eine Weile schweigend. Raúl vermutete, López sei in diesem Augenblick dankbar für seine Gegenwart, für die Gelegenheit, Rechnungen zu begleichen und noch etwas anderes.
»Zwei Dinge«, sagte López unvermittelt. »Erstens, ich fühle mich schuldig an dem, was vorgefallen ist. Ich weiß, es ist idiotisch, weil

dasselbe jedem von uns hätte zustoßen können, aber es war falsch, zurückzubleiben, während Sie ...« Die Stimme versagte ihm, und er schluckte angestrengt. »Was passiert ist, ich habe mit Paula geschlafen«, sagte er und blickte dabei zu Raúl, der die Zigarette zwischen den Fingern hin- und herrollte. »Das ist das zweite.«
»Das erste ist bedeutungslos«, sagte Raúl. »Sie waren nicht in der Verfassung, weiter an der Expedition teilzunehmen, außerdem schien sie nicht so gefährlich. Und was das andere anlangt, so vermute ich, daß Paula Ihnen gesagt hat, daß Sie mir keinerlei Erklärung schulden.«
»Erklärung nicht«, sagte López verwirrt. »Auf jeden Fall ...«
»Auf jeden Fall danke. Ich finde das sehr chic von Ihnen.«
»Mama«, rief Jorge. »Mama, wo bist du?«
Persio schreckte aus dem Schlaf hoch und eilte an das Fußende von Jorges Bett. Raúl und López saßen abwartend da und rührten sich nicht.
»Persio«, sagte Jorge und setzte sich auf. »Weißt du, was ich geträumt habe? Daß auf unserem Stern Schnee fiel. Ich schwör's, Persio, Schnee, Flocken wie ... wie ...«
»Geht es dir besser?« fragte Persio und sah ihn dabei an, als fürchte er, zu nahe zu kommen und den Zauber zu brechen.
»Mir geht es sehr gut«, sagte Jorge. »Ich habe Hunger. Sag Mama, sie soll mir etwas zum Frühstück bringen. Wer ist denn da? He, wie geht es euch? Warum seid ihr alle hier?«
»Nur so«, sagte López. »Wir wollten dir Gesellschaft leisten.«
»Was ist denn mit deiner Nase passiert? Bist du gefallen?«
»Nein«, sagte López und stand auf. »Ich habe sie zu heftig geputzt. Das passiert mir immer. Bis später, ich schaue nachher wieder vorbei.«
Nach ihm ging Raúl hinaus. Es war Zeit, die verdammte Pistole wegzuschaffen, die in seiner Tasche von Minute zu Minute schwerer wurde, doch zuvor wollte er einen Blick aufs Deck werfen, wo schon die Sonne schien. Der Bug war völlig verlassen, und Raúl setzte sich auf die oberste Stufe der Treppe und betrachtete blinzelnd Himmel und Meer. Er hatte so viele schlaflose Stunden verbracht, so viel getrunken und geraucht, daß ihm das Glitzern des Meeres und der Wind im Gesicht weh taten; er ertrug es, bis er sich daran gewöhnt hatte, und er dachte, daß es langsam an der Zeit sei, in die Wirklichkeit zurückzukehren, wenn dies die Rückkehr zur

Wirklichkeit war. ›Keine Analyse, mein Lieber‹, verordnete er sich. ›Ein Bad, ein langes Bad in deiner Kabine, die dir jetzt allein gehören wird, solange die Reise dauert, und das wird weiß Gott nicht allzu lange sein, wenn ich mich nicht ganz und gar täusche.‹ Er hoffte, sich nicht zu täuschen, denn sonst hätte Medrano seine Haut vergeblich zu Markt getragen. Ihm persönlich war es inzwischen ziemlich gleichgültig, ob sie weiterfuhren oder alles in einem noch größeren Durcheinander enden würde; seine Zunge war viel zu belegt, als daß er frei hätte entscheiden können. Vielleicht wenn er aufwachte, nach einem Bad, nach einem vollen Glas Whisky und einem ganzen Tag Schlaf, vielleicht wäre er danach in der Lage, etwas zu billigen oder zu verwerfen; im Augenblick jedoch war ihm alles gleich, Erbrochenes auf dem Boden, Jorge, der gesund erwachte, drei Löcher in einer Windjacke. Es war wie mit Pokerkarten, die man in der Hand hielt, bei einer totalen Neutralisation der Kräfte; erst wenn man sich entschied, falls man sich entschied, eine Karte nach der anderen herauszuziehen, den Joker, das As, die Dame und den König... Er holte tief Luft; das Meer war von einem mythologischen Blau, der Farbe, die er in manchen Träumen sah, wenn er in seltsamen, durchscheinenden Maschinen flog. Er bedeckte sein Gesicht mit den Händen und fragte sich, ob er wirklich lebe. Das tat er wohl, unter anderem weil ihm bewußt wurde, daß die Maschinen der ›Malcolm‹ eben stehengeblieben waren.

Ehe sie gingen, hatten Paula und López die Gardinen vor dem Bullauge halb zugezogen, und so war die Kabine in ein gelbliches Licht getaucht, das jeden Ausdruck aus Medranos Gesicht zu löschen schien. Reglos am Fußende des Bettes, den Arm noch immer zur Tür gestreckt, als würde sie nie damit fertig, sie zu schließen, schaute Claudia auf Gabriel. Im Gang hörte man gedämpfte Stimmen und Schritte, doch nichts schien die völlige Stille zu beeinträchtigen, in die Claudia eben eingetreten war, die Luft wie aus Watte, die in der Kabine lag, ihre eigenen Füße, der auf dem Bett hingestreckte Körper, die verstreuten Gegenstände, die Handtücher, welche in eine Ecke geworfen worden waren.

Schritt um Schritt ging sie zu dem Sessel, den Raúl neben das Bett geschoben hatte, setzte sich und betrachtete den Toten aus der

Nähe. Sie hätte mühelos reden, hätte jede Frage beantworten können; sie spürte keine Beklemmung in der Kehle, sie hatte keine Tränen für Gabriel. Auch in ihr selbst war alles wie Watte, zähflüssig und kalt wie die Welt in einem Aquarium oder in einer Kristallkugel. So war es: Man hatte Gabriel getötet. Gabriel lag da, tot, dieser Unbekannte, dieser Mann, mit dem sie ein paarmal während einer kurzen Seereise gesprochen hatte. Es gab weder Entfernung noch Nähe, nichts, das sich messen oder zählen ließ; der Tod erschien in dieser stumpfsinnigen Szene lange noch vor dem Leben, und das Spiel war verloren, des bißchen Sinnes beraubt, das es während dieser kurzen Stunden auf dem Meer hatte haben können. Dieser Mann hatte den Teil einer Nacht an Jorges Krankenbett verbracht, dann drehte sich etwas kaum merklich, eine leichte Verschiebung (aber die Kabine war so ähnlich, der Bühnenbildner verfügte nicht über viele Mittel, die Dekoration zu verändern), und plötzlich war es Claudia, die an Gabriels Totenbett saß. Ihr ganzer Scharfsinn und ihr gesunder Menschenverstand hatten nicht verhindern können, daß sie während der Nacht um Jorges Leben gebangt hatte, zu einer Stunde, da der Tod eine fast unausweichliche Gefahr scheint, und eines der Dinge, die ihr ihre Ruhe wiedergegeben hatten, war der Gedanke gewesen, daß Gabriel auf und ab ging, Kaffee in der Bar trank, im Gang wachte und einen Weg zum Heck suchte, wo sich der Arzt verborgen hielt. Jetzt drehte sich wieder etwas kaum merklich, und Jorge war wieder voller Gegenwart und Leben, war wieder ihr gewohnter Sohn, als sei nichts geschehen; eine der vielen Kinderkrankheiten, die düsteren Gedanken in später Nacht und die Erschöpfung; als sei nichts geschehen; als sei Gabriel, des Wachens müde, für eine Weile eingeschlafen, ehe er sie wieder besuchen und mit Jorge spielen würde.

Sie sah den Kragen der Windjacke, der seinen Hals bedeckte; allmählich erkannte sie die schwärzlichen Flecken auf der Wolle, das kaum sichtbare Blutgerinnsel in den Mundwinkeln. All dies war für Jorge, das heißt für sie; dieser Tod war für sie und für Jorge, dieses Blut, diese Windjacke, deren Kragen jemand hochgeschlagen und die jemand glattgezogen hatte, diese an den Körper gepreßten Arme, diese Beine unter einer Reisedecke, dies zerzauste Haar, dies leicht vorgereckte Kinn, während sich die Stirne nach hinten neigte, als fände sie auf dem niedrigen Kissen keinen Halt.

Sie würde nicht um ihn weinen können, es war sinnlos, jemanden zu beweinen, den man kaum kannte, der nett war, höflich und vielleicht schon leicht verliebt und auf jeden Fall Manns genug, die Demütigung dieser Reise nicht zu ertragen, der für sie aber niemand war, kaum ein paar Stunden der Unterhaltung, eine virtuelle Nähe, eine bloße Möglichkeit von Nähe, eine feste und zärtliche Hand in der ihren, ein Kuß auf Jorges Stirn, ein ungeheures Vertrauen, eine Tasse sehr heißen Kaffees. Das Leben war dieser allzu langsame Vorgang, allzu geheimnisvoll, um sich in seiner ganzen Tiefe zu enthüllen; viele Dinge hätten geschehen müssen, oder nicht geschehen, was dann dasjenige gewesen wäre, was geschehen mußte, sie hätten sich nach und nach finden müssen mit Fluchtversuchen und Rückschritten und Mißverständnissen und Versöhnungen, auf allen Ebenen, auf denen sie und Gabriel einander ähnelten und sich brauchten. Sie betrachtete ihn mit einem Blick, in dem sich Kummer und Vorwurf begegneten; sie dachte, daß er sie gebraucht hatte und daß es ein Verrat, ein Akt der Feigheit war, so fortzugehen, sich in der Stunde der Begegnung selbst im Stich zu lassen. Sie schimpfte mit ihm, beugte sich ohne Furcht und ohne Mitleid über ihn; sie sprach ihm das Recht zu sterben ab, bevor er in ihr lebendig war, bevor er wirklich begonnen hatte, in ihr zu leben. Er hinterließ ihr ein zärtliches Phantom, das Bild eines Feriensommers, eines Hotels, er hinterließ ihr kaum seine Erscheinung und ein paar Augenblicke, in denen die Wahrheit an den Tag drängte; er hinterließ ihr den Namen einer Frau, die sein gewesen war, Sätze, die er gerne wiederholt hatte, Episoden seiner Kindheit, die Erinnerung an eine knochige, feste Hand in der ihren, eine mürrische Art zu lächeln und keine Fragen zu stellen. Er ging, als habe er Angst, er wählte die schwindelerregendste aller Fluchten, die der unwiderruflichen Reglosigkeit, die des heuchlerischen Schweigens. Er weigerte sich, länger auf sie zu warten, sie zu verdienen, die Stunden, die sie von der Begegnung trennten, eine nach der anderen aus dem Weg zu schaffen. Was nützte es, diese kalte Stirn zu küssen, mit zitternden Fingern durch dies verklebte, zerzauste Haar zu fahren, was nützte es, daß jetzt etwas Warmes, etwas von ihr über dieses völlig nach innen gekehrte Gesicht rann, das ferner war als jedes Bild aus der Vergangenheit? Nie könnte sie ihm verzeihen; solange sie sich an ihn erinnerte, würde sie ihm vorwerfen, daß er sie um die Möglichkeit einer neuen Zeit betrogen hatte, um eine Zeit, in der die Beständigkeit, die Gewißheit, im Mittelpunkt des Lebens selbst zu stehen, wieder in ihr erwachen, sie retten, sie verbrennen, von ihr fordern würde, was das Alltagsleben nicht von ihr forderte. Schon fühlte sie wie ein dumpfes Knirschen von Rädern in den Schläfen, daß die Zeit ohne ihn sich wie ein endloser Weg hinziehen würde, wie die Zeit davor, wie die Zeit ohne León, die Zeit in der Calle Juan-Bautista-Alberdi, die Zeit, als Jorge ein Vorwand war, die mütterliche Lüge par excellence, das Alibi, um den Stillstand zu rechtfertigen, die seichten Romane, die Nachmittage am Radio und die Abende im Kino, das Telefon zu jeder Stunde und den Februar in Miramar. All das hätte ein Ende finden können, wenn er nicht mit den Beweisen des Diebstahls und des Verlassens daläge, wenn er sich nicht hätte töten lassen wie ein Narr, um nicht wirklich in ihr zu leben und sie durch das eigene Leben leben zu lassen. Weder er noch sie hätten je gewußt, wer den anderen am meisten brauchte, so wie zwei Ziffern nicht wissen, was für eine Zahl sie zusammen ergeben. Aus ihrer doppelten Ungewißheit wäre eine Kraft erwachsen, die alles hätte verwandeln können, um mit Meeren, Straßen und unerhörten Abenteuern, mit honigsanfter Ruhe, mit Dummheiten und Katastrophen ihr Leben auszufüllen, bis zu einem verdienteren Ende, bis zu einem weniger erbärmlichen Tod. Daß er sie noch vor der Begegnung im Stich gelassen hatte, war unendlich schmachvoller und schmutziger als die Art, wie er seine verflossenen Geliebten verlassen hatte. Was war Bettinas Klage, verglichen mit der ihren, welchen Vorwurf konnten ihre Lippen formen angesichts dieses endlos wiederholten Entziehens, das nicht einmal nach seinem freien Willen erfolgte, das nicht einmal sein eigenes Werk war? Wie einen Hund hatte man ihn umgebracht, man hatte für ihn gewählt, seinem Leben ein Ende gesetzt, ohne daß er hätte zustimmen oder verneinen können. Und nicht schuld daran zu sein war somit ihr gegenüber, so tot ihr gegenüber daliegend, seine schlimmste, untilgbare Schuld. Er war sich entfremdet, Opfer fremder Entscheidungen, groteske Zielscheibe für jeden x-beliebigen, und so war sein Verrat wie die Hölle, eine ewig gegenwärtige Abwesenheit, ein Mangel, der Herz und Sinne füllte, eine unendliche Leere, in die sie mit dem ganzen Gewicht ihres Lebens stürzen würde. Ja, jetzt konnte sie weinen, aber nicht um ihn. Sein nutzloses Opfer würde sie beweinen, seine ruhige und blinde Güte, die ihn in die Katastrophe gestürzt hatte, und das, was er zu tun versucht und vielleicht getan hatte, um Jorge zu retten, aber hinter diesem Weinen, wenn das Weinen aufhören würde wie jedes Weinen, würde sie wieder mit ansehen, wie die Weigerung emporkäme, die Flucht, das Bild eines Freundes zweier Tage, der nicht die Kraft hatte, für den Rest ihres Lebens ihr Toter zu sein. ›Verzeih mir, daß ich dir das alles sage‹, dachte sie verzweifelt, ›aber du hattest schon angefangen, ein wenig zu mir zu gehören, du bist schon mit einem Schritt durch meine Tür getreten, den ich von fern erkannte. Jetzt werde ich diejenige sein, die flieht, die schnell das wenige vergißt, was sie von deinem Gesicht, deiner Stimme, deiner Vertrautheit besaß. Du hast mich betrogen, plötzlich, ewig; wehe mir, mit jedem Tag werde ich meinen Verrat vervollkommnen, indem ich dich nach und nach vergesse, bis du nicht einmal mehr eine Fotografie bist, bis Jorge dich nicht mehr erwähnt, bis León wieder wie ein Wirbel trockener Blätter in meiner Seele Einzug hält und ich mit seinem Geist tanze und es mir nichts ausmacht.‹

XLIII

Um halb acht folgten einige Passagiere dem Ruf des Gongs und gingen in die Bar hinauf. Daß die ›Malcolm‹ still lag, überraschte sie nicht sehr; es war vorauszusehen, daß ihnen als Folge der wahnwitzigen Tollheiten der vergangenen Nacht die Rechnung präsentiert werden würde. Don Galo verkündete dies mit seiner kreischendsten Stimme, während er wütend Butter auf seinen Toast strich, und die anwesenden Damen bekundeten ihre Zustimmung mit Seufzern und Blicken, die schwer von Vorwurf und Prophezeiung waren. Der Tisch der Verdammten wurde gelegentlich mit einer Anspielung oder einem vernichtenden Blick bedacht, der sich hartnäckig auf López' blauschwarz verfärbtes Gesicht heftete, auf Paulas loses, vernachlässigtes Haar oder auf Raúls schläfriges Lächeln. Die Nachricht von Medranos Tod hatte bei Doña Pepa eine Ohnmacht verursacht und eine hysterische Krise bei Frau Trejo ausgelöst; bei einer Tasse guten Milchkaffees versuchten sie nun, sich wieder zu erholen. Noch immer zitterte Lucio vor Wut bei dem Gedanken an die Stunden, die er in der Bar eingesperrt war; er preßte die Lippen zusammen und enthielt sich jeglichen Kommentars. Nora neben ihm schloß sich geflissentlich der Friedenspartei an und stimmte leise Doña Rositas und Nellys Bemerkungen zu, obwohl sie ständig zum Tisch von López und Raúl hinschauen mußte, als seien zumindest für sie die Dinge keineswegs klar. Der *maître* ging als Bild gekränkter Rechtschaffenheit von Tisch zu Tisch, nahm Bestellungen entgegen, verneigte sich wortlos, und ab und zu blickte er zu der herausgerissenen Telefonleitung hin und seufzte.

Fast niemand hatte sich nach Jorge erkundigt, das Makabre war stärker als die Nächstenliebe. Unter Frau Trejos Führung hatten Doña Pepa, Nelly und Doña Rosita versucht, schon sehr früh morgens die Kabine des Toten zu betreten, um die verschiedenen Vorkehrungen zu treffen, durch die sich die weibliche Nekrophilie auszeichnet. Atilio, der schon eine lautstarke Auseinandersetzung mit seiner Familie hinter sich hatte, erriet ihre Absichten und pflanzte sich wie ein Baum vor der Tür auf. Als Frau Trejo ihn scharf aufforderte, sie eintreten zu lassen, damit sie ihre christlichen Pflichten erfüllen könnten, antwortete er mit einem »Gehen Sie baden«, das nicht mißzuverstehen war. Und als Frau Trejo darauf eine Gebärde machte, als wolle sie ihn ohrfeigen, antwortete Pelusa mit einer so bezeichnenden Geste, daß die ehrenwerte Dame ins Mark getroffen zurückwich und mit hochrotem Kopf aus Leibeskräften nach ihrem Mann schrie. Aber Herr Trejo ließ sich nirgends blicken, und die Damen traten schließlich den Rückzug an, Nelly in-Tränen-gebadet, Doña Pepa und Doña Rosita fassungslos über das Benehmen ihres Sohnes und zukünftigen Schwiegersohnes, und Frau Trejo auf dem Höhepunkt eines nervösen Nesselausschlags. In gewisser Weise glich das Frühstück einem gespannten Waffenstillstand, bei dem sich alle verstohlen beobachteten, mit dem unangenehmen Gefühl, daß die ›Malcolm‹ mitten auf hoher See gestoppt hatte, daß also die Fahrt unterbrochen war und irgend etwas geschehen würde, wer hätte zu sagen vermocht, was.

Dem Tisch der Verdammten gesellte sich endlich noch Pelusa zu, den Raúl herbeigewinkt hatte, kaum daß er ihn in der Tür bemerkt hatte. Ein glückliches Lächeln verklärte Pelusas Züge, als er eilends zwischen seinen Freunden Platz nahm, während Nelly die Augen niederschlug, bis ihr Gesicht fast den Toast berührte, und ihrer Mutter immer stärker die Röte ins Gesicht stieg. Pelusa drehte ihnen den Rücken zu und setzte sich zwischen Paula und Raúl, die sich königlich amüsierten. López, der ganz vorsichtig an einem Zwieback kaute, zwinkerte ihm mit dem offenen Auge zu.

»Mir scheint, Ihre Familie ist nicht sehr begeistert darüber, daß Sie an diesem verrufenen Tisch sitzen«, sagte Paula.

»Ich frühstücke, wo ich will«, sagte Atilio. »Die können mich gern haben, sollen sie doch aufhören, mich zu schikanieren.«

»Sicher«, sagte Paula und bot ihm Brot und Butter an. »Erleben wir nun die majestätische Ankunft von Herrn Trejo und Dr. Restelli.«

Don Galos scheppernde Stimme explodierte wie ein Sektkorken. Er sei glücklich zu sehen, daß seine Freunde zumindest ein paar Stunden hätten schlafen können, nach dieser unbeschreiblichen Nacht, die sie als Gefangene zugebracht hätten. Ihm selbst sei es trotz einer doppelten Dosis vom Bromural Knoll nicht gelungen, Schlaf zu finden. Aber zum Schlafen wäre noch Zeit genug, sobald gewisse Verantwortlichkeiten geklärt und die verantwortungslosen Anstifter einer derart ungeheuren Barbarei exemplarisch gemaßregelt worden seien.

»Gleich ist hier etwas los«, flüsterte Paula. »Carlos und du, Raúl, seid still.«

»Ja, ja«, sagte Pelusa zwischen zwei Schlucken Milchkaffee. »Soviel Geschiß um nichts.«

Neugierig sah López zu Dr. Restelli hinüber, der sich wohl hütete, seinen Blick zu erwidern. Ein »Osvaldo!« erscholl gebieterisch vom Tisch der Damen, und Herr Trejo, der gerade auf einen leeren Platz zustrebte, schien sich einer Verpflichtung zu entsinnen, änderte den Kurs, ging auf den Tisch der Verdammten zu und baute sich vor Atilio auf, der mit einem etwas zu groß geratenen Bissen Brot mit Erdbeermarmelade kämpfte.

»Darf man wissen, junger Mann, mit welchem Recht Sie meiner Frau den Weg ans ... nun, ans Totenlager verwehrt haben?«

Pelusa schluckte den Bissen mit einer ungeheuren Anstrengung hinunter, und sein Adamsapfel sah aus, als würde er gleich herausspringen.

»Aber die wollten doch bloß meine Geduld strapazieren«, sagte er.

»Was sagen Sie da? Wiederholen Sie das!«
Trotz Raúls beschwichtigender Zeichen stieß Pelusa seinen Stuhl zurück und stand auf.
»Jetzt ist aber Schluß«, sagte er, indem er die linke Hand mit gestreckten Fingern Herrn Trejo unter die Nase hielt. »Wollen Sie vielleicht, daß ich richtig wütend werde? Hat Ihnen die Strafe denn nicht gelangt? Haben Sie noch nicht lange genug in Ihrer Zelle gesessen, Sie und all die anderen Hosenscheißer?«
»Atilio!« sagte Paula tugendhaft, während Raúl sich vor Lachen bog.
»Aber ja, wenn sie sich schon mit mir anlegen, dann kriegen sie auch was zu hören!« schrie Pelusa mit einer Stimme, die Porzellan zertrümmert hätte. »Ein Haufen Penner, Gerede und nichts als Gerede, mal ja, mal nein, und inzwischen lag der Kleine im Sterben, ja, im Sterben! Und was haben Sie getan, wollen Sie mir das mal verraten? Haben Sie etwas unternommen? Haben Sie vielleicht den Arzt geholt? *Wir* sind gegangen, damit das klar ist! Wir, dieser Herr da, und der Herr, dem man so schön das Gesicht zerschlagen hat! Und der andere Herr... ja der andere... und dann soll ich den erstbesten in die Kabine lassen...«
Er verschluckte sich und war zu aufgeregt, um weitersprechen zu können. López faßte ihn beim Arm und versuchte, ihn auf seinen Platz zu ziehen, aber Pelusa weigerte sich. Darauf erhob López sich gleichfalls und sah Herrn Trejo ins Gesicht.
»Vox populi, vox Dei«, sagte er. »Gehen Sie frühstücken, mein Herr. Und was Sie betrifft, Herr Porriño, verschonen Sie uns mit Ihren Kommentaren. Und Sie genauso, meine Damen.«
»Unerhört!« zeterte Don Galo, begleitet von den Seufzern und Ausrufen eines weiblichen Chors. »Sie mißbrauchen Ihre physische Überlegenheit.«
»Sie alle hätten sie umbringen sollen!« schrie Frau Trejo, die über ihre Rückenlehne quoll.
Ein derart aufrichtiger Wunsch brachte die übrigen zum Verstummen; sie hatten den Verdacht, zu weit gegangen zu sein. Unter gedämpftem Flüstern und einem gelegentlichen zornigen Blick wurde das Frühstück fortgesetzt. Persio, der zu spät kam, bahnte sich wie ein Kobold seinen Weg zwischen den Tischen und rückte sich einen Stuhl neben López.
»Alles ist paradox«, sagte Persio, als er sich Kaffee eingoß. »Die

Lämmer haben sich in Wölfe verwandelt, die Friedenspartei ist zur Kriegspartei geworden.«
»Ein wenig spät«, sagte López. »Sie täten besser daran, in ihren Kabinen zu bleiben und zu warten … ich frage mich allerdings, worauf.«
»Schlechtes System«, sagte Raúl gähnend. »Ich habe vergeblich zu schlafen versucht. Draußen in der Sonne ist es besser. Gehen wir?«
»Gehen wir«, stimmte Paula zu, hielt jedoch inne, als sie gerade aufstehen wollte. »*Tiens*, schaut mal, wer da kommt.«
Der magere, mißtrauische Glukide mit dem grauen Bürstenschnitt stand in der Tür und sah sie an. Etliche Löffel wurden auf Teller gelegt, einige Stühle halb herumgedreht.
»Guten Tag, meine Damen, guten Tag, meine Herren.«
Ein schwaches »Guten Tag« war von Nelly zu hören.
Der Glukide fuhr sich mit der Hand durchs Haar.
»Zunächst möchte ich Ihnen mitteilen, daß der Arzt eben bei dem kleinen Patienten war, dem es sehr viel besser geht.«
»Prima!« sagte Pelusa.
»Im Namen des Kapitäns möchte ich Sie davon unterrichten, daß die Ihnen bekannten Sicherheitsmaßnahmen ab dem Mittag aufgehoben werden.«
Niemand sagte etwas, doch Raúls Geste war zu beredt, als daß der Glukide sie hätte übergehen können.
»Der Kapitän bedauert, daß ein Mißverständnis einen beklagenswerten Unfall verursacht hat, aber Sie werden verstehen, daß die ›Magenta Star‹ in diesem Fall jegliche Verantwortung ablehnt, vor allem, da Sie alle wußten, daß es sich um eine außerordentlich ansteckende Krankheit handelte.«
»Mörder«, sagte López deutlich. »Ja, Sie haben recht gehört: Mörder.«
Der Glukide fuhr sich mit der Hand durchs Haar.
»Unter derartigen Umständen lassen sich gewisse absurde Anschuldigungen wohl der Erregung und der nervlichen Verfassung zuschreiben«, sagte er, indem er die Angelegenheit mit einem Achselzucken beiseite schob. »Ich möchte nicht gehen, ohne Sie darauf hinzuweisen, daß es vielleicht angebracht wäre, Ihre Koffer zu packen.«
Inmitten des Geschreis und der Fragen der Damen wirkte der Glu-

kide älter und müder. Er sagte ein paar Worte zum *maître* und verließ die Bar, indem er sich nachdrücklich mit der Hand durchs Haar fuhr.

Paula sah Raúl an, der hingebungsvoll seine Pfeife ansteckte.

»So ein Mist«, sagte Paula. »Und ich habe mein Appartement für zwei Monate untervermietet.«

»Vielleicht«, sagte Raúl, »kannst du das von Medrano kriegen, wenn du Lucio und Nora zuvorkommst, die bestimmt auf eine Wohnung nur so brennen.«

»Du hast keine Ehrfurcht vor dem Tod, was?«

»Vor mir wird der Tod auch keine Ehrfurcht haben, oder?«

»Gehen wir«, sagte López barsch zu Paula. »Gehen wir an die Sonne. Mir langt das Ganze.«

»Gehen wir, Jamaica John«, sagte Paula und betrachtete ihn dabei verstohlen. Es gefiel ihr, wenn er sich ärgerte. ›Nein, Liebling, so einfach wirst du nicht mit mir umspringen‹, dachte sie. ›Mit deiner stolzen Männlichkeit! Du wirst schon noch merken, daß hinter den Küssen immer mein Mund ist, der sich nicht so leicht verändert. Besser, du versuchst mich zu verstehen und nicht zu ändern …‹ Und als erstes würde er verstehen müssen, daß das alte Bündnis nicht zerbrochen war, daß Raúl immer Raúl für sie sein würde… Niemand würde ihr die Freiheit abkaufen, niemand würde sie ändern, solange sie sich nicht von selbst dazu entschloß.

Persio trank eine zweite Tasse Kaffee und dachte an die Rückkehr. Durch seine Erinnerung zogen die Straßen von Chacarita. Er müßte Claudia fragen, ob es korrekt wäre, der Arbeit noch fern zu bleiben, obwohl er wieder in Buenos Aires wäre. ›Delikate juristische Probleme‹, dachte Persio. ›Wenn der Chef mich auf der Straße sieht, nachdem ich ihm gesagt habe, ich würde eine Seereise machen …‹

I

Aber wenn der Chef ihn auf der Straße sieht, nachdem er ihm gesagt hat, er würde eine Seereise machen, was zum Teufel ist schon dabei? Was zum Teufel? betont Persio, während er vorgebeugt und abwesend in den Satz seiner zweiten Tasse Kaffee starrt und dabei wie ein Kork auf einem noch größeren Korken in einer unbestimmten Gegend des Südatlantiks treibt. Es ist ihm nicht gelungen, die ganze Nacht wach zu bleiben, er war verwirrt durch den Pulvergeruch, das Gerenne und die vergebliche Chiromantie in Händen, die verfälscht waren von Talkpuder, von Koffergriffen und den Steuerrädern der Autos. Er hat den Tod ein paar Meter vor Jorges Bett seine Absicht ändern sehen, aber er weiß, daß dies eine Metapher ist. Er hat erfahren, daß Freunde die Sperre durchbrochen und das Heck erreicht haben, aber er hat die Lücke nicht gefunden, um seine Beziehung zur Nacht wiederherzustellen und mit der ungewissen Entdeckung dieser Leute in Einklang zu kommen. Der einzige, der etwas über das Heck gewußt hat, kann nicht länger reden. Erklomm er die Stufen der Initiation? Sah er die Käfige der Bestien, sah er die Affen von den Tauen hängen, hörte er die uranfänglichen Stimmen, fand er den Grund oder die Befriedigung? O Entsetzen der Ahnen, o Nacht der Rasse, blinder und brodelnder Brunnen, welch dunklen Schatz bewachten die Drachen mit dem nordischen Idiom, welche Kehrseite wartete dort, um einem Toten sein wahres Gesicht zu zeigen? Alles übrige ist Lüge, und die anderen, jene, die zurückkamen, und jene, die nicht gegangen sind, wissen es ebenfalls, die einen, weil sie nicht schauten oder nicht schauen wollten, die anderen aus Einfalt oder wegen der süßen Gemeinheit von Zeit und Gebräuchen. Lüge sind die Wahrheiten der Forscher, Lüge die Lügen der Feigen und der Vorsichtigen; Lüge die Erklärungen, Lüge die Widerrufe. Gewiß und sinnlos zugleich ist allein die aufbrausende Glorie Atilios, dieses Engels mit den linkischen sommersprossigen Händen, der nicht weiß, was er gewesen ist, aber sich jetzt erhebt, für immer gezeichnet und verändert in der Stunde seiner Vollkommenheit, bis die unvermeidliche Verschwörung der Maciel-Insel ihn wieder in den Stand der befriedigenden Unwissenheit zurückversetzt. Und doch waren da die ›Mütter‹, um sie zu benennen, um an ihre unbestimmten Gestaltungen zu glauben, die sich inmitten der Pampa erhoben, auf dem Land, das die Gesichter seiner Menschen zeichnet, die Haltung ihrer Rücken, ihrer Nacken, die Farbe ihrer Augen und ihrer Stimme, die ungeduldig nach gegrilltem Fleisch und dem neuesten Tango verlangt, und es gab die Archetypen, die verborgenen Wurzeln der Geschichte, welche sich wortreich durch die offiziellen Versionen zieht, durch das »Der-fünfundzwanzigste-Mai-

begann-kalt-und-regnerisch«, durch Liniers, der zwischen Seite dreißig und Seite vierunddreißig auf rätselvolle Weise Held und Verräter ist, die tiefen Wurzeln der Geschichte, welche auf die Ankunft des ersten Argentiniers voller Durst nach Hingabe, Metamorphose und dem Licht der Welt wartete. Aber wieder einmal weiß Persio, daß sich der obszöne Ritus erfüllt hat, daß die unheilvollen Ahnen sich zwischen die ›Mütter‹ und ihre fernen Söhne geschoben haben und daß ihr Terror das Bild Gottes, des Schöpfers, schließlich töten und ihn durch einen vorteilhaften Handel mit Phantasmen ersetzen wird, durch eine drohende Belagerung der Stadt, ein unstillbares Verlangen nach Opfergaben und Besänftigung. Affenkäfige, losgelassene wilde Tiere, Glukiden in Uniform, nationale Gedenktage oder nur ein gescheuertes, in der Morgendämmerung graues Deck, das Geringste genügt schon, um das zu verbergen, was zitternd auf der anderen Seite wartete, Tote und Lebende sind mit getrübten Augen von dort unten zurückgekehrt, und wieder sieht Persio, wie sich das Bild des Gitarrespielers auf einem Bild abzeichnet, das einst Apollinaire gehörte, wieder sieht er, daß der Musikant kein Gesicht hat, da ist nichts als ein unbestimmtes schwarzes Rechteck, eine herrenlose Musik, ein blindes Geschehen ohne Wurzeln, ein driftendes Schiff, ein Roman, der endet.

EPILOG

XLIV

Um halb zwölf wurde es langsam heiß, und da Lucio es müde war, in der Sonne zu sitzen und Nora eine Menge Dinge zu erklären, die sie nicht für unwiderleglich zu halten schien, beschloß er nach oben zu gehen und zu duschen. Er war es leid, in der prallen Sonne zu reden und die zu verfluchen, die ihnen die Reise verdorben hatten; leid sich zu fragen, was geschehen würde und warum vom Packen geredet wurde. Die Antwort erhielt er, als er die Steuerbordtreppe hinaufstieg: ein kaum vernehmliches Brummen, ein Fleck am Himmel, dann ein zweiter. Die beiden Catalina-Wasserflugzeuge kreisten ein paarmal über der ›Malcolm‹, ehe sie etwa hundert Meter weiter auf dem Wasser niedergingen. Felipe betrachtete sie gleichgültig; er stand allein und in einen Halbtraum verloren am Bug, was Beba boshaft dem Alkohol zuschrieb.

Die Sirene der ›Malcolm‹ ertönte dreimal, und an Bord eines der Wasserflugzeuge blitzte ein Heliograph auf. Von ihren Liegestühlen aus beobachteten López und Paula, wie sich eine Schaluppe mit einem dicken Glukiden vorn im Bug entfernte. Die Zeit schien sich zu dieser Stunde endlos zu dehnen; die Schaluppe brauchte sehr lange, bis sie die Seite eines der Flugzeuge erreichte; dann sahen sie den Glukiden am Flügel hinaufklettern und verschwinden.

»Hilf mir die Koffer packen«, bat Paula. »Ich habe alles über den Boden verstreut.«

»Gut, aber wir haben es so schön hier.«

»Dann bleiben wir«, sagte Paula und schloß die Augen. Als sie sich wieder für das interessierten, was um sie her vorging, legte die Schaluppe gerade mit mehreren Männern an Bord von dem Wasserflugzeug ab. López streckte sich und befand, daß der Augenblick gekommen sei, ihre Sachen in Ordnung zu bringen, aber ehe sie hinaufgingen, stützten sie sich einen Augenblick neben Felipe auf die Reling. Sie erkannten die Silhouette und den dunkelblauen Anzug des Mannes, der dort lebhaft mit dem dicken Glukiden redete. Es war der Inspektor vom Amt für Öffentlichkeitsarbeit.

Eine halbe Stunde später gingen der *maître* und der Steward von Kabine zu Kabine und über das Deck, um die Passagiere in die Bar zu rufen, wo der Inspektor sie mit dem grauhaarigen Glukiden erwartete. Als erster erschien Dr. Restelli und strahlte einen

Optimismus aus, den sein gezwungenes Lächeln Lügen strafte. Inzwischen hatte er mit Herrn Trejo, Lucio und Don Galo beratschlagt und Überlegungen ausgetauscht, wie die Dinge am besten darzustellen seien (für den Fall, daß eine Voruntersuchung eröffnet würde oder daß man beabsichtigte, die Kreuzfahrt, auf die sie alle – außer den Rebellen – vollen Anspruch hatten, für beendet zu erklären). Die Damen erschienen mit ihrem strahlendsten Lächeln, grüßten jedermann liebenswürdig und versuchten es mit einem: »Was! Sie hier? Welche Überraschung!« – was der Inspektor damit erwiderte, daß er andeutungsweise den Mund verzog und die rechte Hand mit nach vorne gekehrter Innenfläche hob.

»Ich glaube, jetzt sind alle hier«, sagte er und blickte den *maître* an, der noch einmal nachkontrollierte. Es entstand eine große Stille, in die das Streichholz, das Raúl anriß, geräuschvoll hineinplatzte.

»Guten Tag, meine Damen und Herren«, sagte der Inspektor. »Es ist wohl überflüssig, Ihnen zu sagen, wie tief das Amt die entstandenen Unannehmlichkeiten bedauert. Das Telegramm, das der Kapitän der ›Malcolm‹ gesandt hat, war so dringlicher Natur, daß, wie Sie feststellen können, das Amt nicht gezögert hat, unverzüglich die wirksamsten Maßnahmen zu ergreifen.«

»Das Telegramm haben wir gesandt«, sagte Raúl. »Um genau zu sein, es wurde von dem Mann gesandt, den diese Leute da ermordet haben.«

Der Inspektor starrte auf die Fingerspitze, mit der Raúl auf den Glukiden deutete, der sich mit der Hand durchs Haar fuhr. Er zog eine Pfeife heraus und pfiff zweimal. Drei junge Männer in der Uniform der Stadtpolizei von Buenos Aires, die auf diesem Breitengrad und in dieser Bar entschieden unpassend wirkten, traten ein.

»Ich wäre Ihnen dankbar, Sie ließen mich meine Mitteilungen zu Ende bringen«, sagte der Inspektor, während sich die Polizisten hinter den Passagieren aufstellten. »Es ist überaus bedauerlich, daß die Epidemie ausgebrochen ist, nachdem das Schiff die Reede von Buenos Aires verlassen hatte. Uns ist bekannt, daß die Offiziere der ›Malcolm‹ alle nötigen Maßnahmen ergriffen haben, um Ihre Gesundheit zu schützen, und sogar eine etwas lästige Disziplin verhängten, die sich nicht umgehen ließ.«

»Genau«, sagte Don Galo. »All das ist in Ordnung. Ich habe es von Anfang an gesagt. Aber jetzt gestatten Sie mir, werter Herr...«
»Gestatten Sie *mir*!« sagte der Inspektor. »Trotz dieser Vorsichtsmaßnahmen gab es zweimal Alarm, wobei der zweite den Kapitän zwang, nach Buenos Aires zu telegrafieren. Der erste der beiden Fälle war glücklicherweise nur ein falscher Alarm, und der Schiffsarzt hat schon erklärt, daß der kleine Patient außer Gefahr ist; aber der zweite, den der Leichtsinn des Opfers verursacht hat, das unerlaubt die sanitäre Sperre überschritt und die infizierte Zone erreichte, ist verhängnisvoll ausgegangen. Der Herr...« Er konsultierte ein Notizbuch, während das Murmeln anschwoll. »Es handelt sich um Herrn Medrano. Sehr bedauerlich, gewiß. Gestatten Sie, meine Herrschaften. Ruhe! Gestatten Sie. Unter diesen Umständen und nachdem ich mich mit dem Kapitän und dem Arzt beraten habe, sind wir zu dem Schluß gelangt, daß Ihre Anwesenheit an Bord der ›Malcolm‹ die Gesundheit aller gefährden könnte. Die Epidemie, obwohl im Abklingen begriffen, könnte nun plötzlich auf dieser Seite erneut ausbrechen, vor allem da der verhängnisvolle Fall seinen tödlichen Ausgang in einer der Kabinen am Bug genommen hat. Aus all diesen Gründen, meine Damen und Herren, bitte ich Sie, sich fertigzumachen, um in einer Viertelstunde an Bord der Flugzeuge zu gehen. Ich danke Ihnen.«
»Und warum sollen wir in die Flugzeuge?« kreischte Don Galo, indem er seinen Stuhl zum Inspektor hin in Bewegung setzte. »Dann stimmt das also doch mit der Epidemie?«
»Mein lieber Don Galo, natürlich stimmt es«, sagte Dr. Restelli und sprang rasch vor. »Sie überraschen mich, mein lieber Freund. Wie Sie sehr wohl wissen, hat niemand auch nur einen Augenblick daran gezweifelt, daß die Schiffsoffiziere gegen einen Ausbruch von Typhus 224 kämpften. Herr Inspektor, darum handelt es sich eigentlich nicht, da wir uns hierüber alle einig sind, sondern vielmehr um die Zweckmäßigkeit der – sagen wir – etwas drastischen Maßnahme, die Sie ergreifen wollen. Es sei mir fern, auf das Recht zu pochen, das mir als Gewinner zusteht, aber zugleich bitte ich nachdrücklich, doch vielleicht die Überstürzung zu bedenken, mit der Sie...«
»Gehen Sie, Restelli, hören Sie mit diesem Blödsinn auf«, sagte López, indem er sich von Paulas Arm und ihren beschwörenden

Knüffen befreite. »Sie und alle anderen wissen ganz genau, daß die vom Schiff Medrano erschossen haben. Weder Typhus noch verflucht sonst etwas. Und jetzt hören Sie mir einen Moment zu. Nach allem, was wir hier erlebt haben, ist es mir verdammt egal, nach Buenos Aires zurückzukehren, aber ich gedenke nicht zuzulassen, daß derart gelogen wird.«

»Seien Sie still, Mann«, sagte einer der Polizisten.

»Danach ist mir nicht zumute. Ich habe Zeugen und Beweise für das, was ich sage. Und ich bedauere nur, daß ich nicht bei Medrano war, um ein halbes Dutzend dieser Hurensöhne abzuknallen.«

Der Inspektor hob die Hand.

»Nun, meine Herrschaften, ich hatte gehofft, Sie nicht auf die Alternative hinweisen zu müssen, die sich in dem Fall stellt, daß jemand von Ihnen aus freundschaftlichen oder sonstigen Gründen den Sinn für die Realität verliert und darauf beharrt, die Tatsachen zu verfälschen. Glauben Sie mir, es würde mir leid tun, wenn ich mich gezwungen sähe, Sie in ... sagen wir, in einer abgelegenen Gegend abzusetzen und so lange dort zu behalten, bis sich die Gemüter beruhigt hätten und die Informationen wieder auf der Linie der Normalität lägen.«

»Mich können Sie absetzen, wo immer Sie Lust haben«, sagte López. »Medrano wurde von diesen Leuten ermordet. Schauen Sie mein Gesicht an. Ist das etwa auch Typhus?«

»Das entscheiden Sie selbst«, sagte der Inspektor und wandte sich dann hauptsächlich an Herrn Trejo und Don Galo. »Ich möchte nicht gezwungen sein, Sie zu internieren, aber wenn Sie darauf bestehen, Tatsachen zu verfälschen, die von den untadeligsten Personen bestätigt wurden ...«

»Reden Sie keinen Quatsch«, sagte Raúl. »Warum gehen wir nicht zusammen hinunter, Sie und ich, und sehen uns den Toten einmal an?«

»Oh, der Leichnam wurde schon vom Schiff gebracht«, sagte der Inspektor. »Sie werden verstehen, daß es sich dabei um eine elementare hygienische Maßnahme handelt. Meine Herrschaften, ich bitte Sie, dringend darüber nachzudenken. In vier Stunden können wir alle in Buenos Aires zurück sein. Wenn wir erst dort sind und die Erklärungen unterzeichnet haben, die wir einmütig abfassen werden, dann können Sie versichert sein, daß unser Amt

Sie angemessen entschädigen wird, denn es wurde nicht vergessen, daß diese Reise einem Preis entspricht, und die Tatsache, daß sie nicht gut verlaufen ist, soll kein Hindernis sein.«
»Eine hübsche Schlußwendung«, sagte Paula.
Herr Trejo räusperte sich, sah seine Frau an und entschloß sich zu reden.
»Eine Frage, Herr Inspektor... Da, wie Sie uns soeben mitteilen, der Leichnam vom Schiff gebracht wurde und der Typhus eindeutig im Abklingen ist, dachten Sie da nicht an die Möglichkeit...«
»Aber klar, Mann«, sagte Don Galo. »Aus welchem Grund sollten die, die der gleichen Ansicht sind... ich sage ganz klar, die, die der gleichen Ansicht sind... diese Reise nicht fortsetzen?«
Alle redeten zugleich, die Stimmen der Damen erhoben sich über die verärgerten Versuche der Polizisten, Ruhe zu schaffen. Raúl bemerkte, wie der Inspektor zufrieden lächelte und den Polizisten ein Zeichen machte, sich nicht einzumischen. ›Teile und herrsche‹, dachte er, während er sich gegen eine Wand lehnte und lustlos rauchte. ›Warum auch nicht? Es ist doch gleich, ob wir bleiben oder gehen, weiterfahren oder umkehren. Armer López, so hartnäckig hat er versucht, die Wahrheit an den Tag zu bringen. Aber Medrano würde sich freuen, wenn er dabei sein könnte; was für ein Durcheinander er angerichtet hat...‹ Er lächelte Claudia zu, die der Szene wie aus weiter Ferne beiwohnte, während Dr. Restelli erklärte, gewisse bedauerliche Exzesse dürften nicht zu Lasten der wohlverdienten Ferien der Mehrzahl der Passagiere gehen, weshalb er zuversichtlich hoffe, der Herr Inspektor... Aber der Herr Inspektor hob wieder die Hand mit der Innenfläche nach vorne, bis es einigermaßen still wurde.
»Ich verstehe den Standpunkt dieser Herren sehr gut«, sagte er. »Der Kapitän und die Offiziere haben jedoch beschlossen, daß unter den herrschenden Umständen, dem Typhus und so fort... Mit einem Wort, meine Herrschaften, wir kehren alle nach Buenos Aires zurück, oder ich sehe mich zu meinem großen Kummer gezwungen, eine vorübergehende Internierung anzuordnen, bis alle Mißverständnisse zerstreut sind. Bedenken Sie, daß die Typhusgefahr allein genügte, um solch eine extreme Maßnahme zu rechtfertigen.«
»Da haben wir es«, sagte Don Galo und wandte sich wie ein Basi-

lisk nach López und Atilio um. »Das kommt von der Anarchie und der Anmaßung. Seit ich an Bord gekommen bin, habe ich es gesagt. Jetzt müssen die Unschuldigen für die Schuldigen büßen, Scheiße. Und diese Wasserflugzeuge, sind die sicher, oder?«
»Reden Sie nicht von Wasserflugzeugen!« schrie Frau Trejo, unterstützt von einem vorwiegend weiblichen Gemurre. »Warum können wir die Reise nicht fortsetzen, warum nicht?«
»Diese Reise ist zu Ende, meine Dame«, sagte der Inspektor.
»Osvaldo, und das läßt du dir gefallen?«
»Meine Liebe«, seufzte Herr Trejo.
»Schon gut, schon gut«, sagte Don Galo. »Steigen wir alle in das Wasserflugzeug, und Schluß mit dem Gerede von Internierung und anderen Faxen.«
»In der Tat«, sagte Dr. Restelli und sah verstohlen zu López, »wenn wir die Einstimmigkeit erzielen, die der Herr Inspektor uns nahelegt, werden wir unter den gegebenen Umständen ...«
López empfand sowohl Ekel als auch Mitleid. Er war so müde, daß das Mitleid siegte.
»Machen Sie sich meinetwegen keine Sorgen«, sagte er zu Dr. Restelli. »Es macht mir nichts aus, nach Buenos Aires zurückzukehren, und dort werden wir uns dann deutlich äußern.«
»Eben«, sagte der Inspektor. »Das Amt muß die Gewißheit haben, daß niemand von Ihnen seine Rückkehr benutzen wird, um Gerüchte zu verbreiten.«
»Dann«, sagte López, »ist das Amt schön auf dem Holzweg.«
»Mein Herr, Ihre Hartnäckigkeit ...«, sagte der Inspektor. »Glauben Sie mir, wenn ich nicht von vornherein die Gewißheit habe, daß Sie darauf verzichten, die Wahrheit zu verdrehen – ja, die Wahrheit auf diese Weise zu verdrehen, dann werde ich mich gezwungen sehen, das zu tun, wovon ich vorhin sprach.«
»Das fehlte gerade noch«, sagte Don Galo. »Erst schwebt man drei Tage lang in Todesangst, und dann soll man für wer weiß wie lange an den Arsch der Welt. Nein, nein und nein. Nach Buenos Aires, nach Buenos Aires!«
»Aber klar«, sagte Herr Trejo. »Es ist unerträglich.«
»Untersuchen wir die Lage in Ruhe«, forderte Dr. Restelli.
»Die Lage ist sehr einfach«, sagte Herr Trejo. »Da der Herr Inspektor es nicht für möglich hält, die Reise forzusetzen ...«, er sah seine Frau an, die blaß vor Wut war, und machte eine Gebärde der

Ohnmacht, »... ist es wohl am logischsten und natürlichsten, wir treten unverzüglich die Heimreise nach Buenos Aires an und gliedern uns wieder ein an... an...«
»In«, sagte Raúl, »gliedern uns wieder ein in!«
»Von meiner Seite steht Ihrer Wiedereingliederung nichts im Wege«, sagte der Inspektor, »wenn Sie nur die Erklärung unterzeichnen, die rechtzeitig für Sie aufgesetzt werden wird.«
»Meine Erklärung setze ich selbst auf, bis zum letzten Komma«, sagte López.
»Da wirst du nicht der einzige sein«, sagte Paula und fühlte sich in ihrer Tugendhaftigkeit ein wenig lächerlich.
»Natürlich nicht«, sagte Raúl. »Zumindest werden wir fünf sein. Und das ist mehr als ein Viertel der Passagiere, was in einer Demokratie nicht zu unterschätzen ist.«
»Kommen Sie mir bitte nicht mit Politik«, sagte der Inspektor.
Der Glukide fuhr sich mit der Hand durchs Haar und wandte sich mit leiser Stimme an den Inspektor, der höflich lauschte.
Raúl wandte sich Paula zu.
»Telepathie, meine Liebe. Er sagt ihm, daß die ›Magenta Star‹ gegen den Kunstgriff einer teilweisen Internierung ist, da der Skandal auf längere Sicht dadurch nur größer wird. Man wird uns nicht nach Ushuaia bringen, du wirst sehen, nicht einmal das. Ich bin ganz froh, denn ich habe überhaupt keine Wintersachen dabei. Paß gut auf, du wirst sehen, daß ich recht habe.«
Er hatte recht, denn der Inspektor hob wieder mit der gewohnten Geste die Hand, bei der man ohne rechten Zusammenhang an einen Pinguin denken mußte, und erklärte nachdrücklich, falls keine Einstimmigkeit erzielt werde, sähe er sich gezwungen, sämtliche Passagiere ausnahmslos zu internieren. Die Wasserflugzeuge könnten nicht getrennt werden und so fort; er fügte noch ein paar bombastische technische Begründungen hinzu. Darauf schwieg er und wartete das Ergebnis der alten Maxime ab, so wie es Raúl kurz zuvor vermutet hatte, und lange brauchte er nicht zu warten. Dr. Restelli sah Don Galo an, der Frau Trejo ansah, die wiederum ihren Mann ansah. Ein Vieleck von Blicken, eine unmittelbare Reaktion. Sprecher: Don Galo Porriño.
»Sehen Sie, mein Herr«, sagte Don Galo, während er seinen Rollstuhl vor und zurück bewegte, »es geht doch nicht an, daß nur wegen der Halsstarrigkeit und Verbohrtheit dieser jungen Stutzer

wir anderen, die wir Menschen mit Einsicht und gesundem Menschenverstand sind, Gott weiß wohin verfrachtet werden, ganz davon zu schweigen, daß wir später auch noch der Verleumdung zum Opfer fallen. Ich kenne diese Welt nur zu gut. Wenn Sie uns sagen, daß der... daß der Unfall die Folge dieser verdammten Epidemie war, dann glaube ich persönlich, es besteht keinerlei Grund, an Ihrem Wort als Beamter zu zweifeln. Es würde mich keineswegs überraschen, wenn die Auseinandersetzung von heute morgen bloß viel Lärm um nichts war, wie man so zu sagen pflegt. Tatsache ist, daß keiner von uns« – er betonte das letzte Wort – »den... den bedauernswerten Herrn hat sehen können, der im übrigen trotz der schändlichen Verirrungen seiner letzten Stunden unser aller Wohlwollen genoß.«
Er vollführte mit seinem Stuhl eine viertel Drehung und sah López und Raúl triumphierend an.
»Ich wiederhole: Niemand hat ihn gesehen, da diese Herren mit Hilfe eines Ganoven, der die Frechheit besaß, uns gestern nacht in der Bar einzusperren – man beachte das Gewicht, welches dieser unsagbaren Freveltat zukommt, wenn man sie im Lichte des eben Angeführten betrachtet –, diese Herren, wiederhole ich, um sie noch immer bei einem Namen zu nennen, den sie nicht verdienen, verwehrten diesen Damen hier, die christliche Nächstenliebe beseelte – eine Überzeugung, die ich achte, wenn auch nicht teile –, den Zutritt zum Totengemach. Was für Schlüsse, Herr Inspektor, lassen sich aus alldem ziehen?«
Raúl packte Pelusa, der ziegelrot angelaufen war, beim Arm, konnte ihn jedoch nicht am Reden hindern.
»Was für Folgerungen, Sie alter Schwachkopf? Ich habe ihn zurückgebracht, mit dem Herrn da habe ich ihn zurückgebracht! Das Blut ist ihm über die Jacke gelaufen!«
»Vermutlich Säuferwahnsinn«, murmelte Herr Trejo.
»Und was ist mit der Kugel, die ich dem Kerl am Heck verpaßt habe? Sein Ohr blutete, daß er wie ein abgestochenes Schwein aussah! Hätte ich ihn nur in den Wanst getroffen, Herrgott noch einmal, dann wollte ich mal sehen, ob Sie mir noch immer mit dem Typhus kämen!«
»Beiß dir nicht die Zähne aus, Atilio«, sagte Raúl. »Die Geschichte ist längst geschrieben.«
»Was für eine Geschichte?« fragte Pelusa.

Raúl zuckte die Achseln.

Der Inspektor wartete, sicher, daß andere beredter sein würden als er. Als erster sprach Dr. Restelli, ein Muster an Takt und gesundem Menschenverstand; ihm folgte Herr Trejo, ein glühender Verteidiger der Sache von Recht und Ordnung; Don Galo begnügte sich damit, die Reden durch geistvolle und passende Bemerkungen zu unterstützen. López nahm es auf sich, zu antworten und sie nachdrücklich Feiglinge zu nennen, wobei er von Atilios Zwischenrufen und plötzlichen Ausbrüchen sowie von Raúls stets treffenden Hieben unterstützt wurde. Als ihm der Ekel sogar die Lust zu reden verschlug, drehte er ihnen den Rücken zu und setzte sich in eine Ecke. Schweigend und unauffällig von den Polizisten bewacht, sammelte sich die Gruppe der Verdammten, während die Friedenspartei, ermutigt vom Beifall der Damen und dem melancholischen Lächeln des Inspektors, ihren Schlüssen den letzten, abrundenden Schliff gab.

XLV

Von oben sah die ›Malcolm‹ wie ein Streichholz in einem Waschbecken aus. Nachdem er sich beeilt hatte, einen Fensterplatz mit Beschlag zu belegen, blickte Felipe nun gleichgültig hinunter. Das Meer verlor jegliches Volumen und Relief und verwandelte sich in eine dunkle, undurchsichtige Folie. Er steckte sich eine Zigarette an und sah sich um; die Lehnen der Sitze waren überraschend niedrig. Links flog das andere Wasserflugzeug, es machte den Eindruck vollkommener Bewegungslosigkeit. Das Gepäck der Passagiere war darin verstaut und vermutlich auch ... Beim Einsteigen hatte Felipe in allen Winkeln der Kabine nach einer Gestalt Ausschau gehalten, die in ein Leintuch oder eine Plane, eher eine Plane, gehüllt wäre. Er entdeckte nichts, man hatte ihn also wohl in das andere Flugzeug gebracht.

»Na ja«, sagte Beba, die zwischen ihrer Mutter und Felipe saß. »Es war vorauszusehen, daß das schlecht ausgehen würde. Mir hat die Sache vom ersten Augenblick an nicht gefallen.«

»Ideal hätte es ausgehen können«, sagte Frau Trejo, »wenn es nicht wegen dem Typhus gewesen wäre und ... wegen dem Typhus.«

»Jedenfalls ist es peinlich«, sagte Beba. »Jetzt muß ich das all meinen Freundinnen erklären, stell dir bloß mal vor.«
»Nun, Liebes, erklär es ihnen und Schluß. Du weißt sehr gut, was du zu sagen hast.«
»Wenn du meinst, María Luisa und Meche würden mir das abnehmen ...«
Frau Trejo sah Beba eine Sekunde an und dann ihren Mann, der auf der gegenüberliegenden Seite saß, wo es nur zwei Plätze gab. Herr Trejo, der alles mitangehört hatte, machte ihr ein beschwichtigendes Zeichen. In Buenos Aires würden sie die Kinder nach und nach überzeugen, die Geschichte nicht zu verdrehen, vielleicht wäre es auch angebracht, sie für einen Monat nach Córdoba auf Tante Floritas Estanzia zu schicken. Kinder vergessen schnell, und zudem sind sie minderjährig, weshalb ihre Worte keine juristischen Folgen haben. Wirklich, es lohnte nicht, sich groß aufzuregen.
Felipe blickte noch immer zur ›Malcolm‹, bis er sie unter dem Flugzeug verschwinden sah; nur der unendliche Stumpfsinn des Wassers blieb jetzt, vier Stunden Wasser bis Buenos Aires. Der Flug war gar nicht so übel; schließlich war es das erste Mal, daß er in ein Flugzeug stieg, und er würde den Freunden etwas zu erzählen haben. Das Gesicht seiner Mutter vor dem Start, Bebas heimliches Entsetzen ... die Frauen waren unglaublich, sie fürchteten sich wegen jeder Lappalie. Ja, Junge, was soll man machen, da war dann dick der Bär los, so, daß sie uns zum Schluß alle in eine Catalina steckten und ab nach Hause. Einen haben sie getötet und so, alles war... Aber sie würden ihm nicht glauben, Ordóñez würde ihn mit jenem Ausdruck ansehen, den er aufsetzte, wenn er seine Überlegenheit zeigen wollte. Davon hätte man doch gehört, Junge, wozu, meinst du, sind die Zeitungen da? Ja, besser, er erwähnte diesen Teil nicht. Aber Ordóñez und vielleicht Alfieri würden fragen, wie es ihm sonst auf der Reise ergangen sei. Das war einfacher: Das Bassin, eine Rothaarige in einem Bikini, er schmeißt sich voll ran, die Puppe markiert die Zimperliche, schau, wenn das die anderen merken, ich schäme mich, aber nein, Kleine, niemand wird etwas merken, komm schon, laß mich ein bißchen ran. Zuerst wollte sie nicht, sie hatte Angst, aber ihr wißt ja, wie das ist, kaum hatte ich angefangen, sie mir richtig vorzunehmen, schon schloß sie die Augen und ließ sich

von mir auf dem Bett ausziehen. Was für ein Weib, Junge, unbeschreiblich...
Er glitt ein wenig in seinem Sitz zurück, die Augen halb geschlossen. Dinge könnte ich dir erzählen... Den ganzen Tag lang, und sie wollte mich einfach nicht gehen lassen. So was von scharf, daß du nicht mehr ein noch aus weißt... Eine Rothaarige, ja, aber unten rum war sie eher blond. Klar, darüber habe ich mich auch gewundert, aber ich sag' dir ja, eher blond.
Die Tür zum Cockpit ging auf, und der Inspektor sah mit zufriedener, fast jugendlicher Miene zu ihnen herein.
»Wundervolles Wetter, meine Herrschaften. In dreieinhalb Stunden sind wir in Puerto Nuevo. Das Amt dachte, daß Sie sich nach Erledigung der bereits besprochenen Formalitäten sicher unverzüglich auf den Weg nach Hause machen wollen. Um Ihnen Zeitverluste zu ersparen, werden für alle Taxen bereitstehen, und das Gepäck wird Ihnen ausgehändigt, sobald Sie von Bord gehen.«
Er setzte sich auf den vordersten Sitz neben Don Galos Chauffeur, der eine Nummer von »Rojo y Negro« las. Nora war auf einem Fensterplatz tief in ihren Sitz gerutscht und seufzte.
»Ich kann es nicht fassen«, sagte sie. »Glaub' mir, es ist einfach stärker als ich. Gestern ging es uns noch so gut, und jetzt...«
»Wem sagst du das«, murmelte Lucio.
»Ich begreife das nicht, am Anfang warst du auch wegen der Geschichte mit dem Achterdeck sehr beunruhigt... Warum haben sie sich derart aufgeregt? Ich weiß nicht, sie machten einen so netten, sympathischen Eindruck.«
»Ein Haufen Strolche«, sagte Lucio. »Die anderen kannte ich ja nicht, aber Medrano ließ mich sowieso kalt. Paß nur auf, so, wie die Dinge in Buenos Aires stehen, kann solch ein Skandal sich für uns alle ungünstig auswirken. Stell dir vor, jemand trägt meinem Vorgesetzten die Geschichte zu, das könnte mich eine Beförderung oder noch mehr kosten. Schließlich waren es offizielle Preise, daran hat natürlich niemand gedacht. Sie wollten nur Krawall machen, um sich aufzuspielen.«
»Ich weiß nicht«, sagte Nora, sah ihn an und senkte dann sogleich den Blick. »Du hast ja recht, natürlich, aber als der kleine Junge krank wurde...«
»Na und? Siehst du nicht, wie er da drüben sitzt und Bonbons ißt?

Was für eine Krankheit war das denn, kannst du mir das sagen? Aber diese Wirrköpfe wollten lediglich Krawall machen, um die Helden zu spielen. Meinst du, ich hätte das nicht von Anfang an erkannt und nicht versucht, sie zu bremsen? Viel Revolvergefuchtel und viel Großtuerei ... Ich sage dir, Nora, wenn das in Buenos Aires bekannt wird ...«

»Aber es wird nicht bekannt werden, glaube ich«, sagte Nora schüchtern.

»Hoffen wir es. Glücklicherweise denken einige so wie ich, und wir sind die Mehrheit.«

»Man wird die Erklärung unterzeichnen müssen.«

»Natürlich muß man sie unterzeichnen. Der Inspektor wird die Dinge regeln. Vielleicht rege ich mich umsonst auf; wer wird ihnen schließlich diese Geschichte schon glauben.«

»Ja, aber Herr López und Presutti waren so wütend ...«

»Sie wollen sich bis zum Schluß aufspielen«, sagte Lucio, »aber du wirst sehen, in Buenos Aires wird man nichts mehr von ihnen hören. Warum siehst du mich so an?«

»Ich?«

»Ja, du.«

»Aber Lucio, ich habe dich doch einfach nur angesehen.«

»Du hast mich angesehen, als würde ich lügen oder so.«

»Nein, Lucio.«

»Doch, du hast mich merkwürdig angesehen. Aber begreifst du denn nicht, daß ich recht habe?«

»Aber natürlich«, sagte Nora und wich seinem Blick aus. Natürlich hatte Lucio recht. Er war zu verärgert, um nicht recht zu haben. Lucio, der immer so fröhlich war... Sie würde alles daransetzen müssen, damit er diese Tage vergäße und wieder fröhlich würde. Es wäre zu schrecklich, wenn er weiter schlecht gelaunt bliebe und sich in Buenos Aires entschlösse, etwas zu tun; was, wußte sie nicht recht, irgend etwas, wenn er aufhörte, sie zu lieben, oder sie verlassen würde, obwohl es absurd war, zu glauben, Lucio könne sie gerade jetzt verlassen, wo sie ihm den größten Beweis ihrer Liebe gegeben hatte, jetzt, da sie für ihn gesündigt hatte. Es schien unglaublich, daß sie in drei Stunden mitten im Zentrum der Stadt sein würden, und jetzt müßte sie Lucio fragen, was er vorhatte, ob sie zu sich nach Hause zurückgehen sollte, denn auch wenn Mocha alles verstehen würde, aber ihre Mutter... In Gedanken sah sie sich das Eßzimmer betreten, ihre Mutter starrte sie an und wurde immer blasser. Wo war sie die letzten drei Tage gewesen? ›Schlampe‹, würde ihre Mutter sagen. ›Das ist also die Erziehung, die du von den Nonnen bekommen hast, du Schlampe, du Hure, du mißratenes Stück!‹ Und Mocha würde versuchen, sie zu verteidigen, aber wie sollte sie schon die drei Tage erklären? Es war unmöglich, nach Hause zurückzugehen; sie würde Mocha anrufen, damit ihre Schwester sie und Lucio irgendwo treffen könnte. Aber wenn Lucio, der so wütend war... Und wenn er nicht gleich heiraten wollte, wenn er anfinge, die Hochzeit zu verschieben, und wieder zur Arbeit ginge, zu den Mädchen im Büro, besonders zu jener Betty, wenn er wieder anfinge, mit seinen Freunden auszugehen...

Lucio blickte über Noras Schulter aufs Meer. Er schien darauf zu warten, daß sie etwas zu ihm sagte. Nora wandte sich ihm zu und küßte ihn auf die Wange, die Nase und den Mund. Lucio erwiderte die Küsse nicht, aber sie fühlte sein Lächeln, als sie ihn wieder auf die Wange küßte.

»Liebling«, sagte Nora und legte ihre ganze Seele hinein, damit ihre Worte so klängen, wie sie klingen müßten. »Ich liebe dich so sehr. Ich bin so glücklich mit dir, ich fühle mich so sicher, weißt du, so geborgen.«

Sie spähte nach seinem Gesicht, als sie ihn küßte, und sah, daß Lucio noch immer lächelte. Sie nahm ihre ganze Kraft zusammen, um über Buenos Aires zu reden.

»Nein, nein, genug Bonbons. Gestern nacht warst du todkrank, und jetzt willst du dir unbedingt den Magen verderben.«

»Ich habe erst zwei gegessen«, sagte Jorge und ließ sich mit gequältem Gesicht in eine Reisedecke wickeln. »Wie ruhig das Flugzeug fliegt. Persio, meinst du nicht, daß wir mit so einem Flugzeug zu unserem Stern fliegen könnten?«

»Unmöglich«, sagte Persio. »In der Stratosphäre würden wir uns in Staub auflösen.«

Claudia schloß die Augen und lehnte den Kopf gegen den Rand der unbequemen Rückenlehne. Es ärgerte sie, daß sie sich über Jorge geärgert hatte. Gestern nacht warst du todkrank... Sie hätte das nicht zu ihm sagen sollen, aber sie wußte, daß die Worte im Grunde nicht an ihn gerichtet waren, daß Jorge an einer Schuld trug, die weit über ihn hinausging. Es war dumm von ihr, etwas so Verschiedenes, so völlig anderes auf den armen kleinen Kerl abzuladen. Sie wickelte ihn wieder ein, befühlte seine Stirn und suchte nach den Zigaretten. Auf den Sitzplätzen gegenüber unterhielten sich López und Paula damit, ihre Finger zu verschränken, amputierte Finger zu spielen, sich im Armdrücken zu versuchen. Am Fenster döste Raúl in einer Rauchwolke. Im Halbschlaf tanzten für einen Augenblick einige Bilder vor ihm, verflüchtigten sich und schreckten ihn auf. Zwanzig Zentimeter vor seinem Gesicht erblickte er Dr. Restellis Hals und den wulstigen Nacken von Herrn Trejo. Fast wörtlich hätte er ihre Unterhaltung wiedergeben können, obwohl er durch den Lärm der Motoren keine einzige Silbe verstehen konnte. Sie würden Visitenkarten tauschen in der festen Absicht, einander bald zu besuchen, sie würden sich gegenseitig versichern, daß alles gut wäre und keiner der Hitzköpfe (denen der Inspektor und ihr eigenes Ungeschick glücklicherweise Zügel angelegt hätten) es wagen würde, in den linksgerichteten Hetzblättern eine Pressekampagne zu starten, welche sie alle durch den Schmutz ziehen könnte. Auf dieser Höhe des Gesprächs und nach der Lebhaftigkeit der Bewegungen und Gesten zu urteilen, betonte Dr. Restelli wohl, daß es bei Lichte besehen keinerlei Beweis für die Behauptungen der Aufrührer gäbe. ›Ein guter Rechtsanwalt zumindest würde es zwingend so darlegen‹, dachte Raúl erheitert. ›Wer wird schon die Vorstellung akzeptieren, wer wird schon glauben, daß auf einem solchen Schiff Schußwaffen, offen jedem Zugriff, herumlagen und daß die Lipiden, nachdem wir auf dem Deck auf sie geschossen hatten, nicht innerhalb von fünf Minuten Hackfleisch aus uns gemacht haben? Wo sind die Beweise für das, was wir sagen könnten? Medrano, natürlich. Aber wir werden schon bald einen gut zurechtfrisierten Nachruf von drei Zeilen zu lesen bekommen.‹

»Heh, Carlos ...«

»Einen Moment«, sagte López. »Sie verdreht mir den Arm auf eine ganz abscheuliche Weise, schau nur.«

»Kräftig zwicken, das ist die beste Methode, um beim Armdrükken im Handumdrehen zu gewinnen. Sieh mal, ich habe gerade mit dem Gedanken gespielt, daß die alten Knaben vielleicht doch recht haben. Hast du deinen Revolver mitgenommen?«

»Nein, Atilio muß ihn haben«, sagte López überrascht.

»Das bezweifle ich. Als ich meine Sachen packen ging, war der Colt mitsamt der Munition verschwunden. Da er nicht mir gehört, fand ich es in Ordnung. Wir werden Atilio fragen, aber bestimmt hat man ihm das Schießeisen auch gefilzt. Noch etwas ist mir eingefallen: Du und Medrano, ihr wart doch beim Friseur, nicht?«
»Beim Friseur? Warte, das war gestern. Ist das möglich, erst gestern? Es scheint schon so lange her. Ja, klar waren wir dort.«
»Ich frage mich«, sagte Raúl, »warum ihr euch nicht bei dem Friseur nach dem Heck erkundigt habt. Ich bin sicher, ihr habt ihn nicht danach gefragt.«
»Allerdings nicht«, sagte López verblüfft. »Wir unterhielten uns so gut, Medrano war so in Ordnung, so... Aber ihr wißt ja, diese Zyniker tun so, als seien die Dinge völlig anders abgelaufen...«
»Kommen wir noch einmal auf den Friseur zurück«, sagte Raúl. »Berührt es dich nicht auch merkwürdig, daß zu dem Zeitpunkt, da wir alle nach irgendeinem Weg zum Heck suchten...?«
Fast ohne zuzuhören, blickte Paula von einem zum anderen und fragte sich, wie lange sie noch das Ganze durchkauen würden. Männer waren doch die wahren Erfinder der Vergangenheit; sie hingegen beunruhigte, was geschehen würde, wenn sie überhaupt etwas beunruhigte. Wie würde Jamaica John in Buenos Aires sein? Nicht wie an Bord, nicht wie jetzt; die Stadt erwartete sie, um sie zu verwandeln und ihnen all das zurückzugeben, was sie beim Betreten des Schiffes abgelegt hatten, zusammen mit der Krawatte und dem Notizbuch mit den Telefonnummern. Und plötzlich war López nichts geringeres als ein Lehrer, ein sogenanntes Mitglied des Lehrkörpers, jemand, der um halb acht aufstehen und um neun Uhr fünfundvierzig oder um elf Uhr fünfzehn das Gerundium erklären muß. ›Wie gräßlich‹, dachte Paula. ›Und das Schlimmste wird sein, wenn er erst sieht, wie ich dort bin; das wird noch viel, viel schlimmer sein.‹ Aber was machte das schon? Sie fühlten sich so wohl, während sie wie Idioten mit verschlungenen Händen dasaßen, sich manchmal ansahen oder sich die Zunge herausstreckten oder Raúl fragten, ob sie nicht das ideale Paar wären.

Als erster sichtete Atilio die Schornsteine, die Türme, die Wolkenkratzer, und mit ungeheurer Begeisterung rannte er durch das Flugzeug. Die ganze Reise über hatte er sich zwischen Nelly und Doña Rosita gelangweilt und sich zudem um Nellys Mutter kümmern müssen, bei der die Luftkrankheit für schweres, anfallartiges Schluchzen und reichlich verworrene Erinnerungen familiärer Natur verantwortlich war.

»Schau, schau, wir sind schon über dem Fluß, wenn du genau hinguckst, erkennst du die Avellaneda-Brücke! Toll, wenn man denkt, daß wir hin dafür mehr als drei Tage gebraucht haben, und jetzt sind wir im Handumdrehen zurück!«

»Das ist der Fortschritt«, sagte Doña Rosita, die ihren Sohn mit einer Mischung aus Angst und Mißtrauen beobachtete. »Wenn wir ankommen, telefonieren wir deinem Vater, damit sie uns auf jeden Fall mit dem Lieferwagen abholen kommen.«

»Aber nein, der Inspektor hat doch gesagt, sie würden für Taxis sorgen«, sagte Nelly. »Atilio, bitte setz dich, du machst mich ganz nervös, wenn du dich soviel bewegst. Es kommt mir so vor, als würde sich das Flugzeug auf die Seite legen, ich schwör's.«

»Genau wie in dem Film, wo alle sterben«, sagte Doña Rosita.

Pelusa brach in verächtliches Gelächter aus, setzte sich aber. Es fiel ihm schwer, stillzuhalten, und er wurde die ganze Zeit das Gefühl nicht los, daß man eigentlich irgend etwas tun müsse. Er wußte nicht was, doch er platzte vor Energie und hätte alles getan, wenn López und Raúl ihn nur darum gebeten hätten. Aber López und Raúl rauchten schweigend, und Atilio fühlte sich irgendwie enttäuscht. Am Ende würden doch noch die Alten und die Bullen ihren Willen durchsetzen, es war eine Schande, und wenn Medrano dagewesen wäre, wären sie damit bestimmt nicht durchgekommen.

»Wie unruhig du bist«, sagte Doña Rosita. »Die ganzen Schandtaten von gestern haben dir anscheinend noch nicht gereicht. Sieh dir Nelly an, sieh sie dir nur an. Du müßtest vor Scham vergehen, daß du sie so gequält hast, die Arme. Noch nie habe ich so viel Tränen gesehen, noch nie. Oh, Doña Pepa, Söhne sind ein Kreuz, glauben Sie mir. Und es war so nett in der Kabine mit dem herrlichen Holz und mit dem lustigen Herrn Porriño, und dann gehen diese Schwachköpfe her und richten einen solchen Schlamassel an.«

»Hör auf damit, Mama«, sagte Pelusa und riß sich ein Stück Haut vom Finger.
»Deine Mutter hat recht«, sagte Nelly ganz schwach. »Siehst du nicht, daß sie dich zum Narren gehalten haben, diese anderen? Der Inspektor hat es auch gesagt. Die haben dir alles mögliche vorgemacht, und du natürlich ...«
Pelusa fuhr hoch wie von der Tarantel gestochen.
»Also, willst du, daß ich dich vor den Altar führe oder nicht?« schrie er. »Wie oft soll ich dir noch sagen, was passiert ist, du dumme Gans?«
Nelly brach im Schutz des Motorenlärms und der allgemeinen Müdigkeit in Tränen aus. Wütend und voller Reue zog Pelusa es vor, auf Buenos Aires zu blicken. Sie waren schon nahe, schon neigten sie sich leicht, und man sah die Schlote des Elektrizitätswerkes, den Hafen, alles flog vorüber und verschwand flimmernd in einer Wolke von Rauch und Mittagshitze. ›Eine Riesen-Pizza werde ich mir mit Humberto und Rusito reinhauen‹, dachte Pelusa. ›So etwas gab's an Bord nicht, das muß gesagt sein!‹

»Bitte sehr, meine Dame«, sagte der untadelige Polizeibeamte.
Mit liebenswürdigem Lächeln ergriff Frau Trejo den Füllfederhalter und setzte ihren Namen unten auf die Seite, die schon zehn oder elf Unterschriften trug.
»Sie, mein Herr«, sagte der Beamte.
»Das unterschreibe ich nicht«, sagte López.
»Ich auch nicht«, sagte Raúl.
»Sehr wohl, die Herren. Meine Dame?«
»Nein, ich unterschreibe nicht«, sagte Claudia.
»Ich auch nicht«, sagte Paula, indem sie den Beamten mit einem ganz besonderen Lächeln bedachte.
Der Beamte wandte sich an den Inspektor und sagte etwas zu ihm. Dieser zeigte ihm eine Liste mit den Namen, Berufen und Adressen der Reisenden. Der Beamte holte einen Rotstift hervor und unterstrich einige Namen.
»Meine Herrschaften, Sie können den Hafen nach Belieben verlassen«, sagte er und schlug die Hacken zusammen. »Die Taxen und das Gepäck erwarten Sie draußen.«

Mit Jorge an der Hand gingen Claudia und Persio nach draußen. Die dumpfe, feuchte Hitze vom Fluß und die Gerüche des Hafens waren Claudia widerwärtig, und sie fuhr sich mit der Hand über die Stirn. Ja, Calle Juan Bautista Alberdi, um die Nummer siebenhundert. Neben ihrem Taxi verabschiedete sie sich von Paula und López; sie grüßte Raúl. Ja, ihre Nummer stand im Telefonbuch: Lewbaum.

López versprach Jorge, demnächst mit einem Kaleidoskop vorbeizukommen, in das Jorge große Hoffnungen setzte. Das Taxi fuhr los; auch Persio, der halb zu schlafen schien, saß darin.

»Nun, ihr seht, sie haben uns gehen lassen«, sagte Raúl. »Eine Weile werden sie uns beobachten, aber dann ... Sie wissen genau, was sie tun. Selbstverständlich rechnen sie mit uns. Ich, zum Beispiel, werde der erste sein, der sich fragt, was er tun soll und wann. Ich werde mich das so oft fragen, daß schließlich ... Nehmen wir das gleiche Taxi, ihr bezauberndes Paar?«

»Klar«, sagte Paula. »Verstau dein Gepäck hier oben.«

Atilio kam mit schweißgebadetem Gesicht angerannt. Er drückte Paulas Hand, bis sie nahezu zerquetscht war, schlug López geräuschvoll auf den Rücken und schüttelte Raúl heftig die fünf Finger der Rechten. Seine ziegelfarbene Jacke brachte ihn wieder völlig zu all dem zurück, was auf ihn wartete.

»Wir müssen uns wiedersehen«, sagte Pelusa enthusiastisch. »Wenn Sie mir einen Kuli leihen, gebe ich Ihnen meine Adresse. Sie müssen einmal sonntags kommen, und wir grillen Fleisch. Mein Alter wird entzückt sein, Sie kennenzulernen.«

»Aber klar«, sagte Raúl, überzeugt, daß sie einander nie wiedersehen würden.

Strahlend und bewegt sah Pelusa sie an. Er schlug López noch einmal auf den Rücken und schrieb sich dann ihre Adressen und Telefonnummern auf. Nelly rief laut nach ihm, und bekümmert entfernte er sich, wobei er vielleicht etwas verstand oder empfand, daß er nicht verstand.

Vom Taxi aus sahen sie, wie sich die Friedenspartei zerstreute, wie der Chauffeur Don Galo in einem großen blauen Auto unterbrachte. Einige Zuschauer verfolgten die Szene, doch waren mehr Polizeibeamte als Zivilisten da.

Zwischen López und Raúl eingezwängt, fragte Paula, wohin die Fahrt ginge. López schwieg abwartend, und auch Raúl sagte

nichts, während er die beiden amüsiert und spöttisch betrachtete.
»Nun, für den Anfang könnten wir uns ein Glas genehmigen«, sagte López schließlich.
»Eine vernünftige Idee«, befand Paula, die durstig war.
Der Fahrer, ein junger Kerl, lächelte und wandte sich fragend um.
»Na gut...«, sagte López. »Fahren wir zum ›London‹, Ecke Perú und Avenida.«

Ende

Nachbemerkung

Dieser Roman wurde in der Hoffnung begonnen, eine Art Wandschirm zu errichten, der mich nach Möglichkeit vor der Geselligkeit bewahren sollte, von der die Passagiere in der dritten Klasse der *Claude Bernard* (Hinreise) und der *Conte Grande* (Rückreise) befallen waren. Weil der Leser vermutlich mit ähnlichen Vorsätzen danach greifen wird, da Bücher immer mehr zum einzigen Ort im ganzen Haus werden, wo man noch Ruhe finden kann, scheint es mir nur recht, ihn auf diese brüderliche Gemeinsamkeit in der Kunst zu fliehen hinzuweisen.

Auch möchte ich ihm versichern, vielleicht um Vorwürfen vorzubeugen, daß mich keinerlei allegorische und noch viel weniger ästhetische Absichten bestimmt haben. Wenn gegen Ende der einen oder anderen Person so etwas wie Selbsterkenntnis gelingt, während andere kraftlos wieder in das zurückfallen, was ihnen die herrschende Ordnung auferlegt, so sind dies die alltäglichen dialektischen Spiele, die jeder in seiner Umgebung oder im Badezimmerspiegel beobachten kann, ohne darum gleich auf die Idee zu kommen, ihnen Transzendenz beizumessen.

Die Selbstgespräche Persios haben einige Freunde beunruhigt, die sich gern geradlinig unterhalten. Auf ihr Erstaunen kann ich nur erwidern, daß sie mir im Verlauf des Buches und in der Reihenfolge, in der sie erscheinen, als eine Art Überblick dessen auferlegt wurden, was sich an Bord anspann und entwirrte. Persios Sprache deutet auf eine andere Dimension hin, oder weniger pedantisch gesagt, sie richtet sich auf andere Ziele. Beim Sapo-Spiel kommt es vor, daß wir nach vier Steinen, die genau ins Ziel trafen, den fünften auf das Dach jagen; dies ist kein Grund, um … Da haben wir es: Dies ist kein *Grund*. Und genau deshalb vollendet der fünfte Stein vielleicht das Spiel auf einer unsichtbaren Anzeigetafel, und Persio kann diese Verse stammeln, die mir anonymer spanischer Herkunft scheinen: »Niemand hat ins Ziel getroffen / ich jedoch, ich traf das Ziel.«

Schließlich wird das Buch vermutlich jene Leser verwirren, die ihren Lieblingsautoren anhängen, wobei sie unter Anhänglichkeit den Wunsch, ja fast den Befehl verstehen, immer den gleichen Weg fortzusetzen und nicht am Freitag, dem dreizehnten, auszugehen. Als erster war ich selber verblüfft, denn ich fing bei der

Haupthandlung zu schreiben an, die mir andere, ganz abweichende Dinge aufgab; dann suchte sich zu meiner Verblüffung und zu meinem großen Vergnügen der Roman selbst seinen Weg, und ich mußte ihm folgen, mußte als erster Leser Szenen zur Kenntnis nehmen, von denen ich nie geglaubt hätte, daß sie an Bord eines Schiffes der ›Magenta Star‹ vorfallen könnten. Wer hätte mir gesagt, daß Pelusa, der mir nicht allzu sympathisch war, am Ende so groß werden würde? Ganz zu schweigen von dem, was mir mit Lucio passiert ist, denn ich wollte, daß Lucio ... Ach, lassen wir sie in Frieden, außerdem sind dergleichen Dinge schon Cervantes widerfahren und widerfahren all denjenigen, die ein wenig planlos schreiben und die Tür weit offen lassen, damit die Luft von der Straße und selbst das Licht der kosmischen Räume eindringen kann, wie Dr. Restelli nicht versäumt haben würde hinzuzufügen.